U0921259

本书由中央高校基本科研业务费专项资金资助出版(This book is supported by the Fundamental Research Funds for the Central Universities),项目编号:20720151016

Reconfiguring Literary Studies in the 21st Century: An Exploration with Guo Jingming and *Danmei*

新世纪文学研究的重构

——以郭敬明和耽美为起点的探索

杨玲　著

厦门大学出版社
XIAMEN UNIVERSITY PRESS
国家一级出版社
全国百佳图书出版单位

图书在版编目(CIP)数据

新世纪文学研究的重构/杨玲著. —厦门:厦门大学出版社,2019.4
ISBN 978-7-5615-7385-3

Ⅰ.①新… Ⅱ.①杨… Ⅲ.①中国文学—当代文学—文学研究 Ⅳ.①I206.7

中国版本图书馆 CIP 数据核字(2019)第 089573 号

出 版 人 郑文礼
责任编辑 王鹭鹏
封面设计 李嘉彬
技术编辑 朱 楷

出版发行 厦门大学出版社
社 址 厦门市软件园二期望海路 39 号
邮政编码 361008
总 编 办 0592-2182177 0592-2181406(传真)
营销中心 0592-2184458 0592-2181365
网 址 http://www.xmupress.com
邮 箱 xmup@xmupress.com
印 刷 厦门集大印刷厂

开本 720 mm×1 000 mm 1/16
印张 22
插页 2
字数 368 千字
版次 2019 年 4 月第 1 版
印次 2019 年 4 月第 1 次印刷
定价 80.00 元

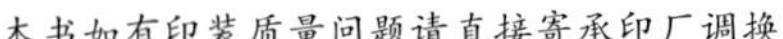
本书如有印装质量问题请直接寄承印厂调换

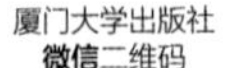
厦门大学出版社
微信二维码

厦门大学出版社
微博二维码

目 录

第一辑 概念

第二辑 方法

第三辑 实践

附 录

导　论

新世纪以来，学界普遍认为传统文学生产机制正在发生深刻变革。早在2006年，白烨就撰文指出，1949年以后的文学体制"大致上是以意识形态为主流，专业作家为主体，文学期刊为主导的一个总体格局"。随着网络文学和青春文学的兴起[①]，当代文坛已经形成传统文学（精英文学/纯文学）、市场化文学（青春文学等大众文学）和新媒体文学（网络文学）三足鼎立的局面。[②] 王晓明则将当代文学版图划分为两大部分——网络文学和纸面文学。网络文学由盛大文学、博客文学和多媒体文学三部分组成。纸面文学则包括严肃文学、"新资本主义文学"（以郭敬明为代表的青春文学）和体制外的"文学的反抗"（如韩寒的《独唱团》）。[③] 由于韩寒、郭敬明等第一代青春文学作者都出生于1980年代，他们也被纳入"80后文学"[④]的研究范畴。

受这一"裂变"思路的影响，学界通常将80后文学和网络文学当作两个不同的研究领域。目前，网络文学研究方面有中南大学的欧阳友权团队、北京大学的邵燕君团队等多个研究群体，拥有《网络文学评论》《网络文学研究》等专

---

① 中国的文学版图中原本只有"校园文学"和"青年文学"这两个概念，代表性刊物是1982年创刊的《青年文学》和1989年创刊的国家级文学月刊《中国校园文学》。春风文艺出版社曾出版过几部以大学生为目标读者的长篇小说，沿用"校园文学"的概念。2002年12月，春风社在《幻城》的宣传文章中首次使用"青春文学"一词。时祥选：《一个与青春文学同行者的观察和思考》，《中国图书评论》2010年第3期。

② 白烨：《新时期文学的新格局与新课题》，《文艺争鸣》2006年第4期。

③ 王晓明：《六分天下：今天的中国文学》，《文学评论》2011年第5期。

④ 2004年以后，国内的主流媒体、文坛和学界开始频繁地使用"80后"一词，主动关注"80后文学"。焦守红：《当代青春文学生态研究》，湖南师范大学出版社2008年版，第371页；李超：《一个词语的历史——"80后"文学论》，苏州大学2008年硕士论文，第8页。

业刊物和数以千计的研究成果。[①] 80后文学研究方面虽然有广东商学院的江冰团队，但声势上远不及网络文学研究，研究成果也有限[②]，且绝大部分80后文学研究忽视网络文学作者。

本书并不遵循现有的研究模式，也无意对纸质文学和网络文学进行重新定义。[③] 本书关心的不是定义和划界，而是特定的文学作品和文类如何折射、推动新世纪以来中国文学和文化的变迁，研究者应该如何回应这些变化。如美国比较文学研究者博达伟所说，重要的不是一部作品"是什么"（比如是一部小说还是史书，或就本书而言——是网络文学还是纸质文学），而是它为受众"做了什么"。[④]

本书以郭敬明和耽美为起点，阐释新世纪以来的部分文学现象，勾勒新媒介时代的文学文化与文学经济[⑤]，重新测绘文学在当代文化场域中的位置。郭敬明是坚持纸媒出版的畅销书作家，耽美是网络文类和文化，二者看似并不相干，但却貌离神合。首先，他们都在新世纪前后出现在中国流行文化的舞台

① 部分研究成果可参见欧阳友权的《网络文学研究成果集成》（中国文联出版社2015年版）一书。国内的网络文学研究与中国网络文学的发展形成奇特的映照，二者都有数量庞大、良莠不齐、模式化、重复性高的特点。我无法阅读所有的网络文学作品，也无力爬梳所有网络文学研究成果，所以主要借鉴、引用邵燕君团队和康桥（王祥）、王小英、单小曦、马季等人的研究成果。

② 我目力所及的学术文献有焦守红的《当代青春文学生态研究》（湖南师范大学出版社2008年版）、王涛的《代际定位与文学越位——"80后"写作研究》（巴蜀书社2009年版）、苏文清的《"80后"写作的多维透视》（中国社会科学出版社2011年版）、郭艳的《像鸟儿一样轻，而不是羽毛：80后青年写作与代际考察》（文化艺术出版社2012年版）、江冰等人的《新媒体时代的80后文学》（人民出版社2014年版）、李斌编著的《郭敬明韩寒等80后创作问题批判》（湖南大学出版社2015年版）、石培龙的《第二媒介时代的文学景观——"80后"写作现象研究》（中国社会科学出版社2016年版）、孙桂荣的《新世纪"80后"青春文学研究》（人民出版社2016年版）。

③ 尽管网络文学已经发展为庞大的产业，但网络文学的定义在学界依然存在争议。参见唐小林：《为网络文学立法：评单小曦〈媒介与文学〉兼谈媒介作为"符号—物—机构"三联体》，《符号与传媒》2017年春季号。

④ David Porter, "Early Modern Comparative Approaches to Literary Early Modernity," in *The Oxford Handbook of Modern Chinese Literatures*, ed. Carlos Rojas and Andrea Bachner (Oxford: Oxford University Press, 2016), 323.

⑤ 本书中的文学文化（literary culture）指一系列和文学有关的文本、人、场域、机构、观念、惯例和实践的集合，如文类的演变、文学作品的出版、跨媒介改编、文学机构的运作方式、阅读趣味和文化风尚等。

上,都与日本动漫文化有深厚的渊源。1999 年,SUNSUN(桑桑)在网络上发表首篇由国内作者创作的耽美小说、日本动漫《灌篮高手》的耽美同人文《世纪末,最后的流星雨》。2002 年,郭敬明在《萌芽》杂志上发表当代中国玄幻小说的先声、颇具日本动漫即视感的短篇小说《幻城》。其次,耽美是描绘男男同性情爱故事的文类,而郭敬明的大部分作品也以同性之间的友谊和羁绊为主题。再次,无论是耽美,还是郭敬明,其受众都以年轻女性为主,都是新世纪女性向文化的一部分①。最后、也是最重要的,二者都是新世纪的文化先锋、时代潮流的引领者。尽管饱受争议,但他们都已经潜移默化地改写了我们对文学的认知。

本书标题中的“新世纪文学研究”既可以读作“新世纪文学·研究”,即针对 21 世纪中国文学的研究,也可以读作“新世纪·文学研究”,即 2000 年以后的文学理论和批评方法。“新世纪文学”②是一个庞大的能指,以我个人有限的阅读经验绝无可能面面俱到。因此,本书只选择我熟悉的文类、作者和作品展开研究,权当管中窥豹,意在抛砖引玉。全书分为三大部分。第一部分提出

---

① “女性向”一词来自日本动漫游戏文化,泛指以女性为主要目标受众的媒介产品,特别是少女漫画。日本的女性向媒介包括三个类型:描写少女的异性恋情感的“乙女向”作品;描写男男同性情感的耽美或“BL”作品;描写女孩之间的同性情感的百合或“GL”作品。目前,已经有学者使用“女性向”一词来讨论新世纪文学,特别是网络文学。参见汪全莉、张蔚:《女性向网络小说主流类型及问题探析》,《浙江传媒学院学报》2015 年第 4 期;肖映萱、叶栩乔:《“男版白莲花”与“女装花木兰”——“女性向”大历史叙述与“网络女性主义”》,《南方文坛》2016 年第 2 期;肖映萱:《“女性向”网络文学的性别实验——以耽美小说为例》,《中国现代文学研究丛刊》2016 年第 8 期;高寒凝:《“女性向”网络文学与“网络独生女一代”——以祈祷君〈木兰无长兄〉为例》,《中国现代文学研究丛刊》2016 年第 8 期;孙桂荣、邱桂梅:《大众文化语境中的“女性向”叙事——以郭敬明现象为例》,《当代作家评论》2017 年第 6 期;姜悦:《“玛丽苏”“中产梦”与“穿越热”——对“女性向”网络小说的一种考察》,《文艺争鸣》2017 年第 10 期。

② 经《文艺争鸣》主编张未民的力推,“新世纪文学”现已成为学界的常用概念。以“新世纪文学”为名的著作有张未民的《新世纪文学研究》(人民文学出版社 2007 年版)、孟繁华的《坚韧的叙事——新世纪文学真相》(福建教育出版社 2008 年版)、申霞艳的《消费、记忆与叙事——新世纪文学研究》(中国社会科学出版社 2011 年版)、房伟的《中国新世纪文学的反思与建构》(中国社会科学出版社 2012 年版);於可训的《新世纪文学论集》(中国社会科学出版社 2013 年版)、张邦卫的《大众媒介与审美嬗变——传媒语境中新世纪文学的转型研究》(中央编译出版社 2016 年版),这些著作大多没有或较少讨论新世纪以来的流行文学现象,即便讨论,其广度和深度也较为有限。

阐释新世纪中国文学的若干理论概念，第二部分介绍美国学界近年来出现的新的文学研究方法，第三部分是围绕郭敬明和耽美展开的具体的批评实践。

一、概念之网的编织

新世纪中国文学，特别是新世纪流行文学，为本土学者提供了独特的学术机遇，一个可以与海外学者进行对话和双向交流的机会。至少在这个研究领域，国内外学者是站在同一条起跑线上的，二者都面临研究范式的转换问题。国内学者身处新世纪文学发生的现场，能及时观察和感知各种变化。但国内尚未建立起良好的学术秩序和规范，较难通过渐进性、累积性的学术工作将研究推向深入，“年年岁岁文相似、岁岁年年人不同”的现象严重①。大量低水平的重复性研究导致部分具有较高原创性的成果被埋没。

英国曼彻斯特大学的赵诗忱在其2012年完成的博士论文中，以起点中文网为研究对象，从宏观和微观两个方面考察网络小说，既分析数字文学场的形成，也分析男频和女频的热门文类和代表性文本。赵诗忱认为，各种类型的网文都遵循同一个故事模式——对财富、地位和性这个“金三角”的追求。男主人公通常先获取财富和地位，再得到美色，女主人公则通过与有钱有势的男人联姻来获取这些东西。网文形成中式幻想模式，它由三个阶段组成——位移、异世界体验以及称霸异世界。但在西方幻想模式中，主人公在经历了前两个阶段之后，最后都会重返现实世界。②

美国格林内尔学院的冯进2013年出版专著《浪漫网络：中国网络言情小说的生产和消费》，以晋江文学城和北美华人网站丫丫的港湾为研究对象，通过审视网络言情小说的生产和消费，揭示当代中国的“流行心智”(popular mind)和社会文化变迁。③ 该书有三大特点。一是使用跨学科的研究方法，除了话语和文本分析，还进行线上和线下的田野调查，访谈盛大的员工和少量言情小说读者。二是将耽美归入言情文类，对其进行较为深入的研究，提出不少有启发性的洞见。三是重视读者，特别是粉丝读者的文化生产，花费一章的篇

---

① 滕巍:《中国玄幻文学研究十年述评》,《重庆三峡学院学报》2011年第1期。

② Shih-chen Chao, “Desire and Fantasy On-line: A Sociological and Psychoanalytical Approach to the Prosumption of Chinese Internet Fiction” (PhD diss., University of Manchester, 2012), 49-51,202-05.

③ Jin Feng, *Romancing the Internet*: *Producing and Consuming Chinese Web Romance* (Leiden: Brill, 2013), 2.

幅，以耽美同人和反琼瑶同人为个案，专门论述同人小说。该书可能是最值得国内学界借鉴的英文著作。

美国圣母大学的贺麦晓 2015 年出版的《中国网络文学》，是目前英语学界唯一一部针对网络文学的总体性研究专著。该书最大的优点是覆盖面广，将网络小说、网络诗歌、博客写作都纳入研究视野，并较为重视网络文学的社会政治语境。不过全书考察的重点还是榕树下、黑蓝、中国诗人网等具有较强文学性的网络文学发表平台，对网络文学中影响力最大的网络小说的考察反而乏善可陈。这是贺麦晓本人的审美偏好决定的，他认为："如果说类型小说是中国网络文学经济方面最成功的样式，那么诗歌则从多样性、实验性和批评声誉方面超越了所有其他网络写作模式。"①由于全书在传统文学研究和海外中国学的框架下来审视网络文学，对于普遍关注网络小说的国内学者来说，可资借鉴之处较为有限。

在期刊论文方面，美国俄克拉荷马大学主编的《今日中国文学》(*Chinese Literature Today*)曾发表了一组关于网络文学的文章。剑桥大学讲师殷海洁的论文用三个个案探讨网络时代中国现代诗歌的把关机制②，即界定诗歌是什么并生成相关评价标准的机制。③ 该文虽然使用"把关"这个国内学界较少使用的概念，但对于国内的网络诗歌研究者来说，其核心观点恐怕并不陌生。殷海洁还发表过一篇关于网游小说的论文。该文利用跨媒介叙事和再媒介(remediation)的概念深入解读了网游小说这一新兴文类，论文的文献综述也做得很扎实，注意到国内学者的相关论述。④ 德国弗莱堡大学博士生施莱

---

① Michel Hockx, *Internet Literature in China* (New York: Columbia University Press, 2015), 141.华裔学者龚浩敏和杨欣也注意到贺麦晓在该书中的"精英主义"研究路径，不过他们认为这是贺麦晓为了让他的西方读者更容易接受中国网络文学而采取的"有效"策略。Haoming Gong and Xin Yang, *Reconfiguring Class, Gender, Ethnicity, and Ethics in Chinese Internet Literature* (New York: Routledge, 2017), 4.

② 也有学者将"把关"(gatekeeping)译作"守门"。

③ Heather Inwood, "Poetry for the People: Modern Chinese Poetry in the Age of the Internet," *Chinese Literature Today* 5.1 (2015): 44-54.殷海洁还出版过一本关于当代中国诗歌的专著 *Verse Going Viral: China's New Media Scenes* (Seattle: University of Washington Press, 2014)。该书用文化研究的方法审视当代诗歌在网络、纸媒和诗歌活动现场三个不同场景中的生存样态。

④ Heather Inwood, "What's in a Game?: Transmedia Storytelling and the Web-Game Genre of Online Chinese Popular Fiction," *Asia Pacific: Perspectives* 11.2 (2014): 6-29.

普的文章分析了 VIP 制度对于网文生产的影响。[①] 该文大量参考国内学者的研究成果,说明国内学界至少在这个问题的讨论上展开得比海外学界更充分。此外,论文还用翔实的数据论证 VIP 制度与网文长度的关系。美国卡尔顿学院助理教授郭绍华的论文以晋江的读者评论制度和《步步惊心》的连载过程为例,细致分析了读者在网文生产过程中发挥的作用。[②]

网络文学由于和网络文化关联密切,在海外学界尚有一定的关注度,毕竟中国互联网研究已经是颇成气候的研究领域。[③] 相比之下,以纸媒为载体的 80 后文学就乏人问津。香港大学的宋耕和国内学者杨庆祥于 2016 年合作编辑、出版了一部英文版的 80 后作家短篇小说集。该书导论中写道:"这些年轻作家中,除了少数人之外,大部分人都在西方不为人所知。"[④]这个"少数人"可能指的就是郭敬明和韩寒,但知道不等于研究。2017 年 7 月,我在密歇根大学安娜堡分校图书馆的数据库中寻找相关的英文期刊论文,仅找到三篇,两篇论述韩寒,一篇论述郭敬明。[⑤] 关于韩寒的两篇论文都将韩寒视为博客作者和公共知识分子,而非纸媒文学作者。

一件小事或可说明西方学界对中国年轻世代作者的有限认知。美国杜克

---

① Elisabeth Schleep, "Steady Updating Is the Kingly Way: The VIP System and Its Impact on the Creation of Online Novels," *Chinese Literature Today* 5.1(2015): 65-73.

② Shaohua Guo, "Startling by Each Click: Word-of-Mouse Publicity and Critically Manufacturing Time-Travel Romance Online," *Chinese Literature Today* 5.1(2015):74-83.

③ 关于中国互联网研究的简要概述,可参见 Guobin Yang, "Technology and Its Contents: Issues in the Study of the Chinese Internet," *The Journal of Asian Studies* 70.4 (2011): 1043-50.杨国斌也写过一篇关于网络文学的论文,但因发表时间较早,部分信息已经过时。Guobin Yang, "Chinese Internet Literature and the Changing Field of Print Culture," in *From Woodblocks to the Internet: Chinese Publishing and Print Culture in Transition, circa 1800 to 2008*, ed. Cynthia Brokaw and Christopher A. Reed (Leiden: Brill, 2010),333-52.

④ Geng Song and Qingxiang Yang, "Introduction," in *The Sound of Salt Forming: Short Stories by the Post-80s Generation in China*, ed. Geng Song and Qingxiang Yang (Honolulu: University of Hawai'i Press, 2016), vii.

⑤ Marco Fumian, "The Social Construction of a Myth: An Interpretation of Guo Jingming's Parable," *Archiv Orientální* 78.4 (2010):397-419; Angie Chau, "A Public Intellectual in the Internet Age: Han Han's Everyman Appeal," *Chinese Literature Today* 5.1 (2015):73-81; Giorgio Strafella and Daria Berg, "The Making of an Online Celebrity: A Critical Analysis of Han Han's Blog," *China Information* 29.3 (2015):352-76.

大学的罗鹏和康奈尔大学的白安卓合编的皇皇巨著《牛津中国现代文学手册》收录了阎连科一篇关于中国文学的文章。阎连科在文中提到80后、90后读者既没有前代人的革命精神，也缺乏真正的批判立场，他们所崇拜的郭敬明、张嘉佳等作家都具有小资产阶级属性。不知是作者阎连科失误，抑或是译者罗鹏失误，该文将张嘉佳的中文名字写成"张佳家"。[①] 我所使用的搜狗输入法，输入 zhangjiajia 的拼音，默认结果就是张嘉佳。这样的名字都能写错，着实令人意外。从我个人的阅读经验看，大部分成名的海外学者对当代中国流行文学的研究到21世纪初就戛然而止，只有部分博士生和青年学者跟踪当下中国文学的发展。

当海外学界对新世纪中国文学的研究出现明显滞后，无法提供有效的参照，我们只能摆脱"拿来主义"的惯习，独立探索适合本土文学现象的理论工具。本书的第一部分"概念"就是这种尝试的结果。这一部分的四篇文章尝试用体验经济、社会性、世界建构和性别四个主要概念，以及代入感、故事讲述(storytelling)、叙事伦理、文学公共空间、想像性世界、虚拟世界、沉浸感等一系列次级概念，捕捉新世纪文学从文本中心到读者中心，从文学性到社会性，从对现实世界的映射到虚拟世界的建构，从女性文学(女性创作的文学)[②]到女性向文学(以女性为目标读者的文学)的多重变化，重新编织文学批评/研究所赖以生存的概念之网。我不是一个有强烈的理论抱负的人，我会策略性地使用理论，但绝不相信存在某种万能的理论工具，可以解释一切文学现象。与宏大的理论建构相比，我更感兴趣的是记录、描述、分析具体的文学现象。本书的大部分理论概念都针对特定的文学现象和作品，其适用性可能也因此受到限制。我希望用这些局部的、情境性的但却有较强解释力的概念召唤、激活更宽广的研究视阈。

---

① Yan Lianke, "An Examination of China's Censorship System," in *The Oxford Handbook of Modern Chinese Literatures*, ed. Carlos Rojas and Andrea Bachner (Oxford: Oxford University Press, 2016), 270.

② 有学者认为，女性文学有广义和狭义之分。广义的"女性文学"泛指"历史上及现实中出自女性之手的文学创作的所有类型与形态"，狭义的"女性文学"仅指"五四之后以现代人文精神为其价值内核的女性创作"(乔以钢、林丹娅:《女性文学教程》，河北教育出版社2007年版，第2页)。不管是广义还是狭义的女性文学，强调的都是作者的女性身份，但女性文学的首要读者却往往是把持文坛的男性。

《代入感、体验经济与网络文学研究的范式转型》①写于2013年，是我在厦门大学开设的校选课“网络文学与网络文化”的衍生产物。我试图利用自己的文本细读能力和文学/文化研究的知识背景，为《无限恐怖》这部开创性的网文提供新的解读视角。在体验经济的概念框架下，该文比较《无限恐怖》与后现代主义经典《如果在冬夜，一个旅人》，探讨二者在叙事结构、阅读体验、读/作者关系等方面的异同。感谢厦门大学生科院2009级本科生蔡晨旭强力推荐我阅读《无限恐怖》，感谢他的课程论文激发了我探索这部小说的欲望。该文也是对当下网络文学研究现状的反省——当网文读者比专业的文学研究者知道得更多的时候，研究者还应做什么，还能做什么？我选择的是将网文读者视为合作研究伙伴，认真对待他们提出的民间理论，对这些理论进行验证、修订和发展。文中讨论的文学“体验经济”就是对网文读者广泛使用的“代入感”和“阅读体验”这两个术语的进一步阐发。

我在文中倡导“从文本走向读者、从阐释走向使用，从文学走向媒介，从审美价值走向体验经济，从单一学科研究走向跨学科研究”的网络文学研究范式，为这个范式设想了三个可能的研究方向：文学的日常使用、跨媒体/跨媒介叙事以及文学阅读的认知研究。目前，受IP大潮的影响，跨媒体叙事已经成为影视、媒介研究领域的热门话题。例如，由北京电影学院主办的第三届“全国电影学青年学者论坛”的主题之一就是“跨媒体叙事：从电影改编到全产业链实践”。论坛遴选的论文中有多篇涉及网络文学的跨媒体改编②，但其他两个方向依然鲜有学者关注。尽管认知诗学已经吸引了一批外国文学专业的研究者③，但国内的相关研究似乎还停留在引进、跟踪西方理论的阶段，将西方理论有效地应用到本土文学作品的解读还有待时日。

当然，我自己也还在为文中提出的一些问题寻找答案。“网络文学常被认

---

① 本文曾发表于《文艺研究》2013年第12期。

② 《第三届“全国电影学青年学者论坛”入围论文选题公布》，2016-07-12，http://www.bfa.edu.cn/yx/yjsb/2016-07/12/content_94938.htm。近年来，CNKI数据库中关于跨媒体叙事的论文有周潞鹭的《超越“改编模式”：“扩散性文学”的当代特征》（《文艺理论研究》2014年第5期）、施畅的《跨媒体叙事：盗猎计与召唤术》（《北京电影学院学报》2015年第3—4期）、李诗语的《从跨文本改编到跨媒介叙事：互文性视角下的故事世界建构》（《北京电影学院学报》2016年第6期）、程丽蓉的《跨媒体叙事：新媒体时代的叙事》（《编辑之友》2017年第2期）。

③ 这些学者成立中国认知诗学与认知文学研究会，出版了由熊沐清主编的专业刊物《认知诗学》。参见学会网站，http://www.cognitive-poetics.com/cn。

为是一种与经典细读相反的'快餐消费',但是到底快到何种程度"这一问题,美国学者菲利普斯已经部分解答。菲利普斯利用功能性磁振造影技术,测试读者对真实文学文本的大脑神经反应。其早期研究结果表明,细读和消遣性阅读并非积极阅读与消极阅读的简单对立。每一种文学阅读方式都有其独特的认知要求,生产出自身的神经模式。尽管细读会激发更广泛、多样的大脑区域,但最理想的状态还是"维持认知灵活性并同时使用两种注意力来阅读"①。菲利普斯的研究方法和发现,或许能对国内学者有所启发。

《代入感》一文整合了民间术语和跨学科理论概念,《文学性、故事性与社会性:网络文学评价体系初探》一文则试图推进现有的同行讨论。本书想用此文来回应学界普遍关注的网络文学评价体系的问题。这一回应源自对四位学术同行的文章的细读,四篇文章分别是杨早的《网络文学的繁盛和荒凉》、张柠的《网络小说的文学性和新标准》、邵燕君的《网络文学的"网络性"与"经典性"》、马汉广的《网络文学的间性存在与文学性》。该文的写作过程就是与同行对话的过程。与邵燕君和马汉广不同,我并不选择发明新的概念术语,而是回到现有的文学概念工具箱中找到一个曾被当作文学性的对立面、但现已被主流学界废弃的概念——社会性。文中对网文社会性的讨论也同样适用于纸质文学作品。事实上,我最早是因为郭敬明主编的《最小说》杂志才注意到新世纪文学的"陪伴的伦理"。② 2015 年,我在为郑国庆博士的专著《美学的位置:文学与当代中国》撰写的书评中提到"掌控文学创作的除了经济和艺术原则,还有社会性(sociality)原则"③,他看后说对这个问题很感兴趣,感谢他激励我对社会性这一概念进行更深入的思考。

美国文论家艾布拉姆斯在《镜与灯:浪漫主义文论及批评传统》中提出艺术批评的四个坐标——作品、艺术家、世界(universe)与受众。《代入感》和《文学

---

① Natalie M. Phillips, "Literary Neuroscience and History of Mind: An Interdisciplinary fMRI Study of Attention and Jane Austen," in *The Oxford Handbook of Cognitive Literary Studies*, ed. Lisa Zunshine (Oxford: Oxford University Press, 2015), 63.

② 霍艳在《假装的悲伤和愤恨 郭敬明解析(下)》(《上海文化》2015 年第 3 期)一文中,以《梦里花落知多少》和《小时代》这两部作品为例,讨论郭敬明创作中的"陪伴模式"。不过,她对这种模式的评价基本上是负面的。本书附录部分的《新世纪青少年的文学消费:环境与伦理》一文对青春文学的陪伴伦理做了较为详尽的探讨,或可与霍艳的观点形成对照。

③ 杨玲:《批评的位置与文学研究的路径》,郑国庆:《美学的位置:文学与当代中国》,海峡文艺出版社 2016 年版,第 165 页。

性、故事性与社会性》两篇文章尝试对文本、作者和受众之间的关系进行重组,《〈临高启明〉与新世纪幻想文学中的世界建构》一文则试图将第四个要素“世界”转换为“世界建构”,探讨世界建构的方法、意义及其与故事讲述的区别[①]。

尽管在艾伯拉姆斯的图式中,世界主要指客观存在的万事万物,但他也描述了西方文学批评谱系中世界概念的变化。艾伯拉姆斯指出,在 18 世纪,“诗是模仿,是‘自然之镜’这一隐喻”,被诗是“异态世界,‘第二自然’,是诗人效仿上帝创世的方法而创造的”新隐喻所取代。如英国散文家艾迪生将与真实世界相悖的虚构世界称赞为第二世界,认为“它本身是实在的,与上帝赐给我们的世界相仿”[②]。深受浪漫主义文学传统影响的托尔金后于 1930 年代提出,童话故事(幻想文学)在我们生活的实在世界或主世界(primary world)之外,通过想像力建构虚构的次世界(secondary world,也称“第二世界”)。[③] 不少国内学者在讨论幻想文学时都会使用第二世界的概念,但却鲜有人意识到世界建构与传统小说创作的区别。[④]

我最早通过郭敬明的幻想小说《临界·爵迹》的设定集《爵迹·燃魂书》接触到“世界设定”这一术语,由于很少接触游戏,我对与游戏产业密切相关的“世界观”“世界建构”等术语始终感到一定程度的隔膜。在文中,我采取拼贴的写作策略,以博尔赫斯的短篇小说《特隆、乌克巴尔、奥比斯·特蒂乌斯》为引子,将粉丝读者的看法与中外学者的观点剪辑在一起。正如《临高启明》的作者“吹牛者”只是集体创作的整理者,我也主要扮演汇编者的角色,将我认为有见地的观点汇总在一起。研究者在研究过程中自觉或不自觉地模仿研究对

---

① 本文的删节版发表于《济宁学院学报》2018 年第 1 期。

② [美]M.H.艾布拉姆斯:《镜与灯:浪漫主义文论及批评传统》,郦稚牛、张照进、童庆生译,北京大学出版社 2015 年版,第 322,325 页。

③ J. R. R. Tolkien, *Tree and Leaf* (London: George Allen & Unwin Ltd.,1964), 44-45。国内学界对托尔金第二世界理论的阐释,可参见舒伟的《走进托尔金的“奇境”世界——从〈论童话故事〉解读托尔金的童话诗学》(《解放军外国语学院学报》2007 年第 6 期)、李墨的《托尔金幻想的第二世界》(《名作欣赏》2012 年第 13 期)。王祥在《网络文学创作原理》(中国人民大学出版社 2015 年版)一书的第五到第九章讨论了网络小说中不同类型的世界设定,但偏重现象罗列,分析力度不够。

④ 王峰在《科幻小说何须在意“文学性”》(《探索与争鸣》2016 年第 9 期)一文中分析《三体》为什么缺乏文学性时已经触及这一问题。不过,其“传统的其他类型小说的阅读快感来自于品鉴和细心体会”“科幻小说的阅读快感则来自于震惊”等观点还有待商榷。在我看来,科学假设、推理带来的智识愉悦或许远大于震惊。

象,或许也是研究的主体间性的表现。

郭敬明和耽美之所以吸引我,就在于他们都符合我个人对文学作品的首要标准——“性别正确”。《性别、女权主义与“可活的生命”:〈性别麻烦〉的本土解读》一文阐明了我对性别概念的理解和我所认同的女权主义[①]。我在研究郭敬明和耽美时采用的就是这种受酷儿理论启发的性别视角。女性读/作者群的崛起以及大量非正统的性别观念的表达,已经成为新世纪中国流行文学最突出的特质。在网络文学场域,这主要体现在女性向文学网站和文类的出现。女性读者作者在网络上拥有自己的写作社群,避开了男性主导的精英文化圈的审查和批评,发明了耽美、变身、女尊、百合等新型文类,松动、打破、扭转了现存的性/别藩篱。[②] 网络文学场域中男性向文学和女性向文学的分庭抗礼,在纸质文学场域则显影为韩寒和郭敬明的对抗。在我看来,这两位80后偶像之间最根本的差异不是社会责任的有无,而是性别观念的抵牾。韩寒延续了男性知识分子写作的传统,将其笔下的女性人物当作“男人世界的某种情感寄托”[③]。郭敬明塑造的女性形象则不再是男性欲望的简单投射,而拥有自己独立的欲求和主张。放眼中国现当代文坛,我们很难找到第二个能像他那样细致、生动地刻画女性内心世界的男性作者,他也因此吸引了大量忠实的女性读者。在郭敬明以女性视角来书写当代“青春之歌”时,女性耽美作者也主动采用男性视角来想像、探索更平等、更热烈的情爱关系,并获得部分男性读者的喜爱。正是在这种性别身份的转换和边界的跨越中,各种不合常规的欲望、角色和实践获得表述和操演的可能。

二、意外的方法论收获

本书第二部分“方法”收录了《远读、文学实验室与数字人文:弗朗哥·莫莱蒂的文学研究路径》[④]和《症候阅读、表层阅读与新世纪文学批评的革新》[⑤]两篇论文,分别介绍美国学界新世纪以后出现的远读和表层阅读这两种文学

① 本文曾收录在盛嘉主编的《忧虑与危机:厦门大学人文经典系列讲座讲演集》(厦门大学出版社2016年版)。

② 杨玲、徐艳蕊:《网络女性写作中的酷儿文本与性别化想像》,《文化研究》2014年第19辑;徐艳蕊:《媒介与性别:女性魅力、男子气概及媒介性别表达》,浙江大学出版社2014年版,第四和第五章。

③ 李一:《两种“青春”书写——以〈上海宝贝〉和〈1988我想和这个世界谈谈〉为例》,《“无后”——新世纪文学中的一个现象研究》,北岳文艺出版社2017年版,第125～126页。

④ 本文曾发表于《中外文论》2017年第1期。

⑤ 本文曾发表于《文艺理论研究》2018年第4期。

研究方法。两篇文章均属于研究过程中的意外收获。我1998年在美国获得英美文学的硕士学位之后,就放弃了我认为无趣的英语文学研究。没想到近20年之后,我又会重新阅读英文系教授的学术成果并获益匪浅。我几乎是一口气读完弗朗哥·莫莱蒂的《远读》和《图表、地图和树:文学史的抽象模型》这两部著作,读完之后依然心潮澎湃。莫莱蒂最吸引我的地方,就是他对传统的文学细读方法的挑战以及他在数字人文领域卓有成效的实践。在研究网络文学时,我也和许多研究者一样,被海量的文学作品所困扰。由于习惯了细读,我几乎丧失了一目十行的快速浏览能力。在我看来,莫莱蒂所尝试的数字人文方法为网文阅读量的问题提供了最理想的解决方案。在密大访学期间,我特意参加了密大图书馆举办的数字人文工作坊。不过,我很快就沮丧地发现,以我的数学基础和计算机水平,根本无法在短时期内用计量方法来研究本土文学作品。更糟糕的是,一些操作较为简便、适用于文本分析的数字人文工具,如Voyant,目前还未开发出中文版本。不过,在访学期间,我也切身感受到数字人文在美国人文学科的发展势头。不少年轻的博士生都对这一领域很感兴趣,数字人文方面的技能不仅能提高他们在就业市场上的竞争力,也为他们的学术创新提供了更多的可能。

《症候阅读、表层阅读与新世纪文学批评的革新》一文写于2017年2月。它和本书中的《聚焦郭敬明:问题、困惑与思考》一文有直接的因果关系。《聚焦郭敬明》出自我2011年的博士后出站报告的绪论部分。文中交代了我研究郭敬明的缘起和困惑。我向来只研究自己喜爱的、欣赏的、认定有价值的东西,因为这会使我对研究工作充满动力。对于那些我不喜欢的东西,我会留给喜欢它们的人来研究。这种"悦己式"的研究取向,让我与学界流行的意识形态批判格格不入。在研究郭敬明的过程中,我最大的困惑就是为什么学界普遍对郭敬明采取批判、鞭挞的立场,那些指责他抄袭的人真的阅读、比较过涉案的两个文本吗?文学作品为什么不能反映年轻世代的金钱观、消费观?为什么那些批判性的文章都大同小异,仿佛有一个共同的模板?比如,我曾阅读过四篇关于《小时代》的批评性文章。[①] 这些文章几乎用同样的历史叙事(都

① 黄平:《"大时代"与"小时代"——韩寒、郭敬明与"80后写作"》,《南方文坛》2011年第3期;许纪霖:《在小时代,理想主义如何可能》,2013-11-07,http://www.cul-studies.com/index.php? m=content&c=index&a=show&catid=39&id=534;张慧瑜:《"小时代"里的三种选择》,2015-05-14,http://www.cul-studies.com/index.php? m=content&c=index&a=show&catid=39&id=1218;邵燕君:《在没有机会做人的时代,如何做一条舒服的狗——中国当代青春文化中的犬儒主义》,《网络时代的文学引渡》,广西师范大学出版社2015年版,第101～122页。

将1980年代和1990年代视为当代中国社会的转折点),诊断出类似的青年问题(即个人与社会/历史/公共领域的脱节),都使用抽象的"主义"(如新自由主义、犬儒主义、理想主义的丧失、物质主义)来命名中国社会的症结,而且都或多或少地涉及阶级不平等以彰显政治正确。我无意对这些文章的价值妄下断言,我只是好奇,除了批判,我们还能对流行文学/文化做些什么?

访学期间,我无意中接触到美国学界有关表层阅读的文献,如获至宝。原来很多美国学者不仅和我有类似的感受,而且已经进行了深入的反思,甚至提出新的文学批评方法。《症候阅读》一文不仅是对海外学术成果的绍介,更是我个人自我解惑的过程。当然,在解惑的过程中,我又产生新的疑惑。在文章结尾部分,我对学院批评与大众阅读之间的鸿沟以及文学理论的价值提出一连串的疑问。也许,一些有趣的问题会比明确的答案更有意义。

三、实践与反思

本书的第三部分"实践"包括"郭敬明研究"和"耽美研究"两个部分。我力图从文学产业、跨媒介改编、IP产业、文化治理、明星作家、粉丝经济等多个不同的角度来考察这些特定的文学/文化现象。除了前面提到的《聚焦郭敬明》一文,郭敬明研究部分还收录了五篇论文。

《最世文化与当代文学的产业化趋势》①是我发表的第一篇关于郭敬明的学术论文。七年后回头看这篇论文,部分观点似乎尚未过时。比如,我在文中提到"文学产业化的最显著后果就是作家身份的变异、增值和重组"。郭敬明不仅是畅销书作家,还是商业品牌和创意产业的企业家。2015年以后,随着IP概念的提出,作家变身企业家的趋势日益明显。南派三叔、江南、张嘉佳等知名作者都相继成立自己的文化公司,开发作品的影视版权,提供文学代理服务。② 这更让我确信,郭敬明是潮流的开创者,以他为个案的学术研究具有一定的前瞻性。

此外,该文较早在国内学界使用"类文本"(paratext)的概念来解释当前纸质文学文本的变化。在数字阅读时代,纸质图书的类文本,如外封、内封、腰封、勒口、纸张、赠品等,都成为吸引读者的重要手段,其重要性不亚于图书内

---

① 本文曾以"当代文学的产业化趋势与文学研究的未来——以青春文学为例"为名发表于《文艺争鸣》2010年第17期,有删改。

② 路艳霞:《畅销书作家纷纷开公司 或难引发一窝蜂追随》,《北京日报》2016年3月29日。

容本身。很多读者实际上可以通过网络阅读到一部作品的文字内容，但出于收藏、纪念和赏玩的目的，他们依然愿意购买这部作品的纸质版。我甚至在同人创作圈也观察到这种现象，同人作者在印刷自己的作品时，对封面、纸张、排版、赠品的安排都极其讲究。当然，文中有一些信息已经过时。如时光论坛已于 2014 年 8 月关闭，读者互动活动整体迁移到百度最小说吧。微博、微信等社交平台兴起之后，读者与作者之间有了更直接、即时的沟通渠道，需要专门的财力、人力维护的论坛自然也就失去存在的必要性。

《权力、资本和集群：当代文化场中的明星作家》[①]最早是我博士后出站报告的一部分。文中首先援引中外文献，论证作家身份中存在着“神圣与卑贱、精神与物质、名声与财富、道义与享乐之间的一系列尖锐矛盾”。其次，该文借鉴加拿大学者维尼克的论文，分析了郭敬明声名的演变方式，论述了他的名字成为推销性符号的过程，这或可用于分析当代文化场中的其他明星作家和文化名人。不过，该文有很大的缺憾——未追踪郭敬明转型做电影导演之后的情况，比如，他长期以来累积的负面口碑对其电影事业的反噬。电影《爵迹》的票房失败说明，畅销书作家转型电影导演绝非易事，电影市场也不是仅凭粉丝读者就能够撑起来的。2017 年 8 月 21 日，最世的前签约写手李枫在微博上公开指控郭敬明性侵[②]，郭敬明又一次被推上舆论的风口浪尖。尽管李枫未提供确凿的证据，但部分网民显然并不关心事件的真相，他们只是需要一个理由进一步验证、巩固他们对郭敬明公共形象的负面解读。也许郭敬明被读者“抛弃”[③]并非坏事。或许只有在他沉寂之后，我们才能更好地看清曾经被他照亮的“小时代”，更心平气和地探讨他是如何成为年轻世代“内心经验深刻的体验者和表达者”[④]。

作为《小时代》的书粉，我写过两篇相关论文：《〈小时代〉与新世纪的性别化情感结构》[⑤]和《愤世、媚俗与自我规训：〈小时代〉小说文本与电影文本之比

---

① 本文曾以“权力、资本和集群：当代文化场中的明星作家——以郭敬明和最世作者群为例”为名发表于《文化研究》2012 年第 12 辑，有删改。

② 网易娱乐：《作家李枫声称遭郭敬明性侵：他经常骚扰男性》，2017-08-21，http://ent.163.com/17/0821/20/CSD1LV0G00038FO9.html。

③ 曾于里：《郭敬明在被读者抛弃》，《南方周末》2017 年 8 月 30 日。

④ 陈晓明：《中国当代文学主潮》，北京大学出版社 2013 年版，第 539 页。

⑤ 本文曾发表于《中国传媒报告》2016 年第 1 期，标题有删改。

较》[①]。这两篇论文或可视为表层阅读方法的本土实践，尽管彼时我对表层阅读还一无所知。两篇文章都旨在回答一个简单的问题：撇开所谓的拜金主义、物质主义和消费主义不谈，关于《小时代》我们还能说些什么？《性别化情感结构》一文讨论了《小时代》中显而易见的两个主题——个人主义和姐妹情谊，尤其是姐妹情谊的主题，于我而言就像是“桌上的大象”一样显眼，不明白为什么大部分评论者竟然对此视而不见。文中认为顾里代表的是进取的、倔强的个人主义，既不同于传统的出人头地思想，也不等同于弱肉强食的“竞争者文化”。通过比较《小时代》与新时期首部关于姐妹情谊的作品《方舟》，该文提出女性结盟的两个条件并略论了姐妹情谊对于共同体重构的重要性。《愤世、媚俗与自我规训》一文分析了《小时代》三部曲的封面——纸质图书的最表层——所传达的视觉信息。有趣的是，普通读者关注的封面/表层恰恰是习惯挖掘文本深层内涵的学院派批评家最容易忽视的地方。文中还详细比较了《小时代》小说文本和电影文本在叙事内容上的区别，探讨了审查和商业风险对于跨媒介叙事的影响。希望这两篇论文能为读者提供一种新的打开《小时代》的方式。

《IP 时代的著作权、抄袭与独创性：重“审”庄羽诉郭敬明案》[②]一文写于 2017 年 5 月。写完之后，我曾感到如释重负。作为一名曾被郭敬明的《梦里花落知多少》感动过的读者，我觉得有义务为这部小说辩护。该文认为，定义文学抄袭和定义“什么是美”一样困难。正如“情人眼里出西施”，文学抄袭也是读者的观感，而非客观事实。由于文学的原创性是一个伪命题，我们也不可能从原创性的假设出发，通过可量化的公式一劳永逸地解决文学抄袭的认定问题。该文还特别考察了庄羽诉郭敬明案中，法院对实质性相似的认定方式。我认为法院过于倚重原告方提供的证据，原告方则试图用雷同的情节表述来制造两部涉案作品情节雷同的假象。对于局部相似性的过分关注，导致法院只见树木不见森林，忽视两部作品在文类和主题方面的实质性差异。不过，该文并不仅仅是一篇“翻案”文章，我还希望通过分析庄羽诉郭敬明案揭示新世纪流行文学场域的权力争夺。诗评家陈仲义曾将网络诗歌比喻为“新罗马斗兽场”[③]，这一比喻用在新世纪文学的其他领域也毫不过分。抄袭的指控实际

① 本文曾发表于《福建艺术》2004 年第 1 期，有删改。

② 本文删节版曾发表于《广西师范学院学报》2018 年第 6 期。

③ 陈仲义：《新“罗马斗兽场”——十年网络诗歌论争缩略》，《文艺争鸣》2009 年第12 期。

上就是这个斗兽场中的一种话语表演，其中不乏真切的道德义愤，但也有经济利益的考量和文化资本的争夺。

2017 年 7 月初，我读到肖映萱的《数据库时代的网络写作：如何重新定义"抄袭"》一文。[①] 很高兴地看到，研究网络文学的同行也在对文学抄袭问题进行反思。该文让我意识到，文学社群自发制定的反抄袭规定并不一定就能解决抄袭的问题。肖映萱梳理了网文圈关注的三类抄袭，即"抄文字，抄情节，抄设定"。文字和情节方面的相似性也是法院判定抄袭的主要依据，尽管这两个依据实际上都有问题。比如，同样的文字在不同的语境下可以表达不同的意义。[②] 对于情节的认识更是和文本阐释有关，尤其在阅读长篇小说时，不同的读者对于情节的记忆和提取会有很大差异。在这三类抄袭中，设定的抄袭无疑是最引人瞩目的，因为目前法律还未对设定问题作出规范，而网文圈已经走在了法律的前面。不过，肖映萱并未解释为什么网文圈会对设定，尤其是世界设定，如此看重，但这恰恰是一个值得深究的问题。正如法院将情节纳入著作权保护范围与通俗小说以情节为推动力的叙事结构有关，网文圈对设定的重视，恐怕也和本书《〈临高启明〉》一文讨论的从故事讲述到世界建构的创作新变有关。

肖映萱还提及写作软件对于文学创作的影响，尽管这些软件目前还不能创作出可读的作品，但"完全可以充当一部网络版、智能化的'文学描写辞典'"。事实上，人工智能(AI)取代人类作者并非不可能。在美国新闻写作领域，自动写作系统已经极大地提高了新闻报道的生产效率。[③] 在小说创作领域，日本一篇由计算机程序生成的短篇小说甚至于 2016 年通过文学奖项的首轮盲选。[④] 比起肖映萱所关注的文学的"大工业时代""数据库写作"，我更关心创作媒介的变革在文学形式中的体现。比如，肖映萱提到的写作软件可以提供"风景、场面、制度等资料性描写"，这是否意味着，一向被视为文学作品要

① 肖映萱：《数据库时代的网络写作：如何重新定义"抄袭"》，《文艺理论与批评》2017 年第 3 期。

② 参见博尔赫斯的短篇小说《〈吉诃德〉的作者皮埃尔·梅纳尔》。Jorge Luis Borges, *Collected Fictions*, trans. Andrew Hurley (New York: Viking, 1998), 88-95.

③ Joe Keohane, "What News-Writing Bots Mean for the Future of Journalism," February 16, 2017, https://www.wired.com/2017/02/robots-wrote-this-story/.

④ Chloe Olewitz, "A Japanese AI Program Just Wrote a Short Novel, and It Almost Won a Literary Prize," March 24, 2016, https://www.digitaltrends.com/cool-tech/japanese-ai-writes-novel-passes-first-round-nationanl-literary-prize/.

素的场景描写，有可能在某些文类或文学场中变得不再重要？那什么样的文本元素会取而代之，成为人类创作的文学作品的标志？如果说人工智能目前最大的缺陷还是无法与人类产生共情，那么文学作品的情感效应是否会成为衡量文学的主要标准？郭敬明式的对读者情绪的精准把握[①]，是否会在未来人类与 AI 的写作竞争中有更大的胜算？又或许，随着虚拟现实（VR）技术的普及，人类对虚构文学的需求会直线下降，文学创作和阅读将重新变成少数精神贵族的自我娱乐和消遣，商业化的网文将彻底融入泛娱乐文化产业？当然，这些问题都还有待时间来回答，但至少 AI 创作可以为我们理解 21 世纪的文学发展提供新的、有趣的视角。

耽美研究部分收入三篇已发表的相关论文，其中两篇都是我和好友徐艳蕊博士合写的。我对耽美的兴趣源自在首都师范大学读博期间的经历。2007 年左右，我接触到超女同人文，特别是百合同人文。[②] 差不多同一时期，艳蕊和我分享了她的原创耽美故事，那时，耽美还是她的一个秘密爱好。艳蕊的信任和慷慨让我第一次对国内的耽美小说创作有了直观的感受，我立刻接受和喜爱上这种文类。同年，在参与主编《粉丝文化读本》时，我又接触到关于日本的 yaoi/BL 文化和欧美斜线文的英文文献[③]。这些最初的阅读促使我发表了一篇专门讨论同人文/粉丝小说的期刊论文。[④] 2011 年 1 月，我有幸参加日本大分大学举办的“BL 的球土性（Glocal）论争：生产、流通和审查”工作坊，发表

---

① 此观点来自最世签约作者陆俊文。陆俊文，个人访谈，2015 年 6 月 4 日。

② 我写过两篇关于超女同人文的论文：《“弄弯的”罗曼司：超女同人文、女性欲望与女性主义》，《文化研究》2010 年第 9 辑；Ling Yang and Hongwei Bao，“Queerly Intimate: Friends, Fans and Affective Communication in a Super Girl Fan Fiction Community,” *Cultural Studies* 26.6（2012）：842-71.

③ BL 是 Boys' Love（也写作 Boys Love）的简称，源自日本出版界，它和 *yaoi* 一样都是女性创作的以男男同性情爱为主题的文类的总称。关于从 *yaoi* 到 BL 的名称变化，参见徐艳蕊、杨玲：《腐女“腐”男：跨国文化流动中的耽美、腐文化与男性气质的再造》，《文化研究》2014 年第 20 辑。斜线文（slash）是 1970 年代出现的以男男同性情爱为主题的同人创作类型，最早诞生于美剧《星际迷航》的女性粉丝社群。

④ 杨玲：《粉丝小说和同人文：当西方与东方相遇》，《济宁学院学报》2009 年第 1 期。

了一篇以《黑塔利亚》中国同人本为主题的会议论文。[①] 在这次会议上,我认识了麦克利兰(Mark McLelland)、长池一美(Kazumi Nagaike)、威尔克(James Welker)等一批从事日本BL研究的知名学者。这个从日本研究中衍生出来的英语学术共同体,为我的耽美研究提供了重要的理论和情感资源,让我意识到我的学术选择或许并非"歧途"。在这个共同体的推动下(如稿约、会议邀请),我和艳蕊开始了合作研究之旅。时至今日,我们已经合作撰写了九篇耽美相关的中英文论文。我还荣幸地与芝加哥艺术学院的拉文教授以及英国华威大学的赵婧博士合作主编了一部以耽美为主题的英文论文集。[②] 但这些研究成果也只是清理了一些我们认为最基本的问题,还有很多领域我们无力触及。耽美粉丝中流传的"一入耽美深似海,再回头已百年身"绝非妄言。耽美也许并不是一种亚文化,而是一种元文化(meta culture),因为它提供全新的认知视角且能和所有的流行文化形式发生交集。

大部分研究中国耽美的学者关注的都是"为什么耽美如此流行""为什么耽美读者大多都是女性"等问题。[③] 而我们感兴趣的问题则是:耽美文类如何在各种内部和外部压力下不断演变,这种文类的出现为当代女性写作、网络文学、流行文化带来哪些冲击,耽美粉丝借助耽美的阅读和写作建构了怎样的爱好者社群[④],开辟了怎样的话语空间。我们欣喜地发现,一些海外学者的研究路

---

① Ling Yang, "The World of Grand Union: Engendering Trans/nationalism with BL in Chinese *Hetalia* Fandom," in *Boys' Love, Cosplay, and Androgynous Idols: Queer Fan Cultures in Mainland China, Hong Kong, and Taiwan*, ed. Maud Lavin, Ling Yang, and Jing Jamie Zhao (Hong Kong: Hong Kong University Press, 2017), 45-62.

② Maud Lavin, Ling Yang, and Jing Jamie Zhao, eds., *Boys' Love, Cosplay, and Androgynous Idols: Queer Fan Cultures in Mainland China, Hong Kong, and Taiwan* (Hong Kong: Hong Kong University Press, 2017).

③ Yanrui Xu and Ling Yang, "Forbidden Love: Incest, Generational Conflict, and the Erotics of Power in Chinese BL Fiction," *Journal of Graphic Novels and Comics* 4.1 (2013): 30-43;朱丽丽、赵婷婷:《想像的政治:"耽美"迷群体的文本书写与性别实践》,《江苏社会科学》2015年第6期。朱丽丽、赵婷婷在查阅60余篇国内耽美研究文献之后也发现大部分研究都试图分析耽美流行的成因。

④ 我的博士论文研究的是超女粉丝文化(杨玲:《转型时代的娱乐狂欢——超女粉丝与大众文化消费》,中国社会科学出版社2012年版),从这一研究中我获得的重要启示是,任何被主流社会怀疑和压制的文化要想发展壮大,都必须建立自己的社群(根据地),将单个粉丝的力量集合在一起。

径与此类似。如日本学者永久保阳子在其 2005 年出版的专著《Yaoi 小说论》中，不再纠结“女性为什么喜欢男男之爱”，而是围绕“这种文类带来了哪些新的可能性”，用细致的分析和统计数据揭示耽美文类的结构和精髓。该书也因此被日本耽美研究的先驱藤本由香里盛赞为“开拓性的”“真正杰出的”著作。①

在研究方法方面，我们利用日本住友基金的资助，在 2013—2014 年访谈了近 30 位耽美创作者和读者。这些访谈让我们对耽美粉丝群体的多样性有了更深入的理解，同时也让我们意识到访谈作为研究方法的局限。② 首先，受访者提供信息的意愿和质量很大程度上取决于访谈者对耽美的了解。以同好的身份进行对话，和以局外人/研究者的身份进行访谈是两种不同的经验，生产出来的数据会有很大差异。其次，耽美的写作和阅读与个体的性倾向、欲望和幻想有密切的关联，鉴于性对于中国公众来说仍然是难以启齿的话题，受访者很少愿意回答涉及个人隐私的问题。因此，我们在研究时主要依靠的仍然是个人多年积累的阅读经验和社群观察。

本书收录的三篇论文都在一定程度上展示了我们的研究路径。《中国耽美(BL)小说中的情欲书写与性/别政治》最早是会议论文，曾在 2014 年台湾文化研究协会年会上发表过。在丁乃非教授的鼓励下，该论文修改后投给《台湾社会研究季刊》，在 2015 年第 100 期上刊出。该文以文本细读为基础，检视了耽美小说的情欲书写和快感机制，尝试在具体的社会文化脉络下理解耽美小说中各种“怪力乱神”的性幻想和性暴力。该文认为，“耽美对性角色、性行为和性关系进行多元呈现，显示强烈的反拨和突破异性恋性关系模式的冲动，以及重构性/爱中的权力关系的努力”。

之所以将这篇论文收入书中，还出于以下两个考虑。一是我们发现论文的会

---

① Fujimoto Yukari, “The Evolution of BL as ‘Playing with Gender’: Viewing the Genesis and Development of BL from a Contemporary Perspective,” in *Boys Love Manga and Beyond: History, Culture, and Community in Japan*, ed. Mark McLelland et al. (Jackson: University Press of Mississippi, 2015), 83.

② 许多非耽美粉丝的研究者习惯采取访谈的形式来了解耽美文化，但由于样本数量有限，得出的结论难免有失公允。以朱丽丽、赵婷婷的论文为例。两位作者虽然进行了两年多的线上观察并访谈了 9 名耽美粉丝，但她们文中的一些观点仍然暴露出其对耽美的有限认知，比如，两位作者称耽美社群“关注的对象永远是小说中的男性或现实中的男同志，女性几乎不构成任何话题，她们自己的女性身份及生活经历也不被提及”，倘若两位作者读过耽美 ABO 文，“围观”过晋江闲情论坛有关二胎政策的讨论，就会有不同的看法。

议投稿版遭到花式抄袭。鉴于已经有读者对这篇论文显示出浓厚的兴趣,且按照国内学界"被抄袭说明写得好"的逻辑,我和艳蕊商量之后决定将这篇论文的删节版收入书中,以方便更多的读者看到论文的基本样貌。其次,我想用这篇论文回应戴锦华教授对耽美的质疑。① 国内著名的女性主义学者针对耽美话题发声,对于耽美爱好者和研究者而言无论如何都是一件幸事。因为这至少说明耽美文化已经扩张到临界点,学界无法再对其视而不见,充耳不闻。

我同意戴教授的耽美"不是美国或者日本的女性同人文化的特定分支"的看法,但反对将耽美视为中国古代断袖文学的"直接接续"。任何对中国耽美的发展脉络有基本了解的人,都无法否认日本 BL 以及欧美斜线文对耽美的影响。耽美的跨国界、跨文化的杂交性,恰恰就是其中国特色的一部分。耽美的中国特色还来自于本土现实的形塑力量,我们在文中指出,耽美虐文"对血腥场景的青睐,与精英作家对同类场景的描述一样,都是对同一种历史境遇的不同回应"。二者的不同之处在于,耽美作者"倾向于处理私密关系中的控制与反控制、暴虐与柔情、冲突和妥协"。戴教授称耽美读者"代入的是弱势的受虐者",忧虑其阅读快感可能来自于被强暴的快感,显然是对耽美虐文的简单化的解读。戴教授提出的攻/受设定复制现实权力秩序的观点,我也不敢苟同。针对这个老生常谈的话题,艳蕊和我在《腐女"腐"男:跨国文化流动中的耽美、腐文化与男性气质的再造》一文的"攻/受区分与性别秩序的重组"一节进行了较为深入的探讨,这里不再赘言。

《文化治理与社群自治:以网络耽美社群为例》②一文是对 2014 年"净网行动"的回应。③ 论文从社群共识的培育、舆论监督和仲裁、道德准则的协商

① 戴锦华:《后革命的幽灵种种》,2017-03-12,http://mp.weixin.qq.com/s/-z1xArgoA6kSbeUX7ny3Ug。

② 本文几经修改后得以在《探索与争鸣》2016 年第 3 期上发表。

③ 在这场史上最严厉的扫黄打非运动中,耽美社群不可避免地受到波及,我本人也在这场运动中扮演了一个意想不到的小角色。在净网行动的高峰期,香港中文大学的余幼薇(Katrien Jacobs)教授将我推荐给《纽约时报》国际版记者 Didi Kirsten Tatlow。在接受记者访谈时,我提出"耽美是一场正在进行的有女权主义特征的性革命"的观点。该报道在《纽约时报》网站刊出后,被《参考消息》节译成中文发表。随后,晋江高层为了网站的生存主动将耽美文类更名为"纯爱",还对网站版面进行大幅度调整。该报道也在耽美社群内部引发争议,我因在访谈中要求匿名而未被卷入舆论的漩涡,但这次访谈所引发的多米诺骨牌效应至今仍让我觉得不可思议。

三个方面详细分析耽美社群的自治方式。我们认为,文化治理是“国家、资本、社群和公民个体之间围绕文化权力和文化表达所展开的多方较量和博弈”。耽美文学网站、社群和爱好者为了应对来自国家的强制性监管,一方面或主动或被动地顺应这种监管,一方面又通过多种方式来维护耽美文化的生存空间和社群的良性发展。这些社群内部的治理活动与国家的外部治理形成多重碰撞。除了关注耽美社群的管理机制,我还在《粉丝经济的三重面相》①一文中探讨了耽美社群的经济体系。早期的耽美社群实行礼物经济,作品由社群成员免费共享。2008 年,晋江文学网力排众议,坚定地完成商业化转型,促使晋江迅速成为华语耽美文学的主阵地。近年来,由于商业化和审查的双重辖制,抱怨晋江 V 文质量江河日下的读者不在少数。然而,商业并不必然是艺术的天敌,尽管耽美社群中拥有大量热爱这一文类的作者和读者,但“用爱发电”终究能量有限。2017 年 5 月底,坚持了七年非商业化运作的长佩论坛宣布实行公司化运作,但论坛管理者承诺不会改变论坛的自由度,也不照搬晋江的商业化模式。② 网络文学商业化的初衷是网站、作者和读者的“三赢”,也许长佩论坛能摸索出实现这一目标的途径。

附录部分收录《新世纪青少年的文学消费:环境与伦理》和《新媒体时代的纸媒文学:类文本、图像与媒介间性》两篇旧文,它们出自我博士后出站报告的第四章和第三章,收入时有删改。2009—2011 年,我在北京师范大学文艺学研究中心从事博士后工作,完成一篇 14 万字的博士后出站报告《从青春文学到创意产业——以郭敬明和最世文化发展有限公司为中心的考察》。报告的第四章尚未公开发表。第三章的部分内容和《最世文化与当代文学的产业化趋势》一文重叠,但为保持论述的连贯性,未进行大幅度删节。这两章记录了许多普通读者(包括我自己)阅读青春文学的感受,也是我第一次尝试小组访谈的研究方法的成果。将两章一并收入本书,一是为了分享那些接受过我访谈的年轻读者的故事,二是为了纪念阅读最世书刊的美好时光。

愿本书为后继的研究者提供些许方法上的启发和文献上的帮助。

---

① 本文的删节版曾发表于《中国青年研究》2015 年第 11 期。

② 公子长佩:《大家端午节快乐,发个很长却很重要的公告》,2017-05-30,12:23,微博。

第一辑　概念

代入感、体验经济与网络文学研究的范式转型

自《文学评论》等学术期刊于2000年前后开始刊发网络文学论文以来①，网络文学已经成为当代文学研究的热门领域，取得数量可观的研究成果②。然而，与纷繁庞杂、日新月异的网络文学现象相比，网络文学研究始终处于相对滞后的状态，缺乏有效的理论框架和批评视角。③ 近年来，随着学界对网络文学的了解日趋深入，有关网络文学的定位和研究方法的分歧也日渐明显。部分学者针对本土网络文学的主流形态提出，网络文学只是网载的通俗文学，"其营养的各方面都源自传统文学"④，网络文学研究只需要承袭现有的文学研究方法，外加"一定的文化研究的视野"⑤。另一部分学者则坚持强调网络文学的新媒介属性，认为网络文学蕴含"新鲜的文化元素"⑥，呼吁更多地借鉴

---

① 此阶段的网络文学研究成果，可参见陈海燕：《网络小说的兴起》，《小说评论》1999年第3期；钱建军，《第X次浪潮——华文网络文学》，《华侨大学学报》1999年第4期；宋晖、赖大仁：《文学生产的麦当劳化和网络化》；《文艺评论》2000年第5期；南帆：《游荡网络的文学》，《福建论坛》2000年第4期；杨新敏：《网络文学刍议》，《文学评论》2000年第5期；王多：《解读网络文学》，《探索与争鸣》2000年第5期等。

② ［韩］崔宰溶：《中国网络文学研究的困境与突破——网络文学的土著理论与网络性》，北京大学2011年博士论文，第6页。

③ 王小英、祝东：《回望与检视：网络文学研究十年》，《山西师大学报》2010年第2期；马季：《繁花似锦　流云无痕——2011年网络文学综述》，《文艺争鸣》2012年第2期。

④ 杨燕：《网络文学何以存在》，《文艺争鸣》2012年第5期。

⑤ 邵燕君：《面对网络文学：学院派的态度和方法》，《南方文坛》2011年第6期。

⑥ 许苗苗：《精英趣味与大众生产力——网络文学"非线性"特征的转变》，《海南师范大学学报》2013年第6期。

西方数字媒介理论的研究成果，使网络文学研究升级为“数字文学研究”。[①]

显然，当代中国的网络文学同时具备“新”（高度依赖网络媒介）和“旧”（沿袭纸质通俗文学的部分文本特征）两个面向。但仅仅从这两个方面来理解网络文学，只会陷入网络文学的“网络性”与“文学性”孰轻孰重的无谓争执，无助于我们探索网络文学的内在发展逻辑及其与当代社会文化变迁的关联。网络文学究竟是一种什么样的文学？与传统文学相比，它到底有何独特魅力？对于这些基本问题，网络文学读者/爱好者的思考并不比学院批评家少。普通读者的集体智慧或许可以成为我们重新认识网络文学的起点。关注读者的阅读体验、倡导以读者为中心的网络文学研究范式，既是本书的核心观点，也是本书践行的研究方法。

一、代入感、共鸣与体验经济

尽管学界一直无法有效地介入和引导网络文学的发展，网络文学的读/作者们却通过多年的实践和积累，形成一套普遍认可的民间评价标准。优秀的网络小说通常需要具备新颖的剧情、强烈的代入感、张弛有度的节奏、稳定的更新速度和简洁准确的文笔五大要素。其中，代入感的重要性甚至超过剧情，成为网络文学的最大看点。[②] 代入感指读者在阅读小说的过程中获得身临其境的感觉，想像自己就是故事里的人物，并跟随故事情节的发展而出现情绪上的变化。[③] 真实感、认同感和爽感是影响代入感的三个主要因素。真实感指的是小说文本建构一个富有逻辑性和自洽性的“第二世界”的能力。认同感指读者对人物设定的认同程度。网络小说的主人公通常拥有与目标读者相似的身份。如起点中文网（男频）的读者主要是男性青少年，因此发表在该网站的小说都以学生或初出茅庐的社会新人为主人公，而且清一色是男性。[④] 爽感或爽点是读者在阅读过程中获得的成就感和满足感。它常常来自主人公突破

---

① 单小曦：《从网络文学研究到数字文学研究的范式转换》，《学习与探索》2012 年第 12 期。

② 《网文的基本要素有哪些》，2013-07-02，http://vip.book.sina.com.cn/book/chapter_240258_308653.html。

③ 王宇景：《对网络小说代入感的叙事分析》，华东师范大学 2012 年硕士论文，第 7 页。

④ 《网文的基本要素有哪些》，2013-07-02，http://vip.book.sina.com.cn/book/chapter_240258_308653.html。

社会常规,“杀伐果断,为我本心”“天下瞩目,唯我独傲”“笑看人间、万事不惧”的卓越才能和气度。①

当下,有关网络文学的著述虽已“汗牛充栋”,但却鲜少有人注意到代入感在网络文学中的重要地位。文学研究者似乎对这个源自游戏产业的新词普遍感到有些陌生。其实,文学领域有一个和代入感相近的术语,那就是“共鸣”。1960年前后,中国文学界还曾就共鸣的阶级性问题展开过一场激烈的学术论战。② 在阶级范畴被消解的后革命时期,学界对共鸣的态度依旧模棱两可。一方面,“好的文学作品能引发读者的广泛共鸣”成了不证自明的常识。另一方面,读者在阅读过程中的强烈情感投入又让部分学者心存忧虑。有人将读者“自化为文本中的人物”的行为视作缺乏理性的极端化共鸣,认为这不是文学欣赏的最佳状态。③ 还有学者试图区分文本对读者的同化与读者对文本的同化,担心读者对文本的完全认同将导致其主体性的丧失。④

在文学经典的阅读中,共鸣实际上处于相对次要的位置。美国文学批评家布鲁姆认为,“当你(读者)初次阅读一部经典作品时,你是在接触一个陌生人,产生一种怪异的惊讶而不是种种期望的满足”。《神曲》《失乐园》《浮士德》《尤利西斯》等文学经典的作用是让读者“对熟悉环境产生陌生感”⑤,这种陌生感将迫使读者与文本保持一定的距离,犹如布莱希特戏剧的“间离效果”。共鸣(empathy,也译作“共情”)究其实质是一种“承认他人的情感并对他人做出情感性反应的认知和智识能力”。读者通过共鸣与他人发生社会连结,对他人的不幸给予同情和关心,以此实现人的社会性。⑥ 但经典阅读彰显的却是个体的孤独感:“西方经典的全部意义在于使人善用自己的孤独,这一孤独的最终形式是一个人和自己死亡的相遇。”⑦网络文学对于代入感的强调,显然

---

① 九流之末:《网文中爽点总结! 持不同意见者,请入》,2012-02-23,http://www.lkong.net/thread-552737-1-1.html。

② 本刊编辑部:《关于文学上的共鸣问题和山水诗问题的讨论》,《文学评论》1961年第6期。

③ 董学文、张永刚:《文学原理》,北京大学出版社2001年版,第138页。

④ 赵勇:《审美阅读与批评》,中国社会出版社2005年版,第33~49页。

⑤ [美]哈罗德·布鲁姆:《西方正典》,江宁康译,译林出版社2005年版,第2页。

⑥ P. Matthijs Bal and Martijn Veltkamp, “How Does Fiction Reading Influence Empathy? An Experimental Investigation on the Role of Emotional Transportation,” *PLoS ONE* 8.1 (2013), https://doi.org/10.1371/journal.pone.0055341.

⑦ 哈罗德·布鲁姆:《西方正典》,江宁康译,译林出版社2005年版,第21页。

代表与经典阅读不同的通俗文学阅读。它意味着读者"对文本的投入是主动的、热烈的、狂热的、参与式的","与中产阶级那种对文本保持距离的、欣赏性和批判性的态度正好相对"。① 此外,网络文学对读者阅读体验的重视,也和当代体验经济的崛起密切相关。

20 世纪 90 年代末,美国学者派恩和吉尔摩共同提出"体验经济"的概念。他们将人类经济发展史概括为四个阶段——农业经济、工业经济、服务经济和体验经济。农业经济的特点是采集可食用的、自然的作物。工业经济的特点是制造有形的标准化产品。服务经济的特点是交付(deliver)无形的客户定制服务。体验经济的特点是上演(stage)值得回忆的私人体验。前三种经济提供的产品和服务都是外在于消费者的,只有体验是内在于消费者的,存在于消费者的头脑之中,需要他们情感、身体、智识和精神的全方位投入。不仅剧院、迪斯尼主题公园等文化领域在为消费者提供体验,电子信息技术,如多人在线游戏、网络聊天室、虚拟现实等也都在鼓励各种新的体验。体验有四个维度:被动参与、主动参与、吸收(absorption)和沉浸(immersion)。在看电视等娱乐体验里,消费者被动地观看活动或表演,吸收活动或表演的信息,但不是活动或表演的一部分。在上课等教育体验里,消费者主动地参与并吸收信息,但他们仍然是在活动的外部,缺少沉浸。在参观美术馆等美学体验中,消费者沉浸在感官丰富的环境里,但他们只能被动地欣赏,不能改变环境的性质。在演戏、攀岩等逃避体验(escapist experience)中,消费者不仅是能够塑造事件的积极参与者,还沉浸在或真实或虚拟的环境里。只有独特、难忘的体验,才能够创造经济价值。②

网络文学的代入感就是在最大限度地拓展小说这种艺术形式所生成的体验经济。在阅读过程中,读者主动代入小说中的主人公,体验跌宕起伏的人生,探索未知的世界,接受逆境的考验,享受征服的快感和成功的辉煌。这种代入如同演戏一样,能让读者暂时摆脱压抑无趣的现实生活,自由地沉浸在小说世界。从网络小说或其他媒介产品中获得的感官体验虽然源自虚构的情景,但却是一种真实发生的体验,和现实生活中的情感体验一样有助于维持我们的身心健康。代入感是读者进入文本的契机和门槛。一个文本只有具备代

---

① [美]约翰·费斯克:《理解大众文化》,王晓珏、宋伟杰译,中央编译出版社 2006 年版,第 154 页。

② B. Joseph Pine II and James H. Gilmore, "Welcome to the Experience Economy," *Harvard Business Review* 76.4 (1998): 97-105.

入感,才会激发读者的意义生产。因为与作品产生强烈共鸣,在情节的空白处,读者会“自行脑补”(想像)。在作者断更(中断更新)时,读者会猜测、讨论剧情的走向,甚至贴上自己的山寨版更新。在作品完结后,读者还会发表自己的同人续写或仿作。

二、文学体验经济的两种模式

为了阐明网络小说与文学经典在塑造阅读体验方面的异同,笔者选取两个文本进行对比分析。它们分别是:意大利作家卡尔维诺1979年出版的后现代主义经典《如果在冬夜,一个旅人》(简称“冬夜”),以及网络写手zhttty(又名“长弓手”,真名张恒)2007—2009年在起点中文网连载的网络小说《无限恐怖》。前者是以实体书形式问世的严肃文学,后者则是首发于商业文学网站的通俗小说。两部貌似截然不同的作品却在叙事结构和创作主旨上形成了一些有趣的关联。

《冬夜》是一部实验性作品,主要由一个框架故事和十篇嵌入文本组成。饶有意味的是,这个框架故事采取了罕见的、具有强迫性代入感的第二人称叙事。小说开头,“你”是一位读者,刚买到卡尔维诺的新作《如果在冬夜,一个旅人》。并不令人意外的,这位卡尔维诺假想的“普通”读者是一位受过教育、生活舒适的青年男子。“你”打开小说,翻了三十来页,刚刚渐入佳境,却因装订错误而看不到下文。“你”只好返回书店,换了另外一本小说。然而这本小说同样出现装订问题。就这样,在各种错误巧合的影响下,“你”(以及所有阅读卡尔维诺作品的读者)读到了十部毫不相干、风格各异的小说的片段。“你”还在追踪完本的过程中遇到形形色色的读者以及一系列与纸质图书相关的文化中介人,如出版社编辑、文学教授、作者、译者、伪书制作者和书籍审查官。“你”尤其被一位热爱阅读的女读者所吸引。小说的结尾,“你”经过与其他读者的讨论,决定与这位女读者结婚。因为“古时候小说结尾只有两种:男女主人公经受磨难,要么结为夫妻,要么双双死去。一切小说最终的涵义都包括这两个方面:生命在继续,死亡不可避免”。① 《冬夜》的台湾版译者吴潜诚教授曾评论说,该书“不是一部小说,而是一部关于小说的小说,一篇关于说故事的故事,一本关于阅读和写作的书,一份关于文本的文本,一部明显具有后现代

---

① [意]卡尔维诺:《如果在冬夜,一个旅人》,萧天佑译,译林出版社2012年版,第299页。

特征的后设作品”。[①]

和《冬夜》一样,《无限恐怖》也有一个叙事框架,嵌入十五部恐怖片(系列)。故事主人公郑吒(“挣扎”的谐音)是一位过着行尸走肉生活的年轻都市白领。一天在公司上班时,他的电脑屏幕上突然弹出一个对话框“想明白生命的意义吗?想真正的……活着吗”[②]。郑吒点了“YES”,然后瞬间就进入恐怖片《生化危机》的剧情世界。从第一部恐怖片中幸存下来的郑吒随后被送入一个万能的主神空间,这里贮藏了各种强化属性、技能、武器和秘籍。郑吒可以用他得到的奖励积分去兑换。修炼后的郑吒随后进入下一部恐怖片,继续完成主神空间分配的任务,完不成任务则会被抹杀。在不断经历恐怖片的轮回考验的过程中,郑吒和其他进入恐怖片世界的冒险者组成一个战斗小队,最后成功地解开了四阶基因锁[③]。主神空间是由远古人类创造的,这些人类发现整个世界是一个盒子,而他们不过是盒子里被操纵的木偶。于是,他们建立了主神空间,用以帮助未来的人不断修炼、进化,从而有能力对抗盒子的制造者,也就是具有最高能力的作者。[④] 小说的故事情节主要发生在主神空间和恐怖片空间,但个别人物偶尔也会回到现实空间。《无限恐怖》对好莱坞恐怖大片的挪用,将“作者”当作小说世界的终极秘密和大反派的做法表明,它并不只是一部流行的玄幻/修真小说,而是颇有后现代小说的拼贴风格和自反性。

虽然《冬夜》和《无限恐怖》都使用了能够延展故事时空的框架叙事模式,但其框架文本与嵌入文本的关系却颇为不同。卡尔维诺用人称转换的方式,让《冬夜》中的框架文本和嵌入文本形成对话。在嵌入文本里,框架文本中的第二人称“你”被置换为第一人称“我”,从而使“读者‘你’成为了‘我’的对话者”[⑤]。不过,由于十个嵌入文本中的“我”身份和经历各不相同,读者较难认同、代入所有的主人公,对这些嵌入文本产生强烈的兴趣。在《无限恐怖》中,

---

① 吴潜诚:《〈如果在冬夜,一个旅人〉:后现代小说的阅读与爱恋》,http://www.ruanyifeng.com/calvino/2007/10/reading_and_love_in_postmodern_fictions.html.

② 长弓手:《无限恐怖 1》,北方文艺出版社 2007 年版,第 1 页。起点网址:http://www.qidian.com/Book/109222.aspx。

③ 基因锁是《无限恐怖》虚构的一种力量体系,共有六层。它指的是人体内隐藏的基本潜能,只有在特殊刺激下才会释放。参见“基因锁”,百度百科,http://baike.baidu.com/view/1627028.htm。

④ 对主神空间的解释,来自网友在“百度知道”给出的回答。

⑤ 杨黎红:《论〈如果在冬夜,一个旅人〉中的多元人称叙述》,《学术交流》2012 年第 S1 期。

郑吒既是框架故事的主人公，也是所有嵌入恐怖片的主人公。这样的设计使得框架文本和嵌入文本实现无缝连接。读者只要代入郑吒的角色，就能够和他一起在多个不同的叙事空间中穿梭，开启生命的潜能。

如果说《冬夜》的叙事结构吸纳了多个类型的小说文本，以便让读者获得多重的小说阅读体验，《无限恐怖》的叙事模式则整合了文学之外的其他媒介文本，以适应当代读者所处的多媒体生活环境。《无限恐怖》开创了一种全新的媒介融合文本，其故事设定将文学、电影和游戏三种媒介体系完美地结合在一起。恐怖片粉丝能从小说对恐怖片场景的摹写和再现中重温观影的乐趣。主神空间制定的积点奖励、兑换升级规则又复制了最常见的游戏模式，能激起游戏玩家的共鸣。作者张恒还利用原创的基因锁设定，找到联通中西神话的方式，即把盘古、伏羲、耶和华、巨人族等神话人物都当作远古时代开启了基因锁的圣人。而且从理论上说，这样的故事设定还可以容纳更多类型的媒介文本，无限扩展读者从文字符号中获得的感官体验。如观沧海的《冰之无限》就让主人公“穿越”动漫作品，而非恐怖电影。较之《冬夜》，《无限恐怖》更像是一本能够“将万千世界万千人生融为一体”①的“真正的小说”。②

除了相似的叙事结构，两部作品都试图为小说阅读提供一个终极理由。当代文艺生产正在呈现出奇特的两极化发展趋势。一方面，微博、微电影、微小说、微视频等“微文艺”风靡一时③，另一方面，网络小说却越写越长。截至2013年7月，起点上的第一部千万字小说《从零开始》已经更新到1500万字，且还在连载中。微文艺的出现尚可用“生活节奏加快”“休闲时间零散化”的原因来解释，但既然生活节奏紧张，读者为何还要花费大量的时间来阅读超长篇、或任何有一定长度的小说呢？

卡尔维诺对这一问题的解释与罗兰·巴特一样：阅读如同做爱，能让读者“爽”(*jouissance*)。④ 阅读和性交都是一个通过节奏、运动、反复来追求高潮的过程，“性交与阅读最相似的地方莫过于它们内部都有自己的时间与空间，

① 蔡晨旭：《网络小说的多元路径与无限可能：以“无限流”为例》，厦门大学“网络文学与网络文化”课程2013年课程论文。

② 卡尔维诺：《前言》，载《如果在冬夜，一个旅人》，第12页。

③ 黄小希：《微博微小说微电影日趋流行　文艺创作走进“微”时代》，2011-08-08，http://media.people.com.cn/GB/15348860.html。

④ 吴潜诚：《〈如果在冬夜，一个旅人〉：后现代小说的阅读与爱恋》，http://www.ruanyifeng.com/calvino/2007/10/reading_and_love_in_postmodern_fictions.html.

有别于可计量的时间与空间”[①]。如果以爽感为衡量小说质量的标准，微小说自然无法与长篇小说抗衡。值得注意的是，卡尔维诺的文本实验一方面将爽感当作阅读的原动力，另一方面又在有意地打断、干扰读者的爽感。嵌入《冬夜》的十个小说文本，全部都只是一个开头（前戏）。一两次中断，或许还能激起读者追踪下文的兴（性）趣。但反复中断之后，就会让读者感到气馁。卡尔维诺试图“再现对被中断了的长篇小说的阅读”，[②]但结果不过是导致读者放弃对这些“残本”的阅读，转而聚焦于框架故事。当然，这也是卡尔维诺意料之中的结果。在小说里，男读者自从首次在书店换书，偶遇女读者之后，其追逐完本的动机就主要是为了接近女读者。小说结尾以男女读者在双人床上同时进行阅读，然后合上书本、熄灯睡觉结束。显然，阅读与做爱仅仅是相似，但并不可能代替做爱。做爱的开始（“生命的延续”）也就意味着文本的闭合。

寻求“爽感”也是读者阅读网络小说的主要动机。网络 YY（“意淫”）文通常采用打怪升级、种马后宫、主角无敌的创作模式，来满足读者对权势和性的渴望。然而，《无限恐怖》却跳出常见的网文模式，构造出既新颖又合理的小说世界。如果说《冬夜》许诺给读者的，是对“真正的小说”的阅读体验，那么《无限恐怖》引诱读者的则是真正的生活，以文字描摹的恐怖电影为媒介。卡尔维诺把阅读描绘为一个自我重复的情欲满足过程，张恒则把阅读构想为一个自我超越的生命能量的释放过程。在卡尔维诺的小说中，小说阅读与生命体验是相互矛盾的，选择真实的生命（性爱）体验，就必须放弃对虚构作品的阅读。虚构文本的阅读体验始终次于、低于真实的性爱体验。在张恒的小说中，包括小说阅读在内的娱乐体验被当作生命体验的有机组成部分，二者没有高下之分。

因平庸生活而麻木的郑吒，依靠充满感官刺激的恐怖电影重新获得鲜活的生命体验。这个大胆的情节设定，并不单纯是博德里亚所谓的“现实的死亡”或拟像的胜利。如荷兰学者穆尔所指出的，博德里亚是“某种本体论的怀旧之情的牺牲者”，“我们不应该把虚拟现实想像为现实消失的一种形式，而应当视之为另一种现实的展开”。虚拟现实并不是一种幻觉，人们在飞行模拟器中体验到的身体与精神的感觉，“几乎不能与在真实飞行中的那些体验区分开

① ［意］卡尔维诺：《如果在冬夜，一个旅人》，萧天佑译，译林出版社 2012 年版，第 178～179 页。

② ［意］卡尔维诺：《前言》，载《如果在冬夜，一个旅人》，第 6 页。

来"①。我们不妨也将《无限恐怖》中的恐怖电影以及《无限恐怖》这部小说本身理解为飞行器一样的、能够激发真实感觉的"虚拟现实装置"。这种"虚拟现实"并不等于法兰克福学派所批判的"虚假现实",它让读者的生命变得更加丰盈,而非枯萎。

《无限恐怖》不仅提供了比《冬夜》更丰富的阅读体验,两部作品描绘的读作/者关系也形成引人注目的对照。澳大利亚学者哈特利曾提出一个由作者/生产者、文本/表演和读者/受众构成的"意义价值链"。他认为,在前现代社会,神圣的作者/上帝被视为意义的来源。《圣经》这样的文本就是神说的话,其作者意图是不容置疑的,读者需要做的就是借助牧师的力量理解作者/神的旨意。在现代社会,意义被重置于"物自体"。人们开始通过科学地观察实存的客体来决定真理,文本就是一个自足的客体,一个可供挖掘的意义源泉。此时,文学读者不再依靠权威,而是通过细读的技巧来解剖文本的意义。在当代社会,意义漂浮到读者/受众/消费者那里。电视节目或新闻的意义不是其制作者的意图,也不是文本分析的结论,而是无数普通大众的理解。各种民意调查、抽样调查、收视率和民族志都旨在呈现大众的理解。消费者决定意义的方式是将现存的材料整合在一起以便制作出新的文本和意义,这是一种编辑式的(editorial)而非著者式的(authorial)的意义生产方式。②

《冬夜》讽刺地呈现了哈特利所描述的前现代和现代读/作者关系。书中既有把作者视为神圣的宇宙信息传递者的狂热分子,也有坚持用政治化的文学理论来分析作品的激进学生。当然,卡尔维诺也描绘了他心目中的理想读者——男读者所爱慕的女读者。这位美丽聪慧的女子在阅读时不仅神情专注,还会在脸上流露出阅读的幸福感。更重要的是,她坚守自己的读者位置,从无非分之想。她认为小说家所创造的世界早已存在,但要借助某些会写的人才能表现出来:"理想的作家就是像'南瓜秧子结南瓜'一样创作的作家"③。作者的任务就是顺应其自然天赋进行创作,读者的任务就是认真地阅读作者所写的一切。由于读者和作者之间存在无法逾越的鸿沟,以至于男读者宁愿

① [荷]约斯·德·穆尔:《赛博空间的奥德赛——走向虚拟本体论与人类学》,麦永雄译,广西师范大学2007年版,第149~150页。

② John Hartley, "The 'Value Chain of Meaning' and the New Economy," *International Journal of Cultural Studies* 7.1 (2004): 131-37.

③ [意]卡尔维诺:《如果在冬夜,一个旅人》,萧天佑译,译林出版社2012年版,第218页。

煞费苦心地寻找完本，也不敢，不愿僭越作者的领地，自己续写中断的小说。

《无限恐怖》则让我们看到当代文化消费中，作者、文本与读者之间日趋混淆的边界。观众可以穿越到恐怖片里，变身为演员/导演。作品人物可以构筑主神空间反抗作者。作者也可以跳入作品，变成作品中的人物。在以互动性为标志的网络环境里，读者变成作者、作者变成读者都成为轻而易举的事。《冬夜》中的男读者虽然阅读了十部小说的开头，并且热切地追踪小说的结局，但从“体验经济”的角度来看，他仍然停留在那些小说文本的外部，无法对它们的结局施加影响。《无限恐怖》中的郑吒则不同，他不仅进入恐怖电影的内部，和恐怖电影中的人物一起并肩作战，还利用自己的力量改写原电影的故事走向和结局。在《冬夜》中，卡尔维诺试图用“自我分裂”的方式，即想像出“一个不是我并且不存在的作者所写的小说”[①]来突破“著者式”创作。《无限恐怖》则以“编辑式”的生产方式，毫无顾忌地挪用着人类现存的一切文化资源，不管是远古神话、神圣经典，还是商业电影。

有趣的是，《无限恐怖》写作过程中真实发生的读/作者关系比小说虚构的读/作者关系更富戏剧性。2008 年愚人节那天，张恒在起点网站上发了一则公告，称他刚刚“经历了这一生中最不可思议，也最让我无法接受的事”。他深爱的女人爱上他最信任的兄弟，两个人背着他走到一起。当言情小说中最烂俗的三角恋发生在作者，而不是故事人物身上，作者首先想到的，是向他的书迷求救。张恒留下了他的 QQ 号，请求看到的读者陪他聊天，收留他，帮他渡过人生最大的危机。[②] 读者拯救了情感困境中的张恒，[③]但也给他的创作带来了困扰。张恒本来计划写一个《无限三部曲》，即《无限恐怖》《无限未来》和《无限世界》，但在部分读者的压力下，中途修改了思路。由于《无限未来》开头的风格和《无限恐怖》差别较大，引起大量老读者的不满和弃读。面对读者的流失和收入的下降，张恒只好停止更新《无限未来》，转而去写其他小说。尽管张恒至今未能完成《无限三部曲》，但《无限恐怖》已被许多网文读者奉为经典。这部作品不仅出版了实体书，被改编成漫画，还拥有大量的同人小说。这些衍生的小说和原作一起构成了新的网络小说流派——“无限流”。《无限恐怖》开

① [意]卡尔维诺：《前言》，载《如果在冬夜，一个旅人》，第 2 页。

② zhttty：《抱歉，我现在的心态已经不适合写无限恐怖了》，2008-04-01，http://www.qidian.com/BookReader/109222,20041429.aspx。

③ zhttty：《谢谢大家，我现在的心情已经好多了》，2008-04-02，http://www.qidian.com/BookReader/109222,20042425.aspx。

篇那句"想明白生命的意义吗？想真正的……活着吗"反复出现于各种无限流小说，成为无限流作者向张恒致敬的独特方式。

三、走向新的研究范式

瓦特在《小说的兴起》一书中写道：一切文学都仰赖读者的认同和移情能力，亚里士多德的净化说就是以悲剧的代入感为前提。"但是希腊的悲剧，像许多别的先于小说的文学形式一样，包含着许多对自居心理的程度予以限制的成分"。观剧的环境、主人公的崇高身份都在提醒观众"他们正观看着的不是生活，而是艺术"。小说"在本质上就不具有限制自居作用的成分"，可以最大限度地唤起读者的情感共鸣。[①] 然而，文学研究却在相当长的时期内忽略了读者的阅读体验。不管是文学的外部研究，还是内部研究，关注的都是文学的生产过程，都是把作家或作品当作文学与社会的中介。无论是艾布拉姆斯在1950年代提出的文学四要素说（世界、作品、艺术家和受众）[②]，还是基斯在1980年代提出的五要素说（现实、作品、文学、作者、受众）[③]，作品都是以最直观的方式位于文学研究图式的正中心。在晚近的本土文学理论里，作者或文学创作会获得专章论述，但读者或接受过程却至多在介绍接受理论时捎带提及。[④]

尽管任何文学解读都早已假设读者的存在，但这个读者以抽象的、脱离任何社会文化情境的方式存在，并常常被假设为中产阶级男性。1970年代以后出现的接受美学和读者反应理论虽然聚焦了读者和文本之间的互动，但其研究方法仍然是从文本出发，而不是从真实读者的反应出发。读者反应批评的基本研究模式是"一个孤独的学者细查某个文本的语言结构以便断言其意义

---

① ［美］伊恩·P.瓦特：《小说的兴起——笛福、理查逊、菲尔丁研究》，高原、董红钧译，三联书店1992年版，第225～226页。"自居心理""自居作用"的英文都是"identification"，现通常译作"认同"。

② ［美］M.H.艾布拉姆斯：《镜与灯：浪漫主义文论及批评传统》，郦稚牛、张照进、童庆生译，北京大学出版社2015年版，第4～6页。

③ Donald Keesey, *Contexts for Criticism*, 2nd ed. (Mountain View, CA: Mayfield Publishing Company, 1994), 3.

④ 陶东风：《文学理论基本问题》，北京大学出版社2007年版；南帆、刘小新、练署生：《文学理论》，北京大学出版社2008年版。

和效果”,它和其他批评流派的区别主要在于“表达方式而非方法论”[①]。关注读者/受众的文学/艺术社会学,也一直隐藏着精英主义的幽灵。如豪泽尔在《艺术社会学》中虽然承认作者与读者/受众之间存在“复杂的交互作用”,但认为二者的地位不可能平等,因为受众是“外行”,在智识和感受能力方面都低于作者。因此,作品需要经过“解释者、批评家、教师和鉴赏家”等一系列文化中介人的过滤和阐释。作者的职能是通过艺术作品提出问题,受众只能参与问题的讨论,而且受众的声音是“间接被听到的”,他们在与作者的对话中“扮演的是匿名的和隐藏着的角色”。[②]

网络文学的兴起有力地驳斥了豪泽尔的理论。首先,在网络文学中,传统的文化中介人的作用几乎为零。读者既是解释者,也是批评家和鉴赏家。作者则常常兼任网文“教头”。“龙的天空”等网文论坛是写手和读者发表读后感、交流创作心得和推荐作品的大本营。这些论坛对于网文读/作者的影响力远远大于学术著述。其次,读/作者之间的界限不再分明,今天的读者极有可能就是明天的作者,每一个作者也是其他作者的读者。在进入门槛极低的网络文学场,稀缺的不是作者,而是忠实的粉丝读者。再次,读者不仅能够通过网站留言板、博客、QQ 群、YY 语音等渠道与作者直接对话,将自己的意见反馈给作者,还能够通过点击率、推荐票、订阅、打赏等活动直接影响作者的名气和收入。他们不再是看不见、摸不着的“隐含读者”,而是作者的创作动力和衣食父母。[③]

显然,网络文学已经生成新的文学体验经济和新的读/作者关系,这些新质是无法在传统的文学研究框架下得到充分理解的。将网络文学视作传统文学的延伸,甄选优秀的网络文学作品,编写网络文学发展史,探讨经典网络文学文本的审美价值固然也是一种研究路径,但这种以作家和作品为中心的研究路径注定无法解释读者在网络文学中的关键作用。目前,已经有部分学者认识到读者在文学研究中的重要性。他们提出“文学生活”的概念,主张用社

---

① Daniel Allington and Joan Swann, “Researching Literary Reading as Social Practice,” *Language and Literature* 18.3 (2009): 219-21.

② [匈]阿诺德・豪泽尔:《艺术社会学》,居延安译编,学林出版社 1987 年版,第 134～144 页,250～253 页。

③ 汪玲:《高度互动下的网络明星作家与粉丝读者》,厦门大学“名人、粉丝与大众文化”课程 2013 年课程论文。

会学的方法调查普通读者的文学接受状况。[①] 在研究读/作者关系最密切的网络文学时,我们更有理由将读者当作研究的焦点。为此,我们需要新的研究范式,从文本走向读者,从阐释走向使用,从文学走向媒介,从审美价值走向体验经济,从单一学科研究走向跨学科研究。这种研究范式将既不同于现有的学院派文学研究,也不是西方数字艺术理论的简单移植,而是立足于本土的网络文学实践,充分吸收民间网络文学爱好者的集体智慧,广泛借鉴媒介文化研究领域的相关研究成果。

这个以读者为中心的网络文学研究范式,至少包含以下三个方面。首先,它将关注读者在日常生活中使用文学的方式。英国社会学家拉什和卢瑞认为,在全球文化工业的语境下,我们看待文化的方式正在发生变化,“从阅读、解释文化,转变为感知、体验、操作文化”,大众关注的不再是文本的意义,而是用途,用文本来做事,而不是“读”它们。[②] 除了在阅读过程中将自己带入文本,网络文学的读者还会在阅读结束后使用其他方式来进一步深化阅读体验。比如,耽美作家蓝淋的“龟狼星”系列就在粉丝读者中激发了角色扮演的欲望。这些读者成立了语 C 群(即语言 cos 群,以 QQ 群为载体,通过语言来进行的表演行为,类似动漫 cosplay),在群中扮演自己喜爱的小说人物,用自己的言行丰富原著人物的性格和情感。也就是说,读者不再仅仅是单方面地接受作者所创造的文本世界,他们还在对这个文本世界进行积极的操作和再造。[③]

其次,这个研究范式将关注网络文学内容在影视、游戏、动漫等多个媒介平台中的流动,关注读者阅读体验的跨媒介延伸。随着越来越多的网络文学作品被改编为影视和游戏作品,网络文学正在朝跨媒体叙事的方向发展。所谓“跨媒体叙事”指“故事在多个媒体平台上展开,每一种媒体都为我们理解这个故事世界做出独特的贡献”。[④] 这不是单纯地将文本从一个媒介平台转移

---

① 温儒敏:《“文学生活”:新的研究生长点》,《中国现代文学研究丛刊》2012 年第 8 期;张清俐:《关注普通读者对文学的“接受”情况“文学生活”进入文学研究领域》,《中国社会科学报》2013 年 1 月 11 日。

② [英]斯科特·拉什、西莉亚·卢瑞:《全球文化工业:物的媒介化》,要新乐译,社会科学文献出版社 2010 年版,第 42,11 页。

③ 江舒晨:《实践的欲望——浅谈耽美文学读者群中的角色扮演现象》,厦门大学“青春文学与创意产业”课程 2013 年课程论文。

④ Henry Jenkins, *Convergence Culture: Where Old and New Media Collide* (New York: New York University Press, 2006), 293.

到另一个媒介平台，而是每一种媒介都利用自己的独特优势使故事世界不断延伸，最终让受众获得一个总体性的娱乐体验。[①] 如根据同名网络小说改编的电视剧《甄嬛传》，就为读者带来与小说不同的感受，获得原著读者和电视观众的广泛认可。原著的剧情和人物比电视剧更加复杂、细腻，但因为是网络女性向小说，带有较强的玛丽苏（即自恋）色彩。电视剧更注重故事背景的真实性和剧情的合理性，但也因弘扬主流价值观的需要而将女主人公塑造得更加温厚纯良。[②]

最后，这个研究范式将采用跨学科的研究方法对网络文学读者的阅读经历进行实证分析。比如，网络文学作者通常被教导在更文（更新作品）的过程中，每三万字安排一个小高潮，每五万字或十万字安排一个大高潮，以吸引读者的持续阅读。这样的剧情节奏是否有科学依据？铁杆网文读者每天同时追多少文？他们能接受多大强度的爽感？爽感的获得取决于哪些心理条件？网络文学常被认为是与经典细读相反的“快餐消费”，但是到底快到何种程度？网文读者的平均阅读速度是多少？这样的阅读速度对网络文学作品的文笔和结构提出了哪些要求？读屏和读纸的阅读体验是否能够量化分析？两种阅读方式到底存在哪些差异？这些问题都必须通过认知科学的实证研究来寻求答案，不能妄下断言。

总之，我们只有超越传统文学研究的内在偏见和束缚，发展出一套贴近网络文学读者阅读体验的研究方法，才能更准确地理解和阐释网络文学的独特价值和意义。

---

① 杨绿：《“跨媒体叙事”改变文化产业格局》，《中国社会科学报》2013 年 4 月 1 日，http://www.csstoday.net/Item.aspx? id=58813。

② 徐晓晶：《网络小说的影视改编——以〈后宫甄嬛传〉为例》，厦门大学 2013 年本科毕业论文。

文学性、故事性与社会性：网络文学评价体系初探

网络文学的文学性，一直是学界较为关注的问题。尽管并不存在一个抽象的、永恒的、客观的文学性，“只有具体的、历史的、实践中的文学性”[①]，但这并不妨碍许多学者自动地将源自印刷文学、特别是诗歌的文学性标准套用在以超长篇小说[②]为代表的网络文学身上，以此来否定网络文学的价值。网络文学具有文学性很重要吗？网络文学的根本属性为何？除了文学性，我们还可以使用哪些概念来理解网络文学，并“建立有别于传统文学评价标准、符合网络文学审美特征的评价体系”[③]？

本书试图从网络文学的故事性和社会性（sociality）的角度出发为这些问题提供初步的答案。我认为，新世纪以来，随着网络媒介的普及，文学的社会性日益凸显。这种社会性既体现在文学作品的故事取向，也体现在围绕这些故事的创作和阅读而形成的各种文学社群和公共空间。

一、网络文学的“文学性”争议

杨早曾在2016年的《人民日报》上发表短文，尖锐地批评网络文学作者独立性的丧失以及网络文学“文学性”的缺失。他认为，尽管网文类型繁多，但叙事方式却极为单一，“几乎没有哪一部网络小说敢于使用大规模的倒叙、插叙、蒙太奇，作者们也不敢将限知视角贯彻到底，更谈不上语言操练、文体试验与诗性叙事”。资本操控下的网络文学，“是向中国‘说部传统’的一次大规模回

---

① 周小仪：《文学性》，《外国文学》2003年第5期。

② 莫言曾在《捍卫长篇小说的尊严》一文中指出，“没有二十万字以上的篇幅，长篇小说就缺少应有的威严”（《当代作家评论》2006年第1期）。现在起点网站的许多网文都在200万字以上。

③ 罗先海：《“网络文学评价体系构建”研讨会述评》，《中国文艺评论》2016年第12期。

归——一切服从于‘故事’,情节不惧重复,调动所有元素,只求抓住读者”。[①]

在《网络小说的文学性和新标准》一文中,张柠指出,网络小说由于“具有时间和空间双重的无限制,因而无需遵循传统叙事上的‘节约原则’”,谋篇布局、控制“闲笔”等传统小说技巧在网络小说中不再重要。此外,网络小说也偏离“近现代以来西方文学建立的总体叙事结构的要求,而呈现出多元化、多中心的弥散结构”。他还注意到,不是每一个传统文学术语都可以直接挪用到网络文学的评价中,研究者需要仔细甄别术语的适用性。不过,在张柠看来,网络小说应符合小说的基本要求,特别是现代意义上的“小说”,不应仅仅是偏重情节的“故事”。[②]

邵燕君也充分意识到网络文学与纸质文学的区别,在《网络文学的“网络性”与“经典性”》一文中,她认为,网络文学与纸质文学虽然在时间上接近,但前印刷时代的口头文学才是即时互动的网络文学的“活的源头”。“从媒介革命的角度出发,‘网络文学’的核心特征就是其‘网络性’”。网络性包括三个方面。首先是超文本性,每个网络文学网站都像一个巨大的超文本。其次是社群性,网络文学根植于粉丝经济,圈子化的网络文学生产“不但是一种文学生产模式,也是一种文学生活模式”。最后,网络性还指向网络文学与 ACG 等网络亚文化的连通性。除了网络性,类型小说也“具有文学性、独创性和思想严肃性”,我们可以此为基础来探讨网络类型小说的经典性。[③]

马汉广在《网络文学的间性存在与文学性》一文中提出更为激进的观点。首先,他质疑学界将网络文学等同于可以转换为纸质文学作品的网络连载小说的做法。在他看来,网络博客、手机短信、微博、QQ 空间、微信等文字形式才最能体现出网络文学的媒体特性。其次,他认为,“所谓的艺术自律和纯文学观念根本不适合网络文学,也无法把握网络文学”。在当下的网络文学实践中,“文学性必然转向文学间性。比如,一段微信或 qq 空间和人人空间日志,抑或是一段微博,都是出现在一个具体确定的朋友圈中的,它是在这个确定的圈子中生成,也注定在这个圈子里产生意味”。“文学间性强调的是关系,强调复杂的关系网络的综合作用,强调其中权力、知识、技术、话语等诸种因素构成

---

① 杨早:《网络文学的繁盛和荒凉(青年文化论坛)》,《人民日报》2016 年 1 月 5 日, http://paper.people.com.cn/rmrb//html/2016-01/05/nw.D110000renmrb_20160105_2-14.htm。

② 张柠:《网络小说的文学性和新标准》,《学教育》2015 年第 2 期。

③ 邵燕君:《网络文学的“网络性”与“经典性”》,《北京大学学报》2015 年第 1 期。

的语境，以及这个语境的运作结果”。[①]

上述四位学者的观点构成在学界颇有代表性的意见光谱。最左边的是坚决捍卫传统文学评判标准，固守形式主义、新批评术语的杨早；张柠可说是中间偏左，已经清醒意识到提出新的概念和术语的必要性，但却对术语的发明保持审慎的态度；邵燕君则是中间偏右，一方面提出“网络性”的概念，强调网络文学与印刷文学的差异，另一方面又继续使用印刷文学的经典性概念来筛选、评价网络文学作品；最右边的则是马汉广，主张彻底另起炉灶，用“文学间性”的概念代替文学性。

不管其立场如何，每位学者都提出了有价值的见解。的确，如杨早所言，目前网文的总体发展形势不容乐观，大量同质化的作品已让部分资深网文读者感到不满和忧虑。但这并不都是资本惹的祸，日益严厉的审查制度也负有一定的责任。不过，如果网络小说的主要价值本就不在于叙事技巧、语言修辞等“文学性”层面，我们是否还有必要对其这方面的“缺失”痛心疾首？我钦佩张柠对小说篇幅和结构之间关系的敏锐观察。篇幅的变化不仅影响单部小说的结构，也影响整个文类的发展。比如，早期的耽美小说篇幅较短，通常描绘攻受之间的爱欲激情。晋江网站商业化之后，为了拉长篇幅，耽美作者不得不将叙事焦点从情爱关系转移到故事情节，融入军事、运动、机甲等其他类型小说的元素。[②] 但张柠似乎没有阐明网络小说为何必须符合现代小说的要求，从小说到故事的回归是否就是杨早所暗示的倒退。

邵燕君的“网络性”概念较为全面地勾勒了网络文学的文化特性。但网络性和经典性之间的关系，还有待进一步梳理。诚然，网文中不乏形式和结构上的创新，如本书第一章分析过的《无限恐怖》。不过，鉴于经典的冠冕永远只属于极少数文学作品，对于经典之外的绝大部分网文，我们又该如何评判它们的价值？马汉广对文学创作/传播圈子和关系网络的重视让人耳目一新，但除了微信、微博等短小的网络文本是在特定社交圈里生成的，其他网络文学形态是否也具有社交属性？

在探索网络文学的评价标准之前，我们可能需要首先明确网络文学是什么，或至少明确网络文学的主流形态是什么，它具备何种特性，然后才能根据

---

① 马汉广：《网络文学的间性存在与文学性》，《吉林师范大学学报》2013 年第 5 期。

② 杨玲、徐艳蕊：《网络女性写作中的酷儿文本与性别化想像》，《文化研究》2014 年第 19 辑。

其特性制定适当的评价标准。就像CCTV青年歌手电视大奖赛从第二届开始区分民族、美声、通俗三种唱法，后又进一步划分出民族、美声、通俗、组合和原生态五种唱法。且不说这些分类是否完全合理，但它们至少说明声乐领域的专家已经意识到不能用单一的评价体系来覆盖声乐艺术的所有表现形式。那么为什么在文学领域，我们就有理由将文学性当作最高的、唯一的、放之四海而皆准的作品评价标准呢？

既然上述四位学者中有三位都把网络文学与故事、口头文学联系在一起，我们就不妨从故事入手来探索网络文学的特质。鉴于马汉广对网络文学概念的质疑，本文的"网络文学"特指首发于网络的、原创或衍生的、虚构性作品，尤以网络连载的长篇小说，也就是俗称的"网文"为代表。以博客、微博、短信形式发表的文学作品均可纳入广义的网络文学，但不是本文讨论的重点。

二、网络文学的故事属性

在国内学者熟知的《讲故事的人——论尼古拉·列斯克夫》一文中，本雅明称"长篇小说在现代初期的兴起是讲故事走向衰微的先兆"。在本雅明看来，长篇小说与故事存在三个方面的区别。首先是传播媒介的不同，"小说的广泛传播只有在印刷术发明后才有可能"，故事则是"口口相传的东西"。其次是来源的不同，"讲故事的人取材于自己亲历或道听途说的经验"，小说则"诞生于离群索居的个人"。最后是功能的不同，故事能给人教诲，小说则"显示了生命深刻的困惑"。[①] 如刘俐俐所言，本雅明的故事概念"过于狭窄"。这样的定义"不符合故事始终与人类相伴随的事实"，也"不符合人类永远需要故事的本性"[②]。但本雅明着意将故事与长篇小说区分开来的观点耐人寻味。

艺术哲学家达顿在其颇为畅销的《艺术本能：美、快感和人类进化》一书中指出，已有多项研究表明，讲故事是人类的天性。所有文化中的婴儿从18个月到2岁之间，也就是他们刚开始咿呀学语的时候，就会从事假扮游戏(pretend play)。儿童不仅拥有复杂的想像能力，还能够把想像的世界与真实经验区分开来。达顿从进化论的角度提出虚构(fiction)和故事之所以如此普遍的三个原因。首先，"故事提供了低成本、低风险的替代性经验"，故事为我

---

① ［德］瓦尔特·本雅明：《启迪：本雅明文选》，张旭东、王斑译，三联书店2008年版，第99～113页。

② 刘俐俐：《人类学大视野中的故事变异与永恒问题——基于张爱玲与俄国作家尼古拉·列斯科夫的比较》，《文艺理论研究》2014年第1期。

们在生活中可能遭遇的困难、威胁和机会提供了实验性的答案，让我们为生活的变故做好准备。其次，故事可以提供富有教导意义的事实性信息。这种生动而难忘的信息沟通方式可能对于我们祖先的生存带来实际的好处。最后，故事鼓励我们探索他人的观点、信仰、动机和价值观，有助于培养人际交往能力。①

人类的故事还具有普遍的结构，从古至今，故事都是关于难题和冲突的。美国文学研究者歌德夏称，故事的最主要配方即“故事＝人物＋困境＋尝试的解脱”，所有故事讲述的都是主人公为了满足其欲求而付出的努力。② 故事本质上就是关于真实或虚构的人物如何克服困难的。“通往生活、财富、雄心、爱情、享受、地位或权力”道路上的障碍是故事的核心元素之一；另一个元素则是成功地或失败地克服这些障碍。因此，“玛丽饿了，玛丽吃饭”虽然讲述了一个事件序列，但听起来并不像一个故事。“约翰饿了，但橱柜里什么也没有”才像一个故事的开始。③ 几乎所有的故事制作者都必须在这个固定的结构中工作，带着脚镣舞蹈。现代主义文学运动试图打破这一结构的桎梏，重塑人类讲故事的冲动。然而，乔伊斯的《芬尼根的守灵夜》之类的实验性小说虽然被人们当作天才的艺术作品来膜拜，但却很难被当作故事来喜爱。④

事实上，随着电子媒介的普及，长篇小说与故事讲述的力量对比已经发生了重大的变化。肖锦龙在考察 20 世纪后半叶英国文坛的发展历程时发现，“文学和小说写作日趋衰亡”，故事讲述重新兴盛。⑤ 新世纪以来，《哈利·波特》系列和《达芬奇密码》等全球超级畅销书的出现，都将故事的普世魅力和巨大的商业潜力展露无疑。当代中国网文的繁荣或许就是世界范围的故事大潮的地方性表达。相对开放和自由的赛博空间为许多未受过任何文学训练、但却有讲故事的冲动和天马行空的想像力的年轻人提供了交流、展示的平台。如《鬼吹灯》的作者“天下霸唱”在网络上发表第一篇鬼故事之前，“连一百字的工作报告、检讨书都写不利索”。只是因为喜欢在网上看鬼故事，而故事的作

---

① Denis Dutton, *The Art Instinct: Beauty, Pleasure, and Human Evolution* (New York: Bloomsbury, 2009), 108, 110-11.

② Jonathan Gottschall, *The Storytelling Animal: How Stories Make Us Human* (New York: Houghton Mifflin Harcourt Publishing Company, 2012), 52-53.

③ Dutton, *The Art Instinct*, 118.

④ Gottschall, *The Storytelling Animal*, 54-56.

⑤ 肖锦龙:《电子传媒和故事讲述——论西方后现代文学的本质特征》,《文艺研究》2015 年第 11 期。

者又迟迟不更新，他才在女友的逼迫下“侃”起了自己的鬼故事。①

通过不计其数的网文作者多年的摸索，商业化网文现已形成“升级打怪换地图”的固定叙事模式。“升级”指的是男女主人公的成长过程，“打怪”指的是克服成长过程中遇到的各种困难，“换地图”则指的是成长环境的变化。女主人公的成长“一般可以通过财富，身份地位，技能”等方式来实现。比如，女主人公通过商业发家致富，其成长路线可以是：“一穷二白→赚取第一桶金→生意做大→遭遇挫折→克服困难继续财富积累→升级到一定层次后触动固有团体的利益→重大风波→最终成功渡过危险并从中获取更大回报女主身份地位的提升”②。不同的文类也有各自的换地图方式，如武侠/仙侠/网游小说的换地图方式通常是：“出生/起于微末的地方→升级到一个层次以后去另外做任务的地方→继续升级的地方/副本→……”③

不难发现，网文的写作套路是完全符合人类故事的“难题结构”的。网文主人公对生存、财富、权势和爱情的渴望，也是最普遍的人性的反映。2016年年底以来，备受国内媒体和学界瞩目的网络小说的海外传播，更是证明“中国网络小说里那些千锤百炼的‘套路’所发掘和满足的都是人类最恒长最基础的情感和欲望需求，拥有着穿透不同文化背景的巨大能量”④。邵燕君甚至预言：“目前，在全球流行文化输出的竞争格局中，能与美国的好莱坞、日本的动漫、韩国的电视剧有一拼之力的，只有中国的网络小说。”⑤从海外读者对中国网文的评论中也可以看出，他们关注的重点大多是情节走向、人物的塑造和人

---

① 天下霸唱：《扯了这么多故事了，稍微发表一些制作花絮》，2006-09-13，http://blog.sina.com.cn/s/blog_48c95ee90100074y.html。

② 红花碎碎念：《＃网文技巧＃ 升级打怪换地图（上）——“升级感”这个小妖精》，2016-11-17，https://sanwen8.cn/p/217XEub.html。

③ 红花碎碎念：《＃网文技巧＃升级打怪换地图——换地图的那些事儿》，2015-01-16，http://mp.weixin.qq.com/s/Y2c4pFPtXwmXKVhpoGrmrw。

④ 吉云飞：《“征服北美，走向世界”：老外为什么爱看中国网络小说》，《文艺理论与批评》2016年第6期。我对该文中提到的网文翻译论坛的流量数据持一定的怀疑态度。网文的西方粉丝群体的存在是毋庸置疑的，但这个群体的规模到底有多大，还有待继续观察。

⑤ 邵燕君：《全球媒介革命视野下中国网络文学的域外传播》，2016-09-30，http://www.chinawriter.com.cn/n1/2016/0930/c407454-28753883.html。

性的刻画,间或也会对个别词语的翻译和网文内容涉及的科学知识提出疑问。① 显然,无论是国内读者,还是海外读者,普遍不在意网文是否在语言和叙事方面展现出实验性或创新性的手法。要求网文具备现代主义小说的叙事难度/高度,无异于要求大象孔雀开屏,既不合理也没有必要。不可否认,部分网文作者也有大的艺术抱负和情怀,对写作精益求精。但即便如此,他们创作出《追忆似水年华》或《尤利西斯》之类的现代主义经典的可能性也微乎其微。他们仍然只是在努力把一个故事说得更好。

在确认了网文的故事属性之后,我们又应该如何针对这一属性提出相匹配的学术概念或网文评价标准呢?与邵燕君和马汉广的探索方式不同的是,我没有选择发明新的概念术语,而是回到现有的文学概念工具箱中,搜寻可以被回收利用的概念装置。我找到的是一个曾被当作文学性的对立面、现已很少被主流学界使用的概念——社会性②。

三、被误读与忽视的社会性

"社会性"一词的英文是"sociality",《韦氏大词典》对"sociality"一词的定义是:1.a)社交性(sociability),b)社会交往或社交性的例子;2.在社会群体中活动或形成社会群体的倾向。③ 在英文里,无论是"society"(社会),还是"sociality",首先指的都是社会交往。哲学研究者王新水指出,"就通常的含义来看,即就其在社会学、社会心理学、社会生物学以及其他大多数学科乃至我们日常用语中的含义来看,'社会性'一词,一般都是指群体(本文把家庭也看

---

① 范雯玲、孙凯亮:《星辰大海 | 中国网络小说海外粉丝评论"小盘点"之〈盘龙〉》,2017-04-27,《媒后台》微信公众号;刘心怡:《星辰大海 | 中国网络小说海外粉丝评论"小盘点"之〈无限恐怖〉》,2017-06-01,《媒后台》微信公众号。

② 2017年6月4日,笔者在中国知网上以"文学性"为标题词进行搜索,得到1573个结果。以"社会性"为标题词进行搜索,得到4172个结果,但以"文学"+"社会性"为标题词进行搜索,仅得到39个结果。也就是说,社会性是一个被学界广泛使用的术语,只是在文学研究领域遭到冷落。

③ Merriam-Webster Dictionary, https://www.merriam-webster.com/dictionary/sociality。《牛津英语词典》对"sociality"一词的解释与《韦氏大词典》基本相同,但更明确地将sociality解释为"友好的社会交往"、"友谊或伙伴关系(companionship)"。*Oxford English Dictionary*, http://www.oed.com.proxy.lib.umich.edu/view/Entry/183746?redirectedFrom=sociality#eid。

作一种群体)内的成员之间所具有的相互交往、相互影响的属性"[1]。英语学界普遍都是在这个意义上使用"sociality"一词。比如,2015 年发表在老牌文学研究杂志《十九世纪文学》上的解读《呼啸山庄》的论文,就认为该小说对社会性的反面——自私(selfishness)、自爱(self-love)进行了积极辩护。[2]

然而,国内文学研究者在论及文学的社会性时,既不指文学作品所表征的社会性,也不指社会成员因文学作品或文学创作而产生的相互交往,如中国文学传统中的文人雅集,而泛指文学作品与抽象的社会机制和作为总体的社会之间的关系。在 1980 年代后期的一篇批判纯文学观念的文章中,该文的化名作者称,纯文学忽视或反对研究作品的"社会原因、社会内容、社会意义以及社会效果",力图将各种政治的、社会的和历史的内容和因素都当作"非文学"因素排除掉。由于"非社会性"的纯文学观念的流行,具有"强烈鲜明的社会性"、反映"民瘼民怨民愤"的伤痕文学遭到贬低。[3] 这里,社会性串联起来的是由社会反映论、社会现实主义、社会责任感和文学的外部研究构成的语义场。

不仅是文学性的反对者将文学性与社会性当作互不兼容的两种属性,文学性的辩护者也将社会性视为文学性、审美性的潜在威胁。王先霈 2002 年的一篇论文中总结了中国古代的三种文学观——"以文为用""以文为哭"和"以文为戏"。在评点"以文为用"的文艺观时,他写道:"注重文学艺术的社会性、伦理性、政治性,容易导致对文学艺术审美性的忽视;注重体现阶级、集团的利益和意志,容易导致对个体独有思想情感的忽视。"[4]此处的社会性俨然与权力阶层对文学创作的强制干预、对个性化表达的抹杀联系在一起,成了令人生畏的贬义词。无怪乎,目前只有小说社会学或文学社会学领域的研究者才会将社会性当作一个有价值的学术概念。

文学界的这种误读,或许与斯达尔夫人 1800 年出版的《从文学与社会制度的关系论文学》一书有关。该书"在西方文学理论界第一次明确提出文学与

① 王新水:《人的本质:"理性"与后天社会性的统一》,《理论界》2015 年第 11 期。

② Thomas J. Joudrey, "'Well, We Must Be for Ourselves in the Long Run': Selfishness and Sociality in *Wuthering Heights*," *Nineteenth-Century Literature* 70.2 (2015): 165-93.

③ 秦人:《"纯文学"与文学的社会性》,《浙江学刊》1987 年第 5 期。

④ 王先霈:《中国古人对文学的几种基本态度》,《华中科技大学学报》2002 年第 5 期。

社会的互动关系"①。从该书的书名就可以看出书中所讨论的社会不是社会群体,而是社会机制,也就是作者所说的"宗教、风尚和法律"②。值得注意的是,斯达尔夫人所使用的文学概念与我们现在的文学概念完全不同,她的文学是最广泛意义上的文学,"包括哲学著作和出自形象思维的作品",也就是除自然科学之外的所有运用思维的作品。

如果我们将"社会性"正确地解读作"社交性",就可以发现,文学除了"文以载道""抒写性灵",还有另外一个重要功能——人际交往。中国文论传统中对文学的交际功能的论述或可追溯到儒家的"兴观群怨"之说③。对于"兴观群怨"说中的"群"字,孔安国注为"群居相切磋";朱熹注为"和而不流";杨树达注为"春秋时朝聘宴享动必赋诗,所谓可以群也"④;杨伯峻译为"合群性"⑤。这些释义都表明文学有助于人际沟通,能够发挥类似社交场合的烟、酒等物品的功能。一些学者把"群"理解为文学作品对读者个体心理的影响,指文学的阅读效果。如把"群"与"怨"对举,认为"群"是爱的情感行为,"怨"则是恨的情感行为⑥;或"群"体现了儒家的"上以风化下"的精神,"怨"体现了其"下以风刺上"的要求⑦。这两种阐释其实并不矛盾,前者强调的是文学的社交媒介功能,后者关注的则是文学的情动(affective)机制,二者都能够增强人的社会属性,帮助我们与他人产生共情。

如果说"诗可以群"尚无定论的话,那么"以文会友"⑧就是对文学的社交功能的最确凿无疑的肯定。如曾祥芹所言,一个"会"字即"透出文章具有情思交流的社会交际功能"⑨。刘衍军、陶水平认为,自六朝到清代的大部分诗歌

---

① 杨维春:《文学性与社会性的融会——试论罗伯特·埃斯卡皮的文学观》,《广东外语外贸大学学报》2015 年第 1 期。

② [法]斯达尔夫人:《论文学》,徐继曾译,人民文学出版社 1986 年版,第 12 页。

③ 《论语·阳货》:"子曰:小子何莫学夫诗? 诗可以兴,可以观,可以群,可以怨。迩之事父,远之事君,多识于鸟兽草木之名。"

④ 周勋初:《"兴、观、群、怨"古解》,《上海师范大学学报》2008 年第 1 期。

⑤ 杨伯峻:《论语译注》,中华书局 1980 年版,第 185 页。

⑥ 吴景和:《论孔子的"兴观群怨"说》,《吉林师范学院学报》1987 年第 1 期。

⑦ 张杰:《从"兴观群怨"到"薰浸刺提"——角度嬗变中的阅读效果研究》,《武汉大学学报》1992 年第 4 期。

⑧ 《论语·颜渊》:"君子以文会友,以友辅仁"。

⑨ 曾祥芹:《论曾子"以文会友"文章观》,《常熟理工学院学报》2013 年第 3 期。

都“不是因性情感发，而是为交往礼仪而作”。正是因为诗歌成了钱锺书所谓的“社交的必需品”，在无数社集活动和海量的应酬之作中，才出现“劝君更尽一杯酒，西出阳关无故人”“孤帆远影碧空尽，唯见长江天际流”等真挚动人、流传千古的诗篇。① 罗时进在分析江南文学社团的“水环境”一文中指出，“乐群”是中国古代文人的普遍心理倾向，这种群体心理往往通过“聚”来表达。② 吴功正在比较西晋的金谷诗会和东晋的兰亭集会时也认为文学构成“六朝人交游、社交活动的基础”和“社团活动的纽带”③。

尽管古代文学领域的学者对文学/诗歌在中国古代社会发挥的至关重要的社交功能已经做出较为丰富的论述，但这些发现却鲜少进入当代文学研究的视域，也罕有论者将文学的社会性/社交性与网文联系在一起。事实上，倘若从社会性/社交性的角度来考察网络文学，则网文和传统文论观念之间的关系绝非某些学者所断言的“对抗”和“颠覆”④，而是一次深度回归。

四、网文社会性的多重维度

本雅明称，“从来没有哪一首诗是为它的读者而作，从来没有哪一幅画是为观赏家而画的，也没有哪首交响乐是为听众而谱写”⑤，这种说法显然与艺术史的基本事实不符，历史上为宫廷、恩主创作的艺术作品不胜枚举。无论其他艺术形式有多大的“独立性”，故事却总是为听众讲述。网文的故事性以及网络的交互性为网文的社会性提供了丰厚的滋养，促使其衍生出多种形态。网络文学研究者耳熟能详的读/作者互动就是其中的一种。

尽管读/作者互动已经被视为网络文学与印刷文学的主要区别，然而对于这种互动的性质和后果，研究者们却有不同的理解。陈子丰以女频网文写作圈为例，认为“通过阅读的经验以及交流、反馈的经验”，女性读者可以更积极地开展自我认同建构，明晰自我的价值取向；而作者通过听取读者的反馈意

① 刘衍军、陶水平：《“以文会友”交往传统的诗学美学阐释》，《江西社会科学》2011年第4期。

② 罗时进：《湖畔水滨：清代江南文学社团的创作现场》，《中国人民大学学报》2016年第6期。

③ 吴功正：《六朝文学的社交社团活动》，《南京社会科学》2004年第4期。

④ 欧阳婷、欧阳友权：《网络文学的体制谱系学反思》，《文艺理论研究》2014年第1期。

⑤ ［德］瓦尔特·本雅明：《启迪：本雅明文选》，张旭东、王斑译，三联书店2008年版，第81页。

见,也可以让读者的意见通过作品传播得更广。① 黎杨全则将作者与读者之间的互动形容为脱衣舞表演:“作者不断写(演),追文族边评边看(读)。”在这场表演中,作者与读者通过“互相挑逗与意淫”形成“双重绑架关系”。在黎杨全看来,“数字媒介所带来的读写互动既与前工业社会的‘讲故事’精神形同而实异,也破坏了现代小说的孤独性创作戒律”,不仅作者的“个性表达与独异创造难以为继”,粉丝读者也会陷入自我封闭的状态。② 黎杨全貌似精妙的观点实则存在重大漏洞,他所援引的法国理论家巴特和波德里亚都将脱衣舞视为异性恋情欲经济的症候。他们笔下的脱衣舞者无一例外都是女性,而观看者却是男性。然而,当下的大部分网文都是在具有特定性别倾向的网站或论坛上发布的,其作者和读者多属于同一性别。同性读/作者之间的互动显然不能被完全视为脱衣舞的挑逗。除了反馈循环和引诱挑逗这两种读/作者互动模式,我们是否还有别的方式来描述网文读/作者之间的关系?

在《论故事的起源:进化、认知与小说》一书中,新西兰学者博伊德以《荷马史诗》中的《奥德赛》为例,从进化论的角度探讨了故事的讲述者与听众之间的关系。博伊德认为,故事的讲述是一场注意力的博弈,讲故事的人和听众都是这场博弈中的策略家(strategists)。讲故事的人付出精心编排故事的成本,以期收获听众的注意力,并力图引导听众的反应。听众则付出时间和精力的成本,以获得智识和情感上的刺激。作为故事的吟唱者,荷马必须首先抓住听众的注意力,如果他让听众感到厌烦,那就再也接不到宴席邀请。为了让听众着迷,荷马塑造了诸多令人难忘的人物,把这些人物区分为好人和坏人。他还浓墨重彩地刻画了奥德赛——一个最伟大的战士和性格最多面的人,整个故事围绕这个主角的命运展开。在情节设置方面,荷马为这个故事提供了一个富有感召力的目标——回家,同时又在奥德赛回家的道路上设置了两大难题——战胜各种困难安全返乡,回家之后应对纠缠珀涅罗珀的求婚者。荷马一方面通过奥德赛清晰的行动目标和听众对这一人物的同情将故事简化,另一方面又通过奥德赛在达成目标的过程中的一系列遭遇将故事放大。荷马还尽量将故事拉长,延迟高潮(即奥德赛的最终胜利)的到来,但又让听众一直对

---

① 陈子丰:《女频网文阅读与读者的女性主体建构》,《中国现代文学研究丛刊》2016年第8期。

② 黎杨全:《网络追文族:读写互动、共同体与“抵抗”的幻象》,《文艺研究》2012年第5期。

这个胜利充满期待。[①]

从博伊德对《奥德赛》的分析可以看出，即便是在前工业社会，以讲故事谋生的人也必须仔细算计听众的反应。荷马的讲故事手法与当下网文中流行的“主角定律”，增强读者的代入感，营造读者、主角、作者三位一体的“愿望—情感共同体”[②]如出一辙。将故事的讲述视为作者和受众之间的博弈，或许能让我们更全面地理解网文连载过程中的读写互动。在网文这个竞争激烈的注意力经济中，作者和读者都会寻求个人利益的最大化。作者试图掌控读者的趣味，写出最受欢迎的作品，读者也会努力寻找最能满足个人需求的网文。这种需求并不全和欲望有关，也涉及认知、情感和道德。否则，商业成人论坛的内容岂不比商业网文更能满足消费者的性幻想？更不用说还有草榴等免费的成人社区。吸引读者的故事必须既在情理之中，又在意料之外。如果所有的情节发展都在读者的意料之中，读者很快就会丧失追文的动力。作者因为读者猜中剧情走向而不得不修改写作大纲的现象，在网文界相当普遍。

除了读/作者之间的互动，读者也会与网文人物互动。社会学者田晓丽在考察女性向清穿小说中的“类社会互动”(parasocial interaction)时发现[③]，读者不仅“在追文的过程中与作者之间建立了很强的情感联系”，她们对小说中的虚拟人物也会产生强烈的认同和喜爱。[④] 网文的一个重大贡献，就是为年轻一代的阅读公众提供了一批具有较高知名度和认同度的人物形象，弥补了当代主流文坛在这方面的严重缺失。顶级网文人物的人气已经不亚于国内的“小鲜肉”明星。如《盗墓笔记》中的主人公吴邪和张起灵就已经被粉丝奉为“国民 CP”[⑤]，这些粉丝专门在百度贴吧建立了一个以该 CP 为主题的“瓶邪吧”。截至 2018 年 2 月，该吧的成员已多达 159 万。在《盗墓笔记》电视剧版中扮演张起灵的演员杨洋的贴吧也不过只有 100 万成员。粉丝像热爱真人明

---

① Brian Boyd, *On the Origin of Stories: Evolution, Cognition, and Fiction* (Cambridge, MA: Belknap Press, 2009), 218-29.

② 康桥:《网络文学中的愿望—情感共同体——读者接受反应研究之一》,《南方文坛》2013 年第 4 期。

③ 清穿小说指主人公穿越到清朝的故事。金子 2004 年在晋江连载的《梦回大清》是清穿小说的开山之作。

④ 田晓丽:《互联网时代的类社会互动:中国网络文学的社会学分析》,《清华大学学报》2016 年第 1 期。这是笔者看到的唯一一篇使用社会性概念来研究网文的论文。

⑤ CP 是英文 character pairing(也有人认为是 coupling)的缩写,意为“人物配对”。

星一样拥戴和守护着虚构的人物，为其创作同人作品，购买周边产品，庆祝生日。2017 年 6 月，网文《全职高手》的粉丝因小说主人公叶修生日微博 TAG 数次变更，而在微博上公开指责小说的版权方阅文集团。他们对公司的不满，"以及对不满的表达方式，几乎和真人明星粉丝怒怼经纪公司的原因和手段，别无二致"①。粉丝读者之所以能对网文人物产生如此深厚的感情，和网文的故事特性分不开。美国人类学家杉山在比较故事和其他艺术形式时指出，视觉艺术无法再现内心的欲望、动机和目标。音乐和舞蹈虽然能够传达表演者的部分情感状态，但却无法再现更复杂的内心活动，更不用说再现他人的情感。这些艺术形式也都无法再现"背景、时间次序和有因果关系的事件"，唯有故事能出色地胜任模拟人类经验的任务。② 也就是说，只有故事才能够为读者完整地揭示事件的前因后果和人物的内心世界，从而深化读者对故事的理解和热爱。

网文的社会性还体现在网络作者的集体创作活动中，其中最有特色的就是依托特定网站或论坛、围绕同一个主题或世界观设定而展开的大型协同创作计划，如国内的九州世界、《临高启明》③以及全球性的 SCP 基金会(Special Containment Procedures Foundation)。这些计划都旨在利用网民的集体智慧，合作构建出一个庞大的幻想世界。当然，文学的集体创作绝非始于互联网时代。汉代就有"柏梁体"这样的集体创作，"鸳鸯蝴蝶派"的擂台赛式的"集锦小说"也曾在民国报刊上风靡一时。④ 然而，只有在互联网时代，众多的写作计划参与者们才能突破地域和时间的限制，通过深入的讨论生成一套协同创作的准则，以此为基础，制定并执行文学领域的"阿波罗计划"。

以九州世界为例，这个写作计划最早起源于网络原创写手云集的清韵论坛。2001 年 12 月，网友水泡在该论坛上发布了一个邀请同仁合作创作西式

---

① Huhu:《〈全职高手〉粉丝怒撕其版权方，二次元变现尴尬》，2017-06-05，https://www.sohu.com/a/146403590_545070。

② Michelle Scalise Sugiyama, "Reverse-Engineering Narrative: Evidence of Special Design," in *The Literary Animal: Evolutin and the Nature of Narrative*, ed. Jonathan Gottschall and David Sloan Wilson (Evanston, IL: Northwestern University Press, 2005), 190-91.

③ 参见本书收录的《〈临高启明〉与新世纪幻想文学中的世界建构》一文。

④ Haiyan Lee, "All the Feelings That Are Fit to Print: The Community of Sentiment and the Literary Public Sphere in China, 1900-1918," *Modern China* 27.3 (2001): 295.

奇幻小说的帖子，立刻获得论坛写手们的热烈响应。为了形成统一的设定，参与讨论的写手专门选出一个由七人组成的设定小组。2003 年 2 月，设定小组成员通过两轮投票表决，最终将这个奇幻世界正式定名为“九州”。以九州为主题的作品主要通过实体书刊发表，在短短数年时间成为中国最畅销的幻想图书系列。九州的主创们曾宣称“身为作者，总有一种宏愿，有生之年，要书绘一幅庞大的画卷。但凭一人之力，穷尽百年，又如何写得完心中无尽想像”，于是他们找到集体创造世界的方式。[①] 尽管这个宏伟的创作计划因主创人员之间的纠纷而搁浅[②]，但它却孕育出一大批知名的科幻、奇幻作者，为中国幻想文学的发展做出重要贡献。

在探讨网文的社会性时，我们还有必要区分商业化网文与非商业化的文学创作，因为这涉及两种不同的文学生产方式和社会关系模式。非商业化的文学创作大多是同人创作，部分为原创作品。同人创作的动机不是牟利，而是表达对原著的喜爱，修补原作中的缺憾，在原作结束之后延续故事的生命，或是通过同人创作进行角色扮演，探索自我认同和与他人的关系。[③] 同人创作是自娱自乐，也是发生在社群里的，和其他社群成员共享的集体娱乐。就此而言，它与古代文人“以文会友”的交往传统极为类似。同人小说经常被当作送给整个社群或某位特定成员的礼物，读者的跟帖和评论则是对礼物的回应。

商业化网文的作者虽然也能够和读者建立良好的关系，获得读者的支持，但这种读/作者关系难免会因有经济利益而产生紧张和冲突。比如，同人创作一般都兴起而为，作品的更新时间不固定，许多作者还会因各种私人原因中途“弃坑”或“烂尾”[④]，这些在同人圈屡见不鲜的行为在商业作者那里却是不可原谅的商业欺诈。如一位追了《盗墓笔记》八年的“死忠粉”看到小说的大结局之后，在知乎上愤怒地写道：“这不是南派三叔一个人的闲来作品，这是他的一个用来获取版权收入的产品，如果你义务放出来给大家看，你烂尾是个人意

---

① 天启菜场告示栏：《老文新读——中国幻想的记忆典藏 枪与火的镇魂歌》，2017-04-06，http://weibo.com/ttarticle/p/show? id=2309404093604682428242&infeed=1。

② 众越：《铁甲依然在——“九州”系列小说创作模式与发展状况调查》，厦门大学“青春文学与创意产业”课程 2013 年课程论文。

③ 李晟杰：《当代青少年同人创作动机探究——以同人文学的创作为例》，厦门大学 2015 年本科毕业论文，第 15～16 页。

④ 烂尾通常有两种情况：一是故事结尾不符合读者的预期，二是故事先前的伏笔缺少后续交代，即挖的坑，没有填好。

愿,但是我付钱给你的时候,不要求别的,起码你把故事说完整啊。你当作家,用烂尾来对待读者?你当商人,用残次品全价卖给消费者?合适吗?"①显然,在商业化网文的生产模式中,读者作为消费者/"上帝"拥有更多的议价权,他们会积极主张自己的权益,要求作者提供令人满意的阅读体验。而在非商业化的创作社群里,将作品免费提供给读者阅读的作者则享有更多的创作自主权并受到社群成员的普遍尊敬和优待。部分读者即便对作者的创作不满意,也不会在社群中公开发表过激的言论。

文学性关注的是文学之所以成为文学的特性,其背后的假设是文学作品是静态的、封闭的、自给自足的客体。新批评的"意图谬误"、罗兰·巴特的"作者之死"等观念虽然祛除了作者的神圣权威,但也割裂了作品与生产者和生产环境的关系,忽视了真实读者的阅读反应。透过社会性的概念,我们可以将作者、作品、读者、世界等分离的文学要素重新联结起来,构想出动态的、开放的、相互依赖、相互影响的文学生态系统。或许网文与现代小说的根本区别就在于,网文不是孤独个体的创作结晶,而是复杂的社会关系网络的产物。

五、社会性作为方法

近年来,学界出现一系列或新或旧的、描述网络文学特性的概念,如前文已经提到的"文学间性"和"网络性",以及"娱乐性"②"快感与美感体验"③等。然而,这些概念的倡导者们似乎都未充分阐明应该如何使用这些概念,这些概念能开启哪些新的研究视域,提出哪些新的研究问题,或是和哪些新兴的研究方向发生交集。本文提出"社会性"这一概念,就是因为它不仅能够有效解释网文生态系统中无法用传统文学概念解释的现象,还能引入新的问题和视角,融合新的理论批评范式。比如,我们可以在社会性的概念框架下,结合网文的故事属性与当代中西方文论界的"伦理学转向"④,将文学公共空间的议题引入网络文学研究。

如本雅明所指出的,故事是教诲性的,目的是为我们提供道德和行为的指

---

① 知乎用户,2015-06-16,https://www.zhihu.com/question/20956054。

② 周保欣:《网络写作:文学"常变"的道德与美学问题》,《文艺研究》2012年第2期。

③ 康桥:《网络文学批评标准刍议》,2013-09-03,http://www.chinawriter.com.cn/wxpl/2013/2013-09-03/172874.html。

④ 王鸿生:《何谓叙事伦理批评》,《文艺理论研究》2015年第6期。

南。伦理学家常常"通过叙述日常故事来探讨伦理学的基本问题"[①],网文则通过讲述虚构的故事来激发读者的伦理反思。即便是让读者畅快的爽文,也会将主人公置于一系列复杂的社会情境和道德考验之中。更何况,除了起点流爽文之外,还有各种让读者看得"内伤"的虐文。早期耽美虐文《忘欢》[②]就是一个蕴含丰富伦理意味的小故事。这个两万余字的短篇小说讲述的是才华横溢、志怀高远的澜国皇子昭华沦为性奴的悲惨遭遇。昭华因哥哥的嫉恨而被陷害入狱,在遭遇酷刑和轮暴之后丧失记忆,"从精神和肉体上"被改造成名叫"欢"的性奴。欢经历了三任主人。第一任主人段凌霄将其当作牲畜肆意凌虐。第二任主人梁非虽然对欢有怜惜之心,但却迫于权势将其抛弃。第三任主人君天下曾经认识昭华并为昭华的才情所倾倒。在小说的结尾,君天下凭借出色的权谋实现昭华少年时的宏愿——"解放奴隶一统天下创建自由和平的国度"。但君天下解放了全天下的奴隶,却偏偏不肯给欢自由。他要继续"占有欢,让欢从身体到灵魂都完全属于他,只属于他一个人"。

《忘欢》曾在耽美社群中引发强烈的争议,因为它背离主流耽美虐文的叙事逻辑。宁可在国内首部以耽美为主题的博士学位论文中详细分析过耽美小说中的主奴关系模式。她指出,"在许多耽美小说中,主奴关系都会发生逆转,即居于支配地位的主人和居于服从地位的奴隶的权力地位发生对换"[③]。也就是说,这类虐文吸引读者的并非受虐的、自我牺牲的"崇高感"[④],而是主人/施虐者与奴隶/受虐者之间的权力关系如何逆转,处于权力结构最底层的受虐方如何"不断与残酷的命运抗争,最终绝处逢生,获得爱情、幸福和尊严"[⑤]。这是耽美文类所特有的主角"升级"模式,但《忘欢》的结局却让读者的阅读期待落空。不过,也正是其不落俗套的结局,迫使读者更深入地思考什么是爱情和幸福。爱情就是被人以爱的名义占有和囚禁吗?幸福就是被宠爱、"不需要思考"、远离恐惧、享受"被征服的快乐"吗?丧失了记忆、人格、自由和尊严的人能够获得真正的幸福吗?已经被彻底驯服、忘记自由滋味的人凭什么反抗

---

① 伍茂国:《伦理转向语境中的叙事伦理》,《河南大学学报》2014 年第 1 期。

② 玉隐:《忘欢》,2003-03-21, http://qianlove.blog126.fc2blog.us/blog-entry-28.html。

③ 宁可:《中国耽美小说中的男性同社会关系与男性气质》,南开大学 2014 年博士论文,第 45 页。

④ 张冰:《论"耽美"小说的几个主题》,《文学评论》2012 年第 5 期。

⑤ 参见本书收录的《中国耽美(BL)小说中的情欲书写与性/别政治》一文。

奴役？在这些伦理道德的追问中，故事标题的含义也随之变得暧昧不清。“忘欢”究竟指的是忘情于欢爱，还是忘记欢乐，抑或是世界已经将那个叫欢的卑贱的奴隶遗忘？陶东风称，后极权主义社会是没有故事的，因为这种社会体制“通过极权主义和消费主义结合的方式，把人们引入一个‘天鹅绒的监狱’”。在这个监狱里，“人们逐渐丧失了参与公共事务的兴趣，没有了自由与梦想，也就没有了故事”①。也许，我们应该庆幸还能看到《忘欢》这样的探究奴役和自由的故事。

不光是故事的内容，故事讲述行为本身也和伦理有关。刘小枫称：“自由的叙事伦理学不说教，只讲故事，它首先是陪伴的伦理：也许我不能释解你的苦楚，不能消除你的不安，无法抱慰你的心碎，但我愿陪伴你，给你讲述一个现代童话或者我自己的伤心事，你的心就会好受得多了。”②这个观点用于分析网文故事恐怕是再合适不过了，只有从“陪伴的伦理”的角度，我们才能理解为什么对于网文而言“更新是第一生产力”③，为什么唐家三少那样的“小白文”作者仅凭超级稳定的更新就能成为网文界的大神。按时更新不仅是一个商业问题，更是一个信用和伦理的问题。入V④ 就是作者与读者签订的契约。作者向读者许诺会用按时更新来陪伴读者，读者也会将阅读纳入自己的日常仪轨，变成生活习惯。哪怕作者每天更新的字数读者五分钟就能看完，但这五分钟的故事时间对读者有特殊的意义，是他们从庸常的生活中获得解脱，得以眺望更高、更远的世界的契机。正是在这样日复一日、年复一年的陪伴、期待和守望中，网文读者才会与作者和作品建立起深厚的情感。尽管网文注水饱受诟病，但如马季指出的，这并不全是作者的过错。有时候，读者出于对故事世界的依恋会要求作者把故事尽量编圆，作者为了满足读者的要求，只能越写越

---

① 陶东风：《故事、小说与文学的本质——阿伦特、哈维尔、昆德拉论文学》，《文艺争鸣》2012 年第 3 期。

② 刘小枫：《沉重的肉身——现代性伦理的叙事纬语》，上海人民出版社 1999 年版，第 7 页。

③ 此语出自血酬的《网络文学新人指南》，转引自单小曦：《革命与危机——中国当代文学变革中的网络文学》，《探索与争鸣》2014 年第 11 期。

④ “入V”是“加入VIP”的简称。网络小说在免费连载一段时间之后，如果达到网站的条件，作者就可以和网站签约，读者继续阅读这篇网文时就需要付费，读者付费带来的收益将由作者和网站共享。

长。[①] 当一个追了数年的网文结束之后，读者往往会感到怅然若失。这不全是黎杨全所谓的欲望满足后的空虚，而是一个陪伴多时的朋友骤然离去后留下的空白。

围绕网文的创作和阅读还孵化出许多网络文学公共领域。根据华裔学者李海燕对哈贝马斯的文学公共领域概念的解读，公共领域首先是在文学世界孕育的。由新闻和小说，特别是家庭小说(domestic novel)、书信、日记和自传等“私人写作”构成的文学公共领域提供了一个“训练场”，个体在这里分享他们的私人经验并共同来肯定一种新的主体性，即普遍人性。在哈贝马斯看来，私人经验从一开始就是公共事务，是可以被集体讲述、分享和审视的东西。文学公共领域就是由作者、编辑、批评家和读者组成的话语性社群。这些社群成员首先是因为情感经验的交流而走到一起。正是在这个文学公共领域，资产阶级个体澄清了自我，确认了自己的人性，并以普遍人性的抽象概念为基础提出政治和法律诉求。[②] 国内学者在阐发哈贝马斯的文学公共领域的概念时，都会不同程度地考虑到本土现实。如赵勇认为，中国在 1980 年代曾拥有活跃而繁荣的文学公共领域，但这一领域却在 1990 年代走向衰落，其中一个主要原因就是“作家大都远离重大的社会现实问题，开始关注私人生活”[③]。赵勇似乎认为，只有反映和批判社会现实的文学作品才具有公共性，才能形成公共舆论。陶东风将“文学公共领域理解为一定数量的文学公众参与的、集体性的文学—文化活动领域，参与者本着理性平等、自主独立之精神，就文学以及其他相关的政治文化问题进行积极的商谈、对话和沟通”[④]。他虽然未对文学文化活动的具体内容做出规定，但仍然强调参与者的理性交流，并对语言暴力深恶痛绝。

倘若我们像哈贝马斯一样将围绕文学作品所生成的情感经验和情感交流——哪怕是以语言暴力形式出现的极端情感宣泄——都视为文学公共领域的重要组成部分，那么当代网文早已凭借商业文学网站、粉丝论坛、豆瓣读书、

---

① 马季：《网络文学三面观：故事行云流水　生存依赖写作》，《中国出版》2015 年第 4 期。

② Lee, “All the Feelings,” 292-93.

③ 赵勇：《文学活动的转型与文学公共性的消失——中国当代文学公共领域的反思》，《文艺研究》2009 年第 1 期。

④ 陶东风：《阿伦特式的公共领域概念及其对文学研究的启示》，《四川大学学报》2010 年第 1 期。

百度贴吧、新浪微博、微信公众号等各种网络平台,建立起了比 1980 年代更多元、更广阔的网络文学公共领域。① 比如,耽美小说爱好者聚集的闲情论坛就已经发展为颇具粉丝文化和女权主义色彩的公共领域。闲情是晋江文学城网友交流区下属的一个版块,始建于 2003 年。由于是开放的匿名论坛,网友毋须注册就可以在上面发言。闲情讨论的话题范围非常广,从耽美相关的话题到日常生活、娱乐八卦、时事政治,一应俱全。除了像咖啡馆一样为耽美爱好者提供聊天、社交的空间,闲情也是许多社群问题的议事厅和裁判所。2008 年晋江网实行 VIP 付费阅读制度前后,耽美爱好者在闲情就 VIP 制度、作者的著作权和盗文现象进行了连篇累牍的讨论,连网站管理者也卷入这场大讨论。②

近年来,随着抄袭、三观不正③等创作问题的涌现,闲情上出现名为"挂墙头"的帖子,即发帖人将自己看到的不公正、不道德的现象揭露出来,供社群全体成员进行集体审判。不少闲情成员都对公共事务、特别是与女性生活相关的时事新闻表现出浓厚的兴趣。2015 年 10 月,政府全面实施一对夫妇可生育两个孩子的政策之后,其他男性为主的论坛都是一片欢呼之声,闲情上则是忧虑和批评的声音占上风。不少参与讨论的网友都认为这个政策会对女性的社会经济地位产生负面的影响。④ 闲情的出现表明,文学公共领域并不因商业化而消亡,反而在主流文坛之外和粉丝文化中获得新的发展可能。

文学性的概念尽管问题重重,但仍被国内学者奉为圭臬,根本原因在于,这个概念不仅渗透价值判断,还自带一套批评术语和分析方法,可以广泛用于文学教学和批评实践。除非我们能够提出与文学性相抗衡的概念工具,否则就只能在既有的文学研究的轨道上运转,哪怕明知这个轨道已经和当下的文学现实脱节。本书试图在文学性之外,用社会性的概念来考察网络文学,为网络文学研究开辟新的路径。笔者认为,网文本质上是故事讲述,大部分网文的写作套路沿袭人类故事的普遍结构。数百年历史的现代小说与人类讲故事的传统相比,恐怕只是特例,而不是规则。网文的故事性和网络的互动性决定了

---

① 王小英在其专著中提及"网络文学公共空间",但未展开详细论述。参见王小英:《网络文学符号学研究》,中国社会科学出版社 2016 年版,第 175～176 页。

② 参看本书的《文化治理与社群自治——以网络耽美社群为例》一文。

③ 耽美作品的"三观不正"通常指作品中出现虐待老人、妇女和儿童的情节、同志骗婚的情节、过度暴力和血腥的描写,过于功利、崇拜金钱权力的思想等。

④ Ling Yang and Yanrui Xu, "*Danmei*, Xianqing, and the Making of a Queer Online Public Sphere in China," *Communication and the Public* 1.2 (2016): 251-56.

网文具有极强的社会性。网文的社会性既包括读者和作者的互动,也包括读者和作品人物的互动,还包括集体创作中诸多参与者之间的协同合作。商业化的网文与非商业化的网络同人创作不仅是两种不同的网文生产模式,也衍生出不同的交往方式。如王小英所言:"网络小说的价值并不仅仅在于其指向小说本身的'诗性',更在于其链文本所能提供的'交际性'。"[①]社会性的概念不仅有助于理解网文与现代小说的区别,反思传统文学研究中文本、作者和读者的分离状态,还有助于关注网文的叙事伦理以及围绕网文建构的网络文学公共空间。倘若我们不再将文学性视为评判网络文学的唯一或最高标准,就会发现还有很多与网络文学相关的、有价值的问题等待发掘和探讨。

① 王小英:《网络文学符号学研究》,中国社会科学出版社2016年版,第164页。

《临高启明》与新世纪幻想文学中的世界建构

毫无疑问，我们正处在幻想文学繁荣的时代。如果说现实主义"一直是中国当代文学场域最源远流长最稳定的主流美学品味"①，那么21世纪的中国文学，显然已经走向现实主义的反面。当下，以异世界为背景的幻想文学作品，无论是数量、篇幅和影响力，都在21世纪中国文学中占据重要地位。自2004年玄幻小说《小兵传奇》的名字同时入选谷歌和百度的十大中文搜索关键词，玄幻、仙侠等文类就成为网络文学的主导性文类。即便是网络"现实"文，也只不过比玄幻文拥有更多的现实元素，但其故事框架依然带有强烈的幻想色彩。近年来，科幻文学也在纸质文学领域呈现出异军突起之态。刘慈欣的《三体》不仅在2015年获得世界知名的科幻创作奖项雨果奖，还成为"几十年来中国最热销的科幻小说"，取得口碑和销量的双丰收。② 商业嗅觉极为敏锐的郭敬明从2011年开始陆续通过最世文化有限公司签下陈楸帆、陈奕潞、飞氘、宝树等新生代科幻作者，其中不乏全球华语科幻星云奖的获奖者。③

然而，学界对于科幻小说之外的幻想文类似乎都兴趣阙如。滕巍曾统计过2003—2010年关于玄幻文学的研究成果，发现这一文类尚未进入"主流学术视野"④。笔者2017年6月在中国期刊网上搜集幻想、玄幻、穿越小说的参考文献时也发现，滕巍所说的情况依旧无明显改善。陶东风2006年对玄幻小

---

① 郑国庆、徐志伟：《"现实主义"文学在中国——郑国庆访谈录》，《艺术广角》2011年第3期。

② 《〈三体〉三部曲销量超百万册成为最热销科幻小说——刘慈欣：不会去火星》，2015-03-02，http://news.163.com/15/0302/01/AJLR2ECC00014AED_mobile.html。

③ 《刘慈欣〈三体〉入围美国星云奖 郭敬明将转战科幻圈》，2015-02-28，http://book.people.com.cn/n/2015/0228/c69360-26610795.html。

④ 滕巍：《中国玄幻文学研究十年述评》，《重庆三峡学院学报》2011年第1期。

说的批判，或可代表相当一部分资深学者对幻想文学的深刻怀疑。在这篇流传甚广的文章中，陶东风指责玄幻小说是“装神弄鬼”，“是以犬儒主义和虚无主义为内核的一种想像力的畸形发挥，是人类的创造能量在现实中不可能得到实现、同时也没有正确的价值观引导的情况下的一种疯疯癫癫状态。这种想像力的最大特点就是非道德化，无价值性，不问是非，不管善恶”[①]。除了饱受诟病的价值观混乱、人文关怀的缺失，本土幻想文学也总是被理解为对现实的幼稚逃避[②]，被压抑的欲望的释放[③]，或“娱乐至上”的产物[④]。与现实主义文学所假设拥有的认识现实、改造世界的功用相比，幻想文学似乎只具有自我麻醉的作用。

本文以网络文学“第一奇书”《临高启明》为例[⑤]，从世界建构的角度重新阐释当代幻想文学的功能和意义。幻想文学不是对现实的逃避，而是人类心智的延伸以及可能世界的开启[⑥]。《临高启明》之所以神奇，不仅在于它的集体创作方式，也在于它所创造的令人沉浸的虚拟世界。该小说不仅是“穿越说明书”，更是世界建构的教科书，它以生动的方式揭示新世纪中国文学从故事

---

① 陶东风:《中国文学已经进入装神弄鬼时代——由“玄幻小说”引发的一点联想》，《当代文坛》2006 年第 5 期。

② 张颐武称玄幻作品“并不引发对于中国的反思和追问的表述，而是孩子的幻想的直接性的产物”。张颐武:《玄幻:想像不可承受之轻》，2006-06-29，http://blog.sina.com.cn/s/blog_47383f2d01000467.html。

③ 朱玉兰、肖伟胜:《无可抗拒第二世界的魅惑——以网络玄幻小说〈诛仙〉为例》，《重庆三峡学院学报》2007 年第 6 期。两位作者称“玄幻小说的作者和读者面对着意志世界无穷尽的烦恼、重复、刻板、欲望和痛苦时”，只能共同在“第二世界”(想像的世界)里做起了“白日梦”。

④ 高红梅:《中国玄幻小说对英国现代奇幻文学的变异性接受》，《东北师大学报》2015 年第 3 期。

⑤ 真方士:《一切荣耀属于元老院(网络小说十大奇书第一名——〈临高启明〉)》，2017-04-01，http://weibo.com/ttarticle/p/show? id=2309404091765039731704。

⑥ 可能世界是一个在哲学、语言学、文学理论、艺术理论、自然科学等领域被广泛使用的跨学科概念，1970 年代中期以后被引入文学研究。可能世界理论为探讨文学的虚构性提供了哲学基础。关于可能世界理论的概述，可参见 Marie-Laure Ryan, “Possible Worlds,” in *The Living Handbook of Narratology*, ed. Peter Hühn et al, Hamburg: Hamburg University, March 2, 2012, http://www.lhn.uni-hamburg.de/article/possible-worlds.中文文献可参考张新军:《可能世界叙事学的理论模型》，《国外文学》2010 年第 1 期；周志高:《国外可能世界叙事理论研究述评》，《中国文学研究》2016 年第 2 期。

讲述向世界建构的转型。

一、百科全书与集体创作

《临高启明》的故事主线可用一句话来概括：五百余名现代人通过一个虫洞集体穿越到明朝末年(1628 年)的海南临高县，以此为根据地建立工业化社会，重塑历史。故事的创意诞生于 SC 论坛(sonicbbs)的军事架空版。2006 年，一位叫“独孤求婚”的坛友提出一个有趣的问题：“如果我们携带大量现代物资穿越到了明末，会怎么活下去并改变历史?”这个问题迅速吸引论坛上的工业党①、历史爱好者、军事爱好者和社科爱好者参与讨论和推演。② 2009 年年初，吹牛者(萧峰)开始根据论坛网友提供的情节和素材进行《临高启明》的创作。不过，从第三卷开始，吹牛者就不再是一个创作者，而是一个故事汇编者，“将同人文章拆拆缝缝整理纳入到正文中”。《临高启明》的穿越者在书中建立起了一个以元老院为最高领导机构的贵族政体，所有穿越者都被称为“元老”。其中有名有姓的元老目前有近三百人。这三百人背后都有真人在扮演。如果有读者想在小说中出场，写上一篇同人文作为投名状，“转正”(被纳入正文)之后，也可以当上元老。③

正是因为有来自各行各业的数百位网友的参与，使得《临高启明》充满大量的专业知识和具体的历史、技术细节，以至于被网友戏称为“穿越说明书”：“因为它的技术细节实在太多了，多到让人觉得按这个步骤去穿越没准真就能成。”④尽管只是一部网络小说，但创作者们“对历史的复刻，简直到了吹毛求疵的地步”⑤。吹牛者本人也自称是一个“有些细节强迫症的人，希望故事是

---

① 工业党：国内论坛上相信工业化对国家的发展和繁荣起着至关重要的作用的网友，这些网友多为理工科专业大学生、研究人员和相关业者，拥有较强的技术专业知识。参见知乎上对“究竟什么是工业党？有自认为是工业党人的权威定义吗”的回答，https://www.zhihu.com/question/19590959。

② 檀陵舟子：《如何评价〈临高启明〉一书》，2017-02-11，https://www.zhihu.com/question/23883502/answer/142 612496。

③ Ritz：《如何评价〈临高启明〉一书》，2017-06-25，https://www.zhihu.com/question/23883502/answer/189080652。

④ Ritz：《如何评价〈临高启明〉一书》，2017-06-25，https://www.zhihu.com/question/23883502/answer/189080652。

⑤ 黎立曙：《如何评价〈临高启明〉一书》，2016-10-15，https://www.zhihu.com/question/23883502。

发生在一个尽可能真实的世界里的”①。比如，坛友们针对穿越之后的地点展开了详细的论证，在“各种比较周边资源与地缘优势”之后，最终确定为海南临高。随后，他们还对“明末时期的临高县到底是个什么样的状况”进行各种考证。②

这里，不妨用一个信手拈来的片段说明《临高启明》对技术细节的准确性的重视。穿越之后，众元老决定在临高百仞滩建一个渠道引水式发电站。小说对水电站的设计方案进行了描述：

> 引水渠的宽度和深度是根据水流和坡度的进行计算的，幸好这些是有现成的数据表可查的，最后确定为引水渠道的规模为底宽 1.5 米，水深 1 米。
>
> 引水渠将水注入压力前池，这个池子连接着引水渠和压力管。由前室、拦污栅、闸门、进水室、溢水道和排沙口组成。
>
> 压力前池是水电站的一个重要组成部分，不仅用来沉淀泥沙和拦截漂流杂物，以免进入水轮机造成损坏，在有多台机组的时候还能起到分配水量的作用。此外，它的最主要作用就是调节进入水轮机的水量大小。③

小说不仅用无数技术细节，“讲述了浮法玻璃，炼钢，蒸汽机，造船，制币，枪炮等等近代上的重要历史节点”，再现了波澜壮阔的工业化变革，“在制度和法律上也投入了不少笔墨，涉及到立法、选举、利益集团、政党、意识形态等近代人类的诸多政治实践”。④ 比如，在第二次穿越者全体大会前夕，为了保证会议顺利进行，法学专业的元老马甲建议采用源自英国议会规则的《罗伯特议事规则》，对这个规则进行了简化。小说对《马甲议事规则》进行了详细说明：

> 在此规则中，首先是会议设有主持人，这个主持人专门负责宣布会议制度，维持会场秩序，执行会议流程，同时发配发言权——这是会议主持

---

① 吹牛者：《2017 新年感言》，2017-02-10，http://read.qidian.com/chapter/mJYiGTGSzfc1/43V9MMDOVApOBDFlr9quQA2。

② Ritz：《如何评价〈临高启明〉一书》，2017-06-25，https://www.zhihu.com/question/23883502/answer/189080652。

③ 吹牛者：《临高启明》第 2 卷第 28 节，2009-08-16，https://read.qidian.com/chapter/mJYiGTGSzfcl/HIbdNyaFaDEexORJOkJc1Q2.

④ 靳伟：《如何评价〈临高启明〉一书》，2016-09-07，https://www.zhihu.com/question/23883502。

> 人最重要的权力之一。所有与会者发言前必须举手，不管是谁也不允许随意来一句"我先谈一谈此事的意义"或者"我再补充几点"之类的插话。谁先举手谁优先发言，但是发言者必须得到会议主持人的允许之后才能发言。
>
> 发言的时候必须起立走到发言席旁发言，否则发言一概无效。每人每次发言时间不超过2分钟，计时从他抵达发言席开始，但是从他得到发言允许到发言结束总得时间必须在3分钟之内——马甲做了精确的测算：一个与会者从会场最远的座位走到发言席上，正常步速大约40秒就能走完，以免有人利用这段路程拖延会议时间。
>
> 时间一到，会议主持人有权立刻打断发言。主持人一旦打断发言，发言人必须无条件服从，不得霸占讲台或者在发言席上继续发言，超时发言一概无效。为了确保这个规定的有效性，发言席上的话筒有一个开关连接在会议主持席上，主持人可以随时关闭这个话筒的扩音器。①

《临高启明》的集体创作方式及其在细节方面的真实性和全面性，吸引了大量网文读者的注意。早在2012年，就有网友称其为"网文史上里程碑式的作品，包罗万象的穿越百科全书，这可能是人类历史上从未有过的，在网络时代才能催生的奇迹！这个奇迹的背后是数以百计的热心的通过网络聚合在一起的各行业精英，是创作态度极为严谨的执笔者！没有工业时代的生产力大发展，是不会有这么多的有闲阶层；没有知识大爆炸的年代，是不会有这么多的知识积累；没有信息时代的到来，是没有什么渠道仅仅为了创作一本小说就聚合到这么多不同种类高度专业化的热情参与者"②。《临高启明》不仅成功地整合了现代工业文明所涉及的各种科技知识，也对伴随工业文明而出现的各种现代思潮进行了扫描。以至于有网友认为："如果说以《红楼梦》是明清贵族生活的百科全书，那么《临高启明》就是一本详尽描绘当代中国小知识分子意识形态的百科全书。从左到右，从中到西，中国近现代历史中出现的各色思想理论主义宗教都能在书中一一找到对应，可以说是一网打尽。"③

---

① 吹牛者：《临高启明》第3卷第335节，2011-01-17，https://vipreader.qidian.com/chapter/1262627/30997884。

② 赤戟：《赤戟的书荒救济所》，2012-06-17，http://www.yousuu.com/booklist/55a526d51569793575234da8。

③ 慕容[illegible]povered：《如何评价〈临高启明〉一书》，2017-02-22，https://www.zhihu.com/question/23883502。

《临高启明》是一部极为独特的网络小说，但它并非如某些网友所说的“前无古人”。作为博尔赫斯的粉丝，我认为它和博尔赫斯 1940 年发表的短篇小说《特隆、乌克巴尔、奥比斯·特蒂乌斯》有着惊人的相似之处，几乎就是该小说在网络时代的重写与施演（enactment）。博尔赫斯的小说以第一人称叙事的方式讲述了一个“秘密的善意社团”建构一个虚构世界的故事。17 世纪初，一群知识分子决定发明一个名为乌克巴尔的新国度。这个延续了数百年的庞大计划在 19 世纪得到美国百万富翁巴克利的支持。巴克利建议用编撰百科全书的方式创造一个想像的名为“特隆”的星球，因为“他不信上帝，但却想要向这个不存在的上帝展示凡人也能够构想一个世界”。在一位名不经传的天才的领导下，三百位天文学家、生物学家、工程师、哲学家、诗人、化学家、数学家、道德家、画家合作完成了四十卷特隆百科全书，“人类迄今为止最浩大的工程”。不过，这只是另一个更详细的以特隆语撰写的百科全书的基础。这个对虚构世界的概览被称为奥比斯·特蒂乌斯（Orbis Tertius），意为“世界 3”。①

从创作方式上看，《临高启明》几乎就是特隆百科全书的翻版，不同之处仅在于，前者具有网络时代的开放性，后者则以秘密的、地下的方式进行。特隆百科全书描述了“一个未知星球全部历史的庞大而系统的片段，包括它的建筑和纸牌游戏，神话的恐怖和语言的呢喃，帝王和海洋，矿物和飞鸟游鱼，代数学和火焰，神学和玄学的争议”②。《临高启明》则详尽刻画了穿越者们在晚明从零开始建设现代工业和国家体系的每一个环节，揭示了这个变革过程对于从达官贵族到升斗小民的社会各阶层的影响。尽管《临高启明》有信息时代知识获取的便利，不必像特隆百科全书那样耗费数百年的时光，但其创作过程依然漫长。经过八年的连载，截至 2018 年 2 月，在起点首发的《临高启明》正文已经达到 693 万字，但也才刚刚写到穿越者从海南攻占广东，与其“星辰大海”的目标还相距甚远。就连吹牛者自己也无法说清小说何时能写完，只说“有生之年会完本是肯定的”。有网友猜测，《临高启明》“真正写完至少还需要四个七

---

① Jorge Luis Borges, *Collected Fictions*, trans. Andrew Hurley (New York: Viking, 1998), 78-79.笔者的译文参考了王永年和网友 Bovinokov 的中译，尤其感谢 Bovinokov 的详尽注释。奥地利哲学家波普尔（Karl Popper）在 1970 年代提出三个世界的理论：“我们可以称物理世界为‘世界 1’，称我们的意识经验世界为‘世界 2’，称书、图书馆、计算机存储器以及诸如此类事物的逻辑内容为‘世界 3’。世界 3 就是人类精神产物的世界”。闻凤兰：《重新评价波普尔的“第三世界”理论》，《社会科学战线》2009 年第 1 期。

② Borges, *Collected Fictions*, 71-72.

百万"字的篇幅。①

二、从想像性世界到虚拟世界

国内学者常常使用"千奇百怪""荒诞不经""诡谲迷离""神秘莫测"等词语来描述幻想文学作品建构的故事世界，将幻想等同于盲目或非理性的想像力。仅有少数学者注意到"虚拟世界拥有与现实世界不同的逻辑体系、思维模式、价值观念，并且具有极其严整的逻辑性"②。其实，西方现代幻想文学的鼻祖托尔金早就指出过，"幻想是一个自然的人类活动"，它不会"摧毁或侮辱理性"。相反，理性越是敏锐清晰，就越是能创造出更好的幻想。③

在2012年出版的《仿佛：现代赋魅与虚拟现实的文学前历史》一书中，美国历史学家赛勒对现代幻想文学中的理性维度进行了详尽的论述。赛勒首先区分想像的世界(imagined world)和想像性世界(imaginary world)这两个不同的概念。他认为，尽管想像的世界从人类讲故事起就存在，但现代的想像性世界却是在19世纪后期才在欧美出现的。想像性世界的特点是，它以现实主义模式来呈现幻想领域，具有紧密的结构、经验性的细节和逻辑性基础，常常附带脚注、词汇表、附录、地图和表格等学术性工具。正是这种将幻想与清醒的逻辑结合起来的现实主义和学术性，使想像性世界不同于缺乏坚实的认识论基础的宗教、传说、神话中的世界和人物。想像性世界能够吸引读者在其中长久驻足，激励读者与作者合作完成世界建构，填充空白，推测可能性，想像前传和后传。读者的这种集体参与使得这些世界不再局限于个体的想像，而是变成超越单个文本或读者的、可持续存在的虚拟世界(virtual world)。比如，托尔金的中土世界本来只是一个读者通过文本接触到的想像性世界，但在文本之外还有一个由粉丝社群、杂志和网站支撑的、可供爱好者不断挖掘的虚拟世界。④

---

① Ritz:《如何评价〈临高启明〉一书》，2017-06-25，https://www.zhihu.com/question/23883502/answer/189080652。

② 高冰锋:《中国网络玄幻小说的前世今生——浅论中国网络玄幻小说的发展与现状》，《重庆社会科学》2006年第12期。

③ J. R.R. Tolkien, *Tree and Leaf* (London: George Allen & Unwin Ltd., 1964), 50.

④ Michael Saler, *As If: Modern Enchantment and the Literary Prehistory of Virtual Reality* (Oxford: Oxford University Press, 2012), 25-26.

《临高启明》最被读者赞赏的地方，就是它依靠严密的逻辑、合理的想像以及真实可考的细节建构了一个赛勒所说的想像性世界。知乎答友檀陵舟子认为，穿越小说中的冲突应主要是“现代思想与古代思想的冲突、阶级冲突、生产形式冲突，以及次要的国家民族的冲突”，但很多网络穿越小说“都只围绕了国家民族这个次要矛盾”，忽略了对主要矛盾的叙写，导致这些小说“逻辑崩溃、背景失真、情节低幼”。《临高启明》则抓住主要矛盾，用大量的笔墨叙述了穿越者群体对封建社会的改造，使其“对历史环境的描绘更加真实，主旨立意更高”。① 另一位阅读过大量穿越小说的知乎答友苏凯分析了《临高启明》在制度建设方面的周密性：临高的穿越者不仅制定了各种法律，还建立起了“作为现代政府的力量之源”的审计系统和财税系统。“很多民主小清新对议会政治的理解就是不同派别激烈的吵闹，打架，而只有临高元老院开会才会运用《罗伯特议事规则》”。②

作为集体智慧的结晶，《临高启明》从诞生之日起就不仅仅是一个想像性世界，还是一个由粉丝读者和作者支撑的、依靠特定网络社区的、具有长久吸引力的虚拟世界。截至 2017 年 7 月 1 日，《临高启明》的同人作品已经多达 909 篇，总字数 999.4 万，远超正文的字数。持续连载的同人作品《江南烽火》已经长达 48.9 万字。大部分同人作品都发表在百度临高启明贴吧和北朝论坛的临高专区。③ 一些优秀的同人作品也会通过临高启明的微信公众号推送。这些海量的“草稿”不仅为吹牛者的正文编纂工作提供了坚实的基础，也丰富了临高世界的内涵。为了鼓励同人创作，社区还专门举办同人作品评选活动，设立“吹牛文学奖”。除了小说、漫画等同人创作，粉丝读者还承担了整理临高世界的各种资讯的任务，成为“掌握故事世界的全部隐秘”的学士。④ 2016 年 3 月，《临高启明》开通了中文维基，一个“由粉丝维护的资料库，包含临高启明的人物、科技、政治、社会、历史地图详解等全方位信息”。⑤ 尽管很

---

① 檀陵舟子：《如何评价〈临高启明〉一书》，2017-02-11，https://www.zhihu.com/question/23883502/answer/142 612496。

② 苏凯：《如何评价〈临高启明〉一书》，2016-02-09，https://www.zhihu.com/question/23883502/answer/85537 370。

③ 《2017 年上半年临高启明社区同人一览》，2017-07-11，临高启明微信公众号。

④ 施畅：《跨媒体叙事：盗猎计与召唤术》，《北京电影学院学报》2015 年第 3,4 期。

⑤ 《临高启明》，灰机 wiki，http://lgqm.huijiwiki.com/wiki/%E9%A6%96%E9%A1%B5。

多相关信息还有待补全，但至少已经搭起临高百科的骨架，为普通读者了解临高世界提供了方便。尤其是逐月编排的年表和按姓氏拼音顺序编写的人物索引，对读者了解穿越之后发生的纷繁复杂的事件和走马灯一样出场的人物有很大帮助。据读者统计，目前《临高启明》中出现的历史人物、原创人物总计超过一千人。①

最有趣的是，为了彻底了解临高世界，一位粉丝读者还以一己之力对《临高启明》的正文进行了编辑和注疏。这位书友在知乎上写道："最近一年多一直在看，最开始是用手机看，看到六卷末就赶上更新进度了，于是每周等更新。抽空会把看过的再翻一翻，有时觉得前后太长，人物太多，线索太杂，关系太乱，只能边看边做一些笔记。去年开始尝试在网上购买实体书，未果。于是尝试自己编辑，注解，装订。目前已经有四本，共四卷了。"当遇到小说中用到的生僻的梗②时，他就"逐一阅读，增加注释或图释"，"编辑到第五卷，添加了 60 张插图"。比如，第四卷第九节讲到三亚矿区出现疟疾，引发骚乱，这位细心的书友在编辑这一部分时，不仅附上治疗疟疾用的青蒿图，还列出化学合成的疟疾药物氯喹、伯喹的分子式。③ 这些增补的信息显然让临高世界更真实。不少临高粉丝看到这位读者自编的插图版《临高启明》的照片之后，纷纷留言，要求以众筹的方式印刷这个版本。

长期研究本土幻想文学的韩云波称："幻想文学和幻想文化的核心意义，在于创造并展示一个'第二世界'的别样时空，并由此表达与现实世界不一样的理想主义追寻与超越性体验。"④康桥一方面认为穿越、重生小说大多属于"追求成功的快感"和"高潮体验"的意淫，另一方面又以群穿小说《迷失在一六二九》为例⑤，认为这一类小说呈现"写作者的社会理想和社会矛盾的解决方案"，揭示了当代人的思想状态。⑥ 邵燕君也认为，大部分穿越小说都是对现

---

① 檀陵舟子：《如何评价〈临高启明〉一书》，2017-02-11，https://www.zhihu.com/question/23883502/answer/142612496。

② 网络用语，有"笑点""看点""故事情节""桥段""小段子"的意思。

③ 文华，2017-04-12，https://www.zhihu.com/question/23883502。

④ 韩云波："幻想文学与幻想文化"栏目主持人语，《重庆三峡学院学报》2009 年第 1 期，第 31 页。

⑤ 《迷失在一六二九》也是诞生于 SC 论坛，和《临高启明》可算是"双胞胎"，但因"三观不正"而遭到坛友的唾弃。安迪斯晨风，《〈临高启明〉背后的故事》，2016-01-15，http://www.jianshu.com/p/c7bc9a470027。

⑥ 康桥：《论网络小说中的穿越、重生、架空问题》，《中国现代文学研究丛刊》2012 年第 10 期。

实困境的逃避,唯有《间客》这样的作品坚持启蒙立场,通过第二世界建立起“另类个人选择”的幻象空间。[①] 这些观点尽管都颇有见地,但却似乎不太适用于《临高启明》,至少无法解释临高世界带给读者的智识愉悦感。如一位豆瓣网友在书评中写道的:“诚实,不侮辱读者智商,是本书最大优点。500个穿越众,目的各不相同,有想搞后宫的,有工业党,有皇汉,有希望建功立业逐鹿中原。如何协调500穿越众内部纠纷,如何发动土著为穿越众所用,如何搞活经济,如何从零起步发展工业,每一个都很棘手。我自认为对于政治、经济、历史和地理有一定了解,可本书展现出的知识深度和广度,让我经常拍案叫绝。”[②]作为一个“重建工业和国家体系”的思想实验[③],《临高启明》通过一个假想性的问题“如果我们携带大量现代物资穿越到了明末,会怎么活下去并改变历史”展开历史模拟,并从现代、古代、中国、东亚、欧洲等多重时空的视角再现工业化、现代化进程的全景图。以《临高启明》为代表的网络幻想文学的出现表明,小说不仅具有再现、反映现实的功能,更能够创造另类现实,生产出新颖的“世界—模型”(world-model)[④]。

饶有意味的是,被誉为“英国首部现代长篇小说”的《鲁滨逊漂流记》也是一个源自十七八世纪的流行话题“一个人如果长期处于彻底的孤独状态会发生什么”的思想实验。[⑤] 和《临高启明》一样,《鲁滨逊漂流记》也包含大量的事实性信息,可说是一部荒岛求生指南。一位女性知乎答友也将《鲁滨逊漂流记》和《临高启明》联系在一起,因为她对这类“技术流”的小说着迷。对她来说,两本书的主要区别在于,鲁滨逊是资本主义上升时期的资产阶级的代表,

---

① 邵燕君:《在“异托邦”里建构“个人另类选择”幻象空间——网络文学的意识形态功能之一种》,《文艺研究》2012年第4期。

② “皇汉”指网络上崇尚汉文化,强调汉族的主体地位,反对针对少数民族的优惠政策的汉民族主义者。Wind:《网文神作》,2017-06-11,https://book.douban.com/review/8595136/。

③ 吹牛者:《2017新年感言》,2017-02-10,http://read.qidian.com/chapter/mJYiGTGSzfc1/43V9MMDOVApOBDFlr9quQA2。

④ Brian McHale:《Models, or, Learning from Science Fiction》,《外国文学研究》2009年第2期。

⑤ Lubomír Doležel, *Heterocosmica: Fiction and Possible World* (Baltimore: Johns Hopkins University Press, 1998), 37.

《临高启明》中的元老则拥有更复杂的意识形态和阶级认同。①

三、从故事讲述到世界建构

在普遍追求主角光环、代入感、曲折的剧情和稳定的更新的网络文学作品中,《临高启明》无疑是异类。首先,它没有单一主角,也不重视人物的性格塑造。在部分读者看来,书中的人物"几乎没一个能立起来,完全是按照立场立的人物形象"②。据说,由于书中的元老都由论坛网友扮演,这些坛友"都喜欢增加自己出场的份额,也都讨厌其他人的角色看起来太过伟大光明正确"③,以至于书中的主要人物都是"一群各怀目的的猥琐汉子"④,读者很难对其产生认同和代入感。其次,如前文提到的,《临高启明》注重技术细节,小说中充斥着技术手册式的描写。即便是粉丝,也会觉得这些文字过于冗长枯燥,缺乏娱乐性。如知乎答友纱夜鸟所言:"临高世界要构建的整个现代工业体系是非常庞大的,采矿、冶炼、锻造、重工、轻工、化工,此外还有商业、农业、交通运输、法律、政治、经济、教育、宗教等等,方方面面的材料详实到令人讨厌,专业到令人发指。"⑤

再次,由于人物和故事线索繁多,同时,技术内容又挤压了情节的篇幅,造成小说的主线进展缓慢。这一方面让"小说的逻辑在极大程度上能够自洽,对历史社会的还原和对工业化进程的描摹极大完善"⑥,但另一方面,也导致情节发展缺乏重点,没有主次,"整体上枝蔓太多"⑦。由于未能依靠先进的科学

---

① 空真理神奈备命:《女性看〈临高启明〉是种怎样的体验》,2017-05-30,https://www.zhihu.com/question/55488141/answer/176653458。

② 匿名用户:《〈临高启明〉一书背后有哪些故事》,2017-01-31,https://www.zhihu.com/question/29673213。

③ Ritz:《如何评价〈临高启明〉一书》,2017-06-25,https://www.zhihu.com/question/23883502/answer/189080652。

④ 德玛西亚:《〈临高启明〉作为一本小说有什么缺点》,2017-04-22,https://www.zhihu.com/question/53992042。

⑤ 纱夜鸟:《如何评价〈临高启明〉一书》,2017-06-29,https://www.zhihu.com/question/23883502。

⑥ 檀陵舟子:《如何评价〈临高启明〉一书》,2017-02-11,https://www.zhihu.com/question/23883502/answer/142612496。

⑦ 李马刀:《〈临高启明〉作为一本小说有什么缺点》,2017-04-25,https://www.zhihu.com/question/53992042/answer/160696454。

技术迅速改变穿越后的时空,《临高启明》中的500位穿越者还被网友戏称为"500废人"。"其他穿越小说,即使主角一个人穿越,到三五年的时候早已经统一全中国,争霸亚非拉。而《临高》的500众到第五年的时候,还蜗居在海南岛偏安一隅"[①]。此外,该书的更新速度也较为缓慢,"一星期估计都没10 000字"[②],与某些日更万字的网文有天壤之别。由于上述缺陷[③],导致《临高启明》的口碑两极分化。反感这部作品的读者甚至认为,《临高启明》"从小说角度是个大失败","文笔情节人物……基本就是灾难级别的","再次证明文学创作必须是个体,群体干不成大事"[④]!

不过,正如《临高启明》的创作者之一任冲昊[⑤]所言,传统小说是"故事和人物中心制",《临高启明》则是"世界中心制"[⑥]。一位叫allen的书友在《临高启明》微信公众号的留言区写道:"对我来说,临高的魅力在于,比起'小说',她更像是一个由众多网友共同创造的真实,宏大,自由度极高的开放'世界',如果传统小说是一本书告诉大家一个故事,临高则是以一本书为中心的一个圈子,令人有置身一个世界的真实感,这个世界是自由开放的,任何人都能在临高世界观下,以个人的愿意创造或体验这个世界,而不仅是被小说剧情牵着走。"[⑦]部分读者之所以不习惯《临高启明》的叙事方式,恰恰是因为故事讲述和世界建构是两个不同的、甚至是互相矛盾的过程。

美国媒介研究学者沃尔夫认为,故事讲述和世界建构存在三个主要区别。首先,故事讲述需要考虑叙事的经济性,去掉任何与情节无关的枝蔓。而世界

---

① 张师祈:《如何评价〈临高启明〉一书》,2016-12-30,https://www.zhihu.com/question/23883502。

② 匿名用户:《〈临高启明〉作为一本小说有什么缺点》,2016-12-26,https://www.zhihu.com/question/53992042。

③ 关于《临高启明》在"文学性"方面的"缺陷",还可参见高晓辉:《〈临高启明〉的星辰大海》,《书屋》2017年第8期。

④ 龙骑兵:《〈临高启明〉一书背后有哪些故事》,2015-05-08,https://www.zhihu.com/question/29673213。

⑤ 任冲昊笔名为马前卒,现为观察者网新闻总监,他是《临高启明》中的重要人物马千瞩的原型。

⑥ 《【临高启明】北大临高小说专题讲座 贴(扶)吧(忠)版置顶视频》,2017-05-28,http://www.bilibili.com/video/av10873504/。

⑦ 克鲁苏的召唤:《龙空对知乎 如何评价〈临高启明〉这本书回答的讨论》,2017-06-28,临高启明微信公众号。

建构则需要花费大量的篇幅铺陈、解释与世界相关的信息，哪怕这些说明性的文字会让叙事的节奏放缓，甚至停顿。其次，世界不需要故事就可以独立存在，但故事却总是发生在某个世界里的，传统的故事通常只会建构足以推动情节的世界，世界只是背景，而故事则在前景。但历险游戏和3D游戏通常强调玩家对于游戏世界的探索，在这些游戏中，世界建构的重要性超越故事讲述。再次，二者在世界观的表达方面也存在显著区别。传统故事主要依靠体现不同价值观的人物。比如，陀斯绥耶夫斯基的《卡拉马佐夫兄弟》塑造了德米特里、伊万、阿列克塞三兄弟，每个人代表一种不同的人生观，这些人物的行动及其后果叠加起来表明一种世界观。而世界建构除了使用传统小说的手段之外，还可以通过改变主世界的默认设定，发明新的文化、种族和生物物种来影射某些思想或观念。如美国科幻大师厄休拉·勒古恩在《黑暗的左手》中构建的由雌雄同体者组成的世界，这些人可以变成男人，也可以变成女人。勒古恩用这种新颖独特的方式来反思性别歧视和文化偏见①。沃尔夫还提出，一个第二世界如果要变得可信和迷人，必须拥有高度的创新性(invention)、完整性和一致性(consistency)。这三个属性环环相扣、缺一不可。②

与主流网文相比，《临高启明》或许在爽感方面有所欠缺，但它的世界建构却为读者提供了宝贵的"沉浸感"，"就像真有那么一回事一样"③。叙事学家莱恩认为，现象学意义上的世界具有沉浸性和互动性两个特点。当我们说"这是我的世界"时意味着这个世界是环绕我的，我可以沉浸其中，可以使用这个世界中的客体，与居住在这个世界的人相互沟通。正因为世界所具有的这两个特点，媒介娱乐工业才将模拟我们对真实世界的经验当作媒介技术的终极圣杯，时下热门的虚拟现实(VR)技术也以此为目标。世界的规模对于沉浸体验来说至关重要。因为世界越大，它所囊括的人物、风景和事件也就越多，越能吸引读者调动其想像力驻留在这个世界。因此，长篇小说的沉浸感远高于短篇小说。短篇小说由于篇幅短，读者刚刚在脑海中构建起一个世界，故事就

---

① Mark J. P. Wolf, *Building Imaginary Worlds: The Theory and History of Subcreation* (New York: Routledge, 2012), 29-30.

② Wolf, *Building Imaginary Worlds*, 33-34.

③ 荧惑:《〈临高启明〉作为一本小说有什么缺点》,2016-12-25,https://www.zhihu.com/question/53992042。

结束了，读者也被驱逐出虚构的世界。①

如前所述，有效的世界建构还必须依靠大量的细节。陈奇佳注意到，“作家往往将主要的精力放在离奇故事的编织上，却很少人重视描写具有生活气息的历史文化细节”，玄幻小说作者却认识到，正是这些细节才让读者看到“一个真正的别样的世界”②。美国媒介学者詹金斯也称，“正是细节让故事感觉发生在真实的世界里。这些世界可以存在很长一段时间，超越单一媒介，可以从不同人物的角度来体验，支持许多故事”③。

自 1970 年代以来，世界建构几乎成了全球娱乐媒介产业盈利的法宝，因为世界超越了单个故事或人物，也不再是一次性的体验，而是作者和受众不断重访/重温的体验，这些庞大而复杂的虚构世界可与受众终生相伴，让他们流连忘返，乐不思蜀。这些世界的语言和观念也会渗透到受众的日常生活，成为其性格、行为的一部分。④ 比如，著名美剧《生活大爆炸》中的四位宅男主角都是《星际迷航》《星球大战》的铁杆粉丝，这些科幻世界已经融入他们日常生活中的点点滴滴。他们用剧中的台词交流，用“克林贡语”玩拼字游戏，他们的房间也成为道具陈列室。

好莱坞电影产业发展出了一套精致的工具来模拟人造的世界。蒂姆·波顿、扎克·施奈德等许多当代电影人，都是优秀的世界建构者而不是故事讲述者。⑤ 靠近好莱坞的美国南加州大学电影艺术学院还设立了世界建构研究所（The World Building Institute，简称 WBI）——一个致力于通过建构虚拟世界来解决真实世界的难题的非盈利研究机构。研究所成立于 2012 年，其创始人是好莱坞制作设计师、艺术指导亚历克斯·麦克道尔，他曾在斯蒂芬·斯皮

---

① Marie-Laure Ryan, “Why Worlds Now?” in *Revisiting Imaginary Worlds: A Subcreation Studies Anthology*, ed. Mark J.P. Wolf (New York: Routledge, 2017), 9.

② 陈奇佳：《虚拟时空的传奇—论网络玄幻小说》，《江苏行政学院学报》2006 年第 3 期。

③ Henry Jenkins, “‘All Over the Map’: Building (and Rebuilding) Oz,” in *Revisiting Imaginary Worlds: A Subcreation Studies Anthology*, ed. Mark J.P. Wolf (New York: Routledge, 2017), 188.

④ Mark J. P. Wolf, “Introduction,” in *Revisiting Imaginary Worlds: A Subcreation Studies Anthology*, ed. Mark J.P. Wolf (New York: Routledge, 2017), xxvi-xxvii.

⑤ Jenkins, “‘All Over the Map’,” 173.

尔伯格的电影《少数派报告》中担任设计师。① 研究所信奉三个观念:(1)故事讲述是提高人类能力的最强大系统,因为故事讲述能够让人类的想像先于思想的实现;(2)故事可以从精心设计的世界中逻辑地、有机地生长出来;(3)新技术可以强有力地将想像形塑为现实。目前该所已经吸引了来自电影、动画、时尚、游戏、戏剧、电视、音乐、建筑、科学和交互性媒体等多个领域的创意人才,在世界各地都有合作研究的伙伴。②

WBI 的研究计划与《临高启明》的创作方式非常类似,都是源自假设性的问题和沙盘推演,首先提出"What if",然后再是一连串的"Then what"。③ 比如,2015 年,研究所启动了以尼日利亚的海港城市拉各斯为背景的"干旱城市"(Dry City)研究计划。其核心假设是,2030 年代中期,拉各斯的水资源被私有化和商品化,出现一个以水币为基础的经济体系。学生们首先为这一虚拟世界进行自上而下的设计,即解决时间段、世界经济、生态、地理等大的背景设定,然后设计能源、政治、基础设施、文化等主要领域,最后设计媒体、虚拟/增强现实、身体、食物、教育等亚领域。通过复杂的世界设定,学生们探究了这样一个可能的另类现实所隐含的各种社会矛盾和解决方案。如水经济的潜在特点及其文化影响,如何回收利用电子垃圾创造智能物质等。此外,每个学生还会设计一个生活在这个虚拟世界的人物,想像这个人物日常生活的方方面面。这些人物既包括经济学家、服装设计师、微生物学家等社会精英,也包括回收电子垃圾的穷人和人道主义活动家。人物为虚拟世界提供了人性化的视角,揭示了这一世界的技术和经济影响生活在其中的个体的具体过程。④ 鉴于《临高启明》的正文更新缓慢,已经有读者建议吹牛者改变策略,不再以小说完本为目的,而专注于搭建临高世界。⑤

在《特隆、乌克巴尔、奥比斯·特蒂乌斯》的结尾,虚构的特隆星球侵入现

---

① Laura Cechanowicz et al., "A Thousand Stories in a Day: Building Rilao and Reimagining Lagos," in *Revisiting Imaginary Worlds: A Subcreation Studies Anthology*, ed. Mark J.P. Wolf (New York: Routledge, 2017), 201-03.

② World Building Institute, "What Is the World Building Institute?" http://worldbuilding.institute/about.

③ Cechanowicz et al., "A Thousand Stories," 202.

④ Cechanowicz et al., "A Thousand Stories," 211-14.

⑤ 司马为先:《〈临高启明〉作为一本小说有什么缺点》,2017-06-08,https://www.zhihu.com/question/53992042。

实，使得现实世界逐步瓦解。人们开始投入思维缜密、秩序井然的特隆世界的怀抱，就像他们出于对秩序的渴望而受到“辩证唯物主义”“反犹主义”和“纳粹主义”等意识形态的蛊惑。“现实或许是有秩序的，但却是根据神圣的法则，也就是非人类的法则，我们永远也无法完全把握。特隆或许是一个迷宫，但却是人设计的迷宫，一个注定由人来解密的迷宫”①。从某种意义上说，临高世界也侵入粉丝读者的现实。部分粉丝读者专门前往海南临高县进行“圣地巡游”，期待当地政府能将临高开发成以临高世界为模板的主题公园。粉丝还为临高世界设计了一系列的周边产品，包括穿越者建立的澳宋国的国徽、粮票、邮票、元老特供物品。不过，博尔赫斯对虚拟世界的警惕似乎被更乐观的心态所取代。如莱恩所言，“如果我们生活在虚拟的境况里，这不是因为我们被迫陷于虚假，而是因为我们已经学会与流动性、开放性和潜在性一起生活、工作和嬉戏”②。

---

① Borges, *Collected Fictions*, 81.

② Quoted in Saler, *As If*, 19-20.

性别、女权主义[①]与“可活的生命”：《性别麻烦》的本土解读

朱迪斯·巴特勒是美国哲学家和性别理论家，当代人文学科影响力最大的女性学者。1993年，她应聘到加州大学伯克利分校任教，现为该校修辞与比较文学系教授。巴特勒的著作对政治哲学、伦理学、女性主义、性别研究、文学理论等领域都产生深远影响。在2007年人文学科被引用次数最多的著作者名单中，巴特勒位列第九，仅次于福柯、布迪厄、德里达、吉登斯、哈贝马斯、韦伯等理论家。[②] 1990年，巴特勒出版其成名作《性别麻烦》。这本主体部分是只有150来页的“小书”，现已成为后现代女性主义理论和酷儿理论的经典。[③] 该书的问世，也让巴特勒成为美国学界的超级明星。

一、“麻烦”制造者

巴特勒出生于移民自匈牙利和俄国的犹太家庭。在名为“朱迪斯·巴特勒”的纪录片里，巴特勒讲述了犹太教背景对《性别麻烦》一书的影响。她说她父母那一代的美国犹太人认识到同化就意味着“遵从某种好莱坞电影里呈现的性别规范”，她的祖母和母亲都以好莱坞女星为角色榜样。她试图通过《性别麻烦》的写作来理解她的家庭“如何将那些好莱坞规范具身化(embodied)”。巴特勒在希伯来学校度过童年和青少年时期，早慧的她一直是学校里的“问题学生”，不尊敬权威，不遵守校规，擅自逃学旷课。校长甚至

---

① 中国学界出于各种考虑，一直将“feminism”一词翻译为“女性主义”。但本土女权主义行动者近年来日益倾向使用“女权主义”一词。本文将交替使用这两个词。

② 排名依据的是汤森路透(Thomson Reuters)公司的ISI Web of Science数据库提供的数据。参见“Most Cited Authors of Books in the Humanities, 2007,” March 26, 2009, http://www.timeshighereducation.co.uk/405956.article.

③ Sarah Salih, *Judith Butler* (London: Routledge, 2002), 43-44.

警告她的母亲，说巴特勒长大以后有可能成为罪犯。为了惩罚不听话的巴特勒，学校强迫她跟随拉比（犹太教教士）学习。学校的惩罚却正中巴特勒的下怀，她逃课就是为了去教堂听这位名叫西维尔的拉比讲道。当拉比问巴特勒想学什么时，年仅14岁的巴特勒回答说：她想知道为什么斯宾诺莎被逐出犹太教会，德国唯心主义哲学是否和纳粹的兴起有关，想弄懂存在主义神学。①

巴特勒早年所受的犹太教育成为她日后学术研究和政治参与的重要伦理资源。她曾公开宣称："我是一名通过犹太教思想被引入哲学大门的学者，我认为自己在捍卫和延续包括马丁·布伯和汉娜·阿伦特等人物在内的犹太教伦理传统……我学习并逐步接受了这样的观念，即我们被他人和自己召唤着去回应苦难，并呼吁苦难的减轻……在我的犹太教育的每一步中，我都被教导面对非正义却保持沉默是不可接受的。"②《性别麻烦》就是一本渗透着伦理倾向和个人经历的学术著作。巴特勒在书中对"自然的"性别规范的激烈质疑根植于她自身成长过程中对性别规范之暴力的切身体会。她的一个叔叔因为不正常的身体形态而被关入精神病院，她的同性恋表亲被迫离家出走，她自己也在16岁那年经历了一场出柜风暴。在美国东海岸求学、工作、生活的14年间，巴特勒积极投身同志社群所发起的社会运动，"参加过许多会议，去过许多酒吧，参与过许多游行，见过许多不同的性别，了解到自己身处一些性别的交叉路口，并遭遇到一些位于文化边缘的性态(sexuality)"。《性别麻烦》是她试图将象牙塔中的学院生活与同志社群中的生活联结起来的努力。该书在学院外的广泛传播，对同志社群所带来的正面影响(如促使美国精神分析学会和美国心理学会重新评估其关于同性恋的意见)也让巴特勒倍感欣慰。③

在该书1999年版的序言中，巴特勒称自己一直关注的问题是："什么构

---

① Eugene Wolters, "Judith Butler Documentary Discusses Jewish Upbringing's Influence on 'Gender Trouble'," October 1, 2013, http://www.critical-theory.com/judith-butler-documentary/.

② Judith Butler, "Judith Butler Responds to Attack: 'I Affirm a Judaism That Is Not Associated with State Violence'," August 27, 2012, http://mondoweiss.net/2012/08/judith-butler-responds-to-attack-i-affirm-a-judaism-that-is-not-associated-with-state-violence#sthash.pfFtve8S.dpuf.

③ Judith Butler, "Preface (1999)," in *Gender Trouble: Feminism and the Subversion of Identity* (New York: Routledge, 1999), xvii-xx. 中译参考了[美]朱迪斯·巴特勒：《性别麻烦：女性主义与身份的颠覆》，宋素凤译，上海三联书店2009年版，第11～14页。

成、什么又不构成一种可理解的生活？有关规范性的(normative)性别与性态的假定,如何事先决定什么才是合格的'人',以及'可以活下去'的生活？换句话说,规范性的性别假定如何运作,限定我们用以描述人的领域？什么方法可以使我们认识到这种限定性的权力？改变这种权力的手段又是什么？"①性别虽然只是人类生活的一个面向,但却能决定我们是否被当作人看,是否可以活下去,是否能获得社会的承认,是否有资格享有与他人同等的权利。正是因为巴特勒对生命以及促进、管控、维系生命的权力机制的批判性思考,使得该书能够在各个学科领域广泛传播并引起巨大的学术反响。② 当然,《性别麻烦》出版以后,也遭到不少学者的质疑,巴特勒也在与反对者的论辩中不断校正、完善自己的观点。③ 但对一种"可以活下去的、可行的生命"(a livable/viable life)④的关切贯穿了她的整个哲学思考和社会介入。在巴特勒强大而精细的理论思辨背后,一直隐含着一种朴素的"人道主义理想"⑤。

《性别麻烦》一书虽然广为人知,但读懂它却并非易事,巴特勒自己也承认该书语言的艰涩。但她认为,风格并不由作者单方面选择或控制的。此外,语法和风格也不是政治中立的,符合语法规则固然可以让语言变得可理解,但它同时落入规范化语言的窠臼,限制了激进观点的表达。"如果如莫尼克·维蒂格所论证的,性别本身通过语法规范被自然化,那么从最根本的认识论层面来改造性别,就得部分地通过挑战生产性别的语法来进行"⑥。在巴特勒的首部专著《欲望的主体》(*Subjects of Desire*)就这样评论黑格尔的《精神现象学》:

> 黑格尔的句子施演(enact)了它们所传达的意义;的确,它们表明那些存在的东西仅仅在被施演时才存在。黑格尔的句子读起来难,因为其意义不是即刻给定或知晓的;这些句子要求被重读,用各种不同的语调和语法重点来阅读……如果我们拒绝放弃"线性排列的单一意义将从手中

---

① Butler, "Preface (1999)," xxiii.

② Elena Loizidou, *Judith Butler: Ethics, Law, and Politics* (Abingdon: Routledge-Cavendish, 2007), 2.

③ 都岚岚:《论朱迪斯·巴特勒性别理论的动态发展》,《妇女研究论丛》2010年第6期。

④ 郭劼:《理论、生活、生命:从〈性别麻烦〉到〈消解性别〉》,载[美]朱迪斯·巴特勒:《消解性别》,郭劼译,上海三联书店2009年版,第270页。

⑤ [美]朱迪斯·巴特勒:《消解性别》,郭劼译,上海三联书店2009年版,第212页。

⑥ Butler, "Preface (1999)," xix-xx.

的文字展开"的期待,我们就会发现黑格尔混乱、笨拙和不必要的晦涩。①

美国学者萨利认为,巴特勒这段关于黑格尔文风的论述恰好可以用来解释她本人的文风,"通过仔细地、费力地阅读黑格尔(和巴特勒)的文章,读者将实际上体验(experience)到哲学家所描述的东西"②。语言的难度正是巴特勒思想难度的体现,她的语言和思想都在针对(语法和性别的)规范制造麻烦,解构那些貌似真理的常识。

巴特勒曾经反思为什么她那么"晦涩,抽象,难懂"的著作却依然大受欢迎,她的结论是因为人们需要问"什么是可能的"并相信这种可能性。如果没有这种可能性,就没有向前的运动。哲学促使人们去思考世界另外的样子,这正是人们所需要的。③《性别麻烦》一书的贡献恰恰在于它开启了性别的另类可能,让我们以不同的方式思考、实践性别。

二、性、性别与性别操演④

《性别麻烦》一书的副标题是"女性主义与身份的颠覆",这个副标题揭示了巴特勒写作该书的主要目的,即质疑"女人"(woman)这个身份范畴是否真的就是女性主义的主体、女性主义政治的前提条件,这个身份范畴是如何依靠一种排他性的机制被建构起来的,女性主义是否必须建构这样一个单一的、不变的、排斥性的身份作为其理论与行动的基础。巴特勒问道:"将女人的范畴建构为一个连贯的、稳定的主体,是否是对性别关系无意之中的管控和物化?这样的物化岂不是正好与女性主义目标背道而驰?在何种程度上,女人的范畴只有在异性恋矩阵(heterosexual matrix)的语境中才能获得稳定性和连贯性?"⑤

---

① Quoted in Salih, *Judith Butler*, 13.

② Salih, *Judith Butler*, 13.

③ Judith Butler and Regina Michalik, "The Desire for Philosophy: Interview with Judith Butler," May 2001, http://www.egs.edu/faculty/judith-butler/articles/the-desire-for-philosophy/.

④ 目前,国内学界对巴特勒"performativity"的概念有三种译法:(1)表演;(2)操演;(3)述行或施为(参见张兵:《"性别操演"中的身体问题》,《中南大学学报》2015 年第 3 期)。孙婷婷在其专著《朱迪斯·巴特勒的述行理论与文化实践》中将"performativity"译为"述行",理由是这个概念源自奥斯汀的言语行为理论。不过,豆瓣网友 merleau 在《performativity 到底应该翻译成什么》一文中有力地驳斥了这种译法。本文追随宋素凤,将"performativity"译为"操演"。

⑤ Butler, *Gender Trouble*, 2-8.

巴特勒对“女人”的解构是从女性主义对性(sex,也译作“生理性别”“自然性别”)与性别(gender,也译作“社会性别”)的区分入手的。性别本来是一个语法范畴,指一些语言中名词或代词的类别,形容词、冠词或动词在与名词或代词搭配时发生的屈折变化。1955 年,心理学家曼尼(John Money)通过对双性人的研究提出“性别角色”(gender role)的概念,用以和生理性别(biological sex)的概念相区分。1970 年代以后,第二波女权主义理论开始广泛使用“性别”一词来驳斥“生理即命运”的男权社会偏见。性被当作自然的、不可改变的生理事实,性别则是社会和文化建构的产物。①

人类学家罗宾 1975 年发表的著名文章《交易女人:性的“政治经济学”笔记》就是女性主义理论利用性别来探讨妇女压迫的典范。在文中,罗宾使用了“性/性别体系”(sex/gender system)来描述“女性、性少数群体和个体人性中的某些面向遭受压迫的场所”。该体系指的是“一个社会将生物的‘性态’转换成人类活动产物的一套安排,经过转换的性需求在这套安排中得到满足”。罗宾随后根据列维-斯特劳斯对乱伦禁忌和亲属关系体系的阐释,对性别这一术语做了进一步解释:“性别是一种社会强加的性划分。它是性态的社会关系的产物。各种亲属关系体系都依赖婚姻。这些体系因此将雄性和雌性转变为‘男人’和‘女人’,各自都是不完整的一半,只能通过与另一半的结合才能获得完整性。”“男”“女”两性的对立和相互排斥并不是自然差异的表达,而是对自然的相似性的压制,男人不得不压制他身上的女性气质,女人也不得不压制她的男性气质,以便保证异性恋婚姻的存续。在罗宾看来,女权主义为之奋斗的理想不应是一个女性统治男性的母系社会,也不仅仅是根除对女人的压迫,而应该根除强迫的性别角色和异性恋体制,建立一个“双性同体且无性别(尽管不是无性)的社会,在这个社会里,我们的性生理构造与我们是谁,我们做什么,我们和谁做爱都没有关系”。②

在《性别麻烦》中,巴特勒反复提到西蒙·波伏娃《第二性》一书中的名言,“一个人不是生来就是女人,而是变成女人的”(One is not born a woman, but rather becomes one)。波伏娃的意思是:女人的范畴是在特定文化领域里获

① David Haig, “The Inexorable Rise of Gender and the Decline of Sex: Social Change in Academic Titles, 1945-2001,” *Archives of Sexual Behavior* 33. 2 (2004): 91-94.

② Gayle Rubin, “The Traffic in Women: Notes on the ‘Political Economy’ of Sex,” in *Toward an Anthropology of Women*, ed. Rayna R. Reiter (New York: Monthly Review Press, 1975), 159, 179-80, 204.

得或接受的一套意义，没有人生来就有性别，性别是后天获得的。然而，人生来就是有性的，被性化(sexed)了，而且性化和成为人是同步的。性是不可改变的事实，但性别却是后天习得的(acquired)。巴特勒认为，“女人”这个看似统一的范畴，恰恰因为性和性别的区分而出现裂隙。波伏娃的名言中隐含了她自己都尚未意识到的激进后果。如果我们把性别当作“对性的多重阐释”，“性化的身体(sexed body)所获得的文化意义”，我们就不能够说性别是以某种单一的方式从性中发展出来的。换言之，被性化了的身体和社会建构的性别之间没有必然的、一对一的联系。即便假设只有男女两性存在，“男人”这种社会建构也不会只依附于男性身体，“女人”也不会只阐释女性身体。当性别被理解为是独立于性的，“男人”和“阳刚”完全可以指意女性身体，“女人”和“阴柔”也可以指意男性身体。① 其次，如果性不能决定性别，性别就不局限于两种，而可以有多种类型。② 如果性别不必和性捆绑在一起，性别就不是“一个名词、一个实体的事物，或是一个静止的文化标记”，而是持续不断的、可以超越男女两性的“文化/肉身行动”(cultural/corporeal action)。③

巴特勒不仅追问性和性别之间的逻辑关系，她还对“性”提出一连串的反直觉的质疑。“到底什么是‘性’？是自然的、解剖学的、染色体的，还是荷尔蒙的？”性有历史吗？其二元性是如何建立的？是否也和性别一样，只是一种社会建构？有关性的所谓的自然事实是否也是由各种服务于政治和社会利益的科学话语炮制出来的？巴特勒认为，“也许这个被称为‘性’的构造物和性别一样都是由文化建构出来的”，也许性“总是已经(always already)是性别”。性和性别的关系并不是自然与文化的对立关系，性别实际上是一种“话语/文化工具”，凭借这个工具，性化的自然(sexed nature)或“自然的性”(a natural sex)得以生产出来，并被当作一个先于话语和文化的，任由文化在上面作为的政治中立的表面建立起来的。④

如果说波伏娃、罗宾等女性主义者仍然将性视为无可争辩的、无法改变的自然事实，巴特勒则将性这个范畴彻底地去自然化。为了阐述性也是社会文化建构，巴特勒举了法国19世纪的双性人赫尔克林·巴尔宾作为例证。赫尔

---

① Butler, *Gender Trouble*, 151-52, 9.

② 巴特勒在一个注释中提到北美印第安人中存在的第三性别：穿女性衣服、扮演女性角色的跨性别者(男跨女)或男同性恋者。参见 Butler, *Gender Trouble*, 208.

③ Butler, *Gender Trouble*, 152.

④ Butler, *Gender Trouble*, 9-10.

克林出生时被判定为女性，从小在女修道院长大，和女孩子们有性关系。20来岁时，赫尔克林向医生和神父坦白自己的秘密，导致她/他被迫与情人萨拉分开。当局通过法律程序将赫尔克林的性改成"男性"，要求其穿男装，行使男人的社会权利，然而法律的强行介入却导致赫尔克林的自杀。赫尔克林留下的日记里，记载了她/他对自身困境的认识，这种困境被描述为"自然的错误、形而上学的无家可归感、永不能满足的欲望和彻底的孤独"，让她/他对男人和整个世界都充满愤怒。在巴特勒看来，"赫尔克林的身体特征并非落在性范畴之外，而是搅乱并重新分配了这些范畴的构成性要素"。构成女性范畴的要素有乳房、阴道；构成男性范畴的要素则是阴茎。赫尔克林的身体形态却表明用这些身体性征作为决定生理性别的基础其实并不可靠。此外，赫尔克林的性态也僭越了性别规范，挑战了异性恋与同性恋之间的区分，以至于我们无法断言赫尔克林与女孩们之间的恋情到底是异性恋还是女同性恋。赫尔克林的例子虽然罕见，但正是"这些奇异的、不一致的、'外在于'规范的事物"，"提供一种方式让我们了解到这个理所当然的性分类的世界其实是一个建构的世界，而且大可以被建构成不同的模样"。①

巴特勒对性的看法深受福柯和维蒂格(Monique Wittig)的影响。在《性史》第一卷和为赫尔克林的日记撰写的导言中，福柯指出，"性的范畴先于所有对性差异的范畴化，它本身就是通过性态的某种历史特定模式建构起来的。分立的、二元的性范畴的战术性(tactic)生产，通过假定'性'为性经验、行为和欲望的'原因'，掩盖了这一生产机制的策略性(strategic)目标"。也就是说，福柯认为性其实是效果，而不是源头。男女两性范畴的划分是权力运作的结果，目的是为了管控人类的性经验，并将那套实施管控的权力机制隐藏起来，使其不被发现，以便长久存在。因此，"被性化，就意味着臣服于一套社会规定，让引导那些规定的法律不仅成为我们性、性别、快感和欲望的构成性原则，同时也是自我阐释的解释学原则"。女同性恋作家维蒂格则在《人不是天生就是女人》("One Is Not Born a Woman")一文中提出，性的范畴既非不变的，也非自然的，它是用来服务于生殖性态(reproductive sexuality)的。之所以有男性和女性的区分，就是为了适应异性恋生殖的经济需要，并为异性恋制度提供一个自然天成的假象。对于维蒂格来说，性和性别没有区别，性本身就是一个被性别化的范畴。女人仅仅是异性恋体制中一个与男人相对的，用来巩固男

---

① Butler, *Gender Trouble*, 132, 137, 149.

女二元关系的术语。拒绝异性恋体制的女同性恋者既不是男人，也不是女人。[①]

巴特勒之所以抹消性与性别的区分，是为了论证没有先于文化铭刻的“自然”身体。[②] 她提出，性别就是“对身体的重复性风格化，是在一个高度刻板的管控框架内的一套不断重复的行为，这些行为随着时间的流逝而固化，生产出实质，某种自然存在的表象”。这句著名引文包括以下几层含义。首先，它强调性别是重复的行为，“这种重复既是重新施演，也是重新经验已经在社会中建立起来的一套意义”。重复的结果是用日常和仪式的方式将现存的社会规范正当化。其次，这种重复行为发生在一个严格的管控框架(即异性恋的二元架构)之内。性别不是我们所是的东西，而是我们的所作所为，但我们不可能为所欲为。性别不是一个衣橱，今天我们可以挑这件衣服穿，明天可以挑那件穿。但性别的这种限制恰恰“创立并巩固了主体”。再次，重复的行动不是一次两次，而是一个持续终身的“计划”(project)。比如，日常生活中，我们夸奖男人时会说“干得不错，像个男人”，这个“像”字恰恰就反映出性别不是与生俱来的属性，而是需要通过不断努力才能达成的目标。在这种做的过程中，我们经常有可能面临失败，变得“不像个男人”。我们可以“像”，但却永远无法“是”。最后，所谓的性别身份只是某种身体姿态、动作和各种风格通过不断重复而建构出来的幻象，一种时间的沉淀，具有历史的偶然性。“性别既不是真实的，也不是虚假的，既非原创的，也非衍生的”。性别转变的可能性就存在于重复行动之间的任意性，重复失败的可能性，或暴露其建构性的戏仿式重复。[③]

巴特勒以扮装(drag)这种性别戏仿为例，说明判断性别的真假其实是不可能完成的任务。一般认为性别化的外表表达了内在的性别本质，如女性化的外表是女性内在的阴柔本质的表达。但我们却无法用这种表达模式来理解扮装，即男扮女的反串表演。扮装者一方面可以说“我的‘外在’面貌是女性，但我‘内在’的本质(即我的身体)其实是男性”，另一方面又可以说“我的‘外在’面貌(即我的身体，我的性别)是男性，但我的‘内在’本质(真正的我自己)其实是女性”。这两个相互矛盾的关于性别真相的主张，使我们无法再用表达

① Butler, *Gender Trouble*, 31-32, 130, 153.

② Salih, *Judith Butler*, 62.

③ Butler, *Gender Trouble*, 45, 191-93.

模式来判定扮装者的性别身份。女性主义理论通常认为扮装、易装或女同关系中T的着装风格要么是在贬低女性，要么就是在不加批判地挪用异性恋实践中刻板的性别角色。但巴特勒却认为，扮装虽然创造了一个统一的、可信的"女人"形象，但它同时也让我们看到了性别其实是一个"管控性的虚构"(regulatory fiction)，"通过模仿性别，扮装暗示了性别本身的模仿性结构——以及它的历史偶然性"。① 巴特勒认为，"对性别问题而言，重要的不仅是要理解有关性别的标准是如何形成和自然化，被作为假设而建立起来的，而且要追寻二元性别体系受到争议及挑战的那些时刻，要追寻这些范畴的协调性遭到质疑的那些时刻，要追寻性别的社会生活表现出柔韧性、可变性的那些时刻"②。扮装就是这些危机、脆弱时刻的体现。

巴特勒的性别操演理论和扮装的例子引发不少误解。虽然《性别麻烦》中关于扮装的论述很少，但扮装却被屡屡当作操演性和性别颠覆的最佳例证，"甚至推动某种'戏仿政治'(politics of parody)的出现"③。为此，巴特勒不得不反复澄清自己的观点。她坚决反对将表演(performance)和操演性(performativity)混为一谈。戏剧性的性别表演假设人们可以根据自己的意愿来选择自己想要扮演的性别，而且还预设了一个可以做出选择的主体存在，这个主体可以不是其所表演的性别。但操演性是对规范的重申，这个规范是先于操演者存在的，限制并超越了操演者，它不是操演者的"意志"或"选择"的产物。④ 不存在一个躲在性别表达背后的性别身份，性别身份就是由被误认为是结果的性别表达操演性地建构起来的。此外，巴特勒明确指出，扮装并非颠覆性别规范的范例。她也没有兴趣去讨论哪些性别行动是颠覆性的，哪些不是的，因为这些判断无法脱离具体的语境。她引用扮装的例子只是意在"揭露性别'现实'的脆弱本质，以对抗性别规范所施行的暴力"。⑤

三、当下中国的"性别麻烦"与女权主义

近两年，中国的女权主义正在通过微博、微信等新媒体工具获得前所未有

---

① Butler, *Gender Trouble*, 186-87.

② [美]朱迪斯·巴特勒：《消解性别》，郭劼译，上海三联书店2009年版，第221页。

③ 杨洁：《酷儿理论与批评实践》，中国社会科学出版社2011年版，第62～63页。

④ Judith Butler, *Bodies That Matter: On the Discursive Limits of Sex* (New York: Routledge, 1993), 234.

⑤ Butler, *Gender Trouble*, 34, xxv.

的社会能见度和舆论影响力。女权主义者所制造的各种“性别麻烦”也层出不穷，如2013年，“北外性别行动小组”发布“我的阴道说”；2015年2月，女权团体对涉嫌性别歧视的羊年春晚的联名抵制。以肖美丽、赵思乐为代表的一批85后“青年女权行动派”的崛起①，不仅为女权运动带来新血和活力，也强化了其抵抗色彩。那么，巴特勒的《性别麻烦》一书能为中国当下日益高涨的女权运动提供哪些启发和洞见呢？

首要的启发恐怕就是对异性恋规范所导致的性别暴力的反思。受维蒂格的“异性恋契约”（heterosexual contract）以及里奇（Adrienne Rich）的“强制性异性恋”的启发，巴特勒发明了“异性恋矩阵”这一术语。这是“一种霸权性的理解性别的话语/认知模式”，一个“文化可解性（cultural intelligibility）的网格，通过这个网格身体，性别和欲望都被自然化了”②。异性恋矩阵在性、性别和性欲之间编织了一条天衣无缝的符号链，男性必须具有阳刚的男性气质，女性则必须具有阴柔的女性气质；男人的欲望对象只能是女人，女人的欲望对象也只能是男人。男女两性不仅构成二元对立，这个对立还是等级化的，男人/阳刚气质总是高于、优于女人/阴柔气质。作为强制性的异性恋矩阵中的生存策略，“性别是一种具有明显的惩罚性后果的表演”，是个体之所以“为人”的重要部分。任何把性别做错了的人，都会受到社会的惩罚。③ 因此，那些扰乱、超出异性恋矩阵的人或行为，如同性恋者、跨性别者、男人婆、娘炮、异装癖都会丧失其文化可解性，被当作不可思议的、非自然的、反常的、病态的存在而遭到主流社会的排斥和惩罚，甚至被剥夺生命。巴特勒在其访谈中屡次提到美国发生的一起谋杀事件。一位缅因州小镇的年轻人，仅仅因为走路姿势比较女性化，臀部会像女性一样摇摆而被几个男同学从桥上扔到河里，活活淹死。

类似的性别暴力也充斥整个中国社会。2012年，第一份中国性少数群体的校园欺凌调查报告显示，“77%的受访者曾遭遇17类基于性倾向和性别身份的校园欺凌，甚至不乏暴力及性骚扰”。其中言语攻击最为常见，大约44%的受访者有此类经历。10%的受访者曾经遭受过来自同学直接或间接的身体攻击，还有7.6%受访者遭受过来自同学和老师的性骚扰。④ 针对性别身份的

① 袁凌：《女权新生代：持剑的美人鱼》，《Co-China周刊》2015年第190期。

② Butler, *Gender Trouble*, 208.

③ Butler, *Gender Trouble*, 190.

④ 南方都市报：《调查显示77%校园同性恋受访者曾遭欺凌》，2012-05-23，http://news.sina.com.cn/c/2012-05-23/051924461681.shtml。

话语暴力在大众文化中也极为普遍。2005年超女比赛的冠军李宇春，多年来就一直承受着“不男不女”“人妖”的污名。甚至有男性网民发明“春哥纯爷们、铁血真汉子”“信春哥，得永生”等恶搞式话语来发泄他们的性别焦虑和不满。李宇春被嘲弄的表面原因是她作为生理上的女性，其身体却没有足够明显的女性特征（“不像个女人”），如胸不够大，不爱穿裙子，嗓音略微低沉。更深层次的原因则是她独立、自信、不屈从、不讨好的人格魅力，颠覆了小鸟依人、顺从柔媚的传统女性角色（“没有女人味儿”），吸引了大量狂热的女性粉丝。一个让女人着迷的女人不可避免地让异性恋男人感受到强烈的竞争“性”威胁。

其次，巴特勒对女性主义宗旨的阐释，有助于澄清中国公众（包括知识女性）对女权主义理论学说和政治实践的误解。尽管巴特勒是公认的酷儿理论的奠基人之一，但她却声称自己首先是一个女性主义理论家，然后才是酷儿理论家或男女同性恋理论家。① 在2004年出版的《消解性别》一书中，巴特勒明确提到，“女性主义总是在思考着生死问题”，“探讨我们如何组织生活，如何给生活/生命赋予价值，如何保卫生活/生命、抵御暴力，如何强制世界及其机构容纳新的价值观”②。巴特勒在伊拉克和阿富汗战争中的反战态度，她在占领华尔街运动中对社会公平和经济正义的呼吁，她在巴以冲突中对以色列占领者的批评，她在美国黑人青年被枪杀事件中对种族暴力的反思，她与残障活动家泰勒（Sunaura Taylor）关于身体和残障的对话，都是在践行人道主义理想，捍卫那些处于边缘、底层、漠视和压迫状态的生命。

1990年代以来，中国女权主义一直都被男权社会视为异类。尽管女权主义者小心翼翼地将自己包装为“微笑的”女性主义者（荒林语）或“不咬人的女权主义者”（戴锦华语），她们还是被怀疑在煽动对男人的仇恨，争夺男人的饭碗，剥夺男人的权力。女权主义被曲解为两性之间的战争，男人与女人的竞争。如女诗人巫昂就曾向媒体坦承：“女权主义，说真的，挺吓人的，就跟男人也不喜欢提到男权一样，将两个性别放在对立的预设里面，然后争夺所谓的控制权，这个东西太讨厌了。”③然而，根据巴特勒对女性主义的阐发，女权主义要做的就是对“男人/女人”二元身份的质疑，探究这种分类体系是如何形成的，主张我们需要“把性别问题和种族、阶级、地区发展等各种作为区分‘人的

---

① Judith Butler, “Gender as Performance: An Interview with Judith Butler,” interview by Peter Osborne and Lynne Segal, *Radical Philosophy* 67(1994): 32.

② ［美］朱迪斯·巴特勒：《消解性别》，郭劼译，上海三联书店2009年版，第210页。

③ 伍勤、吴亚顺：《女权主义者的圆桌会议》，《新京报》，2015-03-07。

资格'的概念隔栅联系在一起加以思考"[①]。这些区分和规范都在以不同而交汇的方式限定着生活/生命的可能性。女权主义所为之奋斗的不仅仅是女性的权利，更是通过建立相互尊重和支持的伦理世界来保障所有因各种原因而处于社会边缘和底层的贱斥者的权益。

最后，我想通过分析韩寒的一句"名言"来说明在本土语境中像巴特勒那样关注"可活的生命"到底意味着什么。韩寒的名言与周国平对女人"天性"的"赞美"[②]一样成问题（problematic），但却一直未能引起女权主义者的警惕和批判，反而在公众中赢得不少喝彩。

2009年，韩寒在接受《南都周刊》采访时，声称自己与郭敬明并非同一类人，且"最关键的是我觉得我和他男女有别，没有什么可比性"，韩寒还说："我除了钱比他少外，所有都比他强……可能他的东西在90后那里有吸引力，尤其对于城乡结合部的孩子"[③]。韩寒的言论以极其简单粗暴的方式揭示了中国社会根深蒂固的厌女主义情结。在异性恋矩阵的语境中，男女两性的区别并不是一种简单的性差异，并不是"我的手大，你的手小"这样的中立判断，而是渗透着价值评判和文化等级。性差异总是暗含男强女弱、男尊女卑的社会歧视。女性身份不仅仅是一个性别身份，一个实体性的名词，用来指代有某种生理特征的人，它更是一个形容词，一个低下、劣等的标签，可以用来描述任何被男权社会贬低的人和事。如黄平就公开声称"所有的青年文化都是'女性'气质的：阴性、雌伏、自我阉割、没有勇气面对自己的真实处境，只能从幻想中获得安慰"[④]。

性别歧视也不仅仅是针对性别身份的歧视，它可以衍生、转化为其他多种形式的社会歧视。比如，韩寒的言论中除了赤裸裸的性别歧视，还隐含阶级歧

---

① 范譞：《跳出性别之网——读朱迪斯·巴特勒〈消解性别〉兼论"性别规范"概念》，《社会学研究》2010年第5期。

② 2015年1月，周国平在微博中写道："一个女人，只要她遵循自己的天性，那么，不论她在痴情地恋爱，在愉快地操持家务，在全神贯注地哺育婴儿，都无往而不美。"周国平随后遭到女权主义者的强烈抨击，被指责为自恋的男性知识分子、直男癌的代表，给女性灌心灵鸡汤的"隐性"压迫者。

③ 罗小敷、李颖娟、方舟：《韩寒：郭敬明输出的是很贱的价值观》，《南都周刊》，2009-11-03。韩寒本人出生于上海市金山区亭林镇，不知道是否也算是一位"城乡结合部的孩子"？

④ 黄平：《"女性向"文化：〈步步惊心〉与穿越小说》，《"80后"写作与中国梦》，北岳文艺出版社2015年版，第79页。

视和城乡歧视,因为这些歧视都是同样一套二元对立的、等级化的、排他性的话语—权力机制运作的结果。仅以十多年来,韩寒和郭敬明这两位80后偶像的媒介表征而言,我们就可以看到这种话语机制如何不断地将韩寒标记为精神的("精神领袖")、公共的("公民韩寒")、道德的("当代鲁迅"),而将郭敬明再现为物质的("商人郭敬明")、私人的("私人写作")、贪婪的("文坛小偷")。这一套二元标记恰好也可以用来区分男性和女性。也就是说,韩寒所谓的"我和郭敬明男女有别",其实不过是在重复征引媒介话语中潜伏已久的性别歧视并将这种歧视公开化。

韩寒式的性别歧视,就如同一个不服气又比不过的小男生叫嚷着"好男不和女斗"一样俗套而可笑。然而这正是阿伦特所说的"平庸的恶"①。平庸是因为这种歧视已经渗透到整个社会的肌理,成为正常化的、习而不察的仪轨,即便是被捧为"公共知识分子"的韩寒以及韩寒的同类们,也对这个问题丧失批判性思考的能力,盲目顺从主导的性别规范。从20世纪80年代开始,中国的出生人口性别比持续攀升,在2008年甚至达到120.56。国际社会公认的比值是103—107之间。② 这意味着,上千万的女婴仅仅因为是女性,仅仅因为生理构造和男性不一样,就被剥夺出生的机会,丧失成为人的权利。

女权主义重要,因为它帮助我们思考身份分类系统,这套系统规定了什么人可以获得承认和尊重,过上有价值的生活,什么人将遭到排斥和贬低,不被当作人看(如"牛鬼蛇神"、底层打工者、女人、"残废"、同性恋者),甚至根本不允许成为人。

---

① 巴特勒曾于2011年在《卫报》上发表一篇文章,阐述阿伦特的"平庸之恶"的概念。参见Judith Butler, "Hannah Arendt's Challenge to Adolf Eichmann," August 29, 2011, http://www. theguardian. com/commentisfree/2011/aug/29/hannah-arendt-adolf-eichmann-banality-of-evil.巴特勒兼任欧洲高等学院的汉娜·阿伦特讲座教授。

② 李欣:《中国出生人口性别比严重失调 男女比118:100》,2012-05-27,http://www.chinanews.com/gn/2012/05-27/3918408.shtml。

第二辑　方法

远读、文学实验室与数字人文：弗朗哥·莫莱蒂的文学研究路径*

弗朗哥·莫莱蒂曾任斯坦福大学英语和比较文学的讲席教授，创立了斯坦福文学实验室，在文学史、比较文学和数字人文等领域都做出显著贡献。① 2014年3月，他的论文集《远读》因"提出了大胆而不同寻常的文学研究方法"获得美国"全国图书评论界批评奖"②。莫莱蒂出版过七部英文专著，主编了一部关于小说的百科全书《小说》(*The Novel*)。国内目前虽然已有多篇关于莫莱蒂的论文③，但尚未有人关注到文学实验室的运作情况，部分绍介还存在

* 感谢美国曼哈顿学院的王熠博士对本文初稿的阅读和指正。本文曾在2016年8月举办的中国中外文艺理论学会第十三届年会的小组会议上发表过。感谢与会老师对这篇论文的兴趣和刘为钦教授的鼓励，感谢何兰芳女士提出的建议和问题。遗憾的是，因学力不逮，我目前还无法回应她的问题。

① 莫莱蒂现已退休。斯坦福大学的网页显示他已经"Emeritus"(荣休)。

② http://bookcritics.org/blog/archive/national-book-critics-circle-announces-award-winners-for-publishing-year-20。

③ 截至2016年7月，CNKI数据库中专门论述莫莱蒂的期刊论文有：吴雨平、方汉文：《"新文学进化论"与世界文学史观——评美国"重构派"莫莱蒂教授的学说》，《文艺理论研究》2013年第5期；吴雨平、方汉文：《"文学世界体系"观念评骘》，《外国文学研究》2013年第5期；高树博：《小说对城市的想像》，《重庆广播电视大学学报》2014年第4期；高树博：《论弗兰克·莫莱蒂进化论文学史观》，《绵阳师范学院学报》2014年第10期；高树博：《弗兰克·莫莱蒂对"细读"的批判》，《学术论坛》2015年第4期；陈晓辉：《大数据时代的文学研究方法——基于弗兰克·莫莱蒂文学定量分析法的考察》，《文艺理论研究》2016年第2期；陈晓辉：《弗兰克·莫莱蒂的进化论马克思主义形式观》，《中国图书评论》2016年第3期；陈晓辉：《弗兰克·莫莱蒂的三重文学空间观》，《西北大学学报》2016年第3期。其他值得关注的论文包括：金雯和李绳的《大数据分析与文学研究》(《中国图书评论》2014年第4期)以及梅新林的《论文学地图》(《中国社会科学》2015年第8期)。前者有助于了解莫莱蒂所处的学术语境，后者将莫莱蒂的研究放入欧美文学地理学的思想脉络。高树博还出版了国内首部关于莫莱蒂的专著《远距离阅读视野下的文类、空间和文学史：弗兰克·莫莱蒂文论思想研究》(中国社会科学出版社2016年版)。该书第一章以《图表、地图和树：文学史的抽象模型》为基础，较为深入地阐释了莫莱蒂的远读方法。不过，该书未从数字人文的角度来分析远读，也不讨论文学实验室的情况。

一定的错误。[①] 本书以莫莱蒂及其团队的学术发表为基础，结合相关书评、讨论和访谈，介绍他利用定量和计算方法从事文学研究的主要思路和成果，探讨这些方法对于中国文学研究的启示。

一、“远读”的方法与实践

莫莱蒂的文学研究有其独特的内在理路。由于大学期间深受意大利马克思主义哲学家德拉沃尔佩(Galvano Della Volpe)的影响，他一直对科学精神充满敬重[②]，且从1980年代后期开始探讨文学的进化理论。莫莱蒂最初只是对文学形式的历史变化过程感兴趣，后来受著名进化生物学家恩斯特·迈尔(Ernst Mayr)的种形成(speciation)理论的启发，注意到地理在新形式的生成过程中的作用，因而转向制图学，开始制作文学地图，并在1990年代末出版专著《欧洲小说地图集1800—1900》。[③] 在从事文学地理学研究时，莫莱蒂意识到定量方法对地图制作的作用，又对计量史学产生浓厚兴趣，并因此形成“远读”的初步设想。[④]

在2000年发表的《关于世界文学的猜想》一文中，莫莱蒂不仅提出著名的“世界文学体系”的假说，还提出“远读”这一概念。国内学者多关注前者，而忽略后者。这两个概念其实是相辅相成的——前者重新规划了文学史的研究对象，后者则是针对新的研究对象采用的研究方法。莫莱蒂认为，存在着一个可被划分为中心和边缘的不平等的世界文学体系，无法用传统的细读(close reading，也可译作“近读”)方法来研究这一体系，因为细读是一种“神学操练”，它以极其严肃的态度对待极少量的文本，导致大量的文学作品从未被研究者阅读。如果想要理解“整个体系”，就必须采取远读的方法，聚焦“比文本

---

① 比如，莫莱蒂的论文“Conjunctures on World Literature”已由诗怡翻译成中文，并发表于《中国比较文学》2010年第2期。这篇中译将文中的重要概念“distant reading”(“远距离阅读”或“远读”)译成了“远离阅读”。陈晓辉的《大数据时代的文学研究方法》一文也存在一定误译。

② Franco Moretti, *Graphs, Maps, Trees: Abstract Models for a Literary History* (London: Verso, 2005), 2. 在2016年的访谈中，莫莱蒂透露他年轻时的理想是做一名物理学家，因为数学不够好，才选择文学。

③ Franco Moretti, *Distant Reading* (London: Verso, 2013), 179.

④ Melissa Dinsman, “The Digital in the Humanities: An Interview with Franco Moretti,” *Los Angeles Review of Books*, March 2, 2016, https://lareviewofbooks.org/article/the-digital-in-the-humanities-an-interview-with-franco-moretti/.

小很多或大很多的单位：手法、主题、修辞——或文类和体系”。①

（一）小说的跨国兴起与文类周期

在2005年出版的《图表、地图和树：文学史的抽象模型》一书中②，莫莱蒂用三篇分别借鉴年鉴派史学、地理学和进化论的论文，示范了远读的操作方法，以此来说明远读关注的是“形状、关系、结构”以及“形式”和“模型”，距离不是障碍，而是“一种特定的知识形式”③。该书的第一篇论文《图表》初步运用定量的研究方法。莫莱蒂在文中开门见山地重申了他对经典的怀疑，200部经典小说对于19世纪的英国来说似乎已经够多了，但这个数字还不到英国19世纪出版的小说总量的1%。我们无法用阅读单个文本的方式来理解如此庞大的出版总量，“因为这是一个集体性的系统，必须用总体性的方式来把握”④。借助其他学者的统计数据，莫莱蒂首先用图表展示英国、日本、意大利、西班牙和尼日利亚五国的小说发展史。从图中可以看出，五个国家都在不同的历史节点经历了类似的小说的兴起。在差不多20年的时间里，五国的小说出版量都出现质的飞跃。莫莱蒂随后又用一些图表讨论1740—1900年英国小说类型的变化。通过查阅上百部研究资料，他整理出一个包含44个小说文类的生存时间的图表。从图中可以看到，这些文类大多以聚类（cluster）的方式出现和消失，160年间共有6次创造力的大爆发，每个类型的存活时间差不多都是25年。

尽管莫莱蒂无法解释文类周期性变化的成因，但他还是从这次量化研究中获得独特的发现。大部分文学史家都会把抽象的小说（the novel）和各种小说（亚）文类当作两个不同的东西，然而上述图表中的44个文类却表明，小说不是作为单一的实体而发展的，而是周期性地生成一整套类型。小说其实就是各种小说文类所构成的系统。在这个系统里，有些类型可能在形态上更加重要或更受欢迎，但它们绝对不是唯一存在的类型。当小说理论将小说缩减为某种基本形式，如现实主义小说、对话体小说、言情小说或元小说时，就相当于把90%的文学史都抹杀掉了。⑤

---

① Moretti, *Distant Reading*, 48-49.

② 该书中的“树”指的是进化树图，因此有学者将书名译作“图表、地图、树状图”。考虑到科学界通常不在“树”后面加“图”字，如“系统树”“决策树”，本文译作“树”。

③ Moretti, *Graphs, Maps, Trees*, 1.

④ Moretti, *Graphs, Maps, Trees*, 4.

⑤ Moretti, *Graphs, Maps, Trees*, 30.

(二)小说标题的大数据解读

弗吉尼亚大学教授维尔蒙将莫莱蒂的远读定义为“通过用计算和定量的方法分析海量的文本来研究文学史中逐渐显现的和长期的模式(patterns)”①。然而直到2009年发表《风格公司:对7000个标题的反思(英国小说,1740—1850)》一文,莫莱蒂才算是真正展示了大数据分析的威力。在这篇论文里,莫莱蒂选取1740—1850年出版的7000部小说标题作为量化分析的对象,因为在他看来,标题是“作为语言的小说与作为商品的小说的交汇点”②。

在论文的第一部分,莫莱蒂运用平均数、中值(也称“中位数”)和标准偏差三个统计学概念,测量7000部小说标题的长度。他发现,在18世纪中期,小说标题还是长短不一,长的标题可以有40个词甚至更多,到了19世纪中期,长标题就彻底消失,小说的标题变得越来越相似。莫莱蒂认为,小说标题的这一变化与图书市场的变化息息相关。首先由于市场上新出版的小说数量的激增,一些杂志开始刊登新书的评论,使得相当于小说内容梗概的长标题变得多余。其次,短标题比长标题更能迅速而有效地吸引公众的眼球并被读者记住。三是当时主要的图书市场,也就是流通性图书馆,往往在目录上对长标题实行简化,使得读者日益习惯短标题。

论文的第二部分对短标题的内容进行量化分析。莫莱蒂发现短标题主要包括三个类型:专有名词;冠词+名词;冠词+形容词+名词的组合。另外还有一个小类型,概念性抽象。在冠词+名词这个类型里,几乎一半的标题都描述了带有异国情调或越轨色彩的人物类型,如 *The Vampyre*(《吸血鬼》)。当一个形容词被加入这类标题组合时,情况就颠倒过来,法基尔人或浪荡子之流从50%降到20%,妻子和女儿却从16%上升到40%,如 *The Unfashionable Wife*(《老土的妻子》)。莫莱蒂对此的解释是,如果标题里只有一个名词,该名词就必须保证一个有趣的故事,吸血鬼这样的名词因而就成为一个好的选择。添加一个形容词之后,即便是熟悉的人物也会被陌生化,而且形容词为标题引入一个具有叙事功能的述谓成分。关于专有名词的标题,莫莱蒂也有一个独特的发现,在1820、1830年之前,那些含有女性名字的小说标题大多只有

---

① Chad Wellmon, “Sacred Reading: From Augustine to the Digital Humanists,” *The Hedgehog Review* 17.3 (Fall 2015), http://www.iasc-culture.org/THR/THR_article_2015_Fall_Wellmon.php.

② Moretti, *Distant Reading*, 181.

名，没有姓。这意味着这些小说的女主人公都是需要丈夫的未婚女性，小说的内容也都是围绕结婚情节展开的。此后，标题中的女主人公名字大多含姓氏，如 *Jane Eyre*（《简爱》），结婚情节被嵌入成长小说或工业小说，女性从私人领域进入公共领域。那些包含抽象概念的标题也经历了一个引人注目的变化。1776—1880 年，这些与伦理道德相关的标题大多强调对道德规则的违反，如 *Disobidence*（《不服从》），但到了 1800 年之后，标题开始强调道德的建构，如 *Self-Control*（《自控》），这种对自我的规训暗示维多利亚时代风尚的萌芽。

（三）《哈姆莱特》的人物网络

在成功地运用量化文体学分析小说的标题之后，莫莱蒂又在《网络理论，情节分析》一文中尝试用量化的方式来研究《哈姆莱特》的情节，因为他一直对哈姆雷特的朋友霍雷肖在剧中的作用感到困惑。然而，故事情节的量化远比莫莱蒂预想得困难，他不得不从定量研究退回到定性研究。尽管量化失败，但莫莱蒂还是借助网络理论的基本概念①，以视觉化的方式呈现《哈姆莱特》中被忽略的人物和空间关系。复杂网络理论研究的是一大组对象之间的关系，这些对象被称为节点或顶点（nodes or vertices），它们可以是任何人或物，对象之间的联系被称为边（edges，也译作“连线”）。通过分析节点与边的连接方式，可以揭示大型系统的许多令人意想不到的特点。莫莱蒂将复杂网络理论移植到对叙事的分析，把《哈姆莱特》中的每一个人物定义为节点，只要两个人物之间说过话，就当作一个边，根据这个方法生成最基础的人物网络图。②

莫莱蒂认为，通过借助网络来思考情节，把叙事的时间转化为网络中的空间，可以有以下几个收获。首先，过去发生的事件与当下的事件一样可见。其次，整体情节中的某些特定“区域”变得可见。比如，《哈姆莱特》中有一个死亡区域（图 1 右边的区域），所有的死亡和悲剧都发生在这个以国王和王子为轴心的区域里。再次，人物网络是一个抽象的模型，它如同 X 光一样，可以让我们探测到隐藏在剧本背后的结构。如我们可以发现主人公其实就是网络的中

---

① 网络理论涉及社交网络、信息网络、科技网络、生物网络等多个方面，最为人熟知的是小世界理论或六度分隔理论。

② 莫莱蒂在文中坦承，这个图存在两个缺陷，一是没有考虑边的权重（weight），两个人物之间说一句话和说一百句话，都被当作是一回事。二是没有标识出言语行为的方向，没有说明是谁对谁说话。直到 2013 年发表的“‘Operationalizing’: or, the Function of Measurement in Modern Literary Theory”一文，莫莱蒂才找到满意的解决方案。

心。哈姆莱特之所以是同名悲剧的主角，乃是因为他和剧中所有的人物都很近，平均只有1.45度的距离。最后，还可以利用这个模型来进行推演和实验，比如在网络图中抽出国王克劳狄斯，整个网络基本完好无损，抽出哈姆莱特，整个网络几乎分裂成两半，同时去掉哈姆莱特和霍雷肖，整个网络就彻底碎片化，《哈姆莱特》也将不复存在。由此可见，主人公的重要性不在于其本身的特质，而在于他/她对网络的稳定性所起的作用。霍雷肖是剧中不可或缺的角色，因为他联系着绅士、水手、大使等一系列边缘人物，这些边缘人物指向的是丹麦京城艾尔西诺之外的世界，正处于萌芽状态的欧洲国家体系（state system）。霍雷肖这个没有动机、没有目的、没有情感，也没什么台词的扁平人物，其实就是官僚国家的象征。通过一系列的人物网络图，莫莱蒂对《哈姆莱特》做出了令人耳目一新的解读。

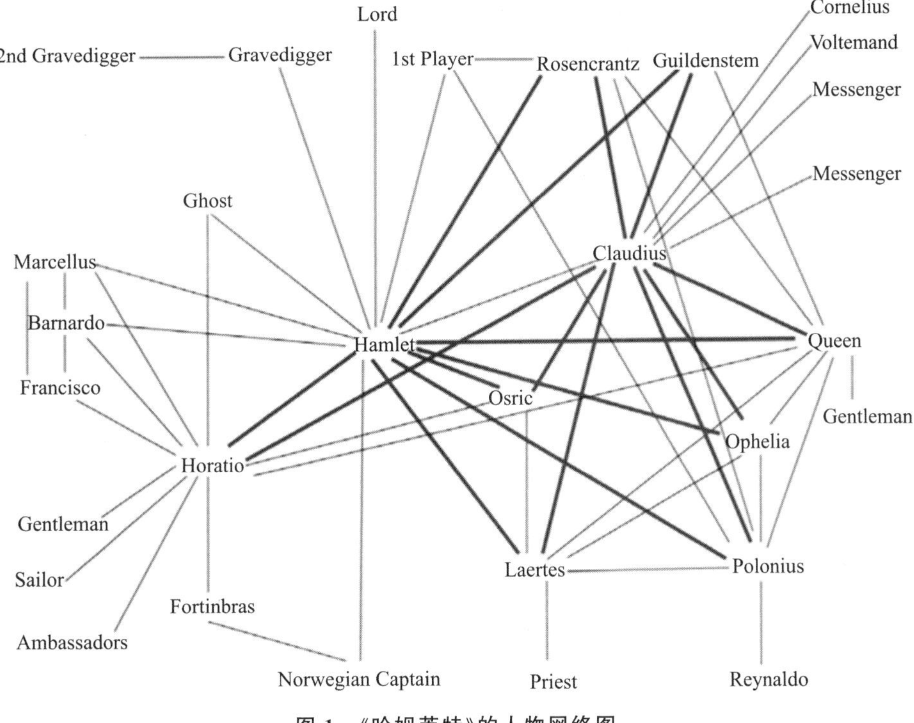

图1　《哈姆莱特》的人物网络图

近年来，文本挖掘等数字人文技术的发展和认知科学关于阅读体验的新见解，向以文本细读为主的传统文学研究方法带来前所未有的挑战，“如何阅读"这个本来不是问题的问题，变成一个大问题。① 莫莱蒂提出的远读概念，可谓生逢其时。尽管远读算不上一个完整的理论体系，只是一些为了解决特定问题而设计的实验性方法，但它至少让人们看到文学研究除了细读，还可以有别的玩法。远读的这套方法也恰好顺应了欧美的数字人文风潮。②《图表、地图、树》和《远读》出版之后，都在学界引起热议，以至于莫莱蒂被称为"当今英文和比较文学领域最具争议性的人物"③。

二、文学实验室的研究成果

2010年，莫莱蒂与马修·乔克思一起设立文学实验室，尝试用科学研究中的协同合作方式来开展文学研究。传统的文学研究依靠的是单个"有资格（如获得博士学位，或正在攻读博士学位）的作者"，他/她有一个原创性的想法，将其应用到某个文本或一些问题上，然后完全依靠个人的力量生产出一个新的文本。④ 文学实验室却创立了一个类似科学实验室的环境，"一种让个体退到背景，让实验本身移到前景的工作方式"。⑤ 在第一篇集体合作的研究论文遭到学术期刊的婉拒之后，莫莱蒂和实验室成员决定以"小册子"（pamphlet）的形式将研究成果公开发表在实验室的网站上。截至2018年2月，实验室发布了16篇小册子，这里仅介绍莫莱蒂参与的三个集体研究项目。

（一）词语与文类识别

2011年，莫莱蒂与博士生艾莉森（Sarah Allison）等人合作发布了实验室

---

① Andrew Seal, "We Have Never Been Well-Read: Franco Moretti's Pact with the Devil," *The Quarterly Conversation* 33 (September 2, 2013), http://quarterlyconversation.com/we-have-never-been-well-read-franco-morettis-pact-with-the-devil.

② Matthew G. Kirschenbaum, "What Is Digital humanities and What's It Doing in English Departments?" *ADE Bulletin* 150 (2010): 1-7；陈静：《历史与争论——英美"数字人文"发展综述》，《文化研究》2013年第16辑。

③ Rachel Serlen, "The Distant Future? Reading Franco Moretti," *Literature Compass* 7.3 (2010): 214-25.

④ Stanley Fish, "The Digital Humanities and the Transcending of Mortality," January 9, 2012, http://opinionator.blogs.nytimes.com/2012/01/09/the-digital-humanities-and-the-transcending-of-mortality/.

⑤ Karen Shook, "The Author," *The Times Higher Education Supplement*, June 27, 2013, https://www.timeshighereducation.com/books/the-bourgeois-between-history-and-literature-by-franco-moretti/2005020.article.

的第一个小册子《计量形式主义:一个实验》,探索了如何用计算机算法来为文学文本确定文类归属。[①] 这项研究的缘起是,莎士比亚专家维特摩尔(Michael Witmore)向莫莱蒂介绍了他用 Docuscope[②] 识别莎士比亚戏剧类型的工作。为了了解同样的技术是否也能用来识别小说类型,莫莱蒂邀请维特摩尔来斯坦福做文类配对实验。维特摩尔通过 Docuscope 技术只弄错了哥特小说和历史小说这两个文类,其他两组文类皆匹配成功。由于哥特小说和历史小说的文类边界本来就不甚清晰,这个结果可说是相当不错。随后,乔克思也尝试用一个包含 44 个单词和标点符号的特征集(feature set)来识别文类,结果和 Docuscope 的效果一样好。这些词后来被实验室命名为"最常见词语"(Most Frequent Words,简称 MFW)。

计算机证实了文学研究者的一个普遍共识,即某些文本是可以归入同一个类型的,但计算机究竟是怎样分类的呢?维特摩尔向项目组成员展示了 Docuscope 分离出的一个最具哥特风格的文本字段。令人震惊的是,计算机识别的哥特风格特征与读者识别的特征完全不同。计算机捕捉到的是代词和过去时态,读者则是通过文本中"被压制的恐惧""不安""废墟""颤抖的双腿"等词语判断出这是一部哥特小说。项目组成员意识到,文类如同楼房一样,在砂浆、砖块和建筑等每一个可能的分析尺度(scale)上都拥有一些独特的特征。MFW 识别的是砂浆,Docuscope 的词汇—语法范畴识别的是砖块,而读者识别的则是整个建筑。这三个层面没有任何交集,它们给出的文类标记也彼此不同。

然而,当项目组试图通过主成分分析[③]把文类系统从五花八门、互不相干

---

① Sarah Allison et al., "Quantitative Formalism: An Experiment," January 15, 2011, https://litlab.stanford.edu/pamphlets/.

② Docuscope 是美国卡内基·梅隆大学开发出来的文本分析技术,相当于一部智能字典,包含超过 2 亿的英语词串(string)和 101 个被称为"语言行动类型"(Language Action Types,简称 LATs)的功能性语言范畴,每个词串都被赋予一个 LAT。Allison et al., "Quantitative Formalism," 2. 国内对 Docuscope 的应用,参见胡咏梅、王建东:《基于 Docuscope 技术上非英语专业学生描写文写作研究》,《佳木斯教育学院学报》2010 年第 2 期。

③ 主成分分析(Principal Component Analysis)是利用降维的思想,把原来多个变量转化为少数几个综合变量(即主成分)的统计分析方法,其中每个成分都是原始变量的线性组合,各主成分之间互不相关,从而使这些主成分能够反映原始变量的绝大部分信息,且所含的信息互不重叠。

的范畴①整合成由相互关联的形式变量构成的单一矩阵时，却遭遇到挫折。原因是文类是由风格标志和叙事标志（如情节）共同构成的，二者同等重要，而 Docuscope 和 MFW 主要是用来识别语言的。在缺乏识别情节的计算工具的情况下，文类识别的结果自然不可能准确。Docuscope 和 MFW 实际上更适用于辨识同一个作者创作的不同文类的作品。因为一个作者即便创作出多种不同类型的作品，其语言风格也不会发生大的变化。这个持续了一年的研究项目虽然未取得突破性的成果，但至少让莫莱蒂和团队成员迈出实验性研究的第一步。

(二)句子与风格

2011 年 4 月，实验室召开年度工作总结会议。在会上，实验室成员再次讨论了第一个小册子《计量形式主义》，认为这项研究的真正对象也许是风格，句子则是风格的最基本单位，正是在句子层面，风格作为独特的现象获得可见度。莫莱蒂随后和五名学生一起开展了一个关于小说句子的计算研究，并于 2013 年发表实验室的第五篇小册子《句子尺度的风格》。②

项目组用一个 19 世纪小说数据库里的 250 部英国小说作为语料库，重点研究叙事性句子。他们发现叙事性句子主要有三个类型：包含两个独立性从句（independent clause，简称 IC）的 IC-IC 类句子、一个独立性从句接一个非独立性从句（dependent clause，简称 DC）的 IC-DC 类句子、以及一个非独立性从句接一个独立性从句的 DC-IC 类句子。通过从表达并列、转折、限定、顺序等多种逻辑—语义关系的连词入手，项目组注意到，IC-DC 类句子主要涉及述谓和限定，较少涉及顺序。比如，雪莱的一个句子“Her extreme beauty softened the inquisitor who had spoken last”（她极度的美貌软化了最后说话的审问者）。在这个句子里，非独立性从句一方面引出一个不同于主句主语的新人物（审问者），同时又赋予这个新人物在文本中极为有限的作用。从句自然地滑入一种叙事性衰减。DC-IC 类句子中则出现相反的情况，位于主句之前的非独立性从句常常报告一个准备性的事件，而主句则包含更出人意料的

① 目前，英语小说的文类名称相当混乱，有的源自小说媒介，如书信体小说；有的源自小说内容，如历史小说、工业小说；有的来自风格，如自然主义小说；有的用比喻，如哥特小说、银叉小说（silver-fork）。Allison et al.，“Quantitative Formalism，” 10，note 12.

② Sarah Allison et al.，“Style at the Scale of the Sentence，” June 2013，https://litlab.stanford.edu/pamphlets/.

事件。比如拉德克利夫的一个句子"While she looked on him, his features changed and seemed convulsed in the agonies of death"(当她看着他,他的五官变了,似乎在死亡的痛苦里抽搐)。随着主语从"she"转为"his features",叙事强度也增加了。也就是说,IC-DC类句子代表叙事系统的收缩和衰减,DC-IC类句子则代表扩张和强化。而在IC-IC类句子中,两个从句之间是重复或稍加解释的关系,叙事达到一种静止状态。如狄更斯的一个句子"Oh she looked very pretty, she looked very, very pretty!"(哦,她看上去非常漂亮,她看上去非常、非常漂亮!)

在发现句子形式与逻辑关系和叙事节奏之间惊人的相关性之后,项目组又开始思考是否也能在句法和语义之间建立起联系。他们首先计算所有句子中单词的平均(或称"预期")出现频次,然后计算这些单词在每一种句子类型中的实际出现频次,找出那些显著高于预期的词语,也就是"最特别的词语"(Most Distinctive Words),最后将这些数据用主成分分析方法视觉化。研究人员发现DC-IC类句子有一个稳定的模式,即它的非独立性从句中往往包含一个空间运动,它的独立性从句(或主句)则多和情感有关。比如,在"When the procession came to the grave the music ceased"(当队伍来到坟墓时,音乐停止了)这个句子里,独立性从句中先发生一个空间运动(来到坟墓),然后才发生其他的事情,空间运动成为叙事发展的跳板。而在"When the ceremony was over he blessed and embraced them all with tears of fatherly affection"(仪式结束后,他噙着饱含父爱的泪水,祝福和拥抱了所有人)这个句子里,主句中的叙事强化依靠的是情感,而非行动或事件。

施皮策(Leo Spitzer)和奥尔巴赫(Erich Auerbach)等文论家在讨论风格时,关注的都是段落和整个文本。莫莱蒂团队则通过研究从句的组合方式,提出新的风格概念,将风格定义为"一个句子里各种分离的元素的浓缩(condensation)",一种句法—语义性的浓缩过程。这种浓缩既是对规范的偏离,同时又是重复性的,通过一定量的重复形成一种模式。风格从属于各种不确定的偶然性,它不是必然出现的。然而,当风格出现时,它会立即变得典型和可识别,能够以最直接和最不含糊的方式区分作者、文类或文学运动。更重要的是,这个句子层面的风格概念是具有可操作性的概念,构成风格的元素是可以被计算机程序收集和测量的。①

① Allison et al., "Style at the Scale of the Sentence," 26.

(三)文学经典的量化分析

数字人文方法到底给文学研究带来哪些新的发现?当研究对象从经典转变为档案之后,会让文学研究有很大的改观吗?"经典"和"档案"这两个词到底意味着什么呢?实验室2016年发布的《经典/档案。文学场中的大规模动态》一文就旨在回答这些问题。①

莫莱蒂和项目组成员首先想到布迪厄《艺术的法则》一书中关于19世纪末法国文学场的图。这张图根据成圣程度和经济效益两个指标展示19世纪末各种文类和文学运动在文学场中的位置。尽管这张图影响力很大,但由于缺乏明确的、可测量的标准,它并未真正成为可供其他学者复制的研究工具。为了对经典进行量化研究,项目组设计了两个可供量化的标准:人气(popularity)和声望(prestige)。人气的计算依据的是作家的作品在19世纪英国的重印次数和翻译成法语和德语的次数,声望则是依据作家在MLA(美国现代语言协会)参考文献数据库中被提及的次数以及在DNB(《英国传记辞典》)中的词条的长度。根据这两个数据,项目组绘制出十八十九世纪英国小说场域图。这个小说场由三个部分构成(见图2)。靠近纵轴的三角区域里的作家,其声望值比人气值至少高出两倍,靠近横轴的三角区域里的作家人气值比声望值至少高两倍。位于中间区域的作家,其声望值和人气值相互持平。我们熟知的19世纪英国经典作家大多位于中间区域,如笛福、理查逊、菲尔丁。也就是说,布迪厄关于经典是"颠倒的经济世界"的观点并不准确。声望与人气并不必然对立,声望似乎就是从人气中发展出来的。通过把经典的概念分解为人气和声望(或市场和学院接受度)这两个基本要素之后,我们可以看到经典并不是一个具有自主性的概念,而是对立力量互动的随机结果。

不过,项目组并不满足于布迪厄那样的文学社会学研究,作为文学史研究者,他们还想知道小说的经典化过程是否和形态特征有关。在项目的第二阶段,研究人员测量了语料库中的信息冗余程度。人们普遍认为读者偏爱能提供丰富信息的文本,而不是有大量冗余信息的文本。因此,前一类文本会成为

① 论文将档案定义为"所有已出版的文学作品中被图书馆或其他地方保存下来的部分"。论文考察的经典文本来自Chadwyck-Healey 19世纪小说数据库,共计263部作品,档案文本总共854部,来自各种不同的渠道。Mark Algee-Hewitt et al., "Canon/Archive. Large-scale Dynamics in the Literary Field," January 2016, 2-3, https://litlab.stanford.edu/pamphlets/.

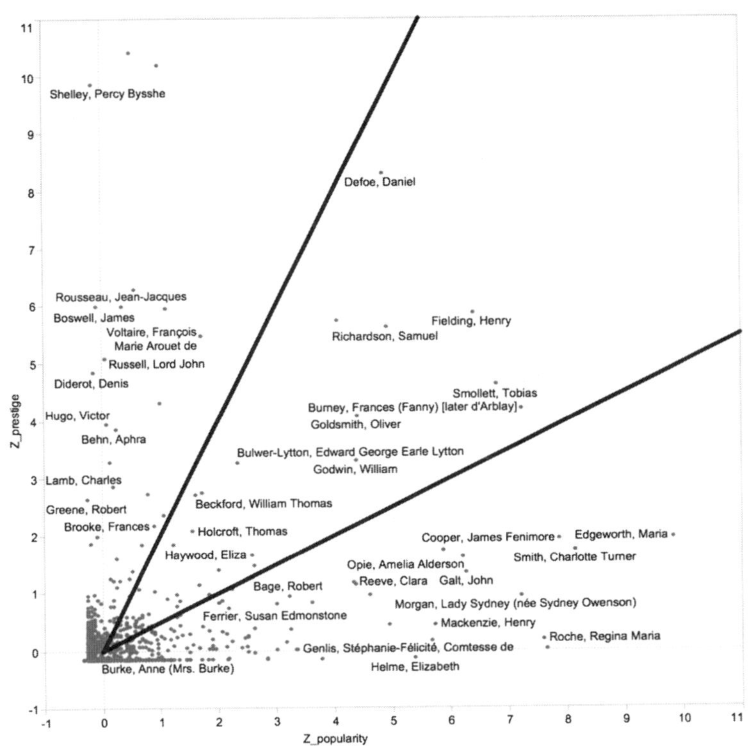

图 2 英国小说场,1770—1830。横轴代表人气,纵轴代表声望

市场上的常青树,后者则会被市场淘汰。一个二阶信息冗余(second order redundancy)的测试结果表明①,四分之三的经典文本包含的冗余信息都比四分之三的档案文本(即非经典文本)要少得多。常识似乎是对的,经典文本的确包含了比档案文本更丰富的信息。为了验证这个结果,研究人员又使用测量词汇丰富程度的语言学工具类符形符比②。一个文本的冗余性越低,其词汇就应该越丰富。然而,测量的结果却令人困惑,从整个文本的词对(word pairs)的角度看,经典文本要比档案文本更丰富,但从单个词的角度看,经典文本比档案文本冗余性更强。奥斯汀、狄更斯、艾略特的作品的类符形符比都

① 项目组测量了每一个单词与下一个单词的衔接的可预测性。比如,"of"这个单词后面通常接的都是"the",而不是"no",因此"of no"这个二元组合(bigram)就远比"of the"更难预测,包含的信息量也更大。

② 类符形符比(type-token ratio)指的是不同的词形或类型的数量与单词或形符的关系。

低于平均值。通过部分文本片段的细读，项目组发现，经典文本的冗余性与这些文本所描绘的创伤性事件、情感强度或口语形态（orality）有关，类符形符比高的档案文本普遍体现出语言保守主义，喜爱用书面语，卖弄文藻，甚至还夹杂来自其他文类的材料。比如，韦斯特（Jane West）就在她的作品里大量使用诗歌、复杂的比喻和仿作（pastiche）。

在论文的结语部分，项目组修正了巴赫金小说理论的两个关键概念——复调（polyphony）和杂语（heteroglossia）。巴赫金认为复调和杂语是密切相关的，但项目组认为，复调和杂语实际上位于小说场中对立的区域。复调倾向于和经典文本联系在一起，杂语则是那些失败的档案文本的特点。巴赫金认为，当小说与其他话语（discourse）发生接触时，小说会吸取那些话语的长处，强化自身在文化系统中的核心地位。然而，对历史、哲学、政论、旅行报道等其他话语的吸收，也可能产生负面影响，导致小说丧失叙事活力。19 世纪大量被遗忘的作家就是活生生的例子。因为当时英国小说形式的总体发展方向是“拧紧自己内在的叙事螺栓，而不是从外部话语寻找灵感”①。

尽管斯坦福文学实验室现已成为美国数字人文领域的重要机构，但莫莱蒂本人并不迷信数字人文。在他看来，数字人文不过是“数字时代针对文学和文化史的科学的、解释性的、经验性的、理性的……研究路径所采取的形式”②。数字人文研究目前仅仅提供了一个新的、比传统文学经典大得多的档案和新的、更快的计算程序，但它还缺乏新的概念，缺乏一个像什克洛夫斯基的《艺术作为技巧》、罗兰·巴特的《论拉辛》或萨义德的《东方主义》那样的主要理论宣言。只有理论框架、阐释模式的变化才能让文学研究发生根本的变化。③ 如果数字人文做不到这一点，其价值就将始终存疑。

莫莱蒂尤其反对数字人文领域盛行的头脑简单的实证主义和数据驱动（data-driven）的研究方式。他援引托马斯·库恩的观点认为，仅仅通过检视数据，是不可能发现新的自然规律的。正确的做法应该是从理论出发，通过测量和数据，加强理论和现实之间的联系，把理论所蕴含的潜在（potential）秩序转换成实在（actual）秩序。理想的数字人文研究应是理论驱动的（theory-driven）、数据丰富的，不仅能够检验、证伪、挑战现存的文学研究知识，还能够

---

① Algee-Hewitt et al., “Canon/Archive,” 12.

② Dinsman, “The Digital in the Humanities.”

③ Franco Moretti, “Invisible objects,” https://www.wiko-berlin.de/en/fellows/alumni/fellows-club/newsletter/may-2014/franco-moretti-invisible-objects/.

创造出新的文学概念。[①] 莫莱蒂和实验室成员通过计算研究对奥尔巴赫、巴赫金、布尔迪厄等权威学者所提出的文学理论的验证和修订，他们将“经典”“风格”等模糊的文学概念变得可操作、可计量的努力，都是在朝着这个理想迈进。

三、莫莱蒂的研究路径对于中国学界的启示

当代中国文学研究似乎正面临新一波阅读/阐释的焦虑：一方面强烈质疑西方文学、文化理论，渴望建立本土的学术话语，与西方学界分庭抗礼[②]；另一方面则是在阐释本土新兴文学现象时捉襟见肘、力不从心。尤其是浩如烟海、动辄数百万字的网络文学作品，常常让习惯文本细读、精读的学院派研究者既“读不过来”又“读不下去”，甚至发出“研究网络文学的难度比研究传统文学要大”的感喟。[③] 解决这种困境的方法，或许并不是急着拒斥西方理论，而是更全面、更深入地了解西方文学研究的各种理念和方法。在笔者看来，莫莱蒂及其研究团队的工作至少为中国文学研究提供了三个方面的方法论启示。

首先是展示定量或数字人文方法在文学研究中的价值和作用。尽管国内文学研究者关于数字人文的讨论才刚刚起步，但已经出现显著的分歧和争议。张江在《强制阐释论》一文中提出，在“大数据、云计算的网络时代里”，用于建构文学理论的统计方法“应该大有所为”[④]。他的这一观点随即遭到张玉能的质疑，后者认为，“文本统计学的定量分析，对于文学的定性分析的证实或者证伪的功能”极为有限，文本统计学的数据也无法“参与到理论建构的工作中去”[⑤]。还有一些学者虽然肯定了定量方法在文学研究中的可行性，但他们也

---

① Franco Moretti, "'Operationalizing': or, the Function of Measurement in Modern Literary Theory," December 2013, 4, 13, https://litlab.stanford.edu/pamphlets/.

② 如2014年以来围绕张江的“强制阐释”论所展开的学术辩论，相关梳理参见魏建亮：《关于“强制阐释”的七个疑惑》，《山东社会科学》2015年第12期。

③ 周志雄：《网络文学的发展与评判》，人民出版社2015年版，第329页。

④ 张江：《强制阐释论》，《文学评论》2014年第6期。

⑤ 张玉能：《本体阐释论质疑——与张江教授商榷》，《上海文化》2015年第12期。张玉能对统计学的理解还停留在随机抽样的阶段，他所援引的《科学哲学导论》一书源自鲁道尔夫·卡尔纳普1958年发表的系列演讲。然而，在当下的大数据时代，由于具备强大的数据处理能力，我们已经不需要依靠采样分析，而是可以“选择收集全面而完整的数据”，“从不同角度，更细致地观察和研究数据的方方面面”。参见[美]维克托·迈尔—舍恩伯格、肯尼思·库克耶：《大数据时代：生活、工作与思维的大变革》，盛杨燕、周涛译，浙江人民出版社2013年版，第37～42页。

对利用客观方法来研究主观性较强的文学作品持一定的怀疑态度①,或是主张仅利用数据统计方法来研究文学的传播和接受,如调查哪些主题、情节和语言风格最受读者欢迎②。莫莱蒂及其文学实验室的工作表明,文学领域的计量研究并不仅仅是词频统计那么简单,而是以理论概念和假说为指导的,以数据库、定量和计算方法为核心的,以跨学科的研究团队为主体的复杂而严谨的科学研究模式。这种被统称为"数字人文"的研究模式不仅能够生产出新的、有效的知识和洞见,还能够促进理论的修正和重构。

特别值得注意的是,莫莱蒂坚持用数字人文方法来研究文学本体,甚至在文学实验室发表的首个小册子里将项目组的研究方法命名为"计量形式主义"(quantitative formalism)。在莫莱蒂看来,形式分析"是任何新的方法——定量的、数字的、进化的、或不管什么方法——必须借此证明自我的领域"。任何新的文学研究方法不仅必须证明它能够完成形式分析,而且还要证明它比现有的分析方法做得更好,或至少同样好。③ 莫莱蒂认同卢卡奇在《小说理论》中提出的一个观点,即"每个形式都是对一种根本性的生存失调(dissonance)的解决之道"。随着时间的流逝,这些失调都已经不复存在,但文学却将它们保存起来。通过形式分析,我们可以理解过去的文学作品所曾经试图解决的失调,从而揭示出历史不为人知的一面。④

其次是展示如何利用数字人文来进行小说、戏剧等叙事文体的研究。或许是由于各类古籍数字化项目的推动和数据库的便利性,国内学者在尝试数字人文方法时,往往偏爱古代诗词文本。古代文学研究者对于数字人文的兴趣也远大于现当代文学研究者。⑤ 尽管不乏运用检索软件和应用语言学统计

---

① 陈晓辉:《大数据时代的文学研究方法——基于弗兰克·莫莱蒂文学定量分析法的考察》,《文艺理论研究》2016 年第 2 期。

② 徐杰:《大数据时代的新媒体文学研究》,《中州学刊》2015 年第 3 期。

③ Moretti, *Distant Reading*, 204.

④ Franco Moretti, *The Bourgeois: Between History and Literature* (London: Verso, 2013), 14.

⑤ 相关文献参见苏劲松:《全宋词语料库建设及其风格与情感分析的计算方法研究》,厦门大学 2007 年硕士论文;王兆鹏:《建设中国文学数字化地图平台的构想》,《文学遗产》2012 年第 2 期;郑永晓:《加快"数字化"向"数据化"转变——"大数据"、"云计算"理论与古典文学研究》,《文学遗产》2014 年第 6 期;钱鹏、黄萱菁:《中国古诗统计建模与宏观分析》,《江西师范大学学报(自然科学版)》2015 年第 2 期。

方法来分析中文小说文本的例子[①],但其研究视野、技术含量和理论意义一般都较为有限,得出的结论也往往只能佐证现有的学术观点。莫莱蒂及其团队在研究小说的文类、主题、人物、情节、风格等要素时所采用的数字人文方法,对于中国网络文学研究具有特别的借鉴作用。众所周知,自 1990 年代以来,小说已经成为当代中国文学的主导形式,网络文学中的超长篇小说更是发展为文化创意产业的重要源文本。近年来,一些学者开始以对待纯文学的严肃态度来研究网络文学,强调进入网文现场。如邵燕君教授主编的《网络文学经典解读》,就以文本细读的方式对 13 位知名网络作家的作品进行深入分析。不过,既然网络文学的"网络性"已经瓦解"雅俗二元对立结构"[②],研究者为何还要将极少数网络文学作品经典化,人为地制造出一个更接近高雅文化标准的精英网文作者阶层?那些少人问津的网络文学作品是否就对网络文学的整体发展毫无益处?如果摈弃以经典为对象的传统文学研究方法,我们又该如何面对海量的网络文学作品?

将网络文学的研究单位从个别作家、作品扩大到文类和网站(社群)或许是一种可能的替代性选择。比如,与其用细读的方法来研究辛夷坞的言情小说,不妨用远读的方法来探究整个言情小说文类。除了指出辛夷坞的言情小说"常常出现违背伦常的恋情"并通过制造禁忌来重建爱情神话[③],还需要考虑这种情节模式是否也广泛见于其他都市言情小说。我们或可借助文学网站自带的庞大数据库,用主题模型的方法,以更充分、更精确的数据来证实这种禁忌性恋情到底是言情小说新近出现的发展趋势,还是反复重现的母题,建构(重建)爱情神话是否是言情小说这一文类区别于其他文类的根本特点?在借鉴莫莱蒂的研究方法的同时,我们还可以用网络文学的发展史来验证他的研究结果。比如,关于文类周期的问题。网络小说的类型化究竟是如何发生的?这些类型是否如莫莱蒂所说的成群结队的出现然后集体消失?还是不断与其他文类融合,衍生出新的变种。就目前网络文类的发展状况而言,似乎后一种

---

① 如周琴:《安妮宝贝两部小说的语言学分析》,暨南大学 2007 年硕士论文;曹莉敏、李海滨:《基于语料库的〈金锁记〉语言学分析》,《语文学刊》2010 年第 13 期。

② 邵燕君:《网络文学的"网络性"与"经典性"》,邵燕君主编:《网络文学经典解读》,北京大学出版社 2016 年版,第 7~9 页。

③ 薛静:《都市言情:爱情已朽,如何重建神话——以辛夷坞〈致我们终将腐朽的青春〉为例》,邵燕君主编:《网络文学经典解读》,北京大学出版社 2016 年版,第 241 页。

判断更加准确。①

除了上述两个方面，莫莱蒂的研究中最值得借鉴也最难借鉴的，恐怕还是他对统计数据的分析和阐释能力，他通过微观的数据推导出宏观的结论的能力。定量方法之所以一直没能在中国学界产生大的影响，恰恰就因为国内从事定量研究的学者缺乏莫莱蒂那样的理论视野和学术积累，无法从数据中提炼出具有普适性和启发性的理论思考。以小说标题为例，国内其实已经有学者做过相关的定量研究。陈海英曾"选取国内知名文艺杂志的文艺作品、历年茅盾文学奖和鲁迅文学奖的获奖作品及一些有影响的影视作品名称"，自建了一个包含 2000 个标题的语料库，从中随机抽取 1200 个标题进行统计分析。②和莫莱蒂一样，她也统计了标题的字数和语言结构，但却止步于对标题的结构性分类，没能像莫莱蒂那样从小说标题的语言学信息中解读出文学市场的变化、文类的变化与整个社会文化的变迁，其研究价值也因此大打折扣。

从细读到远读以及数字人文的方法论转型，或许能为中国的文学研究开创一个新的时代，为研究者提供更好地介入、把握本土文学实践的工具，最终"通过大数据走向大问题"③，让文学研究中的中国理论、中国学派不再是遥不可及的梦想。

---

① 参见王恺文：《类型融合，求道求我》，邵燕君、庄庸主编：《2015 中国年度网络文学（男频卷）》，漓江出版社 2016 年版，第 222～224 页；肖映萱：《"大数据"时代的"反类型"》，邵燕君、庄庸主编：《2015 中国年度网络文学（女频卷）》，漓江出版社 2016 年版，第 77～79 页。

② 陈海英：《文艺作品标题之语言学分析》，《天中学刊》2013 年第 5 期。

③ Franco Moretti, "Literature, Measured," April 2016, 7, https://litlab.stanford.edu/pamphlets/.

症候阅读、表层阅读与新世纪文学批评的革新

新世纪以来，美国学界对传统的文学批评方法发起了多次"逆袭"①，涌现出"远读"(distant reading)、"非批判性阅读"(uncritical reading)和"表层阅读"(surface reading)等诸多新的研究方法。② 这些新的研究方法不仅反映了学院代际的更迭(其发明者多为1980年代以后获得博士学位的少壮派学者)，也揭示了"文学研究的基础假设的变化"。③ 本书以表层阅读为中心，勾勒了新世纪以来美国文学研究的最新发展和动向，一方面旨在拓展国内学界对当代西方文学批评的认知，另一方面试图以他者为镜审视当下中国文学批评所面临的问题，反思本土理论建设的焦虑。

一、症候阅读的问题

2006年，美国比较文学协会为纪念杰姆逊的《政治无意识》出版二十五周年而举办研讨会。2008年，哥伦比亚大学和纽约大学又联合举办名为"我们当下的阅读方式：症候阅读(symptomatic reading)及其后果"的会议。会后，加州大学伯克利分校的贝斯特和哥伦比亚大学的马库斯将部分修改后的会议论文结集为一个特刊，于2009年在《表征》(*Representations*)杂志上发表。④

---

① 逆袭是网络常用语，来自日语，意为反击、还击或在逆境中反击成功。参见"逆袭"，百度百科，https://baike.baidu.com/item/逆袭/74521。

② Sarah Kay, "Surface Reading and the Symptom That Is Only Skin-Deep," *Paragraph* 35.3 (2012): 451-52.

③ Jeffrey J. Williams, "The New Modesty in Literary Criticism," *The Chronicle of Higher Education*, January 5, 2015, http://www. chronicle. com/article/The-New-Modesty-in-Literary/150993/? cid=at&utm_source=at&utm_medium=en.

④ Stephen Best and Sharon Marcus, "Surface Reading: An Introduction," *Representations* 108.1 (2009): 1-21.

在特刊的导言中,贝斯特和马库斯针对美国文学批评界长期以来占据主导地位的症候阅读,正式提出与之相反的"表层阅读"概念。

症候阅读模式认为阐释(interpretation)就意味着如杰姆逊所说的"寻找显表意义背后的潜在意义",批评家必须将文本中在场的元素当作某些潜在或隐藏之物的象征,探究导致文本的缺席、空白和省略的原因。尽管阿尔都塞在《阅读〈资本论〉》一书中首创这种阅读方法,但它在美国学界的普及主要得益于杰姆逊的《政治无意识》。症候阅读最直接的思想渊源是19世纪马克思关于意识形态和商品的论述以及弗洛伊德对无意识和梦的解说。① 利科曾将弗洛伊德与马克思和尼采并举,称这三人为"怀疑学派"的大师。怀疑学派的核心特点是怀疑意识的幻象,试图通过阐释破除幻象从而达到扩展意识的目的。② 这种"怀疑诠释学"(hermeneutics of suspicion)现已成为许多批评家的第二天性。③

然而,症候阅读所假设的表层/深层的二元对立以及它对刺破意识形态幻象的激情,在逻辑、认识论和政治方面都存在诸多问题。美国研究(American Studies)专家弗拉克指出,怀疑诠释学虽然假设我们不应信任文本的表层,并认为真实的文本意义总是被压抑和隐匿的,但悖论的是,这个被隐藏的真相其实总是暴露在光天化日之下。由于马歇雷(Pierre Macherey)和杰姆逊等症候阅读的倡导者都是阿尔都塞主义者,我们从一开始就知道他们将要辨识的症候的深层原因是什么。症候阅读就如同一个作弊的侦探,把自己的观点呈现为小心谨慎的侦查工作的结果,赋予其权威性,但其实这个侦探在着手调查之前就已经知道凶手是谁。因此,症候阅读经常以重言的方式(tautologically)运作:阅读者把症候当作某种潜在真相的表达,然后又用潜在的真相来解释他们所选取的用于代表这种真相的症候。阐释的目的不仅仅是恢复已知的事物,更重要的是去发现未知的事物。但由于症候阅读是一种"完全可预测"的阐释模式,它并不适合对于未知的探索。④ 卡内基梅隆大学的斯特劳布对此深有感触。她坦承,在从事了三十年的以女性主义、马克思主义和酷儿理论为

---

① Best and Marcus, "Surface Reading," 3-6.

② Paul Ricoeur, *Freud and Philosophy: An Essay on Interpretation*, trans. Denis Savage (New Haven: Yale University Press, 1970), 32, 35.

③ Best and Marcus, "Surface Reading," 5.

④ Winfried Fluck, "Surface Readings and Symptomatic Readings: American Studies and the Realities of America," *REAL* 30 (2014): 51-52, 58, 59.

指导的文学研究之后，她对千篇一律的政治化解读感到厌倦。虽然她仍然想知道自己阐释的出发点，但却不再想知道行进的方向。在怀疑之余，她更渴望惊奇（surprise）。①

波士顿学院的克莱恩从认知理论的角度认为，杰姆逊对无意识的定义过于狭隘，他关于症候的论述也颇成问题。尽管杰姆逊对弗洛伊德的无意识理论进行改造，不再把无意识当作个人的被压抑的情感和欲望的积蓄，而是更大范围的被压抑的政治和社会矛盾的场域，但他还是坚持精神分析学说的基本假设——我们是因为压抑才无法触及无意识。但从认知科学的角度看，我们之所以意识不到绝大部分心智过程，是因为这些过程太繁复，发生的速度太快。压抑导致的无意识只占我们意识不到的心智过程的极少部分。即便是著名的弗洛伊德式口误，也早就被认知语言学家证明与压抑无关，而是和大脑中词语的存储和检索机制有关。在症候阅读理论中，症候表征着被压抑驱逐到无意识的矛盾，阅读就是去诊断症候背后的被压抑的内容。一旦压抑不存在了，症候也就不再指涉潜在的矛盾，症候阅读也就丧失其逻辑和意义。症候阅读之所以吸引人，是因为它宣称能够读出普通读者注意不到的、作者本人又试图压制的意义，赋予接受过理论训练的读者特殊的能动性，使阅读行为变成英勇的行动主义。②

约翰·霍普金斯大学的尼尔伦对症候阅读的文化政治进行了详尽分析。在他看来，对症候的诠释与左翼学院批评家寻找可以替代工人阶级的革命行动或战斗行为模式有关。症候阅读模式的出现与欧美二十世纪六七十年代的社会现实密不可分。彼时工人阶级已经不再能扮演马克思所想像的革命引擎的角色，在这种语境下，症候阅读就意味着以更灵活的方式去寻找文本中的历史性行动。除了革命行动，其他行动也可以有历史意义或美学重要性。在《政治无意识》中，杰姆逊将革命的失败纳入他的阐释体系，试图在文学作品中辨识出能够揭示失败的裂隙。尼尔伦认为，培育革命意识并不是学院批评家的职责。有关次贷危机的报道所引发的网络评论“清晰地表明在危机中，每一个人都有能力进行系统性思考”，批评家最擅长的恐怕还是“维护和安排文本”这

① Kristina Straub, “The Suspicious Reader Surprised, Or, What I Learned from ‘Surface Reading’,” *The Eighteenth Century* 54.1 (2013): 140.

② Mary Thomas Crane, “Surface, Depth, and the Spatial Imaginary: A Cognitive Reading of The Political Unconscious,” *Representations* 108.1 (2009): 79-83.

种博物馆性质的工作。①

除了这些直接针对症候阅读的发难，一些理论家也从不同的角度削弱了症候阅读的可信度。酷儿理论的奠基人之一塞吉维克曾将人文学科盛行的怀疑阐释学称之为"妄想狂式阅读"(paranoid reading)。此类批评以揭露(exposure)为信仰，以为将某些东西揭示为问题，就离问题的解决倘若不是只有一步之遥的话，也至少是在解决的路上了。对揭露的执迷还依赖于将那些观看"真相"的人设想为天真无知的大众。可是我们有什么理由认为这些被各种媒介浸染的大众会对"意识形态是自相矛盾的、拟像是没有原本的、或性别表征是人为的"等宣称感到震惊？塞吉维克以酷儿理论的两部代表作巴特勒的《性别麻烦》和米勒(D. A. Miller)的《小说与警察》(*The Novel and the Police*)为例，检讨了妄想狂式阅读的缺陷。在《性别麻烦》中，巴特勒反复使用"揭示""揭露""去自然化""去神秘化"等词语来理解以扮装表演为代表的坎普文化。塞吉维克认为，巴特勒对坎普文化的解读是一种"X光凝视"，只看到这个亚文化没有血肉的骨架，却没有认识到坎普的目的是探索一系列修复性(reparative)实践，这种以爱为动机的探索不仅是社群性的，还具有复杂的历史性。米勒继承了新历史主义批评的一贯精神，即"对现代自由主义主体的谱系中的隐藏暴力进行揭露和问题化"。然而，塞吉维克反问道："在一个任何时刻都有40%的年轻黑人男子身陷囹圄的国度，还有必要去揭露权力的伎俩吗？"受精神分析学家克莱因(Melanie Klein)的启发，塞吉维克呼吁一种修复性阅读，就像同志群体对待扮装表演那样，对一个文化客体进行组装，赋予其丰富性，以便这种客体能成为令人满足的对象，为不成熟的自我提供养分。②

塞吉维克对批判理论在媒介时代的效力的怀疑，直接启迪贝斯特和马库斯关于"政治现实主义"的论述。他们在导言中写道：去神秘化的阐释活动"在阿布格莱布监狱以及其他地方的酷刑场面，通过互联网瞬间传遍全球的时代已经变得多余，对卡特琳娜飓风的实时报道，无需多言就能让人看到政府对其非洲裔公民的抛弃；很多人一看到'任务完成'之类的政治措辞就知道是谎言"。文学批评家惯于将他们的工作等同于政治行动主义，"但过去十年的灾难和胜利都表明"文学批评并不足以带来社会变革，它也不是政治行动主义的

---

① Christopher Nealon, "Reading on the Left," *Representations* 108.1 (2009): 22, 23-24, 48.

② Eve Kosofsky Sedgwick, *Touching Feeling: Affect, Pedagogy, Performativity* (Durham, NC: Duke University Press, 2003), 139, 140-41, 150, 149.

代名词。[1]

2004 年，法国哲学家、人类学家拉图尔也在一篇广为流传的文章中，对由怀疑诠释学所驱动的意识形态批判提出一连串的质疑。当看到《纽约时报》的一篇社论中，共和党政治家以“缺乏科学确定性”为由否认全球变暖问题时，拉图尔指出，现在的“危险不再来自对扮作事实的意识形态观点的过度信心……而是来自对可靠事实的过度不信任，因为事实被伪装成了坏的意识形态偏见”。美国的博士生教育仍然在向学生灌输“事实都是虚构的”“自然的、未经中介的和不含偏见的真理是不存在的”“我们都是语言的囚徒”“我们总是从某个特殊的立场发言”等信条，但危险的极端分子正在用同样的社会建构的观点摧毁能够拯救我们生活的证据。拉图尔认为，批判理论的解释结构已经和阴谋理论(conspiracy theories)越来越像，只不过前者使用社会、话语、知识/权力、力量场、帝国、资本主义等更“高大上”的原因，后者总是将问题归结于人性的贪婪和邪恶。某种形式的批判精神已经让我们误入歧途，鼓励我们和错误的敌人进行斗争，但问题从来不是要远离事实，而是要离事实更近。目前的批判工具只是在将批评家塑造为洞察真相的精英，而“把世界上的其他人都转变为天真的轻信者、恋物者、宰制的不幸受害者”。在拉图尔看来，批评家不是揭穿真相的人，而是集合者。他/她不是去给轻信者制造麻烦，而是为参与者提供聚集的场地。他/她不是偶像破坏者，而是认为事物一旦被建构，就必然是脆弱的，需要小心照看和谨慎对待。[2]

拉图尔对批判理论的批判性审视，对批评家职责的重新构想，他的行动者网络理论对主体/客体、自然/文化、思想/物质、语言/世界等二元对立的拒绝，不仅让他成为美国文学批评界最活跃的那些领域(如动物研究、物理论、生态思想和后人类理论)的盟友，也为文学研究的“重新定向”“重组”提供重要的理论资源。[3] 美国文学理论研究的重要刊物《新文学史》(*New Literary History*)在 2015 年专门召开了名为“与布鲁诺·拉图尔重组人文学科”的会议，于 2016 年发表了一期会议特刊。

---

① Best and Marcus, “Surface Reading,” 2.

② Bruno Latour, “Why Has Critique Run out of Steam? From Matters of Fact to Matters of Concern,” *Critical Inquiry* 30. 2 (2004): 227, 229, 231, 243, 246.

③ Rita Felski, “Latour and Literary Studies,” *PMLA* 130.3 (2015): 737-38, 742.

二、表层阅读的操演

贝斯特和马库斯在特刊导言中指出，表层阅读中的表层并不是字面意义上的文本表层，如纸张、装订、印刷样式、词语念出来的声音，也不是症候式阅读所设想的如衣服包裹皮肤那样的具有隐藏功能的层面(layer)。表层是“文本中显而易见的、可感知的、可理解的东西；那些既没有被隐藏也没有主动隐藏的东西；那些从几何学意义上说有长度和宽度，但没有厚度，因此也不涵盖深度的东西”。表层是“要求被看着(looked *at*)，而不是我们必须通过自我训练才能看穿(see *through*)的东西”。①

二人认为，许多阅读方式都可以归入表层阅读。比如，以物质性(materiality)为表层的图书史研究和认知性阅读，以文学语言的复杂结构为表层的新旧形式主义，将拥抱表层当作情感和伦理立场的阅读。图书史审视书籍的阅读、出版和流通，把书籍当作联结生产者、销售者和使用者的物品。文学的认知性研究关注大脑在阅读过程中的物质性运作。新旧形式主义坚称理解文本的关键在于文本本身，特别是其形式特征。拥抱表层意味着接受、遵从文本，而非怀疑和攻击文本，拒绝把文本的表层当作欺骗性的伪装。苏珊·桑塔格于1966年发表的《反对阐释》一文就是这一立场的早期范例。桑塔格的宣言明确反对源自弗洛伊德和马克思的阐释模式，呼吁我们去体验艺术的“纯粹的、不可转译的、感性的直接性”。艺术批评的功能“应该显示它如何是这样，甚至是它本来就是这样，而不是它意味着什么”。②

马库斯本人2007年出版的专著《女人之间：维多利亚时代英国的友谊、欲望与婚姻》就是表层阅读的有益实践。该书通过对1830—1880年的日记、书信、回忆录、传记、小说、行为指南(conduct books)、时尚杂志、儿童文学、法律论争、人类学研究等各类文本的历史性考察，详细分析维多利亚时代英国女性中复杂多样的社会关系，论证女性之间的关系对于我们理解性别、性态(sexuality)、婚姻和家庭的历史的重要性。在该书的第一部分“弹性的理想：女性友谊”中，马库斯指出，维多利亚时代的中产阶级对女性之间的友谊普遍持接受态度，因为他们相信这种友谊能培养同情心、利他主义等女性美德，这些美德可以让女性成为婚姻的贤内助。因此尽管那个时代极其重视异性恋婚

① Best and Marcus, "Surface Reading," 9.

② Best and Marcus, "Surface Reading," 9-11.

姻，但却不仅不压制，反而积极提倡姐妹情谊。女性之间的友谊一方面巩固了她们的性别角色和阶级身份，另一方面也为女性提供了像男人一样行事的机会，比如参与竞争、自主选择、欣赏女性美，使得她们能够摆脱男女关系中的被动角色。以表层/深层模式为特征的症候阅读是一种挖掘被社会拒绝承认之物的优秀方法，但由于维多利亚社会几乎没有压抑任何形式的女性关系，这种方法并不适用于理解维多利亚小说中女性之间的社会纽带。用症候方法来解读维多利亚文学中的女性友谊，就如同用这种方法来论证婚姻是19世纪现实主义小说中被压抑的内容一样荒谬。①

为了取代症候阅读，马库斯提出"只是阅读"(just reading)的阐释方法。在解读时，她关注的不是文本深处隐藏的东西，而是那些文本在表层就呈现出来的，但却被批评家所忽略的东西。马库斯发现维多利亚小说中的婚姻情节(marriage plot)实际上依赖于"女性和睦情节"(the plot of female amity)。在这类故事情节中，女主人公通常很早就确定与其他女性的友谊，但她在男女恋爱关系中却遭遇各种误会和障碍，多亏女友的帮助和成全，女主人公才最终实现其结婚的梦想。马库斯认为，女性和睦情节是维多利亚小说中"失窃的信"，正是因为它就藏在光天化日之下，反而被批评家们视而不见。马库斯随后列举了这个情节在各种不同的小说文类以及不同类型的婚姻情节中的表现。如在分析夏洛蒂·勃朗特的小说《雪莉》(*Shirley*)的双重婚姻情节(两位女主人公分别嫁给一对兄弟)时，马库斯指出，女性和睦情节对女性之间的竞争做了无害化处理，当男性的追求成为女性友谊的障碍时，被追求的女主人公无条件地选择维护友谊，拒绝男性追求者，避免了三角恋爱的矛盾。小说表明在一个富足经济(bountiful economy)中，女性无需争夺男性的爱慕，每个女性都能获得她想要的男人。马库斯还以夏洛蒂·勃朗特的另一部小说《维莱特》(*Villette*)为反例说明，如果女主人公拒绝女性友谊，那她也就无法获得婚姻。②

斯坦福大学的柯恩关于海洋冒险小说(sea adventure fiction)的研究可说是表层阅读的另一个范例。柯恩认为，一种批评方法总是从一套特定的研究对象中衍生出来的。杰姆逊及其后继者的症候阅读主要针对的是现实主义和现代主义叙事，对于不符合上述两种范式的小说，如她所关注的海洋冒险小

① Sharon Marcus, *Between Women: Friendship, Desire, and Marriage in Victorian England* (Princeton: Princeton University Press, 2007), 14, 26, 75.

② Marcus, *Between Women*, 75, 82, 97, 102.

说，这种阅读模式就会无的放矢。海洋冒险小说曾是19世纪英法美等大西洋沿岸国家的主要文类，但在当代已沦为“文学档案”，鲜有读者问津。柯恩通过阅读大量海洋冒险小说以及同时代的有关航海的非虚构文本，提炼出这一文类所特有的信息操演(information performance)的美学模式。她注意到海洋冒险小说的情节主要是通过一系列行动的操演展开，这种操演要求小说中的主人公，也就是水手/航海者，具备利用高超的技术和精细的实用理性来应对险境的能力。柯恩追随康拉德将这种能力称为技艺(craft)。读者与小说人物的互动多为分享人物所遇到的困难并依靠小说和周遭世界所提供的信息在想像的层面解决这些问题。① 在解读海洋冒险小说的开山之作、笛福的《鲁滨逊漂流记》时，柯恩仿照罗兰·巴特的“写实效果”(reality effect)概念，提出“可操演性效果”(performability effect)。巴特注意到，现实主义小说包含大量对于情节毫无推动作用的细节，它们的主要功能是向读者保证叙事发生在文本之外的现实世界里。柯恩认为笛福在《鲁滨逊漂流记》中采用的解决问题(problem-solving)的情节公式，制造了另外一种写实效果。鲁滨逊在孤岛上的求生经历乍看并不可信，然而当笛福将鲁滨逊的经历分解为一系列具体的问题和解决问题的行动时，读者就能理解鲁滨逊的成就是可操作的，如果他们处于鲁滨逊的位置，具备鲁滨逊的技艺，也可以采取同样的行动，取得同样的成就。②

柯恩还从海洋冒险小说的视角出发，对文学现代主义的发生进行饶有趣味的重新阐释，得出与马克思主义文学史和症候阅读颇为不同的结论。杰姆逊等马克思主义批评家普遍认为，现代主义小说表达了文学的危机，引发这一危机的是晚期资本主义现代性的抽象、碎片化和劳动的降格。由于这一危机，现实主义的总体性立场不再可能，因此从19世纪中叶开始，小说家逐渐放弃用镜子映射世界的计划，从现实主义撤回到审美主义，开始探索语言和诗学的能力。柯恩认为，这种通行的观点把劳动当成“去语境化的抽象”，未能指明劳动的特定性。她通过考察海洋冒险小说的演变提出，麦尔维尔、康拉德等早期现代主义作家的审美转向是在回应具体的被贬低的劳作，即因蒸汽轮船代替帆船而导致的航海技艺的衰落。那些从海洋冒险小说发明出现代主义的作

---

① Margaret Cohen, “Narratology in the Archive of Literature,” *Representations* 108.1 (2009): 57, 68, 63.

② Margaret Cohen, *The Novel and the Sea* (Princeton: Princeton University Press, 2010), 72-73.

家，其实是在探索现代性的边缘，为小说寻找新的冒险地带。换言之，文学现代主义代表的不是后撤，而是对现代性的未知边疆的探索。康拉德的印象式书写就是这种探索的标志。[①] 杰姆逊在《政治无意识》中用了一章的篇幅来探讨康拉德的小说《吉姆老爷》，由于不了解海洋冒险小说的类型模式，杰姆逊把小说中对海洋冒险小说的贬低性指涉理解为康拉德对于大众文学的不安。[②] 康拉德实际上深受海洋冒险小说的影响，他在包括《吉姆老爷》在内的《马洛三部曲》中尝试通过一个类似航海工作的认知模式来塑造事件、人物和现象性世界。在 GPS 出现之前的时代，航海者缺乏对船只位置的实时信息，为了判断位置，他只能依靠一系列的局部观察，如测量地平线与太阳之间的夹角来确定船只所处的纬度。这种交叉核对局部观察以便获得准确定位的航海技艺对于《吉姆老爷》来说至关重要。小说的叙事者马洛就是通过梳理吉姆的案子和生平等局部准确的信息，来理解吉姆的所作所为，而读者又必须重复马洛的工作，整合小说中出现的不同叙事视点和信息来理解整部小说。也就是说，康拉德把航海工作（navigation）移植到叙事（narration），不同之处在于，航海者的目的是定位，作为叙事者的马洛和读者则是通过信息的整理获得对事件和人物的理解。[③]

三、争议与发展

截至 2018 年 2 月，贝斯特和马库斯的导言已经在谷歌学术中被引用 746 次。在绝大部分文学论文只有个位数引用率的美国学界，这无疑是一个醒目的数字，说明表层阅读已经在学界引发强烈的关注。当然，这种关注也不可避免地混杂忧虑、质疑和驳斥。

罗格斯大学的维多利亚文学和文化研究专家考齐在 2011 年发表的《未完成的历史主义计划：怀疑赞》一文中，就公开为怀疑阐释学进行辩护。作为马库斯的小同行，他首先肯定马库斯在《女人之间》一书中打破女性主义的思维盲点，修正了长期以来将女性友谊理解为与性欲有关的、势必对异性恋婚姻造成威胁的观点，为描述 19 和 20 世纪的女性经验提供了丰富的批评语汇。但他并不赞成马库斯在书中提出的“只是阅读”的方法以及随后发展出来的表层

① Cohen, “Narratology in the Archive of Literature,” 68-69.

② Cohen, *The Novel and the Sea*, 267.

③ Cohen, “Narratology in the Archive of Literature,” 69-72.

阅读概念。考齐认为,对怀疑阐释学的攻击主要有两种形式:一是呼吁“常识性的”研究路径和纯粹探究文学的美学价值,二是试图效仿社会科学的严密性。前者可能导致文学研究在学院体制中进一步被边缘化,后者则瓦解人文学者独特的阐释技能。贝斯特和马库斯对杰姆逊“永远历史化”的信念的否定,也让考齐感到不安,称他们“与怀疑阐释学的论战因此滑入对政治导向的拒绝”。①

普林斯顿大学的维多利亚学者莱利同样对表层阅读背后的政治态度深感焦虑。在她看来,表层阅读并未提出新的分析模式,只是在新瓶装旧酒,而且这个新瓶危害不小。表层阅读的拥护者并非对现有的批评方法感到不满,而是对批判理论的许诺与当代世界现实之间的落差感到失望,他们把这种落差归结为前代批评家的失败。尽管贝斯特和马库斯辩称,他们并不主张“政治静默主义”(political quietism),但莱利认为,这种政治静默主义将“笼罩在任何一种由表层阅读所主导的未来”。莱利还以艾略特的小说《罗慕拉》(*Romola*)为例,说明自负(egoism)是任何“有意义的、被激励的行动的前提条件”,反对表层阅读所呼吁的谦卑态度。因为如果我们压抑自己的怀疑性自负,培养一种随遇而安的态度,我们将逐渐只看到事物现存的样子,而不是它们本应成为的样子。② 雪城大学的马克思主义学者巴特罗维奇也对表层阅读所隐含的失败主义政治提出异议,认为表层阅读转向“文本自身”的诉求标志着文学批评从政治和理论领域的撤退。在世界经济陷入困境的时刻,人文学者更有责任回应主流经济学家忽视的大问题,以此来重申人文学科的价值。③

布朗大学的女性主义学者韦德指责表层阅读是对批判理论的“构陷”,因为阿尔都塞的症候阅读实际上背离“显现与藏匿之间存在着连续的、一贯的关系”的理念。韦德还在文末质疑道:“如果我们忘记无意识,如果我们像贝斯特和马库斯所建议的,让理性说服自己我们看到的就是我们看到的,那我们还有

① John Kucich, “The Unfinished Historicist Project: In Praise of Suspicion,” *Victoriographies* 1.1 (2011): 63, 65, 71.

② Ariana Reilly, “Always Sympathize! Surface Reading, Affect, and George Eliot's *Romola*,” *Victorian Studies* 55.4 (2013): 633, 639, 641,642.

③ Crystal Bartolovich, “Humanities of Scale: Marxism, Surface Reading—and Milton,” *PMLA* 127.1 (2012):116, 120.

什么资源来思考性暴力、厌女主义、恐同主义、种族化的仇恨,以及类似的问题?”①其言外之意似乎将精神分析视为人类思考性别、种族问题的唯一资源。普林斯顿大学的中世纪研究专家普尔则从学科差异的角度,坚称“文学总是关于表层所掩盖的东西”,症候阅读至少在德国中世纪研究的语境中是持续有效的。她还以吟游史诗《所罗门和莫洛尔夫》隐含的对犹太人的恐惧为例说明“在英语文学研究的语境中,返回表层阅读或许是必要的”,但这种回归对于抓住表层阅读不放,拒绝精神分析和女性主义等深层阅读,很少涉及历史语境的德国中世纪研究来说却是“无稽之谈”。②

面对表层阅读所引发的争议,贝斯特和马库斯选择继续探索。2016 年,他们与宾夕法尼亚大学的性别研究教授海瑟爱联手又为《表征》杂志主编了一期名为“跨学科的描述”的特刊。在导言《建构更好的描述》中,三人围绕描述(description)这一横跨多个学科的学术实践,进一步展开对主导阐释范式的质疑。海瑟爱曾在 2010 年发表论文《近但不深:文学伦理与描述转向》,提出一种借鉴社会科学的描述性文本分析方法。人种学、身势学(kinesics)、常人方法学和微观社会学等以观察为基础的社会学领域发展出一套密切关注研究对象的实践,但他们主要依赖描述而非阐释,不涉及形而上学和诠释学。海瑟爱认为,文学批评家可以参考这些学科建立足够近、却不深的阅读模式。③ 海瑟爱对深度的拒绝与贝斯特和马库斯所倡导的表层阅读可谓是异曲同工、不谋而合。

马库斯、海瑟爱和贝斯特在特刊导言中指出,人文社科的学者向来认为描述不可能客观、准确,因为它总是渗透阐释,总是和意识形态捆绑在一起。尽管对于研究对象的描述是研究的基础,但描述总是被当作次要的、琐碎的、无聊的工作,学术研究被要求超越描述以便去“发掘意义;辨识潜在的原因和规律;区分重要的和不重要的;发展出提供秩序、视角、历史和语境的框架和滤镜”。然而,近年来,不同学科的学者都开始不约而同地关注描述。如媒介考古学、数据挖掘、话语分析和哲学领域中以物为导向的本体论(object-oriented

---

① Elizabeth Weed, “Gender and the Lure of the Postcritical,” *differences: A Journal of Feminist Cultural Studies* 27.2 (2016): 166, 167, 173.

② Sara S. Poor, “Why Surface Reading Is Not Enough: Morolf, the Skin of the Jew, and German Medieval Studies,” *Exemplaria* 26.2-3 (2014): 148, 150, 152.

③ Heather Love, “Close but not Deep: Literary Ethics and the Descriptive Turn,” *New Literary History* 41.2 (2010): 375.

ontology)都为信息的搜集和分析赋予了新的价值。拉图尔甚至在《重组社会》(*Reassembling the Social*)中不仅盛赞描述是"最高和最罕见的成就",还鼓励学者为自己的研究主题书写一个"真实而全面的报告"。既然描述是教学研究的核心方法,如何才能建构一个更好的描述呢?为此,三位作者提出了一些区分描述好坏的标准。比如,不再假设描述者能够轻易地用词语来描述世界,而是意识到这种描述的困难,以此来重新构想世界与词语之间的关系。其次,通过给予描述者与被描述对象同样多的关注,来回应描述的客观性问题。也就是说,既注意描述什么,也注意如何描述。三位作者称"当我们摆脱了任何东西都必须和宏大的理论联系起来或是生产出剩余知识的要求",我们就能更好地理解描述,哪怕是重言式的描述。这样的描述行为不太可能生产出学院体制所熟悉的学术文类,但却可以产生"对于世界和工作的鲜活性(liveliness)而言至关重要的形式、数据和洞见"。①

四、结语

表层阅读理论的提出与当下美国文学研究所遭遇的各种外部和内部危机密切相关。和国内中文系一样,美国英文系向来是人文学科的大系。然而,过去十年间,美国英文系的毕业生数量正在明显减少。仅2012—2014年,英文系本科学位的授予量就下降8%。② 生源的减少不仅直接导致办学经费和教师编制的压缩,也为学科的发展埋下隐患。鉴于整个人文学科都在高校体制内逐渐被边缘化,美国学界对症候阅读和批判理论的清理,无疑有重塑学院批评与大众阅读的关系,重新恢复文学对年轻世代读者的吸引力的目的。其次,批判理论三十多年来在学院的惯例化操作,不可避免地导致部分活力的丧失。毕竟,如赛义德(Edward Said)所言,"即便是最激进的理论和批判动作在无休止的、空洞的重复之后,也会变成陷阱"③。随着美国右翼保守势力的东山再起,信奉自由、解放的左翼知识分子不得不重新思考批判理论在当下语境中的有效性。表层阅读的提出恰好顺应这一政治潮流的变化。另外,表层阅读理

---

① Sharon Marcus, Heather Love, and Stephen Best, "Building a Better Description," *Representations* 135.1 (2016): 4-5, 3, 2, 10, 12, 14.

② Scott Jaschik, "The Shrinking Humanities Major," *Inside Higher Ed*, March 14, 2016, https://www.insidehighered.com/news/2016/03/14/study-shows-87-decline-humanities-bachelors-degrees-2-years.

③ Quoted in Bartolovich, "Humanities of Scale," 117.

论也是对数字人文大潮的回应。随着量化和计算方法在文学研究中的应用，美国文学批评正在从缓慢的细读转向高速的远读，从对隐含意义的挖掘转向对显表意义的解读，从少量代表性文本转向大型语料库。[①] 在大数据时代，以文本细读为基础的症候阅读显然不再可能继续维持其主导地位。

自张江在2014年提出“强制阐释论”，或更准确的说，“反强制阐释论”[②]以来，中国学界正在展开对当代西方文论的全面反思。不过，表层阅读及其他非批判性阅读理论在美国的兴起似乎表明，西方学者也已经意识到当代文学理论和批评所面临的困局，正在积极探索新的研究路径。或许，中国学者更应该做的是反省本土文学研究中存在的问题。比如，症候阅读、意识形态批判是否也是中国文学批评的主导模式？这种深层阅读模式是否也对我们的文学研究带来一定的负面影响？我们是否也需要寻找新的阅读方法，以适应当下不断变化的文学图景和阅读公众？我们中的很多人所秉持的批判立场，是否也是因为批判能够唤起权力和能动性的幻像？在学院批评日益圈子化、边缘化的今天，这种指点江山、俯瞰众生的快感是否依然值得迷恋？为什么学院批评家对流行文本的解读总是与粉丝读者的解读大相径庭，仿佛二者阅读的不是同一个文本？我们是否有责任对这种差异做出解释，与阅读公众进行更平等的沟通？我们可否暂时摈弃以“仇恨、嫉妒和焦虑”为标志的妄想狂式的阅读立场[③]，而以更谦逊的态度对待文本，尤其是我们知识结构之外的大众流行文本？在热切地赶制有中国特色的文学理论之前，我们是否可以拿出一些耐心和专注来描述本土纷繁复杂的文学现象？为什么我们总是推崇大而泛之的理论推演，而对具体的、细致的现象描述不屑一顾，仿佛只有理论的建构才是最高等的智识活动？

在《小说的准备》中，罗兰·巴特花费大量篇幅讨论日本俳句。他认为这种短小的形式能够“让世界、文字和体验精巧地并存”[④]。在解释俳句的缺乏阐释性（或对阐释的挑战）时，巴特引用著名的禅宗公案“看山是山，看山不是山，看山还是山”。在他看来，第一阶段是愚蠢的阶段，傲慢、反智的重言；第二

---

① Sharon Marcus, “Erich Auerbach's Mimesis and the Value of Scale,” *Modern Language Quarterly* 77.3 (2016): 314.

② 陆扬：《评强制阐释论》，《文艺理论研究》2015年第5期。

③ Sedgwick, *Touching Feeling*, 128.

④ Elaine Freedgood and Cannon Schmitt, “Denotatively, Technically, Literally,” *Representations* 125.1 (2014): 5.

阶段是阐释的阶段;第三阶段是自然性、也就是俳句的阶段。俳句反复告诉我们的是:不存在普遍的真理,"'真理'存在于差异中,而非化约(reduction)中"。[①] 假如我们也可以用这桩公案来类比文学研究的发展进程,那么文学阐释,特别是"看山不是山"的症候阅读似乎只是一个中间过渡阶段,而抽象、化约性的理论似乎也并非最高境界。那么,文学研究的终极目标究竟为何?

---

① Roland Barthes, *The Preparation of the Novel: Lecture Courses and Seminars at the College de France (1978—1979 and 1979—1980)*, trans. Kate Briggs (New York: Columbia University Press, 2011), 81.中译参考了[法]罗兰·巴特:《小说的准备》,李幼蒸译,中国人民大学出版社 2010 年版。中译本的部分文字没有英译本清晰。

第三辑　实践

郭敬明研究

聚焦郭敬明:问题、困惑与思考

2007年9月到10月,我和两位同门进行了一次关于网络文学阅读的问卷调查。我们通过熟人网络在北京、武汉和西安三地的高中、职业院校和大学总共发放304份问卷,回收有效问卷294份。为了在一个更宽泛的文学背景下考察网络文学,我们在问卷的开头设计了几个一般性的问题,如“你最喜爱的文学作品”“你最喜爱的中国作家”“你最喜爱的文类”。在高中组最喜爱的文学作品中,郭敬明的《幻城》与《三国演义》并列第一。他的《梦里花落知多少》分别在大专组和本科组最喜爱的文学作品中位居第五和第六,仅次于《红楼梦》《三国演义》等古典名著。高中组、大专组、本科组和研究生组都有受访者将郭敬明列为自己最喜爱的中国作家。尽管这次调查主要以本科生(占总调查人数的29%)和研究生(37%)为主,郭敬明在各组合起来的“你最喜爱的中国作家”的总排名中依然名列第八,位于鲁迅、曹雪芹、张爱玲、金庸、余秋雨、李白、老舍之后。①

我那时还没读过郭敬明的任何作品,看到调查结果的第一反应就是——郭敬明是谁;《幻城》《梦里花落知多少》是什么样的作品;郭敬明为何在年轻一代读者中有如此巨大的影响,以至于能和鲁迅、曹雪芹等经典作家相提并论;为什么作为一名当代文艺思潮方向的博士生,我竟然对郭敬明一无所知;我的无知昭示出当代文学、文化发展的哪些显著特征,暴露出文学研究体制的哪些

---

① 杨玲、刘晓鑫、陈书毅:《解构神话:受众视角中的网络文学——一项关于网络文学观念与阅读的实证研究》,《济宁学院学报》2008年第5期。

盲点？郭敬明就这样出人意料地走进我的学术视野，并最终促使我选择他和他的文学团队，作为博士后出站报告的主题。

一、发现价值

在一年多的论文准备期里，我读完了郭敬明的两部散文集和全部长篇小说，落落、七瑾年、笛安、安东尼等最世知名作者的部分代表作，购买、阅读了2008年全年和2010年全年的《最小说》杂志。我还收集了大量有关郭敬明和最世公司的媒体报道和访谈。我逐渐意识到，郭敬明可能是当代中国最具争议性的作家，其中最大的争议就在于2003—2006年的那桩抄袭案。作为研究者，我有必要一开始就摆明我个人对此事的立场。

我曾熬夜到凌晨四点，一口气读完《梦里花落知多少》，禁不住随着故事情节的起伏大笑和流泪。随后我在新浪网文化读书频道找到庄羽的《圈里圈外》，我把该书从头到尾读完了，读懂了，却没有获得任何阅读的情感剩余。作为文学研究者，我自然而然地想用"互文性"的概念来为郭敬明辩护。没有一个文本是原创和独特的，作品只是"一个互文性的构造物"。如罗兰・巴特所言："一个文本并不是释放出单一的'神学'意义（作者/上帝的'讯息'）的一行词语，而是一个多维度的空间，一系列的书写——没有一个是原创的——在这个空间里混合和冲撞。文本是一个源自文化的无数中心的引文的组织。"[①]

可是在现实生活中，不少作者依然为了创作出独特的情节和文字而呕心沥血。抄袭者对于他人作品的不加说明地改写利用和占为己有，的确伤害了原作者的利益。学术写作中至少还有一套引用的规范，要求写作者承认他人的启发和贡献。文学书写中，尤其是那些以牟利为目的的商业化写作，又该如何公平地借鉴他人的作品和创意？为什么"抄袭"日益成为文坛（乃至学界）的焦点问题？为什么当下出现大量的"抄袭"事件，有的人甚至依靠"抄袭"成为畅销书作者？[②] 这是否是一个原创力枯竭的警示？在这个全球化的世界里，

---

① 转引自 Jonathan Culler, *On Deconstruction: Theory and Criticism after Structuralism*，外语教学与研究出版社2004年版，第32～33页。

② 如2009年，网络上开展了一场针对著名网络作家vivibear（真名张薇薇）的反抄袭大战。vivibear出版的12部作品涉嫌抄袭至少250名作者的270篇作品。vivibear的抄袭手法大多比较低级，就是将原文中语言优美的段落剪切保存，然后复制到自己的作品中，不做或仅做少量修改。vivibear曾入选2008年"中国网络原创作家风云榜"，是穿越小说的代表人物，其作品发行量一般都在10万册以上。由于vivibear抄袭的对象主要是相对小众的耽美文类，她的抄袭行为一直未引起广大阅读公众的注意。

我们的情感、想像、思想和经验都已经日趋同质化，所谓的“原创”越来越像无源之水。这对于创意产业是否是一个反讽？毕竟创意产业究其本质就是一种“版权产业”，创意产品都最起码享有知识产权（专利、版权、设计和商标）中的一种主要形式。① 这是否和互联网的普及有关？毕竟互联网的核心精神就是普遍的知识共享，它必然会损害传统的知识产权观念。

提出抄袭问题的另一个原因是，我不想简单地把郭敬明判定为“文坛小偷”，然后自以为道德正确地忽视他的才华和成就。这样的行为适于媒体做秀，但却无助于学术研究。② 和文艺学专业的许多同仁一样，我已经很多年不看文学作品。较之博大艰深的西方理论著作，绝大部分文学作品都已构不成智识上的挑战。我只是在中学和大学时代有过一段废寝忘食的文学阅读时光。读硕士时，因为学的是英美文学专业，又读了一些英语文学作品。不过那时的阅读，已经没有多少乐趣可言，完全是为了写论文，挣学分。郭敬明和最世作者的作品常常唤起我遥远的青春记忆，让我重新体验到小说阅读的快感。在一个稍微空闲的日子，我会躺在床上，连续花上四五个小时读完一两期《最小说》，沉浸在他人的世界里，忘却生活中的一切烦恼。这种短暂的逃离，就像一个暂停键，让我在充满无休止的压迫感的学术生活中获得喘息的机会。我猜想《最小说》的数十万读者中，可能也有很多人像我这样，依靠《最小说》或最世的其他作品来放松，解压。

郭敬明曾在《南方周末》的一次访谈中说：“上一辈人单纯地生活在一个大环境里，大家都穿一样的衣服，做同样的事，看一样的书。但是到了我们这个年代，每一个人的心灵隔阂与成长轨迹都相差十万八千里。我还是说希望每个人都能更宽容，不要因为我不了解你的东西，或者我看不懂你的东西就去质疑，如果这个东西真有几百万人、几千万人在喜欢，那它一定有它的价值，无论这个价值是大是小，无论这个价值是不是属于你所熟悉的年代，你都不能全部

---

① ［英］约翰·霍金斯：《创意经济：如何点石成金》，洪庆福、孙薇薇、刘茂玲译，上海三联书店2006年版，第93页。

② 2010年4月，“首届中国心灵富豪学术交流会”在华南理工大学国际学术交流中心召开。会后，近20名“专家”们上演了一场焚书秀，焚烧了500多本“心灵垃圾”，包括郭敬明的《梦里花落知多少》。参见《专家烧书：烧了郭敬明的书就能成心灵富豪》，2010-04-15，http://cul.cn.yahoo.com/10-04-/861/28l3s_1.html。

去否定它。”[①]我欣赏郭敬明对于多元文化的宽容，欣赏他对大众读者判断力的尊重。这个报告所要做的，就是发现，而不是轻易地否定，郭敬明和他的最世王国的“价值”——文学的、文化的以及经济的价值。

这或许是一个自我应验的预言，因为“凡寻找的必能找到”。既然我已经事先断定郭敬明的文学努力是有价值的，那么我总有办法证明这些价值的存在。如澳大利亚学者米勒(Andrew Miller)所说的，人文学科的知识总是集中于价值判断。历史学家研究他们不赞同的历史时期，地理学家研究他们讨厌的国家，人类学家研究他们不相信的部落信仰，但文学教师却很少在他们认为不是文学，不够伟大、精美的著作上浪费时间。文学学科不仅受价值判断影响，而是整个浸泡在价值判断里面。[②] 我无力打破文学研究所隐含的价值循环(“解释学循环”的一个变种?)，我只能更加仔细，更加全面地论证我所发现的价值。

二、批判的批判

赵勇教授将知识分子面对大众文化的姿态概括为“批判”“利用”“理解”和“欣赏”四种，将阿多诺和利维斯主义者、本雅明和萨特、威廉斯和霍尔、费斯克分别视为这四种姿态的代表。[③] 这样的论述显然丰富了大众文化研究的立场，使得“批判”不再是唯一正确的选择。不过，我更关心的是上述四种学术立场到底是如何形成的，是如何与知识分子自身的阶级、性别、性向、国籍、种族、学术资本和地位相关联的？为什么文中列举的代表性人物无一例外都是男性？为什么除了霍尔来自第三世界，拥有非裔血统，其他人都是老牌资本主义帝国的白种人？为什么“知识分子”[④]被默认为男性，以至于“女性知识分子”这个合成词组听上去如此别扭、虚假？为什么“知识分子的典型气质就是批判

---

① 夏榆：《捧我的人把我捧上天，踩我的人把我踩成屎——访问郭敬明》，《南方周末》2010年6月24日。

② 杨玲：《论从文学研究到文化研究的范式转型》，《首都师范大学学报》2008年第5期。

③ 赵勇：《批判·利用·理解·欣赏——知识分子面对大众文化的四种姿态》，《探索与争鸣》2011年第1期。

④ 方维规对西方语境中的“intellectual”和中国语境中的“知识分子”做过辨析。他将“intellectual”一词译作“智慧＋卓识＋学者的‘智识者’”。从历史上女性受教育的程度来看，这种带有浓厚精英气息的“智识者”只可能是男性。参见方维规：《“Intellectual”的中国版本》，《中国社会科学》2006年第5期。

意识和批判精神"？作为在中国本土生活的女性研究者，我是否可以模仿或比照赵勇教授所罗列的西方男性知识分子？更重要的是，弄清楚不同的研究立场将如何决定我们在研究过程中的情感、时间和智识投入，如何确立我们与研究对象的关系，并在多大程度上影响我们的研究方法和研究水准？

坦白地说，作为中国学术金字塔中人微言轻的底层学术民工，我没有任何权威和动机对这一研究对象进行批判。在我看来，郭敬明能"改变世界"(至少是中国的出版业)，而我只能对他带来的改变做出一点可有可无的解释。他是最世王国的"立法者"，而我只是这个王国的一个普通"阐释者"。这不仅仅是因为郭敬明是消费文化所创造的"自给自足的世界"里的英雄，作为立法者的知识分子在这个消费世界里毫无立足之地，更是因为已经"不存在一种可以产生权威性话语的位所，也不存在一种权力资源，它对权力的集中和垄断足以使它掀起一场规模巨大的思想改造运动"①。可是，为什么一定要批判？为什么钦佩和欣赏不能成为研究的理由？为什么文学批评家可以赞美他们喜爱的文学作品，大众文化研究者却必须批判他们的研究对象？为什么大众文化研究者必须通过证明大众的无知和浅薄来确认自己的符号权威？为什么研究主体和研究客体的关系就必须是明智的自我和愚笨的他者之间的对峙？当研究者连自己的生存境遇都无法改变的时候，为什么还要继续披上拯救世界的道德伪装？

2010年7月，《人民日报》发表了杨庆祥的《消费主义的神话》一文。杨庆祥写道：

> 从某种意义上说，郭敬明是消费主义时代造就的一个"神话"，这个"神话"最核心的组成要素就是让一切成为商品，在郭敬明这里，作品首先不是作品，而是商品，遵循着统一的生产标准，在郭敬明的"流水线上"，"复制"的程度甚于"创造"，"生产"的意义大于"创作"，它尽可以从日本漫画和时尚作品中"借用"流行元素，以纤巧华丽的语言重新罗织。作品是否有思想分量和语言美感，是否符合一些基本的语法、技巧和逻辑都变得不重要了。于是，小读者们看到了精雕细琢、顾盼生姿"美男作家"，书商们则看到销售码洋节节攀升、一本万利，媒体则找到了绯闻内幕、口水大

---

① [英]齐格蒙·鲍曼：《立法者与阐释者：论现代性、后现代性与知识分子》，洪涛译，上海人民出版社2000年版，第222～223页。

战，热闹非凡……[①]

尽管已有论者指出杨庆祥的文章“充满自相矛盾和自我抬杠”[②]，但读着这种完全由非黑即白的二元对立逻辑（作品 vs.商品、复制 vs.创造、思想 vs.时尚）生成的所谓“学术批判”，依然让人感到无比厌倦。到底郭敬明哪一部作品不符合“基本的语法、技巧和逻辑”？究竟有多少“小读者们”只看到了郭敬明的“美色”？难道国内所有的媒体都只对绯闻、口水感兴趣？从何时起，最富有活力的批判性思考已经沦为最无趣、最平庸的思维定势？从何时起，所有不做调查、不读文本的信口开河和主观臆断都可以扯上“批判”这面大旗来做遮羞布？从何时起，学术圈里的那股浮夸、骄矜的精英做派已经在 80 后学者中找到了传人？

华裔学者张正平教授对人文学科中流行的意识形态批判提出了“16 个半问题”。他将学院派批评家描述为：“自觉的愤世者——对一系列我们自反性地承认既是、也不是我们所为的意识形态愤世嫉俗”。然而，“对于意识形态的持续质疑可能就是我们的意识形态属性的显著标记，当我声称只是作为一个个人，对我观察的事物进行批判之时，有可能就是我受意识形态影响最深的时刻。”[③]他认为真正的批判只可能是一种“永远的开始”。本报告希望能以这种抛弃成见、重新开始的姿态，探讨郭敬明和他的最世王国。

三、受挫的研究方法

我曾雄心勃勃地希望将这个出站报告做成一个融文学、文化和经济为一体的跨学科研究。我曾计划在研究方式上突破三重学术壁垒。首先，打破文学“内部”研究和“外部”研究的割裂状态，将文学作品的分析与文学制度和文学生产方式的分析有机地结合起来。其次，打破文学研究和文化研究之间的壁垒，将文本分析、文献资料的收集与社会学的调查访谈和人类学的民族志方法有机地结合起来。最后，打破文化研究和政治经济学之间的壁垒，将文化表征和意义的解读与决定文化生产和消费的社会经济条件结合起来，注重文化实践的物质性和经济制约，避免费斯克式的“符号性民主”的片面性。我曾打

---

① 杨庆祥：《消费主义的神话》，《人民日报》2010 年 7 月 16 日。

② 黄璐：《消费主义的未来——与杨庆祥同志商榷》，《殷都学刊》2010 年第 4 期。

③ Briankle G. Chang, “Introduction: Sixteen and a Half Questions on ‘Being Critical’,” *Communication and Critical/Cultural Studies* 8.1 (2011): 86-87.

算广泛咨询、走访文学产业链的各个环节的相关人员，并在上海对最世公司进行田野调查，积累丰富的一手资料。但我的雄心和计划刚刚付诸实践，就被迫搁浅。

2010年4月8日，我在中央电视塔的演播厅，CCTV"大型励志访谈节目"《奋斗》的拍摄现场，见到作为节目嘉宾的郭敬明和他的随从工作人员。在拍摄场外，我主动和最世公司负责媒体运营的赵先生搭话，表明我想采访公司员工的意图。赵先生当即回绝，声称"不接受个人的采访，只安排媒体的采访"。他向我解释说，最世公司的所有人都不接受采访，因为他们"没有应对媒体的经验"，"必须统一口径"。郭敬明现在进入写稿期，非常忙，更不会接受个人的采访。在我们简短的交谈结束之前，赵先生还向我提出了这样一个问题："你研究鲁迅，也要采访鲁迅吗?"我顿时语塞。我并不反对将郭敬明类比为鲁迅，毕竟韩寒也常常被人称作"当代鲁迅"。我丝毫不认为郭敬明的写作水平在韩寒之下，但鲁迅已经过世大半个世纪，而郭敬明和他的最世团队毕竟还和我生活在同一个时代。

当然，赵先生的话语无疑是有道理的。文学研究者最习惯的就是坐在书斋里，阅读、分析文本。当代西方文学理论的一个发展趋势就是将文本从作者的控制中解放出来。根据新批评的"意图谬误"理论，作者在创作文学作品时的个人意图压根儿就不重要，压根儿就不是判断作品好坏的标准。随后，巴特宣布了"作者的死亡和读者的诞生"。他将文学重新定义为一个不断冲击其自身规则界线的话语游戏，在这个游戏中只有读者，没有作者，而读者也只是话语游戏的效果。也就是说，读者/批评家完全可以自由地，按照自己的方式来重新建构文本。① 如果我仅仅是在从事文学研究，那么我完全可以把郭敬明和其他最世作者当成鲁迅那样的"死人"，或至少不去考虑他们是否还健在。但我并不想做纯粹的文学文本研究，我希望了解文学生产者的劳动环境和组织方式，了解制约文本生产的社会经济条件。然而，这恰恰是最难做到的。

巴特的"作者之死"之说曾在文化研究领域引起积极的反响，文化研究学者都热衷强调受众在消费过程中的意义创造和身份建构。英国文化社会学家默多克认为，研究方法的便利是文化研究得以作为学术潮流兴起的重要原因。

---

① Donald E. Pease, "Author," in *Critical Terms for Literary Study*, 2nd ed., ed. Frank Lentricchia and Thomas McLaughlin (Chicago: The University of Chicago Press, 1995), 111-13.

和消费者对话总是比采访公司总裁和忙碌的专业人士更容易，观察一个俱乐部的活动或是某个家庭的电视观看行为，也比持续观察录音棚的工作或公司会议要少很多麻烦。这就导致“消费者的能动性获得了细致入微的分析，并经常被欢庆”，而“文化生产者的能动性却被否认或忽视了”。① 由于缺乏足够的人脉资源，本报告不可能提供任何最世公司运作的内幕、数据或报表。我所引用的一切资料都来源于最世的公开出版物和媒体报道。我只能像历史学者那样，通过现有的解密文件努力拼贴、还原历史的真相。当然，我也像文化研究者那样，接触了我能接触到的活人——读者/消费者。我想知道郭敬明的核心读者群是如何认识、看待郭敬明和他的最世王国的。

2011 年 3 月 29 日和 30 日，我在武汉市第十五中学与 10 位高二艺术班的学生（包括六位女生、四位男生）连续进行两次小组访谈。每次访谈五人，时间约一个半小时。第一天的访谈出人意料地开成郭敬明的“批斗会”。五位学生虽然全部看过郭敬明的部分作品，但除女生小培之外，其他四人都对郭敬明颇为不满。在这四位同学看来，郭敬明的作品“三观”不正，浮华拜金，思想浅薄，无病呻吟。我惊奇地发现，这些学生的观点与部分学者的观点如出一辙。是这些高中生太有水平了（竟然能和高校教授“英雄所见略同”），还是我们的学者太没水平了（竟然只是在重复高中生都知道的“常识”）？而且，这些学生似乎比学者更注重对批判对象的了解，如河瑀和欣雨所说的：“不看（一部作品）就没有资格来批判它。”两天的访谈让我意识到，即便是在郭敬明的核心读者群里，郭敬明和他的最世团队也是一个有争议的话题。即便是具有“从众心理”的中学生，他们首先依然是独立的个体，彼此之间有着不可抹杀的差异性。在第二天的访谈中，我发现钰珩的观点很接近文化精英主义。他将现代文学（更不用说青春文学）统称为“文化快餐”，可他似乎并没有“左派”精英学者的“仇富”心理。当俊晨称郭敬明的炫富很“变态”时，钰珩补充说，来自不同家庭背景的学生对此会有不同的看法。小康家庭出身的学生可能会排斥炫富，但富家子弟可能就是把《最小说》当作一本时尚杂志来看。

或许，大众文化并非最容易研究的领域，而是最难研究的。因为只有在这

① Graham Murdock, "Back to Work: Cultural Labor in Altered Times," in *Cultural Work: Understanding the Cultural Industries*, ed. Andrew Beck (London: Routledge, 2003), 15-16.

个领域,学者不再自动地成为齐泽克所说的"假定无所不知的主体"①,他们无法轻易地"忽悠"大众。如果研究者有勇气撕去花哨的学术包装,用平实的语言与大众交流,他们会发现,其实大众知道的并不比他们少。英国学者凯里说:"'大众'只是一个虚构的概念,用来代表不可知的众多人类生命。"②但既然我和这些学生接触了,他们对于我就不再是一个空洞而虚假的概念。参加访谈的十位学生中的每一个,都向我揭示了一些我不曾注意到的东西,迫使我重新思考自己的立场和观点,探索"常识"之外的洞见。这份报告就是我和他们之间的一个对话,我所看到的、他们所看到的以及他们引导我看到的。

---

① [斯洛文尼亚]斯拉沃热·齐泽克:《意识形态的崇高客体》,季广茂译,中央编译出版社2002年版,第257页。

② [英]约翰·凯里:《知识分子与大众:文学知识界的傲慢与偏见,1880—1939》,吴庆宏译,译林出版社2010年版,第26页。

最世文化公司与当代文学的产业化趋势

一、文学创意产业的兴起

当代文学正在呈现既缺席又在场的吊诡命运。一方面，在购物、旅游、养生、影视等娱乐休闲活动的挤压下，文学阅读变成小众的爱好，文学作品的读者大幅减少。据统计，在1990—1995年的大陆畅销书排行榜中，文学类书籍占到60%～80%。但到了2007年，这个比例已经跌至20%。① 另一方面，作为"词语的特定使用方式"②的文学依然存在，只不过它的载体从书籍报刊这样的传统纸媒扩展到光盘、网络、电脑、手机等电子媒介。文学在和视听文化竞争受众的同时，也在对视听文化进行渗透，越来越多的畅销作品被改编为影视、动漫、网游，成为视听文化的内容和"脚本"。文学虽然不再是公共舆论的重要话题，但其经济效益正日益彰显。一些超级畅销的作品已经转化为高利润的创意产业，如英国女作家罗琳创作的《哈利波特》系列。该小说自问世以来已发展出图书出版、电影、游戏、动漫、DVD/VCD、邮票/海报、玩具/服装等七个价值链，经济规模达到2000亿美元，并被译成60多种语言，销往全球200多个国家和地区。③

文学产业化的趋势也在当代中国的网络文学、儿童文学和青春文学等领域初显端倪。以网络文学为例，国内的一些主要文学网站都"已经在产业化的道路上有所突破"。这表明文学不仅可以带来收益，还"可以当成一种产品甚至一个产业来经营"④。2008年成立的盛大文学有限公司目前已拥有四家国

---

① 李华颖：《1990年以来中国大陆畅销书变迁研究：基于大众文化的视角》，《新闻大学》2009年第1期。

② J. Hillis Miller, *On Literature* (London: Routledge, 2002), 15.

③ 厉无畏主编：《创意产业导论》，学林出版社2006年版，第196～197页。

④ 欧阳友权：《网络文学发展史》，中国广播电视出版社2008年版，第232～234页。

内顶级文学网站、三家图书策划出版公司和一家无限公司。盛大希望以全球最大的网络原创文学平台为基础，推动实体出版、无线阅读、影视、动漫、游戏等其他相关文化产业的发展，打造"一条专属于中国创意产业的文化产业链"①。学界也开始将文学视为创意产业的内容提供者，并将这一观念的变革落实到具体的学科专业设置。2009年，上海大学和复旦大学分别设立创意写作专业。葛红兵在上海大学牵头成立的"文学与创意写作研究中心"，不仅以培养专业作家为目的，还致力于为"图书出版业、动漫产业、影视产业、报刊业、新媒体业等所有文化产业提供具有原创力的文学创作者和创造性文案的撰写者"②。

当代中国文学的产业化转型与政府决策的转变、新媒介的兴起和文化全球化等因素关系密切。1949年以来的中国文学生产大致经历了三个阶段。从1949年到90年代初是第一个阶段。在这个阶段，国家是文学生产的组织者和赞助人，作协的专业作家则是生产任务的承担者。从90年代初到90年代末，文学生产进入市场化阶段。其标志是国家不再负担文学期刊的出版费用，版税制度得到恢复，著作权得到保护。③ 从90年代末开始，文学生产又出现一些引人注目的新变。首先是网络文学的发展，大幅降低了文学生产、流通和消费的成本。其次是新媒介产品的普及和影视文化的繁荣，让消费者在文化消费方面有了更多的选择。最后是中国加入世贸组织以后，出版业逐步放开，图书市场出现供大于求的局面。另外，随着大量境外文学作品的引入，本土文学作品不得不与来自全球的文学畅销书争夺读者。这些因素导致本土的文学出版进入更注重商业营销和消费者趣味的产业化阶段。文学内容的载体也从单一的书刊形式发展为网络、影视和实体书刊并存的状态。

在计划经济体制下，文学是政府文化事业的一部分，隶属于意识形态国家机器。新世纪以后，随着市场经济的高速增长和大众精神消费需求的扩大，文学和文化一起从"事业"变身为"产业"，从上层建筑转化为经济基础，成为国民经济的新增长点，实现"跨越式发展"和"大国崛起"的重要步骤。地域文学与

---

① 天极网：《盛大文学整体亮相国展 文学产业链凸显》，2010-01-08，http://soft.yesky.com/info/494/11095494.shtml。

② 葛红兵、许道军：《文坛三分格局的形成和文学作为创意产业的新变——2009年中国文坛热点问题述评》，《探索与争鸣》2010年第1期。

③ 邵燕君：《倾斜的文学场——当代文学生产机制的市场化转型》，江苏人民出版社2003年版，第13、27～29页。

影视制作、文艺演出、文化旅游、文物博览等地方文化产业结盟。[①] 古老的神话和传说等民间文学形式被开发为旅游资源。[②] 以《红岩》为代表的红色文学经典也在按照产业化的方式被重新书写和改造。[③] 文学成为创意产业的一部分，意味着更高层次的社会分工和协作，更复杂的生产和流通过程，更多样和不确定的消费方式。如有学者指出的，产业化的生产方式是以企业为主体的协作链条，它把作家、策划人、出版人和销售商等不同的参与者连接起来形成产业链，通过分工合作，使艺术价值转化为商业价值，又以商业价值的实现过程促成艺术价值的传播和实现。[④]

二、最世的青春文学产业

当主流文坛还在就“文学产业化”众说纷纭，一些年轻的作者已率先在市场的激励下“将‘文学产业’红红火火地升级到了‘创意产业’”[⑤]。郭敬明和他创立的最世文化发展有限公司就是青春文学产业中的姣姣者。[⑥] 不仅郭敬明本人是当代最重要的青春文学作家，最世公司也拥有国内最强大的青春文学创作团队。2009 年 12 月“开卷全国虚构类畅销书排行榜”中，位列前 30 名的作品中有 6 部来自这个团队。[⑦] 在“2008—2009 年度中国出版机构暨文学刊物十强”评选中，郭敬明主编的青春文学月刊《最小说》超过《读者》《萌芽》《收获》等老牌杂志，荣登榜首。[⑧] 此外，郭敬明还锐意打造个人品牌，将青春文学

---

① 王培敏、李子跃:《广西文学影视化的文化产业价值》,《广西财经学院学报》2009 年第 6 期;王卓慈:《品牌策略:陕西文学与文化产业开发研究》,《商场现代化》2006 年 12 月(下旬刊)。

② 陆环:《后文学产业链:无形文化资产的价值实现路径》,《广州大学学报》2006 年第 5 期。

③ 傅明根:《原典化对文化产业化的启示——以红色经典〈红岩〉为例》,《湖南文理学院学报》(社会科学版)2008 年第 1 期。

④ 袁勇麟、李薇:《文学艺术产业——趋势与前瞻》,四川大学出版社 2007 年版,第 48 页。

⑤ 焦守红:《青春可“售”——论市场与青春文学的关系》,《当代文坛》2008 年第 2 期。

⑥ 最世文化发展有限公司原名“柯艾文化传播有限公司”,创立于 2006 年。2010 年,公司更名为最世。

⑦ 《开卷全国虚构类畅销书排行榜(09.12)》,《出版商务周报》2010 年 1 月 20 日。

⑧ 《中国文学期刊十强揭晓 郭敬明赢巴金评委发飙》,《华西都市报》2010 年 1 月 1 日。

的产业链延伸向网络、漫画、影视、流行音乐等产业。2005 年，郭敬明发行了首部音乐小说《迷藏》。2008 年，他签约天娱传媒有限公司，先后为李宇春、韩红创作歌词，出任 2009 年"快乐女声"节目的上海赛区评委。2008 年，他凭借《小时代》漫画版获得第五届金龙奖最佳漫画脚本奖。《小时代》的电影版权已卖给北京紫禁城影业公司，电视剧版权也在洽谈之中。① 他还和盛大文学公司合作开展网上收费阅读，与中国移动合作开展《最小说》杂志文章的手机下载阅读。

文学产业化的最显著后果就是作家身份的变异、增值和重组。在产业化阶段，作家不仅是明星，还是商业品牌。"广告之父"大卫·奥格威将品牌定义为"一个产品的各种属性的无形总和"，这些属性包括产品的"名字、包装、价格、历史、声誉、宣传方式"②。英国社会学家拉什和卢瑞认为，品牌和商品具有本质的区别。商品是被生产的，"是一个单一的、独立的、固定的产品"。品牌却具有生产力，可以衍生出各种产品。也就是说，"商品是死的，品牌是活的"。"作为商品的货物都是类似的"，它们的差异仅在于交换价值的不同。品牌却是独一无二的，每一个品牌都与其他品牌不同，品牌只有在资本市场才可以交易。品牌是波德里亚所谓的符号价值，承载着消费者对于品牌的体验。③郭敬明是一个非常有品牌意识的作者。他曾声称，希望"大家最后记住的只是'郭敬明'这三个字。这个品牌的核心是郭敬明给大家带来的审美取向，无论是我自己的作品，还是我出版主编的杂志、我主办的比赛，'郭敬明'这三个字就代表了一种高的水准"④。郭敬明的最世公司、《最小说》杂志和"文学之新"选拔赛，无一不是在利用他个人的品牌吸引力。郭敬明经常被媒体描述为精明的"文化商人"，但从创意产业的角度说，他早已不仅仅是商人，而是创意企业家，是具备策划、生产和管理能力的多面手。他本人对出版、广告、平面设计、影视制作等多个相关创意行业的了解，也为他成长为创意企业家奠定良好的基础。

文学创作和其他创意活动一样，都需要支持性的社会关系网络。"五四"以后，各种文学社团的风起云涌曾在中国现代文学史上留下浓墨重彩的一页。

---

① "郭敬明"，百度百科，http://baike.baidu.com/view/4386.htm。

② Jing Wang, *Brand New China: Advertising, Media and Commercial Culture* (Cambridge, MA: Harvard University Press, 2008), 23-24.

③ Scott Lash and Celia Lury, *Global Culture Industry* (Cambridge: Polity, 2007), 5-7.

④ 烈日:《文化商人郭敬明》,《出版参考》2008 年第 25 期。

文学研究会作为“中国现代文学史上最有影响、贡献最大的社团”,“几乎决定了中国现代文学的基本格局”[①]。郭敬明的最世公司从某种意义上说也是一个文学社团,集合了一批热爱写作的文学青年。但与传统文学社团不同,这是一个企业化的社团,联接社团成员的不仅有共同的文学理想,还有共同的经济利益。为了将签约作者打造为可持续发展的职业作家,最世采用类似娱乐公司的营销策略,对他们进行形象包装和推介。《最小说》的“I WANT”专栏就是最世同仁的集体秀场,他们在这里尽情晾晒自己的心情观点、趣闻轶事和物品收藏。通过持续的媒介渗透,让读者仿佛对最世作者了如指掌,并因熟悉而心生好感。2008年6月,《最小说》启动了以“超级女声”比赛为模版的“文学之新”全国新人选拔赛。进入全国十二强的参赛者都成为最世公司的独家签约作者。和“超女”比赛一样,文学选秀的目的也在于通过一个较长时间的赛程来培育读者对参赛作者的兴趣,帮助参赛作者获得更多的媒体曝光。郭敬明还经常以“一拖N”的形式带着最世公司的签约作者参加媒体和签售活动,利用自己的名气提高新人的名气。

文学文本在媒介文化和文学产业化的双重挤压下也出现一些引人注目的变化。首先是类文本(paratext,又译作“副文本”或“准文本”)在文学畅销书的制作过程中获得到充分重视。在《类文本:阐释的门槛》一书中,法国叙事学家热奈特指出,一部文学作品主要是由文本,即“多少被赋予意义的有一定长度的语言陈述序列”组成,但这个文本还需要类文本的“装饰”和“陪伴”,才能以书的形式出现在公众面前。类文本是一个“门槛”或“门厅”,让我们有“踏入或转身的可能性”。它虽然是“印刷文本的边缘”,但却“控制着我们对文本的整个解读”。这个边缘构成“过渡”和“交易”的区域,一个对公众施加影响的地点,以便促进文本的接受和更恰当的文本解读。[②] 热奈特列出的类文本类型包括:标题、署名、插页、题献、卷首引语、序言、注释、公共外文本(如出版社的新书预告、媒体访谈)和私人外文本(如书信或日记)等。

最世公司出版的作品一般都有较为复杂的类文本。比如,郭敬明的《小时代1.0折纸时代》限量版(价格与普通平装版相同)就采用护封这种“小型海报”的形式来吸引读者的注意力。护封的冷灰色调制造出简洁、成熟的视觉效

---

① 朱寿桐:《中国现代社团文学史》,人民文学出版社2004年版,第10页。

② Gérard Genette, *Paratexts: Thresholds of Interpretation*, trans. Jane E. Lewin (Cambridge: Cambridge University Press, 1997), 1-2.

果，暗示这部作品是郭敬明的转型之作——从青春文学迈入成人文学。内封使用了法国印象派画家卡玉伯特的名画《巴黎雨景》的合成图片，与护封上的上海东方明珠塔图片相互呼应，突出小说的大都市主题。内封模仿西方名著的封面设计，除了标题、作者和出版社是中文，其余文字全部是英文。如果说护封和内封只针对普通公众，意在让公众感觉这是一本品味高雅的文学著作，书内色彩绚烂、笔触细腻的动漫插绘则显然在迎合该书的目标读者（80 后、90 后青少年）的审美趣味。随书附赠的九张卡片被设计成明信片。卡片正面是图片（其中六张是郭敬明的艺术照），背面是郭敬明的创作手记。在手记中，郭敬明讲述了小说的最初构想和后来的发展变化，讨论了读者和他本人对小说中的主要人物的看法。这些图片和文字不仅是作者与读者的沟通渠道，也是偶像和粉丝之间的情感纽带。

从 2007 年起，郭敬明将唱片工业中常用的“限量珍藏版”概念引入文学出版。现在，他的每一部长篇小说出版时，都会首先推出高价的“珍藏版”。《小时代 2.0 虚铜时代》珍藏版的广告文案中写道：“你所触摸的，是用皮革绒布修饰装点的工艺极致。日本纯度道林纸全文印刷，法国柔感纯质制作的精美笔记本……高贵大气的内文编排，独一无二的烫印编码。”[①]在印刷时代，很少有读者去关心一本文学书籍的封面和内页是用什么纸张印刷的。但在网络文学泛滥的数字时代，文学书籍的纸张，也就是文学内容的物质载体，却成为读者购买实体书的主要理由。笔者曾在 2007 年做过一个有关网络文学的调查问卷，受访者基本上是在校的大中学生。调查结果表明，高达 86%的受访者仍然习惯纸读，只有 12%的受访者更习惯网读。习惯纸读的首要原因是“网读太废眼睛，纸读看起来舒服”。[②] 也就是说，实体书的视觉和触觉感受是电子书无法匹敌的。纸张、排版、装帧设计等与读者的阅读快感直接相关的非文学因素，也就成为出版业的关注重点。郭敬明的“珍藏版”针对的是部分有“馆藏式消费”习惯的铁杆粉丝。为了强化收藏价值，每套书上都有一个独一无二的编码。面对网络文学的无限复制性和同一性，印刷文学用编号（即对时空的切割和编码）的方式展示出即便是机械复制的作品，也能具备本雅明所谓的“灵

---

① 新浪读书：《郭敬明〈小时代 2.0 虚铜时代〉限量版震撼上市》，2009-12-18，http://book.sina.com.cn/news/b/2009-12-18/1354264344.shtml。

② 杨玲、刘晓鑫、陈书毅：《解构神话：受众视角中的网络文学——一项关于网络文学观念与阅读的实证研究》，《济宁学院学报》2008 年第 5 期。

光”(aura)。[①] 当然,文学内容的独特性经由这样的商业操作手法变身为文学书籍的独特性。

青春文学的产业化不仅强化了文学文本的物质性,也改变了文学文本的符号性内容。青春文学在新世纪的崛起很大程度上源自“文学消费者年龄和趣味的变化”。[②] 由于教育和资讯的普及,文学的创作和阅读都出现低龄化趋势。据出版业人士分析,当前主要有三个畅销书阅读群体:13～17 岁的中学生,18～22 岁的大学生以及 22～45 岁的成年人。50%的畅销书品种都是中学生在阅读。[③] 出生于后革命时期的 80 后和 90 后们,从小就享受着中国经济高速发展的胜利果实,接受了消费文化的洗礼,他们与“宏大叙事的苦难、崇高和经典性”格格不入,只想“在日常经验和想像的叙事中寻求某种另类真实”[④]。《小时代》一书的标题就颇能说明当代青少年所特有的时代感,他们处于与“大时代革命洪流”相对立的“小时代”,一个丧失了历史目的、意识形态激情和民族文化边界的日趋同质的全球化世界。跨国流动的加速、异域文化的大量输入都在把他们熏陶为“世界公民”。这些看着《哈利波特》《指环王》《那小子真帅》《花样少男少女》等东西方文学作品长大的一代人必然有着和前辈读者不同的阅读趣味。

文学的产业化意味着文学创作不再是出于强烈的个人信念、以个人拯救为目标的个体行为,而是必须满足和制造消费者需求的社会行为。文学的物质存在有赖于文学生产/消费链条中的每一个环节,作者只是其中的一个环节,甚至不是起决定作用的环节。因为在创意产业中,位于价值链末端的消费者才是“价值链真正的价值源泉”,消费者的文化消费能力和审美取向从根本上决定创意产业的发展。[⑤] 为了与读者(消费者)进行实时的沟通和互动,培育读者对最世作者和《最小说》杂志的忠诚度,最世公司设立了名为“刻下来的幸福时光”(简称“时光”)的官方论坛,由公司的核心成员管理。该论坛目前已有 20 多万注册用户。[⑥] 郭敬明本人也经常在论坛上发帖,看贴,根据读者的

---

① 本雅明的“aura”一词,国内有多种译法。杨俊杰:《也谈本雅明的 aura》,《美育学刊》2014 年第 4 期。

② 王晓明:《面对新的文学生产机制》,《文艺理论研究》2003 年第 2 期。

③ 向勇主编:《北大文化产业前沿报告》,群言出版社 2004 年版,第 127～129 页。

④ 郭艳:《多元状态下的青春文学写作与可能性》,《当代文坛》2008 年第 6 期。

⑤ 厉无畏主编:《创意产业导论》,学林出版社 2006 年版,第 198 页。

⑥ 该论坛已于 2014 年 8 月关闭。

建议和喜好修改自己的作品。郭敬明的铁杆读者(俗称"四迷")还成立全国性的"时光后援会"。各省建有分会,发放会员卡,会员在一些签售活动中享有优先权。时光论坛上也开辟"时光后援会专区",供各地后援会开展活动。当专业的文学评论者对青春文学作品要么不屑一顾,要么隔靴搔痒时,读者评论机制早已成为青春文学产业的重要组成部分。最世公司的每一部作品问世之后,作者都会真诚地邀请读者发表自己的书评和意见并给与优秀的读者评论奖励。现代文学社团中常见的作家评论,也在最世公司复活。最世的作者经常为彼此的新书写序或读后感,用集体的力量来为作品进行宣传。最世作者之间的相互扶持也给渴望友谊的年轻读者留下良好的印象。2010 年年初,最世公司还举办了"《最小说》青春写作进校园"活动①,郭敬明带领最世作者在各城市签售,与指定中学的学生进行面对面的交流,巩固和深化最世公司在读者中的影响力。

三、产业化背景下的文学研究

文学的产业化发展不可避免地向文学研究的立场和方法提出挑战。赵勇教授曾敏锐地指出:"当一个文学研究领域的学者以经济学家和政府智囊团成员的身份与口吻说话时,他关注的重心和角度就会发生转移,他的理论资源也会进行重组,他还会把原来批判的对象当成赞美的对象。"②虽然,赵勇教授的这段言论针对的是金元浦教授从文学/文化批评者转变为文化产业的倡导者的身份转型,但却为所有仍从事文学研究的学者敲响警钟。当文学在国家社会生活中的地位、功能发生剧烈变化时,文学研究者应该如何重新自我定位?面对文学的产业化趋势,我们是继续保持"不合时宜"的批判态度,还是积极鼓吹、赞美新鲜事物?在"唱盛"与"唱衰"的两极对立之间,我们能否找到新的介入的立场?

这里,我们有必要首先借助布迪厄的"文学场"理论来反思当代文学生产机制的变迁。布迪厄将文学生产场划分为"限制性生产"和"大规模生产"两个子领域。前者是自律的,独立于一切经济要求,拒绝对普通公众的趣味做出让步。后者是他律的,受制于市场,追求商业成功和短暂的声名。这两个对立场

---

① 武汉晚报:《郭敬明:没兴趣像韩寒那样做公共知识分子》,2010-03-22,http://book.ifeng.com/culture/whrd/detail_2010_03/22/400191_0.shtml。

② 赵勇:《未结硕果的思想之花——文化工业理论在中国的兴盛与衰落》,《文艺争鸣》2009 年第 11 期。

域的作家一般没有任何交集，彼此互不理睬。唯一将他们接合在一起的就是他们之间的对立关系，双方都试图强迫他人接受自己认可的有关文学的定义。[①] 大规模生产场是不需要批评家的，因为销量是一部作品好坏最直观的指标。文学批评因而主要是为限制性生产场服务，为作品和作家赋予象征资本。从长远看，象征资本也能在特定条件下转化为经济资本，“确保”经济效益。[②] 布迪厄认为，艺术与金钱（商业）的对立构成绝大部分艺术判断（即什么是或不是艺术，什么是资产阶级艺术或知识分子艺术，什么是传统艺术或先锋艺术）的“生成性原则”（generative principle）。[③] 德国汉学家顾彬提出的当代中国文学除了诗歌全部是垃圾的激进论点[④]，其实不过是上述原则的重申。当代诗歌显然是离商业化最远的文类，而受到顾彬点名指责的卫慧、棉棉恰好是当代最早进入商业出版机制的女作家。

然而，随着文学产业化的浮现，限制性生产场与大规模生产场之间开始互渗与融合。前者用自己的象征资本交换后者的经济资本，双方取长补短，互利互惠。比如，2009 年《人民文学》第 600 期，就因刊载《小时代 2.0》而脱销。虽然《人民文学》的“倒戈”让部分学院派批评家“黯然伤神”，但郭敬明本人却处之泰然。在回答记者采访时，他直白地表示：“我要的是《人民文学》的话题性、权威性，我能给它的是商业价值，那我们就做一个交换，很公平。”[⑤]无独有偶，2010 年年初，莫言的长篇小说《蛙》和王蒙的小品文集《老王系列》上市时，两位“经典”作家也都先后邀请郭敬明为他们的新作站台。[⑥] 与此同时，文学批评本身也逐渐丧失独立性，成为出版社付费的“红包批评”，“市场营销”[⑦]机制的一部分。简而言之，我们已无法通过文学作品是否具有自律性（或自主性）这一首要准则来判断其艺术价值。这势必为文学批评，也就是文学的价值判

---

① Pierre Bourdieu, *The Rules of Art*: *Genesis and Structure of the Literary Field*, trans. Susan Emanuel (Stanford: Stanford University Press, 1996), 217-18.

② Bourdieu, *The Rules of Art*, 142.

③ Bourdieu, *The Rules of Art*, 162.

④ 中国新闻网：《顾彬谈“中国当代文学是垃圾”：说过卫慧作品垃圾》，2010-03-23，http://www.chinanews.com.cn/cul/news/2010/03-23/2185614.shtml。

⑤ 郭小寒、王坤：《郭敬明：青春是一门好生意》，2009-11-27，http://www.artsbj.com/Html/zhuanti/ms_2559_4642.html。

⑥ 中国经济网：《郭敬明隔代力捧王蒙 露出文学背后的商业之手》，2010-03-16，http://book.ce.cn/whfk/201003/16/t20100316_21128390.shtml。

⑦ 王彬彬：《当下评论家与作家关系很恶俗》，《羊城晚报》2009 年 12 月 21 日。

断，带来困扰。

但可以肯定的是，文学生产的商业化和产业化未必直接导致文学成为文化快餐或垃圾。根据美国经济学家泰勒·考恩的看法，资本主义市场经济能够促进文化艺术的多样性，推动艺术家追求创造力。市场具有支持每一种艺术的能力，它不仅能让通俗艺术家与受众打成一片，也为晦涩难懂的高雅艺术保留一席之地。① 英国文学和文化研究者康诺尔也提出，各种社会经济力量对于文化领域的渗透，"似乎并没有使文化彻底被同化到商品状况之中；正相反，它也同样使得文化的各种力量、能量和经验回流到政治和经济的制度结构之中"，这导致了"各种文化和文化价值大量滋生，不同的文化共同体、不同的文化少数群体的竞争能力都越来越强"。② 比如，青春文学的产业化就为年轻都市女性的性别想像和认同提供了新的空间。由于青春文学的读者以在校女学生为主，为了保持与女性读者的情感共振，郭敬明的六部长篇小说中有五部都采用女性视角。这是 50 后、60 后男性作家中很罕见的叙事策略。受日本动漫的影响，郭敬明笔下的男性人物大多是性格温柔、情感丰富的美少年，与王朔的从京城大院里出来的"流氓"和莫言的"我爷爷"那样的农村硬汉有着天壤之别。郭敬明塑造的女性人物往往外表女性化，内心却非常坚强。《小时代》中家境优越、聪颖自信、尖刻霸道的"女王"顾里就是许多都市独生女孩儿渴望认同的对象。男主人公的阴柔和女主人公的强大，部分映射出当代大都市中男性"食草化"和女性"食肉化"的新趋势。

文学产业化虽然加重了文学逐利的趋势，但也破除了文学的拜物教。以往的文学作品宣传往往只聚焦作者，仿佛一部作品的问世只和作者的劳动有关。《小时代 2.0》的宣传视频却另辟蹊径，把宣传的重点从作者转移到文学书籍的复制和运输过程。视频中提到："14 家全国一级印刷工厂灯火通明/127 台大型高速印刷机器轰然作响/47 台胶订机器流水作业时刻不停/3060 名印厂工人披星戴月/……800 吨纯质原纸变成一张张催人泪下的动人篇章/16 家全国大型货运公司/126 辆重型运输卡车/67 条遍布全国、抵达每个城市的铁路、公路运输线路……"③文学作品当然还是"催人泪下的动人篇章"，但它同

① [美]泰勒·考恩：《商业文化礼赞》，严忠志译，商务印书馆 2005 年版，第 10 页。

② [英]S.康诺尔：《文化社会学与文化科学》，[英]布莱恩·特纳编：《Blackwell 社会理论指南》，李康译，上海世纪出版集团 2003 年版，第 457 页。

③ 《小时代 2.0 虚铜时代》宣传视频，2009-12-22，http://you.video.sina.com.cn/b/27351183-1188552450.html。

时也是机器和原纸制造出来的工业产品。它包含印刷工人、图书编辑、卡车司机、经销商等诸多人的劳动，依赖着印刷机器、交通工具和书店等各种基础设施，并且离不开读者(消费者)的购买意愿。文学的产业化不仅帮助文学书籍回归最平庸的工业产品属性，还揭示了文学产业链中的各种"隐形"参与者，将文学彻底放置在复杂的社会经济协作体系内。

康诺尔认为，当代文化"要求发展一种更具弹性、更具包容的语言，来描述文化和社会之间的关系，其描述方式既不低估文化塑造社会现实、改变社会现实的力量，也不放弃说明和勾连各种文化形式的任务"①。康诺尔论述的对象是文化社会学和文化科学，其中自然也包括文学研究。未来的中国文学研究需要放弃简单化的价值判断，摈弃大而空的"最好""最差"的论述方式，不再用表态、站队的喧嚣和争执代替脚踏实地的学术研究。当我们不再充当文学的法官、先知和导师，我们或许才可以真正开始"研究"文学。

---

① [英]S.康诺尔:《文化社会学与文化科学》,[英]布莱恩·特纳编:《Blackwell社会理论指南》,李康译,上海世纪出版集团2003年版,第457页。

权力、资本和集群：当代文化场中的明星作家

仅从作品销量的角度看，郭敬明毫无疑问是"当代中国最成功的作家"①。他曾七次获得内地年度图书销售冠军。② 在1999—2005年度文学类畅销书排行榜中，他的《幻城》《梦里花落知多少》和《左手倒影，右手年华》三部作品分别名列第4、8和12位。③ 在2006—2010年的"开卷5年虚构类畅销书排行榜Top30"中，郭敬明更是一人独揽六个位置。其他中国作家中，只有李可凭借两本《杜拉拉升职记》上榜，姜戎、安妮宝贝、韩寒、张爱玲、余华、钱钟书等人仅有一本书上榜。④ 在郭敬明的"畅销神话"背后，是无数读者的支持和喜爱。从2004年开始，各种大大小小的文学阅读调查都表明，郭敬明一直是最受中国青少年读者欢迎的作家。⑤ 当前，郭敬明的影响力已从都市扩展到乡村，他

① Aventurina King, "China's Pop Fiction," *New York Times*, May 4, 2008, http://www.nytimes.com/2008/05/04/books/review/King-t.html? pagewanted=1&_r=2&ref=review.

② 仇宇浩：《郭敬明 我红了十年我还在上升》，2010-08-14，http://ent.163.com/10/0814/09/6E1NAH0I00032DGD.html。

③ 张文红、王雯、郭晓娟、孙梦莹：《中国大陆市场文学类畅销书7年盘点》，2006-12-12，http://www.cbbr.com.cn/info_7549.htm。

④ 北京开卷信息技术有限公司：《开卷5年虚构类畅销书排行榜Top30》，2010-12-30，http://www.openbook.com.cn/Information/0/932_0.html。韩寒的上榜图书是他主编的《独唱团》杂志。

⑤ 部分调查结果参见白烨：《一份调查问卷引发的思考》，《南方文坛》2005年第6期；王先霈主编：《新世纪以来文学创作若干情况的调查报告》，春风文艺出版社2006年版，第233～235页；杨玲、刘晓鑫、陈书毅：《解构神话：受众视角中的网络文学——一项关于网络文学观念与阅读的实证研究》，《济宁学院学报》2008年第5期；水丹丹、吴珊珊、宋思淼、徐阿龙、曾静娇、邓冰：《广外阅读现状调查：一代有一代的文学》，2009-04-07，http://campus.gdufs.edu.cn/html/gwzone/focus/iniview/20090407/7552720.html；王金胜：《当前青少年学生文学阅读调查研究——以山东省青岛市为例》，《上海商学院学报》2010年第6期。

作为“时尚、前卫”的都市流行文化的代表，吸引了众多具有“强烈好奇心”的农村青少年。[①]

如果从公共舆论的角度看，郭敬明似乎又是当代中国最富有争议的作家。在中国现当代文学史上，还从来没有一位文学作者像他那样，集作家、商人、企业家、富豪、娱乐明星和流行偶像等众多身份于一身。一方面，郭敬明从事各种促进文学繁荣的工作——出版文学书籍，主编文学刊物，举办文学大赛，挖掘培养文学新人；另一方面，他又总在“玷污”文学的纯洁性，消解作家的文化权威——他对个人财富和奢侈品牌的孜孜渴求，他与娱乐圈和时尚圈的亲密接触，他博客上的半裸照片和微博上的百万粉丝大军，无不背离公众关于文人/作家的集体想像。郭敬明不仅在“肆无忌惮”地重写作家身份所隐含的行为准则，还以公司的形式结集了一大批年轻作者，共同拓展文学在整个文化场中的疆界。

在媒体眼中，郭敬明是一位“文化商人”。在学者笔下，他被界定为“产业型作家”[②]或“次级核心作家”[③]。然而，这些简单化的标签都无助于我们理解其作家身份的暧昧及其文化影响力的来源。一方面，郭敬明的作家身份仍然和传统的政治—文化体制保持着一定联系。如 2007 年 9 月，当郭敬明等 10 名“80 后”作家被批准为中国作协成员后，《课堂内外(高中版)》杂志刊登了一篇短文，标题是“郭敬明的作家身份‘转正’”[④]。“转正”这个被广泛运用于官场、职场和政党等权力机构的词语，又被用来形容文化场中作家身份的合法化。另一方面，郭敬明的作家身份的“可持续性发展”，又主要依赖于文学明星制度、当代推销性文化以及文学的产业化转型。其获取文化权威的方式和将文学才能转化为经济资本的方式，都与以往的作家有着深刻的结构性差异。本文所要审视的就是郭敬明和他亲手打造的最世作者群在作家身份方面所体现出的矛盾和新变，作家身份所暗含的文化资本、经济资本和非制度性权力资本之间的互动。

---

① 蔡向红、龚郑勇:《大众文化对乡村初中生文学阅读的冲击及对策》,《语文月刊》2010 年第 7 期。

② 张永清:《改革开放 30 年作家身份的社会学透视》,《文学评论》2010 年第 1 期。

③ 房伟:《作家身份结构与新时期文学》,《小说评论》2010 年第 6 期。

④ 《郭敬明的作家身份“转正”》,《课堂内外(高中版)》2007 年第 11 期。

一、"作"的神圣与卑微

在人类文明史上,作者/作家一向握有特殊的文化权柄。台湾学者龚鹏程认为,汉语中的"作"字和"圣"字有着直接的语义关联。《礼记·乐记》说:"作者之谓圣,述者之谓明。"创作者依靠"一种神秘、神圣、神奇的力量,才能撰构出一篇具有奥义、音辞又非常特别的文章"。圣人是"作者",普通人至多只能做"述者",传述其言。圣人不仅创作出文字、文章,还创作出人文世界的礼仪制度。《周易》中的爻象,就是圣人开物成务的一套象征体系。《文心雕龙》中的《原道篇》和《征圣篇》,也将文辞与人文教化、圣人与文人才子视为一体。"凡言圣哲人文创制,都以其表现于文辞者为说",文字、文学、文化之间的密切关系,"难以析分"。① 在中国古代社会,文人群体和士大夫阶层几乎是"叠合的","士群差不多全体地获得一种文学写作的能力"②。不少名垂青史的文学大家既是政治精英,也是文坛领袖。政治和文化领域的双重主导地位让他们拥有无与伦比的社会影响力。与此相应,文人群体大多怀有"修身齐家治国平天下"的济世理想和"天下兴亡,匹夫有责"的献身精神,渴望知晓"大道体要"、为国建功立业,一旦人生理想不能实现,"悲士不遇""生不逢时"就成为其文学作品中反复重现的主题。③

英语中的"author"(作者)一词的原初含意和汉语中的"作者"一词类似。美国学者皮斯指出,"author"源自中世纪的"auctor"(创制者),意指一个文字令人尊崇的作者。"auctor"本身又有四个词源,其中三个是拉丁语动词,分别为"agere"(意为"行动或表演")、"auieo"(意为"联系、束缚")和"augere"(意为"增加、生长");另一个是希腊名词"autentim"("权威")。"创制者"是尘世的权威,他们为中世纪各个门类的知识奠定了规则和原理,为整个中世纪的道德和政治权威提供许可。随着新大陆的发现、文艺复兴运动和欧洲封建制度的解体,中世纪的作者功能也发生根本的变化。"创制者"转变为凌驾于整个文化领域之上的"天才",他从政治生活中解放出来,成为完全自律的文学领域或

---

① 龚鹏程:《中国文人阶层史论》,兰州大学出版社2004年版,第57～65页。

② 钱志熙:《文人文学的发生与早期文人群体的阶层特征》,《北京大学学报》2009年第5期。

③ 赵敏俐:《汉代骚体抒情诗主题与文人心态——兼论骚体赋的意义及其在文学史中的位置》,《中国文化研究》2010年夏之卷。

"文学共和国"(Republic of Letters)①的主宰。天才的劳动完全不同于工业社会的其他劳动形式。天才依靠自身的想像力进行创作,他拥有自己的劳动资料,他的劳动是资本主义社会中独特的、非异化的劳动。从"创制者"到"天才"的转变,标志着作者的功能"从生产一种替代性的政治秩序转变为生产政治世界之外的文化替代物"。② 在天才观念的影响下,英国诗人雪莱骄傲地宣称,诗人是未被承认的立法者,拥有神灵赐予的塑造社会的力量。尽管他们不能像摩西那样把法典刻写下来供人遵守,但却可以通过作品潜移默化地为读者树立特定社会的行为规范。③

然而,在作者享有的政治和文化特权背后,还隐藏着硬币的另一面——严格的"规训和惩罚"。福柯曾援引贝克特的"谁在说话,有什么要紧"的质疑,开始了对"作者功能"的思考。福柯认为,作者是话语的一种功能,它的出现与文字带来的惩罚密切相关。福柯写道:

> 当作者受到惩罚,即话语具有越轨性时,文本、书籍和话语才开始真正拥有作者(而不是神秘的、"神圣的"、"圣化的"人物)。在我们的文化里(其他文化无疑也是如此),话语最初并不是一个产品,一个物,一种商品,它本质上是一个行为——一个被置于神圣与世俗、合法与非法、虔诚与亵渎的两极领域中的行为。④

司马迁的宫刑、李白的流放、王实味的"误杀"、老舍的投湖,都充分表明作者的权力所连带的风险。文人/作家一方面被统治阶级神圣化,充当教化民众的工具,另一方面又始终无法逃脱权力机制的严密管控。

不过,如偶像一样被供奉的圣贤先师型"作者"终究是少数。绝大部分普通文人不得不在"万般皆下品、唯有读书高"的古训与"柴、米、油、盐、酱、醋、茶"的日常需求之间奔波辗转。文人阶层向来是贫富分化悬殊的群体。虽然他们在名义上共享着神圣的文化权力,但这种权力对于落魄的底层文人无异

---

① "Republic of Letters"也有人译作"文学之邦""文学理想国"。

② Donald E. Pease, "Author," in *Critical Terms for Literary Study*, 2nd ed., ed. Frank Lentricchia and Thomas McLaughlin (Chicago: The University of Chicago Press, 1995), 106-13.

③ J. Hillis Miller, *On Literature* (New York: Routledge, 2002), 88-89.

④ Michel Foucault, "What is an Author?," in *The Foucault Reader*, ed. Paul Rabinow (New York: Pantheon, 1984), 108.

于幻象。20 世纪初，科举制度的废除和封建制度的崩溃，让文人失去进入权力集团的直接途径，只能依靠新兴的"小说市场"谋生。① 也正是在现代文化市场中，文人的地位、名望和身价有了明确的等级，通过现代稿酬制度得到清晰的反映。陈明远经过详细考证，将 20 世纪 30 年代的上海作家按照收入分为四等。头等作家著述丰富，生活优渥，堪比上流阶层。二等作家过着典型的中产阶级生活。三等作家生活小康，稍好于普通市民。初出茅庐的文学青年（四等作家）则仅能维持温饱。②

尽管中国古代社会一直存在"士农工商"的等级秩序，但"士"与"商"之间并无不可逾越的鸿沟。文化商人的出现最早可以追溯到印刷业发达的宋明时期。当时，不少贫苦的读书人都在从事刻书、贩书的营生。乾道年间，南宋理学家朱熹"由于奉祠家居，仅领半俸"，生活陷于困顿。为了维持生计，他在讲学和著述之余开设了一间"书肆"。朱熹不仅将售书所得戏称为"文字钱"，还在《不自弃文》中为书商赢利的合理性做了积极辩护。③ 在大力发展市场经济的当代，兼跨文化场和经济场的作家自然也不会少见。早在 1992 年，王朔就曾和刘震云、莫言、刘恒等人组成"海马影视创作中心"，一个专门为影视剧创作剧本的"沙龙"性组织。1993 年，在"海马"的基础上，王朔又和导演叶大鹰成立更加正式的"时事影视文化公司"。叶大鹰任董事长，王朔任总经理。④ 由于政府对文化产业的扶持，一些作家还成为"卓有成就的文化策划家""成功的文化产业经营者、企业家"。如担任过《印象·刘三姐》的总策划和制作人的广西剧作家梅帅元、亲手规划了广西多个民族旅游项目的散文家彭洋。作家从事文化产业，似乎成为"文学参与经济社会发展"的重要途径。⑤

在中国古代社会，文人/作家不仅迫于生计成为低贱的商人，还经常和娼妓、戏子（即现在的"演艺人士"）等"下九流"过从甚密。文人阶层的这种"自甘

---

① 陈平原：《中国现代小说的起点——清末民初小说研究》，北京大学出版社 2005 年版，第 82～83 页。

② 陈明远：《文化人的经济生活》，陕西人民出版社 2010 年版，第 254～255 页。

③ 方彦寿：《宋明时期的图书贸易与书商的利益追求》，韩琦、[意]米盖拉主编：《中国和欧洲：印刷术与书籍史》，商务印书馆 2008 年版，第 52～54 页。

④ 张悦：《"王朔年"：怎么解气怎么拍》，2005-09-01，http://news.sina.com.cn/o/2005-09-01/10486836191s.shtml。

⑤ 李建平：《文学参与经济社会发展的形态与实践意义——文学桂军系列研究论文之三》，《学术论坛》2007 年第 3 期。

堕落”，充分说明文人身份的内在不确定性。文人可以是传承道统教化的“帝王师”、“位卑未敢忘忧国”的读书人、“铁肩担道义”的知识分子，但他们同时也是逍遥山水的名士和纵情声色的浪子。曾令霞指出，在中国文学史上，“士”“优”之间一直存在着复杂的身份镜像纠葛。知识分子在皇权之下无所作为时，常常自我认同为“戏子”；当他们在近现代社会获得较多自由之后，又将自己视为戏子的思想启蒙人或拯救者。① 除了文人自拟于戏子，转变为戏子，戏子也会“自拟于文人”“朝文人类化”。娼妓和戏子虽然属于贱民，但他们中的顶尖人物都乐于和文人交往。文人阶层也不断将他们吸纳为成员或同盟军，以“显得这个阶层的势力越来越庞大”。②

纵观中国文学史，郭敬明既不是第一位文化商人，也不是第一位作家富豪，更不是第一位娱乐大众的文人戏子或是与戏子有接触的文人。然而，当郭敬明于 2008 年 12 月，不顾合作伙伴长江文艺出版社的反对，高调与天娱传媒有限公司签约时，③他的举动仍然引起媒体的一片哗然。尽管郭敬明实际担任的职务是“天娱的文学总监和新成立的影视制作部创作总监”，但不少媒体报道都将他描述为“签约艺人”“李宇春的师弟”。显然，郭敬明加入娱乐公司的跨界之举，如 2006 年先锋作家洪峰街头行乞的新闻一样④，扰乱了当代文化场中既有的等级秩序，暴露了作家身份中神圣与卑贱、精神与物质、名声与财富、道义与享乐之间的一系列尖锐矛盾。然而，饶有意味的是，郭敬明对于正统作家身份的不断挑战，恰恰是当代文学、文化生产机制发生转型的必然结果。

二、出版业、畅销书与文学明星

不少学者都注意到青春文学作者的“明星化”“偶像化”。江冰认为，由于青少年读者在青春期有“偶像崇拜”心理，作家的偶像化“正好是通往‘目标顾

---

① 曾令霞：《论现代文化语境下知识分子与“戏子”的身份转换——以〈迷羊〉为契入口》，《天府新论》2009 年第 6 期。

② 龚鹏程：《中国文人阶层史论》，兰州大学出版社 2004 年版，第 22～24 页。

③ 贾维：《作家“明星化”第一人：郭敬明签约天娱成职业艺人》，《新京报》，2009-03-26，http://book.qq.com/a/20090326/000023.htm。

④ 新闻晨报：《作家洪峰被停薪当街乞讨 各方为细节激烈争辩》，2006-11-01，http://book.sina.com.cn/news/a/2006-11-01/1337205791.shtml。

客'的有效途径"①。邵燕君也把"青春写作"概括为两种模式：一是以韩寒、郭敬明为代表的偶像明星式的畅销书写作；二是以安妮宝贝为代表的流行经典式的长销书写作。韩寒、郭敬明最初成名靠作品，此后更多的靠偶像的魅力和成功人士的光环。② 贺绍俊则认为，在大众文化的影响下，整个当代文学生产都出现明星化的趋势。因为"明星是文化消费的焦点，也是文化经济增值的支点"。市场上最具有交换价值的不是文学作品本身，而是作家的明星身份。"在文学生产明星化的最初阶段"，书商们多从已成名的作家中挑选合适的对象进行炒作、包装。新世纪以后，书商们开始"从有潜力的年轻人中发现明星坯子"，韩寒和郭敬明就是这样上市的第一批少年作家。③ 作家、出版人路金波（网名"李寻欢"）还把当代作家的明星化与网络文学文化的飞速发展联系到一起。他在一个媒体访谈中提到："钱锺书说的，你吃了炒鸡蛋，就别管是哪个母鸡下的。但我觉得，在目前内容过剩的时候，读者没有办法区别出来哪个最好，这个时候母鸡是非常重要的。"④这里的"母鸡"当然指的就是作者。

新世纪以来，由于图书出版行业发生重大变化，出版商不得不倚重畅销书和明星作者。据开卷公司统计，从2000年至今，中国图书零售市场保持每年10%以上的增长速度。与此同时，书业图书品种也在大幅增长。目前，中国每年出版的图书品种、总量都位居世界第一。⑤ 由于图书出版的门槛越来越低，图书销售也就变得越来越困难。新华书店平均每天上架的新书达到600种，

---

① 江冰：《论80后文学的"偶像化"写作》，《文艺评论》2005年第2期。

② 邵燕君：《传统文学生产机制的危机和新型机制的生成》，《文艺争鸣》2009年第12期。邵燕君的分类多少有些武断。如果单看销量数据的话，郭敬明的部分作品也可算作"流行经典式的长销书"。至少2003年出版的《幻城》还出现在"开卷2014年虚构类畅销书排行榜TOP30"（http://www.openbook.com.cn/Information/2140/2422_0.html）上，安妮宝贝2008年之后就没有作品上过这个年度榜单。郭敬明和安妮宝贝的主要区别恐怕还是市场定位的问题。郑国庆认为，安妮宝贝的作品属于都市中产文类。周志强也将安妮宝贝和王安忆、王海鸥、六六等人归为一类，认为她们的作品"表达现代都市生活的伦理纠葛与道德尴尬"。这些分类都说明安妮宝贝的读者群比郭敬明的读者群更年长、社会经济地位更高。参见郑国庆：《安妮宝贝、中产文类与文化市场》，《学术月刊》2017年第7期；周志强：《现代主义的现实主义——21世纪长篇小说的五种文体图景》，《天津师范大学学报》2011年第2期。

③ 贺绍俊：《大众文化影响下的当代文学现象》，《文艺研究》2005年第3期。

④ 刘恒涛：《路金波：把作家做成品牌》，《财经时报》2007年7月2日第F3版。

⑤ 孙庆国、杨伟：《聚焦图书上架与销售》，2009-02-04，http://info.beifabook.com/Active/ActiveView.aspx? CallingActiveId=18149。

下架频率由原来的 3 个月缩短为 1 个月，全国每年图书库存量达 300 亿。[①] 此外，来自海外的畅销书，和其他日用消费品一样，抢占了相当一部分本土市场份额。中国加入世贸组织以后，海外版权的引进开始变得容易。不少出版社都会在第一时间将欧美日的畅销书引入中国。2000 年 9 月，英国女作家 J.K.罗琳的小说《哈利・波特与魔法石》正式引进中国，十年间共引进七部，每一部的平均销量都达到惊人的 300 万册，中国本土图书单本的平均销量仅为 6 000册。[②]

在这种“内外交困”的形势下，畅销书的市场拉动作用就显得格外重要。著名出版人，原华艺出版社副社长金丽红，将畅销书称为“目前出版业，至少是我们这样一种小型出版社的经济支撑力”。华艺出版社 2001 年推出崔永元的《不过如此》和余秋雨的《行者无疆》，两本书的发行量分别为 104 万册和 46 万册。这两种图书，加上另外几种发行量 5～10 万册的图书，只占华艺出版社图书品种的 5%，但它们的码洋额却占到 70%，利润额占到 60%。[③] 另据长江文艺出版社的一位编辑介绍，在 2009 年全国图书销售量中，5%的畅销书贡献了 58.82%的码洋。[④] 国内传统的出版流程仅仅是“编制、印刷、发行”，现在的出版业则必须以营销为中心，将“出书”变成“做书”。畅销书的生产尤其离不开出版社的策划和营销。以华艺出版社为例，该社每年都会选择三四本有可能成为畅销书的图书作为重点书，进行三个波次的宣传，包括市场预热、书讯、书评或研讨会。这一类重点书发行量都在 15 万册以上。第二种书预期销量为两三万册，一般只进行一次宣传。90%的图书则因发行量有限而得不到任何宣传。[⑤]

出版社在选择重点书时，无疑会首先考虑作者的名气。名气越大的作者，越有可能成为出版社重点推广的对象。金丽红本人就偏好“成功人士路线”，相继出版白岩松、朱军、崔永元、冯小刚等多位社会名流的作品。这些名人图

---

① 陈婷：《郭敬明现象的出版传播学解读》，湖南师范大学 2010 年硕士论文，第 49 页。

② 谢正宜：《2010 中国作家富豪榜 郭敬明 2300 万居次》，2010-11-17，http://edu.163.com/10/1117/15/6LMUOQM400294IJJ.html。

③ 向勇：《北大文化产业前沿报告》，群言出版社 2004 年版，第 121～122 页。

④ 张维：“畅销书的运作”，北京师范大文艺学研究中心讲座，2010 年 3 月 6 日。

⑤ 向勇：《北大文化产业前沿报告》，群言出版社 2004 年版，第 141～142 页。

书大多成为畅销书。[①]“以人带书”已成为出版业的普遍做法。在一些极端的个案中，甚至出现“先做人，后做书”的情况，即出版商先把作者打造成名人，然后再出版其作品。2009年的“香水女孩”(真名王亭亭)事件，据说就是由出版商一手策划的。北外女生王亭亭梦想成为美女作家，某文化传媒公司许诺将与她签约10年，出书10本，共100万字。但出书之前，先要在网上对她进行一番炒作，让她一夜成名，然后公司再举办一个公开的签约仪式，以2000万元的高价与她签约。[②]

明星作者现象并非中国独有，西方出版业也非常重视明星作者。英国学者乔·莫伦曾详细论述了美国当代文学明星制度的出现背景。莫伦指出，明星制度最早出现于20世纪初期的美国电影业。部分原因是，观众对于名人的需求比对电影情节或类型的需求更加稳定。由于电影的制作成本较高，制片公司需要依靠贷款才能完成拍摄。银行只有看到明星的名字，才肯放贷。然而，图书出版不像好莱坞电影那样需要庞大的前期投资，这就导致图书行业的过量生产，“在每年生产的新书中，约80%的品种都是商业败笔”，不过，由于图书出版的前期投入小，一家出版社通常只需要一个季度推出一本“畅销书”就能保本。只有畅销书才能享受特殊的宣传套餐，如“6位数的首印量、豪华的护封、新闻媒体的热炒、十城市宣传之旅、电视访谈、广告、四色招贴海报以及书店展示”。在选择这些畅销书时，出版社不光考虑图书的内容，还会顾及作者的个人魅力和上镜表现。为了追求利润的最大化，出版商常常“通过将商业上成功的作者推向主流电视或者其他媒体，为一小部分图书开发最大的潜在阅读市场”。莫伦认为，“在将作者提升为‘名人’的过程中，图书宣传变得日益重要，这其实是文学生产被不断整合到娱乐产业的一种症状。它让作者和书籍都成了名人现象的文化普遍性的一部分，而名人正是垄断资本主义的市场机制”[③]。

其实，文学生产并非被“整合到娱乐产业”，而是已经成为文化产业。英国学者赫斯蒙德夫认为，文化产业有三个突出特点。首先，它是一个高风险产业，受众对文化产品的使用方式具有高度的不稳定性和不可预测性。其次，大

① “金丽红”，百度百科，http://baike.baidu.com/view/1630904.htm。

② 秦艳华：《新媒体时代“泛偶像化”出版现象的思考》，《中国出版》2009年第7期。

③ Joe Moran, “The Reign of Hype,” in *The Celebrity Culture Reader*, ed. P. David Marshall (New York: Routledge, 2006), 324-44. 中译参见杨玲、陶东风主编：《名人文化研究读本》，北京大学出版社2013年版。

部分文化产品都具有高生产成本和低复制成本。另外，文化产品具有“半公共物品”的特性，很少在使用中被损坏。文化产业公司为了应对这些问题，往往会采取“过量生产”的策略，运用明星、类型(genres)和系列将文化产品“格式化”。① 也就是说，不管是文学产业还是娱乐产业，都不得不利用明星制度来规避不确定的市场需求风险。国内学者邓伟也提出：“消费时代的文化产业更多地倾向于利用名人和偶像对受众主体性加以建构。在此过程中，名人和偶像被商品化、符号化并参与到把受众界定为有可辨别界限群体的活动中。”韩寒、郭敬明等明星作家的“写作风格、个人经历、生活习惯乃至隐私往往被大众传媒刻意夸大甚至扭曲，转变为具有特定内涵的符号，以吸引、建构并扩大稳定的受众消费群体”。②

不过，从作家功能的角度看，作家天然地拥有成为明星偶像的潜能。优秀的文学作品能引发读者强烈的情感共鸣，让读者感觉作者仿佛就是自己最亲密的朋友和知己。历史上，汤显祖的《牡丹亭》就曾让无数读者为之心醉神迷，甚至有少女非汤显祖不嫁。③ 鲁迅生前也是一位拥有众多追随者的文学偶像。1926 年夏，文学青年张天翼和沙汀都曾奔赴北京大学，盼望能见到鲁迅。在得知鲁迅因躲避段祺瑞政府的通缉而出走厦门的消息后，张天翼选择退学，沙汀则黯然返川。但几年后，他们仍然以各自的方式和鲁迅取得联系。④ 意大利社会学家艾伯偌尼称明星为现代社会中“无权的精英”。明星虽然没有制度性的权力，但在社群中备受瞩目，是所有社群成员都可以评价、热爱或批评的公众人物，在民众中拥有强大的号召力。明星是阐释整个社群的新旧价值观的卡理斯玛领袖，他们能整合社群成员的经验和期待，创造出新的共识来推动社会的前进。⑤

---

① David Hesmondhalgh, *The Cultural Industries* (London: Sage, 2002), 11-12, 17-21. 该书已有中译本：[英]大卫·赫斯蒙德夫：《文化产业》，张菲娜译，周蔚华校，中国人民大学出版社 2007 年版。

② 邓伟：《非理性文学消费与“粉丝”身份建构——以郭敬明、韩寒粉丝群体为个案》，《长江学术》2010 年第 4 期。

③ 蒋晗玉：《汤显祖的纯情女“粉丝”》，《艺海》2010 年第 2 期。

④ 吴福辉：《插图本中国现代文学发展史》，北京大学出版社 2010 年版，第 195～196 页。

⑤ Francesco Alberoni, “The Powerless ‘Elite’: Theory and Sociological Research on the Phenomenon of the Stars,” in *The Celebrity Culture Reader*, ed. P. David Marshall (New York: Routledge, 2006), 108-23. 中译参见杨玲、陶东风主编的《名人文化研究读本》。

三、作为推销性符号的作者

加拿大学者维尼克深入分析了作者名字在当代推销性文化(promotional culture)中的演变方式。维尼克将"推销"定义为"任何在竞争性交换的语境下,用以刺激某物的流通的行为或交际过程"。在他看来,即便是那些最受尊敬和最少商业动机的作者,也在双重意义上卷入推销。其一是作为自我推销实践的操作者,因为作者主动将自己的名字印在图书上,不可避免地透过写作宣传这个名字和与该名字相关的个人形象。其二是作为这种推销实践的对象,作者成为被生产出来的推销性符号。

维尼克将作者名字的推销性构成(promotional constitution)概括为四个逻辑—历史时刻。首先,作者的名字,如同公共领域中的任何名字一样,是一个场域,汇聚了各种关于该作者是谁的认知。伴随着公众的接受,逐步形成该作者在地方和世界文坛的总体性声誉。其次,作者的书写进入交换关系,也就是出版业。作者的名字可以变现为出版合同和销量,作者本人也直接参与签售、演讲、新闻访谈等推销活动。从作者的角度看,作者的名字变成推销性资本。从文学产品的角度看,作者的名字变成推销性符号。这种符号和品牌很类似:它们都是宣传的产物,用于产品的辨识,向潜在的购买者保证产品的质量。在第三个阶段,作者的名字完全脱离与该名字相关的文学产品,开始独自传播。这个名字不仅可以用来推销作者本人的作品,还可以背书、代言的形式推销其他的产品和服务。这一点在体育界最为明显,许多著名运动员的广告代言收入远远超过他们参加比赛的收入。当然,作家在出租自己的名字方面通常不会向运动员那么高调,这些作家顶多为《纽约时报》撰写一下书评。在最后一个阶段,作者的名字被吸纳进"整个由促销建构的巨大话语",这个互文性话语覆盖了我们生活的各个角落。正如广告引用了文化的每一个分支,促销话语中的每一样商品也都在为其他商品做着广告。①

对照维尼克的分析,我们不难发现,郭敬明与传统作家的根本不同在于,他的名字已经"进化"到维尼克所说的最高阶段,而传统作家至多停留在用自己的名气为他人作序或写书评的阶段。我们不妨回顾一下郭敬明这个名字所

---

① Andrew Wernick, "Authorship and the Supplement of Promotion," in *What is an Author?*, ed. Maurice Biriotti and Nicola Miller (Manchester: Manchester University Press, 1993), 92-96.

经历的“三级跳”。在郭敬明刚出道时，他只是青春文学/80后文学的代表性人物，依靠作品销量，在文学领域赢得声誉。在成功地创办《最小说》杂志之后，郭敬明的名字进入第二个阶段，成为青春文学的著名品牌，也就是维尼克所说的“推销性符号”。最世公司、《最小说》和《最漫画》杂志以及“文学之新”选拔赛都在利用郭敬明个人的品牌吸引力。据说，最世旗下的作者，没有郭敬明，新书只能卖3000本。封面上一旦标有“郭敬明推荐”的字样，就能卖出三万本。以至于长江文艺出版社的副总黎波称郭敬明“像一个金炉，你在里头沾点金，就能赚钱”。[①] 自2010年8月代言“珍视明”眼药水之后，郭敬明的名字进入第三个境界，它已经可以和郭敬明的文学作品或活动彻底分离，而被文学之外的领域所租用。在珍视明投放的电视广告中，一群中学生看着出现在教室的郭敬明，齐声惊呼“郭敬明”。郭敬明则手举一盒“珍视明”眼药水，亲切地说：“是珍视明。视力下降快用珍视明。”“（不是）郭敬明，是珍视明”这句话的语义逻辑关系就和“（不是）飞机，是手机”一样滑稽、古怪。“郭敬明”和“珍视明”这两个专有名词之所以并置并被人们理解，不过是因为他们都是品牌和推销性符号。诚如郭敬明所言：“郭敬明这三个字今天已经不是我个人的，不是作家署名的郭敬明，而是行业或者产业里面的一个聚光效益，只要是我策划的，是我关注的，是我在涉足的一个领域，就会迅速吸引目光，无论是我们生产产业链上的目光，还是下游读者群的目光。”[②]

深深嵌入当代推销性文化的郭敬明，就仿佛是炼成乾坤大挪移的张无忌，可以自由地吸取任何门派的武功为己所用。他的名字日益频繁地与其他影视、时尚、娱乐名人联系在一起，相互借力，共同受益。当下，媒体、公众、文学界每一次提起“郭敬明”这个名字，不管是攻击、嘲讽还是赞美，最终都巩固了这个推销性符号的价值。当然，郭敬明本人的初衷可能并不是成为这样的符号，按他自己的说法，他只是出于好奇，想尝试各种行业，让自己的人生更加丰富、完满。[③]

---

① 中国周刊：《时代宠儿郭敬明》，2010-03-17，http://news.sina.com.cn/c/sd/2010-03-17/160919883892.shtml。

② 吴怀尧：《中国作家首富郭敬明对话吴怀尧：影响力大过新闻联播》，2008-12-02，http://blog.sina.com.cn/s/blog_46699cc60100bjzg.html。

③ 湖南卫视《零点锋云》，《郭敬明 vs.麦家：当作家成为“明星”》，2010-08-18，http://www.56.com/u20/v_NTQ0MzE5Njk.html。

四、从作家到作家经纪/经济

最世公司的签约作者安东尼(马亮)曾将郭敬明比喻为太阳:“太阳不是完美的 夏日炎炎会中暑 更别说 爆发一记 太阳风暴/但是 作为 星星或者月亮的我们 至少正被太阳温暖着 或者曾经因为太阳而有了光吧。”①撇开这个比喻的政治性联想不谈,将郭敬明比做“太阳”或许并无不妥。他俨然已是当代文化“星空”中一颗光芒四射的“恒星”,他麾下的最世作者群也的确因他而成为同样闪光的“星体”。这些大大小小的文学新星们,彼此照亮,相互辉映,共同组成青春文学产业中最大规模的“星系”。

作家常常被浪漫地想像为放荡不羁、孤独自由的艺术天才,他们过着波西米亚式的生活,“在阁楼中忍饥挨饿”,拒斥循规蹈矩的资产阶级生活方式。但美国社会学家贝克(Howard Becker)却激进地认为,艺术家并不是天才,他们也不是一个人在战斗,而是“一群有才能的人,和其他具有不同才能的人一起工作,创造引人注目的新的艺术客体或表演”。艺术家存在于一个复数的“艺术界”(art worlds)之中。艺术并不是由艺术家创造的,而是由艺术界共同创造的。艺术界是由所有参与艺术的生产、保存、推销、分配、批评和买卖的人组成的“人际网络,网络中的人们以他们对行事惯例的共识为基础开展合作,生产出让这个艺术界得以闻名的艺术作品”。在贝克看来,“艺术是一个过程——一项活动,而不是一件完成了的产品(一个客体或一次演出)”,这项活动包含很多人的努力,其中大多数人的努力都未得到社会的承认。②

在西方“文学界”,作家经纪人就是文学生产过程中重要的,但却不为广大公众所熟知的参与者。以美国为例,大部分平装书和大众市场平装书的书稿都由经纪人代理。经纪人是图书出版行业的把关人之一。声誉良好的经纪人会仔细阅读书稿,为作者提供修改意见,制定出版方案,寻找最适合书稿的出版商。许多经纪人只有在确信书稿价值的情况下,才会和新作者签约。作者一般需向经纪人支付所有收入所得(包括预支稿费、版税、影视改编权、海外版

---

① 心幻情绪:《痕痕,阿亮,和喵的博客》,2007-09-30,http://tieba.baidu.com/f? kz=268857116。

② [英]维多利亚·D.亚历山大:《艺术社会学》,章浩、沈扬译,江苏美术出版社2009年版,第86~96页。

权、平装书版权)的15%作为代理费。[①] 一些大型出版社甚至根本不和作者直接打交道,只接受由经纪人代理的文稿。[②] 经纪人的职业素质在很大程度上决定了作品是否能出版,出版后的销量和作者的文学声誉。如卫慧就是投靠了英国著名文学经纪人托比·伊迪才成为海外销量最高的大陆作家。伊迪不仅帮助卫慧把《上海宝贝》的英文版卖出100万册,还曾代理华裔女作家张戎的回忆录《鸿》(*Wild Swans*),让该书的销量超过1000万册。[③] 日本作家村上春树也是依靠优秀的美国文学经纪人而成为享誉西方乃至全球的作家。[④]

与发达国家的作家经纪人制度相比,中国出版业不仅缺乏为作者服务的经纪人,甚至"把作者视为弱势群体",轻视作者的劳动。"拖欠稿费,压低报酬,雇佣枪手"都是业内极为普遍的现象,直接导致文化原创力的缺乏。[⑤] 郭敬明在创办"岛工作室"时期,也曾被出版社拖欠数十万元的稿费。[⑥] 或许正是这样的经历,让郭敬明决心用自己的力量来改变中国出版业的现状。2006年7月,年仅23岁的郭敬明注册成立上海柯艾文化传播有限公司并出任公司的董事长[⑦]。2010年7月,柯艾更名为"上海最世文化发展有限公司",自称拥有"最先锋的创意,最新锐的理念,最顶级的阅读享受,最优质的作家,最富进取的团队"[⑧]。短短四年时间,郭敬明的公司从最初的几个人发展成拥有30多名员工和两个分部的、颇具规模的文化公司。[⑨]

最世公司的一项主业就是与有才华的年轻作者签约,做他们的经纪人,帮

---

① Albert N. Greco, *The Book Publishing Industry*, 2nd ed. (Mahwah, NJ: Lawrence Erlbaum Associates, 2005), 151-52.

② "literary agent," Wikipedia, http://en.wikipedia.org/wiki/Literary_agent.

③ Deepika Shetty, "Literary Lessons with Toby Eady," http://www.baliadvertiser.biz/articles/ubudwriters/2008/feb_13.html。感谢美籍华人作家少君先生在2011年4月北京师范大学举办的"中国文学海外传播"国际学术研讨会上,让我注意到这个信息。

④ [日]松家仁之:《村上春树三天两夜长访谈》,张乐风译,安妮宝贝主编:《大方.No.1》,北京十月文艺出版社2011年版,第91~92,95页。

⑤ 任翔:《数字出版要替传统出版还三笔债》,《出版参考》2011年3月上旬刊。

⑥ 中国周刊:《时代宠儿郭敬明》,2010-03-17,http://news.sina.com.cn/c/sd/2010-03-17/160919883892.shtml。

⑦ "柯艾"公司的英文名是"Castor",意为双子星座中最亮的一颗星。郭敬明本人是双子星座。

⑧ 《I AM ZUI》,《最小说》2010年7月,第13页。

⑨ 《郭敬明:光鲜背后的奋斗》,《财富堂》,2011-02-09,http://finance.eastmoney.com/news/1368,20110209118706848.html。

助他们出版作品。公司的宣传册中称要"打造国内第一家用娱乐经济公司的模式来代理青年文艺创作者的优秀经济公司",为作者提供企划、编辑、推广、海外版权等全方位的专业服务。每一位签约作者都将有自己的专属编辑。编辑会与作者"及时沟通审稿意见",帮助作者"解决一系列创作中遇到的难题",为作者安排宣传活动以及书籍的装帧和版权开发,在作者外出签售、聚会时提供生活上的照应。① 郭敬明本人也不遗余力地利用自己的人气提携旗下的签约作者,为他们的新书作序,在《最小说》和"时光"论坛上刊登他们的新书广告,带领他们进行签售和媒体宣传。在推出新人新作时,郭敬明还会亲自"提供长篇的创意和选题",修改单行本的封面设计、内文版式和宣传文案。②

由于拥有《最小说》提供的宽广平台和一支出色的装帧、发行队伍,最世签约作者的作品销量基本上都在 10 万册以上。③ 被学院认可的 80 后女作家笛安在加入最世之前,作品的销量"不到 2 万册"④。加入最世之后,她的长篇小说《西决》创下了 70 万册的销售记录,续集《东霓》的初版首印量即达 50 万册。⑤ 她本人也因此在"2010 中国作家富豪榜"上名列第 19 位。目前,郭敬明的最世团队已有垄断青春文学市场的趋势。在"开卷 2011 年 1 月青春文学类畅销书排行榜"上,前 10 名全部来自最世作者群,郭敬明一人就独霸 8 个席位。⑥

不同风格、不同定位的作者的加盟,不仅让最世的文学出版变得更加多元,也满足了读者群的多层次需求。2011 年 1 月,最世的知名女作家笛安和落落分别推出她们各自主编的面向青年读者的新杂志——《文艺风赏》和《文艺风象》,"前者针对严肃文学,是高端纯文学年轻态先锋杂志,后者则倡导生活万象、文艺新风,但又不同于传统意义上的时尚生活志"⑦。这两本杂志的问世,弥补了《最小说》主要面向中学生读者,读者群年龄偏低的缺陷。由于两本杂志的创刊号捆绑在一起销售,上市仅一周,发行量便达到 18 万册,"超越

① 《I AM ZUI》,《最小说》2010 年 7 月,第 21 页。

② 痕痕:《痕记》,长江文艺出版社 2010 年版,第 67～68 页。

③ 赵明宇:《郭敬明公司签约作者图书销量基本不少于 10 万册》,2010-08-05,http://www.huaxia.com/zhwh/whxx/2010/08/2022582.html。

④ "CASTOR News",《最小说》2010 年第 2 期。

⑤ 钱江晚报:《"写二代"笛安作品销量超父辈　刘恒称文字令人惊艳》,2010-06-25,http://www.china.com.cn/culture/book/2010-06/25/content_20349509.htm。

⑥ 北京开卷信息技术有限公司:《开卷 2011 年 1 月青春文学类畅销书排行榜分析》,2011-02-15,http://www.openbook.com.cn/Information/0/1094_0.html。

⑦ 《最小说》2011 年第 1 期,第 10 页。

了《收获》《当代》等七八家大型杂志的月销量总和”。[①] 随着《暮光之城》系列及其改编的同名电影在大陆持续热销，吸血鬼文学成为令人瞩目的亚文类。为了在这个亚文类上有所作为，郭敬明签下了旅英作家恒殊——大陆吸血鬼亚文化的“奠基人”。[②] 恒殊的长篇小说《天鹅・光源》由于事先已经在《最小说》上进行了大半年的连载，积累了相当的人气，单行本一上市，就登上了开卷2011年6月虚构类畅销书排行榜。[③]

最世作者群的形成还开启了作家之间新的合作模式。近现代中外文学史上，我们绝少看到某部名著与两个或两个以上的作者联系在一起。虽然集体创作影视剧本的现象很普遍，但文学作品的“集体创作”似乎只有在特殊时期才“得到鼓励和提倡”[④]。最世公司的集体生产遵循资本的逻辑，试图建立新的“1＋1＞2”的利润生产模式。

在最世公司，我们至少可以看到三个类型的集体创作方式。第一类是多人集体创作的单个文学作品，它与“文革”时期的“集体创作”最为类似。2010年年中，最世公司开始筹备《我们约会吧》的小说和剧本。郭敬明先独立完成剧本的创作，根据剧本衍生出来的同名长篇小说则由郭敬明、笛安、落落、爱礼丝（吴亮）、王小立、李枫等人共同完成。几位合作者为了“讨论、磨合剧情”，不得不经常加班。“从最初的草稿、写作，到修改、定稿”，其间推翻了多个版本，但在整个创作过程中，也碰撞出了新的火花。[⑤]《我们约会吧》的图书广告将这次合作形容为最世“重量级”作者之间的一次“华山论剑”。几位风格迥异的作者在小说中“以文为刃”“斗技飙文”，展示了“新生代最巅峰的竞技”。[⑥] 将集体创作比喻为“武林大会”，是一个很耐人寻味的修辞策略。

第二类是多人独立创作的作品合集。多位作者针对同一个主题，展开创作，他们的作品被收录在同一个图书单行本里。以《下一站・伦敦》为例。该书记录了郭敬明率领第一届“文学之新”四强（萧凯茵、卢丽莉、叶阐、陈龙）赴

---

① “VOICE”，《最小说》2011年第3期，第120页。

② “恒殊”，百度百科，http://baike.baidu.com/view/1730465.htm。

③ 北京开卷信息技术有限公司：《开卷2011年6月虚构类畅销书排行榜分析》，2011-07-16，http://www.openbook.com.cn/Information/2120/1458_0.html。

④ 洪子诚：《中国当代文学史》，北京大学出版社1999年版，第186～187页。

⑤ 羊城晚报：《郭敬明：我和韩寒“被娱乐”是时代需要　负面新闻难免》，2011-03-05，http://www.chinanews.com/cul/2011/03-05/2886078.shtml。

⑥ 《最小说》2011年第1期。

伦敦进行为期一周的文化交流的过程。内容以散文、四格漫画和摄影图片为主。在这一类型的集体创作中,作者之间的合作主要不发生在创作层面,而发生在营销层面。“下一站”游记系列似乎在模仿娱乐明星的写真集,主要以粉丝读者为目标群体。图书的文字内容乏善可陈,但图片精美、印刷质量好,适于粉丝收藏。由于参与的作者各自都拥有一定数量的粉丝,合在一块儿出书无疑有利于提高图书的销量。

第三类是多人独立创作的系列作品。2011 年最世公司推出奇幻系列小说《骑誓》。由公司的 10 位作者每人讲述一个帝国的骑士故事,共同构建一个全架空的幻想世界。该系列原定由郭敬明领衔,满足《爵迹》更新的间隙,读者对奇幻小说的阅读需求。但最终仅出版九本,独独缺郭敬明的那一本。由于这一系列缺乏统一的世界观,各书之间除了奇幻这一共享的文类标签之外,并没有真正的关联。所谓“系列”,依然只是一个营销的手段。

团队合作不仅是最世的赢利模式,还是其公司品牌的核心吸引力。《最小说》除了重点宣传郭敬明个人的品牌价值,还特别注意宣传最世的公司形象,向读者灌输这样的信息:最世是奋发有为、精诚合作、友爱包容、时尚有趣的集体。这对于 80 年代以后出生的、渴望同辈之间的友谊和群体归属感的独生子女非常有诱惑力。在这样的宣传攻势下,郭敬明的部分粉丝读者也的确转化为《最小说》和最世公司的粉丝。来自湖北的读者 Rachel 说,“我是多么地希望能加入你们这个集体,共同为一个梦想去努力、去创新、去做得更好”,“也许这就是《最小说》带给我的震撼吧,喜欢一本杂志到心甘情愿地为它工作,这是其他的杂志不可能带给我的震撼”①。读者对于最世品牌的忠诚,无形中也给签约作者带来一定压力,迫使他们也对公司保持忠诚。2010 年,七堇年在与最世公司的合约到期之后,转签路金波的公司“万榕书业”。为此,她不得不专门在个人博客上发表名为“陈情表”的博文,向最世的读者强调自己没有任何违约的背叛行为。②

随着最世作者群中涌现出更多的知名作家,作家经纪的规模效应也愈发显著。如郭敬明本人所说的,最世作者群所创造的经济价值“可能是十个郭敬明都赶不上的”,“因为我一年也就写那么一本书,我所产生的价值实在是太小

---

① “读者来信”,《最小说》2010 年第 4 期。

② 七堇年:《陈情表》,2010-07-30,http://blog.sina.com.cn/s/blog_488dee4e0100knhh.html。

了。你如果把它理解为一个长尾理论的话，虽然是曲线下降，其实后面的人加起来的价值远远超越最领头的人的。而且第一个的成本太大了"[1]。不管郭敬明的文学成就存在多么大的争议，他将文学生产融入文化创意产业的努力，他对于个人名声的创造性开发，他在当代青年读者、作者中的巨大影响力，都是不容忽视且值得研究的。

---

① 彭洁云：《郭敬明：今年作家富豪榜第一还是我》，2009-12-07，http://finance.qq.com/a/20091207/002477_2.htm。

《小时代》与新世纪的性别化情感结构

自 2007 年在《最小说》杂志上连载以来,郭敬明的《小时代》三部曲已经通过小说、漫画、影视改编等跨媒介传播,在青少年读者中产生深远的影响。根据小说改编的系列电影还创下国产电影系列片的最高票房纪录。① 然而,正如布迪厄的"赢者输"逻辑所预言的,②《小时代》在收获丰厚市场回报的同时,也遭遇到学界的广泛声讨。但即便是其最激烈的批判者,也不得不承认,该作品展现了我们时代的某种"时代精神"。③ 另有学者指出,《小时代》"试图用自己的理解来重新定义当下所处的时代特征,并刻意与上一辈人的'大时代'拉开距离"。④ 更有学者认为,仅凭"小时代"这三个字及其对时代精神的准确概括,郭敬明就已经为中国当代文学做出独特的贡献。⑤

本书试图在中国现当代文学的"情感结构"的框架下审视《小时代》对当下生活经验和社会意识的再现以及这种再现的性别文化蕴意。当前,学界对于 80 后青春文学的解读往往局限于道德评判、主题概括或语言分析。本书的文学史和性别研究视角或许能为我们理解 80 后写作提供新的路径。由于《小时代》原著与电影在主旨、情节和人物方面均存在较大差异⑥,本书将只讨论《小

---

① 马海燕、王晓晔:《〈小时代〉3 部超 13 亿 创国产电影系列片票房纪录》,2014-08-05,http://www.chinanews.com/yl/2014/08-05/6461688.shtml。不过,这一纪录已被《捉妖记》《战狼》等系列片远超。

② 陶东风:《赢者输与颠倒的经济——于丹现象解读》,2007-04-09,http://media.people.com.cn/GB/40628/5581267.html。

③ 黄平:《"大时代"与"小时代"——韩寒、郭敬明与"80 后"写作》,《南方文坛》2011 年第 3 期。

④ 陈瑜、曾军:《小时代,或个人青春的独奏——〈致青春〉、〈小时代〉和〈青春派〉的青春主题》,《艺术评论》2013 年第 11 期。

⑤ 邵燕君:《"小时代"与"金钱奴隶制"》,《文汇报》2013 年 9 月 12 日。

⑥ 见本书《愤世、媚俗与自我规训:〈小时代〉小说文本与电影文本之比较》一文。

时代》的小说文本。

一、现代中国"情爱谱系"中的《小时代》

"情感结构"是英国文化理论家威廉斯首创的概念。为了关注那些仍然"处于溶解状态"、尚未沉淀和定型的社会经验，威廉斯特意使用"情感"一词，而非"世界观"或"意识形态"等更正式的术语。[①] 在 2007 年出版的《心的革命：中国情爱谱系，1900—1950》一书中，华裔学者李海燕借用福柯的谱系学和威廉斯的情感结构概念，梳理了现代中国有关情爱的文学话语以及贯穿这一话语的三种相互交叠的情感结构，即儒家情感结构、启蒙情感结构和革命情感结构。这三种结构"都捕捉到了身份认同、价值观与团结(solidarities)协商方式中重要的质的变化"。[②]

儒家情感结构指的是从 15 世纪到 20 世纪早期，围绕"情"这个关键词所展开的各种话语。明清时期的主情思潮是该情感结构的最早体现。主情话语虽然将情感和个体合法化，但人际关系中的"情"，最终依旧被礼法所规范。儒家情感结构具有早期现代性的某些元素，并在 20 世纪初鸳鸯蝴蝶派的言情小说中获得回响。启蒙情感结构产生于"五四"新文化运动，这一结构试图将个体和异性社交(heterosociability)作为中国社会新的组织原则。信奉"恋爱至上"的五四青年将爱情视作个体意义和幸福的终极保证，用爱情代替孝悌、忠信等传统的善以及世俗生活的其他考虑。"五四"运动不仅是个人主义思想的滥觞，也开启民族主义意识形态。情感丰富的年轻人对于灵魂伴侣的追求与爱国者对于相亲相爱的民族同胞的追求具有内在的逻辑一致性。1920 年代后期，随着时局的变化，革命情感结构开始浮现于"革命加爱情"的左翼文学。在这种结构中，个体被贬低为小我，必须从属于"中华民族""劳工阶级"等集体性"大我"。民族解放的英雄主义话语也取代浪漫爱情，成为个体生命的终极目标。李海燕虽然主要考察的是 20 世纪上半叶的文学话语，但她也对 1949 年以后的情感结构进行了简要分析，称其为"社会主义情感语法"。这种情感语法是儒家、启蒙和革命情感结构的综合，吸收了外向的、非感伤的、无性欲的农民情感表达模式。在这种语法中，情爱不再具备个体的特殊性，必须与阶级

---

① Raymond Williams, *Marxism and Literature* (Oxford: Oxford University Press, 1977), 131-34.

② Haiyan Lee, *Revolution of the Heart: A Genealogy of Love in China*, 1900-1950 (Stanford: Stanford University Press, 2007), 299-301.

从属保持一致。单数的“我”被复数的“我们”所取代，个体和群体之间的紧张被抹消。①

李海燕认为：儒家、启蒙和革命情感结构都和现代性的根本困境有关，各自提出解决方案。这些困境包括：“如何肯定日常生活的价值和尊严，同时又不放弃英雄意识，不放弃对更高生活的追求？什么是现代生活的道德源泉：内在的自我及其感受和欲望，还是感情密切的家庭，作为同情共同体(community of sympathy)的民族？抑或革命行动主义及其升华和牺牲诗学？”②在社会失范的转型时期，上述现代性困境对于80后、90后青年不仅没有过时，反而更加迫切。《小时代》敏锐地意识到这些问题，为年轻世代提供了一套新的情感结构和应对方式。在这种后社会主义情感结构中，青年由于无法获得足够的支持和保障，只能依靠个人力量处理日常生活中日益增加的压力和风险，对“更高生活”的追求也因此转化为对“更好生活”的期待。与此同时，由于传统价值观念的崩塌、代际的鸿沟、官方意识形态与社会实际行为规范之间的巨大落差，年轻世代还必须承担重建道德生活准则的重任。朋辈群体取代家庭和国家，成为个体依靠的主要安全网络，以平等和信任为基础的同性社交也为个人生活带来新的意义。

以20世纪文学话语中的情感结构为坐标，我们能更清晰地测绘《小时代》所呈现的复杂而暧昧的新型情感结构：它对儒家情感结构的双重置换——将“五伦”中排在最末的朋友关系置于君臣、父子、兄弟、夫妇关系之上，然后又用姐妹情谊代替传统的兄弟义气；它对启蒙情感结构的强化和修正——强化了个人主义信念，但却不再迷恋浪漫爱情；它对革命情感结构的挪用和摈弃——挪用了其英雄主义的宏大想像，摈弃了各种名目的“大我”；它对社会主义情感语法的拒绝和改造——拒绝用“我们”遮蔽“我”，但又以友谊的名义言说“我们”，而不仅仅是“我”，甚至在姐妹情谊中纳入阶级维度，试图缔造一个跨阶级的小群体。更重要的是，《小时代》的情感结构是高度性别化的，是以当代年轻女性的生活经验和个体化为中心的。

二、女性个人主义者的多重面向

《小时代》的四位女主人公，除唐宛如之外，先后进入同一家公司，为一本

---

① Lee, *Revolution of the Heart*, 15-38, 145, 221-87.

② Lee, *Revolution of the Heart*, 300-01.

跨国企业集团旗下的高端时尚杂志《M.E》工作。将刊名中的分隔符号去掉，就是英文单词“me”（我）的大写。这个刊名显然是小说内涵的浓缩。[①]《小时代》的核心就是个体化，成为独立、独特的个人。那么，《小时代》究竟是如何想像个人的呢？

《折纸时代》中有一段备受评论者关注的文字，是《M.E》的专栏作家周崇光（郭敬明在小说中的镜像自我）在笔记本中手写的一段话：

> 我们活在浩瀚的宇宙里，漫天漂浮的宇宙尘埃和星河光尘，我们是比这些还要渺小的存在。你并不知道生活在什么时候突然改变方向，陷入墨水一般浓稠的黑暗里去。你被失望拖进深渊，你被疾病拉进坟墓，你被挫折践踏得体无完肤，你被嘲笑、被讽刺、被讨厌、被怨恨、被放弃。但是我们却总是在内心里保留着希望，保留着不甘心放弃的跳动的心。我们依然在大大的绝望里小小地努力着。这种不想放弃的心情，它们变成无边黑暗里的小小星辰。我们都是小小的星辰。[②]

这段心灵鸡汤式的文字从最宏观的宇宙层面阐释当代个体的位置和意义、困境与出路。启蒙情感结构中的个体虽然超越家庭、宗族、出生地等血缘或地缘纽带，但却仍然以民族—国家为边界。[③]《小时代》中的个体却被想像为“浩瀚宇宙”中的“小小星辰”，彻底摆脱民族—国家的疆域限制。这种具有绝对普世性和自治性的个体形象，在前代文学作品中极为罕见，它显然是我们这个全球资本和人口加速跨国流动时代的产物。“星辰”的比喻也是对社会主义时期所倡导的“螺丝钉精神”的颠覆。与毫无个体差异、任人利用的螺丝钉相比，星辰是有差别的、按照自己的轨道独立运行和自我照亮的。然而，星辰的自主性也是有限的。这段话中连续八个“被××”的句子和短语都说明个体实际上并不能真正主宰自己的命运，独立运转的星辰只会比嵌入集体事业的螺丝钉更加孤独和无助。但也正是这种无所依傍的丧失感和苦难感，赋予个体生命前所未有的悲壮和英雄主义色彩。个体的存在不再是为了任何外部事业和既定目标，只是为了自己，只能依靠自己。正因为渺小、绝望、黑暗的宿命，个人才不得不尽力燃烧闪耀，活出光彩，同时寻找与他人发生关联的可能。

在《小时代》的人物星图中，顾里无疑是一颗最耀眼的星辰。在她身上，集

---

① 张颐武：《“小时代”的新想像：消费与个体性》，《当代电影》2013 年第 10 期。

② 郭敬明：《小时代 1.0 折纸时代》，长江文艺出版社 2008 年版，第 108 页。

③ Lee, *Revolution of the Heart*, 223.

中体现了当代个人主义者的多重面向。小说中写道:"在顾里的人生观里,短短的几十年生命,就应该遵循生物趋利避害的原则,迅速离开对自己有害的人和事,然后迅速地抓紧一切对自己有利的东西。整个人生,都应该是一道严格遵循数学定理的方程式,从开始,到最后,一直解出那个 X 是多少。"①顾里对待人生,就像资本家对待所投资的产业,始终精打细算。为了实现注册会计师的职业梦想,她从学生时代起就对自己的作息时间和身体实行严格的管理,拒绝一切懒散和随意的生活方式,努力把自己打造成一架妆容精致、衣着光鲜的"高性能计算机",时刻保持理智、精确、富有控制力的状态。这正是英国社会学家罗斯所描绘的当代西方社会中"进取的个体"(enterprising individual)或"进取的自我"(enterprising self)的形象。进取的自我将人生当作事业,寻求将自己的人力资本最大化。它会为自己设计一个未来,把自己打造成想成为的人。进取的自我是一个积极主动的自我,也是一个精于计算的自我,并且会自己算计自己,自己行动,自我完善。②

不过,人类学家阎云翔认为,诞生于西方自由民主政体的"进取的个体"的概念并不适用于当代中国社会。因为进取的个体的前提,如个人自治、自由、选择和权利,在中国仍然缺乏制度上的保障。为此,他称中国社会新出现的自我为"奋斗的个体"(striving individual)。奋斗的个体不以自由主义价值观为基础,而是传统社会中出人头地思想的延续。③《致青春》中不允许自己的人生"有一厘米的偏差"的陈孝正似乎就是这种奋斗的个体的代表。④ "孝正"这个名字本身也暗示着人物与传统价值观的密切联系。与忍辱负重的陈孝正不同,顾里在自我设计、自我经营的同时,也在私人和公共领域不遗余力地捍卫个人的权益。早在小学五年级,顾里就因为班主任把班上唯一的"小红花"分给自己的儿子而连续一个月利用课间休息时间去办公室,坐在班主任面前"不慌不忙、掏心掏肺地进行主题为'红花舍我其谁,老娘实至名归'的演讲",直到班主任无可奈何地将小红花别到她胸前。⑤ 从小养尊处优的顾里,会为了杂

---

① 郭敬明:《小时代 1.0 折纸时代》,长江文艺出版社 2008 年版,第 39 页。

② Nikolas Rose, *Inventing Our Selves: Psychology, Power, and Personhood* (Cambridge: Cambridge University Press, 1996), 154.

③ Yunxiang Yan, "The Drive for Success and the Ethics of the Striving Individual," in *Ordinary Ethics in China*, ed. Charles Stafford (London: Bloomsbury, 2013), 284-85.

④ 王晓平:《〈致青春〉中的"情感结构"与时代问题》,《艺苑》2013 年第 4 期。

⑤ 郭敬明:《小时代 3.0 刺金时代》,长江文艺出版社 2011 年版,第 26 页。

志社少付她 24 元钱的稿费而据理力争，为了难以拧开的饮料瓶盖而投诉生产厂家，为了拥有一个安静地和好友聚会的地点而向咖啡厅老板递交改变经营策略的建议书。顾里甚至拒绝像传统女性那样依赖亲情和爱情，或为此而放弃自我。她会在父亲意外身亡之后，立刻接手他的公司；会和男友竞争事业机会，哪怕被男友调侃为专吃公蜘蛛的母蜘蛛；会在男友的母亲蔑视她的家世之后，当即与男友翻脸。顾里自始至终对个人尊严、权利和物质享受的重视，显然与儒家传统中"吃得苦中苦，方为人上人"的自我奋斗者迥然不同。

尽管顾里试图严格掌控自己的人生，但她的人生还是事故频发：少女时期被好友的男友下药强奸；青梅竹马的恋情遭到男友家庭的反对；父亲在她生日的当天意外身亡；父亲死后方知养育她 20 多年的母亲并不是生母；进入家族企业后不久即陷入巨额金融骗局并罹患子宫癌。面对女性一生中可能遭遇的各种不幸，顾里展示出个人主义者最正面的品质——坚强。在了解自己的病情之后，她策划了一出酒醉出轨的大戏，逼走了深爱她的男友。她不希望男友因为道德压力而守在她身边，也不愿作为一个丧失生育能力的媳妇嫁入"精神病院"似的豪门。即便在最艰难的时刻，她也不放弃个人的努力，一边进行治疗，一边调查公司的财务状况，最终追查出失踪财产的下落，取得手术的成功。这个学者眼中"美丽而冷酷的富家女"[①]却让读者看到"人如何在最绝望的时候还能坚持走下去，人如何真诚面对自我"[②]。这种倔强的个人主义与弱肉强食的"竞争者文化"和"优胜者文化"[③]之间似乎并不能简单画上等号。

此外，顾里也并非芮成钢式的利用体制牟利的"精致的利己主义者"[④]，她就职于私营部门，不掌握任何公权力，也不需要依附体制来达到个人目的。作为富二代，她不再背负"富一代"在原始资本积累过程中所产生的原罪，而是利用父辈洗白的资本在体制外过着相对自由和坦诚的生活。顾里利己，但也助人，对朋友慷慨、仗义：当唐宛如在大庭广众之下遭到情敌的羞辱，她毫不客气地对辱骂者以其人之道，还治其人之身；当南湘因供养吸毒的母亲而涉嫌贩毒被抓，她立马"倒腾出了所有她能够利用的关系和人脉，企图把南湘从里面捞

① 江冰：《〈小时代〉："80 后"的另类经验》，《小说评论》2009 年第 4 期。

② 房伟、宋嵩、郭帅、计昀、龙会：《"大时代"还是"小时代"——关于〈小时代〉的症候性解读》，《创作与评论》2013 年第 24 期。

③ 张慧瑜：《"暮气青春"的文化面孔》，《文化纵横》2013 年第 5 期。

④ 谢湘、堵力：《钱理群：北大等在培养利己者》，2012-05-03，http://news.sohu.com/20120503/n342213439.shtml。

出来”[①]。与芮成钢“只与同阶层、高阶层的人交朋友”[②]的方式相反,《小时代》的四姐妹中只有顾里是富二代,其他三位都来自普通人家。[③]

作为冷静、坚强、有能力保护自己和朋友的个人主义者,顾里的形象扰乱了长期以来充斥文学史的性别刻板定型,展示了年轻世代强烈的“女性主体意识”[④]。从《伤逝》中始乱终弃的子君、《蚀》三部曲中矛盾颓废的“时代女性”、《青春之歌》中被男性革命者引导的林道静,到《一个人的战争》中情路坎坷的多米、《上海宝贝》中被跨国资本代理人玩弄的CoCo、《蜗居》中甘愿沦为男性附庸的海藻、《致青春》中为一个平庸的男人葬送生命的阮莞,主流/流行文学作品所塑造的年轻女性大多是感伤迷茫、渴望爱情的救赎却又总是被爱情所伤害的弱者。这样的受害者形象或许能唤起年轻读者的唏嘘同情,但却不足以成为她们的角色榜样。而“女王”顾里,尽管有着高傲、刻薄、炫富等诸多缺点,却赢得众多年轻读者的喜爱。在百度“顾里吧”,两万多名自称“荣归顾里”的粉丝齐聚一堂,模仿顾里在小说和电影里的台词,比较她在影视剧和漫画里的形象,撰写以她为主人公的同人故事,讨论如何成为她那样的强大女性。在百度4000多个文学人物贴吧中,顾里吧排名第十一,是名次最靠前的当代女性文学人物贴吧。[⑤]《小时代》不仅为当代文学史贡献了一位独特的女性个人主义者,也重新诠释了女性之间的友谊。

---

① 郭敬明:《小时代2.0》,长江文艺出版社2010年版,第167页。

② 石立、艾明:《芮成钢:精致的利己主义者》,2014-07-12,http://news.ifeng.com/mainland/special/chenggangbeicha/。

③ 顾里的这种交友方式在富二代中并非特例。2014年7月,中国大陆富豪王健林的独子王思聪在接受采访时说:“我不在乎朋友的家世,还是要看人本身,是不是好玩、人品好,有钱没钱太不重要了。反正都不如我有钱。”参见《对话首富之子王思聪:婚姻就是自欺欺人》,2014-07-13,http://news.sina.com.cn/s/2014-07-13/030930510892.shtml。

④ 刘培:《〈小时代〉里的女性主体意识》,《电影评介》2013年第14期。

⑤ 参见http://tieba.baidu.com/sign/index? kw=%B9%CB%C0%EF&type=0&pn=1#current_forum,最后查看日期:2013年8月22日。百度贴吧的排名是根据各个贴吧的访问量、用户人数和发帖数统计出来的,能较为全面地反映贴吧的规模和活跃程度。名列前十的文学人物贴吧中,有五个贴吧与南派三叔的《盗墓笔记》相关,一个为福尔摩斯吧,另外四个是仙侠、玄幻、黑道等网络小说的人物贴吧,除了陆雪琪吧这一个女性人物贴吧,其他皆为男性人物贴吧。陆雪琪是萧鼎的玄幻小说《诛仙》中的女主人公。百度还有“小时代吧”“小时代电影吧”“小时代3吧”等数个与《小时代》系列相关的贴吧。

三、姐妹情谊的政治学

李海燕在《心的革命》一书中探讨的情爱并不仅限于男女之爱，还包括“孝顺，浪漫、情欲、同情、爱国主义”等爱的不同形态。[①] 然而，该书对友谊这一情爱形式却鲜少提及，友谊与个人、民族—国家的关系也被彻底忽略。友谊对于中国现代社会的自我认同与社会性(sociality)真的无足轻重吗？答案显然是否定的。女性之间的友谊一直是中国现当代女性文学的重要母题。“五四”一代的女作家都曾对同性情谊进行过自发的探索。[②] 1980年代以后，女作家“在思索自身与男性、自身与社会关系的同时，也开始思索自身与同性之间的关系”，并将女性之间的结盟视为反抗父权制压迫的有力武器。[③] 然而，异性恋婚姻和生育制度却为姐妹情谊的延续制造了难以逾越的障碍。一旦步入婚姻，女性往往将夫妻关系和亲子关系置于任何非家庭关系之上，女性婚前所形成的姐妹情谊也就此烟消云散。[④] 部分作品中的姐妹情谊具有较大的权宜性，要么是女性自恋情结的延伸，通过迷恋另一个精神上的自我来排遣孤独[⑤]；要么就是在男性暂时缺席、无人保护的情况下互求慰藉[⑥]。无论是哪种情况，姐妹情谊都无法与异性恋爱情相抗衡。

以色列社会学家伊鲁兹认为，异性恋浪漫爱情的本质是对乌托邦的向往，这种向往与宗教中的神圣体验有亲缘关系。浪漫爱情提供了“丰盛、个人主义和创造性自我实现”的乌托邦意涵，肯定了个人之于群体的重要性并超越了资本主义交换关系和利益考量。正因为浪漫爱情是“体验乌托邦的特权场域”，它才具有经久不衰的魅力。[⑦] 然而在当代中国，功利性的异性恋关系正在消

---

① Lee, *Revolution of the Heart*, 300.

② Tze-Lan D. Sang, *The Emerging Lesbian: Female Same-sex Desire in Modern China* (Chicago: University of Chicago Press, 2003), ch. 5.

③ 李校争：《性别视角下姐妹情谊主题小说创作溯源》，《河南理工大学学报》2010年第3期。

④ 韩袁红：《新时期女性文学中的“姐妹之谊”》，《阜阳师范学院学报》2001年第2期。

⑤ 乔以钢、王宁：《自恋与自审间的灵魂历险——陈染、林白、徐小斌的女性观及其创作》，《江汉论坛》2007年第3期。

⑥ 李铜飞：《女性生存困境中的自我寻找——浅析孙惠芬的中篇小说》，《西安石油大学学报》2013年第1期。

⑦ Eva Illouz, *Consuming the Romantic Utopia: Love and the Cultural Contradictions of Capitalism* (Berkeley, University of California Press, 1997), 2-9.

解浪漫爱情的乌托邦潜能。一方面，人们试图从相对纯真的校园恋情中重温乌托邦体验，《致青春》等青春怀旧作品成为时尚；另一方面，异性恋交往的"天然"合法性开始遭到质疑，热衷男男同性配对的耽美文化风靡网络，同性之间的平等关系让同性情谊比异性恋爱情具有更大的吸引力。这些都证明，当下异性恋爱情神话的破灭并未"从人类深层情感层面显示了启蒙神话的幻灭"①，它只是导致启蒙情感结构的变形和移位。

与现当代文学作品所描绘的姐妹情谊相比，《小时代》出现两个引人注目的变化。首先，描写姐妹情谊的现当代作品以中短篇小说居多，因篇幅所限，在女性人物的刻画和友谊的内涵表现方面都相对单薄。《小时代》三部曲则用近 90 万字的容量，细致入微地再现顾里、林萧、南湘和唐宛如四位年轻女性之间波澜起伏的友情。友谊是四位女孩成长过程中最重要的情感支持，也是她们个人生活的主要内容。其次，在《小时代》的友谊乌托邦里，友情的位置比亲情和爱情更重要。父辈的角色仅限于物质财富的提供者（如顾里的父亲）和子辈成长的绊脚石（如南湘的瘾君子母亲和唐宛如的强势父母），以血缘为纽带的亲情也不再是子辈情感生活的锚点。四位女主人公的爱情经历虽然都或多或少地影响到友情的存续，但她们的男友不仅没能将她们拆散，反而都被卷入女性友谊的漩涡。如顾里的男友顾源和林萧的男友简溪是好兄弟，南湘的第三任男友顾准是顾里的亲弟弟。

不过，《小时代》中的"友情天地"并不是一个众生平等的大同世界，相反，带有明显的阶级色彩，甚至成为阶级和解的喻说。② 四位女主人公的人物设定分别涵盖中国当下的上、中、下三个阶级：顾里是典型的"白富美"，林萧和唐宛如出身于小康之家，南湘则来自社会底层。③ 父权制社会中阶级差异的存在，使得女性之间的关系也不可能完全平等。这里，我们不妨将《小时代》与新

---

① 邵燕君：《在"异托邦"里建构"个人另类选择"幻象空间——网络文学的意识形态功能之一种》，《文艺研究》2012 年第 4 期。

② 万传法在《资本的大时代与意识形态的小时代——从新世纪以来的"现象电影"说起》（《当代电影》2014 年第 2 期）一文中也提出类似的观点。黄平在《个体化与共同体危机——以 80 后作家上海想像为中心》（《南方文坛》2013 年第 6 期）一文中称《小时代》中的四位女主人公组成的"小共同体"，只是"以抱团取暖的方式，扮演着'大时代'的局外人"，显然忽略了这个小共同体的阶级和性别寓意。

③ 跨阶级的友谊并非郭敬明的独创，池莉 1990 年代末创作的《小姐你早》就是一部描写女性之间的跨阶级友谊的作品。高乃毅：《独特的文化景观——试论现当代女作家笔下的"姐妹情谊"》，《湖北大学学报》2005 年第 5 期。

时期首部关于姐妹情谊的作品《方舟》做一个简要比较。两个文本的写作时间尽管相隔三十年,但在人物设定方面却有着不可思议的相似之处。与《小时代》的四姐妹类似,《方舟》中的梁倩、荆华和柳泉三人也是相识多年的老友,"一块念过小学,又考上同一所中学,只是在念大学之后,才各奔西东"①。梁倩和顾里分别是两个小团体的核心,有相似的家境和性格。梁倩是官二代,顾里是富二代;二人都心高气傲、率直勇敢。梁倩利用父亲的权力资本在住房紧张的京城借到一个单元房,让离婚后的柳泉和荆华不必寄人篱下。顾里也利用父亲的经济资本,在上海最昂贵的地段为朋友们打造了一个舒适的小窝。

《方舟》和《小时代》的故事表明,女性之间持久的结盟必须满足两个条件:一是通过长时期相处而产生的了解和信任;二是比普通男性拥有更多政治或经济资本的女性领袖。在女性团体中,必须有人能提供异性恋关系所带来的资源和便利,否则就会有相对弱势的女性成员投奔男性,用异性恋婚姻来解决个人困境。如《方舟》中怀才不遇却小有姿色的柳泉一度想通过再婚来改变生存境况,是梁倩帮助柳泉拿到珍贵的一纸调令,让她重新看到生活的希望。《小时代》中家境最差的南湘也是因为顾里的庇护,才不致于利用自己的美貌从男权社会中换取利益。尽管 21 世纪的中国与 1980 年代相比,依然是一个男性主宰的社会,顾里的崇拜对象宫洺("功名"的谐音)依然是男性,但顾里这一代 85 后女性与前代女性相比幸运了很多。她们不用再为煤气、热水、电话等基本的物质生活条件而苦恼;不用再依附于单位体制,在复杂的人事关系中苦苦挣扎;更重要的是,她们的男友比梁倩等人的前夫更重视亲密关系,更尊重爱护女性。顾源对顾里不离不弃,崇光对林萧温柔体贴,即便是虐待过南湘的席城也在关键时刻挺身而出为南湘顶罪。《方舟》的结尾将女性命运的改变寄希望于柳泉儿子那一代人的成长,《小时代》则表明中国都市的"独一代"的确比他们的前辈享有更多的性别平等。② 当然,郭敬明身为男性作者,却对姐妹情谊大书特书的行为本身,也透露出当代性别关系的微妙变化。

友谊通常被认为是私密的、非政治化的情感,但西方第二波女权主义却将姐妹情谊视为重要的行动策略。更有激进女权主义者提出,女权主义不应仅仅反抗男性的压迫,而是应将女性之间的友谊当作女性共同体的根基和女权

---

① 张洁:《方舟日子只有一个太阳上火》,作家出版社 1997 年版,第 238 页。

② 关于计划生育政策对性别平等的影响,可参见叶华、吴晓刚:《生育率下降与中国男女教育的平等化趋势》,《社会学研究》2011 年第 5 期。

运动的奋斗目标；女性不应再为男性而存在，而是需要为自我和彼此而存在。① 友谊不仅与性别政治有着密切关系，也是民主政治所探究的议题。德里达在《友爱的政治学》一书中指出，亚里士多德将政治定义为朋友之间的事情，希腊城邦就是一个靠友谊来维系的男性公民群体，城邦民主是一种"家庭至上、兄弟优先以及以男性为中心的政治学"。这种民主构想在法国大革命"自由、平等、博爱"的格言中也得到充分的体现②。换言之，脱离"博爱共同体"或"兄弟情爱"，民主制度就将无法确定。然而，传统的友谊概念是对女性的"双重排除"，既排除男人和女人之间的友谊，也排除女人之间的友谊。克服（性别的、血缘的、阶级的、立场的）差异，"超越同宗兄弟关系和菲勒斯中心主义体系"是"必须到来"的民主所面临的一大挑战。③《小时代》中四个来自不同阶级、价值观迥异的女性所建立的深厚友谊，或许能为"断裂社会"④中共同体的重构提供有益的启示。

威廉斯认为，情感结构是社会经验和关系中某些特殊的品质，那些能让我们感受到一个代际或历史时期的东西⑤。《小时代》中的情感结构就与后社会主义时期出生、成长的青年世代密切相关。在一个多种价值系统并存且剧烈冲突的历史时刻，《小时代》表达了年轻世代的价值取向和生活理念，反映了已经浮现但尚未获得主流社会认可的个人情感、欲望和憧憬。围绕《小时代》系列进行的持久争议恰恰是它已经突破既有的文学范式和文化传统的有力证明。作为当代青春文学的典范性作品，《小时代》不仅塑造了顾里、唐宛如等鲜活的青年女性形象，还描绘了以个人主义和同性社交为核心的后社会主义情感结构，从家国之外对女性的个体化进程进行重新协商和定义。《小时代》对女性能动性、姐妹情谊和非传统性别角色的肯定，远远超出"私叙述"⑥的范畴

---

① J. G. Raymond, *A Passion for Friends: Towards a Philosophy of Female Affection*, 2nd ed. (Melbourne: Spinifex Press, 2001), 28-29.

② 博爱(fraternité)一词更准确的译法是"兄弟爱"或"友爱"。

③ [法]雅克·德里达：《〈友爱的政治学〉及其他（上）》，夏可君编，胡继华译，吉林人民出版社2011年版，第4～5，360，379页。

④ 孙立平：《断裂——20世纪90年代以来的中国社会》，社会科学文献出版社2003年版。

⑤ Williams, *Marxism and Literature*, 131.

⑥ 庄庸：《猫腻作品：解读"中国我"》，广东省作家协会、广东网络文学院主编：《网络文学评论第二辑》，花城出版社2012年版，第127页。

而昭示出“一种新的个体主义的理想”[1]，有助于推动中国社会的性别平等和新的社会团结形式的诞生。随着时间的流逝，这部作品的重要性及其对文学史的贡献也将进一步彰显。

① 阎云翔：《当代青年是否缺乏理想主义》，《文化纵横》2013 年第 5 期。

愤世、媚俗与自我规训：《小时代》小说文本与电影文本之比较

《小时代》三部曲是郭敬明迄今为止最具文学和商业抱负的作品。它以上海这座国际大都市为背景，讲述了林萧、顾里、南湘、唐宛如四位女孩从校园到职场的成长经历，展示她们之间错综复杂的友谊和情感关系。郭敬明试图用这部文学作品来“反映我们现在这个年代的青春心灵史”，为当代年轻人树碑立传。① 目前，该小说已经被改编成漫画、电视剧和电影，如《哈利波特》一般衍生出一个经济价值可观的产业链。然而，无论是《小时代》原著还是电影，都在问世后引发巨大的争议，并被贴上“自恋”“炫富”“拜金”“三观不正”等负面标签。②

本文通过比较《小时代》小说文本与电影文本在主题、情节和人物形象上的差异，探讨这一跨媒体系列愤世媚俗的双重特质，其与主导意识形态既疏远又迎合的暧昧关系。本书认为，应区分《小时代》小说版与电影版，不能将二者混为一谈。在小说的电影改编过程中，出于资本回报和意识形态安全的双重考虑，郭敬明有意剔除原著中的社会批判元素。正是这种自我规训导致《小时代》电影成为“一个无关乎艺术的商业文化现象”③。

---

① 陈夏阳：《“小时代”的入口——〈小时代〉及其相关文化现象研究》，华东师范大学2012年硕士论文，第1页。

② 学界对《小时代》小说版的激烈否定，可参见《西湖》2009年第12期刊发的一组文章。这些文章包括徐妍、刘莉芳的《文化新贵”的身份探底：由〈人民文学〉600号说开去》，陈新榜的《面对时代错位与尴尬——看〈人民文学〉总第600期“新锐专号”》以及丛治辰的《表达的黑洞——“80后”写作的整体症候》。

③ 徐巍：《〈小时代〉：一个无关乎艺术的商业文化现象》，《电影新作》2013年第5期。

一、小说版:梦醒时分的愤世与自省

《小时代》三部曲自2007年11月开始在郭敬明主编的《最小说》上连载,2011年年底正式完结。在四年多的按月连载过程中,小说以近似日记的方式记录了上海瞬息万变的城市发展。尽管郭敬明在媒体访谈中声称自己不擅长对政治或者公共事件进行评论[①],但他却在《小时代》的各个章节里融入大量的社会观察与思考,其中一些言辞甚至颇为激愤。比如,《小时代1.0折纸时代》的开篇,就用对比的手法勾勒出上海的众生相:涌入上海的白日梦者与被迫离开的失败者;地铁里匆忙赶路的年轻白领与衣衫褴褛的乞丐;星巴克里悠闲的西方面孔与忙碌的东方面孔;外滩门可罗雀的名牌店与江边大道拥挤的普通游客;济南路豪宅里的贵妇与老式弄堂里的下层妇女。小说中写道:"这是一个匕首般锋利的冷漠时代。在人的心脏上挖出了一个又一个洞,然后埋进滴答滴答的炸弹。财富两级的迅速分化,活生生把人的灵魂撕成了两半。"[②]这不仅是一幅上海的都市图景,也是中国各大城市的当下写照。任何关心时事的读者都能从"炸弹"这个敏感词联想到近年来层出不穷的底层民众"报复社会"的行为。

《小时代》具有浓厚的时代性和"实时性",它对时代的感悟和判断带有个人的强烈印迹。这里,我们不妨来看看《小时代》三部曲的护封设计。三本书的护封都使用上海的地标性建筑——东方明珠电视塔的图片。《1.0折纸时代》的护封采用了一张浅灰色背景的照片,电视塔与周边的高楼大厦仿佛都沉浸在清晨宁静的雾霭之中。《2.0虚铜时代》的护封使用了一张电视塔的夜景照片,凸显大都会的流光溢彩和热闹奢华。《折纸时代》和《虚铜时代》的图片都来自实景拍摄,分别再现上海的早晨和夜晚。《3.0刺金时代》的图片则是电脑合成的想像性场景。在这张虚构的图片里,电视塔在一片惊涛骇浪中傲然独立,象征着上海能够承受一切风暴和打击。然而,这只是视差带来的幻像,因为图片里的海平面是倾斜的。把海平面调正,就会看到电视塔已经是"比萨斜塔"。这是一个貌似巍然屹立、实则早已倾塌的电视塔。

正如《刺金时代》的书名所预示的,小说结尾用一把大火烧穿了这个时代

---

① 凤凰卫视:《郭敬明:我不擅长评时事谈公共意见　不如不要讲》,2013-06-04,http://ent.ifeng.com/entvideo/dujia/detail_2013_06/04/26055578_0.shtml。

② 郭敬明:《小时代1.0折纸时代》,长江文艺出版社2008年版,第5页。

金光灿烂的表象。除了叙事者林萧和她的老板宫洺，其他主要人物均在静安区的一场大火中丧生。如研究者所指出的，郭敬明的作品通常采用聚—散的叙事模式，小说的前半部“或平静而温馨或热闹而美好，但最后都在一些措手不及的变故中风流云散，走向悲剧性的结局”①。《小时代》三部曲也不例外。《刺金时代》甚至直接引用《红楼梦》中的著名曲词“好一似食尽鸟投林，落了片白茫茫大地真干净”。然而，与郭敬明之前的作品不同的是，《小时代》的悲剧性结局并非虚构，而是源自小说连载期间发生在上海的一场特大火灾。2010年11月15日，上海静安区一幢高层公寓在外墙装修时起火，导致58人丧生。静安区位于上海市中心，是上海中上层阶级的聚集地。郭敬明创办的最世文化有限公司也坐落于该区域。《小时代》以大都会心脏的一场大火作为结局，无疑具有强烈的反讽意味。在这个“现实比虚构更奇特”的国度里，作家的想像力已经无法赶超现实的魔幻程度，只能让虚构的人物在真实的环境里经历真实的死亡。

郭敬明在《小时代》中提供了“一系列‘典型人物’和‘典型环境’：有车有房，名校名企，大都会，英俊爱人，充满‘时尚’的中产阶级生活”。② 的确，《小时代》三部曲最被诟病之处，就在于它使用大量的奢侈品牌来渲染上流社会的高端生活。但值得注意的是，小说也描绘了普通人对于上海纸醉金迷的物质生活的复杂心态。在公司实习的林萧，因打碎宫洺的爱马仕杯子，不得不去高档商场再买一只。对于林萧的这次购物经历，小说是这样叙述的：

> 我（林萧）在那只被灯光照耀得流光溢彩的杯子前面傻了眼。它底座的玻璃台上，有一小块黑色的橡木，上面标着“2200元”的可爱价码。我口袋里装着身边仅有的八百块现金，和只剩下一千块透支额度的信用卡，然后和那个2200两两相望。
>
> 站了大概十分钟之后，我掏出电话打给简溪（林萧的男友）。
>
> 我尽量让自己的声音平稳冷静，但眼泪还是没有忍住从眼眶里滚了出来。③

---

① 张玉现：《“大众阅读时代”的文学宠儿——郭敬明小说艺术剖析》，浙江师范大学2012年硕士论文，第8页。

② 黄平：《“大时代”与“小时代”——韩寒、郭敬明与“80后”写作》，《南方文坛》2011年第3期。

③ 郭敬明：《小时代1.0折纸时代》，长江文艺出版社2008年版，第45～46页。

爱马仕的品牌就像一个玻璃罩子，将买得起的富人和买不起的穷人彻底隔离开来。穷人只能在一定距离之外对富人的生活观望和妒羡。物的世界一方面带给我们快乐和满足，另一方面也让我们沮丧和痛苦。物品甚至可以从亲密的玩具摇身变为残忍的凶器。比如，"静安紫苑六万多一平米的露台房和翠湖天地的新天地湖景千万豪宅，像是炸弹一样，频繁地轰炸着人们心理对物质的承受底线"[①]。林萧因为在那只杯子面前感受到个人的无能而哭泣，其他都市谋生者恐怕也和她一样在巨大的物质压力下深感渺小和绝望。

《小时代》三部曲努力揭示梦想的虚幻性。特别是《刺金时代》，友情的裂隙让林萧对自己在时尚圈的工作和生活方式产生深刻的幻灭感。她虽然混迹于上流社会，但并不觉得自己真正属于这个"童话般的世界"，并认为这种"借来的人生"迟早是要还的。[②] 小说随后描写了林萧在宜家购物时的感受：

> 宜家里依然涌动着大量的人潮。无论是精打细算的白领，还是憧憬着未来美好生活的文艺大学生们……他们想要装点自己的生活，他们想要生活得和杂志页面上一样。
>
> ——我们的生活，就是这样被无数的时尚杂志洗脑的。穿得像杂志上介绍的一样，吃得像杂志上推荐的一样，生活得和杂志上呈现的一样。而我，站在离那些花花绿绿的铜版页面最近的地方。我浑身都散发着油墨的味道。[③]

作为时尚杂志的工作人员，林萧一边在杂志里制造着美好生活的幻像，一边在杂志外反省着这种"洗脑"式意识形态灌输的后果。她似乎已经意识到普通人对于上层社会"时尚"生活的向往，只是人为制造出来的虚假需要。

事实上，《小时代》不仅不是一部青春励志小说，反而像《红楼梦》一样弥漫着宿命观念和虚无主义。小说文本里，"微茫""微小""渺小"都是反复出现的高频词。[④] 郭敬明借助他在文本中的自我投射——时尚作家周崇光——之口写道："我们活在浩瀚的宇宙里，漫天漂浮的宇宙尘埃和星河光尘，我们是比这

---

① 郭敬明：《小时代 1.0 折纸时代》，长江文艺出版社 2008 年版，第 177 页。

② 郭敬明：《小时代 3.0 刺金时代》，长江文艺出版社 2011 年版，第 261 页。

③ 郭敬明：《小时代 3.0 刺金时代》，长江文艺出版社 2011 年版，第 262 页。

④ 曾于里：《"忧伤"的文学生产与消费——郭敬明作品畅销现象研究》，华东师范大学 2013 年硕士论文，第 35 页。

些还要渺小的存在。"①浩瀚宇宙与小小星辰的对比,并非如黄平所说是为了"强化'我'的重要性",从而使整个世界都在围绕着一个"高度自恋的'自我'"旋转②,而是为了传达个体在变幻莫测的时代洪流中无法主宰自我命运的无力感。哪怕是那些身处金字塔顶端的人,也无法应对"世界风险社会"中的全球性经济危机和生态危机③,更不用说各种突发的意外事件。顾里的父亲顾延盛和宫洺的父亲宫勋都是贪婪而残忍的资本家典范,前者为了征地,连坟墓都敢拆;后者为了掩盖公司的金融漏洞,不惜策划继子的假死。然后他们的下场都很不妙:一个在高架桥上被前面货车落下的钢管砸穿脑袋,瞬间殒命;另一个也因中风而在短时间内不治身亡。与父辈们的"猝死"结局相比,年轻一代的资本家和职业经理人的处境也好不了多少。宫洺苦心经营的时尚杂志《M.E》因受全球经济危机的影响而突然陷入困境。本来处于高速增长期的杂志,毫无征兆地遭遇广告总额和销量的双重下滑。顾里从小就遵循趋利避害的生存法则,像一台"高性能计算机"一般严格控制自己的人生。但命运却和她开了一个玩笑,让她先是人财两空(患上了子宫癌,又失去个人财产),然后再手术成功,获得一笔价值上亿的横财,最后却葬身火海。这种"宇宙/历史尘埃"的无奈感、无力感和"大大的绝望",恐怕才是《小时代》中"小"字的真正内涵。仅仅把"小时代"理解为年轻一代对自我的极度关注④或"以消费和个体感受为中心"的当下境况⑤,恰恰错失了这部作品中最具批判性的思考。

当然,《小时代》也触及个人的努力和自我成就。宫洺、顾里、顾源等富二代都被塑造为勤奋的专业人士和"工作狂",而非花天酒地的纨绔子弟。但正如周崇光所言,所谓的"奋斗",其实只是一种不甘心平庸、不舍得放弃的心情。许多年轻人渴望迎接困难和挑战,希望通过自己的努力过上体面、有尊严的生活。然而,对于林萧等家境普通的上海白领来说,这种在职场顽强打拼、冲锋

① 郭敬明:《小时代 1.0 折纸时代》,长江文艺出版社 2008 年版,第 108 页。

② 黄平:《"大时代"与"小时代"——韩寒、郭敬明与"80 后"写作》,《南方文坛》2011 年第 3 期。

③ [德]乌尔里希·贝克:《世界风险社会》,吴英姿、孙淑敏译,南京大学出版社 2004 年版,第 6~10 页。

④ 陈海燕:《物质与感情的双重焦虑——〈小时代〉所映射的当代青年症候》,《西南石油大学学报》2013 年第 2 期。

⑤ 张颐武:《〈小时代〉的新想像:消费与个体性》,《当代电影》2013 年第 10 期。

陷阵的个人奋斗神话，说穿了不过是“像匹马一样丧心病狂地为公司赚钱”[1]，“每天拿着秒表来掐着时间完成一个又一个不可能完成的任务”[2]。从奋斗神话中受益的永远是资本家，而不是身心健康严重透支的雇佣劳动者。正因为如此，《小时代》将上海这座“资本之城”想像为吞噬性的怪兽，对其进行无情的嘲讽和诅咒：

> 我（林萧）每一次想到上海，脑海里都是一个浑身长满水泥钢筋和玻璃碎片的庞大怪物在不断吞噬食物的画面。它流淌着腥臭汁液的下颚，一刻也没有停止过咀嚼，因为有源源不断的人，前赴后继地奉献上自己迷失在这个金光涣散的时代里的灵魂和肉体——这些就是这个怪兽的食物。[3]
>
> 两百年来，上海都是如此，在无边繁华奢靡的外壳下，装载着一个永远饥饿的灵魂，它优雅而又贪婪地咀嚼着一切，无时无刻不像一个穿金戴银的饿死鬼。[4]

最终，林萧在爱人和朋友死去之后，“换了工作，换了居住的城市，换了过去一切习以为常的生活习惯”[5]。厚达 900 页的《小时代》三部曲虽然只用了一闪而过的两行文字来交代林萧劫后余生的幡然醒悟和彻底转变，但她的生活选择已经足够表明小说文本对于“梦想”“奋斗”等主流话语的疏离，更不用说小说结尾那把象征中国新富阶层的焦虑和恐惧的毁灭性大火。

二、电影版：造梦机器的媚俗与遮蔽

郭敬明在电影《小时代 1》上映前的一个访谈中称：《小时代》三部曲涉及“人的灵魂在面对物质时的妥协和挣扎”，但电影是一个“造梦机器”。因此，他在拍摄时，“弱化了小说现实和残酷的一面”，强化了“梦想的力量”。[6] 由于郭敬明对《小时代》小说版和电影版的不同定位，导致电影与小说在主题、情节和

---

① 郭敬明：《小时代 3.0 刺金时代》，长江文艺出版社 2011 年版，第 172 页。

② 郭敬明：《小时代 3.0 刺金时代》，长江文艺出版社 2011 年版，第 53 页。

③ 郭敬明：《小时代 2.0 虚铜时代》，长江文艺出版社 2010 年版，第 221 页。

④ 郭敬明：《小时代 3.0 刺金时代》，长江文艺出版社 2011 年版，第 254 页。

⑤ 郭敬明：《小时代 3.0 刺金时代》，长江文艺出版社 2011 年版，第 212 页。

⑥ 姬少亭、许晓青、李云路、蔡敏：《郭敬明：〈小时代〉是一代人的一个生存样本》，2013-06-05，http://news.xinhuanet.com/local/2013-06/05/c_116046702.htm。

人物形象方面出现较为明显的异位。本书仅以《小时代 1》为例，分析它与小说文本的差异。

首先，电影强化了友情的主题。《小时代 1》的片头、片中和片尾连续三次出现的音乐《友谊地久天长》明白无误地告诉观影者，这是一部颂扬姐妹情谊的“闺蜜”电影。同性之间亲密无间的友谊一直是青春文学反复书写的重要母题。作为“独一代”的 80 后作者经常在他们的小说中为主人公安排一个伙伴。“当主人公处于困境之中的时候，这个伙伴总是不离不弃地陪伴在他的身边，鼓励他，帮助他，任劳任怨、无私付出”①。张悦然的《水仙已乘鲤鱼去》中的优弥和璟，郭敬明的《1995—2005 夏至未至》中的傅小司和陆之昂，都体现了这种心心相印的伙伴关系。郭敬明的成名作《幻城》更是将相爱相杀的兄弟情演绎到极致。《小时代 1》中，四个被男友伤害、误解和单恋失败的女孩在顾里家共度平安夜，彼此依偎、相互疗伤的故事场景，沿袭的正是青春文学的创作套路。

小说的主题之一当然也是姐妹情谊，但未将这种情谊书写为单纯的信任和支持，而是嵌入更丰富的社会维度和情感色彩。《小时代》三部曲使用跨阶级的同性友谊作为叙事主轴。四位女主人公的人物设定涵盖中国当下的上、中、下三个阶级：顾里是典型的富二代、“白富美”，林萧和唐宛如出身于小康之家，南湘则来自社会底层。这个小群体内部的人际关系也因此成为社会和谐发展的一种喻说。尽管顾里依靠家世和个人能力成为小团体的意见领袖，但林萧和唐宛如却是维持小团体稳定的中坚力量。林萧与其他三人都保持着密切的情感联系，唐宛如则是集体记忆的保存者，收藏了许多见证四人友谊的物品。作为最弱势的社会阶层的代表，南湘虽然经常仰仗顾里的庇护和帮助，但她也在顾里生命垂危时，为后者奉献了珍贵的血液（两人拥有同样的稀有血型）。南湘后来还和顾里的亲弟弟顾准相爱，若不是那场大火，几乎就要嫁入豪门。处于社会地位两极的两个女孩就这样通过输血的仪式和准姻亲关系，成为血脉相连的姐妹和阶级流动性的象征。《小时代 1》尽管也在电影开场时，用四个女孩的不同居所来展示她们之间的阶级差异，但过于精致的镜头和时尚的室内装饰却将这些差异从视觉上抹杀。在电影里，不仅四姐妹的友谊被去阶级化，财富分配极不公平的城市也被去阶级化。取而代之的是由高楼

---

① 魏娜娜：《青春与成长——“80 后”小说创作解》，山东大学 2007 年硕士论文，第 15～16 页。

大厦、豪宅美景和俊男靓女拼贴出来的奢华幻景。

为了突出友情主题，电影还对小说中的部分情节进行大幅度改写。比如，小说和电影中都出现南湘与青梅竹马的恋人席城分手的桥段。小说中，两人分手的时间是白天。席城约南湘在校门口见面，顾里等人因为担心南湘也赶到校门口。顾里在警告南湘不要再和席城交往之后愤然离去。林萧、唐宛如二人也随之尴尬地走开。南湘向席城提出不再见面。席城走后，南湘疲惫地坐在路边的草地上：

> 过了一会儿，她（南湘）干脆朝旁边倒下去，静静地侧躺在草地上，像是安睡了一样，阳光照着湿润的脸颊，有种滚烫的温暖。胸腔抽动着，却没有发出一点声音来。
>
> 剧烈的光线下，路人来来往往。他们冷漠的眼睛只看得见前方的道路。他们麻木地用手机打着电话。他们完全不在乎路边一个倒在草地里的少女。
>
> 白光四下流淌，逐渐炎热起来的空旷街道像是一部黑白默片。
>
> 无限膨胀开来的寂静。
>
> 消失了所有声音的、蜷缩抽动着的小小身影。①

小说用“滚烫”“白光”“寂静”等触觉、视觉和听觉词汇细腻地勾画出南湘在嘈杂而炎热的街道边无声哭泣的凄凉场景。然而，个体的伤痛与无助对于这个庞大而冷漠的城市来说总是微不足道的。

在电影里，同样的分手桥段被重写编码并赋予新的意涵。为了更好地利用灯光烘托姐妹情谊的温馨，电影将分手的时间从白天移到夜晚。顾里等人在和席城对峙无果后离开。南湘在路灯下与席城拥抱告别。然后是一组回忆两人相爱时的美好时光的浪漫场景，用以表达南湘内心的挣扎和不舍。最后，当南湘走上宿舍楼时，她惊讶地发现好友们都在楼梯上耐心地等她。她们为她准备了可以依靠的肩膀和食物。在友谊力量的支撑下，南湘终于像戒毒一样戒掉席城。电影用梦幻般温暖的友情彻底屏蔽了小说中所表现的个体与都市的隔膜。

除了彰显四姐妹之间的友谊，《小时代 1》还融入只要努力就能实现梦想的励志元素。选修服装专业的南湘通过顾里的关系，争取到参加时装周发布

---

① 郭敬明：《小时代 1.0 折纸时代》，长江文艺出版社 2008 年版，第 120 页。

会的机会。然而,由于林萧的失误,南湘的作品未被按时运到会场。不甘心放弃的四姐妹随即冲上拥堵的高架桥,一路狂奔,将困在桥上的衣服抱回发布会现场。南湘最终完成作品展示,获得现场来宾的一致好评。这段电影剧情整合了《小时代》三部曲中有关时装发布会的两个片段。衣服被困的桥段来自《折纸时代》。不过,在小说里,解救被困服装的壮举是由宫洺的秘书 Kitty 独自完成的。当得知一车衣服被困在高架桥上之后,Kitty 立刻"像一个女特务一样踩着高跟鞋飞快地跑了出去",赶在发布会开始之前,扛着两大袋衣服回到会场。① 小说用 Kitty 只身救场的情节再现当代女性在职场上的艰辛奋斗,电影则把 Kitty 一个人的战斗改编成四姐妹的友情秀。

南湘参加时装发布会的情节,出自《虚铜时代》描述的上海高校艺术生作品展示会,但小说传达的讯息却与电影截然不同。小说里,唐宛如在会场上不小心将化妆箱里的东西全部泼洒到一件正准备亮相的白裙子上。裙子的设计师见状嚎啕大哭。才华出众的南湘只好拿出画笔,将裙子上乱七八糟的污渍变成"无数缤纷的花瓣、云朵、霞光"。被南湘改造后的裙子随后作为压轴作品登场,并引起轰动。但原设计师不仅没有感谢南湘,反而编了一通谎话来证明这件作品是自己的原创。小说从林萧的视角感叹道:"这个世界总是这样,太多有才华的人,被埋没在社会的最底层,他们默默地努力着,用尽全力争取哪怕一些些、一丝丝的机遇。而上帝敞开的大门里,走进去的却有太多太多的塑料婊子。"②没有机会在小说里获得时尚界认可的南湘,终于在电影里收获美梦成真的欣喜和感动,但小说中对世事不公的感喟和怀才不遇的愤懑也随之被抹消。

为了配合励志的主题,电影对宫洺的形象进行了一番美化。毕竟,小人物的才华总是需要大人物的鉴定和认可,电影中最有权势的人物就是宫洺。小说中的宫洺面容英俊但却毫无生气,仿佛是"一张纸""精致的假人"和"巨大的干冰"。他把自己的内心严严实实地包裹起来,只留下"锋利得像一把匕首"的外表。③ 屏幕上的宫洺却是外表冷峻、内心温柔、甘做伯乐、爱护下属的好老板。在南湘的作品展示结束后,他率先起立鼓掌,建议身边的时装设计师签下南湘,充分显示上流社会的精英人士对寒门才俊的关爱。但在小说里,当林萧

① 郭敬明:《小时代 1.0 折纸时代》,长江文艺出版社 2008 年版,第 129～130 页。

② 郭敬明:《小时代 2.0 虚铜时代》,长江文艺出版社 2010 年版,第 85 页。

③ 郭敬明:《小时代 1.0 折纸时代》,长江文艺出版社 2008 年版,第 25 页,129 页,230 页;郭敬明:《小时代 3.0 刺金时代》,长江文艺出版社 2011 年版,第 156 页。

请求宫洺评估一下南湘的作品时，宫洺却铁面无私地拒绝。最后还是顾里帮助求职无门、四处碰壁的南湘在《M.E.》杂志社找到一个职位。

片尾，宫洺送了不喜欢穿高跟鞋的林萧一双球鞋，还写了一张卡片告诉林萧她具备那些穿高跟鞋的女孩们所不具备的美好品质。这个煽情的桥段其实与小说中的相关情节南辕北辙。小说里，宫洺也送了林萧一双鞋，但却是一双价格不菲的高跟鞋。起因是，宫洺会见客户，客户看到穿球鞋的林萧，然后鄙夷地对宫洺说："你可以多发她（林萧）一点钱，让她买双像样一点的鞋子么？"林萧看着自己脚上的三叶草运动鞋，不禁掉下眼泪。因为这双鞋是她男友排队买到的限量款。可是，"无论这个鞋子在全球的数量有多少，需要排多久的队才可以买到，在上海时尚圈里，球鞋永远敌不过细高跟鞋"①。这里涉及的不仅是职场女性的着装法则，更是整个社会的游戏规则。小说用宫洺送的高跟鞋表明，即便是身为跨国公司继承人的宫洺，也没有勇气为自己的下属去挑战社会规则。但在电影中，宫洺却将世俗常规抛在一边，对穿球鞋的林萧大加赞赏。在社会结构日益板结化的当下，电影里的励志故事和职场生态显然缺乏足够的现实感，就像一个漂亮的肥皂泡，一戳即破。

初次涉足高风险、高回报的电影产业的郭敬明，选择将《小时代》这部颇有时代感和社会洞察力的文学作品改编成一个俗套的商业片系列。对于电影投资人而言，这或许是一个聪明的商业决定；但对于喜爱原著的读者而言，却不能不说是一种遗憾。尽管《小时代 1》和《小时代 2》颇为难得地聚焦了"当代大都市女大学生的多层次的精神面貌"②，填补了国内青春偶像片的空白③，但它们在制作水准方面委实存在较大的问题。没有读过原著，不了解故事梗概的观影者往往会认为影片内容空洞、剧情混乱、演技低下、拍摄技巧拙劣。④

归根结底，郭敬明最好的作品，不是《小时代》，而是他自己，只有他才是这

---

① 郭敬明：《小时代 1.0 折纸时代》，长江文艺出版社 2008 年版，第 85 页。

② 潘文峰：《人与物的纠缠——论电影〈小时代〉的都市人生》，《创作与评论》2013 年第 16 期。

③ 图宾根木匠：《浅谈"小时代"电影项目之于国产电影的时代意义》，《当代电影》2013 年第 10 期。

④ 关于《小时代 1》的情节漏洞，参见杨洋：《看完了整部〈小时代〉的杨先生表示，这是他这辈子看过最无力吐槽的电影之一》，2013-06-30，http://blog.renren.com/blog/231335991/908248549。专业影评人对该片的评价，可参见周黎明：《〈小时代〉：新琼瑶的趣味》，2013-06-27，http://www.bjnews.com.cn/opinion/2013/06/27/270333.html。

个“小时代”的真正传奇。凭借才华、勤奋和运气，这位来自四川自贡小城的外省青年在上海亲手缔造了一个出版王国。是他本人的存在，而不是《小时代》小说或电影里的梦想意识形态①，鼓舞着当代年轻人继续相信中国梦，并“在大大的绝望里小小地努力着”②。

① 徐勇:《梦想的辩证法与经济学——以〈小时代〉和“中国梦之声”为例》,《艺术广角》2013 年第 5 期。

② 2013 年 12 月，郭敬明荣获《南方周末》主办的“2013 中国梦践行者”的称号。媒体似乎也已注意到郭敬明在传递主流价值观方面的作用。参见周萌:《2013 中国梦致敬盛典李冰冰郭敬明获践行者称号》,2013-12-16,http://ent.qq.com/a/20131216/000496.htm#p=2。感谢林清华博士提醒我注意到这则消息。

IP时代的著作权、抄袭与创新：重“审”庄羽诉郭敬明案

自2015年以来，“IP”(Intellectual Property，知识产权)这个英文单词缩写逐渐成为中国泛娱乐文化产业最热门的词汇。从目前该词的使用方式看，IP主要指具有较高知名度和广泛读者(特别是粉丝读者)的、可以用来进行影视、动漫、游戏、版权商品、主题公园等一系列衍生产品开发的文学作品。[①] 如《2016中国IP产业报告》推出的“中国超级IP—TOP100影响力榜单”中的绝大部分IP都是著名的网络文学和青春文学作品，外加少量的漫画作品。[②] 尽管早在2008年，盛大文学公司就曾雄心勃勃地试图打造以网络文学内容为核心的创意文化产业链。然而，彻底打通这一产业链的成功个案直到近两年才真正出现。[③]

当下文学作品的IP化，不仅使得文学创作拥有史无前例的诱人“钱”景，也直接刺激了文学著作权[④]的纷争。2016年，根据网络小说《庶女有毒》改编的古装剧《锦绣未央》在电视上播出之后，原著被爆抄袭200多部作品。[⑤] 2017年，根据同名网络小说改编的古装剧《三生三世十里桃花》播出前后，原

---

① 何天骄：《IP版权费跃入七位数时代》，2015-08-11，http://www.ncac.gov.cn/chinacopyright/contents/4509/257769.html

② 青春影焦圈：《2016中国IP产业报告》，2016-09-15，http://weibo.com/ttarticle/p/show? id=2309404019913994967787。

③ 冷诺依雪：《一文读懂IP全产业链》，http://news.yxrb.net/201702/148811.html。

④ 本文中的著作权与版权是同义词。不过，著作权和版权的概念分别来自英美法系和大陆法系，在词源上存在明显差异。参见王迁：《知识产权法教程》，人民大学出版社2014年第4版，第19～20页。

⑤ 南都全娱乐：《〈锦绣未央〉原著〈庶女有毒〉被爆抄袭200多本书》，2016-11-15，http://yule.sohu.com/20161115/n473278180.shtml。

著作者唐七公子再一次遭受抄袭的指责。部分网友认为,《三生三世十里桃花》与大风刮过的耽美小说《桃花债》在剧情、文风、小说背景和神仙体系的设置方面都极为相似。① 每当这些抄袭事件(不管证实与否)被曝光,庄羽诉郭敬明侵犯著作权案(俗称"郭敬明抄袭案")就会被媒体和公众反复提起,仿佛是郭敬明一手打开新世纪文学抄袭的潘多拉之盒。②

本文以文本细读为基础,重新审视法院判定郭敬明侵权的证据。笔者认为,尽管该案已成为"典型的"知识产权案例③,但从文学研究的角度看,法院的判决并不完全合理。郭敬明的《梦里花落知多少》(简称《梦》)虽然对庄羽的《圈里圈外》(简称《圈》)有所借鉴,却是一部在文类、主题、情节和人物方面都与《圈》有显著差异的作品,二者并不构成"实质性相似",法院在认定侵权的过程中存在明显的疏漏。探讨围绕郭敬明的抄袭指控,一方面可以揭示著作权、抄袭(也称"剽窃")、独创性(originality,也译作"原创性")等法律概念的内在局限,另一方面也有助于我们理解新世纪文学场域的代际更迭和权力争斗。

一、情节的"雷同"与表述的陷阱

在庄羽诉郭敬明案中,法院依照的是国际通行的"接触+实质性相似"的侵权认定规则。即郭敬明接触过庄羽的作品,同时《梦》和《圈》存在内容上的实质性相似。④ 一审法院认为,《圈》和《梦》"存在 12 个主要情节相同或实质上相似",以及 57 处"一般情节和语句"的相同或相似。由此认定:"被告郭敬明未经原告许可,在其作品《梦》中剽窃了原告作品《圈》中具有独创性的人物关系的内容及部分情节和语句,造成《梦》文与《圈》文整体上构成实质性相似,

---

① 《三生三世十里桃花再陷抄袭门 被指抄袭快男海报》,《环球时报》,2017-02-28,http://news.163.com/17/0228/17/CECLJGSE0001875P.html。

② 萝贝贝:《郭敬明,一个大写的不要脸;从他开始,抄袭犯横行于世》,2015-07-06,http://weibo.com/p/1001603861748967984599。截止 2017 年 4 月,该文在微博上的阅读量已经超过 831 万。

③ 《2006 北京法院知识产权十大典型案例》,2006-12-18,http://www.sipo.gov.cn/albd/2006/201310/t20131023_834435.html;王迁:《知识产权法教程》,人民大学出版社 2014 年第 4 版,第 52～53 页。

④ 关于这一规则的论述,参见王迁:《知识产权法教程》,第 41 页。

侵犯了原告的著作权。”①二审法院虽然承认庄羽在主要情节侵权事实部分，“对两部作品的相应内容进行的概括个别内容不完全准确”，但依然认定“12个主要情节明显雷同”②。

法院判定情节雷同的主要证据是原告方提供的附表1《主要情节侵权事实对照表》和附表2《一般情节、语句侵权事实对照表》。③ 一审和二审的判决书中都列举了附表1中的第一和第四个情节，以此作为《梦》侵权的例证。以下是附表1中对《圈》和《梦》中的相关情节所做的概括。

表1　原告对《圈》和《梦》的相关情节的概括

序号	《圈里圈外》	《梦里花落知多少》
1	张小北为了给现在的情人张萌萌创造一个做演员的机会，找到过去的女朋友初晓，初晓念及张小北以前对自己的好，同意帮忙，经过努力，最终没有办成，反被张小北误会是因为张小北没有给钱而故意拖着不办，初晓因张小北的态度而十分郁闷。	顾小北为了让自己现在的女朋友写的小说能够出版，找到过去的女朋友林岚，林岚念及顾小北以前对自己的好，同意帮忙，经过努力，最终没有办成，反被顾小北误会是因为顾小北没给钱而故意拖着不办，林岚因顾小北的态度而十分郁闷。
4	高源出车祸受伤昏迷，住进医院，初晓来看望高源，高源苏醒，两人开玩笑，初晓没轻没重的推了高源脑袋一下，导致高源再次昏迷。	陆叙出车祸受伤昏迷，住进医院，林岚来看望陆叙，陆叙苏醒，两人开玩笑，林岚没轻没重的推了陆叙脑袋一下，导致陆叙死亡。

《圈》中的张萌萌是年轻貌美、怀揣演员梦的女孩。为了帮助张萌萌打入演艺圈，身家千万的网络CEO张小北找到编剧初晓。初晓劝说张小北不要

---

① 北京市第一中级人民法院民事判决书(2004)一中民初字第47号。http://www.wangxianhui.com/Item/889.aspxhttp://www.wangxianhui.com/Item/889.aspx。本文所依据的法院判决书均来自《庄羽诉郭敬明侵犯著作权案(节录)》，王现辉律师网，2016年10月6日，http://www.wangxianhui.com/Item/889.aspxhttp://www.wangxianhui.com/Item/889.aspx。以下不再一一注明。

② 北京市中级人民法院民事判决书(2005)高民终字第539号。

③ 北京市第一中级人民法院民事判决书(2004)一中民初字第47号。

被张萌萌所利用，张小北却声称自己和张萌萌是真爱并打起了初恋牌，称他把"最纯洁的第一次感情"都给了初晓。[①] 在张小北的坚持下，初晓同意帮忙，但却因为忙于解救被羁押的朋友贾六无暇顾及此事，导致张小北产生误会。也就是说，初晓根本不是对照表中所说的"经过努力，最终没有办成"，而是压根儿没有时间去努力。张小北后来又找初晓的现任男友、新晋导演高源，以投资高源的电影为筹码，请求高源启用张萌萌。

《梦》中京城女大学生林岚与顾小北从高中开始相爱，恋情持续了六年。因为一个偶然的误会，心高气傲的林岚提出与顾小北分手。对林岚向来百依百顺的顾小北违心同意了。林岚和顾小北正式分手之后，顾小北中了校花姚姗姗的圈套，无奈之下成为姚姗姗的男友。姚姗姗要求顾小北找林岚帮忙出书。林岚尽管心痛顾小北的离去，还是同意帮助姚姗姗。由于出版社嫌姚姗姗的书稿质量太差，林岚决定自己贴钱帮姚姗姗出书。但姚姗姗却向顾小北诬告林岚因为顾小北没有给她钱而不愿帮忙。被冤枉的林岚找到顾小北希图以暴力的方式澄清事实，却反被姚姗姗抽了两个耳光。难过而委屈的林岚不禁放声大哭，恰好她在公司实习的同事陆叙在场，将她拉走。经历了这次事件之后，林岚不再对顾小北念念不忘，她和陆叙之间的关系也逐渐变得亲密。

《圈》和《梦》都描绘了男主人公为了现任女友/情妇找初恋女友帮忙并产生金钱方面的误会的事件，但两部作品对这一事件的再现方式却存在显著差异。《圈》基本上是依靠初晓和张小北之间的对话完成这一事件，张萌萌不在场。初晓和张小北已分手多年，各自有了新的伴侣，张小北对初晓的误会也没有他人介入。《梦》则把帮忙和误会的系列事件放置在一个三角恋的框架下，叙事的重心不是林岚和顾小北之间的互动，而是林岚、顾小北和姚姗姗三人之间的情感角力。帮忙的事件发生在林岚与顾小北分手后不久，此时，二人都还深爱着对方，只是因为姚姗姗的插足，无法复合。顾小北对林岚的误会完全是因为姚姗姗的搬弄是非。林岚和姚姗姗随后的对峙成为故事发展的一个转折点。尽管《梦》使用了与《圈》相似的事件，但它对这些事件的安排比《圈》更富有逻辑和戏剧性效果。

我们再来看对照表中的第四个情节。《圈》和《梦》虽然都出现女主人公推恋人脑袋的动作，但这两个动作发生的情境、动机、表达的意义和造成的后果

---

① 庄羽：《圈里圈外》，文汇出版社 2007 年版，第 26 页。该作品创作于 2002 年，曾在天涯网站上连载。2003 年由中国文联出版社正式出版。

都迥然不同。《圈》中高源遭遇车祸苏醒后看到初晓的第一句话就是“滚”，并且面带厌恶地对他母亲说：“让她滚，我不想看见她！”尴尬而懵懂的初晓情急之下推了一下高源的脑袋，导致高源昏厥。[①] 不过，高源很快又醒了过来，仍然要求初晓离开。二审判决书认为：“这一情节既将人物的个性表现出来，同时也将二人的恋人关系以独特的方式表现出来。”推脑袋的动作的确对初晓和高源的日常相处模式，初晓娇蛮霸道的性格有一定的提示作用，但对整个故事的发展没有任何推动作用。去掉这个动作，故事的结局不会发生任何改变。实际上，在这个场景里，最引人注目的是高源对初晓的斥责。高源的愤怒来自于他误以为初晓买通贾六制造了这场车祸，以报复他出轨。高源暴躁、狭隘和多疑的心性以及他和初晓关系的裂痕由此可见一斑。

在《梦》中，林岚拍陆叙的脑袋，直接导致陆叙的死亡，整个故事的结局也发生意想不到的逆转。为了消除突兀感，小说对这个转折性事件做了充分的铺垫，将来龙去脉交代得很详细。在得知顾小北与姚姗姗订婚之后，林岚又被李茉莉及其新男友侮辱殴打，身心都遭到重创的她在酒吧向陆叙寻求安慰。酒吧打烊后，醉酒的林岚开车载着迷糊的陆叙离开酒吧，途中发生车祸。林岚因为系了安全带，较早苏醒，陆叙则伤势严重，生命垂危。提心吊胆的林岚看到陆叙苏醒后，不禁欣喜若狂，她已经决定彻底放弃对顾小北的爱恋，接受和珍惜陆叙对她的感情。当陆叙提出“赶明儿我就娶你回去”时，林岚故作姿态地要起贫嘴，声称不嫁陆叙，并且“越说越起劲儿，说完最后一句习惯性地冲陆叙脑袋上推了一把”[②]。在看到陆叙休克之后，林岚也昏了过去，等她再次醒来，陆叙已经死亡。陆叙死后，林岚伤心欲绝、终日恍惚。一个月后，她决定只身离开北京，去深圳开始新的生活。

初晓推高源的脑袋是因为和高源斗气，并非表中所谓的“开玩笑”。林岚推陆叙的脑袋，则是为了向恋人撒娇。前者有惊无险，后者却意外地导致陆叙的死亡。但也正是在失手造成爱人的死亡之后，林岚才真正成长起来，敢于独自承担人生的风雨。推脑袋的事件对于《梦》的故事发展起到决定性的作用，是叙事因果链上最关键的一环。倘若陆叙不死，林岚必然会和他结婚，重复言情小说的大团圆结局。但陆叙的死亡以及林岚之后的反应，却让《梦》从一个

---

① 庄羽：《圈里圈外》，文汇出版社2007年版，第119～120页。

② 郭敬明：《梦里花落知多少》，春风文艺出版社2003年版，第221页。

好看的校园言情小说升华为具备相当思想深度的成长小说。一审和二审法院认定,《圈》和《梦》中推脑袋的情节几乎相同,“只是结果稍有不同”,显然并未充分考虑这一事件在两部小说中所发挥的不同功能和意义。

黄小洵在其博士论文《作品相似侵权判定研究》中提出,“判断文学作品是否构成实质性相似,应以情节为主要检验内容,同时结合人物关系和其他构成要素的具体情况综合判断”①。然而关于情节的定义,学界历来众说纷纭。赵毅衡甚至认为,情节是叙述学“最迷人”也是“最困难”的问题。他本人给出的情节定义是:“被叙述者选中统合到叙述文本中的具有序列性的组合的事件。”情节和事件的区别在于:事件是事物的某种状态变化,更多地发生在经验世界里。情节则“只存在于媒介化的符号文本之中”。情节涉及“说什么”与“如何说”两个方面:“事件之选取,即‘说什么’;事件在媒介(例如文字、图画、身姿)中的再现方式,是‘如何说’,这两者的结合才构成‘情节’。”②同样一个事件,比如主人公的死亡,可以有千变万化的具体情境和细节;用顺时序或倒时序的方式讲述,也可能会产生完全不同的效果。同样的事件还可能包含多种因果关系。③ 对同一事件的不同再现方式,都不应该被当作雷同或抄袭。

比较两部作品的情节时还牵涉另外一个关键问题——对情节的表述。综观表1对两部作品情节的概括,不难发现,原告方是在刻意通过重复的情节表述来制造情节雷同的假象。其对作品情节的概括是相当主观和任意的,目的只是为了让抄袭的指控看上去更有说服力。其他读者完全可以用另一套表述来概括相关情节(见表2)。这恰好说明,叙事作品的情节、人物关系都不是外在于读者的客观事实,而需要读者通过阅读整部作品,结合作品的主题和立意去总结和归纳。也就是说,作品的情节和人物关系不是一目了然、确定无疑的,会因读者的不同理解和表述方式而存在多个版本。对于情节和人物关系的概括,实际上已经进入文学阐释的范围,需要文学研究者、文学评论家来担任专家证人,提供专业的意见。

---

① 黄小洵:《作品相似侵权判定研究》,西南政法大学2015年博士论文,第111~112页。

② 赵毅衡:《情节与反情节　叙述与未叙述》,《华中师范大学学报》2014年第6期。

③ 谭光辉:《论情节类型:时间与因果的复杂组合方式》,《文艺争鸣》2016年第7期。

表 2　笔者对《圈》和《梦》相关情节的概括

序号	《圈里圈外》	《梦里花落知多少》
1	张小北为了给情人张萌萌创造一个做演员的机会，找到初恋女友初晓。初晓劝告张小北不要被张萌萌利用，张小北却称他和张萌萌之间是真爱。初晓念在张小北以前对自己的好，同意帮忙，但却因为忙于解救贾六，无暇顾及此事。张小北误以为是他没有给钱而导致初晓故意拖着不办。初晓因张小北的态度而十分郁闷。张小北后来又带着张萌萌找初晓的现任男友高源帮忙。	姚姗姗要求男友顾小北找林岚帮助自己出版小说。刚与顾小北分手不久的林岚虽然吃醋，但还是同意帮忙，并找了和自己关系最好的出版社编辑。该编辑嫌姚姗姗的小说质量太差，不愿意出版。林岚决定自己贴钱帮助姚姗姗出书。姚姗姗不仅不领林岚的情，反而向顾小北告林岚的黑状，导致顾小北误会是因为没有给林岚钱以至于林岚不愿意帮忙。委屈的林岚找顾小北发泄怨气，反被姚姗姗煽了两个耳光。当众痛哭的林岚随后被陆叙劝走。此后，林岚逐渐淡忘与顾小北的恋情并与陆叙亲近起来。

二、文类的区分与主题的阐释

德国弗莱堡大学汉学系教授汉宁森在其专著《版权重要：当代中国文学中的模仿、创造和本真性》中专门讨论庄羽诉郭敬明案，从情节、人物、场景、风格四个方面对比了《圈》和《梦》的异同。汉宁森认为：《梦》抄袭《圈》的指控并非空穴来风，但从《圈》衍生出来的《梦》“本身是一部创造性作品(a creative work in itself)”，与《圈》存在显著区别。郭敬明在《梦》中用自己的风格对《圈》的情节进行了改写。①

汉宁森在解释《圈》与《梦》的相似性时，引入文类(genre)概念。她把两部

① Lena Henningsen, *Copyright Matters: Imitation, Creativity and Authenticity in Contemporary Chinese Literature* (Cambridge: Intersentia, 2010), 58-66, 53, 27. 汉宁森在讨论两部作品的相似场景时，未援引法院判决书，主要引用记者颜雷岭 2016 年在《青年周末》上发表的一篇斥责郭敬明抄袭的报道。这篇媒体报道复制了《主要情节侵权事实对照表》中的第四和第十个情节。汉宁森注意到颜雷岭(实则为原告方)为了强调场景的雷同而故意使用相同的语言来描述这些场景。

作品都归入卫慧的《上海宝贝》所开创的“宝贝文学”或“美女作家写作”，因为它们都具备这一文类的部分基本特征，如都采用女性第一人称叙事者，这些叙事者都自称作家，其叙事内容主要关涉个人的情感生活。汉宁森指出，这类通俗小说讲述的都是年轻人在追求个人幸福的道路上所遭遇的挫折、伤害，甚至是自我毁灭。其基本情节经常包含“因疾病或车祸导致的死亡、凶杀和/或自杀、住院、用(伪造的)怀孕要挟男人、破碎的友谊和关系等”元素。汉宁森还论及通俗文学创作中的一个悖论：通俗文学作者常常有意识地效仿已经获得商业成功的样板(model)性作品。不过跟风的作品如果过于靠近样板，就会被指责为抄袭，如果过于远离样板，又有可能遭遇市场的失败。①

汉宁森将《梦》视为独立的艺术作品的观点，无疑是颇有见地的。她对《圈》和《梦》的文类属性的考察，也为我们提供了一个判断相似侵权的新维度，有助于辨识涉案作品中的原创成分和来自公有领域的部分。法学界在讨论文学或文艺作品的实质性相似的认定时，通常只考虑作品内部的构成要素，如题材、主题、结构、情节、角色等②，很少从该作品在文学场中的定位，其与文学传统和惯例的关系的角度来进行考察。如果我们将《圈》《梦》与《上海宝贝》视为同一文学谱系的作品，就会发现《圈》里的女主人公初晓、鸡头奔奔都算不上完全原创的人物形象，可以在《上海宝贝》中找到原型。即便《梦》的女主人公林岚、鸡头火柴与初晓和奔奔存在人物形象方面的相似性，也不能简单地判定为侵权。

不过，在笔者看来，《圈》和《梦》属于两个不同的文类：《圈》是一部不成熟的都市言情小说③，《梦》则是新世纪以来具有代表性的青春成长小说。两部作品拥有完全不同的思想和主题。庄羽诉郭敬明案二审的审判长、北京高院的陈锦川法官曾提出，在认定高级抄袭时，不应将作品的思想、主题、情感“绝对排除在抄袭的判断之外”。涉嫌抄袭的作品与原告的作品，“是否具有相同或者相似的思想、主题、情感，对认定是否相同或者相似，是非常重要的因素”。④ 笔者十分认同这一观点。然而，二审的判决书对《圈》和《梦》的主题认

---

① Henningsen, *Copyright Matters*, 83-84.

② 吴汉东：《试论“实质性相似＋接触”的侵权认定规则》，《法学》2015 年第 8 期。

③ 如有网友指出，“要说骨子里的相似，我觉得那个《成都，今夜请将我遗忘》和《圈里圈外》倒真是近亲”。诸子：《穿越郭敬明——独一代的想像森林》，上海人民出版社 2004 年版，第 39 页。

④ 陈锦川：《著作权审判：原理解读与实务指导》，法律出版社 2014 年版，第 318 页。

定相当含混，仅认为"涉案两部作品都是以现实生活中青年人的感情纠葛为题材的长篇小说"。事实上，《梦》的女主人公林岚在小说开始时只是一个20岁左右、刚刚成年的大学生，而《圈》的女主人公初晓在小说开始时已经29岁，即将"三十而立"。《梦》中的主要人物比《圈》中的主要人物差不多小十岁，几乎是一个代际的差距。两部作品的主要人物不仅处于不同的生命周期，他们面对的也是完全不同的人生问题。《圈》的主题或可概括为迷失：一群已经在社会上立足的文艺青年、知识精英如何在生活/娱乐圈这个大染缸中逐渐迷失自我。《梦》的主题则是成长：中间阶级家庭出身的年轻女性如何在阶层急剧分化的社会中找到自己的位置，确立人生的目标和行为准则。

《圈》的故事焦点是两性关系和性道德。全书大部分场景都是围绕着出轨、捉奸、卖淫、春药、性丑闻等耸人听闻的涉性事件展开。比如，小说以张小北的妻子李穹去酒店捉奸为开场，前半部分的主要高潮是初晓在家中识破同居男友高源与李萌萌的奸情。情节发展的重大转折点则是高源母亲年轻时的私情被媒体曝光。高源认为是初晓走漏消息，打了初晓一耳光。情绪低落的初晓招来张小北一起喝酒，导致张小北酒驾身亡。小说一方面描绘混乱的两性关系，另一方面也再现女性在性魅力方面的竞争。如果说初晓与张小北、高源的爱情故事是小说的情节主线，那么张萌萌利用与张小北、高源的性关系进入演艺圈的故事就构成重要的支线。为了实现自己的演员梦，张萌萌先是傍上了科技新贵张小北，引诱张小北婚内出轨，随后又想法设法接近高源，与之发生性关系，后来又跟了有家室的林老板，最终在高源导演的电视剧中出演女主角。

与张萌萌演员梦的实现相映照的是，初晓结婚梦的破灭。初晓曾一心想和同居五年的高源结婚，却因张萌萌的插足而导致情变。张小北去世之后，初晓意识到张小北才是爱了她一辈子的人，随即与高源断交。尽管自诩知识分子的初晓对张萌萌的"婊子相"嗤之以鼻，二人实际上形成镜像关系，共同映射出女性在男权社会中有限的生存策略选择。张萌萌以伪装的、楚楚动人的娇弱来博得男性的呵护和爱怜，初晓则试图用彪悍的语言和拳头来争取两性关系中的主动权。然而，不管采取何种策略，她们在男权社会中的处境似乎并没有本质的区别。比如，二人都曾因高源怀孕并在逼婚失败的情况下被迫打胎。

《圈》探讨的是都市男女关系，《梦》关注的则是刚刚迈入社会的年轻人的迷茫和成长。成长是20世纪青春文学"具有根本性质"的主题①。作为新世纪重要的青春文学作品,《梦》对这一经典主题做出了独特的诠释。小说首先将成长描绘为一场盛大的告别。由于青春是一段伤害与被伤害的日子,爱与不爱都太过轻率,成长就意味着一个自我无害化的处理过程,以便能够独自面对世界。小说开始时,林岚是一个家境优越、备受宠爱、外表骄傲、内心脆弱的年轻女孩。在经历了爱情和友情的一系列严酷考验之后,她不再依赖父辈的荫庇,只身奔赴陌生的城市打拼,收获属于自己的事业和爱情。小说的结尾,顾小北讲述他在深圳见到成熟的林岚之后的感受:"我站在街的转角,心里想,林岚终于长大了,不再是当初那个疯疯癫癫的小丫头了。我想她再也不需要人照顾了,她可以抵挡那些她曾经一直抗拒的风雨。"②当然,这种脱胎换骨的成长也是需要代价。林岚不得不收敛少女时代的纯真和热血,舍弃与顾小北童话般的初恋,告别昔日的好友闻婧,亲手埋葬与陆叙迟到的恋情。这个割舍旧我、重塑新我的过程让林岚感到深深的无奈和惆怅:"有个词语叫物是人非,这是我见过的最狠毒的词语。"③

其次,成长意味着走出"楚门的世界",直面社会的不公和阶级的不平等。小说颇为用心地为林岚塑造了两个与之敌对的女性人物——姚姗姗和李茉莉。前者象征上流社会的虚伪,后者则是底层的愤怒的化身。姚姗姗具备女性在男权社会中出人头地的全部资本——美貌、才华、心计和不择手段。在小说的结尾,她如愿以偿地成为名模,钓到金龟婿,跻身上流社会。林岚曾经因为顾小北而和姚姗姗发生过数次冲突。成熟后的林岚面对名利双收的姚姗姗学会调整自己的心态,不艳羡,不抱怨,不受其左右。当姚姗姗怀着看笑话的心态告诉林岚她与顾小北关系的真相(两人从未发生过性关系,顾小北只是姚姗姗打胎的掩护),林岚除了独自在洗手间泪流满面,不再有任何激烈的反应。李茉莉出身底层,自尊心极强。尽管她曾作为白松的女友进入林岚的朋友圈,但却对林岚、闻婧耀武扬威的大小姐做派深感厌恶。在林岚的好友火柴揭发李茉莉是鸡头之后,李茉莉找人强奸了闻婧。林岚本来也是强奸目标之一,只是因为闻婧的保护才侥幸逃脱。这次强奸事件对林岚产生深刻的震动,让她意识到她"一直活在一种自欺欺人的幻觉里面……可是突然间梦醒了,我看到

---

① 刘永涛:《百年青春档案:20世纪中国小说中的青春主题研究》,中国社会科学出版社2005年版,第40~41页。

② 郭敬明:《梦里花落知多少》,春风文艺出版社2003年版,第230页。

③ 郭敬明:《梦里花落知多少》,春风文艺出版社2003年版,第235页。

了自己想像之外的东西。这就是生活"①。不过，林岚并未利用家庭的权势或火柴的黑社会关系网报复李茉莉。面对李茉莉的阶级怨恨，林岚选择同情和避让。《梦》通过林岚的成长历程，建构了当代中国中间阶层的道德理想，一种以独立人格、个人奋斗和善良秉性为核心的价值观。

两部作品对爱情关系的再现也大相径庭。《圈》在描绘初晓和高源的爱情时，展现出精英主义和市侩风格的奇特混搭。初晓一边赞美高源那"充满艺术气息的脸"，絮叨二人如何徜徉在"清华大学的草坪""北大南门的榕树下""电影学院门口叫黄亭子的茶馆里"②；另一方面又炫耀高源舍得在她身上花钱，当初追她时每天给她买 30 多块钱的麦当劳套餐，送她价值 5000 元的戒指作为生日礼物③。《梦》在刻画林岚和顾小北的关系时，则用大量生动有趣的细节凸显初恋的甜蜜、真挚和青涩。比如，林岚大冬天指使顾小北去校外一家包子铺买早点。顾小北每天买完包子，准时在楼下等林岚。等林岚扭扭捏捏、磨磨蹭蹭地下了楼，顾小北总是先把包子递给林岚让她暖手，自己则捧着冻裂的手哈气。大一的情人节，顾小北买了一对尾戒，送了其中一个给林岚，还此地无银三百两地说没有什么企图。林岚戴的时候，先"拿在小手指上比划了一下，太大，于是直接套无名指上去了"。林岚戴好后，顾小北"脸红得跟一小番茄一样"，他对林岚认真地说"要是你能戴一辈子就好了"。林岚"把头埋在他大衣里，用句特矫情的话来说就是，我当时觉得很幸福"。④ 对那些尚怀着爱情憧憬的年轻读者来说，显然是《梦》所描摹的真情厚谊更令人感动，更容易吸引他们沉浸在小说的世界里。

作为青春成长小说，《梦》在借鉴《圈》的语言风格和部分情节的基础上，针对青少年读者群的阅读偏好对借鉴来的元素进行了彻底的重组，不仅情节的安排更加紧凑合理，主要人物也塑造得更加鲜明饱满。这里仅以女主人公为例。《圈》中的初晓在和高源的相处过程中，动辄打骂，还扬言"凡是高源动手打我我肯定得还回来，而且比他狠"。初晓对张小北也是颐指气使。两人最后一次见面时，张小北迟到了五分钟，初晓就给了他一巴掌。在酒吧喝醉之后，初晓要求张小北送她回家，到家之后，张小北疲惫地倒在客厅沙发上，初晓却

---

① 郭敬明：《梦里花落知多少》，春风文艺出版社 2003 年版，第 196 页。
② 庄羽：《圈里圈外》，文汇出版社 2007 年版，第 153～154 页。
③ 庄羽：《圈里圈外》，文汇出版社 2007 年版，第 28、81 页。
④ 郭敬明：《梦里花落知多少》，春风文艺出版社 2003 年版，第 94 页。

把他揪起来，让他“滚”回自己家睡。[①] 在开车回家途中，昏昏欲睡的张小北不幸发生车祸身亡。初晓蛮横自私、自以为是的性格很难获得普通读者的好感，她与男性之间充满戾气、相互厮杀的关系模式，也很难被都市年轻读者所接受，尤其是在越来越多的中国公众意识到家暴的危害之后。《梦》在塑造林岚这个形象时，就表现出恰到好处的分寸感，巧妙地平衡了林岚的“血性”和善良这两个突出特点，向读者展示了这一人物丰富的性格光谱——骄傲和脆弱、豪爽和羞怯、爱耍贫嘴和真诚、大大咧咧和聪慧敏锐。

加拿大华裔学者徐学清曾梳理了当代西方文坛引起轰动的三个抄袭大案，根据作家、文学评论家的辩护和法官的判决，总结出以下五个不能被判定为抄袭的情形：(1)情节、结构相似，但是叙述的故事不同、人物不同、细节不同不能称为抄袭；(2)人物相似，但是性格、为人处世的方式不同，不能称为抄袭；(3)主题相似，但是表达主题的方式、手法和技巧不同，不能称为抄袭；(4)语言相似、相同，但用在不同的场景、语境从而使语意有新的内容，不能称为抄袭；(5)叙述方法、技巧相似，但是用于不同的主题、不同的故事、不同的人物，不能称为抄袭。[②] 如果我们依据这样的标准来衡量《圈》与《梦》在情节和人物上的相似，至少上文分析的两个主要情节以及初晓和林岚的人物形象都不存在抄袭。这也意味着，对于那些非逐字逐句抄袭的文学作品，我们不能简单地用“调色盘”[③]来罗列相似的语句，以此作为抄袭的依据，更不能故意用雷同的表述来概括作品的情节和人物，而是需要全面分析涉嫌抄袭作品与被抄袭作品之间的异同。

笔者认为，《梦》对《圈》的改造取得了“青出于而胜于蓝”的效果，构成对借鉴材料的“显著提升”(significant enhancement)。即不再是简单的挪用，而是既有模仿，又有转换，相当于中国古诗词创作中所追求的“化用”。在西方国家，一些现代著作权侵权案件就是以“显著提升”作为抗辩手段从而洗刷抄袭的恶名。[④] 比如，1989 年，法国作家蕾吉娜·德芙热以二战为背景的畅销书《蓝色自行车》(*The Blue Bicycle*)被一审法院认定，三部曲第一卷的前七十页

---

① 庄羽：《圈里圈外》，文汇出版社 2007 年版，第 273～275 页。

② 徐学清：《文学创作中的抄袭与互文性》，《中国比较文学》2011 年第 4 期。

③ 调色盘是指将抄袭文与原文进行对比的表格，以便说明其是否抄袭。制作者通常会用各种颜色来标示抄袭的部分，因此而得名。

④ 对“显著提升”的解释，参见 Marilyn Randall, *Pragmatic Plagiarism: Authorship, Profit and Power* (Toronto: University of Toronto Press, 2001), 133.

在情节发展、叙事进程和主要人物的外貌和心理特征、场景的表达等方面都抄袭了反映美国内战的名作《飘》。① 德芙热随后上诉,依靠"显著提升"的辩护打赢了官司。二审法院认为,《蓝色自行车》的人物虽然一开始和《飘》里的斯嘉丽类似,但两部小说遵循了不同的发展路径。② 遗憾的是,我国著作权法规定的合理使用的12种情形尚不包含"显著提升",而落入在这12种情形之外的其他抗辩理由都不被法院采纳,"这使得以合理使用原则来排除实质性相似认定的范围在我国被实际缩小了"③。

三、抄袭的政治经济学

抄袭的反面自然是独创。无论是英美法系还是大陆法系都将独创性视为著作者权利的基石。一部作品只有具备独创性,才能获得版权法的保护。在我国,独创性也是享受著作权法保护的作品的构成要件。《中华人民共和国著作权法实施条例》第二条明文规定,"作品是指文学、艺术和科学领域内具有独创性并能以某种有形形式复制的智力成果"④。

学界通常认为英国诗人爱德华·扬格1759年发表的《试论独创性作品》(*Conjectures on Original Composition*)是最早宣扬原创,贬低模仿的著作。扬格坚称,原创的文学作品是自发的、内在于创作者的,具有无中生有和不受外界影响的特性,模仿则是从现存的物质材料中重新打造的,需要机械、技艺和劳动加工,不属于艺术家个体。扬格及其追随者的作品翻译成德语以后,催生了德国浪漫主义。1790年,康德在《判断力批判》中将天才定义为拥有打破常规的才能,认为原创性是天才的第一特性,是和模仿的精神完全对立的。此后,独创和模仿就成为两种无法兼容的文学创作技巧。使用重复和相似技术

① Alan Riding, "Court Finds French Author Plagiarized 'Gone with Wind'," *New York Times*, December 7, 1989, http://www.nytimes.com/1989/12/07/books/court-finds-french-author-plagiarized-gone-with-wind.html. 另见 Randall, *Pragmatic Plagiarism*, 133.

② Reuters, "An Author Is Cleared of Plagiarism Charges," *New York Times*, November 22, 1990, http://www.nytimes.com/1990/11/22/books/an-author-is-cleared-of-plagiarism-charges.html.

③ 黄小洵:《作品相似侵权判定研究》,西南政法大学2015年博士论文,第99～100页。

④ 王迁,《知识产权法教程》,人民大学出版社2014年第4版,第25页。

的写作形式被污名化为衍生性的，违反文学的真诚性、本真性和独特性。①

在解释独创性被推崇的原因时，剑桥大学学者、知名作家罗伯特·麦克法伦提到三个因素，一是贝特(Walter Jackson Bate)所谓的"历史的重负"(the burden of the past)。即在18世纪中叶，人们日益感到智识创造力的衰竭，所有的话似乎都已经被前人说过，这种自卑情结导致对独创性的膜拜。二是大规模复制技术造成市场的扩容、作者人数的增加以及文学本真性的危机。如伊格尔顿所言，正是在艺术家变成小商品生产者的时候，他们才被再现为超验性天才，这种神秘化是对艺术家身份降格的精神补偿。三是新的自我(selfhood)观念的出现，将文学创作的源泉从外部世界转移到内心世界，使文学成为个人想像、情感经验的表达。② 美国当代著名法学家、联邦上诉法院法官波斯纳从消费者体验的角度进行了补充。他认为"只有在阅读市场产品极为丰富、读者消费疲劳，因此必须要有多样化的作品才能使其继续获得娱乐的情况下，原创性才变得重要"③。

2006年，在郭敬明抄袭事件被媒体广泛曝光之后，曾有"四迷"(郭敬明的粉丝)辩称："什么是抄袭???? 每个人都在抄袭!!!! 抄新华字典!!!!"这种言论随即被当作粉丝非理性的极端表现之一而遭到韩寒的痛斥。④ 然而，四迷对于独创性的质疑并非一派胡言。语言问题正是独创性概念的软肋，正因为没有一个作者能够用一种(字面意义的)全新的语言来写作，他们总是在自觉或不自觉地挪用前人或同辈的语言。麦克法伦因此提出，独创性只是一种接受的效果，不过是说明读者无法发现作者的创作源头。⑤

正如独创性是一个幻象，抄袭也并非板上钉钉的事实。加拿大学者兰德尔指出，抄袭不是一个文本性范畴，而是一个实用性(pragmatic)范畴，主要取决于文本之外的各种标准，这些标准构成作品生产和接受的美学、制度和文化

---

① Robert Macfarlane, *Original Copy: Plagiarism and Originality in Nineteenth-Century Literature* (Oxford: Oxford University Press, 2007), 18-23；刘汉波：《著作权司法实践中的文学观念批判——以文学剽窃的认定为中心的考察》，华东师范大学2008年博士论文，第73～75页。

② Macfarlane, *Original Copy*, 23-26.

③ [美]理查德·波斯纳：《论剽窃》，沈明译，北京大学出版社2010年版，第84页。

④ 李苹：《韩寒大骂郭敬明粉丝是"狗护主"》，《重庆时报》，2006-07-17，http://culture.163.com/06/0717/11/2M7RBNQL00280003.html。

⑤ Macfarlane, *Original Copy*, 5.

语境。因此,“并不‘存在’任何实在的或客观意义上的抄袭(特别是文学抄袭)”,我们也无法像辨认诗歌、小说那样形成一个统一的文本标准来辨识抄袭。此外,文学抄袭也并不一定是坏事。在文学领域,精妙的抄袭和天才的抄袭者都远比其他领域更多。与麦克法伦类似,兰德尔也认为,抄袭更多地出自读者的判断而非作者的意图。有关文学抄袭的争议往往是文学或更广泛的文化领域内的权力斗争的例证。①

兰德尔的这个观点用在郭敬明身上,是再恰当不过的。从他的第一部长篇小说《幻城》开始,郭敬明的主要作品几乎都曾遭遇抄袭的指控。当代文坛上找不到第二个作家像他那样被抄袭的流言所困扰。这并非偶然的现象,它和郭敬明的市场号召力、创作方式和作家身份有直接的关联。

首先,郭敬明在青春文学市场长达十年的统治地位,不可避免地削减了其他作者的市场份额。抄袭的指控就是遏制郭敬明的市场主导地位的手段。抨击郭敬明抄袭的人士无疑希望用这种指控降低消费者购买郭敬明作品的意愿,而一旦消费者相信这种指控,不再购买郭敬明的作品,也就可以反过来坐实抄袭的指控。波斯纳主张,认定抄袭的一个必要条件是,复制行为造成了预期读者的信赖:“读者因为相信剽窃作品是原创作品而采取了如果他知道真相就不会采取的行动。”比如,读者一旦知道某部作品抄袭,就会停止购买这部作品,或直接购买被抄袭的作品。②

其次,郭敬明在创作过程中实践着一种重混(remix)的美学规范。如《幻城》将日本动漫的视觉技巧移植到纸质文学,《梦》对《圈》的“京痞”语言风格的模仿以及部分情节的改写,《小时代》对《欲望都市》等美国肥皂剧的故事结构和人物关系的借鉴。无怪乎有网友戏称郭敬明为“中国最伟大的同人作家”,暗讽他的作品缺乏足够的独创性,往往是对现有作品的二次创作。如果说浪漫主义作家以内心世界为创作源泉,现实主义作家以社会现实为创作源泉,那么郭敬明似乎在利用互联网时代的信息便利,将各种流行的媒介文化资讯都当作自己的创造素材,以此为基础进行加工改造。这种网络时代的激进的拿来主义,势必会与源自印刷时代、旨在打击非法复制的版权法发生碰撞。针对郭敬明的经年累月的抄袭指控,未尝不是从印刷时代到新媒介时代的转型过程中所发生的技术、美学和道德冲突的折射。

---

① Randall, *Pragmatic Plagiarism*,4-6, 8.

② [美]理查德·波斯纳:《论剽窃》,沈明译,北京大学出版社2010版,第23页。

最后，依据布迪厄的“赢者输”逻辑，郭敬明所拥有的巨额经济资本必然导致其象征资本的匮乏。他从80后作家到富豪、商人、企业家、娱乐圈名人、电影导演的一系列跨界行动，也使其作家身份变得日益薄弱和不稳定。由于缺少正统作家身份的加持，郭敬明作品的价值更容易遭到怀疑和贬低。而抄袭的指控无疑是诋毁其作品价值的最有力的方式。当然，文学史上不少经典作家都遭遇过抄袭指控①，郭敬明并非孤例。其特殊之处恐怕只是在于，他是少有的被法院正式宣判侵权的知名作家，尽管这一判决结果更多地源自法官对当下中国知识产权现状的解读——希望借此案“杀一儆百”，而不是对《梦》这部作品的解读。

然而，有权力对文学作品做出评判的不仅有法院的法官，还有广大的读者。2004年，在庄羽状告郭敬明之后，《圈》再版了。出版社特意在大红色的腰封上，给出了醒目的提示：“本书作者正在起诉郭×明的《梦里花落之××》”②。可是即便采取这样的促销手段，《圈》的流传度也远远低于《梦》。据笔者2010年9月的统计，豆瓣网给《梦》评分的用户达到88 689人。截至2018年2月，这一人数已上升到148 627人。在豆瓣评价人数最多的中文图书名单中，《梦》的评价人数仅次于钱锺书的《围城》和刘慈欣的《三体》。而《圈》的三个版本加起来的评价人数还不足9 000人。尽管《梦》在豆瓣上的评分只有7.1分，远低于《围城》的8.9分和《三体》的8.8分，但其庞大的评价人群已充分展示了该书在当代青年读者中的影响力。③ 读者对两部作品截然不同的反响，或许就是它们“实质性不同”的最佳证明。

值得注意的是，近年来部分法学专家也开始主张依靠读者的阅读体验来判定实质性抄袭。如梁志文称，“读者是判断两部作品是否构成实质性相似的最终标准”，提出根据作品独创性的高低来选择不同类型的读者进行测试。④杨昆也认为，“判断两部作品是否实质性相似，要看这两部作品中的相同或相

---

① Richard Terry 在其专著 *The Plagiarism Allegation in English Literature from Butler to Sterne* (London: Palgrave Macmillan, 2010)中探讨了约翰·德莱顿、亚历山大·蒲柏、劳伦斯·斯特恩等英国文学史上的名人所遭遇的抄袭指控。

② 陈熙涵：《〈圈里圈外〉边起诉边热卖》，2004-02-03，http://www.chinawriter.com.cn/2004/2004-02-03/12427.html。

③ 莉莉安：《豆瓣评价人数过万的中文书籍》，2018-02-18 更新，https://www.douban.com/doulist/43390295/。

④ 梁志文：《版权法上实质性相似的判断》，《法学家》2015年第6期。

似之处是否形成具有相同逻辑关系的情节脉络，是否在实质上使观众产生了相同或一致的观赏体验”[①]。这些建议显然与文学研究者所说的“独创性只是一种接受效果”“抄袭更多地出自读者的判断而非作者的意图”不谋而合。

四、结语

尽管庄羽诉郭敬明案已经过去了十余年，但法学界在讨论文学作品的侵权认定时，依然常常援引这一案例。[②] 探讨这个典型案例在判决中的疏漏，或许能为今后相似的案例提供有益的借鉴。笔者认为，该案最主要的疏漏就是低估文学抄袭的复杂性，过于倚重原告提供的证据，未参考读者的阅读感受，未将抄袭与创造性模仿、转换性使用、“青出于蓝而胜于蓝”等情形区分开来。事实上，永远不可能有独创的文学作品，所有的文学作品都是对前人和同辈作品的借鉴和吸收。在类型化的通俗文学创作中，相对固定的情节模板和人物关系会更为明显。比如，网络小说的“升级打怪换地图”模式，言情小说的“霸道总裁爱上我”模式。但大部分作者都会既利用现成的模板，又或多或少地融入独特的个人想法。法院在认定文学作品的实质性相似时，无论是采用“整体观感法”，还是“抽象过滤分离法”[③]，恐怕都需要参考普通读者的阅读体验和专业读者的文本分析，并且充分考虑到文学继承（相似性）和创新（差异性）的关系。即便认定两部作品存在相似性，也还需要进一步鉴别这种相似性是某个文类共有的特性，还是作者独创的元素。

或许最理想的情况是，我们不再将文学创作当作一种个人（主义）的“独创”行为，而是隶属于某个文学传统和创作群落的实践活动，并在这个特定的文学生态系统中探索平衡各方利益和需求的方法。

---

① 杨昆：《“实质性相似”规则在我国影视剧著作权纠纷中的司法实践》，《传媒》2017年第4期。

② 许波：《著作权保护范围的确定及实质性相似的判断——以历史剧本类文字作品为视角》，《知识产权》2012年第2期；王迁：《知识产权法教程》，人民大学出版社2014年第4版，第52～53页；梁志文：《版权法上实质性相似的判断》，《法学家》2015年第6期；孙松：《论著作权实质性相似规则的司法适用——以琼瑶诉于正案为视角》，《中国版权》2016年第1期。

③ 冯颢宁：《论版权法中实质性相似认定标准的选择》，《中国版权》2016年第6期。

耽美研究

中国耽美(BL)小说中的情欲书写与性/别政治

耽美(也称 Boys' Love 或 BL)是一种主要由女性书写,供女性阅读的男男同性情爱故事。① 这种源自日本的文化样式,现已在东亚和世界范围内广为流行。20 世纪 90 年代,受日本耽美动漫、小说以及台湾地区耽美小说的影响,中国的耽美创作群体逐渐孕育成型。耽美作者最初聚集在小众的耽美网站从事自由创作和免费分享。作品以小说为主,也包括漫画、广播剧、原创音乐和同人视频短片。2007 年左右,耽美小说的商业创作机制发育成熟,盈利性的商业写作逐渐被读者所熟悉和接纳。随后,在耽美小说的带动下,耽美漫画的商业化机制也开始萌芽。在大陆,女性耽美爱好者通常被称为"同人女"或"腐女"。虽然无法确切统计这些腐女的人数,但从耽美小说网站和耽美论坛的注册用户数量来看,这个群体的基数十分可观,年龄层跨度也相当大②。

---

① 有研究指出,耽美社群中有 10%的爱好者为男性,其中大多为男同性恋者。苏威:《耽美文化在我国大陆流行的原因及其网络传播研究》,上海外国语大学 2009 年硕士论文,第 31 页。笔者 2014 年访谈的两位男同性恋耽美爱好者认为,目前中国耽美读者中的男性读者可能已经占到 30%。本文仅从女性读/作者的角度讨论耽美小说中的情欲书写。

② 百度各类耽美贴吧中活跃的腐女一般年龄层偏低,以"00 后"(2000 年以后出生的人)和"90 后"(1990 年以后出生的人)居多。晋江和露西弗俱乐部(大陆最早的耽美网站)的成员中则有不少"70 后"、"80 后"腐女。她们中的一些人是伴随大陆原创耽美成长起来的,可说是耽美圈的中坚力量。在晋江的网友讨论区,还有一些贴子讨论到母女同为腐女的现象。在网友提到的个案中,女儿的年龄在 18~35 岁,母亲的年龄则在 45~65 岁。我该怎么面对你:《母上!你隐藏的太深了!腐这个东西没有年龄界限》,2011-10-02,http://bbs.jjwxc.net/showmsg.php? board=3&keyword=%C4%EA%C1%E4&id=597010。我的一位 90 后腐女学生的母亲也是耽美文爱好者,母女俩曾一起追过巫哲的耽美小说《撒野》。

耽美作品的创作和传播，不仅培育了为数众多的耽美作者和读者，也培育出耽美粉丝独特的欣赏趣味与性政治立场。在耽美小说的爱欲想像中，这种性政治立场展现得最为充分。这其中有两个原因：一是耽美小说的创作成本比较低，只要具备一定的文字能力就可以上网发文，漫画、广播剧和视频短片的制作则需要更多、更复杂的技术投入；二是耽美网站一直处于被监控和自我监控的状态，文字写作比图像呈现更容易规避网络审查。

由于社会语境的限制，中国的研究者通常只能从纯情和唯美的角度来阐释耽美，认为耽美表达女性对于平等和纯粹爱情的向往。耽美中虽然有“攻”“受”角色的划分，但两个男主人公之间的关系还是比异性恋中的男女关系更加平等。[①] 海外的研究者则不仅肯定耽美中的平等要求，还注意到耽美为女性情欲和性幻想的表达提供了新的可能。[②]

本书主要采用文本分析的方法来检视耽美小说的情欲书写和快感机制。我们关注的问题是：耽美小说是如何呈现男性身体和男男性爱的？这种书写方式与中国古代的同性恋书写有何不同？与精英女性作家对身体与性的描述有何不同？与异性恋言情小说的情色幻想有什么样的差异？如何在具体的政

---

① 郑丹丹、吴迪：《耽美现象背后的女性要求——对耽美作品及同人女的考察》，《浙江学刊》2009 年第 6 期；郑雪梅：《大众传媒文化之网络文化现象解析——网络耽美文学流行现象中的社会心态》，《文学界》2010 年第 7 期；宋佳、王名扬：《网络上耽美亚文化盛行的心理学思考》，《黑河学刊》2011 年第 8 期；黄鹏丽：《寻乐，寻爱，还是寻求平等：中国的耽美小说及其“粉丝”》，黄盈盈、潘绥铭主编：《“权利与多元”中国“性”研究第 6 辑》，万有出版社 2011 年版，第 193～220 页；张冰：《论“耽美”小说的几个主题》，《文学评论》2012 年第 5 期。

② Kazumi Nagaike, “Perverse Sexualities, Perversive Desires: Representations of Female Fantasies and *Yaoi Manga* as Pornography Directed at Women,” *U.S.-Japan Women's Journal* 25 (2003): 76-103; Mark McLelland, “Why Are Japanese Girls' Comics Full of Boys Bonking?,” *Refractory: A Journal of Entertainment Media* 10, http://www.refractory.unimelb.edu.au/journalissues/vol10/maclelland.html. McLelland 2006; Dru Pagliassotti, “Better Than Romance? Japanese BL Manga and the Subgenre of Male/Male Romantic Fiction,” in *Boys' Love Manga: Essays on the Sexual Ambiguity and Cross-Cultural Fandom of the Genre*, ed. Antonia Levi, Mark McHarry, and Dru Pagliassotti (Jefferson, NC: McFarland, 2010), 59-83; Marni Stanley, “101 Uses for Boys: Communing with the Reader in Yaoi and Slash,” in *Boys' Love Manga: Essays on the Sexual Ambiguity and Cross-Cultural Fandom of the Genre*, ed. Antonia Levi, Mark McHarry, and Dru Pagliassotti (Jefferson, NC: McFarland, 2010), 99-109；洪健瑛：《蔷薇花瓣中的情欲乐园——试论 BL 小说中隐匿的女/性》，南华大学 2011 年硕士论文，第 33～54 页。

治文化脉络下，理解耽美小说中的性幻想、性暴力和性政治？本文认为，耽美对性角色、性行为和性关系进行多元呈现，显示强烈的反拨和突破异性恋性关系模式的冲动以及重构性/爱中的权力关系的努力。受美国女性主义媒介研究者吉普尼斯论述①的启发，我们认为耽美文类蕴含丰富的性政治意涵，它为女性读者生产出不同于传统言情小说和男性向情色小说的关系、快感和欲望，系统地打破关于情欲的各种社会限制，为禁忌性的议题提供表达和协商的空间。对于女性是否“有可能进入并改造情欲场域的权力逻辑”“可不可能有女/性能动力”②这些女性主义者长期争执不休的问题，耽美无疑也给出极富创造性的答案。

一、多样的男色：耽美小说中的男性身体表征

耽美作品的一个突出特点就是出现大量包含女性情欲的对男性身体的想像，这种创造投射女性欲望的男色形象并在女性社群中广泛分享的行为，在华人社会中是史无前例的。中国古代典籍中并不缺乏对男性身体的描述。这种男性身体，可以是练习道家房中术时聚精练气的身体，可以是山水游记里旷达超迈的身体，或是艳情小说中纵欲享乐的身体。但无论是房中术还是艳情小说，都更“倾向于描绘处于高潮前、高潮中、高潮后的女人”，较少将男性作为性描写的对象。即使小说中有对男性性高潮的描写，也不过就是“一泄如注”四个字。③ 唐代的《天地阴阳交欢大乐赋》就是从男性视角来描绘交合过程中的女性身体的典型，为后世情色小说的性描写奠定了模版。④ 即便有《宜春香质》《弁而钗》《品花宝鉴》等记述断袖分桃之癖的小说将男色作为描摹歌咏的对象，故事的作者和故事的文本结构所召唤的潜在读者依然是男性。

虽然，历史上偶尔也留下女性作者的遗响，但在儒家伦理的框架下，这些女性作者大多沉湎于细腻的生活情致，不敢将写作的激情与对男色的欲求挂钩。明末清初江南地区才女所写的评弹故事，稍稍显露出不同特质。在才女

---

① ［美］Laura Kipnis：《如何观看色情》，郑亘良译，宁应斌、何春蕤主编：《色情无价：认真看待色情》，“中央大学”性/别研究室 2008 年版，第 42～56 页。

② 何春蕤：《色情与女/性能动主体》，宁应斌、何春蕤主编：《色情无价：认真看待色情》，“中央大学”性/别研究室 2008 年版，第 243 页。

③ ［美］马克梦：《吝啬鬼、泼妇、一夫多妻者：十八世纪中国小说中的性与男女关系》，王维东、杨彩霞译，人民文学出版社 2001 年版，第 42 页。

④ 康正果：《重审风月鉴：性与中国古典文学》，辽宁教育出版社 1998 年版，第 35 页。

文化的庇护下，评弹故事的作者们表达强烈的参与社会、分享权力的冲动。她们让自己笔下的女主角穿上男装，出门游历，而后金榜题名，为官作宰，似乎完全忘记了小脚根本无法忍受长途跋涉的艰辛，也全然不顾科举考试入场之前需要脱衣审查的事实。① 女扮男装使得女主人公多了许多与各种类型的男子接触的机会，让她们有了讨论、品评男性仪表的勇气和眼光。但即便如此，才女们对男子的品评范围也是十分有限，更不敢公然涉及爱欲情色。

实际上，以带有情欲意味的视角描摹男性身体，直到 90 年代所谓“私人写作”“身体写作”兴起时，也仍然是禁地。90 年代以陈染、林白为代表的“私人写作”，以卫慧、棉棉为代表的“身体写作”，触动千百年来女性作者不敢触及的情欲话题，因此在学界和媒体引起不少争议。支持者认为这些女性作者动摇了男性对写作和性的霸权（这两者在很多时候被认为有一种微妙的关系），展现了女性的欲望之躯和写作冲动；反对者则认为她们对“欲女”的描述恰恰迎合惯于消费女体的男性中心主义的阅读趣味。当时的辩论双方，都已经敏感地察觉到他们身处的两难境地：对于女性身体和欲望的展露，无论是鼓励还是以道德洁癖加以遏制，似乎都会让女性写作捉襟见肘，难以为继。在经过 90 年代的一度热闹之后，无论是“私人写作”还是“身体写作”都很快消歇了下去。②

但就在“身体写作”偃旗息鼓之时，网络上出现大批以写作为乐的年轻女性。她们很少从创作理论的角度去考虑自己所写的东西究竟是否符合“性政治正确”的原则，而以肆无忌惮的热情描写一切女性，尤其是年轻女性热爱的话题，耽美创作圈就是其中最具活力的社群。③ 与总是试图获得男性主宰的精英文化圈认可的“私人写作”和“身体写作”相比，以网络为平台，以自由表达和社群分享为基本理念的耽美作者丝毫不在乎主流文坛和正统文化的看法，她们只是想最大限度地写出能够愉悦自己和同好的作品。

最能够引发年轻耽美爱好者兴趣的，莫过于美少年的身体。对雌雄莫辩

---

① 女扮男装，建功立业是明末清初才女弹词故事非常受欢迎的情节，陈端生的《再生缘》、邱心如的《笔生花》等作品都有类似桥段。

② 尽管如此，学界的相关讨论依然绵延不绝。徐艳蕊《当代中国女性主义文学批评二十年》，广西师范大学出版社 2008 年版，第五章“作为女性写作的私人/身体写作”。该章为这一话题的讨论提供了一个阶段性的总结和反思。

③ 除了耽美，其他带有性/别实验性质的网络女性文类还有“女尊”“百合”“变身”等等。

的美少年的喜爱，源自日本耽美漫画对中国读者的影响。日本耽美漫画最早是从20世纪70年代的少女漫画中衍生出来的，内容多描写发生在纤细美少年身上的既唯美又悲伤的恋情。20世纪90年代末和2000年年初，中国耽美创作群体刚刚发展起来的时候，比较多地继承日本耽美漫画对美少年的喜爱。很多耽美小说中的受君都是兼具男女两性气质的美丽少年，有些小说中的受君甚至纤弱胜过少女，因此被戏称为“平胸受”①。

目前在大陆耽美圈影响力最为持久的原创作者风弄，就对美少年的形象情有独钟。强有力的青年对美少年的强制之爱是她最喜爱的配对模式。风弄出道时的作品《血夜》，之后让她迅速在耽美圈中赢得更大声望并成为专职耽美作者的穿越小说《凤于九天》，古风小说《奴才》《主子》《太子》，都属于这种模式。《血夜》写于2001年，先在台湾的耽美网站上发布，后来又全文发布于大陆一度最著名的耽美论坛——露西弗俱乐部。《血夜》的人物设定和故事风格都带有日本漫画的色彩。主角夜寻是小日族王子，俊美无俦且又极度魅惑。夜寻被帝朗司帝国的将军夏尔俘获并献给国王封旗。封旗先是用残忍的手段把夜寻当作性奴一般玩弄，随后却不知不觉地爱上这个倔强不屈的少年。夜寻则在逃脱了封旗的囚禁之后，成为一个统领一方势力的将领，与封旗对抗。封旗后来开始学习用平等的态度对待夜寻并最终赢得少年的爱。在这个故事的开头，夜寻的美丽就让所有看到他的人震惊：

> 木箱里，如夏尔所料，静静的躺着一个男孩。
>
> 但是，是这样的男孩啊！
>
> 惊心动魄的美！
>
> 优雅的身躯起伏在薄薄的丝绸被下。
>
> 连天神也无法勾勒出的完美脸庞，突显出直挺着透出骄傲的鼻子；而鲜艳的嘴唇，象（像）在邀请温柔的浅尝，令人忍不住向往从这里吐露出爱语的迷人模样，那一定是世界上最动人的话语。
>
> 他静静躺在那里，宛如沉睡了千年的仙子。
>
> 夏尔不自主地用微微颤抖的手轻轻滑过那覆盖着这无价珍宝的丝被，久久不能从震撼中回复。
>
> 神啊！你用这个少年来彰显你的存在吗？

---

① “平胸受”指受的气质非常女性化，如同平胸美女。

还是——他就是你的化身?[①]

在《血夜》里,无论是夜寻、封旗还是夏尔,都是既带有几分西式风格,又有着东方人特质的架空人物[②]。比如,夜寻虽然有着黑色的头发和眼眸,却四肢修长,肤色白晰,眼睛在极度痛苦或欢愉的时候还会变成魅惑的紫色。而另一个主要人物夏尔,虽然有着一头银发,却生着细长凤眼。这种让人物兼具东西方之美的格调,正是日本漫画惯用的塑造人物的技法。

虽然耽美小说在描写美少年时,会使用许多以往只用于描绘女性身体的词汇,如"细腻光洁如象牙般的皮肤""长长的卷翘的睫毛""小鹿般笔直修长的双腿"等等,但美少年的男性特征仍然不会被忽略。比如,善于以优美灵动的笔触描写人物的耽美作者左旋右旋一阵乱旋[③],就曾经在她的古风小说《烟笼寒水》中从攻君的视角描写美到极致的受君在陷入凌虐之恋时的狂乱。作为受君的姬郦池是一个被篡权的大将军燕棣逼迫得装疯的皇帝,他后来凭借智慧和坚韧夺回皇位,成为一代中兴之主。姬郦池和恋人兼对手的燕棣最后也在共同抵抗蛮族入侵的战斗中和解。无论从身体上还是性格上,姬郦池都是一个融合了两性特质的人物:他既能够雌伏于燕棣,处处示弱,也能够在收回皇权后励精图治,成为中兴之主,在外敌入侵时驰马疆场,身先士卒。

夜寻、姬郦池等美丽的受君,以新的图示阐释了情欲和权力的关系。中国自古就有书写男男同性之爱的传统,其在汉魏六朝和明清两季达到高峰。然而,正如施晔所言:"中国古代同性恋者间存在着固定、鲜明的权力构架,年长、富有、权高者充当主动方,反之则为被动方,绝少角色互换的例子。中国的男风组合大多是异性恋组合的戏拟,是一种'亚异性恋',是男尊女卑现象在男人内部的复制……性特权不仅存在于男性对女性中,还存在于霸权男性对被雌化了的男性中。"[④]与传统的男性创作的男风文学相比,女性创作的耽美作品更为彻底地打破主导—服从的异性恋模式的禁锢。耽美小说中的受君不仅有资本反抗攻君为了控制他们的人身和思想自由而施加在他们身上的象征性阉

---

① 风弄:《血夜》,2006-12-03,https://tieba.baidu.com/p/152416301?red_tag=0150964836.该文在露西弗俱乐部已经被锁。

② "架空"是日语词汇,意为虚拟、虚构,"架空小说""架空世界""架空人物"都是中国网络文学、二次元文化的常用词汇。

③ 左旋右旋一阵乱旋已经从晋江和鲜网的专栏撤文,现在只能在一些转载网站或者txt下载网站看到她的小说。不过她的大部分小说已经由台湾桃源出版社出版。

④ 施晔:《中国古代文学中的同性恋书写研究》,上海人民出版社2008年版,第608页。

割，最后总是能够获得胜利。

反观与耽美小说同时代出现的异性恋言情故事，其中的女主人公仍然不得不通过依附有权力的男人来获得权力。比如，2011 至 2012 年热播的、改编自网络小说的电视剧《步步惊心》和《甄嬛传》中的女主公，就必须把自己伪装成毫无野心的纯情少女，才能获得皇帝这个尘世间最有权力的男人的"怜爱"，才能分享他的权力。因为当今的主流社会依然认定，强硬的、充满情欲和野心的女人，是不可能吸引到男人的，这样的女性也无法获得个人幸福。当《步步惊心》中的若曦试图用自己的影响力改变皇帝"四爷"的决策时，她步步受挫，憔悴致死；当《甄嬛传》里的甄嬛成为帝国最有权势的女人时，她面临的是后半生的孤寂。

虽然耽美作品特别钟情于美少年，但也不乏对其他男色类型的喜爱。充满男子气概的英俊青年和成熟男性的身体，在耽美作品中也得到全方位呈现。比如，晋江最受欢迎的耽美作者之一、善于写民国题材的尼罗，就在她 2010 年大热的作品《义父》中塑造了身材挺拔、强健有力的攻君和受君。攻君金小丰，更是一个雄健如金刚的男人。在异性恋浪漫故事中，身材高大、体格雄健的男性人物往往会被塑造成手握权柄、对女性目标主动出击的角色。但在耽美小说中，强健的男子，无论攻受，对于和他具有同等性别的爱侣而言都不构成致命威胁。《义父》中的金小丰，虽然健硕异于常人，但他的伴侣陆雪征，既是天津卫的黑道大佬、业界最有声望的杀手，也是从小教养他长大的"义父"。因此，无论从体魄到气势，金小丰都不占绝对优势。这种势均力敌的关系，斩断了强健男体与强制性父权之间的同构关系，掐灭了强健男体在面对预设中的柔弱女体时所含有的施虐意味。

耽美作者不仅会从欣赏、品评的视角对男性躯体进行描述，有时还会用诙谐的笔触表达对男性身体的调侃，甚至嘲讽。河粉炒灵芝 2012 年首发于晋江的《穿越重生之男男生子科》就是一篇带有戏谑性质的耽美文。① 小说讲述了一名现代妇科医生贺赫赫（"呵呵呵"的谐音）穿越到男男、女女能够相恋生子，异性恋却大逆不道的古代世界的故事。穿越后，贺赫赫作为大学士之子参加宫廷宴会，见识了极富视觉冲击力的"甩屌"舞。这个舞蹈既是对女子情色舞

① 河粉炒灵芝：《穿越重生之男男生子科》，2012-03-01，http://www.jjwxc.net/onebook.php? novelid=1458041。该小说后更名为《重生之男男生包子科》。"包子"是对婴儿的昵称。

蹈“甩奶舞”的反讽,也是对裸露的男性身体的调侃。赤裸的男性身体,一直被视为对女性的示威或侵犯。但在这个耽美故事里,这种裸露却获得无害的喜剧效果。这种游戏性的态度,不仅解构了男性身体的权威,也化解了父权制所鼓励的女性对男性身体的膜拜和恐惧。有趣的是,在日本 BL 漫画的前身,*yaoi*[①] 漫画里,也有大量对男性自体性欲(auto-eroticism)的嘲讽。女性作者将男性的生理反应描绘为巴普洛夫的狗一般低级,以此来报复父权制社会对女性身体的贬低和歧视。[②]

尽管耽美小说所刻画的年轻、俊美的男性身体尚未对主流社会的审美规范形成足够的冒犯或挑战,但男性从观看主体到观看客体的位移依然蕴含多重的性政治意味。对充满情欲色彩的男性身体的想像和消费,不仅是女性欲望的释放,也是对男性权威的消解。男性身体不再是令人恐惧、憧憬、只能被动承受的东西,而是可以被接近、品鉴、把玩、挑逗甚至凌虐。换言之,耽美作品中男男关系的预设,为女性观赏者提供了全新的打量和想像男性躯体的视角。而异性恋浪漫关系,无论在精英文学还是通俗小说中,无论对情欲的描写多么大胆,迄今为止,仍然不能提供与这种阅读经验相匹敌的乐趣。

二、冒犯的快感:耽美小说的情欲模式

耽美作品中的攻受划分有简单明了的标准,现实生活中的同志群体却有着更加复杂、更具弹性的角色扮演规则。耽美作品对攻受角色划分以及性行为的执着显然带有异性恋色彩。尽管如此,耽美的情欲表征依然有其独特的品质,并非某些研究者所说的只是“对异性恋情欲模式的召唤”或复制[③]。与男性向色情小说对女性身体和性的消费不同,耽美提供的是对男性的身体和性的消费;与女性向言情小说相比,耽美的尺度更大,禁忌性话题出现的频率更高,更为多样。

虐恋是耽美小说中较为常见的主题。网络言情小说中也有虐恋这一故事

---

① *yaoi* 漫画 1970 年代后期出现于日本的同人志市场,是针对流行的少年漫作品的情色化戏仿之作。

② Kazuko Suzuki, “Pornography or Therapy? Japanese Girls Creating the Yaoi Phenomenon,” in *Millennium Girls*: *Today's Girls Around the World*, ed. Sherrie A. Inness (Lanham, MD: Rowman & Littlefield, 1998), 254.

③ 杨若慈:《性别权力与情欲展演:台湾本土言情小说研究(1990-2011)》,中兴大学 2012 年硕士论文,第 121～122 页。

类型，但其中所涉及的肉体伤害程度要比耽美轻微许多。耽美小说中的虐恋分“虐心”和“虐身”两种。虐心文一般情节悲惨，攻和受往往会因为某些不可抗拒的原因生离或死别，虐身文则往往包含有较多性虐成分。在虐身文当中，受虐的一般是受。虽然也有所谓的“虐攻文”存在，但“虐攻”一般指情感上的挫折或痛苦，很少涉及身体上的伤害。虐文中还有一种“调教文”，专指攻君用特定的器具和行为标准训练受君，使其能更好地服从攻君并被其享用。值得注意的是，在调教文中，被调教的不一定是少年弱受，也有可能是极具男子气概的成年男子。在标注为“调教文”的耽美小说中，作者一般会把握尺度，不会呈现过于血腥的场面。但在有些虐文中，受君会遭受非常残酷血腥的对待。比如，耽美早期的经典虐文《束缚》就以非常细腻的笔触描写受君韩玄飞所遭受的各种身体伤害。① 韩玄飞是卧底黑道的警察，黑帮首领旗弈对他产生狂热的爱恋。韩玄飞为了完成卧底任务不得不屈从，但他最终还是履行警员的职责，使黑道团伙遭到重创，而他本人也因此受到酷刑的折磨。

对残忍肉刑的描写，在大陆当代精英作家的作品中也颇为常见。莫言的《红高粱》和《檀香刑》精细刻画令人窒息的活剥皮和尖桩之刑；阎连科的《日光流年》再现赤贫的山民剥皮卖给烧伤病人以便筹钱改变绝望的命运。这些超出常人忍受程度的暴力场景，并非为了吸引读者眼球而虚构的噱头，而是对真实历史的映射或隐喻。难以言说却又无法释怀的痛楚、愤怒和暴戾依然弥散在中国社会的每个角落②，甚至私人关系中最微妙的部分亦不能幸免。就此而言，耽美小说对血腥场景的青睐，与精英作家对同类场景的描述一样，都是对同一种历史境遇的不同回应，尽管“80 后”“90 后”耽美作者的成长环境与“50 后”“60 后”精英作家的成长年代已经有了很大不同。二者的主要区别在于，精英作家会反思、影射公共政治，耽美作者则倾向于处理私密关系中的控制与反控制、暴虐与柔情、冲突和妥协。在耽美虐文中，一方面，被虐者往往不得不承受无法逃避的残忍虐待；但另一方面，作者又总是让他们不断与残酷的命运抗争，最终绝处逢生，获得爱情、幸福和尊严。耽美虐文虽然具有强烈的幻想色彩，但并非与现实毫无关联。凭借耽美这个本身就具有强烈禁忌性的

---

① 柠檬火焰：《束缚》，2002-03-09，http://www.lucifer-club.com/novel-75315.html。

② Arthur Kleinman, Yunxiang Yan, Jing Jun, Sing Lee, Everett Zhang, Pan Tianshu, Wu Fei, and Guo Jinhua, *Deep China: The Moral life of the Person. What Anthropology and Psychiatry Tell Us About China Today* (Berkeley, CA: University of California Press, 2011), 7.

文类,耽美作者表达了她们各种深具悖逆色彩的想像与思考,其中不仅包含性政治议题,也隐含伦理和政治议题。

乱伦也是经常在耽美小说中出现的敏感题材。父子文更是乱伦故事中禁忌度最高、数量最多的类型。另外还有兄弟文、甥舅文、叔侄文等类型。与虐文一样,乱伦故事并非只是禁忌性想像的表达,而包含多重主题和诉求。“伦”字在中国传统文化中指涉王权秩序、家族秩序和家庭秩序等多重意涵。因此,乱伦首先是秩序和意义的破坏,而不只是非常态的性行为。耽美文中父子乱伦情节可说是对父权制家庭中支配—服从关系的重新配置,反映了年轻一代日益增长的个体自由与自治的需求。对父权制根深蒂固的权力观念的冒犯、亵渎和挑战,是乱伦文中最核心的主题。① 尽管部分“80”后、“90”后由于生活压力,不得不在工作、住房、婚姻方面寻求父母的支持,听从父母的意见,导致阎云翔所谓的“新家庭主义”的兴起②,但耽美文父子文的存在表明,“新家庭主义”或许还有另外一层含义,即年轻世代对亲子关系的大胆改造和重塑。

耽美的 NP 文大多是一受多攻文,即多个攻君与一个受君长期保持稳定的亲密关系。多攻分享一受,看似是对男性向通俗小说中多女共伺一男的反转,但实际上,不仅多个热情的攻君是读者所乐意看到的,被多个男子围攻而陷入狂乱情欲的受君,也是读者关注、消费的对象。陷入这种情欲关系的受君,与异性恋言情小说中仍然占据主流的、不得不为一夫一妻的目标而与“小三”斗智斗勇的女主角们,显然相去甚远。这种差距,显示了女性写作在讨论性政治话题时出现的多种取向。值得一提的是,在耽美文走红网络之后,耽美文中的一些特殊设定也开始被通俗言情小说所采纳,比如男变女穿越文中格外坚强豁达的女主角、女尊世界里一妻多夫的 NP 文。不过,这些类型的小说在言情小说中的比重仍然很小,对禁忌话题的触碰也比耽美文少很多。

三、暴力的想像性解决:耽美小说的强奸情节

强奸或非两愿的(non-consensual)性交场景在耽美小说中极为常见,对此,学界已经提供了多种解释。美国学者帕里亚索提在研究 BL 漫画中的性

---

① Yanrui Xu and Ling Yang, “Forbidden Love: Incest, Generational Conflict, and the Erotics of Power in Chinese BL Fiction,” *Journal of Graphic Novels and Comics* 4.1 (2013): 30-43.

② 澎湃新闻网:《80 后的艰难与压力:中国新家庭主义的兴起》,2017-06-19,http://culture.ifeng.com/a/20170619/51275900_0.shtml。

暴力时，区分两种类型的强奸。一类是发生在恋人之间的作为情感障碍(emotional barrier)或仪式性死亡的强奸。这类强奸为施害者提供了一个向受害者告白的机会。另一类是发生在男主人公和其他次要人物之间的强奸。性侵犯作为一种情节障碍(plot barrier)为另一位男主人公提供了解救、呵护被强奸的男主人公的机会。此外，强奸还可以为直男提供一个发生同性性关系的契机；让受害者在情爱关系中占据上风，因为强奸者无法控制自己的爱欲；让一个不受欢迎的人物遭遇强奸，从而唤起读者的同情；通过凸显受害者在快感中的沉沦，强化作品的情色吸引力；为女性读者提供一个享受强奸幻想的借口。帕里亚索提还引用社会学家铃木和子的观点，称 BL 漫画通过强调被强奸者的无辜，消除强奸受害者所蒙受的污名，从而有助于减轻有过同样经历的 BL 读者的内疚和羞耻感。①

上述阐释尽管丰富，但仍有欠缺之处。至少在中国耽美小说中，我们就可以区分出三种类型的强奸模式，而不是帕里亚索提所说的两种。这三种类型分别是：攻因爱而强奸受；攻强奸受之后产生爱；攻或受遭到强奸，但强奸者不是他的配对，强奸行为也不导致两情相悦。无论爱欲出现在强奸发生之前还是发生之后，故事的核心问题都不是强奸如何引发、证实爱欲，而是被强奸的一方如何应对强奸所带来的羞辱、贬低和人身控制。尤其是第三种类型，会注重描绘受害者如何通过各种努力摆脱屈辱，达成自己的生活目标，获得爱、尊重和较高的社会身份。也就是说，真正吸引读者的，并不单单是强奸场景本身，而是男主人公应对强奸的方式。耽美并未像某些研究者所声称的“通过对背景、人物外貌、服饰等的高度美化，将强奸者、被强奸者、强奸本身审美化，回避强奸的权力、暴力性质”②，恰恰相反，耽美要处理的就是性爱中的控制欲与自主权的问题。

以香艳著称的一受两攻文《劣云头》就是一个攻因爱而强奸受的故事。③受君阮雪臣是受过正统儒家教养的读书人，得中探花郎，任礼部侍郎，对自己不符合儒教伦理的同性欲念深感羞愧。恋慕阮雪臣的王爷萧图只好步步为营，半强迫半诱拐使阮雪臣就范。从表面上看，这一类型的耽美故事非常类似

---

① Pagliassotti, “Better Than Romance?,” 68.

② 王向贤：《诡女初长——关于少女流行文化“耽美”的思考》，黄盈盈、潘绥铭主编：《“权利与多元”中国“性”研究第 5 辑》，万有出版社 2001 年版，第 301 页。

③ 旧弦：《劣云头》，2001-06-12，http://www.jjwxc.net/onebook.php?novelid=1215282。

通俗浪漫故事中强悍的男主角对女主角的强制之爱。在这种故事里，女主角"天性纯洁"，对于性爱总是怀有抗拒的心理，必须要男主角采取狂野、热烈而富于侵犯性的行动，才能使女主角感受到性爱的甘美。这种情节的出现乃是因为社会对于女性欲望的压制。女性必须纯洁如白纸，不能主动表达欲求。如拉德威所言，通过强奸情节，女性性欲被"许可纳入罗曼史幻想中"，"但最终对女性性欲负责的个体并不是女性本人，而是男性"①。男性侵犯者不仅有责任带来强烈的性刺激，还必须要担负起绝大部分性的罪恶感。

那么，耽美读者在阅读这一类型的故事的时候，是否会将自己带入弱受的视角，对强势的男主人公既惧怕又渴望，消极地等待性爱的来临？答案恐怕并不这么简单。因为被强奸或者性虐的弱受，无论他是否如女子一般姣美，或只是暂时在武力、权势或者身份上低于强攻，不得不屈从于攻的强制之爱，他的身份依然是男性。读者在欣赏一个受制于性暴力的受君的时候，也许难以完全避免代入角色，陷入对热烈狂暴性爱的想像，但他们也可以想像自己成为施暴者，折辱或享用这一诱人的美男子的身躯。也就是说，在阅读耽美时，女性可以幻想性地攫取"在现实男权社会中难以获得的强奸者身份"②。当被强迫的一方并非弱受，而是男人味十足的角色的时候，这种快感也就更加强烈。比如尼罗的《义父》和蓝淋的《错觉》③中的受君都是黑道大佬，他们初次被攻君攻陷都有半强迫半诱骗的性质。早早的《千重门》④和偷偷写文的《将军令》⑤中的受君则是名震一方的大将军，最初是迫于皇权压力不得不屈从于皇帝。

男性的身体，尤其是具有强健体魄和强大权势的男性，似乎总与主导权和控制力相联系，会对女性造成一种强烈的压迫感。当这种强势男性不得不在另一男子，尤其是年龄比他小或地位比他低的男子身下婉转承欢时，会特别投合一部分女性读者的阅读趣味。在著名耽美网络论坛"耽美闲情"（现更名为"闲情"）上就曾有读者发帖说："我有罪，我看到那种高高在上威风凛凛众人影

---

① Janice A. Radway, *Reading the Romance: Women, Patriarchy, and Popular Literature* (Chapel Hill: University of North Carolina Press, 1991), 76.

② 王向贤：《诡女初长——关于少女流行文化"耽美"的思考》，黄盈盈、潘绥铭主编：《"权利与多元"中国"性"研究第5辑》，万有出版社2001年版，第301页。

③ 蓝淋：《错觉》，鲜欢文化2009年版。

④ 早早：《千重门》，2002-11-03，http://www.lucifer-club.com/novel-8094.html。

⑤ 偷偷写文：《将军令》，2008-08-06，http://www.jjwxc.net/onebook.php? novelid=358744。

从的人物就想看到他被身边忠犬或者对方大将推倒强奸的场景……没错必须是强奸，身体完全被打开被侵占被强硬地使用……要手头真有权，一帮人唯命是从的最妙，哪怕其实内心恶毒或者阴险或者为了利益不要脸也行。”[①]主贴后面又有150多个跟帖附和这种意见并求文。

耽美强奸故事的第二种类型，是攻强奸受之后产生爱。前文提到的风弄的《血夜》、亦域的《黄梁》[②]、寒衣的《但为君故》[③]都属于这种类型。这种故事里的强奸，完全与爱无关，而是赤裸裸地展示攻利用武力和权势对受的拘禁和凌辱。比如《血夜》里的封旗囚禁夜寻是为了获得珍品性奴；《黄粱》中的南刻、南制兄弟将卢若铭视为禁脔；《但为君故》中的王爷沈步吟将捕快楚君笑当作奸细一样囚禁、报复。当这些故事中的受君被有权势的攻君强奸和囚禁的时候，他们并未立即斯德哥尔摩综合症发作爱上攻君，而是愤怒和不甘，想尽办法逃离。当他们有能力逃出囚禁并发展自己的势力的时候，他们也会毫不犹豫地与攻君对抗。受君坚强不屈的人格力量以及对于平等态度的坚持要求，促使攻君对受君的控制欲与情欲转化为爱情和尊重。在这类故事的结局部分，攻总会或多或少地因为之前的暴行而遭到惩罚。有时候这种惩罚被一笔带过，有时候攻则以失去权势或是遭受和受当初同等的暴力伤害作为代价。

这类强奸故事，比第一种强奸故事更直白地表明女性作者和读者在强奸问题上的立场：强奸被视为制度性的暴力伤害，受之所以被强奸是因为他在权力等级的低端，而不是因为他先天弱小。构成这种权力等级的法则会迫使他不得不承受这种暴力，直到他能够伺机逃脱并积蓄力量取得一个有利的社会位置，最终赢得对方的尊重。处于低等阶层的受和处于较高阶层的攻的身份差异，类似于女性和男性之间的性别等级秩序。这种性别秩序对女性的强制性力量，就如同受君们所遭遇的囚禁和强奸：被制度性的暴力剥夺自由、自尊，

---

① 耽美闲情：《树洞，我有罪，我看到那种高高在上威风凛凛众人影从的人物就想看到他被身边忠犬或者对方大将推倒强奸的场景……》，2013-01-21，http://bbs.jjwxc.net/showmsg.php? board=3&keyword=%BE%CD%CF%EB%BF%B4%B5%BD%CB%FB%B1%BB%C9%ED%B1%DF%D6%D2%C8%AE%BB%F2%D5%DF%B6%D4%B7%BD%B4%F3%BD%AB&id=653750。

② 亦域：《黄粱》，2004-04-19，http://www.jjwxc.net/onebook.php? novelid=10568。该文现已被锁。

③ 寒衣：《但为君故》，2005-05-31，http://www.jjwxc.net/oneauthor.php? authorid=28253。该文现已被锁。

屈从为第二等级。受君们的反抗则是对这种制度性暴力的象征性解决。最后的胜利总是属于受君,他们不但获得社会的尊重,而且使攻君陷入对他们不可自拔的爱恋之中,自愿与他们分享权力,甚至服从于他们。

耽美强奸故事的第三种类型——遭受强奸的主角最后摆脱屈辱,达成自己的生活目标,其实是对第二类强奸故事的性政治立场的深化。比如,满座衣冠胜雪的《千山看斜阳》,主人公宁觉非本来是特种部队司令官,阴错阳差地穿越到古代一个将死的戏子的身体里。[①] 由于戏子得罪了权贵,作为报复,权贵一再指使人轮奸、凌虐他,几乎使他不成人形。但宁觉非有着强大的意志力,他设法摆脱凌虐,最后成为名震一时的大将军,不仅洗去男妓的污名,还赢得受君国师云深的爱。尼罗《义父》里的陆雪征,也曾经被对手李继安强奸,他的反应是伺机以其人之道还治其人之身,在格斗中彻底制服对方。

除了以上几种类型,耽美故事中还有一些受反过来强奸攻的文,但这些故事数量很少,暴力因素也相对较弱。

综上所述,强奸之所以成为耽美故事中的普遍元素,首先是因为它承载的暴力成分,有打破性禁忌,提供更为浓烈的爱欲想像的功能。同时,耽美还提供新的视角,使女性观众能够对处在欲望中的男性之躯投注想像和欲求。这种欲求,甚至带有亵渎的快感,因为对女性而言,男性的身体曾经是需要仰望和膜拜的禁区。其次,耽美强奸故事提供了想像性的解决制度性暴力的方法。在这些故事里,强奸不再是压倒性的毁灭力量,不再是无法洗刷的屈辱,即便付出个人幸福乃至生命的代价也无法挽回的过失。强奸变成可以凭借自己的人格、自尊和努力克服和解决的事件。这种故事提供了一种可能,使性暴力的受害者或潜在的受害者能够跳出传统的女性角色,以人而非女人的角度直视性暴力,有力量对抗性暴力的伤害和污名。由于在当下的社会语境中,针对女性的暴力仍然无处不在且很难获得公开讨论,包含想像性解决方案的耽美故事也就比媒体对于女性生存状况的公开报道更贴近女性的真实需求。

四、余论

由于摆脱了异性恋体制中男主女从的固定程序,耽美能以更自由的态度来探讨亲密关系中的角色扮演、权力分配和快感生成等议题,并往往能够突破异性恋亲密关系的禁区,探索更多的禁忌性话题。从这一角度看,耽美极其符

① 满座衣冠胜雪:《千山看斜阳》,SA 工作室 2006 年版。

合激进女权主义者对于性解放的呼唤:“我们要求更大更宽广的情欲空间,超越一夫一妻的父权制婚姻,超越单一的性伴侣,超越异性恋,超越单一僵化的性模式,性解放要从压抑的、单一的、僵化的一切框架中满溢出来,漫过规范的疆界。”①

作为女性情欲解放的产物,耽美与男性向的A片形成有趣的映照。台湾学者林芳玫在研究A片时指出,在以男性观众为主导的A片世界里,“最极端、最具屈辱性质的行为仍是女性专属”,“我们不会看到男人被强暴、不会看到父子或兄弟乱伦,也不会看到男人与动物的性交,这些都是最深刻地挑战异性恋父权霸权”②。但以男性为对象的强奸、乱伦和人兽交,全部都可以在耽美中找到。然而耽美并不是A片的简单反转,首先,耽美的读/作者虽然大多是女性,但耽美故事中的性暴力都是发生在男性之间,施害者与受害者均为男性。无论是在幻想世界还是现实世界,女性都很难直接对男性施暴,除非借助其他男性的力量。其次,由于针对女性的暴力在现实中极为普遍,部分女性在进行性幻想时,会以“己所不欲勿施于人”的心态来约束自己,试图为幻想划定大致的边界。

虐文就是一个经常引发争议的耽美亚文类,一些读者对于大尺度的虐文颇为反感,不理解为什么受君在遭到攻君的残暴摧残之后,还要与攻君在一起。2008年,一位资深耽美粉丝在闲情发表了一篇六万多字的悬疑恐怖小说《猎杀同人女》,以小说的形式表达了她对耽美圈虐文泛滥现象的忧虑。③ 小说讲述的是一个针对同人女的连环杀人案。主犯是一位名叫Fanta(这个名字令人联想到fantasy、fantasize、fantastic等与幻想有关的英文单词)的女性耽美读者。她曾在耽美论坛里反对耽美虐文,并与虐文作者发生争吵,遂决定让虐文作者亲自领受她们所幻想的虐恋桥段。结果是“没有人能承受自己的幻想”。Fanta是美国华人帮派的继承人,曾因目睹黑帮的残暴而精神分裂。随后她喜爱上网络耽美小说,试图从同性恋情中寻求心灵的安慰。但耽美虐文的出现打碎她对同性恋情的美好幻想。小说生动地再现了幻想的符号性力量以及幻想对于现实的改变。不仅Fanta本人以耽美虐文为蓝本,从父权制

① 何春蕤:《豪爽女人——女性主义与性解放》,《呼唤台湾新女性:“豪爽女人”谁不爽》,元尊文化1997年版,第40页。

② 林芳玫:《色情研究》,商务2006年版,第256页。

③ 飞扬:《猎杀同人女》,2008-08-05,heeps://tieba.baidu.com/p/460180800? red_tag=0197677147。该文在闲情已经被锁。

暴力的受害者转变为施害者，负责破案的男警官也因接触耽美小说而与Fanta的男友开始了一场相互戒备又相互渴慕的同性恋情。

这篇扰乱幻想和现实边界的小说让不少读者感到恐惧和不安，有读者称，读完小说之后立刻上QQ，和她认识的耽美作者逐一联系，以确定她们都还活着。还有读者半开玩笑地说这篇小说给她“幼小的心灵造成巨大的伤害”，以至于不敢再写大尺度的虐文。[①] 当然，《猎杀同人女》这篇小说并不只是对虐文作者的劝诫和恐吓，它也在一定程度上揭示了虐文流行的原因——异性恋体制中“女人奉献、男人占有”的剥削关系以及女性生活中无处不在的暴力、侮辱和贬低。比如，当一位被列入猎杀计划的耽美作者被警方解救之后，她的男友最关心的不是她的伤势，而是她的处女膜是否还在。当男警官的女友在办案过程中牺牲，上司给他的安慰是“女人，还会有的”“自己前途最紧要”。

耽美为女性读者提供了一种更符合女性欲求的性幻想模式[②]，这种幻想模式并非只是与传统情色小说、女性言情小说和精英女性写作截然不同的情欲出口，围绕这种幻想模式所展开的围剿与坚持、剪灭与再生，有着超出幻想领域的现实意义和价值。

---

① 歌尽风流何茫然：《〈猎杀同人女〉!! 这让写虐身文的作者们情何》，2013-05-11，http://tieba.baidu.com/p/2320689134? pn=1。

② 张茵惠：《蔷薇缠绕十字架：BL阅听人文化研究》，台湾大学2007年硕士论文，第132～135页。

文化治理与社群自治：以网络耽美社群为例

2013 年公布的《中共中央关于全面深化改革若干重大问题的决定》提出，全面深化改革的总目标是推进国家治理体系和治理能力现代化。推进文化治理能力现代化也随之受到政府和学界的重视①，相关研究显著增加。作为 20 世纪 90 年代在西方政治学和社会学领域兴起的重要思潮，在旅行到中国之后，治理理论不可避免地经历了文化转译和意义重置的过程。西方学者在讨论治理问题时，均将社会运动和非政府组织当作“治理的新世界中最重要的行动者”，强调在市民社会(civil society)中进行公共协商和解决问题。② 非政府组织尤其被当作治理理论的实验场，成为学界研究的焦点。在探讨文化治理的议题时，西方学者倾向于将人权和文化权利视为文化治理的手段和目的，将国家视为不同文化、利益和行动者之间的仲裁者、协调者和促进者。③ 中国学者在探讨治理问题时，虽然也倡导多元行动者之间的协商和共治，但仍普遍将国家视为占据主导地位的治理主体。在讨论文化治理时，国内学者大多将国家视为文化产品和服务的提供者、文化事业/产业的庇护者，并将国家利益(如“民族复兴”“国家文化安全”)当作文化治理的终极目标。④ 这种国家主义

---

① 苏丹丹：《从文化管理走向文化治理》，《中国文化报》2014 年 4 月 9 日。

② Frank Fischer, “Participatory Governance as Deliberative Empowerment: The Cultural Politics of Discursive Space,” *American Review of Public Administration* 36.1 (2006): 19.

③ Vesna Čopič and Andrej Srakar, “Cultural Governance: A Literature Review,” EENC Paper, January 2012, [updated February 2012], http://www.interarts.net/descargas/interarts2549.pdf.

④ 胡惠林：《实现文化善治与国家文化安全的有机互动》，《探索与争鸣》2014 年第 5 期。

的学术取向不仅忽视了互联网时代文化内容的跨国流动、草根民众在文化生产和消费方面的自主性,也较少正面主张文化治理的核心"应该是保护公民的文化自由权"①。

本书以耽美社群为例,分析网络爱好者社群的治理方式。由于国内纸质媒体的监管较为严格,耽美主要凭借网络平台进行生产、传播和消费。如世界各地的粉丝社群一样,网络耽美社群拥有自己的社群规则,尤其是对有争议的涉性内容的规范。我们认为,在国家主导的共治模式之外,还存在网络社群的自治模式。在研究文化治理时,与其纠结"文化"与"治理"之间的逻辑关系,不如更多地从现实经验出发,探讨多元治理主体之间的互动以及实现共治的可能路径。

一、社群共识的培育

耽美社群的发展过程,是自治意识不断形成和强化的过程。社群自治的基石,乃是社群成员就事关社群兴亡的基本问题达成共识。对作者创造力的维护和著作权的尊重就是耽美社群建立伊始达成的重要共识。

1990 年之后,包含耽美内容的日本动漫作品培育出中国大陆第一代耽美粉丝。20 世纪 90 年代的后半期,网络逐渐普及,耽美粉丝通过网络接触到更多的耽美作品,不仅有汉化的日本动漫作品,更有台湾地区作者创作的中文耽美小说。耽美小说因为创作门槛低,传播方便,很快成为中文耽美创作的主导形式。1998 年之后,大陆也相继出现耽美网站和拥有耽美板块的动漫或文学网站。如 1998 年 5 月建立的"桑桑学院"(http://sunsunplus.51.net)开设"耽美小岛"专栏,专门发布耽美相关内容。这些网站转载了很多台湾作者的作品,但都未事先获得台湾作者的授权。台湾耽美圈普遍认为,大陆网站不经授权转载作品的行为,是对创作者极大的不尊重。一直认为让作品被更多人看到和喜欢就是对作者的支持的大陆耽美圈,则对这种意见并不敏感。为此,台湾耽美粉丝,尤其是那些被无授权转载的作者,开始在台湾和大陆的耽美网站上与大陆粉丝认真辩论无授权转载的性质。海峡两岸耽美社群之间的争论直接导致两个结果。一方面,部分大陆耽美粉丝意识到原创的重要性,开始转型创作,大陆耽美圈出现第一个创作高峰期;另一方面,大陆耽美网站开始普遍要求用户凡发布转载小说必须出示作者的授权书。

---

① 魏宏:《构建社会主义公民文化权利保障体系》,《探索与争鸣》2014 年第 5 期。

作品授权制度建立之后，无授权转载行为成为不光彩的行为，无授权转载的内容一旦被发现，作者有权追究网站的责任并要求撤文。作者的这种申诉也往往会得到社群舆论的一致支持。其次，是否尊重授权开始成为评判耽美网站是否专业的重要标志。比如严格遵守授权制度的露西弗论坛和晋江文学网站，因为有作者的支持，逐渐成为耽美圈的核心网站。而授权制度执行并不严格的百度贴吧，虽然粉丝活动很活跃，但对原创作者缺乏吸引力，因而被耽美圈视为外围网站。2005 年之前，百度耽美吧、百度 BL 小说吧等贴吧也曾经聚集一批活跃的耽美原创作者，但由于贴吧的管理相对松散，并未在制度上充分支持作者，这些作者随着写作的成熟慢慢流向露西弗和晋江，贴吧逐渐成为低龄粉丝相对活跃的地方。

在转载之前向作者请求授权的行为从技术上说并不复杂，但却在耽美圈开创了尊重作者的风气，直接影响到后来耽美圈的建立和发展。因为耽美文学的发展基础就是社群创作制度的建立，而创作制度的核心是鼓励作者的创作意愿。在商业化到来之前，耽美文的写作完全建立在自由书写和免费发布的基础上。作者从写作当中并不能获得经济利益，读者报偿作者的方式是向作者表达她们的喜爱和支持。授权制度的普及，阻止了耽美文的无序流动，将读者引导到作者的网络专栏或经过作者授权的特定网站。这些网站一般都会用各种方法激励读者回帖对作品进行评论，对作者进行肯定和鼓励。这些书评以及读者通过书评表达的喜爱和共鸣，是支持作者继续写下去的主要动力。因此，授权制度虽然简单，却直接参与构成以读写者情感流动为基础的写作激励机制。这种机制，即便在商业化到来之后，也继续发挥着极为重要的作用。在盗文难以完全避免的网络文学圈，读者只有非常喜欢一个作者，才会持之以恒地购买她的 VIP 文，进行额外的打赏。

2008 年以后，晋江实行 VIP 付费阅读制度。耽美文类的商业化，对耽美社群原有的创作生态和社群成员的自我认同都造成显著冲击。耽美是主要由女性生产和消费的男男恋幻想故事，该文类隐含了两个敏感点，一是同性恋，二是女性借由男男恋框架表达与现有社会规范相冲突的性政治立场和女性化的色情幻想。耽美社群在商业化之前一直处于隐匿与半隐匿状态，耽美粉丝，尤其是作者，承担了比较大的社会压力。因此，耽美社群一直非常强调分享与支持，倡导尊重和爱护作者，认为写作与阅读耽美，不仅是对女性向网络文学的消费，更是立场和观念的表达。然而，商业力量的侵入不仅弱化耽美社群的支持作用，也降低耽美作品的激进性，以至于部分粉丝坚称，耽美由有爱的分享变成萌点的贩卖是沦落，坚持自由写作和分享才是耽美这种文类应有的状态。社群内部在商业化问题上的分歧，导致打着“自由分享”旗号的盗文现象广为流行。一些人买了 VIP 之后，将文章盗出，发布在专门的盗文网站。一些读者看了盗文之后还讽刺作者太看重金钱，炫耀自己不花钱也能看文。那些进入 VIP 制度的作者，面对盗文也往往难以硬下心肠来抵制。比如晋江的重量级作者张鼎鼎，回忆起自己最初加入晋江的 VIP 作者行列的时候，就曾经一度对盗文非常无奈，跟读者谈到盗文的时候说，如果实在没有钱充值，想看盗文就看吧。

为此，耽美社群内部展开新一轮的共识重建活动。晋江的“闲情”论坛从 2008 年开始就对 VIP 制度、作者的知识产权和盗文现象进行了连篇累牍的讨论，甚至连晋江的站长冰心也卷入这场大讨论。大多数社群成员都认为，如果读者不喜欢商业化机制，可以不去买 VIP 文来看，且有相当一批作者其实并未加入 VIP 制度，她们的文仍然免费向读者开放。盗文不是对耽美共享精神的继承，而是不尊重他人的劳动和知识产权，和其他种类的偷盗无异。尽管直到今天，盗文的行为也无法完全禁止，但“盗文无耻”已经成为耽美社群的共识，整个社群也逐渐适应了 VIP 制度。尤其是在移动网页阅读技术发展成熟之后，越来越多的读者乐意付费阅读。一来是在移动终端阅读拥有更灵活时空，翻页也变得更加方便；二来是一些读者喜欢追文，在追文的过程中和作者进行互动。比如晋江的作者大多会在每章节后面的“作者有话说”中留言，用风趣幽默的语言讲述和写作以及自身生活相关的琐事，读者则会在章后留言。另外许多网站都开通了文后打赏制度，有时候读者的红包馈赠甚至远远超过 VIP 购买的收益，不仅作者能够从这种馈赠制度中收益，读者也从这种馈赠和支持中感到和自己喜欢的作者建立起更紧密的联系。

二、舆论监督和仲裁

除了盗文，抄袭也是网络文学领域的高发问题，因为抄袭网络文学的成本和风险都非常低，即便抄袭行为被发现，也不会被严厉追究责任，极少给抄袭者带来难以承受的后果。抄袭耽美作者的成本和风险比其他网络文学作品更低，因为耽美本身所带有的禁忌性，使得耽美作品很难获得公众舆论的尊重和保护。一些抄袭者看准耽美作者不愿意身份曝光的特点，抄袭起来更少顾忌。

面对这种现象，耽美社群内部非常希望耽美作品的著作权能够得到官方的承认和保护。但是国家针对网络文学的治理主要放在“扫黄打非”上，而不是保护网络作者的合法权益。在这种大环境下，耽美社群内部逐渐发展出针对抄袭的两种治理方法。第一，也是最重要的方法是，利用社群内部的舆论压力迫使抄袭者撤文并道歉。第二，由原创网站组织网友通过讨论制定判断抄袭的标准和惩罚抄袭的措施。不过需要指出的是，这两种方法在抄袭者和被抄袭者都属于耽美社群成员的时候效果最好。如果抄袭者不是耽美圈成员，则维权的路程会更加曲折。

耽美圈发生过一次对整个社群有着重要影响的抄袭事件——剑走偏锋抄袭懒猫事件。整个事件的来龙去脉颇为曲折，最后导致众多作者公开发表声明离开露西弗，一度是耽美核心站点的露西弗从此由盛转衰，一蹶不振。

2006 年 4 月，晋江颇受欢迎的作者“神奇兔”被读者发现其专栏中的两篇小说《色放》和《对手》与天涯的原创作者懒猫的旧作《有色》《两角》高度重合。当时神奇兔已将两部作品投给当时比较有影响力的耽美杂志《非天》，其中一篇已用神奇兔的笔名发表，另一篇待发。遭到网友质疑之后，神奇兔立即从自己的专栏里删掉这两篇小说，随即发表公告声称自己就是懒猫。遭到网友进一步质疑的时候，神奇兔和她的粉丝对质疑者进行侮辱和谩骂。这些行为激怒了网友，她们向晋江和《非天》举报神奇兔抄袭，晋江和《非天》旋即对两篇小说进行了审查，联系原作者懒猫，证明神奇兔并非懒猫，两篇小说是神奇兔对懒猫的抄袭。晋江随即删除神奇兔的 ID 及专栏。《非天》杂志则公开向读者和懒猫道歉，把已发表小说的稿费直接支付给懒猫本人。

但事情到此并未结束，神奇兔的 ID 被删除之后，神奇兔又在晋江注册笔名“剑走偏锋”，继续为自己辩护，声称并未盗取他人作品，懒猫才是冒名者。“剑走偏锋”陆续创作了一些颇具特色的小说，形成自己的粉丝群。这些粉丝非常相信剑走偏锋的言论，经常为其辩护。剑走偏锋在露西弗上也很活跃，露西弗的一位版主“风溯月”也是剑走偏锋的忠实粉丝。风溯月曾在露西弗多次发帖推荐剑走偏锋，并在推荐帖中一再声称剑走偏锋并未盗取或抄袭过他人作品。这些声明招致更多读者和作者的愤怒，联名声讨抄袭者和抄袭的包庇者，有些人选择用 ID 自杀及删文的方式表达对露西弗管理层的不满。这其中包括一些当时很有影响力的耽美作者。这次事件令露西弗管理层措手不及，没有及时采取合适的应对策略。最终，露西弗为包庇抄袭者向读者道歉，但其人气急剧下滑，逐渐被日益发展壮大的晋江取代。

2010 年，懒猫打算通过壹零工作室印制《有色》和《两角》等作品，剑走偏锋试图通过熟悉的编辑阻止其发行并在自己的论坛和百度空间中发表言辞模糊的声明,声称自己是被诬蔑的,懒猫才是盗文者。剑走偏锋的行为再次引起多位耽美作者和资深粉丝的不满。包括逍遥侯、黯然销混蛋等在内的多位颇具影响力的耽美作者出面回击剑走偏锋并澄清事实。经过多方辩论和长期鏖战之后,剑走偏锋终于承认自己刚开始写作的时候急于求成,盗用抄袭了懒猫的作品,之后因为害怕粉丝失望,不断编织谎言试图掩盖事实。剑走偏锋声称这两部作品之后的其他小说确实是自己耗尽心血创作的,自己的人气也是靠后来这些作品集聚的。神奇兔和剑走偏锋事件就此告一段落。

在剑走偏锋事件中,我们可以看到耽美社群是如何通过公共争议来进行舆论监督和仲裁的。正如社群成员选择BBS、QQ群、百度论坛和微博等去中心化的网络平台作为舆论场域,这场舆论监督风暴本身,也是去中心化的。并无一种权威的声音来为抄袭事件定性,从最初的检举认定到后来的集体谴责抗议都由社群意见领袖和普通社群成员共同完成。网站的决议虽然起到舆论推动作用,但并不能完全左右事态的发展。这种以平等、自愿的公众参与为基础的舆论监督虽然不具有法律强制性,但却对作者和网站的声誉有直接的影响。当然,这种舆论监督和仲裁也离不开社群成员在抄袭问题上所达成的共识。无论是剑走偏锋的支持者还是反对者,辩论的双方都默认"尊重原创,抄袭可耻"的社群理念。剑走偏锋为自己辩护的方式也是声称自己是原创者,指责懒猫欺世盗名。露西弗和剑走偏锋的公开道歉,不仅象征着舆论监督的胜利,也在社群内部再次确立和强化反抄袭的共识,保证了社群公正、有序的运转。

三、道德准则的协商

根据福柯的治理术(governmentality)理论,治理不是国家主权的简单行使,而是以主体的自治性和自我管理为前提。福柯的晚期思想不再强调权力对主体的绝对支配。相反,他认为,权力并不只是身体暴力,它必须施加于可以自由行动的个体。福柯将权力界定为"应对他人行动的行动"(actions on others' actions),这个定义"预设而非取消了个体的能动性",它表明权力是"针对、通过一系列开放的实践和伦理可能性而行动的"①,除了被迫应对国家的严厉审查,耽美社群也在社群内部培育出自己的伦理准则。这种自我管理在甄别和禁止部分涉性内容的耽美作品方面表现得尤为明显。

① Colin Gordon, "Governmental Rationality: An Introduction," in *The Foucault Effect: Studies in Governmentality*, ed. Graham Burchell, Colin Gordon, and Peter Miller (Chicago: University of Chicago Press, 1991), 2-3, 5.

耽美社群内部一直存在各种反色情的成文和不成文规定。其中最严厉的规定就是禁止恋童文。20 世纪 90 年代末，耽美刚开始在中国发轫时，曾出现一些在小范围内比较受欢迎的有恋童倾向的小说。在随后的发展过程中，这类耽美小说遭到越来越多的读者的反对。通过大量的激烈辩论，耽美粉丝社群现已达成共识——对于恋童的描写是令人厌恶的、违反公序良俗的不道德行为。目前，国内主要的耽美写作社群都已经明令禁止恋童文。如随缘居[①]在 2012 年 9 月更新的版规中首次规定："严禁任何详细描绘 14 岁以下未成年人性行为(恋童)的图文在版内张贴。如有发现不存不警告直接删除帖子，二次发现会删除作者 ID 处理。"2014 年 5 月，随缘居进一步扩大打击范围，不仅禁止包含恋童成分的作品，还禁止任何支持恋童的网帖。[②] 可见，耽美社群对恋童言论和作品"零容忍"的态度，比国家对于儿童色情的处置更为严厉。中国虽是《联合国儿童权利公约》的缔约国，但尚未严格执行其中"禁止利用儿童进行淫秽表演和充当淫秽题材"的条款，也未针对儿童色情制品进行单独立法，重点打击，导致目前网络上持有、传播和浏览儿童色情内容的现象屡见不鲜。

为了保障不同年龄和趣味的耽美读者的阅读权利，耽美社群内部发展出不同类型的分级制度。一是在论坛内部设立专区，凡是涉及色情的读物或影音制品都在专区内存放，会员只有在获得特定的密码之后或在阅读权限达到一定程度时才能进入。没有或极少含有色情成分的作品则不设置密码或阅读权限，论坛成员或游客都可自由浏览。专区的密码或阅读权限由网站管理者严格掌握，在确定读者年龄和身份后才会审慎授权，以便最大限度地杜绝未成年人接触色情制品的可能。另一种分级方式是为作品设立标签。比如，"清水文"的标签意味着作品基本不含性描写，而"18 禁"的标签则意味着作品含有涉性内容，低龄粉丝应主动避开这类作品。部分社群还借鉴欧美粉丝小说社群的分级体系，要求作者在发文时必须提供完整的分级和警告信息。

除了上述自我协商和管理方式，耽美社群内部还存在着意识形态引导。首先，"三观不正"的情节往往会遭到社群成员的严厉批评。"三观"是世界观、人生观和价值观的简称，它本来是学校思想政治教育的重要内容，网络文学的读/作者借用这个官方意识形态概念来泛指网文所表达的伦理道德观念。耽

---

① 随缘居是中国最大的欧美影视同人论坛。截至 2018 年 2 月，该论坛已经拥有 53 万注册会员。

② 秀秀：《禁止事项与新人须知(2014.5.30 更新禁止恋童/儿童色情发帖的版规)》，2014-05-30，http://www.movietvslash.com/thread-35187-1-1.html.

美文中如果出现虐待老人、妇女和儿童的情节，同志骗婚的情节，过度暴力和血腥的描写，过于功利、崇拜金钱权力的思想，自私自利、不遵守基本社会规范的人物形象，都可能被读者批评为“三观不正”。网文发布虽然不像纸质图书出版那样存在严格的审核校对环节，但作者和读者的自我约束仍然有助于维护耽美社群的洁净生态。其次，面对当下低龄耽美粉丝的大量涌现，资深粉丝往往会通过论坛、社交媒体向新粉丝普及社群常识和规范，以此来维护社群的健康氛围。

四、结语

目前，国内学界关于文化治理的概念尽管众说纷纭，但已经显示出两种基本的理解方式：一种是将文化当作治理的对象，也就是“对文化的治理”，另一种是将文化当作治理的工具，也就是“基于文化的治理”。[①] 持前一种理解的学者通常将文化治理视为打破政府行政垄断、鼓励分权、推动各利益相关方共同治理、保障公民文化权利和参与的新型文化管理机制。[②] 持后一种理解的学者则期望透过文化政策的实施和对符号资源的调动，达成多种社会治理目标，包括建设核心价值观，增强国家文化软实力，改进政府执政能力，强化公民意识和文化认同，推进社区文化发展等等。[③] 还有一些学者要么对“文化治理”的概念深表怀疑，认为“治理”依然包含“控制”，文化治理有可能导致文化多样性的丧失[④]；要么认为“实现文化善治，首先要改变使得我们的文化趋坏的制度环境”，将制度的变革当作文化治理的条件[⑤]。

本书认为，从本土现实出发，我们或可将文化治理视为国家、资本、社群和公民个体之间围绕文化权力和文化表达所展开的多方较量和博弈。耽美文学网站、社群和爱好者为了应对来自国家的强制性监管，一方面或主动或被动地

---

① 廖胜华：《文化治理分析的政策视角》，《学术研究》2015 年第 5 期。

② 郭灵凤：《欧盟文化政策与文化治理》，《欧洲研究》2007 年第 2 期；吴理财：《把治理引入公共文化服务》，《探索与争鸣》2012 年第 6 期；王啸、袁兰：《文化治理视域下的文化政策研究——对改革开放以来的文化政策分析》，2013-01-08，http://theory.people.com.cn/n/2013/0108/c40537-20131372.html；毛少莹：《文化治理及其国际经验》，胡惠林、陈昕主编：《中国文化产业评论》第 20 卷，上海人民出版社 2015 年版；任珺：《文化的公共性与新兴城市文化治理机制探讨》，《福建论坛》2015 年第 2 期。

③ 谢新松：《多元化社会的文化治理模式研究》，《云南社会科学》2013 年第 3 期；夏辉、张冰：《社会治理的文化介入机制及路径》，《河海大学学报》2014 年第 4 期；胡惠林：《文化治理中国：当代中国文化政策的空间》，《上海文化》2015 年第 2 期。

④ 竹立家：《我们应当在什么维度上进行“文化治理”》，《探索与争鸣》2014 年第5 期。

⑤ 陶东风：《改善文化治理的制度环境》，《探索与争鸣》2014 年第 5 期。

顺应这种监管,一方面又通过构建共识、开展舆论监督和仲裁、协商道德准则等多种方式来维护耽美文化的生存空间和社群的良性发展。这些以自由辩论、艺术创作和社群公约等形式存在的社群治理活动,与国家的外部治理形成多重碰撞。不同于自上而下的外部治理,网络社群自治是对社群成员主体性的召唤和建构,其核心是自愿、平等和责任。

然而,社群自治并不意味着全然的自主性,而是和国家治理一样,受到来自本土和全球、政府和民间、商业和非商业的多种权力和话语的形塑。比如,前面提到的针对恋童文的社群禁令显然受西方反儿童色情话语的影响,而对同志骗婚情节的讨伐又和本土的同妻现象密切相关。社群自治也并不必然为社群成员带来更多的自由,在某些方面,社群的政策甚至比国家的规定更为严厉。社群自治与外部治理也并非截然对立,耽美社群中"三观"话语的流行表明,即便是反主流的亚文化也可与主流文化找到接合之处。这种价值观念的契合或许正是共治模式得以实现的前提条件。此外,耽美社群虽然具备"自净"①的能力,但并非所有困扰社群发展的问题都能在社群内部得到解决。抄袭、盗文等网络文学中普遍存在的问题就只能依靠更健全的法律和社会环境才能彻底解决。

由于客观条件的限制,中国耽美社群目前只是松散的网络爱好者群体,尚无法形成正式的倡议团体,也缺乏与外部相抗衡的社会资源。② 但即便如此,耽美爱好者也已然在跨越国家疆界的互联网上开辟出属于自己的文化空间,

---

① 褚松燕:《中国互联网治理:秩序、责任与公众参与》,《探索与争鸣》2015 年第 1 期。

② 国外目前已经出现了强大的跨国粉丝组织。比如,2007 年在美国注册成立的"改造性作品组织"(Organization for Transformative Works,简称"OTW")就是一个具有合法地位的非盈利组织。其宗旨是保护各种形式的粉丝小说和粉丝文化不受商业侵蚀和法律挑战,并为粉丝提供更好地接触粉丝文化的途径。该组织成立的原因是 2007 年 5 月,美国大型社交网站 LiveJournal(简称"LJ")毫无预警地封禁了 500 来个在其兴趣列表中涉及儿童色情、乱伦、强奸等话题的用户。LJ 网站对用户言论自由的粗暴侵犯引发粉丝小说读/作者的强烈不满,部分读/作者遂决定成立 OTW,建立一个由粉丝管理的、没有审查干扰的、非商业性粉丝小说网站。目前这个名为"我们自己的档案"(Archive of Our Own)的网站已经发表了来自全世界数十种语言的上百万篇粉丝小说。更令人赞叹的是,OTW 还出版了一本网络学术期刊 *Transformative Works and Cultures*,旨在促进粉丝作品和粉丝实践的学术研究,展示粉丝社群和粉丝创作的社会、教育和美学价值。该刊物现已在粉丝研究领域赢得了较高的声誉。OTW 的历任董事会成员都是来自世界各地的粉丝小说和艺术的爱好者,其中不乏知名作家、学者以及在法律、IT、设计、财务、非政府组织等行业就职的专业人士。http://archiveofourown.org;scinnamon:《从私密邮件到 LiveJournal 再到 AO3:或者,洋妞同人圈是怎么发展起来的》,2015-06-25,http://sallycinnamon.lofter.com/post/2e556a_764b755。

从中获得深刻的愉悦、满足和参与感。网络耽美社群的自治模式不仅足以让我们管窥新媒体时代中国社会日益“复杂和去中心化的”[①]权力分配格局，也为当代文化治理提供了有益的另类参考。

① Tao Zhang, "Governance and Dissidence in Online Culture in China: The Case of Anti-CNN and Online Gaming," *Theory, Culture & Society* 30.5 (2013): 74.

粉丝经济的三重面相

本土语境中的“粉丝经济”,最早指涉电视选秀节目所引发的粉丝文化现象及其为媒介娱乐产业带来的巨大经济效益。① 近两年,随着移动互联网的发展和传统商业模式的转型,“粉丝经济”的概念再次获得热捧,与“互联网思维”“大数据”等金光闪耀的流行词汇一起推动着互联网经济的热潮。新一波粉丝经济的典范不再是催生出大量“玉米”“凉粉”的2005年《超级女声》节目,而是拥有千万“果粉”和“米粉”的苹果、小米等高科技企业品牌;“粉丝”的范畴也从大众文化的积极受众扩展到品牌产品的忠实消费者和网络社交媒体的活跃用户。在市面上已出版的多部以“粉丝经济”为名的图书中,粉丝经济基本上都被界定为以赢利为目的的商业活动。如叶开将粉丝经济定义为“基于粉丝参与的品牌社群,在其信任关系之上的社会资本平台和商业经营行为”②。还有人甚至直截了当地将粉丝经济等同于围绕特定品牌展开的“网络营销”,粉丝经济的内容不过就是“先把用户变成粉丝,再通过运营激活粉丝的商业价值”③。

粉丝经济的概念果真如此简单吗?粉丝都是被消费资本主义逻辑洗脑的狂热消费者吗?粉丝除了充当忠实用户,还能在文化经济中发挥怎样的作用?粉丝经济除了以情感和信任为基石,还涉及哪些关键要素?带着这些疑问,本书借鉴西方粉丝研究(fan studies)的理论资源,结合本土粉丝文化的案例,重新梳理粉丝经济复杂而丰富的多重内涵。本文第一部分回顾詹金斯的“情感经济学”(affective economics)概念,以众筹电影《美眉校探》(*Veronica Mars*)

① 杨玲:《转型时代的娱乐狂欢:超女粉丝与大众文化消费》,中国社会科学出版社2012年版,第136~192页。

② 叶开:《粉丝经济》,中国华侨出版社2014年版,第5页。

③ 陈建英、文丹枫:《解密社群粉丝经济学》,人民邮电出版社2015年版,第170~171页。

为例，介绍粉丝研究者对情感经济学所隐含的生产者与消费者权力关系的反思。第二部分梳理近两年英语学界对粉丝社群所形成的礼物经济（gift economy）的探索，重点关注粉丝小说（fan fiction，也可译为“同人文”）[①]的商业化问题。第三部分借助“非正式经济”（informal economy）的概念，分析中国耽美粉丝社群的文化生产和流通体系。

本书认为，目前国内出现的粉丝经济话语，大多将粉丝经济狭隘地理解为新媒体时代的品牌营销手段，仅仅将粉丝视为忠实的客户和顺服的产销者（prosumer），忽视粉丝社群的自主性和社群内部所形成的礼物经济、混杂经济和非正式经济。我们有必要在探讨粉丝经济时，关注这一经济体系涉及的情感、道义、法律和政策管控等多个面向，探究粉丝经济是否带来更公正的权力和利益分配方式，粉丝经济的受益者是否是粉丝社群和粉丝文化。

一、情感营销与众筹电影

詹金斯在《融合文化》一书的第二章定义情感经济学：“营销理论的新构型（configuration）……它试图将消费者决策的情感基础理解为观看和购买决定的推动力。在许多方面，情感经济学代表了一种追赶文化研究领域在过去数十年间关于粉丝社群和观众承诺（viewer committments）的工作的企图。但二者有一个重要区别：文化研究试图从粉丝的视角来理解媒介消费，阐明现有的媒介体系没能满足的欲望和幻想；新的营销话语则试图塑造那些消费欲望，以此来影响购买决定。”[②]这个定义不仅解释了情感经济学的话语源头，也说明营销理论与文化研究/粉丝研究[③]研讨粉丝消费者的不同目的和方式。

詹金斯提到的营销理论主要指“品牌社群”（brand community）和“爱标”（lovemarks）。2001 年，美国营销教授小穆尼兹（Albert M. Muniz Jr.）和奥吉恩（Thomas C. O'Guinn）首次明确提出品牌社群的概念，认为“品牌社群代表品牌发挥重要的功能，如分享信息、延续品牌的历史和文化、（向其他用户）提

---

① 关于粉丝小说和同人小说的概念梳理，参见杨玲：《粉丝小说和同人文：当西方与东方相遇》，《济宁学院学报》2009 年第 1 期。

② Henry Jenkins, *Convergence Culture: Where Old and New Media Collide* (New York and London: New York University Press, 2006), 61-62. 中译参考了［美］亨利·詹金斯：《融合文化：新媒体和旧媒体的冲突地带》，杜永明译，商务印书馆 2012 年版，第 111 页。

③ 英美粉丝研究与文化研究有着深厚的渊源。詹金斯本人就是费斯克的学生。参见杨玲：《媒介、受众与权力：詹金斯的“融合文化”理论》，《山西大学学报》2011 年第 4 期。

供帮助。他们为营销者和消费者之间的关系提供了社会结构。社群向成员施加压力以使他们对集体和品牌保持忠诚。"①2004 年，美国著名广告人罗伯茨(Kevin Roberts)又提出"爱标"(lovemarks)理论。罗伯茨认为，少数伟大的品牌已经超越普通的品牌而成为"爱的标记"。比如在哈雷摩托车/铃木摩托车、可口可乐/百事可乐、麦当劳/赛百味、迪拜的卓美亚帆船酒店/假日酒店、电视节目主持人奥普拉/电视节目主持人斯普林格等一系列相似的品牌中，前者是爱标，即备受大众喜爱的产品、人和地方，后者则只是知名度高的品牌。②爱标不仅像品牌一样受人尊敬，它还赢得消费者的挚爱，与消费者建立起至关重要的情感联系。品牌的未来就取决于是否能在尊敬的基础上进一步获得消费者持久的热爱，激发出超越理智的忠诚。③

无论是品牌社群还是爱标，都赋予消费者更多的自主权和能动性，强调忠实消费者对于品牌的重大意义。消费者的品牌忠诚度正是情感经济的"圣杯"或终极目标。④ 在产品日益丰富、竞争日趋激烈、消费日渐走向定制化和私人化的后福特生产时代，生产者再也无法像过去那样高高在上、唯我独尊，而必须放低身段，聆听消费者的声音，拉近与消费者的距离，时刻保持与消费者的互动，努力吸引消费者的参与。以《美眉校探》为代表的众筹电影的出现，就是生产者和消费者权力关系演变的新近后果。

《美眉校探》是 2004 年开播的热门美国电视连续剧，2007 年因收视率下滑而被取消。2013 年 3 月，该剧主创和制片人托马斯决定在众筹网站 Kickstarter 上向公众筹资 200 万美元，拍摄电影版。这个众筹计划上线之后立刻获得粉丝的热烈响应，仅仅 10 小时，就筹到目标金额。在一个月的筹款活动截止时，总筹款金额高达 570 万美元，成为 Kickstarter 网站上最成功的电影项目。⑤

《美眉校探》的成功，吸引了不少粉丝研究者的关注。2013 年 3 月下旬，

---

① Jenkins, *Convergence Culture*, 79.

② "Love/Respect Axis," accessed December 10, 2017, http://www.saatchikevin.com/lovemarks/loverespect-axis/.

③ "Future Beyond Brands," accessed December 10, 2017, http://www.saatchikevin.com/lovemarks/future-beyond-brands/.

④ Jenkins, *Convergence Culture*, 72.

⑤ "Veronica Mars," accessed December 10, 2017, https://en.wikipedia.org/wiki/Veronica_Mars.

詹金斯在自己的博客上组织了一个关于众筹电影的笔谈。粉丝研究的新晋学者斯科特(Suzanna Scott)坦承自己对这一现象的矛盾心态。虽然作为《美眉校探》电视剧的粉丝,她为电影拍摄计划感到欣喜,但作为研究者,她又对粉丝集资("fan-ancing",对"financing"[融资]一词的戏仿)的做法感到不安,担心越来越多的媒介生产者通过这种方式直接从粉丝身上榨取价值。尤其是《美眉校探》的知识产权并不属于创作人,而属于华纳兄弟公司。这意味着影片的利润将落入媒介巨头的腰包,众筹只是在帮助媒介巨头降低财务风险。①

詹金斯则认为,众筹电影的出现是媒介产业的重大变革,因为它增加了创作型制片人的话语权,也让粉丝对制片决定有了更大的发言权。许多被媒介产业的把关人判定为没有"钱"途、不值得投资的文化内容由于粉丝真金白银的支持而重新获得关注并在市场中赢得一席之地。詹金斯指出:"在资本主义生产方式下,人们总是会首先从经济的角度来解读粉丝。"传统的媒介生产方式将粉丝当作可以卖给广告商的眼球,新近出现的 Web2.0 将粉丝当作内容生产的免费劳动力,现在的众筹模式则将粉丝当作投资者,为有才华的制片人预支实现其梦想所需要的金钱。也就是说,粉丝在媒介生产体系中的角色一直在变化。关键是粉丝和生产者之间的关系必须透明,粉丝应知悉生产者能为他们提供什么,他们在生产过程中发挥的作用。②

2014 年,英国著名的粉丝研究专家希尔斯也发表了一篇关于《美眉校探》的论文。希尔斯认为,众筹电影涉及"使用价值和交换价值之间的一系列多重转型"。媒介生产者和粉丝消费者都在众筹过程中表现出相当的能动性,生产者努力将其所生产的媒介产品"去商品化",使其成为"爱标",消费者则自觉自愿地将对媒介产品的喜爱之情商品化,将情感转化为资本。③ 生产者施演(enact)粉丝话语,以抵抗文化工业商品化的粉丝自居,粉丝则承担了类似生

---

① Henry Jenkins, "Kickstarting Veronica Mars: A Conversation on the Future of Television (Part Two)," March 27, 2013, accessed December 10, 2017, http://henryjenkins.org/2013/03/kickstarting-veronica-mars-a-conversation-on-the-future-of-television-part-two.html.

② Henry Jenkins, "Kickstarting Veronica Mars: A Conversation About the Future of Television (Part Three)," March 28, 2013, accessed December 10, 2017, http://henryjenkins.org/2013/03/kickstarting-veronica-mars-a-conversation-about-the-future-of-television-part-three.html.

③ 国内的营销案例可参考罗永浩锤子手机的"情怀"营销。

产者的商业功能。比如,《美眉校探》的制片人托马斯在电视剧的播放阶段就和粉丝社群有较多的联系。在选择利用网站为电影进行众筹的阶段,他更是把自己塑造为粉丝社群的盟友、打破业内陈规的反叛者,以此来吸引粉丝的支持。而粉丝也通过选择捐款额度,为自己的情感打上价码。情感经济不只是允许媒介生产者去"剥削"粉丝的参与,它也要求生产者不断付出情感劳动来调动去商品化的话语,维系自己粉丝式的身份认同。①

二、礼物经济与粉丝小说

如果说情感经济学主要代表情感资本主义时代生产者对消费者情感、记忆和认同的收编和商品化,是从生产者的视角出发,以生产者的利益为旨归的粉丝经济,礼物经济则是粉丝社群内部生发的、被粉丝普遍认可的运作逻辑,一种专属于粉丝社群的粉丝经济。

加拿大社会学家切儿将礼物经济定义为:"一个道德经济内的冗余性交易体系,它使得社会关系的广泛再生产得以可能。"在"道德经济"中,交易双方因共同的生活方式而彼此信任并履行各自承担的义务,从而认可和维系社会关系。礼物的"冗余性"指礼物的给予超越社会所规定的义务,超越接收者的预期,礼物本身也不一定为接收者所需要。礼物尽管是冗余的,但它却可以"用来建构某种自愿的社会关系"。② 粉丝社群的文化实践大多可以纳入礼物经济的范畴。粉丝小说、粉丝歌曲、粉丝视频等文化制成品,通常被当作礼物在社群内部免费共享。粉丝进行文化生产的目的不是为了赢利,而是为了与同好分享、自我表达和收获社群成员的尊敬。尽管使用粉丝文本是免费的,但其使用方式并不随意,也要遵循社群准则。比如,美国的日本动漫迷通常只是在动漫作品未进入美国市场之前才会从事字幕组的工作,一旦该作品开始在美国进行商业发售,动漫迷们就会主动收回未经授权的翻译版本。③

粉丝社群的礼物经济与资本主义社会的商品经济是两种迥然不同的交换体系。美国文化批评家海德(Lewis Hyde)在其名著《礼物》(*The Gift*)中指

---

① Matt Hills, "*Veronica Mars*, fandom, and the 'Affective Economics' of Crowdfunding Poachers," *New Media & Society* 17.2 (2014): 183-197, 194, 188.

② David Cheal, *The Gift Economy* (New York, Routledge, 1988), 12-19.

③ Henry Jenkins, Sam Ford, and Joshua Green, *Spreadable Media: Creating Value and Meaning in a Networked Culture* (New York and London: New York University Press, 2013), 62-63.

出，礼物依靠的是利他的社会动机，通过慷慨和互惠行为获得流通，商品的流通则源自经济动机。商品的目的是牟利，礼物则是为了化解冲突或扩大社交网络。一件商品拥有的是价值（value），即可以换算为金钱的交换价值。一个礼物拥有的是值当（worth），即变化的、无法估价的情感价值或符号价值。比如，明星使用过的物品（如口红、餐巾纸）对于非粉丝可能一文不值，对于粉丝却可能是无价之宝。① 在粉丝社群中，礼物的观念至关重要，不仅因为粉丝的同人创作涉嫌侵权，如果创作者以此牟利可能遭到原作版权所有者的起诉，更是因为礼物可用来创造和巩固社群的结构和关系。②

美国学者塔克对粉丝社群的礼物经济进行了细致的分析。她指出：粉丝社群中流通的绝大多数文化制成品都不针对特定个人，而针对整个社群。也就是说，粉丝社群的礼物经济并不是个体之间互惠关系的简单累加，而是形成复杂的体系。这种礼物经济像是海德所说的“循环赠与”（circular giving）：礼物在一个圆圈中移动，而不是赠送的人和接受的人相互赠与。比如，我从 A 那里获得一份礼物，我送出去的礼物却给了 B，B 送出去的礼物则给了 C，这种礼物经济具有一种不对等的特性，并未严格遵守互惠原则，因为一个礼物可以抵达很多人，比如一篇粉丝小说可以被整个社群成员分享。因此，很多粉丝收到的礼物远比他们赠送的礼物多，还有很多粉丝只是接受，很少回馈。比如，每个粉丝社群里都是读者的数量远大于创作者的数量。这种赠与的不连贯性以及互惠原则的不可靠性是礼物经济的有机组成部分。不过，即便是不从事文本生产的粉丝，也通过其他形式的粉丝劳动参与社群的礼物经济，比如读者对粉丝小说的阅读、给作者的点赞和留言，就是在回馈作者。还有一些粉丝劳动生产的不是艺术文本，而是信息、资源、数据、讨论和活动，这些劳动对于社群的正常运作也必不可少。③

然而，礼物经济并非粉丝社群的唯一经济形态。比利时学者诺普就曾在 2011 年发表的一篇论文中讨论了粉丝文化文本在当代文化经济中的商业潜

---

① Jenkins et al., *Spreadable Media*, 67-71.

② Bethan Jones, “Fifty Shades of Exploitation: Fan Labor and *Fifty Shades of Grey*,” *Transformative Works and Cultures* 15 (2014), accessed December 10, 2017, http://dx.doi.org/10.3983/twc.2014.0501.

③ Tisha Turk, “Fan Work: Labor, Worth, and Participation in Fandom's Gift Economy,” *Transformative Works and Cultures* 15 (2014), accessed December 10, 2017, http://dx.doi.org/10.3983/twc.2014.0518.

力。诺普认为,新媒介技术让粉丝个体也能生产出专业质量的媒介产品,分享经济和商业经济之间的界限正在消融,粉丝社群正在朝着莱斯格(Lawrence Lessig)提出的混杂经济(hybrid economy)的方向发展。哈佛大学法学教授莱斯格提出,在商业经济和共享经济(或曰"礼物经济")中间还有第三种经济形态,它以商业经济和共享经济为基础,为二者增加新的价值。在诺普看来,日本的同人志文化就是非常成功的混杂经济的例子。漫画迷将自己生产的同人志通过同人展会等渠道进行销售,既促进了业余漫画圈的分享和繁荣,也为职业漫画圈和整个动漫产业带来活力。虽然粉丝作品的商品化目前还面临多重阻碍,但最重要的问题还不是粉丝作品何时能够商品化,而是粉丝社群如何处理正在浮现的新的商品化生产形式,粉丝是否能够从商品化中获益,公司机构是否会在这个混合经济中抢先建立自己的游戏规则,而罔顾粉丝的利益。①

尽管混杂经济已经在部分粉丝社群(如游戏社群)中出现②,但礼物经济与商业经济的融合,不可避免地将导致道义和利益之间的冲突。2007 年,美国一个叫 FanLib 的网站企图将粉丝小说商品化。网站的创始人给许多粉丝小说作者发邮件,以电子出版和电视剧改编为诱饵,鼓励作者将其作品上传到 FanLib 并参加网站举办的写作比赛。但该网站却遭到粉丝作者的大规模抵制,因为这些作者普遍将自己的作品视为赠给社群的礼物,而非商品。FanLib 最终不得不关门大吉。部分粉丝作者后来建立了一个完全由粉丝运营、维护和整理的粉丝小说发布平台"Archive of Our Own"(AO3)。③

另一个在粉丝社群引起广泛争议的案例是英国女作家詹姆士创作的全球畅销书《五十度灰》。《五十度灰》原名为"宇宙的主人",是《暮光之城》粉丝社群中一部知名度颇高的同人小说。它最早在 FanFiction.net 网站上连载,后因情色内容较多被网站撤文,转到詹姆斯的个人网站。此后该小说被一家名为"作者咖啡店"的网络出版社发现,更名为"五十度灰",以电子书和定制印刷的方式出版。2012 年,《五十度灰》由 Vintage 出版社正式出版,立刻风靡全

---

① Nele Noppe, "Why We Should Talk about Commodifying Fan Work," *Transformative Works and Cultures* 8 (2011), accessed October 22, 2014, http://journal.transformativeworks.org/index.php/twc/article/view/369.

② 关于游戏社群的混杂经济,参见杨玲:《粉丝、情感经济与新媒介》,《社会科学战线》2009 年第 7 期。

③ Jenkins et al., *Spreadable Media*, 49.

球。然而，该书的问世却在粉丝社群引发强烈争议。许多粉丝指责詹姆士将粉丝小说改头换面当作原创作品进行商业出版的行为，背叛和伤害了整个社群。这些粉丝的理由是，詹姆士在创作《宇宙的主人》的过程中，“不是一个人在战斗”，而是获得来自《暮光之城》粉丝社群的无偿帮助。她的铁杆读者不仅为她提供大量的评论和建议，还在社交网站上广泛宣传她的作品。值得注意的是，尽管粉丝小说的商业出版容易遭到非议，但粉丝绘画作品和服装、首饰、笔记本等周边产品的公开贩售却获得社群的默许，因为这些产品在生产过程中较少依靠社群的帮助。尽管存在诸多争议，粉丝小说的商业化机制已经初具雏形。2013 年，亚马逊启动了一个网络出版平台 Kindle Worlds，粉丝小说作者可以利用这个平台上传和销售自己的作品，亚马逊将向同人作者和原作的版权持有者支付版税。[①]

三、耽美世界的非正式经济

部分西方学者将混杂经济当作粉丝社群未来的发展方向，然而，混杂经济只是抽象的概念，必须结合具体的社会语境和粉丝社群进行更深入的探究。一个粉丝社群采取何种经济形态，很大程度上取决于该社群所生存的社会文化土壤。另外在概念层面，我们还可以将构成混杂经济的商业经济进一步细分为“正式经济、非正式经济和非法经济”[②]。

英国人类学家哈特（Keith Hart）在 1970 年代早期发明“非正式经济”一词，用来描述他在加纳首都阿克拉发现的超级活跃的户外经济。在那里，各种没有执照，没有固定地点，也不受政府管控的小商小贩们在路边做着庞大的生意。为了将“非正式经济”与赌博、走私和贩卖人口等“非法经济”区分开来，美国作家纽沃斯将非正式经济重新命名为“D 体系”（System D）。“D”是说法语的非洲和加勒比海地区的俚语“débrouillard（e）”的首写字母，意思是“机灵、有办法的人”。这些地区称那些不注册，不纳税，不受官僚政府控制，完全靠自己本事谋生的商人为“机灵人的经济”（D 体系）的一部分。这是一种足智多谋，即兴发挥，自立更生，自己动手（DIY）的经济。在许多发展中国家，D 体系都是整个经济中增速最快的部分。目前，全球 D 体系的经济总量已接近 10

---

① Jones, “Fifty Shades of Exploitation.”

② 陈春花、刘祯：《阿里巴巴：用价值观领导“非正式经济事业”》，《管理学报》2013 年第 1 期。

万亿美元。①

当代中国社会对于非正式经济并不陌生。美国杜克大学社会学系教授高柏在一项关于中国山寨手机产业的研究中指出:非正式经济是由那些规避法律和行政法规的成本,从而也不被这些法规所保护的经济行动组成的。由于政府对山寨手机产业既不提供法律保护,也不收税,因此这一产业可以算作非正式经济。非正式经济与政府的监管之间存在悖论。政府越试图通过颁布更多的法规来扩大监管范围,根除非正式经济,其监管的漏洞也就越多,也就让非正式经济有更多的生存空间。由于非正式经济的特点之一是碎片化的需求,因此全球化对于非正式经济意义重大,因为全球化带来的国际市场能为非正式经济中的长尾产品提供规模效益。②

在中国的耽美粉丝社群,我们同样也能看到一个蓬勃的、跨国界的非正式经济正在浮出水面。经过二十年的粉丝自发传播,中国耽美社群的版图已经十分庞大,覆盖文学、影视、ACG(动画、漫画和游戏)、音乐和体育等各种流行文化类型,形成原创为主、同人为辅的文化生产格局。耽美从隐秘的小众文化发展为能见度极高的流行文化,主要依靠的是粉丝的需求和互联网技术。在互联网出现之前,“耽美内容的接触途径非常有限”③。网络的普及对于粉丝身份认同的形成、社群的建立以及耽美文本的生产和流通都起到积极的推动作用。尤其是晋江文学城等大型商业网站的问世,为耽美作品的广泛传播打下坚实的基础,使得耽美作者也可以像其他网络文学作者一样通过写作获得收入。

尽管一部分耽美创作已经被网络文学产业收编,但由于政府对同性恋议题的暧昧态度,导致正规实体书的出版依然困难重重。目前,仅有极少数的网络耽美作品通过正规出版社推出纸质版,作者通常都要对作品的情节进行删改,方能通过出版社的审查。更多的耽美文本只能通过晋江网站的“定制印

① Robert Neuwirth, *Stealth of Nations: The Global Rise of the Informal Economy* (New York: Pantheon Books, 2011), 17-27.

② Bai Gao, “The Informal Economy in the Era of Information Revolution and Globalization: The Shanzhai Cell Phone Industry in China,”《社会》2011 年第 2 期。

③ 杨榆熹、刘柏因:《全媒体时代的迷文化研究——以耽美迷群为例》,《新闻爱好者》2012 年第 3 期(下半月)。

刷”功能或耽美工作室进行纸质出版。[①] 这两种印刷方式都属于私人自助出版，没有严格的审查，没有正规的书号，也不用缴税，但其装帧设计和印刷质量不一定逊于正规出版社的产品。工作室出版的个人志(即原创作品)和同人志通常会在专门的耽美网站、论坛和微博账号上进行宣传和征订，然后在淘宝上完成交易。除了网络销售渠道，近年来全国各地名目繁多的动漫同人展会，也为耽美作品提供有效的线下销售渠道。北京、上海、广州等一线城市的大型展会往往能吸引近万名动漫爱好者，其中不乏耽美爱好者。通过正规出版社出版作品的作者通常只能从出版社拿到8%～10%的版税，但在自助出版时，作者有权自己定价，甚至获得高达50%的销售利润。一本个人志通常只要销售到300本就能收回成本。[②] 由于个人志和同人志的印数普遍较少，且主要是方便粉丝读者收藏，其定价会远高于同等字数的商业图书。为了规避国内的审查制度，一些耽美作者还会选择在台湾的商业文学网站上发表作品或通过台湾的出版社出版实体书。这些台版书随后会通过网络平台返销到大陆。

尽管耽美作品的商业化已经衍生出有利可图的利基市场(niche market)，部分耽美粉丝仍然固守礼物经济，将版权、收益等问题置之脑后。比如，部分耽美粉丝自愿加入“扫文组”，定期收集、挑选、打包优秀的耽美小说、漫画、广播剧、歌曲并将其上传到网络，供所有的粉丝免费下载。[③] 部分耽美粉丝也习惯免费享受社群的资源，很少为自己的爱好付出金钱。除非是特别喜爱的作品，他们才会花钱购买。一些经济条件较好的耽美作者也坚持自由分享式的创作，拒绝“入V”[④]。对于职业的耽美作者来说，支撑她们创作的也不完全是金钱，个人兴趣和读者的支持也同等重要。因为即便是在流量大的晋江，VIP耽美作者的收入也远低于言情作者的收入。[⑤] 当一些耽美作者放弃耽美写作转而从事言情写作时，她们在耽美社群中的声誉通常会骤然

---

① 孙嘉咛:《“耽美文学”出版研究》，西南交通大学2013年硕士论文，第33～36，51～53页。

② 风弄，个人访谈，2014年2月28日。

③ 目前大部分扫文组因被指责“看盗文”已不提供免费文包供读者下载。一些扫文组出身的耽美粉丝已成为圈内有影响力的推文者，也就是书评人。

④ 即“加入VIP”，商业网站的小说一般会免费供读者阅读一定数量的文字，然后就会被网站加入VIP，读者必须付费才能阅读到后面的章节。

⑤ 关于耽美作者的创作心态，参见徐艳蕊:《网络女性写作的生产与生态》，《北京大学学报》2015年第1期。

降低。

耽美文化所形成的非正式经济，一方面带给创作者更多的自由，另一方面也使得创作者在权益受损之后得不到法律的保护。由于耽美很难通过正规途径出版，读者又有这方面的阅读需求，一些不良商家趁机出版廉价的、未经作者授权的盗版耽美图书，淘宝甚至一度成为粗制滥造的盗版耽美书的主要发行平台。与此同时，网络耽美小说的盗文现象也很严重，甚至出现专门发布未经作者授权的耽美小说的商业网站，严重损害耽美作者的利益。① 由于耽美作品一直处于合法与非法的模糊地带，少数言情作者抱着"反正我抄了，你也不敢去告我"的心态，肆意"借鉴"耽美小说中的桥段和文字。②

耽美社群不仅处于法律保护之外，还时常沦为执法对象。在2007年的扫黄打非运动中，西陆社区的大批耽美小站和文库因涉嫌传播网络色情而遭到强制性关闭。③ 2011年1月，一位80后女作者因上传自己创作的耽美小说，被法院认定触犯传播淫秽物品罪，判处拘役四个月。④ 同年3月，郑州警方又以"传播淫秽物品罪"为名查封"耽美小说网"，逮捕了该网站的创办人，抓捕了10多名网站的签约写手。⑤ 耽美作品的贩售活动也存在相当大的风险。按照国内法律规定，销售台版书须通过拥有进口出版物资质的图书公司进货并经过相关部门的审批。⑥ 曾有台版耽美图书的代销者被抓捕，以非法经营罪被判处两年徒刑。⑦ 笔者2014年考察武汉耽美图书市场时，曾遇到一位耽美杂志的经销商，因家长举报杂志内容而被工商部门查处。2017年12月，晋江知

---

① 孙嘉吟：《"耽美文学"出版研究》，第61～62页。

② 万花王朝的梦魇：《【关于抄袭】大家都知道言情抄耽美屡见不鲜了吧》，2013-07-24，http://tieba.baidu.com/p/2479281483? pn=1。

③ Ting Liu, "Conflicting Discourses on Boys' Love and Subcultural Tactics in Mainland China and Hong Kong," *Intersections: Gender and Sexuality in Asia and the Pacific* 20 (2009), http://intersections.anu.edu.au/issue20/liu.htm.

④ 王巍：《北京：80后腐女发布BL耽美小说 涉嫌淫秽被判刑》，《法制日报》2011年3月18日。

⑤ 沈春梅、李颖颖：《郑州查封BL耽美小说网站 签约作者多是20岁腐女》，《东方今报》2011年3月21日。

⑥ 《诚品书店落户上海中心 目前台版书籍比重无法确定》，2015-01-15，http://js.winshang.com/news-436209.html。

⑦ 风弄，个人访谈，2014年2月28日。

名耽美作者“深海先生”因出售个人志涉嫌非法经营罪，被武汉警方刑拘。[①]尽管屡遭公权力的铁腕打击，但耽美的非正式经济依然以“野草烧不尽”的姿态顽强生存着。

四、结语

由于中国的社会、法律和商业环境与西方国家（包括日本）存在较大的差异，本土的粉丝经济中既有公司诱导的、与公司赢利密切相关的情感经济，如围绕小米手机所形成的粉丝经济[②]，又不乏抗拒公司的收编、坚持免费分享原则的礼物经济。如 2010 年 3 月，天娱公司试图以向“玉米”（李宇春的粉丝）征集照片稿件的方式，将玉米制作的粉丝文本收归公司所有，结果遭到玉米社群的集体抵制，最后不了了之。[③] 更有像耽美社群那样完全依靠市场需求发展起来的非正式经济。不管是哪一种类型的粉丝经济，不可否认的是，在社交媒体的时代，消费者的口碑和参与已经具有扭转乾坤的力量。如 2015 年 7 月，国产动画电影《西游记之大圣归来》依靠“自来水”（该电影粉丝的自称）在社交网站的强势宣传，上演了一场排片、上座率和票房逆袭的华丽大戏。[④]

然而，粉丝经济并不仅仅是“口碑营销”[⑤]，由营销公司或微博大 V 们用“情怀”“梦想”“爱国”等口号煽动一批狂热的消费者自愿充当免费“水军”。就文化领域而言，粉丝经济崛起的根本意义在于打破中心化的权力结构，重新分配生产、流通和消费环节中的权力和责任，为消费者赋权。以往粉丝的权力主要体现在消费环节，粉丝通过消费终端产品（如购买唱片、观看影视剧）来支持他们所喜爱的明星和文本，表达自己的文化选择。但粉丝很少能介入这些产品的生产和流通过程。随着新媒介技术的发展，粉丝不仅能够自己 DIY 文化产品，还可以通过众筹网站决定文化产品的立项和生产，通过社交媒体参与产

---

① 《耽美作者网上出售“个人志”被刑拘，因涉嫌非法经营》，2017-12-24，http://ent.163.com/17/1224/07/D6DG44G4000387GI.html。

② 徐婧、蓝色光标：《小米手机粉丝营销模式研究》，《现代经济信息》2014 年第 2 期；费勇、林铁：《盗猎文本、快感经济与身份政治——小米手机粉丝文化研究》，《现代传播》2013 年第 9 期。

③ 赵勇主编：《大众文化理论新编》，北京师范大学出版社 2011 年版，第 222 页。

④ 《你是哪款齐天大圣的“自来水”》，2015-07-14，http://j.news.163.com/docs/99/2015071416/AUGFJMFB00304IO8.html。

⑤ 关于“粉丝经济就是口碑营销”的观点，参见李文明、吕福玉：《“粉丝经济”的发展趋势与应对策略》，《福建师范大学学报》2014 年第 6 期。

品的宣传和销售,在文化产业链的各个环节都享有更多的话语权。除了经济效益,粉丝经济的宝贵之处在于它能促进文化生态的多样性,让更多被视为“边缘”和“小众”的文化样式获得生存和发展的空间,让文化市场变得更为多元,以便更好地满足公众的文化需求。

参考文献

一、中文文献

白烨:《一份调查问卷引发的思考》,《南方文坛》2005 年第 6 期。

白烨:《新时期文学的新格局与新课题》,《文艺争鸣》2006 年第 4 期。

本刊编辑部:《关于文学上的共鸣问题和山水诗问题的讨论》,《文学评论》1961 年第 6 期。

蔡晨旭:《网络小说的多元路径与无限可能:以“无限流”为例》,厦门大学“网络文学与网络文化”课程 2013 年课程论文。

蔡向红、龚郑勇:《大众文化对乡村初中生文学阅读的冲击及对策》,《语文月刊》2010 年第 7 期。

蔡毅:《论文学的消费性和消费性文学》,《社会科学评论》2008 年第 1 期。

曹莉敏、李海滨:《基于语料库的〈金锁记〉语言学分析》,《语文学刊》2010 年第 13 期。

陈春花、刘祯:《阿里巴巴:用价值观领导“非正式经济事业”》,《管理学报》2013 年第 1 期。

陈铎:《“建安版画”无书不图的叙事——古代插图的文化特征与作用》,《文艺研究》2007 年第 11 期。

陈海燕:《网络小说的兴起》,《小说评论》1999 年第 3 期。

陈海燕:《物质与感情的双重焦虑——〈小时代〉所映射的当代青年症候》,《西南石油大学学报》2013 年第 2 期。

陈海英:《文艺作品标题之语言学分析》,《天中学刊》2013 年第 5 期。

陈建英、文丹枫:《解密社群粉丝经济学》,人民邮电出版社 2015 年版。

陈锦川:《著作权审判:原理解读与实务指导》,法律出版社 2014 年版。

陈静:《历史与争论——英美“数字人文”发展综述》,《文化研究》2013 年第 16 辑。

陈明远:《文化人的经济生活》,陕西人民出版社 2010 年版。

陈平原,《中国现代小说的起点——清末民初小说研究》,北京大学出版社 2005 年版。

陈奇佳:《虚拟时空的传奇——论网络玄幻小说》,《江苏行政学院学报》2006 年第 3 期。

陈婷:《郭敬明现象的出版传播学解读》,湖南师范大学 2010 年硕士学位论文。

陈夏阳:《"小时代"的入口——〈小时代〉及其相关文化现象研究》,华东师范大学 2012 年硕士学位论文。

陈晓辉:《大数据时代的文学研究方法——基于弗兰克·莫莱蒂文学定量分析法的考察》,《文艺理论研究》2016 年第 2 期。

陈晓辉:《弗兰克·莫莱蒂的进化论马克思主义形式观》,《中国图书评论》2016 年第 3 期。

陈晓辉:《弗兰克·莫莱蒂的三重文学空间观》,《西北大学学报》2016 年第 3 期。

陈晓明:《中国当代文学主潮》,北京大学出版社 2013 年第 2 版。

陈新榜:《面对时代错位与尴尬——看〈人民文学〉总第 600 期"新锐专号"》,《西湖》2009 年第 12 期。

陈瑜、曾军:《小时代,或个人青春的独奏——〈致青春〉、〈小时代〉和〈青春派〉的青春主题》,《艺术评论》2013 年第 11 期。

陈仲义:《新"罗马斗兽场"——十年网络诗歌论争缩略》,《文艺争鸣》2009 年第 12 期。

陈子丰:《女频网文阅读与读者的女性主体建构》,《中国现代文学研究丛刊》2016 年第 8 期。

程丽蓉:《跨媒体叙事:新媒体时代的叙事》,《编辑之友》2017 年第 2 期。

褚松燕:《中国互联网治理:秩序、责任与公众参与》,《探索与争鸣》2015 年第 1 期。

丛治辰:《表达的黑洞——"80 后"写作的整体症候》,《西湖》2009 年第 12 期。

[韩]崔宰溶:《中国网络文学研究的困境与突破——网络文学的土著理论与网络性》,北京大学 2011 年博士学位论文。

戴锦华:《后革命的幽灵种种》,2017-03-12,http://mp.weixin.qq.com/

s/-z1xArgoA6kSbeUX7ny3Ug。

邓伟:《非理性文学消费与“粉丝”身份建构——以郭敬明、韩寒粉丝群体为个案》,《长江学术》2010 年第 4 期。

董学文、张永刚:《文学原理》,北京大学出版社 2001 年版。

都岚岚:《论朱迪斯·巴特勒性别理论的动态发展》,《妇女研究论丛》2010 年第 6 期。

范雯玲、孙凯亮:《星辰大海|中国网络小说海外粉丝评论“小盘点”之〈盘龙〉》,2017-04-27,《媒后台》微信公众号。

范譞:《跳出性别之网——读朱迪斯·巴特勒〈消解性别〉兼论“性别规范”概念》,《社会学研究》2010 年第 5 期。

房伟:《作家身份结构与新时期文学》,《小说评论》2010 年第 6 期。

房伟:《中国新世纪文学的反思与建构》,中国社会科学出版社 2012 年版。

房伟、宋嵩、郭帅、计昀、龙会:《“大时代”还是“小时代”——关于〈小时代〉的症候性解读》,《创作与评论》2013 年第 24 期。

方维规:《“Intellectual”的中国版本》:《中国社会科学》2006 年第 5 期。

方彦寿:《宋明时期的图书贸易与书商的利益追求》,韩琦、[意]米盖拉主编:《中国和欧洲:印刷术与书籍史》,商务印书馆 2008 年版。

费勇、林铁:《盗猎文本、快感经济与身份政治——小米手机粉丝文化研究》,《现代传播》2013 年第 9 期。

冯颢宁:《论版权法中实质性相似认定标准的选择》,《中国版权》2016 年第 6 期。

傅明根:《原典化对文化产业化的启示——以红色经典〈红岩〉为例》,《湖南文理学院学报》2008 年第 1 期。

高冰锋:《中国网络玄幻小说的前世今生——浅论中国网络玄幻小说的发展与现状》,《重庆社会科学》2006 年第 12 期。

高寒凝:《“女性向”网络文学与“网络独生女一代”——以祈祷君〈木兰无长兄〉为例》,《中国现代文学研究丛刊》2016 年第 8 期。

高红梅:《中国玄幻小说对英国现代奇幻文学的变异性接受》,《东北师大学报》2015 年第 3 期。

高乃毅:《独特的文化景观——试论现当代女作家笔下的“姐妹情谊”》,《湖北大学学报》2005 年第 5 期。

高树博:《小说对城市的想像》,《重庆广播电视大学学报》2014 年第 4 期。

高树博:《论弗兰克·莫莱蒂进化论文学史观》,《绵阳师范学院学报》2014年第10期。

高树博:《弗兰克·莫莱蒂对"细读"的批判》,《学术论坛》2015年第4期。

高树博:《远距离阅读视野下的文类、空间和文学史:弗兰克·莫莱蒂文论思想研究》,中国社会科学出版社2016年版。

高晓辉,《〈临高启明〉的星辰大海》,《书屋》2017年第8期。

郜元宝:《灵魂的玩法——从郭敬明〈爵迹〉谈起》,《收获》杂志官方博客,2010-05-27,http://blog.sina.com.cn/s/blog_4a8995430100irws.html。

葛红兵、许道军:《文坛三分格局的形成和文学作为创意产业的新变——2009年中国文坛热点问题述评》,《探索与争鸣》2010年第1期。

龚鹏程:《中国文人阶层史论》,兰州大学出版社2004年版。

郭灵凤:《欧盟文化政策与文化治理》,《欧洲研究》2007年第2期。

郭金龙、许鑫:《数字人文中的文本挖掘研究》,《大学图书馆学报》2012年第3期。

郭劼:《理论、生活、生命:从〈性别麻烦〉到〈消解性别〉》,[美]朱迪斯·巴特勒:《消解性别》,郭劼译,上海三联书店2009年版。

郭艳:《多元状态下的青春文学写作与可能性》,《当代文坛》2008年第6期。

郭艳:《像鸟儿一样轻,而不是羽毛:80后青年写作与代际考察》,文化艺术出版社2012年版。

郭宇:《算出来的生意经——从编辑工作的角度浅析如何拓展图书的利润空间》,《科技与出版》2009年第4期。

郭志蓉:《我国数字出版的新情况与趋势》,《青年记者》2011年3月中。

韩袁红:《新时期女性文学中的"姐妹之谊"》,《阜阳师范学院学报》2001年第2期。

韩云波:"幻想文学与幻想文化"栏目主持人语,《重庆三峡学院学报》2009年第1期。

胡咏梅、王建东:《基于Docuscope技术上非英语专业学生描写文写作研究》,《佳木斯教育学院学报》2010年第2期。

何春蕤,《豪爽女人——女性主义与性解放》,《呼唤台湾新女性:"豪爽女人"谁不爽?》,元尊文化1997年版。

何春蕤:《色情与女/性能动主体》,宁应斌、何春蕤主编:《色情无价:认真看待色情》,中央大学性/别研究室2008年版。

何蓉:《南京大学生文学阅读现状调查及对策研究》,《文教资料》2010年5月号下旬刊。

贺绍俊:《大众文化影响下的当代文学现象》,《文艺研究》2005年第3期。

何志钧:《文艺消费导论》,中国社会科学出版社2007年版。

洪健瑛:《蔷薇花瓣中的情欲乐园——试论BL小说中隐匿的女/性》,南华大学2011年硕士学位论文。

洪子诚:《中国当代文学史》,北京大学出版社1999年版。

胡惠林:《实现文化善治与国家文化安全的有机互动》,《探索与争鸣》2014年第5期。

胡惠林:《文化治理中国:当代中国文化政策的空间》,《上海文化》2015年第2期。

胡澜卿:《青春的困惑——"80后"作家的成长小说研究》,首都师范大学2008年硕士论文。

黄鹏丽:《寻乐,寻爱,还是寻求平等:中国的耽美小说及其"粉丝"》,黄盈盈、潘绥铭主编:《"权利与多元"中国"性"研究第6辑》,万有2011年版。

黄璐:《消费主义的未来——与杨庆祥同志商榷》,《殷都学刊》2010年第4期。

黄平:《"大时代"与"小时代"——韩寒、郭敬明与"80后写作"》,《南方文坛》2011年第3期。

黄平:《个体化与共同体危机——以80后作家上海想像为中心》,《南方文坛》2013年第6期。

黄平:《"女性向"文化:〈步步惊心〉与穿越小说》,《"80后"写作与中国梦》,北岳文艺出版社2015年版。

黄小希:《微博微小说微电影日趋流行　文艺创作走进"微"时代》,2011-08-08,http://media.people.com.cn/GB/15348860.html。

黄小洵:《作品相似侵权判定研究》,西南政法大学2015年博士学位论文。

黄忠顺:《中国时尚文学与杜拉斯、村上春树、日本动漫》,《河北学刊》2005年第3期。

霍艳:《假装的悲伤和愤恨　郭敬明解析(下)》,《上海文化》2015年第3期。

吉云飞:《"征服北美,走向世界":老外为什么爱看中国网络小说?》,《文艺理论与批评》2016年第6期。

金惠敏:《图像的增殖与文学的当前危机——"第二媒介时代"的文学和文学研究》,王岳川主编:《媒介哲学》,河南大学出版社2004年版。

金理:《"八〇后"写作的三重研究视野》,《东吴学术》2014 年第 2 期。

金雯、李绳:《大数据分析与文学研究》,《中国图书评论》2014 年第 4 期。

江冰:《论 80 后文学的"偶像化"写作》,《文艺评论》2005 年第 2 期。

江冰:《〈小时代〉:"80 后"的另类经验》,《小说评论》2009 年第 4 期。

江冰等:《新媒体时代的 80 后文学》,人民出版社 2014 年版。

蒋晗玉:《汤显祖的纯情女"粉丝"》,《艺海》2010 年第 2 期。

蒋琨:《书籍设计》,人民美术出版社 2010 年版。

江舒晨:《实践的欲望——浅谈耽美文学读者群中的角色扮演现象》,厦门大学"青春文学与创意产业"课程 2013 年课程论文。

姜悦:《"玛丽苏""中产梦"与"穿越热"——对"女性向"网络小说的一种考察》,《文艺争鸣》2017 年第 10 期。

焦守红:《青春可"售"——论市场与青春文学的关系》,《当代文坛》2008 年第 2 期。

焦守红:《当代青春文学生态研究》,湖南师范大学出版社 2008 年版。

康正果:《重审风月鉴:性与中国古典文学》,辽宁教育出版社 1998 年版。

李斌编著:《郭敬明韩寒等 80 后创作问题批判》,湖南大学出版社 2015 年版。

李超:《一个词语的历史——"80 后"文学论》,苏州大学 2008 年硕士学位论文。

李红秀:《新时期的影像阐释与小说传播》,四川大学出版社 2007 年版。

李华颖:《1990 年以来中国大陆畅销书变迁研究:基于大众文化的视角》,《新闻大学》2009 年第 1 期。

李建平:《文学参与经济社会发展的形态与实践意义——文学桂军系列研究论文之三》,《学术论坛》2007 年第 3 期。

李墨:《托尔金幻想的第二世界》,《名作欣赏》2012 年第 13 期。

李晟杰:《当代青少年同人创作动机探究——以同人文学的创作为例》,厦门大学中文系 2015 年本科毕业论文。

李诗语:《从跨文本改编到跨媒介叙事:互文性视角下的故事世界建构》,《北京电影学院学报》2016 年第 6 期。

李铜飞:《女性生存困境中的自我寻找——浅析孙惠芬的中篇小说》,《西安石油大学学报》2013 年第 1 期。

黎万强:《参与感:小米口碑营销内部手册》,中信出版社 2014 年版。

李文明、吕福玉:《"粉丝经济"的发展趋势与应对策略》,《福建师范大学学报》2014 年第 6 期。

厉无畏主编:《创意产业导论》,学林出版社 2006 年版。

李校争:《性别视角下姐妹情谊主题小说创作溯源》,《河南理工大学学报》2010 年第 3 期。

黎杨全:《网络追文族:读写互动、共同体与“抵抗”的幻象》,《文艺研究》2012 年第 5 期。

李一:《两种“青春”书写——以〈上海宝贝〉和〈1988 我想和这个世界谈谈〉为例》,《“无后”——新世纪文学中的一个现象研究》,北岳文艺出版社 2017 年版。

李运抟:《长篇小说“多卷本”现象》,《文学自由谈》2000 年第 6 期。

练小川:《电子书:传统出版业的喜或忧?》,《出版参考》2010 年 11 月下旬刊。

练小川:《鲍德斯破产敲响出版业的警钟》,《出版参考》2011 年 3 月上旬刊。

梁志文:《版权法上实质性相似的判断》,《法学家》2015 年第 6 期。

廖胜华:《文化治理分析的政策视角》,《学术研究》2015 年第 5 期。

烈日:《文化商人郭敬明》,《出版参考》2008 年第 25 期。

刘汉波:《著作权司法实践中的文学观念批判——以文学剽窃的认定为中心的考察》,华东师范大学 2008 年博士学位论文。

刘俐俐:《人类学大视野中的故事变异与永恒问题——基于张爱玲与俄国作家尼古拉·列斯科夫的比较》,《文艺理论研究》2014 年第 1 期。

刘培:《〈小时代〉里的女性主体意识》,《电影评介》2013 年第 14 期。

刘小枫:《沉重的肉身——现代性伦理的叙事纬语》,上海人民出版社 1999 年版。

刘心怡:《星辰大海 | 中国网络小说海外粉丝评论“小盘点”之〈无限恐怖〉》,2017-06-01,《媒后台》微信公众号。

刘衍军、陶水平:《“以文会友”交往传统的诗学美学阐释》,《江西社会科学》2011 年第 4 期。

刘永涛:《百年青春档案:20 世纪中国小说中的青春主题研究》,中国社会科学出版社 2005 年版。

林芳玫,《色情研究》,商务 2006 年版。

陆环:《后文学产业链:无形文化资产的价值实现路径》,《广州大学学报》2006 年第 5 期。

陆扬:《评强制阐释论》,《文艺理论研究》2015 年第 5 期。

陆宇杰、许鑫、郭金龙:《文本挖掘在人文社会科学研究中的典型应用述评》,《图书情报工作》2012 年第 8 期。

罗时进:《湖畔水滨:清代江南文学社团的创作现场》,《中国人民大学学报》2016 年第 6 期。

罗先海:《"网络文学评价体系构建"研讨会述评》,《中国文艺评论》2016 年第 12 期。

马汉广:《网络文学的间性存在与文学性》,《吉林师范大学学报》2013 年第 5 期。

马季:《繁花似锦　流云无痕——2011 年网络文学综述》,《文艺争鸣》2012 年第 2 期。

马季:《网络文学三面观:故事行云流水　生存依赖写作》,《中国出版》2015 年第 4 期。

毛少莹:《文化治理及其国际经验》,胡惠林、陈昕主编:《中国文化产业评论》第 20 卷,上海人民出版社 2015 年版。

梅新林:《论文学地图》,《中国社会科学》2015 年第 8 期。

孟繁华:《坚韧的叙事——新世纪文学真相》,福建教育出版社 2008 年版。

苗棣:《日间肥皂剧——一个美国式的奇迹(上)》,《现代传播》1996 年第 3 期。

莫言:《捍卫长篇小说的尊严》,《当代作家评论》2006 年第 1 期。

莫言:《她的姿态、她的方式》,张悦然:《樱桃之远》,春风文艺出版社 2004 年版。

南帆:《游荡网络的文学》,《福建论坛》2000 年第 4 期。

南帆、刘小新、练暑生:《文学理论》,北京大学出版社 2008 年版。

宁可:《中国耽美小说中的男性同社会关系与男性气质》,南开大学 2014 年博士学位论文。

欧阳婷、欧阳友权:《网络文学的体制谱系学反思》,《文艺理论研究》2014 年第 1 期。

欧阳友权:《网络文学发展史》,中国广播电视出版社 2008 年版。

欧阳友权:《网络文学研究成果集成》,中国文联出版社 2015 年版。

潘文峰:《人与物的纠缠——论电影〈小时代〉的都市人生》,《创作与评论》2013 年第 16 期。

潘进听:《青春文学的阅读价值》,《中学语文教学》2005 年第 12 期。

钱建军:《第Ⅹ次浪潮——华文网络文学》,《华侨大学学报》1999 年第 4 期。

钱鹏、黄萱菁:《中国古诗统计建模与宏观分析》,《江西师范大学学报(自然科学版)》2015 年第 2 期。

[日]千野拓政:《千野拓政:那日渐加深的孤独感》,2010-12-06,http://www.aisixiang.com/data/37676.html。

钱志熙:《文人文学的发生与早期文人群体的阶层特征》,《北京大学学报》2009 年第 5 期。

乔焕江:《郭敬明论》,《文艺争鸣》2006 年第 3 期。

乔以钢、林丹娅主编:《女性文学教程》,河北教育出版社 2007 年版。

乔以钢、王宁:《自恋与自审间的灵魂历险——陈染、林白、徐小斌的女性观及其创作》,《江汉论坛》2007 年第 3 期。

秦人:《"纯文学"与文学的社会性》,《浙江学刊》1987 年第 5 期。

秦艳华:《新媒体时代"泛偶像化"出版现象的思考》,《中国出版》2009 年第 7 期。

邱陵:《鲁迅与书籍装帧艺术》,孙艳、童翠萍主编:《书衣翩翩》,三联书店 2006 年版。

冉小稳:《色彩在影视动画当中的作用及表现功能》,《艺术评论》2007 年第 6 期。

任飞、王星:《对高校出版社图书印制成本与质量管理的认识》,《大学出版》2007 年第 1 期。

任珺:《文化的公共性与新兴城市文化治理机制探讨》,《福建论坛》2015 年第 2 期。

任翔:《数字出版要替传统出版还三笔债》,《出版参考》2011 年 3 月上旬刊。

单小曦:《现代传媒语境中的文学存在方式》,中国社会科学出版社 2008 年版。

单小曦:《从网络文学研究到数字文学研究的范式转换》,《学习与探索》2012 年第 12 期。

单小曦:《革命与危机——中国当代文学变革中的网络文学》,《探索与争鸣》2014 年第 11 期。

单小曦:《媒介与文学:媒介文艺学引论》,商务印书馆 2015 年版。

邵燕君:《倾斜的文学场——当代文学生产机制的市场化转型》,江苏人民出版社 2003 年版。

邵燕君:《传统文学生产机制的危机和新型机制的生成》,《文艺争鸣》2009

年第 12 期。

邵燕君:《面对网络文学:学院派的态度和方法》,《南方文坛》2011 年第 6 期。

邵燕君:《在"异托邦"里建构"个人另类选择"幻象空间——网络文学的意识形态功能之一种》,《文艺研究》2012 年第 4 期。

邵燕君:《"小时代"与"金钱奴隶制"》,《文汇报》2013 年 9 月 12 日。

邵燕君:《网络文学的"网络性"与"经典性"》,《北京大学学报》2015 年第 1 期。

邵燕君:《在没有机会做人的时代,如何做一条舒服的狗?——中国当代青春文化中的犬儒主义》,《网络时代的文学引渡》,广西师范大学出版社 2015 年版。

邵燕君:《全球媒介革命视野下中国网络文学的域外传播》,2016-09-30,http://www.chinawriter.com.cn/n1/2016/0930/c407454-28753883.html。

邵燕君主编:《网络文学经典解读》,北京大学出版社 2016 年版。

申霞艳:《消费、记忆与叙事——新世纪文学研究》,中国社会科学出版社 2011 年版。

施畅:《跨媒体叙事:盗猎计与召唤术》,《北京电影学院学报》2015 年第 3-4 期。

石培龙:《第二媒介时代的文学景观——"80 后"写作现象研究》,中国社会科学出版社 2016 年版。

时祥选:《一个与青春文学同行者的观察和思考》,《中国图书评论》2010 年第 3 期。

施晔:《中国古代文学中的同性恋书写研究》。上海人民出版社 2008 年版。

舒萌:《例谈色彩在动漫作品中的运用》,《成功》2009 年第 5 期。

舒伟:《走进托尔金的"奇境"世界——从〈论童话故事〉解读托尔金的童话诗学》,《解放军外国语学院学报》2007 年第 6 期。

水丹丹、吴珊珊、宋思淼、徐阿龙、曾静娇、邓冰:《广外阅读现状调查:一代有一代的文学》,2009-04-07,http://campus. gdufs. edu. cn/html/gwzone/focus/iniview/20090407/7552720.html。

宋晖、赖大仁:《文学生产的麦当劳化和网络化》;《文艺评论》2000 年第 5 期。

宋佳、王名扬:《网络上耽美亚文化盛行的心理学思考》,《黑河学刊》2011 年第 8 期。

宋梅:《图书利润及其他》,《科技与出版》2010 年第 4 期。

苏丹丹:《从文化管理走向文化治理》,《中国文化报》,2014-04-09.http://www.cssn.cn/dybg/dyba_wh/201404/t20140409_1060824.shtml。

苏劲松:《全宋词语料库建设及其风格与情感分析的计算方法研究》,厦门大学 2007 年硕士学位论文。

苏威,《耽美文化在我国大陆流行的原因及其网络传播研究》,上海外国语大学 2009 年硕士学位论文。

苏文清:《“80 后”写作的多维透视》,中国社会科学出版社 2011 年版。

孙桂荣:《新世纪“80 后”青春文学研究》,人民出版社 2016 年版。

孙桂荣、邱桂梅:《大众文化语境中的“女性向”叙事——以郭敬明现象为例》,《当代作家评论》2017 年第 6 期。

孙立平:《断裂——20 世纪 90 年代以来的中国社会》,社会科学文献出版社 2003 年版。

孙嘉咛:《“耽美文学”出版研究》,西南交通大学 2013 年硕士学位论文。

孙松:《论著作权实质性相似规则的司法适用——以琼瑶诉于正案为视角》,《中国版权》2016 年第 1 期。

孙婷婷:《朱迪斯・巴特勒的述行理论与文化实践》,中国社会科学出版社 2015 年版。

谭光辉:《论情节类型:时间与因果的复杂组合方式》,《文艺争鸣》2016 年第 7 期。

唐小林:《为网络文学立法:评单小曦〈媒介与文学〉兼谈媒介作为“符号-物-机构”三联体》,《符号与传媒》2017 年春季号。

陶东风:《中国文学已经进入装神弄鬼时代?——由“玄幻小说”引发的一点联想》,《当代文坛》2006 年第 5 期。

陶东风:《赢者输与颠倒的经济——于丹现象解读》,2007-04-09,http://media.people.com.cn/GB/40628/5581267.html。

陶东风主编:《文学理论基本问题》,北京大学出版社 2007 年第 3 版。

陶东风:《阿伦特式的公共领域概念及其对文学研究的启示》,《四川大学学报》2010 年第 1 期。

陶东风:《故事、小说与文学的本质——阿伦特、哈维尔、昆德拉论文学》,《文艺争鸣》2012 年第 3 期。

陶东风:《改善文化治理的制度环境》,《探索与争鸣》2014 年第 5 期。

陶东风、杨玲主编:《粉丝文化读本》,北京大学出版社 2009 年版。

滕巍:《中国玄幻文学研究十年述评》,《重庆三峡学院学报》2011 年第 1 期。

田晓丽:《互联网时代的类社会互动:中国网络文学的社会学分析》,《清华大学学报》2016 年第 1 期。

童庆炳:《文学理论教程》,高等教育出版社 2008 年第 4 版。

图宾根木匠:《浅谈"小时代"电影项目之于国产电影的时代意义》,《当代电影》2013 年第 10 期。

万传法:《资本的大时代与意识形态的小时代——从新世纪以来的"现象电影"说起》,《当代电影》2014 年第 2 期。

王多:《解读网络文学》,《探索与争鸣》2000 年第 5 期。

王峰:《科幻小说何须在意"文学性"》,《探索与争鸣》2016 年第 9 期。

王鸿生:《何谓叙事伦理批评?》,《文艺理论研究》2015 年第 6 期。

王金胜:《当前青少年学生文学阅读调查研究——以山东省青岛市为例》,《上海商学院学报》2010 年第 6 期。

王军朋:《谈〈悲伤逆流成河〉的情感体系》,《作家杂志》2008 年第 10 期。

王恺文:《类型融合,求道求我》,邵燕君、庄庸主编:《2015 中国年度网络文学(男频卷)》,漓江出版社 2016 年版。

汪玲:《高度互动下的网络明星作家与粉丝读者》,厦门大学"名人、粉丝与大众文化"课程 2013 年课程论文。

王菱、何胜莉:《四川高校学生文学阅读状况调查》,《中华文化论坛》2009 年第 3 期。

王宁:《浅析〈幻城〉与日本动漫的同质性倾向》,《安徽文学》2011 年第 3 期。

王培敏、李子跃的《广西文学影视化的文化产业价值》,《广西财经学院学报》2009 年第 6 期。

王迁:《知识产权法教程》,人民大学出版社 2014 年版。

汪全莉、张蔚:《女性向网络小说主流类型及问题探析》,《浙江传媒学院学报》2015 年第 4 期。

王嵘:《看〈文艺风赏〉〈文艺风象〉创刊号》,《北大评刊》2011 年第 2 期,http://www.eduww.com/pkupk/ShowArticle.asp? ArticleID=29517。

王涛:《代际定位与文学越位——"80 后"写作研究》,巴蜀书社 2009 年版。

王先霈:《中国古人对文学的几种基本态度》,《华中科技大学学报》2002 年第 5 期。

王先霈主编:《新世纪以来文学创作若干情况的调查报告》,春风文艺出版社 2006 年版。

王向贤:《诡女初长——关于少女流行文化"耽美"的思考》,黄盈盈、潘绥铭主编:《“权利与多元”中国“性”研究第5辑》,万有2001年版。

王啸、袁兰:《文化治理视域下的文化政策研究——对改革开放以来的文化政策分析》,2013-01-08,http://theory.people.com.cn/n/2013/0108/c40537-20131372.html。

王晓明:《六分天下:今天的中国文学》,《文学评论》2011年第5期。

王晓平:《〈致青春〉中的“情感结构”与时代问题》,《艺苑》2013年第4期。

王小英、祝东:《回望与检视:网络文学研究十年》,《山西师大学报》2010年第2期。

王小英:《网络文学符号学研究》,中国社会科学出版社2016年版。

王新水:《人的本质:“理性”与后天社会性的统一》,《理论界》2015年第11期。

康桥(王祥):《论网络小说中的穿越、重生、架空问题》,《中国现代文学研究丛刊》2012年第10期。

康桥(王祥):《网络文学中的愿望—情感共同体——读者接受反应研究之一》,《南方文坛》2013年第4期。

康桥(王祥):《网络文学批评标准刍议》,《光明日报》2013年9月3日,http://www.chinawriter.com.cn/wxpl/2013/2013-09-03/172874.html。

王祥:《网络文学创作原理》,中国人民大学出版社2015年版。

王宇景:《对网络小说代入感的叙事分析》,华东师范大学2012年硕士学位论文。

王兆鹏:《建设中国文学数字化地图平台的构想》,《文学遗产》2012年第2期。

王卓慈:《品牌策略:陕西文学与文化产业开发研究》,《商场现代化》2006年12月(下旬刊)。

魏宏:《构建社会主义公民文化权利保障体系》,《探索与争鸣》2014年第5期。

魏建亮:《关于“强制阐释”的七个疑惑》,《山东社会科学》2015年第12期。

魏娜娜:《青春与成长——“80后”小说创作解》,山东大学2007年硕士学位论文。

闻凤兰:《重新评价波普尔的“第三世界”理论》,《社会科学战线》2009年第1期。

闻立鹏:《闻一多的书籍装帧艺术》,孙艳、童翠萍主编:《书衣翩翩》,三联书店2006年版。

温儒敏:《“文学生活”:新的研究生长点》,《中国现代文学研究丛刊》2012年第8期。

吴福辉:《插图本中国现代文学发展史》,北京大学出版社 2010 年版。

吴功正:《六朝文学的社交社团活动》,《南京社会科学》2004 年第 4 期。

吴汉东:《试论“实质性相似+接触”的侵权认定规则》,《法学》2015 年第 8 期。

吴昊:《图文本阅读:读图? 抑或读文?》,《湖北社会科学》2007 年第 6 期。

吴景和:《论孔子的“兴观群怨”说》,《吉林师范学院学报》1987 年第 1 期。

吴理财:《把治理引入公共文化服务》,《探索与争鸣》2012 年第 6 期。

伍茂国:《伦理转向语境中的叙事伦理》,《河南大学学报》2014 年第 1 期。

吴潜诚:《〈如果在冬夜,一个旅人〉:后现代小说的阅读与爱恋》,http://www.ruanyifeng.com/calvino/2007/10/reading_and_love_in_postmodern_fictions.html。

吴烨:《析成人绘本在中国图书市场的崛起》,《中国图书评论》2005 年第 4 期。

吴雨平、方汉文:《“新文学进化论”与世界文学史观——评美国“重构派”莫莱蒂教授的学说》,《文艺理论研究》2013 年第 5 期。

吴雨平、方汉文:《“文学世界体系”观念评骘》,《外国文学研究》2013 年第 5 期。

武善增:《“人”在幻象与魅影构建的废墟中失踪——浅析网络玄幻文学的审美困境及其表征的文化症候》,《扬子江评论》2008 年第 3 期。

夏辉、张冰:《社会治理的文化介入机制及路径》,《河海大学学报》2014 年第 4 期。

向勇主编:《北大文化产业前沿报告》,群言出版社 2004 年版。

肖锦龙:《电子传媒和故事讲述——论西方后现代文学的本质特征》,《文艺研究》2015 年第 11 期。

肖映萱、叶栩乔:《“男版白莲花”与“女装花木兰”——“女性向”大历史叙述与“网络女性主义”》,《南方文坛》2016 年第 2 期。

肖映萱:《“女性向”网络文学的性别实验——以耽美小说为例》,《中国现代文学研究丛刊》2016 年第 8 期。

肖映萱:《“大数据”时代的“反类型”》,邵燕君、庄庸主编:《2015 中国年度网络文学(女频卷)》,漓江出版社 2016 年版。

肖映萱:《数据库时代的网络写作:如何重新定义“抄袭”?》,《文艺理论与批评》2017 年第 3 期。

谢晗:《中学生阅读推广探究》,《图书馆论坛》2011 年第 2 期。

解玺璋:《低龄化写作:文学之外的视野》,《北京日报》2001 年 8 月 12 日第 5 版。

谢新松:《多元化社会的文化治理模式研究》,《云南社会科学》2013 年第 3 期。

许波:《著作权保护范围的确定及实质性相似的判断——以历史剧本类文字作品为视角》,《知识产权》2012 年第 2 期。

许纪霖:《在小时代,理想主义如何可能?》,2013-11-07,http://www.cul-studies.com/index.php? m=content&c=index&a=show&catid=39&id=534。

许苗苗:《精英趣味与大众生产力——网络文学"非线性"特征的转变》,《海南师范大学学报》2013 年第 6 期。

徐杰:《大数据时代的新媒体文学研究》,《中州学刊》2015 年第 3 期。

徐婧、蓝色光标:《小米手机粉丝营销模式研究》,《现代经济信息》2014 年第 2 期。

徐巍:《视觉时代的小说空间:视觉文化与中国当代小说演变研究》,学林出版社 2008 年版。

徐巍:《〈小时代〉:一个无关乎艺术的商业文化现象》,《电影新作》2013 年第 5 期。

徐晓晶:《网络小说的影视改编——以〈后宫甄嬛传〉为例》,厦门大学 2013 年本科毕业论文。

徐学清:《文学创作中的抄袭与互文性》,《中国比较文学》2011 年第 4 期。

徐妍、刘莉芳:《文化新贵"的身份探底:由〈人民文学〉600 号说开去》,《西湖》2009 年第 12 期。

徐艳蕊:《当代中国女性主义文学批评二十年》,广西师范大学出版社 2008 年版。

徐艳蕊:《媒介与性别:女性魅力、男子气概及媒介性别表达》,浙江大学出版社 2014 年版。

徐艳蕊:《网络女性写作的生产与生态》,《北京大学学报》2015 年第 1 期。

徐艳蕊、杨玲:《腐女"腐"男:跨国文化流动中的耽美、腐文化与男性气质的再造》,《文化研究》2014 年第 20 辑。

徐勇:《梦想的辩证法与经济学——以〈小时代〉和"中国梦之声"为例》,《艺术广角》2013 年第 5 期。

薛静:《都市言情:爱情已朽,如何重建神话?——以辛夷坞〈致我们即将腐朽的青春〉为例》,邵燕君主编:《网络文学经典解读》,北京大学出版社 2016

年版。

阎云翔:《当代青年是否缺乏理想主义?》,《文化纵横》2013 年第 5 期。

杨伯峻:《论语译注》,中华书局 1980 年版。

杨洁:《酷儿理论与批评实践》,中国社会科学出版社 2011 年版。

杨俊杰:《也谈本雅明的 aura》,《美育学刊》2014 年第 4 期。

杨昆:《"实质性相似"规则在我国影视剧著作权纠纷中的司法实践》,《传媒》2017 年第 4 期。

杨黎红:《论〈如果在冬夜,一个旅人〉中的多元人称叙述》,《学术交流》2012 年第 S1 期。

杨玲:《论从文学研究到文化研究的范式转型》,《首都师范大学学报》2008 年第 5 期。

杨玲:《粉丝小说和同人文:当西方与东方相遇》,《济宁学院学报》2009 年第 1 期。

杨玲:《粉丝、情感经济与新媒介》,《社会科学战线》2009 年第 7 期。

杨玲:《"弄弯的"罗曼司:超女同人文、女性欲望与女性主义》,《文化研究》2010 年第 9 辑。

杨玲:《媒介、受众与权力:詹金斯的"融合文化"理论》,《山西大学学报》2011 年第 4 期。

杨玲:《转型时代的娱乐狂欢——超女粉丝与大众文化消费》,中国社会科学出版社 2012 年版。

杨玲:《批评的位置与文学研究的路径》,郑国庆:《美学的位置:文学与当代中国》,海峡文艺出版社 2016 年版。

杨玲、刘晓鑫、陈书毅:《解构神话:受众视角中的网络文学——一项关于网络文学观念与阅读的实证研究》,《济宁学院学报》2008 年第 5 期。

杨玲、陶东风:《名人文化研究读本》,北京大学出版社 2013 年版。

杨玲、徐艳蕊:《网络女性写作中的酷儿文本与性别化想像》,《文化研究》2014 年第 19 辑。

杨绿:《"跨媒体叙事"改变文化产业格局》,《中国社会科学报》2013 年 4 月 1 日,http://www.csstoday.net/Item.aspx? id=58813。

杨敏:《数字人文:人文学科范式转变新思路》,《中国社会科学报》2013 年 6 月 24 日,http://www.cssn.cn/15/1513/201306/t20130627_375518.shtml。

杨庆祥:《消费主义的神话》,《人民日报》2010 年 7 月 16 日第 24 版。

杨若慈:《性别权力与情欲展演:台湾本土言情小说研究(1990-2011)》,中兴大学2012年硕士学位论文。

杨揄熹、刘柏因:《全媒体时代的迷文化研究——以耽美迷群为例》,《新闻爱好者》2012年第3期(下半月)。

杨维春:《文学性与社会性的融会——试论罗伯特·埃斯卡皮的文学观》,《广东外语外贸大学学报》2015年第1期。

杨新敏:《网络文学刍议》,《文学评论》2000年第5期。

杨燕:《网络文学何以存在?》,《文艺争鸣》2012年第5期。

杨早:《网络文学的繁盛和荒凉(青年文化论坛)》,《人民日报》2016年1月5日第14版,http://paper.people.com.cn/rmrb//html/2016-01/05/nw.D110000renmrb_20160105_2-14.htm。

杨状振:《2010:日本电子书发展状况观察》,《中国图书评论》2011年第3期。

叶华、吴晓刚:《生育率下降与中国男女教育的平等化趋势》,《社会学研究》2011年第5期。

叶开:《粉丝经济》,中国华侨出版社2014年版。

尹德辉:《文学领域中的图像研究》,《文艺争鸣》2010年第5期。

於可训:《新世纪文学论集》,中国社会科学出版社2013年版。

袁勇麟、李薇:《文学艺术产业——趋势与前瞻》,四川大学出版社2007年版。

袁珍英:《"浅阅读"时代大学生文学阅读倾向的调查与对策——以江苏科技大学为例》,《山东图书馆学刊》2010年第1期。

曾令霞:《论现代文化语境下知识分子与"戏子"的身份转换——以〈迷羊〉为契入口》,《天府新论》2009年第6期。

曾祥芹:《论曾子"以文会友"文章观》,《常熟理工学院学报》2013年第3期。

曾艳:《中国当代流行绘本研究》,苏州大学2008年硕士学位论文。

曾于里:《"忧伤"的文学生产与消费一一郭敬明作品畅销现象研究》,华东师范大学2013年硕士学位论文。

曾于里:《郭敬明在被读者抛弃》,《南方周末》,2017-08-30,http://www.infzm.com/content/127774。

张邦卫:《大众媒介与审美嬗变——传媒语境中新世纪文学的转型研究》,中央编译出版社2016年版。

张冰:《论"耽美"小说的几个主题》,《文学评论》2012年第5期。

张兵:《"性别操演"中的身体问题》,《中南大学学报》2015年第3期。

张慧瑜:《“暮气青春”的文化面孔》,《文化纵横》2013 年第 5 期。

张慧瑜:《“小时代”里的三种选择》,2015-05-14,http://www.cul-studies.com/index.php? m=content&c=index&a=show&catid=39&id=1218。

张江:《强制阐释论》,《文学评论》2014 年第 6 期。

张杰:《从“兴观群怨”到“薰浸刺提”——角度嬗变中的阅读效果研究》,《武汉大学学报》1992 年第 4 期。

张连桥:《大学生文学经典阅读现状调查报告——以铜仁学院学生为例》,《青年文学家》2010 年第 18 期。

张玲玲:《媒介间性理论:理解媒介融合的另一个维度》,《新闻界》2016 年第 1 期。

张柠:《网络小说的文学性和新标准》,《学教育》2015 年第 2 期。

张清俐:《关注普通读者对文学的“接受”情况“文学生活”进入文学研究领域》,《中国社会科学报》2013 年 1 月 11 日第 A2 版。

张未民:《新世纪文学研究》,人民文学出版社 2007 版。

张新军:《可能世界叙事学的理论模型》,《国外文学》2010 年第 1 期。

张岩雨:《轻阅读时代的郭敬明现象》,《南方文坛》2011 年第 1 期。

张颐武:《玄幻:想像不可承受之轻》,2006-06-29,http://blog.sina.com.cn/s/blog_47383f2d01000467.html。

张颐武:《“小时代”的新想像:消费与个体性》,《当代电影》2013 年第 10 期。

张茵惠:《蔷薇缠绕十字架:BL 阅听人文化研究》,台湾大学 2007 年硕士学位论文。

张瑜璇、陈薇苹、蔡诗华:《几米绘本艺术商品化之探讨》,国立台湾艺术大学 2006 年学士学位论文。

张永清:《改革开放 30 年作家身份的社会学透视》,《文学评论》2010 年第 1 期。

张玉能:《本体阐释论质疑——与张江教授商榷》,《上海文化》2015 年第 12 期。

张玉现:《“大众阅读时代”的文学宠儿——郭敬明小说艺术剖析》,浙江师范大学 2012 年硕士学位论文。

赵长天:《从〈萌芽〉杂志 50 年历史谈起》,《文艺争鸣》2007 年第 4 期。

赵敏俐:《汉代骚体抒情诗主题与文人心态——兼论骚体赋的意义及其在文学史中的位置》,《中国文化研究》2010 年夏之卷。

赵宪章、包兆会:《文学变体与形式》,南京大学出版社 2010 年版。

赵晓芳:《视觉文化冲击与浸润下的文学图景——论世纪之交中国文学的图像化走势》,华中师范大学 2008 年博士学位论文。

赵毅衡:《情节与反情节叙述与未叙述》,《华中师范大学学报》2014 年第 6 期。

赵勇:《审美阅读与批评》,中国社会出版社 2005 年版。

赵勇:《媒介文化语境中的文学阅读》,《中国社会科学》2008 年第 5 期。

赵勇:《文学活动的转型与文学公共性的消失——中国当代文学公共领域的反思》,《文艺研究》2009 年第 1 期。

赵勇:《未结硕果的思想之花——文化工业理论在中国的兴盛与衰落》,《文艺争鸣》2009 年第 11 期。

赵勇:《大众媒介与文化变迁:中国当代媒介文化的散点透视》,北京大学出版社 2010 年版。

赵勇:《视觉文化时代文学理论何为》,《文艺研究》2010 年第 9 期。

赵勇:《批判·利用·理解·欣赏——知识分子面对大众文化的四种姿态》,《探索与争鸣》2011 年第 1 期。

赵勇主编:《大众文化理论新编》,北京师范大学出版社 2011 年版。

郑丹丹、吴迪:《耽美现象背后的女性要求——对耽美作品及同人女的考察》,《浙江学刊》2009 年第 6 期。

郑国庆、徐志伟:《"现实主义"文学在中国——郑国庆访谈录》,《艺术广角》2011 年第 3 期。

郑国庆:《安妮宝贝、中产文类与文化市场》,《学术月刊》2017 年第 7 期。

郑雪梅:《大众传媒文化之网络文化现象解析——网络耽美文学流行现象中的社会心态》,《文学界》2010 年第 7 期。

郑永晓:《加快"数字化"向"数据化"转变——"大数据"、"云计算"理论与古典文学研究》,《文学遗产》2014 年第 6 期。

众越:《铁甲依然在?——"九州"系列小说创作模式与发展状况调查》,厦门大学中文系"青春文学与创意产业"课程 2013 年课程论文。

周保欣:《网络写作:文学"常变"的道德与美学问题》,《文艺研究》2012 年第 2 期。

周黎明:《〈小时代〉:新琼瑶的趣味》,《新京报》,2013-06-27,http://www.bjnews.com.cn/opinion/2013/06/27/270333.html。

周潞鹭:《超越"改编模式":"扩散性文学"的当代特征》,《文艺理论研究》

2014年第5期。

周琴:《安妮宝贝两部小说的语言学分析》,暨南大学2007年硕士学位论文。

周宪:《视觉文化的转向》,北京大学出版社2008年版。

周小仪:《文学性》,《外国文学》2003年第5期。

周勋初:《"兴、观、群、怨"古解》,《上海师范大学学报》2008年第1期。

周志高:《国外可能世界叙事理论研究述评》,《中国文学研究》2016年第2期。

周志强:《现代主义的现实主义——21世纪长篇小说的五种文体图景》,《天津师范大学学报》2011年第2期。

周志雄:《网络文学的发展与评判》,人民出版社2015年版。

竹立家:《我们应当在什么维度上进行"文化治理"》,《探索与争鸣》2014年第5期。

朱丽丽、赵婷婷:《想像的政治:"耽美"迷群体的文本书写与性别实践》,《江苏社会科学》2015年第6期。

朱寿桐:《中国现代社团文学史》,人民文学出版社2004年版。

朱玉兰、肖伟胜:《无可抗拒第二世界的魅惑——以网络玄幻小说〈诛仙〉为例》,《重庆三峡学院学报》2007年第6期。

庄庸:《猫腻作品:解读"中国我"》,广东省作家协会、广东网络文学院主编:《网络文学评论第二辑》,花城出版社2012年版。

二、中文译著

[德]卡尔·马克思:《资本论》第1卷,人民出版社1975年版。

[德]瓦尔特·本雅明:《启迪:本雅明文选》,汉娜·阿伦特编,张旭东、王斑译,三联书店2008年版。

[德]乌尔里希·贝克:《世界风险社会》,吴英姿、孙淑敏译,南京大学出版社2004年版。

[法]弗雷德里克·巴比耶:《书籍的历史》,刘阳等译,广西师范大学出版社2005年版。

[法]卡里埃尔、[意]艾柯:《别想摆脱书:艾柯、卡里埃尔对话录》,吴雅凌译,广西师范大学2010年版。

[法]罗贝尔·埃斯卡尔皮:《文学社会学》,符锦勇译,上海译文出版社1988年版。

[法]罗兰·巴特:《明室:摄影纵横谈》,赵克非译,文化艺术出版社2003

年版。

[法]萨特:《萨特精选集》,沈志明编选,北京燕山出版社 2005 年版。

[法]斯达尔夫人:《论文学》,徐继曾译,人民文学出版社 1986 年版。

[法]雅克·德里达:《〈友爱的政治学〉及其他(上)》,夏可君编,胡继华译,吉林人民出版社 2011 年版。

[荷]约斯·德·穆尔:《赛博空间的奥德赛——走向虚拟本体论与人类学》,麦永雄译,广西师范大学 2007 年版。

[加]阿尔维托·曼古埃尔:《阅读史》,吴昌杰译,商务印书馆 2002 年版。

[加]麦克卢汉、[加]秦格龙编:《麦克卢汉精粹》,何道宽译,南京大学出版社 2000 年版。

[美]阿瑟·阿萨·伯杰:《眼见为实——视觉传播导论》,张蕊、韩秀英、李广才译,江苏美术出版社 2008 年版。

[美]M.H.艾布拉姆斯:《镜与灯:浪漫主义文论及批评传统》,郦稚牛、张照进、童庆生译,北京大学出版社 2015 年版。

[美]爱德华·茂莱:《电影化的想像——作家和电影》,邵牧君译,中国电影出版社 1989 年版。

[美]波兹曼:《娱乐至死》,章艳译,广西师范大学出版社 2004 年版。

[美]哈罗德·布鲁姆:《西方正典》,江宁康译,译林出版社 2005 年版。

[美]亨利·詹金斯:《融合文化:新媒体和旧媒体的冲突地带》,杜永明译,商务印书馆 2012 年版。

[美]理查德·波斯纳:《论剽窃》,沈明译,北京大学出版社 2010 年版。

[美]马克梦(Keith McMahon):《吝啬鬼、泼妇、一夫多妻者:十八世纪中国小说中的性与男女关系》,王维东、杨彩霞译,人民文学出版社 2001 年版。

[美]尼古拉斯·米尔佐夫:《视觉文化导论》,倪伟译,江苏人民出版社 2006 年版。

[美]苏珊·桑塔格:《论摄影》,黄灿然译,上海译文出版社 2007 年版。

[美]泰勒·考恩:《商业文化礼赞》,严忠志译,商务印书馆 2005 年版。

[美]威廉·皮埃兹:《物恋问题》,夏莹译,孟悦、罗钢主编:《物质文化读本》,北京大学出版社 2008 年版。

[美]伊恩·P·瓦特:《小说的兴起——笛福、理查逊、菲尔丁研究》,高原、董红钧译,三联书店 1992 年版。

[美]伊丽莎白·爱森斯坦:《作为变革动因的印刷机》,何道宽译,北京大

学出版社 2010 年版。

[美]约翰·菲斯克:《电视文化》,祁阿红、张鲲译,商务印书馆 2005 年版。

[美]约翰·费斯克:《理解大众文化》,王晓珏、宋伟杰译,中央编译出版社 2006 年第 2 版。

[美]詹姆斯·埃尔金斯:《视觉研究:怀疑式导论》,雷鑫译,江苏美术出版社 2010 年版。

[美]詹妮弗·范茜秋:《电影化叙事》,王旭锋译,广西师范大学出版社 2009 年版。

[美]朱迪斯·巴特勒:《性别麻烦:女性主义与身份的颠覆》,宋素凤译,上海三联书店 2009 年版。

[美]Laura Kipnis:《如何观看色情》,郑亘良译,宁应斌、何春蕤主编:《色情无价:认真看待色情》,中央大学性/别研究室 2008 年版,

[斯洛文尼亚]斯拉沃热·齐泽克:《意识形态的崇高客体》,季广茂译,中央编译出版社 2002 年版。

[匈]阿诺德·豪泽尔:《艺术社会学》,居延安译编,学林出版社 1987 年版。

[意]卡尔维诺:《如果在冬夜,一个旅人》,萧天佑译,译林出版社 2012 年版。

[英]大卫·赫斯蒙德夫:《文化产业》,张菲娜译,周蔚华校,中国人民大学出版社 2007 年版。

[英]S.康诺尔:《文化社会学与文化科学》,[英]布莱恩·特纳主编:《Blackwell 社会理论指南》,李康译,上海世纪出版集团 2003 年版。

[英]齐格蒙·鲍曼:《立法者与阐释者:论现代性、后现代性与知识分子》,洪涛译,上海人民出版社 2000 年版。

[英]乔纳森·鲍德温、卢西恩·罗伯茨:《视觉传播:从理论到实践》,陈晶、刘小林译,辽宁科学技术出版社 2010 年版。

[英]乔纳森·弗里德:《美学与摄影》,王升才等译,江苏美术出版社 2008 年版。

[英]斯科特·拉什、西莉亚·卢瑞:《全球文化工业:物的媒介化》,要新乐译,社会科学文献出版社 2010 年版。

[英]维多利亚·D.亚历山大:《艺术社会学》,章浩、沈扬译,江苏美术出版社 2009 年版。

[英]维克托·迈尔-舍恩伯格、肯尼思·库克耶:《大数据时代:生活、工作与思维的大变革》,盛杨燕、周涛译,浙江人民出版社 2013 年版。

［英］约翰·伯格、［瑞士］让·摩尔：《另一种讲述的方式》，沈语冰译，广西师范大学出版社 2007 年版。

［英］约翰·霍金斯：《创意经济：如何点石成金》，洪庆福、孙薇薇、刘茂玲译，上海三联书店 2006 年版。

［英］约翰·凯里：《知识分子与大众：文学知识界的傲慢与偏见，1880-1939》，吴庆宏译，译林出版社 2010 年版。

三、英文文献

Alberoni, Francesco. "The Powerless 'Elite': Theory and Sociological Research on the Phenomenon of the Stars." In *The Celebrity Culture Reader*, edited by P. David Marshall, 108-23. New York: Routledge, 2006.

Algee-Hewitt, Mark, Sarah Allison, Marissa Gemma, Ryan Heuser, Franco Moretti, and Hannah Walser. "Canon/Archive. Large-scale Dynamics in the Literary Field." January 2016. https://litlab.stanford.edu/pamphlets/.

Algee-Hewitt, Mark, Ryan Heuser, and Franco Moretti. "On Paragraphs. Scale, Themes, and Narrative Form." October 2015. https://litlab.stanford.edu/pamphlets/.

Allington, Daniel, and Joan Swann. "Researching Literary Reading as Social Practice." *Language and Literature* 18.3 (2009): 219-30.

Allison, Sarah, Marissa Gemma, Ryan Heuser, Franco Moretti, Amir Tevel, and Irena Yamboliev. "Style at the Scale of the Sentence." June 2013, https://litlab.stanford.edu/pamphlets/.

Allison, Sarah, Ryan Heuser, Matthew Jockers, Franco Moretti, and Michael Witmore. "Quantitative Formalism: An Experiment." January 15, 2011. https://litlab.stanford.edu/pamphlets/.

Bal, P. Matthijs, and Martijn Veltkamp. "How Does Fiction Reading Influence Empathy? An Experimental Investigation on the Role of Emotional Transportation." *PLoS ONE* 8.1 (2013). https://doi.org/10.1371/journal.pone.0055341.

Barth, John. "The Literature of Exhaustion." In *Narrative/Theory*, edited by David H. Richter, 77-86. New York: Longman, 1996.

Barthes, Roland. *The Preparation of the Novel: Lecture Courses and Seminars at the College de France (1978-1979 and 1979-1980)*. Translated by Kate Briggs. New York: Columbia University Press, 2011.

Bartolovich, Crystal. "Humanities of Scale: Marxism, Surface Reading—and Milton." *PMLA* 127.1 (2012): 115-21.

Berger, John. *Ways of Seeing*. London: British Broadcasting Corporation and Penguin Books, 1972.

Best, Stephen, and Sharon Marcus. "Surface Reading: An Introduction." *Representations* 108.1 (2009):1-21.

Bourdieu, Pierre. *The Rules of Art: Genesis and Structure of the Literary Field*. Translated by Susan Emanuel. Stanford: Stanford University Press, 1996.

Boyd, Brian. *On the Origin of Stories: Evolution, Cognition, and Fiction*. Cambridge: Belknap, 2009.

Braida, Antonella, and Giuliana Pieri. "Introduction." In *Image and Word: Reflections of Art and Literature from the Middle Ages to the Present*, edited by Antonella Braida and Giuliana Pieri, 1-14. Oxford: Legenda, 2003.

Butler, Judith. *Bodies That Matter: On the Discursive Limits of Sex*. New York: Routledge, 1993.

——. *Gender Trouble: Feminism and the Subversion of Identity*. New York: Routledge, 1999.

——. "Hannah Arendt's Challenge to Adolf Eichmann." August 29, 2011. http://www. theguardian. com/commentisfree/2011/aug/29/hannah-arendt-adolf-eichmann- banality-of-evil.

——. "Judith Butler Responds to Attack: 'I Affirm a Judaism That Is Not Associated with State Violence'." August 27, 2012. http: //mondoweiss. net/2012/08/judith-butler-responds-to-attack-i-affirm-a-judaism-that-is-not-associated-with-state-violence# sthash. pfFtve8S. dpuf.

Butler, Judith, and Regina Michalik. "The Desire for Philosophy: Interview with Judith Butler." May 2001. http://www.egs.edu/faculty/judith-butler/articles/the-desire-for-philosophy/.

Cechanowicz, Laura, Brian Cantrell, Geoffrey Long, Alex McDowell, Jeff Watson, and Ann Pendleton-Jullian. "A Thousand Stories in a Day: Building Rilao and Reimagining Lagos." In *Revisiting Imaginary Worlds: A Subcreation Studies Anthology*, edited by Mark J.P. Wolf, 201-17. New York: Routledge, 2017.

Chang, Briankle G. "Introduction: Sixteen and a Half Questions on 'Being Critical'." *Communication and Critical/Cultural Studies* 8.1 (2011): 85-87.

Chao, Shih-chen. "Desire and Fantasy On-line: A Sociological and Psychoanalytical Approach to the Prosumption of Chinese Internet Fiction." PhD diss., University of Manchester, 2012.

Chau, Angie. "A Public Intellectual in the Internet Age: Han Han's Everyman Appeal." *Chinese Literature Today* 5.1 (2015): 73-81.

Cheal, David. *The Gift Economy*. New York, Routledge, 1988.

Cohen, Margaret. "Narratology in the Archive of Literature." *Representations* 108.1 (2009): 51-75.

——. *The Novel and the Sea*. Princeton: Princeton University Press, 2010.

Č opi č Vesna, and Andrej Srakar. "Cultural Governance: A Literature Review." Last modified February 2012. http://www.interarts.net/descargas/interarts2549.pdf.

Crane, Mary Thomas. "Surface, Depth, and the Spatial Imaginary: A Cognitive Reading of *The Political Unconscious*." *Representations* 108.1 (2009): 76-97.

Culler, Jonathan. *On Deconstruction: Theory and Criticism after Structuralism*. 北京:外语教学与研究出版社, 2004.

Dinsman, Melissa. "The Digital in the Humanities: An Interview with Franco Moretti." *Los Angeles Review of Books*. March 2, 2016. https://lareviewofbooks.org/article/the-digital-in-the-humanities-an-interview-with-franco-moretti/.

Doležel, Lubomír. *Heterocosmica: Fiction and Possible World*. Baltimore: The Johns Hopkins University Press, 1998.

Dutton, Denis. *The Art Instinct: Beauty, Pleasure, and Human Evolution*. New York: Bloomsbury, 2009.

Felski, Rita. "Latour and Literary Studies." *PMLA* 130.3 (2015): 737-42.

Feng, Jin. *Romancing the Internet: Producing and Consuming Chinese Web Romance*. Leiden: Brill, 2013.

Fischer, Frank. "Participatory Governance as Deliberative Empowerment: The Cultural Politics of Discursive Space." *American Review of Public Administration* 36.1 (2006): 19-40.

Fish, Stanley. "The Digital Humanities and the Transcending of Mortality." January 9, 2012. http://opinionator.blogs.nytimes.com/2012/01/09/the-digital-humanities-and-the-transcending-of-mortality/.

Fluck, Winfried. "Surface Readings and Symptomatic Readings: American Studies and the Realities of America." *REAL* 30 (2014): 41-65.

Foucault, Michel. "What Is an Author?" In *The Foucault Reader*, edited by Paul Rabinow, 101-20. New York: Pantheon, 1984.

Freedgood, Elaine, and Cannon Schmitt. "Denotatively, Technically, Literally." *Representations* 125.1 (2014): 1-14.

Fujimoto, Yukari. "The Evolution of BL as 'Playing with Gender': Viewing the Genesis and Development of BL from a Contemporary Perspective." In *Boys Love Manga and Beyond: History, Culture, and Community in Japan*, edited by Mark McLelland, Kazumi Nagaike, Katsuhiko Suganuma, and James Welker, 76-92. Jackson: University Press of Mississippi, 2015.

Fumian, Marco. "The Social Construction of a Myth: An Interpretation of Guo Jingming's Parable." *Archiv Orientální* 78.4 (2010): 397-419.

Gao, Bai. "The Informal Economy in the Era of Information Revolution and Globalization: The Shanzhai Cell Phone Industry in China."《社会》31.2 (2011): 1-41.

Genette, Gérard. *Paratexts: Thresholds of Interpretation*. Translated by Jane E. Lewin. Cambridge: Cambridge University Press, 1997.

Gong, Haoming, and Xin Yang. *Reconfiguring Class, Gender, Ethnicity, and Ethics in Chinese Internet Literature*. New York: Routledge, 2017.

Goodwin, Jonathan, and John Holbo, eds. *Reading* Graphs, Maps, Trees: *Responses to Franco Moretti*. Anderson, SC: Parlor Press, 2011.

Gordon, Colin. "Governmental Rationality: An Introduction." In *The Foucault Effect: Studies in Governmentality*, edited by Graham Burchell, Colin Gordon, and Peter Miller, 1-51. Chicago: University of Chicago Press, 1991.

Gottschall, Jonathan. *The Storytelling Animal: How Stories Make Us*. New York: Houghton Mifflin Harcourt Publishing Company, 2012.

Greco, Albert N. *The Book Publishing Industry*, 2nd ed. Mahwah, NJ: Lawrence Erlbaum Associates, 2005.

Guo, Shaohua. "Startling by Each Click: 'Word-of-Mouse' Publicity and Critically Manufacturing Time-Travel Romance Online." *Chinese Literature Today* 5.1 (2015): 74-83.

Haig, David. "The Inexorable Rise of Gender and the Decline of Sex: Social Change in Academic Titles, 1945-2001." *Archives of Sexual Behavior* 33. 2 (2004): 87-96.

Hartley, John. "The 'Value Chain of Meaning' and the New Economy." *International Journal of Cultural Studies* 7.1 (2004): 129-41.

Henningsen, Lena. *Copyright Matters: Imitation, Creativity and Authenticity in Contemporary Chinese Literature*. Cambridge: Intersentia, 2010.

Hesmondhalgh, David. *The Cultural Industries*. London: Sage, 2002.

Hills, Matt. "*Veronica Mars*, fandom, and the 'Affective Economics' of Crowdfunding Poachers." *New Media & Society* 17. 2 (2014): 183-97.

Hockx, Michel. *Internet Literature in China*. New York: Columbia University Press, 2015.

Hunt, John Dixon. "Introduction." In *Art, Word and Image: Two Thousand Years of Visual/Textual Interaction*, edited by John Dixon

Hunt, David Lomas, and Michale Corris, 15-34. London: Reaktion Books, 2010.

Illouz, Eva. *Consuming the Romantic Utopia: Love and the Cultural Contradictions of Capitalism*. Berkeley, CA: University of California Press, 1997.

Inwood, Heather. *Verse Going Viral: China's New Media Scenes*. Seattle: University of Washington Press, 2014.

——. "What's in a Game? Transmedia Storytelling and the Web-Game Genre of Online Chinese Popular Fiction." *Asia Pacific: Perspectives* 11.2 (2014): 6-29.

——. "Poetry for the People?: Modern Chinese Poetry in the Age of the Internet." *Chinese Literature Today* 5.1 (2015): 44-54.

Jaschik, Scott. "The Shrinking Humanities Major." *Inside Higher Ed*. March 14, 2016. https://www.insidehighered.com/news/2016/03/14/study-shows-87-decline-humanities-bachelors-degrees-2-years.

Jenkins, Henry. *Convergence Culture: Where Old and New Media Collide*. New York: New York University Press, 2006.

——. "Kickstarting Veronica Mars: A Conversation on the Future of Television (Part Two)." March 27, 2013. http://henryjenkins.org/2013/03/kickstarting-veronica-mars-a-conversation-on-the-future-of-television-part-two.html.

——. "Kickstarting Veronica Mars: A Conversation About the Future of Television (Part Three)." March 28, 2013. http://henryjenkins.org/2013/03/kickstarting-veronica-mars-a-conversation-about-the-future-of-television-part-three.html.

——. "'All Over the Map': Building (and Rebuilding) Oz." In *Revisiting Imaginary Worlds: A Subcreation Studies Anthology*, edited by Mark J.P. Wolf, 172-91. New York: Routledge, 2017.

Jenkins, Henry, Sam Ford, and Joshua Green. *Spreadable Media: Creating Value and Meaning in a Networked Culture*. New York and London: New York University Press, 2013.

Jones, Bethan. "Fifty Shades of Exploitation: Fan Labor and *Fifty Shades of Grey*." *Transformative Works and Cultures* 15 (2014). http://dx.doi.org/10.3983/twc.2014.0501.

Joudrey, J. Thomas. "'Well, We Must Be for Ourselves in the Long Run': Selfishness and Sociality in *Wuthering Heights*," *Nineteenth-Century Literature* 70.2 (2015): 165-193.

Kay, Sarah. "Surface Reading and the Symptom That Is Only Skin-Deep." *Paragraph* 35.3 (2012): 451-59.

Keesey, Donald. *Contexts for Criticism*, 2nd ed. Mountain View, CA: Mayfield Publishing Company, 1994.

Kirschenbaum, Matthew G. "What Is Digital humanities and What's It Doing in English Departments?" *ADE Bulletin* 150 (2010):1-7.

Kleinman, Arthur, Yunxiang Yan, Jing Jun, Sing Lee, Everett Zhang, Pan Tianshu, Wu Fei, and Guo Jinhua. *Deep China: The Moral life of the Person. What Anthropology and Psychiatry Tell Us About China Today*. Berkeley, CA: University of California Press, 2011.

Kucich, John. "The Unfinished Historicist Project: In Praise of Suspicion." *Victoriographies* 1.1 (2011): 58-78.

Lash, Scott, and Celia Lury. *Global Culture Industry*. Cambridge: Polity, 2007.

Latour, Bruno. "Why Has Critique Run Out of Steam? From Matters of Fact to Matters of Concern." *Critical Inquiry* 30. 2 (2004): 225-48.

——. *Reassembling the Social: An Introduction to Actor-Network-Theoy*. Oxford: Oxford University Press, 2005.

Lee, Haiyan. *Revolution of the Heart: A Genealogy of Love in China, 1900-1950*. Stanford: Stanford University Press, 2007.

Liu, Ting. "Conflicting Discourses on Boys' Love and Subcultural Tactics in Mainland China and Hong Kong." *Intersections: Gender and Sexuality in Asia and the Pacific* 20 (2009). http://intersections.anu.edu.au/issue20/liu.htm.

Loizidou, Elena. *Judith Butler: Ethics, Law, and Politics*. Abingdon: Routledge-Cavendish, 2007.

Love, Heather. "Close But Not Deep: Literary Ethics and the Descriptive

Turn." *New Literary History* 41. 2 (2010): 371-91.

Macfarlane, Robert. *Original Copy: Plagiarism and Originality in Nineteenth-Century Literature*. Oxford: Oxford University Press, 2007.

MacWilliams, Mark W., ed. *Japanese Visual Culture: Explorations in the World of Manga and Anime*. New York: M. E. Sharpe, 2008.

Marcus, Sharon. *Between Women: Friendship, Desire, and Marriage in Victorian England*. Princeton: Princeton University Press, 2007.

——. "Erich Auerbach's *Mimesis* and the Value of Scale." *Modern Language Quarterly* 77. 3 (2016): 297-319.

Marcus, Sharon, Heather Love, and Stephen Best. "Building a Better Description." *Representations* 135. 1 (2016): 1-21.

McHale, Brian. "Models, or, Learning from Science Fiction."《外国文学研究》2 (2009): 9-23.

McLelland, Mark. "Why Are Japanese Girls' Comics Full of Boys Bonking?" *Refractory: A Journal of Entertainment Media* 10 (2006).

http://www. refractory. unimelb. edu. au/journalissues/vol10/maclelland. html. McLelland.

Miller, J. Hillis. *On Literature*. London: Routledge, 2002.

Mirzoeff, Nicholas. *The Visual Culture Reader*. London: Routledge, 1998.

Moran, Joe. "The Reign of Hype." In *The Celebrity Culture Reader*, edited by P. David Marshall, 324-44. New York: Routledge, 2006.

Moretti, Franco. *Graphs, Maps, Trees: Abstract Models for a Literary History*, London: Verso, 2005.

——. *Distant Reading*. London: Verso, 2013.

——. *The Bourgeois: Between History and Literature*. London: Verso, 2013.

——. "'Operationalizing': or, the Function of Measurement in Modern Literary Theory." December 2013. https://litlab. stanford. edu/pamphlets/.

——. "Literature, Measured." April 2016. https://litlab. stanford. edu/pamphlets/.

Moretti, Franco, Ruben Hackler, and Guido Kirsten. "Distant Reading, Computational Criticism, and Social Critique: An Interview with Franco Moretti." May 16, 2016. http://www.fsw.uzh.ch/foucaultblog/featured/144/distant-reading-interview-with-franco-moretti.

Murdock, Graham. "Back to Work: Cultural Labor in Altered Times." In *Cultural Work: Understanding the Cultural Industries*, edited by Andrew Beck, 1-12. London: Routledge, 2003.

Nagaike, Kazumi. "Perverse Sexualities, Perversive Desires: Representations of Female Fantasies and *Yaoi Manga* as Pornography Directed at Women," *U.S.-Japan Women's Journal*, 25 (2003): 76-103.

Nealon, Christopher. "Reading on the Left." *Representations* 108.1 (2009): 22-50.

Neuwirth, Robert. *Stealth of Nations: The Global Rise of the Informal Economy.* New York: Pantheon Books, 2011.

Noppe, Nele. "Why We Should Talk about Commodifying Fan Work." *Transformative Works and Cultures* 8 (2011). http://journal.transformativeworks.org/index.php/twc/article/view/369.

Pagliassotti, Dru. "Better Than Romance? Japanese BL Manga and the Subgenre of Male/Male Romantic Fiction." In *Boys' Love Manga: Essays on the Sexual Ambiguity and Cross-Cultural Fandom of the Genre*, edited by Antonia Levi, Mark McHarry, and Dru Pagliassotti, 59-83. Jefferson, NC: McFarland, 2010.

Pease, Donald E. "Author." In *Critical Terms for Literary Study*, 2nd ed., edited by Frank Lentricchia and Thomas McLaughlin, 105-17. Chicago: The University of Chicago Press, 1995.

Phillips, Natalie M. "Literary Neuroscience and History of Mind: An Interdisciplinary fMRI Study of Attention and Jane Austen." In *The Oxford Handbook of Cognitive Literary Studies*, edited by Lisa Zunshine, 55-81. Oxford: Oxford University Press, 2015.

Pine, B. Joseph II, and James H. Gilmore. "Welcome to the experience economy." *Harvard Business Review* 76.4 (1998): 97-105.

Poor, Sara S. "Why Surface Reading Is Not Enough: Morolf, the Skin of the Jew, and German Medieval Studies." *Exemplaria* 26.2-3 (2014): 148-62.

Porter, David. "Early Modern Comparative Approaches to Literary Early Modernity." In *The Oxford Handbook of Modern Chinese Literatures*, edited by Carlos Rojas and Andrea Bachner, 311-33. Oxford: Oxford University Press, 2016.

Radway, Janice A. *Reading the Romance: Women, Patriarchy, and Popular Literature.* Chapel Hill: University of North Carolina Press, 1991.

Randall, Marilyn. *Pragmatic Plagiarism: Authorship, Profit and Power*. Toronto: University of Toronto Press, 2001.

Raymond, J. G. *A Passion for Friends: Towards a Philosophy of Female Affection*, 2nd edition. Melbourne: Spinifex Press, 2001.

Reilly, Ariana. "Always Sympathize! Surface Reading, Affect, and George Eliot's *Romola*." *Victorian Studies* 55.4 (2013): 629-46.

Ricoeur, Paul. *Freud and Philosophy: An Essay on Interpretation*. Translated by Denis Savage, New Haven: Yale University Press, 1970.

Rose, Nikolas. *Inventing Our Selves: Psychology, Power, and Personhood*. Cambridge: Cambridge University Press, 1996.

Rubin, Gayle. "The Traffic in Women: Notes on the 'Political Economy' of Sex." In *Toward an Anthropology of Women*, edited by Rayna R. Reiter, 157-210. New York: Monthly Review Press, 1975.

Ryan, Marie-Laure. "Narration in Various Media." In *The Living Handbook of Narratology*, edited by Peter Hühn et al. Hamburg: Hamburg University, January 13, 2012. http://www.lhn.uni-hamburg.de/article/narration-various-media.

——. "Possible Worlds." In *The Living Handbook of Narratology*, edited by Peter Hühn et al. Hamburg: Hamburg University, March 2, 2012. http://www.lhn.uni- hamburg.de/article/possible-worlds.

——. "Why Worlds Now?" In *Revisiting Imaginary Worlds: A*

Subcreation Studies Anthology, edited by Mark J.P. Wolf, 3-13. New York: Routledge, 2017.

Saler, Michael. *As If: Modern Enchantment and the Literary Prehistory of Virtual Reality*. Oxford: Oxford University Press, 2012.

Salih, Sarah. *Judith Butler*. London: Routledge, 2002.

Sang, Tze-Lan D. *The Emerging Lesbian: Female Same-sex Desire in Modern China*. Chicago: University of Chicago Press, 2003.

Schleep, Elisabeth. "'Steady Updating Is the Kingly Way': The VIP System and Its Impact on the Creation of Online Novels." *Chinese Literature Today* 5.1 (2015): 65-73.

Scott, David. "Visual Cultures: Minding the Gap." In *On Verbal/Visual Representation: Word & Image Interactions IV*, edited by Martin Heusser, Michèle Hannoosh, Eric Haskell, Leo Hoek, David Scott, and Peter de Voogd, 251-56. Amsterdam: Rodopi, 2005.

Seal, Andrew. "We Have Never Been Well-Read: Franco Moretti's Pact with the Devil." *The Quarterly Conversation* 33 (September 2, 2013). http://quarterlyconversation. com/we-have-never-been-well-read-franco-morettis-pact-with-the-devil.

Sedgwick, Eve Kosofsky. *Touching Feeling: Affect, Pedagogy, Performativity*. Durham, NC: Duke University Press, 2003.

Serlen, Rachel. "The Distant Future? Reading Franco Moretti." *Literature Compass* 7.3 (2010): 214-25.

Shook, Karen. "The Author." *The Times Higher Education Supplement*. June 27, 2013. https://www. timeshighereducation. com/books/the-bourgeois-between-history-and-literature-by-franco-moretti/2005020. article.

Song, Geng, and Qingxiang Yang. "Introduction." In *The Sound of Salt Forming: Short Stories by the Post-80s Generation in China*, edited by Geng Song and Qingxiang Yang, vii-x. Honolulu: University of Hawai'i Press, 2016.

Stanley, Marni. "101 Uses for Boys: Communing with the Reader in Yaoi and Slash." In *Boys' Love Manga: Essays on the Sexual Ambiguity and Cross-Cultural Fandom of the Genre*, edited by Antonia Levi, Mark McHarry, and Dru Pagliassotti, 99-109. Jefferson, NC: McFarland, 2010.

Strafella, Giorgio, and Daria Berg. "The Making of an Online Celebrity: A Critical Analysis of Han Han's Blog." *China Information* 29.3 (2015): 352-76.

Straub, Kristina. "The Suspicious Reader Surprised, Or, What I Learned from 'Surface Reading'." *The Eighteenth Century* 54.1 (2013): 139-43.

Sugiyama, Michelle Scalise. "Reverse-Engineering Narrative: Evidence of Speical Design." In *The Literary Animal: Evolutin and the Nature of Narrative*, edited by Jonathan Gottschall and David Sloan Wilson, 177-96. Evanston, IL: Northwestern University Press, 2005.

Suzuki, Kazuko. "Pornography or Therapy? Japanese Girls Creating the Yaoi Phenomenon." In *Millennium Girls: Today's Girls Around the World*, edited by Sherrie A. Inness, 243-67. Lanham, MD: Rowman & Littlefield, 1998.

Terry, Richard. *The Plagiarism Allegation in English Literature from Butler to Sterne*. London: Palgrave Macmillan, 2010.

Thomas, Lyn. *Fans, Feminisms and "Quality" Media*. London: Routledge, 2002.

Tolkien, J. R.R. *Tree and Leaf*. London: George Allen & Unwin Ltd., 1964.

Turk, Tisha. "Fan Work: Labor, Worth, and Participation in Fandom's Gift Economy." *Transformative Works and Cultures* 15 (2014). http://dx.doi.org/10.3983/twc.2014.0518.

Wang, Jing. *Brand New China: Advertising, Media and Commercial Culture*. Cambridge: Harvard University Press, 2008.

Weed, Elizabeth. "Gender and the Lure of the Postcritical." *differences: A Journal of Feminist Cultural Studies* 27.2 (2016): 153-77.

Wellmon, Chad. "Sacred Reading: From Augustine to the Digital Humanists." *The Hedgehog Review* 17. 3 (Fall 2015). http://www.iasc-culture.org/THR/THR_article_2015_Fall_Wellmon.php.

Wernick, Andrew. "Authorship and the Supplement of Promotion." In *What is an Author?*, edited by Maurice Biriotti and Nicola Miller, 85-103. Manchester: Manchester University Press, 1993.

Williams, Jeffrey J. "The New Modesty in Literary Criticism." *The Chronicle of Higher Education*. January 5, 2015. http://www.chronicle.com/article/The-New-Modesty-in-Literary/150993/?cid=at&utm_source=at&utm_medium=en.

Williams, Raymond. *Marxism and Literature*. Oxford: Oxford University Press, 1977.

Wolf, Mark J. P. *Building Imaginary Worlds: The Theory and History of Subcreation*. New York: Routledge, 2012.

——. "Introduction." In *Revisiting Imaginary Worlds: A Subcreation Studies Anthology*, edited by Mark J. P. Wolf, xxv-xxx. New York: Routledge, 2017.

Wolf, Werner. "(Inter)mediality and the Study of Literature." *CLCWeb: Comparative Literature and Culture* 13.3 (2011). https://doi.org/10.7771/1481-4374.1789.

Xu, Yanrui, and Ling Yang. "Forbidden Love: Incest, Generational Conflict, and the Erotics of Power in Chinese BL Fiction." *Journal of Graphic Novels and Comics* 4.1 (2013): 30-43.

Yan, Lianke. "An Examination of China's Censorship System." In *The Oxford Handbook of Modern Chinese Literatures*, edited by Carlos Rojas and Andrea Bachner, 263-74. Oxford: Oxford University Press, 2016.

Yan, Yunxiang. "The Drive for Success and the Ethics of the Striving Individual." In *Ordinary Ethics in China*, edited by Charles Stafford, 263-91. London: Bloomsbury, 2013.

Yang, Guobin. "Chinese Internet Literature and the Changing Field of Print Culture." In *From Woodblocks to the Internet: Chinese Publishing and Print Culture in Transition, circa 1800 to 2008*, edited by Cynthia Brokaw and Christopher A. Reed, 333-52. Leiden: Brill, 2010.

——. "Technology and Its Contents: Issues in the Study of the Chinese

Internet." *The Journal of Asian Studies* 70.4 (2011): 1043-50.

Yang, Ling. "The World of Grand Union: Engendering Trans/nationalism with BL in Chinese *Hetalia* Fandom." In *Boys' Love, Cosplay, and Androgynous Idols: Queer Fan Cultures in Mainland China, Hong Kong, and Taiwan*, edited by Maud Lavin, Ling Yang, and Jing Jamie Zhao, 45-62. Hong Kong: Hong Kong University Press, 2017.

Yang, Ling, and Hongwei Bao. "Queerly Intimate: Friends, Fans and Affective Communication in a Super Girl Fan Fiction Community." *Cultural Studies* 26.6 (2012): 842-71.

Yang, Ling, and Yanrui Xu, "*Danmei*, Xianqing, and the Making of a Queer Online Public Sphere in China." *Communication and the Public* 1.2 (2016): 251-56.

附录

新世纪青少年的文学消费:环境与伦理

童庆炳主编的《文学理论教程》将文学消费分为广义和狭义两种。广义的文学消费指“人们用文学作品来满足自己的精神需求的过程,也即文学阅读或文学欣赏”。狭义的文学消费则指近代以来,当文学成为商品之后,“人们对它的消费、阅读和欣赏”。“文学消费”既包括阅读行为,也包括炫耀、收藏等未含阅读活动的消费行为。文学消费既是意识形态消费,也是审美交流活动。① 何志钧在探讨包括文学消费在内的文艺消费时认为,文艺消费不仅“与资本、利润息息相关”,也是“一种与生命的充溢与喜悦直接相连的精神享受”②。不过,大多数时候,人们在使用“文学消费”一词时都多少带有贬义,把它看作更专注、更高雅的文学欣赏/阅读的对立面。如蔡毅认为,“我们既可从广义的角度把一切的购买与阅读文学作品的活动视为一种消费,也可从狭义的角度来看,只把那些没有具体明确的阅读目的,受趣味摆布的阅读或打发时光的阅读叫做消费”③。文学消费还经常和通俗文学这类“文化快餐”联系在一起,几乎成为“轻阅读”或“浅阅读”的代名词。

笔者将文学消费视为读者在一定社会条件和环境下与文学文本、作者和其他读者形成的特定关系,读者在日常生活中围绕文本所展开的各种社会实践活动,他们在阅读前、阅读中和阅读后所获得的情感体验。简而言之,文学消费就是读者针对文学文本/作者所实施的一切活动,文本在阅读传播中所生成的事件、情感和记忆,文本从死的文字变成活的生命的过程,它既不是单纯的个人购买和阅读行为,也不是审美性阅读和消遣性阅读的简单对立。

这些消费有时是狂热的——2010 年 3 月,郭敬明带领最世团队去武汉签

---

① 童庆炳:《文学理论教程》,高等教育出版社 2008 年版,第 299～323 页。

② 何志钧:《文艺消费导论》,中国社会科学出版社 2007 年版,第 39 页。

③ 蔡毅:《论文学的消费性和消费性文学》,《社会科学评论》2008 年第 1 期。

售时，由于现场人数太多、秩序混乱，签了不到十分钟就被公安带走，不少排队等候多时的粉丝当场落泪①；有时是难忘的——一位研究生师妹告诉我，她读本科时，宿舍同学曾在晚上的“卧床会”上轮流朗读《梦里花落知多少》，她后来再也不看郭敬明的作品，但那些夜晚却成为青春记忆的一部分；有时是强烈的——《最小说》的一位忠实读者说，“会因为《最小说》来得晚而闷闷不乐，沮丧好久。会因为《最小说》上登了最新的连载，而耀武扬威似的拿到同学面前晃。会因为《最小说》华美的封面，而用手机拍下来作为桌面。会被《最小说》上精彩的文章打动，被剧情揪得心痛。也会被《最小说》上有趣的桥段，换来半个月的好心情”②；有时甚至是神秘的——2011 年 4 月，我通过豆瓣网从南京的一位大学生手上购买了 8 本《岛》杂志书。当我收到那些书时，立刻意识到卖家一定是一位四迷。所有的书干干净净，没有任何折角、划痕，赠品、别册一样不少。这位四迷在清空所有郭敬明的书，而我则无意中成为她的“告别青春”仪式的见证者。本文所试图梳理的就是这些多种多样的消费方式或故事。

第一节　青春文学的消费环境

一、文学阅读的变革

20 世纪 80 年代，文学作品曾有拥有广泛的读者群。在经历了十年的“书荒”之后，中国读者对于文学分外热情。那时的文学期刊都有惊人的销量。《十月》的发行量在 1981 年达到 60 万份，《收获》和《人民文学》的最高发行量分别达到 100 万份和 150 万份。文学名著只要上市，就会被一抢而空。甚至连李泽厚的《美的历程》、萨特的《存在与虚无》、卡西尔的《人论》等美学、哲学著作都能成为全国畅销书。③ 然而这种“触底反弹”式的文学繁荣终究不可能持久。1990 年代之后，随着中国社会的开放和文化娱乐产业的发展，文学的社会影响力不可避免地“衰落”，文学阅读在公众阅读生活中的比重也在下降。1967 年，美国作家约翰·巴斯提出“文学的衰竭”，即某些文学形式或文学的

① 胡孙华：《郭敬明江城签售“火”到夭折》，2010-03-22，http://news.163.com/10/0322/02/62BKOK4B000146BB.html。

② 《周年庆特辑读者感言》，《最小说》2008 年第 12 期。

③ 赵勇：《媒介文化语境中的文学阅读》，《中国社会科学》2008 年第 5 期。

可能性将被耗尽。① 文学作者被"写什么""怎么写"的问题所困扰，但他们却很少从读者的角度去考虑"读什么""为什么要读"等更根本的问题。

文学社会学家埃斯卡尔皮（也译作"埃斯卡皮"）在考察阅读的可能性时，认为"年龄是一个重要原因"。由于青少年需要上学读书，接受职业训练，"为在社会上立足而奋斗"，这一切都使他们"不大可能去阅读那些非实用性的读物，何况他们的闲暇时间都为许多娱乐活动所占据，尤其是为体育活动所占据"。法国的民意测验表明，青少年虽然有强烈的求知欲，但他们"很少读与学业无关的书，他们的阅读范围相对来说是狭窄的"。埃斯卡尔皮因此认为，"阅读年龄似乎开始于 35 到 40 岁之间，即开始于生活的压力变得不那么沉重的时候"。② 然而，在当代中国社会，35 到 40 岁的中年人往往"上有老、下有小"，正是人生最辛苦的阶段。这些成年人更愿意阅读财经、美容、养生等实用类书籍，而非文艺类书籍。反而是那些尚在父母羽翼呵护下的青少年，愿意通过文学来获得精神的放松和情感的慰籍。如《萌芽》杂志主编赵长天所说的："一般人对文学的爱好，都是从中学开始萌发的；中学生有理想，有热情，历来都是文学最忠实的朋友。"③

赵长天将文学阅读的希望寄托在中学生身上，是有一定道理的。因为当代大学生对于文学阅读的兴趣，远不如 80 年代的大学生浓厚。2008 年，一个针对四川各类高校 1700 余位在校生的大型问卷调查显示，只有四分之一的受访者将阅读当作主要的业余爱好。在回答更感兴趣的课外活动形式这个问题时，34.2％的学生选择上网、聊天；26.2％的学生选择看电视、看电影、听广播；7.5％的学生选择参加体育活动；2.5％的学生选择打游戏。仅有 26％的学生选择读课外书籍。对于课外阅读时间最多的书籍类型，45.6％的学生选择文学类书籍，26.8％的学生选择时尚、娱乐消遣类书籍。也就是说，在爱好读书的学生当中，文学作品还是有一定优势的。④ 不过，这份调查报告未涉及学生的阅读时间。另一个针对南京地区各类高校近 300 位大学生的调查问卷表

---

① John Barth, "The Literature of Exhaustion," in *Narrative/Theory*, ed. David H. Richter (New York: Longman, 1996), 78.

② ［法］罗贝尔·埃斯卡尔皮：《文学社会学》，符锦勇译，上海译文出版社 1988 年版，第 150 页。

③ 赵长天：《从〈萌芽〉杂志 50 年历史谈起》，《文艺争鸣》2007 年第 4 期。

④ 王菱、何胜莉：《四川高校学生文学阅读状况调查》，《中华文化论坛》2009 年第 3 期。

明，在被调查者中，只有21.86%的学生，每周的阅读总时间能超过3.5小时以上。超过四分之三的学生平均每天的读书时间不足半个小时。[①] 如果说大学生是因为丰富多彩的校园生活和人际交往而无暇读书的话，中学生则是因为沉重的课业负担而不得不远离课外书。据一位广州的研究者称，当代中学生“一天到晚除了课堂学习就是课堂作业，课外阅读是见缝插针的事情”。除了吃饭、睡觉、行走等所必需支配的时间，中学生每天大约有12小时用来学习。他们每天可自由支配的时间为0.4～0.9小时，如按运动、学习各占50%的比例计算，可用于课外阅读的时间仅为0.2～0.45小时。[②] 也就是说，中学生的课外阅读时间与绝大部分大学生一样，都是每天不足半小时。

除了阅读时间得不到保障，青少年对于文学经典的阅读量也在减少。王金胜通过对青岛市大中学生的调查指出，青少年“读漫画书、看流行作品和杂志的现象普遍多于读经典”；他们更感兴趣的是“流行的、贴近自身生活的、满足当下心理需求的作品”，对于经典则敬而远之。在不少学生眼里，经典就是“谁也觉得应该读但是谁也不读的文学名著”。青少年的文学阅读，受“同学和朋友”的影响最大，其次是“父母和家人”，再次才是老师。而且越是年龄小的初中生，越是觉得他们的文学阅读不需要任何老师或专家的指导。[③] 据张连桥对铜仁学院近300位学生的调查，大学生排斥经典的主要理由有“课业繁重”(78%)、“语言晦涩”(65%)、“对考试没有帮助”(61%)、“内容陈旧、严肃”(54%)。[④] 袁珍英在调查江苏科技大学的500位学生的阅读现状时，还发现一个有趣的现象——2006年，有82.9%的学生选择阅读文学经典的原著。到了2009年，这个数字下降了近20个百分点，相对应的是有近40%的学生选择阅读“缩水”名著。对于那些有心了解名著又抽不出大块时间集中阅读名著的学生来说，《文学名著快读》《文学名著精缩》《外国文学名著速读》就成了他

① 何蓉：《南京大学生文学阅读现状调查及对策研究》，《文教资料》2010年5月号下旬刊。

② 谢晗：《中学生阅读推广探究》，《图书馆论坛》2011年第2期。

③ 王金胜：《当前青少年学生文学阅读调查研究——以山东省青岛市为例》，《上海商学院学报》2010年第6期。

④ 张连桥：《大学生文学经典阅读现状调查报告——以铜仁学院学生为例》，《青年文学家》2010年第18期。

们的首选。①

在 2011 年 3 月的访谈中，我也曾向受访学生提出经典阅读的问题，几位同学就此展开激烈的辩论。钰珩说，他本人喜欢古典文学，基本不看青春文学。他认为古典文学是大餐，现代文学则是快餐。中国人的精神营养太匮乏，短时间内只好用快餐来填充。艺娟却和钰珩有着截然不同的看法。艺娟说，她曾耐着性子翻完《简爱》《巴黎圣母院》等语文课本里介绍的文学经典，但却完全不明白那些作品好在哪里，那些作家为什么要那样写，想表达什么东西。砚文也说，小说是一个时代的反映。我们现在是和平年代，很难再去体会文学经典所描绘的那种受压迫的情形。古典文学已经被定位了，学校也在向我们灌输。但青春文学却可以由我们自己去定位。俊晨说青春文学是情绪的宣泄，能够代表当代人某些时候的心情。钰珩认为当代学生因为缺乏足够的想像力才无法与经典沟通。但其他几位同学却不认同这种观点，他们以玄幻小说为例表明，当代年轻人的想像力其实异常丰富。

这些学生对经典的质疑，恰好揭示出“经典”并不具有内在的、普世的、超历史的可解性，而是需要每一个时代的读者对其进行历史性的重构。比如，艺娟对《巴黎圣母院》中连篇累牍的建筑描写极其不满，“有必要花那么多笔墨描绘建筑物吗？放几张图片读者不就一目了然了吗”？艺娟的问题让我诧异而又好奇。在重新翻阅《巴黎圣母院》时，我才意识到这部小说是 1831 年出版的，恰好在摄影术发明的前夜。七年之后，达盖尔发明银版照相法。正是由于《巴黎圣母院》对于建筑的大量描绘，法国人才开始积极保护文艺复兴前的建筑，而巴黎圣母院也因雨果的小说而成为著名的旅游景点。② 在摄影普及的当代，我们的确很少再在小说文本中看到雨果式的建筑描写。今天，如果出版一本呼吁保护北京四合院的图书，该书肯定会附上大量的图片，而不是只用文字去描述四合院的样貌。媒介技术的变迁的确改变文学作品的内容和写作技巧。

美国批评家米勒在《论文学》一书中提出，文学的终结即将到来，但文学同时也是永恒的，将在各种历史和技术变革中幸存下来。文学之所以会终结，是因为现代意义上的文学和印刷文化密切相关，特别是印刷文化所带来的识字

---

① 袁珍英：《“浅阅读”时代大学生文学阅读倾向的调查与对策——以江苏科技大学为例》，《山东图书馆学刊》2010 年第 1 期。

② “Victor Hugo,” http://en.wikipedia.org/wiki/Victor_Hugo.

率的普及、民主制度的兴起、民族国家的建立、研究型大学的出现、自我意识的形成以及版权法的制定。而在当代，全球化进程正在削弱民族国家的独立性和完整性，按照国别来划分、研究文学不再有意义。影视、录像、互联网等新媒介的迅猛发展，则使印刷文化不再是国家对公民灌输意识形态和价值标准的主要工具。可是，如果我们把文学定义为对文字或符号的特定使用方法，那么文学或者文学性就是永恒的，因为使用符号是人的本能。文学的目的不是对现实的模仿，而是要用文字创造出一个新的世界，一种虚拟现实或超现实。① 当代网络文学中出现的玄幻、穿越、耽美等类型的“YY 文学”②，应该就是文学对中国社会转型的一种回应吧。

许多学者在谈及当代文学阅读时，都会不由自主地将当下的阅读状况与1980 年代的状况进行比较，然后发出文学阅读“由盛转衰”或“一代不如一代”的哀叹。然而，如果我们借用米勒的“文学终结”观——这个观点在中国的传播过程中常常遭遇误解——来思考，或许就会发现，当代青少年的阅读选择更多地代表以“五四”为起点的中国现当代文学传统的断裂和转折，而不是完全的衰落。旧的文学形态正在被新的文学形态所取代，传统的经典作家和文本也正在被逐渐浮现出来的新一代作家和文本所覆盖。这种更新换代并不意味着读者阅读水准的降低，恰恰相反，当代青少年实际上是 1949 年以来最博学的一代阅读公众。这些年轻人从呱呱落地那一刻起，“就沐浴着丰富多彩的文化关怀，感受着多种文化的碰撞和交融，他们是见多识广的，这不仅表现为阅读面的不断拓宽，而且还表现为社会信息量的日益增长……他们在这个年龄阅读的东西不知超过他们的父辈多少倍”③。不过，这些青少年读者拥有的文化资本，常常得不到正统教育体制的承认。

二、青春文学与中学教育

埃斯卡尔皮称，“学校里讲授的文学作品和现代流行的文学作品是有一定距离的，这种距离历来成为大家的笑料或争论的话题”。学校的目标是帮助学生具备解释、判断文学作品的能力，把学生“培养成内行”。但“阅读行为并不

---

① J. Hillis Miller, *On Literature* (London: Routledge, 2002), 8-18.

② YY 是“意淫”一词的汉语拼音缩写。最早出自曹雪芹的《红楼梦》，后来出现在 mop 等各类网站，指不切实际的胡思乱想（贬义），或天马行空的大胆想像（褒义）。参见“YY”，http://baike.baidu.com/view/27746.htm.

③ 解玺璋：《低龄化写作：文学之外的视野》，《北京日报》2001 年 8 月 12 日。

是一种简单的获取知识的行为。这是一种经验,这种经验使一个人完全同他个人的各个方面和集体的各个方面结合起来。读者是文学作品的消费者,因此,他像所有其他产品的消费者一样,是为一种兴趣所驱使,而不是要做出判断,即使他能凭经验对这种兴趣作出合理的说明"①。埃斯卡尔皮的这段话,或许能部分地解释经典阅读与流行阅读之间的鸿沟。语文教育所使用的文学经典凝聚了共同体中被广为认可的价值体系,代表了正统的文化形式和文化资本。流行阅读所使用的通俗文学文本虽然与读者的日常生活体验密切相关,但却未获得精英阶层的认可,缺乏足够的文化合法性。经典阅读与流行阅读的尖锐对峙在中学教育阶段尤其明显。

赵长天经过调查发现:"现在的中学生对阅读和写作普遍采取了两套话语,对老师或前辈是一套话语,在同龄人中又是一套话语,反映到写作上,交给老师的作文是一种写法,写给自己看或写给同龄人看的是另一种写法。"②作为当代中学生中最流行的作家,郭敬明的作品和他主编的《最小说》杂志,也就不幸地成为部分教育工作者的头号监管对象。尽管郭敬明从小就是语文老师的宠儿,两度获得"新概念"作文大赛的一等奖,但他在应试教育体制下所取得的成就,远不足以弥补他对应试教育构成的威胁。欣雨向我讲述了一个颇为极端的例子。她读初中时,一位学生在中考作文中因模仿郭敬明的文风而得了低分。校长查分之后,怒不可遏,遂规定,凡是郭敬明的书,见一本烧一本。饶有意味的是,郭敬明本人的高考作文也只得了 30 分(满分 60 分)。这个前所未有的低分,迫使郭敬明只能选择第二志愿——上海大学。③

2009 年,一位四迷在时光论坛上发了一个名为"为什么我们大多数的老师家长都不支持我们看「最」?"的帖子。④ 截至 2011 年 6 月 10 日,该主题贴吸引了 580 多条回复。从这个讨论热烈的长贴中,我们可以看到学校、家长对于中学生阅读的各种态度以及学生的应对策略。部分学校对学生的课外文学阅读一概不鼓励,哪怕是经典文学作品,只要和考试没有直接关系,都不允许学生带到学校来看。还有的老师只"禁读"青春文学作品或杂志,他们采取"看

---

① [法]罗贝尔·埃斯卡尔皮:《文学社会学》,符锦勇译,上海译文出版社 1998 年版,第 139~140 页。

② 焦守红:《当代青春文学生态研究》,湖南师范大学出版社 2008 版,第 41 页。

③ 鲁豫:《鲁豫有约》,2009-01-23,https://www.iqiyi.com/w_19rrqv5sw1.html。

④ 夢灬玖軒:《【沉思】为什么我们大多数的老师家长都不支持我们看「最」》,2009-12-15,http://www.zuibook.com/bbs/thread-64520-1-4.html。

到一本收一本"的没收政策。在这些老师看来,青春文学都是"闲书,不健康的书",和言情小说没有什么区别,只会影响学生的学习。也有一些宽容的老师,只要学生不在课堂上看小说,就"放任自流"。还有的老师虽然不干涉学生的阅读,但会"好心"地告诫学生不要在考试中像郭敬明或"新概念"作文那样写作文。高中的阅读环境普遍比初中要宽松,不同成绩的学生"享受"不同程度的管教,成绩好的学生一般会有更多的阅读自由。当然,也有一些老师鼓励学生利用青春文学来增加课外阅读量,学习这些作品里"好的词语或者句子"。少数思想开明的年轻老师甚至会和学生一起阅读流行的青春文学作品,以了解学生的内心世界。

面对学校的政策,大部分中学生采取顺应的态度,不把《最小说》或青春文学作品带到学校去。"为水龙吟。"的想法可能比较有代表性:

> 说老实话,我从没有把《最》带到学校去过……
>
> 因为我知道会被缴的==
>
> 记得以前把《梦里》(《梦里花落知多少》)借给同学看,结果被老师缴了……我一直深深惊恐着她会找我去谈论一下关于思想健康的问题(……),还好,没有几个月我就毕业了……
>
> 至于最小说,如果那期关于生命中丢脸又猥琐的事被缴了,在(再)好脾气的老师也会发火吧……
>
> 所以,不带去最好了……①

不过,还是有学生偷着将青春文学书刊带到学校,在课间或活动课背着老师看。毕竟中学生每天差不多有一半时间都消耗在学校里。想要阅读课外书,就不能不利用在校时间。

近年来,一些地区的语文试卷,也会"与时俱进"地出现与青春文学有关的试题。如2011年5月,一位马上面临中考的河北四迷"溪君堇上"发帖说,她在语文考试中碰到"一道实践探究题","材料大概是讲现在大多数的人都很关注郭敬明等一些新生代80后作家的作品,忽视了四大名著……请你谈谈你的看法!"这位四迷为了考试过关,不得不"昧着良心写了一大堆中国传统文化的

---

① 夢灬玖軒:《【沉思】为什么我们大多数的老师家长都不支持我们看「最」》,2009-12-15,http://www.zuibook.com/bbs/thread-64520-1-4.html。

好”,“一边答题一边内心流泪”。① 在回帖中,其他四迷纷纷安慰她,让她不要为此感到内疚:“考试都是假的/喜欢小四才是真的。”一位四迷称,她的语文老师直截了当地告诉过她:“不管你认为80后作家有多好。只要在考试中遇到了什么他们与老一辈作比较的材料。千万不要说他们好。”还有一位四迷以嘲讽的语气说:“要是写出自己的观点一分不给,这就是语文考试中:表达自己的观点。”当然,各个地区的语文教育水平参差不齐,对于80后作家的宽容度也不一样。一位住在深圳的四迷说:“为什么你们老师还是那么传统封建呢?像我们深圳这种题目言之有理就满分一般都是34分的!”更有四迷认为,不管这些考试题目用意何在,郭敬明的名字能上语文试卷,就足以说明他的影响力。“多惊艳啦/四大名著什么的比较/现在很多语文试卷作文什么的都跟小四/红透语文课堂。”

也有极少数的老师会在试题中流露出他们对青春文学的欣赏,此时,擅于捕捉出题人真实意图的中学生们,就会由衷地感谢老师的理解。同样是在2011年5月,一位即将参加高考的山东四迷在月考中遇到一道关于《小时代》的材料作文题:

> 青春文学领军人物郭敬明的一部《小时代》,吹出了新一代新概念的青春文学风,他生动的笔触令书中人物栩栩如生,其中顾里一角更是依其(以其)“语出惊人”之势受到欢迎。请阅读以下关于顾里的材料来确定话题。
>
> 顾里,一位会计系的美女,另外一个专业是国际金融学,在四年里面修完了双学士,有着 A^{++} 的骄人成绩,目标是作注册会计师。是一个有着与年龄不符的冷静、理智的人。为人毒舌却心肠善良,曾被林萧(书中顾里的好友)等人评价“你就是活生生的一条蛇”,需要对自己的生活有百分百精准的控制力。做事有条不紊,崇尚快节奏生活,家境优越。
>
> ……
>
> 要求:①立意自定②文体自选(诗歌除外)③字数不少于800字②

尽管发帖的四迷因在考场高兴过度,无法完成作文,最后作文部分得了零分,但她还是喜滋滋地向其他四迷分享这次难忘的考试经历。对于如此“紧跟时

---

① 溪君堇上:《我们的语文试卷,再次出现小四》,2011-05-21,http://www.zuibook.com/bbs/thread-161457-1-1.html。

② Hitomi·时里:《我们的月考作文是顾里的材料作文》,2011-05-08,http://www.zuibook.com/bbs/thread-160739-1-3.html.

代潮流”的考试题，不少四迷都发出“太时尚了”“太洋气了”“你们老师好有才”“我要转学到你们学校”的欢呼。发帖的四迷在回帖中解释说，出题人是她的语文老师，年仅28岁，从进校开始，每年都是“年度全校最受欢迎奖的得主”。当有四迷提出，这道题对于没看过《小时代》的学生不太公平时，“楼主”称，年级中没看过《小时代》的学生很少，老师在讲卷子的时候，班里“没有人睡觉而且个个眼睛锃光瓦亮的”。获得年级最高分的作文名为“亲密有间”，分析了顾里和其他三位女主角之间的友情。

耐人寻味的是，这些四迷在讨论中，常常把郭敬明视为“新文化”的代言人。他们认为，“中国传统文化固然很好/新文化也有它的魅力”“传统和新文化并存才是最好的状态”，或者“那些文化传统只要不忽略就好了，追求小四，那是时代的必然”。其实，这不仅仅是四迷的看法，而是当代中学生中相当普遍的一种看法。这些学生清楚地意识到他们是在一个新的社会环境中成长起来的一代“新人”，郭敬明是他们的“代言人”。我在第二天访谈临近结束的时候，曾问受访的五位高中生如何看待有关郭敬明的争议，“郭敬明会在文学史上占有一席之地吗”？雅芬说80后、90后本来就有争议，他们是一个转折点，郭敬明将会是一个里程碑式的人物。砚文认为，一部作品刚出来时总是会有争议，但经过时间的沉淀，好的作品会留下来的。俊晨说，郭敬明反映了新时代、新思维，是我们这个时代的代表之一。甚至连不喜欢现代文学的钰珩也说，郭敬明有争议是正常的，但他看好郭敬明在文学史上的地位。五个人当中，唯有艺娟对郭敬明的文学史地位持否定态度，认为郭敬明只是昙花一现。

三、青春文学与家庭教育

著名出版人黎波认为，青春文学繁荣的一个重要原因是家长的支持。黎波称，由于营养好，现在的青少年身体和生理发育都比较早。家长因为害怕早熟的孩子去网吧玩游戏聊天，变成不良少年，对孩子读书大多持鼓励的态度，愿意为他们的课外阅读买单。[①] 一位高中教师在为青春文学辩护时也指出：当代中学生生活在一个“好莱坞商业片、韩剧和国产肥皂剧充斥银屏，快餐文化铺天盖地，网络游戏囊括老中青”的时代。在这个“享乐至上的游戏时代”，“能坐下来看点书已经难能可贵了”。青春文学虽然没有文学经典营养价值

---

① 张英：《青春文学：不跟文坛玩》，《南方周末》2007年9月26日。

高，但学生如果实在看不进名著，读一读青春文学也比什么文学作品都不读要好。① 郭敬明也谦虚地强调，他的作品只是帮助读者进入文学经典的一个过渡："让孩子坐下来看一本小说，哪怕内容很肤浅，也比让他把时间用在玩游戏上要好得多。我希望他们能通过阅读我的作品，培养一种阅读习惯。这样随着年龄增长，他们也会去看托尔斯泰、博尔赫斯。"②的确，如果说部分学校教师认为青春文学让学生"分心"，妨碍了正常的课业学习，不少家长却认为青春文学能让自己的孩子"收心"，不至于在网游或网恋中荒废学习。青春文学似乎成了一把双刃剑，既能诱导，又能阻止青少年的越轨行为。

从四迷的网络讨论和我个人的访谈来看，家长对于青春文学的态度也是千差万别，但总体上似乎比中学教师宽容。这或许是因为90后独生子女在家庭中拥有更多的发言权，敢于和家长"对着干"。如一位性格倔强的四迷说："有时买最/老妈颇有微辞/老子不依/闹/最后/她投降了。"另一位四迷也称，她经常因为购买、阅读最世公司的书籍而被父母教训："他们每次训我都在我的房间里/我的书架上就是一排一排柯艾的书/他们有时侯就直接指着那些书说/有时侯还会趁机拿下来翻翻/然后随便指着哪个片断就能说上大半天/还会把书直接拍在桌上/我心疼的要死/就直接跟他们吵/总之每一次都是愈演愈烈的。"不过，这些孩子们发现，只要足够坚持，父母最终都会让步。一位四迷讲述了她的"坚持就是胜利"的经历："以前他们（家长）知道我买TOP（《最小说》），但是不发表想法，直到有一天他们发现我成绩差下来了。他们以为是TOP……后来一直百般阻挠，但是我一直坚持着。他们女儿的性格他们知道，明白这已经没用了，所以已经不管了。那天起床我还看见我妈坐在阳台上看我的INK（《最小说》2009年的一个分刊）呢……"③如果父母实在不让阅读青春文学书刊，有的四迷就会把书藏在柜子里，然后等夜深人静之时偷偷拿出来看。由于中国城市住房条件的改善，不少90后都拥有字面意义上的"自己的房间"，不用像二十世纪七八十年代的青少年那样和父母挤在同一个房间，没有任何个人隐私。90后青少年对于私人空间的自由支配，显然直接有助于他们对私人阅读的掌控。

---

① 潘进听：《青春文学的阅读价值》，《中学语文教学》2005年第12期。

② 陈妍妮：《郭敬明：塑造我的时代一去不返 要帮别人实现价值》，《辽沈晚报》2010年9月15日。

③ 夢灬玖軒：《【沉思】为什么我们大多数的老师家长都不支持我们看「最」》，2009-12-15，http://www.zuibook.com/bbs/thread-64520-1-4.html。

青少年的家庭阅读环境与父母的媒介认知有着密切关系。90后的父母、祖父母一辈由于对网络缺乏足够的了解，导致他们更信任传统的印刷媒介，希望孩子从实体书而不是网络获得信息和知识。虽然小说看多了也会上瘾，但许多父母宁愿孩子有书瘾，也不愿意他们有网瘾。如一位四迷说她爸妈"觉得看小说挺好的，他们看到我看《最》就说'对嘛，有时间就多看看小说，别成天上网'。"还有的父母主动培养孩子的读书兴趣，帮助孩子购买、整理文学书刊，甚至和孩子一起阅读。一位四迷不无得意地写道："我爸妈都挺喜欢看TOP的/都还不反对我看/嘿嘿/所以每次他们都支持我看/因为他们也要看。"当然，家长们也不是什么书刊都支持。一位和奶奶住在一起的四迷称，她奶奶只允许她买《最小说》，不让她买漫画。①

在我访谈的10位中学生中，只有加奈（化名）的父母坚决反对他看小说。由于喜爱玄幻、吸血鬼、同人等类型小说，加奈的学习成绩受到影响。无法在家里看小说的他，只好经常在课堂上看。欣雨是一位颇有语言天赋的女孩，曾在"新概念"作文大赛中获奖。她说有一次给妈妈拔白头发的时候，妈妈问她："什么时候你也能像郭敬明那样写小说挣钱？"一向鄙视郭敬明的剽窃行为的欣雨，当即把郭敬明贬得一钱不值。欣雨的"大老粗"父亲曾好奇地翻过郭敬明的作品，然后专门教诲她："性取向不能有偏差，人生观不能出错，不能自杀。"其实欣雨本来就是腐女，并曾在豆瓣网上"围观"有关郭敬明是同性恋的传闻。诗璇曾经参加过郭敬明在武汉的签售会，但她拒绝承认自己是四迷。她说签售会是妈妈带她去的，因为在妈妈眼中，郭敬明是一位作家和名人。我在北京地坛公园举办的一次最世签售会上，也看到一些代替或陪伴子女参加签售的中年人。"读书人"的传统文化资本以及名作家的光环，对于郭敬明等青春文学作者来说，显然还是一个有利因素。

青春文学的接受环境对于最世书刊的生产不能不说没有影响。由于读者群是缺乏独立经济来源的未成年人，最世公司不仅要博得读者的欢心，还要尽量争取家长的认可。比如，在学生和家长共同关注的性问题上，最世书刊就一直在打"擦边球"，试图在读者的性好奇和家长的管制之间保持微妙的平衡。旗舰刊物《最小说》一方面对性描写的尺度进行严格把关，另一方面又常常在封面中使用"美男计"，满足女性读者的窥视欲。

---

① 夢灬玖軒：《【沉思】为什么我们大多数的老师家长都不支持我们看「最」》，2009-12-15，http://www.zuibook.com/bbs/thread-64520-1-4.html。

由于青春文学的主要竞争对手——网络文学——越来越情色化，在这种"性开放"的压力下，郭敬明开始在《小时代》里尝试新的性表述。《小时代》的故事场景大多在室内，室内环境为小说人物之间的私人谈话提供了安全的场所。比如，《虚铜时代》第12章里，顾里和男友顾源、林萧的男友简溪、顾里的同性恋表弟Neil和南湘五人就在客厅里展开了一段涉性的闲聊和打趣，戏仿了时下流行的耽美文化。[①]《小时代》的女主人公之一，性格豪放、神经大条的体育生唐宛如，也经常爆出一些惊世骇俗的言论。当她和自己暗恋的羽毛球队队员卫海一起训练时，卫海无意中脱了上衣。唐宛如"近距离地再一次看见他结实的胸膛"，"差不多快要缺氧致死了"。为了打破尴尬，她对卫海说："你的体力很好。"然后又警觉地加了一句："我不是说你床上的体力！你不要想歪了！"[②]这种不涉及具体性行为的游戏式"色语"，在《小时代》中随处可见。它一方面让青春期性欲受到压抑的年轻读者获得释放的快感；另一方面又点到即止，避免威胁读者的性纯洁或引发他们对于性的焦虑；同时让读者窥探到当代社会中复杂的情爱关系和性别角色。

第二节　青春文学的消费伦理

一、"墙内的阅读"

在《阅读史》一书中，曼古埃尔用"墙内的阅读"一词来形容男尊女卑的社会中女性读者的阅读状态。比如，日本平安时期的宫廷女官，过着几乎与世隔绝的生活，"她们的生活既单调又乏味，而且她们的语汇能力也有限"。尽管有上述限制，这些女性"还是努力寻找探索宫廷以及宫廷纸墙外的世界的方法"，创作出《源氏物语》《枕草子》等世界一流的文学作品。曼古埃尔认为，"在遭受隔离的团体中，至少会有两种不同的阅读方式"。第一种是从主流文学中"拯救出他们遭驱逐的难友"，在一些女性人物中找到自己的影子。第二种是"读者成了作者，替自己发明新的说故事的方式"。[③] 从某种意义上说，当代中学

---

① 郭敬明：《小时代2.0虚铜时代》，长江文艺出版社2010年版，第244页。

② 郭敬明：《小时代1.0折纸时代》，长江文艺出版社2008年版，第80页。

③ ［加］阿尔维托·曼古埃尔：《阅读史》，吴昌杰译，商务印书馆2002年版，第284～285，288～289页。

生的生活与封建时代被禁锢的女性不无相似之处，他们虽然了解的世界很大，但生活的世界却很小。郭敬明在他的散文《围城记事》中，对这种生活有过真切的描述："学校就这么温柔一刀地斩断了我们所有出校的理由。于是我们只好望着四角的天空日复一日地伤春悲秋，感慨外面的世界很精彩，里面的世界很无奈。"①在这种闭塞的生活境况下，阅读就成为中学生反抗平庸单调的现实生活的武器。如埃斯卡尔皮所言：

> 文学性的阅读动机常常出自一种不满情绪，一种读者同其环境的不平衡，尽管这种不平衡事出有因，而且其原因是人类的本质所固有的（生命的短暂、生命的脆弱），是个人间的冲突所固有的（爱情、仇恨、怜悯），或者是社会结构所固有的（压迫、贫困、对未来的忧虑、烦恼）。总之，文学性的阅读行为是一种同人类社会地位的荒谬相抗衡的手段。②

当中学生无法在主流文学中找到自己的影子时，他们便从读者转变为作者，讲述起自己的故事。正因为如此，青春文学的读/作者之间有强烈的认同感。这不是高高在上的启蒙者与卑贱无知的被启蒙者之间的关系，而是有共同经历的人，亲密地用文字分享共通的情感体验，在文字中彼此相认和拥有。

萨特在《什么是文学》中说"创作只能在阅读中得到完成"，艺术家"只有通过读者的意识才能体会到他对于自己的作品而言是最主要的"，因此，"任何文学作品都是一项召唤"，作家向读者发出召唤，请读者来协同产生作品。③ 埃斯卡尔皮将萨特的思想概括为："一本书只有在有人读时才存在，文学作品应当被当作一个交流过程来感知。"也就是说，"如没有作者与读者之间意念上的汇合或至少是意念上的相容，是不可能有文学的"。当作家和读者属于同一个社会集团时，他们的意念就比较容易吻合，而"文学的成功就寓于这种吻合之中"。④ 尽管萨特和埃斯卡尔皮的论述针对的是普遍意义上的文学，但他们的观点却特别适用于青春文学。青春文学在当代中国的流行，正是得益于作者和读者之间的"意念"吻合。2008 年，《中学生天地》杂志举办的一项高中生阅

---

① 郭敬明：《爱与痛的边缘》，东方出版中心 2008 年版，第 39 页。

② [法]罗贝尔·埃斯卡尔皮：《文学社会学》，符锦勇译，上海译文出版社 1998 年版，第 147 页。

③ [法]萨特：《萨特精选集》，沈志明编选，北京燕山出版社 2005 年版，第 1295 页。

④ [法]罗贝尔·埃斯卡尔皮：《文学社会学》，符锦勇译，上海译文出版社 1998 年版，第 11，134 页。

读调查就证明了这一点。调查结果显示,“有40.6%的中学生认为青春小说写出了他们心底的苦恼、情感和对世界的理解,这一切都是老师和父母所不能理解的”。还有22.5%的学生认为青春小说“可以使自己暂时摆脱烦恼”。不同于许多评论家的臆想,只有极少数中学生(2.5%)“是为了追赶潮流而去看青春小说”。①

郭敬明的主要作品一直和读者保持了高度的心灵共振,用我的受访者诗璇的话说就是,郭敬明的文字“写到了我们心里”。他的作品就仿佛是一面镜子,能够清晰地映照出读者的所思所想。一位中学生在作文中写道:“用心去看郭敬明,去看他的作品,你会在他平淡的言语中莫明其妙地被感动……看着看着,我被相似的想法所感动。他的作品中有太多精致的语句,让人看了就感到一阵心动。”②一位四迷也说:“小四是个让人心疼的人,虽然我比他小,可是他不经意的几个字总能让我惊愕、认同。惊愕他竟可以用文字写出我那些呼之欲出却表达不好的感受。认同就不用赘述了,这是喜欢他的人和他应该有的共鸣。”③2003年,在《幻城》出版并引起轰动之后,春风文艺出版社将读者的反馈整理成一本专集。从这些精选的读者来信中可以看到,不少读者都在反复阅读之后发现《幻城》在故事逻辑、细节设定和遣词造句方面的疏漏,但他们仍然发自内心地热爱这部作品并用各种方式表达自己的喜爱。有的为故事续写结尾,有的为小说绘制插图,有的将这本书推荐给同学好友,有的手抄书中最感人的部分。还有一位高中生用俊美的书法写下《幻城》中主要人物的名字。④

郭敬明的作品甚至能打动一些成年人。一位在县委宣传部工作的父亲,被女儿抱怨“爸,读你的文章好累人”,在读了女儿推荐的《爱与痛的边缘》之后,这位父亲感触良多。他写道:“一直以来,人们都把文章视为伟大、神圣、高高在上的‘圣贤’,凡提笔就要板起一副既传教士又神父的面孔,每写一字又要对它有无深刻含义,能否起到熏陶教化考虑了再考虑。分析他人之作亦是如

---

① 本刊编辑部:《青春文学:谁祸害了谁——一场关于“青春文学”的讨论》,《中学生天地(B版)》2008年第11期。

② 汤皎玲:《我看郭敬明》,《当代学生》2005年第10期。

③ 彦铭的夏天:《我曾经反四,现在顶四!》,2011-05-01,http://tieba.baidu.com/f?z=1065985297&ct=335544320&lm=0&sc=0&rn=30&tn=baiduPostBrowser&word=%B9%F9%BE%B4%C3%F7&pn=0。

④ 布老虎青春文学工作室编:《幻城之恋》,春风文艺出版社2003年版,第49页。

此。”这样写出来的文章当然“晦涩”“累人”，但郭敬明的散文“朴实、清新、流畅、透明，不矫揉、不造作，好读”，“为我解开了无数作茧自缚的行文规则，让我从行文苦、读文累的痛苦深渊爬回爱与痛的边缘”。[①] 一位退休的老编辑也在给春风社的信中写道：“最近阅读了《幻城》，此书在青少年中阅读者甚多，影响广泛。我虽已是老年，但读来也意趣盎然，阅读中竟不忍释手。”[②]

遗憾的是，青春文学作品经常被成人世界（或自诩“成熟”的青少年）指责为“内容肤浅”“无病呻吟”“为赋新词强说愁”。当代青春文学中的忧伤、孤独和疼痛，虽然与历代文学作品中记录的兵荒马乱、国破家亡比起来不足挂齿，但这种疼痛和呻吟未必就不真实，未必就不值得书写和阅读。正如一位名叫“沃依斐”的中学生在回应这些指责时所说的：“这些小喜小悲是确实存在而且在我们的生活中无孔不入，它们的确左右过我们的情绪，既然如此，那么用文字记录下这样的点滴，即使在他人眼里是幼稚的，是莫名其妙的，那也是对青葱情感的一份寄托和对流逝青春的少许纪念。”[③]

二、“孤独的救济”与文学的陪伴

日本早稻田大学教授千野拓政认为，随着全球化进程，“我们的文化体系已经开始变化，文学在其中的作用也在变化”。当代年轻读者“阅读文本的方式已经发生变化，他们对文学的期待已经和过去不同，以往读文学作品是为了获得真实感，然而今天读鲁迅、陀思妥耶夫斯基的作品期待已经不一样”。文学已经不再像19世纪那样，在社会生活中占有特殊地位，严肃文学和通俗文学之间的界线也变得无足轻重。[④] 千野拓政在分析村上春树在东亚的流行时提出，村上的作品无意中迎合了当代年轻人中普遍的孤独感。年轻人由于“感受到了生命的困惑和无助，理想的破灭，虚无感的造访，因而时常会有无所适从的感觉”。村上和他的读者或许都属于“亚斯伯格症候群”的一员，这种症候群的主要表现是社交与沟通的困难，患者安于自己的孤独而不愿去改变。村

---

① 郁文：《清新文风的一场革命：读郭敬明〈爱与痛的边缘〉》，《云南档案》2004年第2期。

② 布老虎青春文学工作室编：《幻城之恋》，春风文艺出版社2003年版，第138页。

③ 本刊编辑部：《青春文学：谁祸害了谁——一场关于“青春文学”的讨论》，《中学生天地（B版）》2008年第11期。

④ 千野拓政：《千野拓政：那日渐加深的孤独感》，2010-12-06，http://www.aisixiang.com/data/37676.html。

上的作品对于他的读者而言是一种孤独的救济，读者通过阅读产生共鸣，从而获得治愈的力量。①

对于当代中国都市的80后、90后独生子女来说，青春文学同样也是一种"孤独的救济"。魏娜娜在阐释80后的小说创作时认为，作为第一代独生子女的80后，虽然获得父母长辈的全部关爱，但缺乏同龄人之间的互动和交流。80后在成长过程中体验到的孤独感既是他们写作的动力，也是其作品的"有机元素"。为了满足自身渴望倾诉和陪伴的欲望，80后作者经常在他们的小说中"为主人公安排一个伙伴"，"当主人公处于困境之中的时候，这个伙伴总是不离不弃地陪伴在他的身边，鼓励他、帮助他，任劳任怨、无私付出"。80后作者的孤独感不仅表现在人物设置上，还表现在情感表达的强度上。《幻城》中卡索与弟弟樱空释、星旧与妹妹星轨之间的感情，"其热烈与决绝程度已经大大超越了一般亲情的范围"。② 胡澜卿也指出，80后的生活环境虽然比前代人优越，但物质的丰富并未带来精神的满足。相反，生活的安逸让他们有更多的时间来面对、反省精神的困惑和匮乏，特别是独生子女与生俱来的孤独感。"相比祖辈革命年代的政治狂热父辈改革年代的物质狂热"，80后一代人"更注重精神方面的追求"，"他们试图通过手中的笔来表达他们这一代人的叛逆、另类和青春成长过程中受到伤害后的疼痛感"。③

面对网络时代的"信息爆炸"，文学的启蒙教化作用不可避免地受到削弱，但它的陪伴、抚慰、自我疗治的心理功能却得到强化。对于较少出门、社交范围有限的"宅一代"来说，小说是一种很好的消遣，可以纾缓抑郁，调节心情。正如青春文学经常以友情为主题，青春文学的作者与读者之间也形成伙伴关系。西方社会的一些父母因无暇照顾孩子，只好让孩子呆在家里看电视，导致所谓的"电视保姆"。当代中国社会的部分父母也因忙于生计而无暇与孩子交流，致使孩子只能向青春文学书刊寻求情感的交流与理解。如一位网络ID为"彼岸花_素素"的四迷说：

> 话说曾经我也没有特别关注四。

---

① 马宁：《千野拓政谈村上春树：孤独的救济》，2010-08-02，http://www.douban.com/group/topic/19433658/。

② 魏娜娜：《青春与成长——"80后"小说创作解》，山东大学2007年硕士论文，第14～19，22～23页。

③ 胡澜卿：《青春的困惑——"80后"作家的成长小说研究》，首都师范大学2008年硕士论文，第30～31页。

> 后来我经常一个人在家。
> 是四的那些文字陪伴着我
> 让我不会感到孤独。
> 所以我感谢四,也爱四。
> 韩寒的书就不会让我有这样的感觉。①

据痕痕说,郭敬明"性格孤独、认真,又是一个敏感和张扬的人。他喜欢和朋友在一起,想简单地成为朋友中的中心人物"。他身上有一种小城市人或农村人的"喜欢热闹的精神","总喜欢团结着大家伙儿,总想着张罗着大家一起吃饭或者活动"。② 也许正是郭敬明怕孤独、爱热闹的性格,让他本能地理解读者的需要,并找到一种用文字满足读者需要的方式。

从《最小说》的诞生之日起,郭敬明就将陪伴读者度过青春岁月,作为杂志的主要目标。也就是说,文学期刊的主要目的不是为了发表永恒不朽的经典作品或培育出流芳百世的文学巨匠,而只是为了给予读者当下的温暖陪伴和未来的些许回忆。在《最小说》2007 年第 1 期正式创刊的感言中,郭敬明写道:

> 未来还有很长。会有更长更长的未来。
>
> 希望这样的时间里,我们都能陪伴着你们。度过你们的十四岁、十五岁,度过你们的十九岁,二十岁。等到有一天,你们已经长成了完全不一样的大人,希望你们能够想起你们的少年时,这样一本小小的杂志,放在你们书包里,陪你们穿越了多少个四季的天空。
>
> ……
>
> 希望带给你们的,是最美好的,青春的映画和纪念。③

这是一个低调而诚恳的目标。它意味着《最小说》的消费是暂时性的、阶段性的,注定要被长大成人的读者所抛弃。就如我们小时候所穿的衣服,不管再怎么喜欢,终究有穿不下去的一天。但总有一些作品会刻印在读者的脑海里,陪伴他们一生,而不仅仅是少年时代。每逢节日或《最小说》的周年庆典,郭敬明

---

① 彦铭的夏天:《我曾经反四,现在顶四》,2011-05-01,http://tieba.baidu.com/f? z=1065985297&ct=335544320&lm=0&sc=0&rn=30&tn=baiduPostBrowser&word=%B9%F9%BE%B4%C3%F7&pn=0。

② 痕痕:《痕记》,长江文艺出版社 2010 年版,第 58～59 页。

③ 郭敬明:《最小说正式创立了》,《最小说》2007 年第 1 期。

都会再次提到“陪伴”这个字眼，仿佛是在重温与读者的最初约定。在2008年的两周年纪念专刊里，郭敬明回顾了《最小说》和最世公司的成长过程，在总结陈词的结尾中写道：“希望可以一直陪伴你们。希望可以和你们，一起走过更多更多的岁月。”①在2011年第1期的《主编手记》末尾，郭敬明又以最世公司的“一家之主”的身份向读者承诺：“虽然冬天很寒冷，但是请不要担心。因为有我们一大家子，热热闹闹地陪在你身边！”②

在《最小说》的“主编手记”和“I WANT”栏目中，郭敬明逐步发展出了一种坦诚而亲切、夸张而搞笑的叙事风格，仿佛他就是读者的好友，在课间与读者一起用流行的青少年语言③聊天，故意用“语不惊人死不休”的劲头儿描述各种事件，想引起读者的注意，逗读者开心。许多读者买到《最小说》之后，首先阅读的就是这两个如“脱口秀”一般生动有趣的栏目。其中的絮叨、得瑟和无厘头恶搞，总能让读者不禁莞尔。如2011年第1期的主编手记的开头，郭敬明就以恶搞电视台的跨年盛典的方式向读者打招呼：“各位观众前面的电视机你们好！这里是最世外滩2号跨年现场！太子④我向大家致以最诚挚的新春问候！”随后，郭敬明介绍了公司近期的重大事件——跨年年会：

> 全公司上下已经癫狂了，一批批运送作者的飞机在机场降落，接送作者的编辑乘着冷空气，在公司、机场、停车场、轻轨、地铁、大巴间急速穿梭，晃动成一个人影，这个时候，我们是多么希望遇见漆拉啊，他只要做一个棋子……负责联系服装造型师的助理，一包包运送着各种衣裙鞋包领带假发(……)美术部在两天中搭出了一个大型摄影棚，大型活动部(众：……哪里有这个部！太子你放过我们吧)早已折腾得人仰马翻，还听说有人已经准备要坐着轮椅去年会现场……⑤

在这段“复调”式的文字里，既有郭敬明个人的叙事声音，也有最世团队其他成员的声音(“众：……哪里有这个部！太子你放过我们吧”)。除了影射自己作

---

① 郭敬明：《编辑部周年展望》，《最小说》2008年第12期。

② 郭敬明：《主编手记》，《最小说》2011年第1期。

③ 江冰团队曾对郭敬明博客写作的语言风格进行过分析。该团队注意到郭敬明在博文中大量使用网络流行语，试图通过这种话语方式与读者建立认同，“用小孩口吻和‘小孩’说话”。参见江冰等：《新媒体时代的80后文学》，人民出版社2014年版，第213页。

④ 据说，有一段时间最世公司的员工开玩笑称郭敬明为“太子”。郭敬明在微博中提到这个称呼，然后就在四迷中流传开了。

⑤ 郭敬明：《主编手记》，《最小说》2011年第1期。

品中的人物（“漆拉”，他是《爵迹》中的一个王爵，拥有控制时空的禀赋，可以利用棋子“任意穿越时间、空间的媒介”①），郭敬明还故意多次使用省略号，请读者“自行脑补”，想像文字之外的场景。如王涛在评论80后文学的审美转向时所说的，80后“力图摆脱传统的训导式审美追求”，追求“审美互动”。在写作中，他们“总是不断地对读者发出邀请，用各种有意凸显作者和读者共在的叙述行为，来叫醒沉睡的耳朵。让读者和他们一起来分享他们的情感，他们的情绪”②。

在推介本期杂志的内容时，郭敬明依然用半认真、半玩笑的口吻，大肆吹嘘最世的写手和画手，如：“这一期的封面，继续由我们的中华之光、艺术瑰宝王浣小姐担纲。她左手《天鹅光源》，右手《临界爵迹》，竟然还可以容光焕发，美貌动人。比起赶稿赶出黑眼圈、加班加出白头发的胡小西，是多么令人羡慕嫉妒恨啊。”又如，在介绍“文学之新”比赛的参赛选手的作品时，郭敬明称：“第一期的题目《作女》，这五位选手贡献出了精彩纷呈的小说。各位，不谦虚地说，真的代表了目前新生代创作者们的最高水准。”在点评完各个栏目的看点之后，郭敬明信心十足地向读者打保票：“相信这个新年，你一定会觉得无比给力。”郭敬明的主编手记有一种口头交际时代的鲜活感和现场感。读者在阅读时，仿佛是在听街头摆摊的小贩大声吆喝自家的宝贝；又仿佛是在听一个说书的艺人极尽铺陈夸张之能事。阅读这样的文字，就好像置身于众声喧哗的人群，能让人暂时忘记阅读的寂寞。

三、四迷、反四与分裂的阅读公众

郭敬明是当代粉丝读者数量最多的作家之一。截至2010年9月28日，《最小说》官方论坛的注册用户达到29万，郭敬明在新浪微博上的粉丝更是高达191万。③ 由于四迷的热情追捧，郭敬明的新书签售会一向是媒体报道的热点。2009年7月14日，郭敬明率领“THE NEXT·文学之新”新人选拔赛四强作者以及最世的7位人气作者在北京西单图书大厦举办签售会，7小时共签出15768册，刷新了北京图书市场的签售纪录。当天，“排队等候签名的读者，把大厦三层、四层和地下一层、二层挤得水泄不通”。一位图书大厦的员

---

① 郭敬明等：《爵迹·燃魂书》，长江文艺出版社2011年版，第35页。

② 王涛：《代际定位与文学越位——“80后”写作研究》，巴蜀书社2009年版，第103页。

③ 截至2017年12月7日，郭敬明新浪微博的粉丝数量已经达到四千万人。

工禁不住发出“谁说文学没市场”的感喟。① 2011 年元旦，郭敬明又带领最世的 29 名作家，在福州路上海书城举行新书《爵迹 2》签售会。据统计，当天签售图书数量超过 16500 册，打破了他在北京签售时创下的全国纪录。② 中国文学史上从来不缺少文学偶像。礼法森严、交通不便的封建社会尚且能出现狂热的粉丝读者，在信息发达的当代社会，粉丝读者的养成率自然大为提高。因为读者能够很容易地通过传媒获取作者的生平资料、音容笑貌和最新动向，从而“将一个遥远的陌生人转变为一个重要的他者(significant other)”③。

不过，郭敬明的奇特之处在于，他不仅有粉丝(“四迷”)，还有反粉丝(“反四”)。有多少人热爱他，就有多少人憎恶他。他是一个汇聚了读者强烈情感的磁场，同时又是一道撕裂阅读公众的伤口。《梦里花落知多少》的抄袭案不仅成为郭敬明的“原罪”，也成了四迷和反四之间无法达成共识的首要原因。2006 年抄袭案终审之后，韩寒、张悦然纷纷站出来与郭敬明“划清界线”。一些名不经传的 80 后作者甚至以“抵制郭敬明”为由进行个人炒作。④ 韩寒不仅在自己的博客上形容郭敬明“下贱”，还嘲笑四迷“狗护主叫太猛，咬着了自己舌头”。郭敬明则在博客中回应韩寒：“骂我可以，请不要骂我的粉丝。”⑤张悦然随后针对这句话，发表了一篇名为“当郭敬明成为宗教”的博文，将郭敬明和四迷比做西方著名邪教“人民圣殿教”的教主吉姆·琼斯及其信徒。张悦然煞有介事地写道：“作家具有一种痴醉状态并不是坏事，但郭敬明和他的教民们却是另外一码事，他们的脸上闪烁的不是神性的光泽，而是迷幻、狂妄、不祥甚至随时会自我毁灭的暗记。”⑥

从 2006 年开始，韩寒一直孜孜不倦地利用小说、博客和媒体访谈调侃、“敲打”郭敬明。在《光荣日》和《一座城池》两部作品中，韩寒都挪用了郭敬明的经典名句来暗讽他。如《一座城池》中写道：“大学的广播里响起 BEYOND

---

① 袁毅、张莹：《郭敬明率团队签售 7 小时达 15768 册破于丹纪录》，2009-07-17，http://ent.sina.com.cn/s/m/2009-07-17/11182614619.shtml。

② 刘婷：《郭敬明团队签售创纪录》，2011-01-05，http://ent.163.com/11/0105/02/6PJOGL8600032DGD.html。

③ Chris Rojek, *Celebrity* (London: Reaktion, 2001), 53.

④ 京华时报：《韩寒反对封杀郭敬明：他终于表现得像个男人》，2006-07-07，http://news.163.com/06/0707/09/2LDVKFKK00011229.html。

⑤ 《韩寒、郭敬明本是同根生，相煎何太急？》，《音乐生活报》2010 年 1 月 25 日。

⑥ 张悦然：《当郭敬明成为宗教》，《东西南北(大学生)》2006 年第 12 期。

的《光辉岁月》。其实我的理解，这首歌表达的是不要搞种族歧视。但是，当'迎接光辉岁月'唱起的时候，健叔不禁以四十五度角仰望天空，泪流满面。"①"以四十五度角仰望天空"和"泪流满面"都出自郭敬明早期的散文。"泪流满面"的原文是："我总是在想，我是喜欢写散文的，那么那么喜欢。其实我喜欢站在一片山崖上，然后看着匍匐在自己脚下的一副一副奢侈明亮的青春，泪流满面。"②现在，这些句子都成了郭敬明文风"造作"的证据。《他的国》更是指名道姓地嘲讽郭敬明、《小时代》和四迷。小说中的主人公左小龙无意中困在了等候郭敬明出场的上千名四迷当中，为了脱身，只得和四迷一起喊口号："在群众运动的狂热洪流里，能自保的方式只有暂时恶心一下自己，然后找个人少的地方喘口气。"③

在2009年年底《南都周刊》的一篇访谈中，韩寒声称"自己与郭敬明不是同一类人，而且男女有别；自己除了钱比郭敬明少，其他都比他强"。韩寒还批评"郭敬明的杂志的价值观很贱，招90后尤其是城乡结合部的孩子喜欢"。④一向对韩寒避而不谈的郭敬明，面对如此"（性别/阶级）政治不正确"的言论，不得不做出直接回应。在2010年年初《新京报》的访谈中，郭敬明说："至于'男女有别'这样的话，我不知道该怎么去理解，如果你说这是一种侮辱性的话，那是在侮辱我还是在侮辱女性呢？你是看不起女性还是看不起我？如果不是侮辱性的话，你讲这个，我就理解不了这是一个什么东西了。"⑤韩寒对于郭敬明的态度，也多少影响了四迷和韩迷的关系。2007年的北京图书订货会上，四迷因看到郭敬明的泥塑跟韩寒的塑像放在一起而大为不满，争执过程中，一位学生模样的男性韩迷砸毁了郭敬明的泥塑。⑥

不过，韩寒的"反四"策略并没有太多的新意。早在2004年，中国最大的网络社群之一，天涯社区，就出现一个由网民自发形成的反四组织——"菊花教"。据《北京青年报》的一篇报道称，"菊花教的早期教旨是：反对郭敬明抄袭及他对待抄袭的态度"，最终目标是迫使郭敬明承认抄袭并道歉。在菊花教的

---

① 韩寒：《一座城池》，万卷出版公司2008年版，第28页。

② 郭敬明：《十七岁的单车（自序）》，《左手倒影，右手年华》，上海译文出版社2007年版，第2页。

③ 韩寒：《他的国》，万卷出版公司2010年版，第56～57页。

④ 《韩寒：郭敬明输出的是很贱的价值观》，《南都周刊》2009年11月2日。

⑤ 《郭敬明回应"男女有别"：韩寒在侮辱我还是女性》，《新京报》2010年1月15日。

⑥ 《韩寒、郭敬明本是同根生，相煎何太急？》，《音乐生活报》2010年1月25日。

巅峰时期，每天都有教徒在网络上跟踪郭敬明的一举一动，并频频与四迷展开论战和对骂。① 这支主要由漫迷和同人女构成的反四队伍，发明了一整套恶搞郭敬明的术语，成为网络恶搞文化的先驱。② 比如，反四用“GJM”来指代“郭敬明”，后引申为“抄袭”“附议”之意；用“圣地”指代时光论坛；将四迷一概称之为心智稚嫩的“Loli”；将“泪流满面”故意写作“内牛满面”。针对郭敬明用人工处理过的照片（俗称“劈图”）来打造“形象工程”的习惯，菊花教收集了郭敬明整容、换发型前的“丑照”，努力还原他的“真相”。为了讽刺郭敬明注重护肤保养等女性化行为，菊花教在劈图中将郭敬明易装为“美女”，让他穿上裙子，抹上口红，称其为“四姐”“四娘”。2008年，一位耽美写手甚至以韩寒和郭敬明为配对，虚构了一个名为“上海绝恋”的耽美故事。故事中，韩寒“替天行道”，将暗恋他的郭敬明狠狠教训了一顿。③ 天涯的“娱乐八卦”版块有一个网民自发筹办的年度“金乌鸦”奖，投票评选最恶心的男/女艺人。2005—2007年，郭敬明连续蝉联了三届“鸦王”。2009年，“金乌鸦”授予郭敬明终身成就奖并新设一个“GJM奖”，颁给以抄袭闻名的写手。④

面对长期的负面舆论，郭敬明显得颇为大度。他在2009年一个访谈中说：“对于目前的我来说，无论正面还是负面的新闻，都是好的，负面新闻也是一种关注度。可能有一天骂也不骂我了，喜欢也不喜欢我了，大家完全不讨论我了，那我才真正觉得惶恐和悲哀。像周杰伦、蔡依林，也有很多人骂，但是喜欢的人很喜欢。”⑤对于网民和媒体总是把他和韩寒拉扯在一起，郭敬明说：“作为公众人物，就必须要有娱乐大众的心理准备，哪怕是‘被娱乐’。网民也好，媒体也好，总是需要新闻和娱乐的，没有新闻也要制造新闻，没有娱乐也要找着娱乐，我们这些所谓80后站在风口浪尖上，被拿来说事可以说得上是时代的需要吧。”⑥菊花教在网络上战斗七年之后，不少教徒已意识到，一味地从

---

① 《郭敬明的敌人们》，《北京青年报》2006年9月7日。

② 比赛是五个人的：《网络恶搞文化浅析》，2009-11-14，http://www.tianya.cn/publicforum/content/funinfo/1/1696213.shtml。

③ “菊花教”，百度百科，http://baike.baidu.com/view/26680.htm。

④ 《2009金乌鸦的变与不变　新设GJM奖，专挑抄袭王》，《现代快报》2009年11月2日。

⑤ 《郭敬明：我可能弃文从商　咒骂我是素质问题》，《外滩画报》2009年1月15日。

⑥ 李丽、李尤：《郭敬明：我和韩寒“被娱乐”是时代需要》，《羊城晚报》2011年3月5日。

抄袭、性别、长相、身高等角度攻击郭敬明并不能撼动郭敬明在四迷心中的地位，反而会激发四迷更大的忠诚。在这个“最坏的新闻就是没有新闻”的年代，菊花教的所作所为实际上是在为郭敬明进行无偿地“反炒”，使郭敬明“越骂越红”。

尽管个别极端的反四对郭敬明恨之入骨，甚至扬言要打断郭敬明的脊椎，“让他全身瘫痪，下半辈子活在痛苦当中”①，现实生活中的反四远比网络上的反四更加理智。在我的访谈中，有四位受访者都严厉批评郭敬明的作品并给出具体的理由。河瑀自称是韩寒的粉丝，他认为韩寒的作品贴近生活，而郭敬明的作品更多的是天马行空的想像，离现实生活比较远。此外，郭敬明作品中的男性形象太过阴柔，会对男生的成长造成负面影响。男性应该阳刚、大气，多读军事类的小说。在河瑀看来，郭敬明善于玩弄辞藻，但却“无法用文字承载感情”；他是一个好的商人，却不是一个好的作家。欣雨也是一位韩迷，但由于她的一位好友是“四迷”，为了和好友交流，她也被迫对郭敬明了如指掌。她在抨击郭敬明的作品时经常大段引述作品中的情节。欣雨认为，韩寒是“黑色幽默”，郭敬明却是“黄色笑话”。《小时代》将拜金观念强加给90后，以至于她的一位同学特意跑到上海，心情激动地参观《小时代》中提到的全上海最贵的恒隆商场。《爵迹》中“血到处飞”“肠子乱溅”，错把玄幻小说等同于感官刺激。郭敬明还把公司的作者全“带歪了”，不仅自己抄袭，最世签约作者林汐也涉嫌抄袭耽美作品。郭敬明擅长“卖腐”“装纯”，他的粉丝也就把他捧为“小四天神”，但其实，郭敬明已经开始和当代中学生有代沟。

不过，这些韩迷在“反四”的同时，也能注意到韩寒和郭敬明之间的相似之处以及郭敬明的长处。如俊晨承认，韩、郭二人的成功因素其实差不多。郭敬明的作品以情爱为主题，迎合少女情怀。韩寒的作品偏时政，揭露社会的本质，符合青春期的叛逆心理。但俊晨还是认为韩寒更“实在”，郭敬明的一些作品和网络小说的架构差不多，没有实在的内容。艺娟是通过韩寒关注郭敬明的。她认为郭敬明是一个不擅长运动、由妈妈带大的、自我封闭的男孩。他活在自己的世界里，没有人能进入他的心里，也很少与人交流，他总是希望能看到更美好的世界。艺娟说，韩寒和郭敬明有着完全不同的做人方式。韩寒叛

---

① 见ID为“destiny1437”的网友2011年6月17日在百度郭敬明吧的回复，http://tieba.baidu.com/f?z=416984124&ct=335544320&lm=0&sc=0&rn=30&tn=baiduPostBrowser&word=%B9%F9%BE%B4%C3%F7&pn=390。

逆、张狂，郭敬明则愿意听取前辈的有用的建议，他回答记者采访的方式也很巧妙。郭敬明能教她如何处理人际关系，怎样和他人沟通，让别人接受自己的意见。

由于四迷以女性读者为主，她们常常被男性反四想像为盲从而无知的幼女。其实，粉丝有可能是最挑剔的消费者，因为太喜欢，所以会在乎每一个微小的细节。比如，2011 年 2 月，一位 ID 为“fred 楠”的四迷在时光论坛发贴，细数《爵迹》珍藏版的“六宗罪”。这位有五年“粉龄”的四迷认为：“在让广大读者多等了近 4 个月之后，珍藏版仍带有明显的赶工痕迹。诸项赠品与宣传图相差巨大，并且与故事情节无关联。整体感觉不值 268 个大洋。”这个帖子很快被郭敬明看到，虽然他恼怒地指责“fred 楠”在论坛上“煽风点火”，抱怨公司的辛苦得不到读者的理解，但也在第一时间写了一个上千字的回复，对于赠品的质量问题做出解释。然而“fred 楠”对于郭敬明情绪化的回复并不满意。她冷静地指出：

> 小四对我说的很多问题根本没有正面回应，他表现出来的就是愤怒，伤心，失望，希望我们可以放过他，他还把去世的奶奶抬出来博取同情，他还说最近都不会来了。他就是在逃避。这不是一个成熟的作家和老板应该表现出来的气度。从一个作家方面来说，我喜欢他的作品我支持他，但是从一个公司的老总来说，他推出这样的商品并且是在推迟这么久的情况下质量还如此粗糙是不可以的。我们作为消费着(者)，公平交易权和知情权受到了侵害。
>
> ……
>
> 小四请不要把你对我的回复当成对我的恩赐，我们是平等的(地)在交流。我追你的书，我喜欢你，但是我很理智。你问我满不满意，对不起，不是很满意，没回答核心疑问。①

不过，这位粉丝的目的并不是揭短，找茬，而是为了敦促公司发展得更好。在表达了自己的看法之后，她选择“闭嘴”。郭敬明可能也意识到自己的言辞欠妥，一天之后，将帖子删除。有趣的是，该帖在删除之前已经被一位“潜伏”在时光的韩迷发现，转到一向“贬郭捧韩”的天涯论坛，作为郭敬明恶劣人品的新证据。

四迷与反四的共存表明，在当代中国并不存在哈贝马斯式的、统一的阅读

---

① 小酷森：《大家一起围观郭敬明是如何骗人的》，2011-02-06，http://www.tianya.cn/publicforum/content/funinfo/1/2471950.shtml。

公众。不仅作家身份充满内在的矛盾，读者的价值观和阅读期待也因年龄、性别等因素变得极其复杂。相当一部分80后反四起初都是四迷，喜爱郭敬明早期的作品。但当这一部分粉丝读者发现郭敬明的文字日益沾染“铜臭味”，为人处世也变得像暴发户一样俗不可耐，他们先前的好感就转变为厌恶和不屑。毕竟，传统作家观念都把作家想像为超凡脱俗的精神贵族。但郭敬明对于个人信念和生活方式的坚持，也成为另一部分粉丝读者始终追随他的理由。

郭敬明的成名，源于他不是第二个韩寒，他的写作为青少年读者提供了“叛逆”之外的另一种青春体验和文化认同。郭敬明之所以受到诋毁，部分地也是因为他拒绝成为第二个韩寒，拒绝对已经成年、步入社会的80后读者所关心的社会问题发表评论（这种拒绝或许也是另外一种形式的叛逆）。尽管郭敬明和韩寒都是80后中影响最大的作家，但他们又都不仅仅是作家。郭敬明是作家/商人，韩寒是作家/赛车手。两人都无意将文学当作终身志业，但又一不小心都成为80后的“文化旗手”。2006年以后，韩寒开始通过博客写作转型为“公民韩寒”。郭敬明则忙于公司的打理，继续为新一代青少年读者（90后）写作。他坦承自己的作品离严肃文学还有很大的距离，因为“一个二十几岁的人所经历的人生不足以让你对世界和人类构成去做非常清晰的解构”①。他将自己定位为一个J.K.罗琳和斯蒂芬·金那样的畅销书作家，一个为社会创造实际财富的商人，固执地回避纯文学作家作为知识分子所应该承担的社会责任。②

郭敬明清晰的“岗位意识”彻底偏离了尚有一丝“载道”情结的知识分子对于他的期待。难怪王晓渔在博客中写道：“韩寒是一只生猛的草泥马，与其他草泥马一起维护个人的权利；郭敬明则是酱油男，除了个人的利益，事不关己、高高挂起。”③这是一个草根狂欢的时代，但也是一个期待英雄的乱世。然而，郭敬明只想做一个“很平凡很庸俗的人”，而不是鲁迅那样的、肩负沉重历史使命的“作家范本”。郭敬明说：“我对物质有很多的追求，我希望我的生活过得很好，希望我的父母生活很好，我要赚很多钱。”既然个人的力量太渺小，无法改变这个不公平的社会，那么就按照这个社会的规则去努力，去争取自己应该

---

① 孟迷：《郭敬明：我的阅历不足以解构世界》，《深圳特区报》2011年1月21日。

② 巩晓莉：《郭敬明：韩寒是精神领袖 我是实在贡献的商人》，《精品购物指南》2010年11月18日。

③ 王晓渔：《公民韩寒和“小偷”郭敬明》，2009-11-07，http://blog.tianya.cn/blogger/post_read.asp? BlogID=278554&PostID=19966536。

得到的一切。[①] 这是一种理想破灭之后的功利主义，一种带有绝望气息的个人奋斗。郭敬明也许是中国第一代为了物质理想（而非革命理想）全心全意奉献出青春和热血的草根出身的年轻人。比起生活潇洒惬意、同时还能“在自由女神的引导下，孤独地站在时代前列，反抗着当下，呼喊着未来”[②]的“公民韩寒”，玩儿命赚钱、每天只睡四五个小时，同时还要承受公众的口诛笔伐的“商人郭敬明”，反而有了更多的悲剧意味。

---

① 张守刚、谢舒舒：《郭敬明：我是一个很平凡很庸俗的人》，《南都周刊》2010 年 3 月 1 日。

② 重越：《韩寒、郭敬明、周国平、余秋雨……谁是当今中国文化“旗手”》，2010-06-28，http://www.tianya.cn/publicforum/content/books/1/135671.shtml。

新媒介时代的纸媒文学：类文本、图像与媒介间性[①]

《最小说》是“卖萌”“卖图片”；不是在“卖字”，而是在“卖纸”。

——欣雨

郭敬明卖的都是包装。

——加奈

在2010年的一次媒体访谈中，郭敬明自称是一个“老派的人”：“看上去我很新潮，其实我骨子里很老派，我喜欢看传统看老一辈的书。”[②]最世文化公司的主业——实体书出版，也的确是一个不被看好的“夕阳”产业。中国图书出版业曾一度因国家垄断而享有较高的利润率，然而近年来，随着行业的部分放开，图书出版已成为赢利“比较困难的行业”。当前全国正规出版社的总体息税前利润率不高于10％，息税后纯利润率恐低于5％。部分出版社需要依靠主管部门的支持，才不至于亏损。[③] 与此同时，整个行业面临着从实体出版到数字出版的根本转型。法国管理顾问公司贝恩公司在2010年8月发表的关于英、法、美、德、日、韩六国的电子书调查报告中预计，到2015年，全球将有15％～20％的读者拥有电子阅读器，电子图书的销售额将占图书销售总额的25％。业内人士认为，电子书销售额一旦超过20％，“大多数书店就会消亡，大众图书出版社将失去生存的理由，公共图书馆也将陷入危机”[④]。

2011年2月16日，美国第二大实体图书连锁店鲍德斯申请破产重组。

---

① 对媒介间性概念的初步梳理，参见张玲玲：《媒介间性理论：理解媒介融合的另一个维度》，《新闻界》2016年第1期。

② 童立：《郭敬明：我是个老派的人》，《扬子晚报》2010年9月13日。

③ 宋梅：《图书利润及其他》，《科技与出版》2010年第4期。

④ 练小川：《电子书：传统出版业的喜或忧》，《出版参考》2010年11月下旬刊。

第一大实体图书连锁店巴诺,因抢先一步转入电子书和阅读器市场而幸免罹难。美国出版专家预测:"美国实体书店的图书陈列面积五年内会减少 50%,10 年内减少 90%。也就是说,书店将会消失。"一旦实体书店消失,实体书便失去流通渠道,整个出版行业将遭遇灭顶之灾。① 2010 年,日本的调查数据显示,日本出版业 2009 年的总销售额为 1 万亿日元,较之 2008 年减少 16%。传统出版业继续萎缩,电子书市场则在快速扩张。为了抢占电子书市场的主导权,2010 年 3 月,日本国内 31 家主要出版机构共同发起成立"日本电子书籍出版社协会","构建健全的电子图书出版市场"。同一时期,日本政府部门也联合召开了电子书普及官民恳谈会,引导、规范电子书市场的发展。② 在中国,数字出版同样表现出强劲的发展势头。中国出版科学研究所发布的《2010 年中国数字出版年会年度报告》称,截至 2009 年,中国数字出版总产值达到 799.4 亿元,比 2008 年增长 50.6%,首次超过传统书报刊出版物的总产值。③

最世公司如何面对数字出版(电子书、网络文学阅读)的竞争威胁,传统的纸质出版物是否还能继续吸引到读者,文学文本是否还能以实体书刊为载体生存下去?④ 纸质文学作为当下相对小众的媒介如何与动漫、影视等大众媒介互动,吸收这些媒介的长处?文学内容如何向其他媒介平台扩散,如何通过多次版权交易实现经济利益的最大化?这些都是本章所要探讨的问题。

第一节　从文本到类文本的位移

一、类文本的概念和功能

在《类文本:阐释的门槛》一书中,法国叙事学家热奈特聚焦文学研究普遍忽视的一个问题:文学文本的物质呈现。热奈特引用自传文体的专家菲利普·勒热纳(Philippe Lejeune)的话称:类文本虽然是"印刷文本的边缘",但却"控

① 练小川:《鲍德斯破产敲响出版业的警钟》,《出版参考》2011 年 3 月上旬刊。

② 杨状振:《2010:日本电子书发展状况观察》,《中国图书评论》2011 年第 3 期。

③ 郭志蓉:《我国数字出版的新情况与趋势》,《青年记者》2011 年 3 月中。

④ 《最小说》杂志于 2017 年改版为选题书,每逢双月出版。该杂志的停刊导致有人质疑"郭敬明的商业帝国能走多远"?参见快刀三侠:《身陷性侵门、最小说停刊　郭敬明的商业帝国能走多远》,2017-08-23,http://biz.jrj.com.cn/2017/08/23071422984160.shtml.

制着我们对文本的整个解读”。这个边缘构成“过渡”和“交易”的区域,一个对公众施加影响的地点,以便促进文本的接受和更恰当的文本解读。热奈特还在注释中,大段引用美国批评家希尔斯·米勒对于“类”(para)这个前缀的思考。米勒认为,“类”同时指“接近和距离、相似和差异、内部性和外部性”,“既是界线、门槛或边缘的这一边,同时又超越了这一边。既享有同等的地位,同时又是二级的、附属的、服从的,如同主宾关系中的宾客,主仆关系中的仆人”。更有趣的是,一个“类”属性的事物本身就是界线,如同“一个将内部和外部联结起来的、可渗透的薄膜”,让外部进入内部,内部出到外部。①

标点符号和段落的使用以及随之引发的阅读习惯的变革,或许是类文本控制文本接受的一个雄辩例证。法国印刷史专家巴比耶指出,欧洲“古代和中世纪早期的手稿是以连续手写体形式出现的,即书写时不将单词断开,也不设标点和分段”。读者面对这种没有断句的手写体文字,只能口头阅读,要么自己读给自己听,要么让一名识字的奴隶念给自己听。8 世纪以后,在外族文化的影响下,出现了小写字母和多种标点符号,每个单词开始断开。这种明确的文本编辑有利于自我引导的默读的展开。② 正是借助默读,“读者终于能够与书本及文字建立一种不受约束的关系。文字不再需要占用发出声音的时间。它们可以存在于内心的空间,汹涌而出或欲言又止,完整解读或有所保留,而读者可以用其思想从容地检视它们,从中汲取新观念,也可以从记忆或从其他摊在一旁准备同时细读的书来做比较”③。美国传播学者伯杰也提出,印刷品的版式设计“在某种意义上,拥有控制人脑并唤起某种反应的力量。字体的大小,排版的风格,印刷的浓淡,旁白的宽窄以及页面上段落的安排——所有这些特征以及其他表面上看起来微不足道的事情,都深深地影响了我们对视觉现象和印刷品在整体上的感知”④。

类文本除了通过视觉效果来引导读者的接受,还具有展示和推销文本价值的功能。根据热奈特的论述,在欧洲古典时期,大开本是专为宗教、哲学等

---

① Gérard Genette, *Paratexts: Thresholds of Interpretation*, trans. Jane E. Lewin (Cambridge: Cambridge University Press, 1997), 1-2.

② [法]弗雷德里克·巴比耶:《书籍的历史》,刘阳等译,广西师范大学出版社 2005 年版,第 52 页。

③ [加]阿尔维托·曼古埃尔:《阅读史》,吴昌杰译,商务印书馆 2002 年版,第 61 页。

④ [美]阿瑟·阿萨·伯杰:《眼见为实——视觉传播导论》,张蕊、韩秀英、李广才译,江苏美术出版社 2008 年版,第 1471～148 页。

严肃作品准备的。到了19世纪，大开本变得稀有，但仍然可以从开本的大小来区分严肃文学和通俗文学。严肃文本通常是8开本，通俗文学是12开本。在当代，为了促进图书的销量，出版商首先呈现给读者的，不是图书的封面，而是封面外的、可以拆开的护封或腰封。这两个封面附属物虽然有保护图书的作用，但其最主要的功能还是用比封面更大胆、更俗丽的方式吸引读者的注意力。如在一本书的护封上标出根据该书改编的电影或电视剧，或在腰封上印上该书获得的文学奖项。在图书出版业的早期阶段，书名页（狭义的扉页）曾是出版商最重视的类文本。封面只是书名页的重复，或是分担书名页的部分功能。如今，护封、腰封也在取代封面的地位。①

版式和纸张等类文本不仅是文本物质化的首要媒介，还直接关系作品的经济价值，即图书定价和出版商的利润率。热奈特认为，正是版式将一个文本塑造为一本书。诗歌的分行、注释的页下排列、页眉的有无，看似无关紧要，但都与"文学意图"密不可分。② 不过，在中国出版商看来，版式设计除了有助于读者阅读理解作品，"还是调节图书篇幅、调整图书定价的重要手段"。比如，某社在2006年世界杯前拿到一本与足球相关的稿件。这本稿件只有7万多字，常规定价不超过16元。但为了能借世界杯的东风赚上一笔，编辑对该书的版式设计进行了特殊处理。先是"在全书单页码一侧辟出1/3的空间，抽取本对开页中那些精彩的观点和简而明的方法放在此处作为导读"。然后又对各级标题用图形作点缀，放大篇幅，增加插图。这样一来，不仅版式更加精美，书也变厚了，最后定价25元，"比版式设计前的正常定价高出50％"③。在图书印制过程中，"纸张占了整个印刷成本的40％～50％"，纸张的选用和采购自然也就显得举足轻重。合适的纸张类型可以有效地降低材料成本，节省运输费用。④

图书不仅是人类文明、思想和知识的载体，也是社会地位和身份的指标，布迪厄所说的"权力的表征"，类文本的另一个功能就是炫耀拥有的特权。在古登堡革命之前，为欧洲上流社会提供的手写稿特别注重类文本的设计："通

① Genette, *Paratexts*, 23-33.

② Genette, *Paratexts*, 34.

③ 郭宇：《算出来的生意经——从编辑工作的角度浅析如何拓展图书的利润空间》，《科技与出版》2009年第4期。

④ 任飞、王星：《对高校出版社图书印制成本与质量管理的认识》，《大学出版》2007年第1期。

篇采用哥特字体；叶漩涡饰框架，以蝴蝶、飞鸟和昆虫为饰；章节起首字母大写，并配有小巧装饰物；大量使用精美的彩画。”[①]在中国古代，供王公贵族使用的卷轴其制作也极其繁复、耗时。每个细节都如同考究的艺术品一般精雕细琢。[②] 现代书业中的豪华限量版图书，就作品内容而言，与普通版图书完全一样，只不过前者拥有更独特的类文本。如个性化的装订、手写的题词、刻印或插绘的藏书票等。在普鲁斯特的《在少女花影下》获得龚古尔文学奖之后，出版商出版了 50 本该书的豪华限量版，并在未征得普鲁斯特本人同意的情况下，将该书的手稿拆开，分放到 50 本限量书中。对于此类限量版收藏者，热奈特不无嘲讽地说：“人仅仅快乐是不够的，还必须让他人妒忌。”[③]

当然，类文本也有不容小觑的美学价值。日本著名设计家杉浦康平认为，与电子书相比，传统意义上的书籍具有不可替代的“五感”：重量感、触觉感、嗅觉感、听觉感和味觉感。一本书不管是沉还是轻，都会给读者带来充实之感。书的纸张，无论是挺拔或柔弱，都会唤起读者触觉的新鲜感。油墨的清香能不断刺激读者的阅读欲望，书页翻动的摩挲之声则为读者带来音乐般的感受。一本好书五味杂陈，又能触发读者的味觉享受。[④] 读者阅读“五感”的多寡，在很大程度上取决于开本、版式、纸张等类文本。书籍的制作自古就是专门的技艺。随着现代印刷技术的提高，书籍的图文质量和内容形式都不断完善。1860 年以后，威廉·莫里斯和约翰·拉斯金领导的“工艺美术运动”开创现代书籍整体性设计的先河，让书籍设计变成了一门实用艺术。[⑤]

在中国现代文学史上，鲁迅、闻一多、卞之琳等作家、诗人都对书籍装帧有浓厚的兴趣。闻一多在《出版物的封面》一文中说：“美的封面可以引买书人的注意；美的封面可以使存书者因爱惜封面而加倍地保存本书；美的封面可以使读者心怡气平，容易消化并吸收本书的内容”[⑥]。鲁迅更是被推崇为中国“现代书籍装帧艺术的开拓者”，除了精心校勘文学文本的内容，他还会细心斟酌

---

① [法]弗雷德里克·巴比耶：《书籍的历史》，刘阳等译，广西师范大学出版社 2005 年版，第 79，82 页。

② 蒋琨：《书籍设计》，人民美术出版社 2010 年版，第 12 页。

③ Genette, *Paratexts*, 35-36.

④ 蒋琨：《书籍设计》，人民美术出版社 2010 年版，第 4 页。

⑤ 蒋琨：《书籍设计》，人民美术出版社 2010 年版，第 15～16 页。

⑥ 闻立鹏：《闻一多的书籍装帧艺术》，孙艳、童翠萍主编：《书衣翩翩》，三联书店 2006 年版，第 229 页。

封面、插图、题字、装饰、版式、纸张、装订，甚至考究标点的位置大小。凭借美术、书法、金石等多方面的艺术修养，鲁迅曾亲自设计了几十种书刊的封面。其中一些封面至今依然耐人回味。为了印好书，鲁迅还常常去制版所监印，因此掌握丰富的印刷工艺知识。在《华盖集突然想到》中，鲁迅写道："我与书的形式上有一种偏见，就是在书的开头和每个题目前后，总喜欢留些空白……较好的中国书和西洋书，每本前后总有一两张空白的副页，上下的天地头也很宽。而近来中国的排印的新书则大抵没有副页，天地头又都很短，想要写上一点意见或别的什么，也无地可容，翻开书来，满本是密密层层的黑字；加以油臭扑鼻，使人发生一种压迫和窘促之感，不特很少'读书之乐'，且觉得仿佛人生已没有'余裕''不留余地'了。"鲁迅还提倡使用插图："书籍的插画，原意是在装饰书籍，增加读者的兴趣的，但那力量，能补助文字之所不及，所以也是一种宣传画。"①

如果说鲁迅对于类文本的考究，源自读书人对于书籍的痴迷和对文学的敬畏，当代出版业则主要看重类文本的经济功能，将类文本当作唤起读者购买欲的诱饵。著名出版人金丽红提出"五分钟效应"的理论：读者选书时，首先看书名，然后是作者、出版社、封面设计、内容摘要、目录，最后是封底和定价。这个过程大致需要五分钟，这是决定读者购买与否的关键的五分钟。因此，金丽红特别注重书名、封面、内容摘要等图书设计环节，力求第一时间抓住读者的眼球。② 曾推出超级畅销书《藏地密码》的"读客图书"董事长华楠，也有一套以"1 秒、2 米、3 分钟"为关键词的"产品再开发"理念。他认为，"一部刚写完的作品，还算不上成熟的产品，在将它推向市场前必须精心打磨，有时还需要作者配合修改，这就是'产品再开发'"。一本摆在书店书架上的图书，与大多数读者接触的机会只有一两秒钟，距离为两三米。如果一本书的封面不能迅速引起读者的兴趣，90%的读者会立刻将视线从这本书移开。读者从看到一本书到拿起这本书，再到决定是否购买，不会超过三分钟。在这短短的三分钟内，80%的书会被读者放下。③

从金丽红的"五分钟"到华楠的"三分钟"，不难看出，图书市场竞争加剧。

---

① 邱陵：《鲁迅与书籍装帧艺术》，孙艳、童翠萍主编：《书衣翩翩》，三联书店 2006 年版，第 183～189 页。

② "金丽红"，百度百科，http://baike.baidu.com/view/1630904.htm。

③ 华楠：《快速传递一本书的阅读价值》，2010-11-15，http://news.sina.com.cn/c/sd/2010-11-15/060621471402_2.shtml。

在眼花缭乱的图书产品面前，要想维持读者的注意力委实不太容易。尽管“郭敬明”这三个字已成为部分读者在茫茫书海中的“定海神针”，但最世公司在类文本的设计方面却丝毫不敢怠慢，形成诚肯、专业的出版风格，直接促进了最世图书的销量。

二、最世书刊的类文本

尽管最世书刊目前的读者群以中学生为主，但郭敬明从不因为读者的年龄层次而降低书刊设计的水准。最世的设计人员在设计单行本时，都会和作者、编辑通力合作，充分利用护封、腰封、封面、封底、勒口、扉页、插绘等类文本来呈现、传达作品的主题和风格，为作品构筑出迷人的入口。

最世 2010 年出品的《痕记》一书，就是一个成功的设计案例。该书的整体设计朴素而得体，与《痕记》质朴而细腻的语言风格很搭配。设计者使用了稍稍大于二分之一封面的深红色腰封，这样，读者面对图书时，正好可以看到封面上半部的插图、书名和作者以及腰封上的名人证言。插图是由小有名气的商业插绘师 LISK（丰风）绘制的。画面很简洁，就是一个剪着短发的小女孩，羞涩地背对读者站着。从她站立的姿势上，读者能感受到她别扭而倔强的个性。这个小女孩所传达的视觉形象，与痕痕在自传体文本中塑造的自我形象高度吻合。书名使用了最世出版物中罕见的手写体，而非印刷体。作为类文本的手写字体以隐喻的方式，彰显了《痕记》这一文本的私人书写的特质。腰封上的文字采用从右到左的竖排，与书名的竖排相互呼应。第一列字是“我和我的作者，哦不，冤家们”，寥寥十一个字概括了图书的主要内容和看点。“冤家们”这个亲切的俗语还暗示了编辑和作者在交往过程中的情感波折。内容简介之后是郭敬明、笛安、落落和安东尼对痕痕性格的点评。最世的四大“天王天后”倾巢出动，为痕痕“站台”宣传，熟悉青春文学的读者多少都会对此书产生一丝好奇。封底左上角另外印着五行文字，描述了痕痕在最世的功绩和地位，进一步强化了作品对于读者的吸引力。打开封面，首先映入读者眼帘的是一张粉色的空白页，用的是比书页更硬朗的纸，翻动起来有清脆的哗啦声。空白页自上而下五分之二处，印着“ZUI”三个银色的英文字母。空白页的粉红与腰封的深红同属一个色系，为这本素雅的小书平添了一丝浪漫和时尚。《痕记》“首印 12 万册”①，后来又多次加印。笔者 2011 年 4 月购买的已经是

① 《痕记》，2010-10-11，http://sh.sina.com.cn/book/new/2010-10-11/1339807.html.

第四次印刷的产品。痕痕作为首次出书的作者，能取得如此优秀的销量，少不了最世设计部的功劳。

最世的每一本畅销书在图书设计方面都有可圈可点之处。如安东尼的《陪安东尼度过漫长岁月》的护封故意向上折叠，形成小的腰封。展开后却可以看见两幅清新可爱的插画。这样别致的设计很容易勾起读者把玩的兴趣。笛安的《西决》篇幅不长，只有 17.5 万字，但却使用 16 开本，通过较大的字号排出“厚实的”的 14.25 个印张。封面使用了一张大气磅礴的黑白图片，深绿色的腰封上印着郭敬明和苏童两人的“推荐”。该书的每个细节都透着一股严肃的文艺“范儿”。尤其是 16 开本的选择，直接将该书与市面上的青春小说（一般为 32 开本）划清界线。最世的所有图书（加印除外）使用的都是“环境友好型纸张”。这种环保纸的颜色比普通图书使用的新闻纸略暗，不刺眼，手感也比新闻纸更舒适。读惯了最世图书的读者，可能都不太适应其他出版社的图书。值得一提的是，最世的图书设计虽然会将书有意变厚，但却并不随意加价。由于其受众是对价格最敏感的学生群体，最世一直走的是薄利多销的路线。郭敬明曾在时光论坛的一个讨论贴里说：“我们一直有自信，在同样页数和装帧质量的图书里，我们比 95%以上的图书都便宜。”①

郭敬明本人作品的装帧设计也很值得关注。虽然郭敬明不能从文坛名家和著名学者那里获取赞词和“背书”，但他却自有办法，利用类文本的设计来为文本“贴金”。《小时代 1.0 折纸时代》限量版（价格与普通平装版相同）就是一个很好的例子。该书有意通过封面装帧将作品呈现为一部“高雅”的文学著作，而非庸俗的畅销书。首先在开本上，该书选择庄重的 16 开。布纹纸的护封，以冷灰色调营造出简洁、成熟的视觉效果，暗示这部作品是郭敬明从青春文学迈入成人文学的转型之作。内封模仿西方名著的封面设计，除了标题、作者和出版社是中文，其余文字全部是英文。内封上的图片也是借用的法国印象派画家卡玉伯特的名画《巴黎雨景》，内封上的巴黎街景与护封上的上海东方明珠塔前后呼应，突出小说的大都市主题。虽然护封和内封使用了名著、名画元素，来强调该书是有品味的文学作品，但书内色彩鲜明、笔触细腻的动漫插绘却与严肃文学有些不搭。当然这是在迎合该书的目标读者（90 后青少年）的审美趣味。

---

① 花落碾尘：《说实话，你们觉得柯艾图书贵不贵》，2009-5-30，http://www.zuibook.com/bbs/viewthread.php? tid=42574&extra=&page=1。

2007年出版的《悲伤逆流成河》(简称“悲逆”)百万册黄金纪念版的类文本,甚至变成高调的自我确认和褒奖。该书的封面使用新颖而繁复的双层封面设计。在第一个封面和三张彩页之后还藏着一个封面。第二个封面的勒口很宽,展开之后正好可以把全书包裹起来。在双层封面之外,另有一个小的腰封环绕全书。读者打开这本书的过程,仿佛在一层层地撕开一份珍贵礼物的外包装。随着每一层包装纸的除去,期待的心情也就被进一步点燃。不过,在读者接触正文页之前,他们还必须先进入由插图、证言和序言构成的阅读框架。这个框架将引导读者“正确地”认识文本的内容和价值。首先是年年绘制的四副动漫线稿,它们以直观的方式,表达了《悲逆》的主题——青春的疼痛。其次是来自日本讲谈社编辑长太田克史的中日文背书,确立了《悲逆》的“国际声誉”。太田克史不仅声称《悲逆》是一部杰作,还将郭敬明的创作才华与中国在21世纪的强大联系在一起。郭敬明俨然成为“大国崛起”的代言人。而后,著名出版人安波舜撰写的序言,阐释了《悲逆》在当代中国文坛的位置(更确切的说是“缺位”)。安波舜称:《悲逆》如果放在10年前或20年前发表,肯定会引起文坛的瞩目。但在新世纪的今天,文坛却“抱定了沉默”:

> 一个人一个作家奋力游过大海,发现你永远上不了岸。你被搁置在沙滩,形影孤单。岸的远处,是一群老的公山羊和母山羊,在低头啃着早已退化的草,懒得抬头,更懒得照料别人。值得同情的不仅是你,还有他们……因而,《悲伤逆流成河》这本书属于时代,属于自己,与山羊和狼无关。
>
> 你是平民你是作家。当然,总有一缕悲伤属于你。①

许多原本就对传统作家“不感冒”的年轻读者,看到安波舜对主流文坛的指责,只会对那些“老山羊”们更不在意了吧。

最世公司除了注重单行本的装帧设计,在《最小说》《文艺风象》和《文艺风赏》的设计和编排上也非常用心。尤其是2010年年底出版的姐妹刊《文艺风象》和《文艺风赏》,更是具有极强的视觉冲击力。笔者曾在2011年春节期间走访武汉市最大的期刊零售点,发现两本“文艺风”的创刊号被摆放在店中央最上一排的货架上。任何读者一进店门,首先看到的就是它们。在整个店面陈列的数百种杂志中,这两本杂志的封面最醒目,最独特。首先,在开本上,

① 安波舜:《总有一缕悲伤属于你》,郭敬明:《悲伤逆流成河》,长江文艺出版社2007年版,第3~5页。

“文艺风”采用气度不凡的大16开(学术刊物的常见开本),比韩寒主编的《独唱团》还要高出2厘米。青春文学类杂志很少使用如此大的开本,因为年轻读者更喜欢易于携带、便于翻看的小开本。但大开本也更容易做出震撼性的封面。其次,在封面色调上,《风象》与《风赏》一个浅,一个深,相互映衬。不同的色调恰好暗示不同的刊物风格。《风象》强调“温暖”“治愈”的轻阅读,《风赏》则偏重深沉、大气的严肃文学。此外,两本刊物的大红色刊头也有一种别样的文艺气息。

据《文艺风赏》美术总监hansey介绍,最世的几位设计师为了两份新刊的刊头设计,花费了近两个月的时间。期间经过反复讨论,尝试多种风格。hansey从一开始就将重点放在“风”字,想在这个字的字体上做一些文章。他先是尝试用日文“う”作为替代“风”字中的交叉线的元素,后来因担心刊头中出现“日文”会影响出版审查,不得不另想办法。“周末苦思了一个下午,终于在切换思路看起梵文版的《心经》的时候,得到了灵感,用梵文的笔画代替“う”,便得到了现在这个更流畅的字形。”就这样,“风”字的最后一笔“丿”被转化为一个倾斜的钩状笔划。《文艺风象》的钩头朝左,《文艺风赏》的钩头朝右。两本刊物并列放置在一起时,有很好的视觉效果。[①]

《文艺风赏》的刊头设计

印刷品的字体样式“决定了呈现给读者的信息的外观——令人愉悦的,漂亮的,凌乱的,令人痛苦的,还是胁迫性的”,“而这进而影响读者对印刷信息的反应”[②]。hansey试图通过苦心设计的梵体“风”字,向读者传达新刊独具一格的文艺品味和超凡脱俗的精神追求。他的努力并未白费,部分读者已经对新刊产生预期的反应。一位网名为“Anzer.小熊猫”的最世读者说:

看着那个里面的两个比划方向相反地交错在一起的“风”字我就为这

① hansey:《风,赏,闪光。「已补完」》,2010-12-15,http://zuibook.com/bbs/thread-109127-1-1.html。

② [美]阿瑟·阿萨·伯杰:《眼见为实——视觉传播导论》,张蕊、韩秀英、李广才译,江苏美术出版社2008年版,第97页。

> 本杂志的浓烈艺术感所倾倒啊
>
> 风赏是本极具艺术气息的杂志 从各方面的设计 能看出一种独特的价值 灵活自由游刃有余 却有种令人很放心的严谨[①]

hansey曾在他主编的《花与爱丽丝》(原名《Alice》)中,将纸质印刷品的视觉、触觉和嗅觉之美发挥到极致。该杂志书使用国内罕见、价格不菲的纯质纸。[②] 这种纸张柔软而有韧性,不像铜版纸那样会反光,能让图片呈现出油画般的质感并散发出独特的油墨香味。[③] 虽然该杂志书终因成本过高而停刊,但hansey却将设计理念移植到《风赏》。如他自创的留白艺术。hansey在编排纯文字页面时,每一页都会留出三分之一的空白,即文字都是从页面的三分之二处开始印刷。页面上方的空旷和页面下方的紧凑形成有趣的张力,那些大面积的空白既像邀请,又像命令。它一方面告诉读者空白下面的文字是珍贵的、值得阅读的。另一方面又要求读者抛开一切日常琐事,将心灵和头脑放空,全身心地融入文字所创造的想像世界。诚然,不是所有读者都欣赏这样的排版风格,如有评论者就讥讽到,《文艺风赏》"所选定的字体与排版模式,让人不由得想问,你确定不是只给视力好有耐心的少年读者看的么"[④]?《风赏》中还有hansey的一个"自留地",一本名为"闪光"的16页别册。别册的纸张相当不错,足以让hansey继续他的光与影、图与文的实验。

最世公司的营销策略很简单,就是用同类图书产品中最好的类文本、不算太差的文本以及适中的价格来打动读者,为读者提供一个购书的理由。即便读者不喜欢最世书刊的文本内容,也还会认可其类文本。一位购买了新版《人

---

① hansey:《风,赏,闪光。「已补完」》,2010-12-15, http://zuibook.com/bbs/thread-109127-7-1.html.

② 单小曦曾分析过《作家》杂志的用纸情况。该杂志用新闻纸刊登较为通俗的作品,用更贵的铜版纸刊登"纯文字"作品。单小曦认为,"选择什么样式的、何种颜色的、何种质地的纸张作为文学作品的载体媒介并不是外在于文学作品审美风格的东西","它就是文学作品审美品格的构成要素"。参见单小曦:《现代传媒语境中的文学存在方式》,中国社会科学出版社2008年版,第235～236页。

③ ann lin:《我来解释一下〈爱丽丝〉的油墨味》,2008-02-01, http://www.douban.com/group/topic/2578443/.

④ 王嵘:《看〈文艺风赏〉〈文艺风象〉创刊号》,《北大评刊》2011年第2期, http://www.eduww.com/pkupk/ShowArticle.asp? ArticleID=29517。奇怪的是,这篇点评文章遗漏了《文艺风赏》创刊号中我个人认为最精彩的一个中篇——韩松的科幻小说《再生砖》。

间》的读者就在当当网上留下这样的评论：

> 之前看过旧版的，文字还是那个文字，故事还是那个故事，但是，旧版跟新版一比，差距就出来了……
>
> 新版的排版和用纸明显比旧版要好，而且好的不止一个等级，书到手就自然感觉到了……
>
> 封面设计也是新版出色……
>
> 哎……
>
> 最世出的书，虽然一些小说的内容不敢恭维，但是印刷用纸质量则是非常让人满意的！①

装帧漂亮的图书即便不能带来阅读的快感，至少能带来视觉和触觉上的愉悦，更不用说还有装饰书架的功能。如一位最世品牌的粉丝感叹的："买柯艾的书，就算是没有时间看，光摆在书架上，看着都是一种享受啊。"一旦读者连文本也喜欢的话，就会不由自主地生发出"物有所值"乃至"物超所值"的满足感。难怪一些家境富裕的读者会买最世出品的所有书刊：

> 柯艾的书 只要出了 我应该是一本不落 全买了
>
> 最小说也是从第一期一直买到现在
>
> 我以前看那些少女小说 比柯艾的书都贵的多 全是一些没有用的东西
>
> 加上本来我每个月对书 杂志的花销都很大
>
> 跟以前买那些青春小说花的钱比起来 买柯艾的书就省了好多...(真的哦 我计算过！！ 能够省100左右吧)
>
> 而且不管是内容 还是文采 都是很高的档次...
>
> 所以我就全都买了 只要上市了就没有我落下的～～哈哈～②

当然，大部分读者还是声称，他们更在乎的是文本（内容），而不是类文本（形式），他们感兴趣的是"字"而不是"纸"。我们都愿意相信一本内容拙劣的图书即便包装得再好，也不可能受到读者的广泛欢迎。但问题是，在价值多元化的社会里，判断文学文本的好坏已经变成极其主观和私人的决定。判断类文本的好坏，如封面设计是否精良，图文编排是否得体，纸张是否舒适则相对

---

① 2011-05-01，http://comm.dangdang.com/review/reviewlist.php? pid=21064365。

② 花落碾尘：《说实话，你们觉得柯艾图书贵不贵》，2009-05-30，http://www.zuibook.com/bbs/viewthread.php? tid=42574&extra=&page=1。

客观,较容易在读者中达成共识,我们或许可以说,图像的观看比文字的阅读具备更大的公共性。当文学文本日趋雷同(如青春文学作品中充斥大量相似的情节、相似的人物、相似的文风),或许只有类文本才能够标新立异、独领风骚。

三、文学作品的物化

在《全球文化工业》一书中,拉什和卢瑞认为,“全球文化工业”现已取代阿多诺和霍克海默 20 世纪 40 年代所提出的“文化工业”,“全球化已经赋予了文化工业一种根本不同的运作模式”。1945—1975 年这三十年间,文化工业基本上属于马克思主义理论中的“上层建筑”范畴。在这个上层建筑领域,宰制和抵抗都是通过意识形态、符号和表征展开的。彼时,文化实体(cultural entities)还是特殊的,与来自经济基础的物质对象(商品)截然分开。但是到了 2005 年,“作为信息、交际、品牌产品、金融服务、媒介产品、交通和休闲服务的文化物品已经无处不在,文化实体不再是特例:它们就是规则”。文化已经从上层建筑溢出,渗透和取代经济基础本身。文化既主宰经济,也主宰日常生活经验。在文化工业时期,文化产品一旦被制造出来,就将作为同一性的商品流通,为资本积累做贡献。但在全球文化工业时期,产品不再是同一的、固定的、静止的,不再由制造者决定,而会不断跨地域、跨文化、跨语言地流动和变形,正是在这种流动中,获得额外的价值。在文化工业中,生产是福特式的、劳动密集型的同一性(identity)生产;而在全球文化工业时期,生产是后福特式的、设计密集型的差异生产。文化工业通过商品发挥作用,而全球文化工业则通过品牌发挥作用。商品具有使用价值和交换价值,品牌还多了一种波德里亚所谓的符号价值。符号价值不是产品自身的属性,而是消费者在与品牌互动时所获得的体验的属性。在文化工业时期,经济原则入侵了文化上层建筑领域,文化不再是自律的,而是被操控的工具。在全球文化工业时期,文化上层建筑已经坍塌,与经济基础合二为一。于是,“物品变成信息性的、工作变成情感性的、财产变成知识性的、经济则普遍变成文化性的”。处于经济基础的文化开始带有物质性,文化形式之一的形象(image)成为德勒兹所谓的物象(matter-image)。在全球文化工业时代,文化不再是一个表征的问题,而变成物(*thing*ified),物取代表征开始发挥居间(mediation)作用,“媒介变成了物,物也转化为媒介”。当表征(绘画、雕塑、诗歌、小说)是居间者时,我们关注的是意义的解读。当物是居间者时,“我们进入了一个操作性(operationality)的世界”，我们不再“解读”这些物，而是“做”（do）这些物，或用这些物来做事情。①

中国当前似乎处于文化工业与全球文化工业并存，劳动密集型生产与创意密集型生产并举的阶段。但是，从表征到物化，从阐释到使用的转变已经在青春文学产业中出现。最世的书刊营销策略，常常让人感觉这个公司销售的不是特殊的文化商品，而是普通的日用消费品。比如，《最小说》2011 年 1—2 月合刊的封面上，会像超市的特价产品一样醒目地标出杂志价格“原价 30.00/rmb”，优惠价“26.8”。同时在封面右下角用红字列出随刊附赠的“精美海报”“新年有奖特别红包”“40P 主题视觉特刊”和“96P 高端奇幻特刊”。郭敬明在该期的“主编手记”里也强调“这华丽丽的厚度，这沉甸甸的重量，这赤裸裸的红包”，宣传重点是文学刊物作为物品的“重量”和“厚度”，而不是文学内容的质量。这是一种类似洗衣粉“加量不加价”“附赠洗衣皂”的促销方式。当然，《最小说》的做法并不稀奇。现在，几乎所有青春文学杂志或杂志书都会不定期地为读者提供小赠品。如《鲤》2011 年第 1 期赠送一张海报给读者作为“春节献礼”。《Alice》曾为读者制作了唯美的小日历。《大方》的创刊号则附赠两张明信片。在购买文学书刊时，许多读者不仅查看作品的字数和价格，计算“性价比”，还会查询赠品信息。

图书原本可以作为赠送亲友的礼品，而现在，越来越多的图书却需要其他赠品来促销，需要各种实用的、精巧的、新奇的物品来强化实体图书与电子图书的差别。据《中国图书商报》的记者调查，不仅少儿、生活保健、青春文学、科技类图书广泛采用随书附赠礼品的营销方式，少量社科、文教类图书也使用这种做法。从随书附赠的礼品类型看，实用而又成本不高的记事本、台历、光盘、学习用具、小玩具、小挂饰最常见。一位青春文学的策划人称：“青春小说的消费者大多是初中、高中学生，且以女孩为主。新奇有趣的东西能够吸引她们的视线。”南京大众书局在销售“哈利·波特”系列图书时，除了出版社提供的赠品外，书局还定制了围巾、手套等系列赠品。这些层次丰富、独特、独家的赠品吸引大批“哈迷”来大众书局购书，帮助书局取得突破性的销售业绩。②

2007 年，郭敬明将唱片工业中常用的“限量珍藏版”引入文学出版。现在，他的每一部长篇小说出版时，都会首先推出高价的“珍藏版”。限量珍藏版

---

① Scott Lash and Celia Lury, *Global Culture Industry*（Cambridge：Polity，2007），3-8.

② 邹昱琴：《买书有礼：我赠我赠》，《中国图书商报》2009 年 4 月 4 日。

不仅在书籍装帧和印刷方面下足功夫，还配备各种独家赠品。《小时代 2.0 虚铜时代》珍藏版发行 6 万套，每套售价 99 元。珍藏版的广告文案中写道："硬质神秘礼盒，打开一个被霓虹与黑暗交错包裹的瑰丽世界；你所看见的，是中国当下最畅销的作者引领的畅销传奇。你所触摸的，是用皮革绒布修饰装点的工艺极致。日本纯度道林纸全文印刷，法国柔感纯质制作的精美笔记本；四十余款仅供店面宣传、未曾发售的海报全收录。"①除了海报、笔记本、变色卡等赠品之外，珍藏版还有郭敬明致读者的亲笔信。郭敬明非常注重和读者之间的交流，《小时代 1.0》就随书附赠九张设计为明信片形式的创作卡片。在《小时代 2.0》里，创作卡片升级为字体清秀的手写信。虽然这封信不长，只有 700 余字，而且复制了 6 万份，但对粉丝来说依然有独特的收藏意义。在鸿雁传书的时代，中国人向来信奉"见字如见人""见字如晤""字迹如心迹"。每一封书信中独特的字迹，都指向一个活生生的独特个体，传达着一份独一无二的心境。随着电子邮件、手机短信取代手写信成为人际交流的主要媒介，手写书信的"光晕"效果得到进一步放大。电邮和短信是"短暂的"、用完即删的，书信却是被小心保存的，它"让感情变得有形有色可触可感"，是"对情感记忆的一种缅怀和呵护"②。在电子媒介时代，物化的书信远比数字化的电邮和短信更适合成为珍贵情感的载体。

2010 年 9 月，韩寒的新书《1988：我想和这个世界谈谈》上市。该书除了延续韩寒一贯的字少价高（10 余万字的小说，定价 25 元）的出版风格外，还推出 100 本售价为 988 元的黄金限量版。韩寒在其博客中解释说，这 100 本天价限量版图书背后都附送 10 克纯黄金。如果读者不喜欢小说内容，至少还得到价值 3000 元的黄金。韩寒希望"用最直接最粗俗的方式"印证一次"书中自有黄金屋"的古训，以唤起公众对读书人的经济状况的关注。韩寒还称，"编上编号，换个好点的工艺"做出来的"高价限量版图书"是在伤害读者，因此他自己一直坚持不出所谓的"限量珍藏版"。这次的"随书送黄金"只是和读者之间的一个小游戏。③ 不过，这个意在戏仿、颠覆郭敬明的限量珍藏版的举措，从实际效果上看，更像是媚俗的炒作。如一位评论者所指出的："100 本书能让

---

① 《小时代 2.0：虚铜时代（限量珍藏版）》，http://product.dangdang.com/product.aspx? product_id=20728221&ref=search-0-A。

② 赵勇：《大众媒介与文化变迁：中国当代媒介文化的散点透视》，北京大学出版社 2010 年版，第 191～195 页。

③ 罗皓菱：《〈1988〉随书送黄金惹争议》，《北京青年报》2010 年 9 月 27 日。

100个人发笔小财，却与绝大多数读者扯不上关系。唯一的作用就是招惹是非，抢夺公众的眼球，引发人们的议论，将人们的视线拉到《1988》上来。"100份的10克纯黄金最多也就值30万元，相当于为《1988》做了一次技术含量不高，但却有一定"含金量"的市场宣传。①

更重要的是，韩寒和其图书策划者严重误解"限量珍藏"的真正意义。限量珍藏版图书固然可以充当宣传噱头，但其根本作用还在于以物为中介，来维系作者和粉丝读者之间的情感联系。铁杆粉丝希望拥有普通读者没有的特殊物品，愿意为此付出更多的(时间、精力和金钱的)代价，以此来证明其粉丝身份。粉丝需要的不是黄金或人民币这样的一般等价物，而是承载着复杂的符号涵义和高度个性化的商品。限量珍藏版是作为恋物(fetish)的对象出现的。在法国作家米歇尔·雷瑞斯(Michel Leiris)看来，恋物是"一种爱——真正的非理性的疯狂——发自我们自身，从内到外，被遮蔽起来，被限制于一种珍贵的物品之中，如我们用来放置在一个大而不当的空间里的一件家具(任何可移动的财产)"②。

在《小时代2.0》的宣传视频中，我们同样能看到物的居间作用。以往的文学作品宣传往往聚焦于作者，仿佛一部作品的问世只和作者的劳动有关。虽然每一本文学作品转化为图书之后，都会打上定价，成为一件可供交换的商品，但文学图书向来羞于承认它的商品属性，只是大肆宣扬其文化价值。《小时代2.0》的宣传则一反常规，让文学图书的生产和流通过程成为宣传的主角。在这个2分20秒的视频里，一位男性解说员以年轻而兴奋的声音播报着如下的信息："14家全国一级印刷工厂灯火通明/127台大型高速印刷机器轰然作响/47台胶订机器流水作业时刻不停/3060名印厂工人披星戴月/9名文字编辑/6名校对编辑/6名美术编辑/720小时彻夜不休，轮班赶制/800吨纯质原纸变成一张张催人泪下的动人篇章/16家全国大型货运公司/126辆重型运输卡车/67条遍布全国、抵达每个城市的铁路、公路运输线路/4700件加急航空特快，时刻准备启程……"③文学作品当然还是"催人泪下的动人篇章"，但它同时也是机器和原纸制造出来的工业产品。它包含印刷工人、图书编辑、卡车

---

① 一冬:《卖书赠黄金:吃小亏占大便宜》,《工人日报》2010年10月8日。

② [美]威廉·皮埃兹:《物恋问题》,夏莹译,孟悦、罗钢主编:《物质文化读本》,北京大学出版社2008年版,第66页。

③ 《小时代2.0 虚铜时代》宣传视频,2009-12-22,http://you.video.sina.com.cn/b/27351183-1188552450.html。

司机、经销商等诸多人群的劳动，依赖印刷机器、交通工具和书店等各种基础设施，并且离不开读者（消费者）的购买意愿。简而言之，文学图书是一个复杂的社会经济协作体系的产物。

马克思认为，“劳动产品一旦作为商品来生产，就带上了拜物教(fetishism)性质”①。人与人的社会关系被物与物的关系所掩盖，使商品具有一种神秘的属性，似乎它具有决定商品生产者命运的神秘力量。然而，《小时代 2.0》宣传视频的诡异之处在于，尽管它部分地揭示出商品包含的社会关系，但那些数字、人员、机器、机构的大量罗列本身，却构成一种新的奇观。仿佛《小时代 2.0》不是一本 200 多页的图书，而是一部耗资巨大、历时数年、场景恢宏的好莱坞大片。《小时代 2.0》在破除文学商品的神秘性之后，却又突出物的魅力。

第二节 图-文关系的重构

一、视觉时代的文与图

词语和图像都是人类文明史上最重要的传播媒介和交际系统。人类的大脑有两个主要功能。右脑负责对视觉刺激做出反应，左脑则负责对语言信息做出反应。尽管每个人的语言和图像能力并不均衡，有的人擅长语言，有的人擅长图像，但只有大脑遭受损伤的人，才会丧失同时处理这两种媒介的能力。② 然而，在西方文明的发展过程中，文字与图像（或文学与艺术）常常处于分化、对峙和竞争的状态。如爱尔兰学者斯科特所言：“希腊人对拼音字母的使用（埃及人、叙利亚人和中国人等早期文化都采用了象形系统），不可避免地导致表征惯例中的分裂：一边是雕塑和绘画这种肖像性、直接模仿性的形式，另一边是语言和数学这类间接模仿和符号性的形式。”希腊人对诗歌与艺术

① ［德］卡尔·马克思：《资本论》第 1 卷，人民出版社 1975 年版，第 89～90 页。

② John Dixon Hunt, "Introduction," in *Art, Word and Image: Two Thousand Years of Visual/Textual Interaction*, ed. John Dixon Hunt, David Lomas, and Michale Corris (London: Reaktion Books, 2010), 15.

(绘画、雕塑)的比较也因此诞生。①

亚里士多德认为,诗歌和绘画都是对于行动中的人类天性的模仿,但绘画使用的是颜色和造型,诗歌使用的是语言、节奏和音调。画家能超越现实,追逐比现实更美的理念。文艺复兴时期的意大利建筑师阿尔伯蒂(Leon Battista Alberti)全盘采纳亚里士多德的说法,借此突出绘画的优势。另一位文艺复兴巨匠达芬奇更是声称,绘画高于音乐、诗歌和历史,因为绘画能被即刻理解和无限观照。古希腊修辞学家克里索斯托(Dio Chrysostom)提出,诗歌是在时间中发展的,绘画却不是这样。这一论点后来在德国启蒙时期思想家莱辛的名著《拉奥孔》中得到更充分的阐释。莱辛认为,诗歌和绘画在媒介、手段、对象和效果上都有差别。它们必须恪守各自的疆域,"像两个正直友好的邻邦,互不容许对方在自己的领域中心肆意妄为",只对边境上的轻微侵权事件相互宽容。古罗马诗人贺拉斯也对诗歌和绘画进行比较,提出对后世影响很大的"诗如画"的理念。不过,这个意义含混的说法既可以用来支持诗歌的优越性,也可以用来支持视觉艺术的优越性。如基督教哲学家圣奥古斯丁就援引"诗如画"来说明写作比绘画更适合处理精神事务。不过,当康斯坦丁大帝将基督教立为国教之后,后代的君主都很重视图像的力量。19 世纪后半叶,在"精神史"(Geistesgeschichte)概念的推动下,文学和艺术相互依存的关系获得新的强调。瓦格纳的"总体艺术作品"(Gesamtkunstwerk)的梦想就是这一阶段的代表。②

不过直到 20 世纪,文学和艺术之间的壁垒依然森严。麦克卢汉曾写道,"视像语言和文字语言的分裂是不争的事实"。他引用匈牙利电影批评家巴拉兹(Béla Balázs)的说法,称印刷术让"可见的思想变成可理解的思想,视觉文化变成概念文化"。麦克卢汉还注意到左脑和右脑的功能性差异以及东西方文明对于左右脑的不同偏好。西方的拼音文字生成了一种线性思维,提高左脑的地位;而东方文化则是右脑型的,讨厌序列、抽象和精密性。他指出:"左脑优势(分析和量化)使右脑处于屈从和受压抑的位置。比如说吧,我们的智

---

① David Scott, "Visual Cultures: Minding the Gap," in *On Verbal/Visual Representation: Word & Image Interactions IV*, ed. Martin Heusser et al. (Amsterdam: Rodopi, 2005), 253.

② Antonella Braida and Giuliana Pieri, "Introduction," in *Image and Word: Reflections of Art and Literature from the Middle Ages to the Present*, ed. Antonella Braida and Giuliana Pieri (Oxford: Legenda, 2003), 2-8.

商测验只计算左脑的成绩，并没有认识到(定性的)右脑的存在。"①

如果说麦克卢汉尚能看到印刷文化对于造型艺术和口头文化传统的"摧残"，尚未对图像与文字的差异进行价值评判，在美国媒介学者波兹曼那里，印刷文化则完全是优于视觉文化的高等文化，文字能力更是成为聪明智慧的象征。波兹曼声称，"印刷文字对于我们的身体和大脑都提出相当苛刻的要求"，读者不仅需要长时间控制身体和注意力，还必须"接受一个抽象的世界"。"在铅字的文化里"，一个需要画张图才能理解的人是"不够聪明的"，因为"聪明意味着我们不借助图画就可以从容应对一个充满概念和归纳的领域"。文字阅读能够促进理性思维，培养所谓的"对于知识的分析管理能力"；电视拥有的主要是情感力量，能给老弱病残和孤独寂寞者带来安慰，能让人们反对越战或种族歧视。波兹曼断言："随着印刷术退至我们文化的边缘以及电视占据了文化的中心，公众话语的严肃性、明确性和价值都出现了危险的退步。"②

波兹曼对于文字的偏好似乎沿袭男性精英知识分子的一贯态度。早在16世纪的欧洲，图画就和无知的大众联系在了一起，那时流行一句谚语"绘画是世俗的人的文字"，意即不识字的人只能通过读图来获取智慧。③ 1891年，报纸创始人诺斯克利夫创办了一份妇女周报《勿忘我》。该报不仅价格低廉还附有插图，但这种女性读物却遭到男性知识分子霍尔布鲁克·杰克逊的抨击。在杰克逊看来，"妇女习惯于图解思维，而男性天生喜欢追求抽象概念"，"当男人借助图形来思考时，他们就失去了性征"④。芝加哥大学艺术史专家米切尔(W.J.T. Mitchell)批判这种将文字视为最高的智识实践形式，将图像贬低为思想的二流图解的传统。他指出：艺术史就是一个关于图像与文字之间的冲突和紧张的话语。伯克、莱辛、贡布里奇和古德曼四位作者都把图像视为一个必须遏制或利用的特殊权力场域，都把图像视为偶像或恋物。⑤

---

① [加]麦克卢汉、[加]秦格龙编：《麦克卢汉精粹》，何道宽译，南京大学出版社2000年版，第458～462，557～559页。

② [美]波兹曼：《娱乐至死》，章艳译，广西师范大学出版社2004年版，第31～36，67页。

③ [法]弗雷德里克·巴比耶：《书籍的历史》，刘阳等译，广西师范大学出版社2005年版，第133页。

④ [英]约翰·凯里：《知识分子与大众：文学知识界的傲慢与偏见，1880-1939》，吴庆宏译，译林出版社2010年版，第9页。

⑤ Braida and Pieri, "Introduction," 7.

波兹曼赞美印刷文化时，仅仅提及印刷铅字，完全忽视印刷图像。实际上，印刷术中的铅字与图像几乎是同时诞生的。印刷插图最早出现于 1461 年，也就是古登堡开始用活字印刷“欧洲第一本伟大的书”——《四十二行圣经》后数年，“从 15 世纪 80 年代起，在所有的出版领域中（《圣经》、祈祷书、游记、编年史、小说……），有插图的印刷书不断增多”①。美国学者爱森斯坦曾对印刷术培育出“从图像文化向词语文化”的迁移的说法提出异议。她认为，“新教的宣传利用的机印图像并不比机印词语少”，漫画和卡通数量之多就很能说明问题。而且一些欧洲艺术家作品的广泛流传恰恰得益于印刷术。即便是在科学传播领域，发挥决定作用的、“扮演西方科学救世主”的，也不是“印刷的词语”，“而是印刷的图像”。爱森斯坦写道：“印刷术出现之后，直观的视觉辅助手段倍增，符号与象征用编码固定；各种图式和非语音的交流形式迅速被开发出来。教育改革人士设计新型的机印图画书，教育学家认为图画的用处日益显著——这些事实都说明，有必要超越简单的‘从图像到词语’的公式去考虑问题。”②

尽管印刷术并未真正导致世界的“文字化”或“文本化”，但这并不妨碍一些西方学者在 20 世纪 90 年代宣称我们正在经历从文本到图像的“视觉转向”。美国视觉文化理论家米尔佐夫在 1998 年出版的《视觉文化读本》中主张，“西方哲学科学现今使用图形化而非文本化的世界模型，对于世界作为被书写的文本的观念提出了巨大的挑战”，“视觉体验的形式……逐渐成为当代思维的关注中心”③。在 1999 年出版的《视觉文化导论》中，米尔佐夫继续强调，“现代生活就发生在屏幕上”，“人们的经验比以往任何时候都要更具视觉性或是更加视觉化”。超市、公路、自动取款机的视频监控一刻不停地监视着人们的行动，照相机、摄像机和网络摄像头成为回忆往事的主要工具，电影、电视、电脑、DVD 是娱乐休息的重要方式。一些本来不可见的东西，如遥远的星系、大脑的活动、心脏的跳动，也日益通过技术手段被视觉化。④ 还有学者把

---

① [法]弗雷德里克·巴比耶：《书籍的历史》，刘阳等译，广西师范大学出版社 2005 年版，第 98，121 页。

② [美]伊丽莎白·爱森斯坦：《作为变革动因的印刷机》，何道宽译，北京大学出版社 2010 年版，第 39～41 页。

③ Nicholas Mirzoeff, *The Visual Culture Reader* (London: Routledge, 1998), 5.

④ [美]尼古拉斯·米尔佐夫：《视觉文化导论》，倪伟译，江苏人民出版社 2006 年版，第 1～6 页。

视觉时代的开端推到新媒介出现之前的19世纪。如卡特莱特(Lisa Cartwright)和斯特肯(Marita Sturken)在她们颇受好评的教材《观看的实践：视觉文化导论》中指出，“在过去的两个世纪里，西方文化开始被视觉而非口头或文本化的媒介所主宰”①。

从20世纪80年代末开始，国内学者开始介绍西方视觉文化理论。1995年，南帆率先比较了书写文化与视觉文化的异同，提出文化形态的转向。此后，视觉文化的兴起、文字与图像的关系，成为学界关注的议题。② 周宪在2008年出版的《视觉文化的转向》一书中，将视觉文化视为继口头文化和印刷文化之后的一种“图像逐渐成为文化主因(the dominant)的形态”。视觉文化的特点之一就是“图像压倒了文字”，“文字曾经具有的一统天下的优势衰退了”，图像成为“主角”，文字成为“配角”。由于“语言是线性的、抽象的和思考性的”，文字阅读为读者提供更多反思的可能性。影视图像是单向传递，它所提供的仅仅是“感性直观的当下体验”，“取消了受众掩卷沉思的契机”，导致受众的“被动型接受”③。徐巍也认为，“现今文字与图像之间已经发生了逆转”，“文字沦为图像的附庸，仅仅起到对图像的说明作用”，“随着电影、电视影响日渐增大，视觉文化已经取代了印刷文化的地位。小说日益成为影视的材料库”④。赵晓芳在其博士论文中还从两个层面描述了文学的图像化。首先是“显在的文学图像化”。其表现形式为：文学期刊越来越注重视觉元素，大量“图文书”充斥市场，小说的影视改编现象日益普遍，小说叙事主动吸收影视、动漫的叙事技法，手机文学、网游小说等新文学样式陆续出现。其次是“隐在的文学图像化”，即图像文化的内在逻辑，“图像文化所张扬的感官美学、平面美学、仿真美学”，开始潜移默化地侵入文学创作。⑤

不过，如尹德辉在总结国内图像研究成果时所指出的，“由于出发点已经

---

① [美]詹姆斯·埃尔金斯：《视觉研究：怀疑式导论》，雷鑫译，江苏美术出版社2010年版，第137页。

② 徐巍：《视觉时代的小说空间：视觉文化与中国当代小说演变研究》，学林出版社2008年版，第10页。

③ 周宪：《视觉文化的转向》，北京大学出版社2008年版，第4,7～9页。

④ 徐巍：《视觉时代的小说空间：视觉文化与中国当代小说演变研究》，学林出版社2008年版，第43～44页。

⑤ 赵晓芳：《视觉文化冲击与浸润下的文学图景——论世纪之交中国文学的图像化走势》，华中师范大学2008年博士论文，第152～153页。

预设在文学自身的重要性上，再由于对图像存在认识上的误区，部分文章有明显的‘崇文抑图’倾向”①。诸如“视觉图像具有极大的通约性”②“阅读需要训练而看电视则不需要任何技能”③等似是而非的“常识”，虽然广为流传，但却经不住仔细推敲。实际上，图像观看和文字阅读一样，都需要习得的过程和素养的积累。图像不是透明的，而是如语言一样饱含了文化传统和意识形态。1970 年代，安东尼奥的纪录片《中国》遭到官方的严厉批判，根本原因就是彼时国人对于摄影的理解和观看方式与西方世界完全不同。④ 电影刚刚出现时，由于公众无法理解这种新的视觉语言，需要拿着长棍的讲解员，“专门讲解屏幕上的情节”⑤。即便在电视广告泛滥的当下，我们依然需要画龙点睛的广告词，避免广告文本沦为“不知所云”的蒙太奇。重要的不是文字和图像谁优于谁，谁压倒谁，而是它们如何在当下的媒介环境中展开互动，共同影响、塑造我们的情感和认知。

二、郭敬明与摄影

目前市场上的青春文学杂志⑥大致可分为三个类型。第一类是以《鲤》《文艺风赏》《天南》⑦为代表的面向青年读者的“高端”文学刊物。其文字和图片都标榜“艺术性”和“前卫性”。第二类是《仙都瑞拉》《花火》《最女生》等面向中学生，尤其是中学女生的课外阅读杂志。⑧ 这些杂志主要刊载言情小说或

---

① 尹德辉：《文学领域中的图像研究》，《文艺争鸣》2010 年第 5 期。

② 徐巍：《视觉时代的小说空间：视觉文化与中国当代小说演变研究》，学林出版社 2008 年版，第 50 页。

③ 赵勇：《大众媒介与文化变迁：中国当代媒介文化的散点透视》，北京大学出版社 2010 年版，第 191～195 页。

④ [美]苏珊·桑塔格：《论摄影》，黄灿然译，上海译文出版社 2007 年版，第 168～177 页。

⑤ [法]卡里埃尔、[意]艾柯：《别想摆脱书：艾柯、卡里埃尔对话录》，吴雅凌译，广西师范大学 2010 年版，第 32 页。

⑥ 这里所说的杂志包含杂志书。杂志书（mook，magazine 和 book 的缩合语）是一个来自日本的出版概念，也称主题书。它兼具图书和杂志的特点，通过周期性出版同一系列或主题的书籍引起读者的持续关注。关于青春文学杂志书的发展概况和《最小说》杂志的特点，可参见孙桂荣：《新世纪“80 后”青春文学研究》，人民出版社 2016 年版，第 222～231 页。

⑦ 《鲤》是杂志书，现还在不定期出版。《天南》已于 2014 年初停刊。《文艺风赏》由双月刊、月刊改为杂志书。

⑧ 这三本均已停刊。

校园爱情小说，辅以少量的时尚、娱乐资讯。第三类是《最小说》《新蕾》《萌芽》这样的面向大中学生，既有一定艺术水准又有较大销量的文学杂志，它们是青春文学中的“主流”刊物①。为了争取读者，各种青春文学刊物都根据自身的市场定位实现不同程度的视觉化。如号称“新生态文画志”的《新蕾》很早就网罗了一批高水平的画手，成为国内首个以“精彩故事＋唯美插画”为特色的文学刊物。② 2009 年 9 月，新蕾姐妹刊同时改版。改版后的《新蕾》内页全彩精印，目的是“用视觉说话”“可读性与可视性并重”。③ 如果说《新蕾》的强项是插画，《最小说》和《文艺风赏》的优势就是摄影。这两本最世刊物的视觉魅力主要来自图片，而且每一期刊物都充斥着郭敬明和其他最世作者的个人照片。④

郭敬明对于摄影的爱好，在主编《岛》的时候就已经充分显露。《岛》前后出版了 10 本，其中 7 本都是由郭敬明亲自担当“封面先生”。比如，创刊号“柢步”的封面就是由两个安然入睡的郭敬明头像拼贴而成。而且，从创刊号开始，就在卷首语后面设置一个摄影专题。《岛》文章的题图也大多是以真人为模特的摄影图片。除了拍封面，郭敬明还积极为卷首语、专栏以及其他文章题图充当模特。为了确保摄影图片的印刷质量，《岛》使用进口的全轻涂纸和全四色印刷。当然，刊物的价格也因此居高不下。⑤《最小说》创办之后，依然主要使用合成图片，而不是手绘，作为文字作品的插图。郭敬明虽然不再为题图做模特，但他仍然不定期地在《最小说》封面上亮相。《最小说》的“主编手记”一栏也总是配有他华丽的艺术照。《最小说》2010 年 10 月改版之后，又增加一个名为“ZUI Silence”的摄影别册，随刊附赠。

可以说，郭敬明是当代中国被拍摄次数最多的作家，他的青春文学偶像地位与大量唯美的艺术照有直接关系。这种带有浓厚自恋情结的拍摄冲动，显然出于“自我美化”“自我推销”的商业需要。毕竟，当代名人必须依靠影像的流通和“曝光率”来维持声名。在微博、日志、主页等“自媒体”日益发达的当

---

① 《新蕾》已于 2013 年 6 月停刊。

② “《新蕾》”，互动百科，http://www.hudong.com/wiki/%E6%96%B0%E8%95%BE。

③ 《〈新蕾 101〉〈新蕾 100〉改版》，2009-09-11，http://www.konggu.net/Html/Article/200909/20090911130849546.html。

④ 孙桂荣称《最小说》杂志“整个就是一份郭敬明最世公司宣传手册的大广告”，不无道理。参见孙桂荣：《新世纪“80 后”青春文学研究》，人民出版社 2016 年版，第 231 页。

⑤ 《航海日志》，郭敬明主编：《岛（Vol.4）》，春风文艺出版社 2005 年版，第 19～20 页。

下，人人都可以玩自拍，上传自己的照片。但并不是每个人的照片都能被他人所看到，都能成为被他人所知的名人。郭敬明是最世公司最大的招牌，当然需要大力宣传。然而不可否认的是，郭敬明也在借助摄影寻求自我表达和自我塑造的空间，与读者沟通的方式。在这里，"摄影被视作个体化的'我'(那个在势不可挡的世界里迷失方向的无家的、私人的自我)的一种尖锐宣言——通过快速把现实编纂成视觉选集来掌握现实；或者被视作在这世界(仍然被当作势不可挡的、陌生的世界来体验)寻找一个位置的手段"①。而摄影也的确是一个表现力极为丰富的媒介，适合展示被拍摄对象复杂的内心世界。

郭敬明在其主编的书刊上发表的个人照片，可以分为三类。第一类是剧场化的照片，郭敬明如同演员，按照特定的剧情扮演各类角色，表达青春少年的孤独、忧郁、焦虑和幻想。第二类是以"拍摄和记录独特的外表和独特的个性"为目的的艺术照，郭敬明会如模特一样"想方设法以某一种姿态出现在照相机前，而摄影师就能抓拍到一张强调了那一姿态的公共自我表现(public self-presentation)的表现透视图"②。第三类是日常生活或特定场合中的抓拍，如郭敬明与朋友、家人外出旅游或参加活动时拍的照片。《岛》系列书和《最小说》中出现最多的都是由摄影师拍摄的、经过电脑软件修饰处理过的第一类和第二类照片，第三类图片的数量相对较少。

罗兰·巴特曾说："人像摄影是个比武场，四种想像(像)出来的事物在那里交汇，在那里冲突，在那里变形。面对镜头，我同时是：我自以为我是的那个人，我希望人家以为我是的那个人，摄影师以为我是的那个人，摄影师要用以展示其艺术才能的那个人。换言之，那动作是奇怪的：我在不停地模仿自己，因此，我每次让人(任人)给我照相时，总有一种不真实的感觉，有时觉得自己是在冒名顶替(像做噩梦时会有的那种感觉)。"③不过，在 cosplay④ 盛行的当代，越来越多的年轻人愿意在镜头前面暂时放弃"我自以为我是的那个人"，而

---

① [美]苏珊·桑塔格：《论摄影》，黄灿然译，上海译文出版社 2007 年版，第 121 页。

② [英]乔纳森·弗里德：《美学与摄影》，王升才等译，江苏美术出版社 2008 年版，第 172～174 页。

③ [法]罗兰·巴特：《明室：摄影纵横谈》，赵克非译，文化艺术出版社 2003 年版，第 23 页。

④ Cosplay 是英文 Costume Play 的缩写，"一般指利用服装、饰品、道具以及化妆来扮演动漫作品、游戏中的角色"。参见"Cosplay"，百度百科，http://baike.baidu.com/view/1756.htm。

成为自己心目中最喜爱的动漫、游戏、电影角色，也就是“我希望我是的那个人”。“冒名顶替”、自我分裂，不再是一件令人恐惧的经历，而是愉快的、游戏性的、有意义的个人体验。郭敬明本人就有极强的 cosplay 欲。他曾拍摄了大量戏剧化的、超现实主义的照片，装扮为折翼的天使或使用妖术的巫师。仿佛整个宇宙就是一个为自己掌控的小剧场，他可以在这个剧场里尽情地纵横驰骋。《哈利波特》《指环王》等奇幻/魔幻小说在当代中国的流行，无一不是迎合了青少年渴望主宰世界、创造世界的梦想。郭敬明一方面通过个人照片表达着当代青少年的幻想，让这种幻想变得可视、可感。另一方面又通过个人成功实现着青少年的幻想，成为幻想的化身。

不过，第一类照片和第二类照片之间并没有严格的界线。属于双子星座的郭敬明本来就有着分裂的性格，既有文人的敏感，也有商人的精明。感性和理性在他身上没有冲突，真实和虚幻的矛盾对他来说也不是问题。2005 年出版的《岛 4》“普瑞尔”曾一次刊登郭敬明的十多张照片。在这些照片里，郭敬明有时扮演着他人，有时扮演着自我。比如，摄影专题“独角的森林”讲述了一个失恋的男生在年末，独自回到恋人离开的森林公园，怀念往昔的小故事。在系列图片里，郭敬明赤裸着上身，在昏暗无人的公园做吹口琴状，表演故事主人公爱而不得的悲情。在郭敬明的长篇小说《1995—2005 夏至未至》连载部分，读者又一次看到郭敬明作为模特，与其他两位模特一起再现小说中的场景。与此同时，郭敬明还在两篇散文的题图里出现。在个人专栏部分，郭敬明为读者奉上一组以上海的摩天轮为背景特意仰拍的生活照。照片里的他，穿着不起眼的冬衣，形象高大，表情沉静，甚至有些孤傲。尽管在《独角的森林》和《1995—2005 夏至未至》的图片中，郭敬明是模特、演员，但他表演的形象与他在生活照中呈现的个人形象并没有明显的断裂，仿佛每一张照片里都是其真我的展示。不过，到了 2008 年，《最小说》上的郭敬明已经抹去文青的傲气，变身为阳光帅气、温文尔雅的美少年。他经常穿着白衬衣或 T 恤，系一条休闲窄领带，酷似日韩偶像剧里的高中生。这样的形象对一个 25 岁的青年来说，稍有“扮嫩”的嫌疑，但却缩小了与中学生读者的距离。2010 年以后，郭敬明开始在主编手记的照片里穿上名牌西装，更像一个成熟的职场老板。这个年轻富豪、成功人士的形象也是女性读者乐于看到的。

由于图像符号的多义性，常常需要添加说明性的文字来锁定图像的意义。① 因此，桑塔格称"照片是哑默的"，"文字讲的话比图片更大声"，"但哪怕是完全正确的说明文字，也只是对它所依附的照片的一种解释，且必然是有限的解释"②。英国艺术评论家约翰·伯格(John Berger)也指出："在照片与文字的关系中，照片经常乞求解释，而文字通常就提供解释。照片是不可否定的证据，但其意义却很微弱，需要文字来赋予。而文字呢，就其本身来说尚停留在抽象的水平，却因为照片的不可否定性而获得特殊的本真感。两者合在一起就变得异常有力，公开的疑问似乎得到了充分的解答。"③郭敬明很擅于将照片与文字巧妙搭配，向读者准确传达特定的讯息。他的照片除了表露独特的个性和塑造读者所期待的公共形象，还有一种实用的交际功能。《最小说》早期使用的图片多由 STOKIS 提供，这是国内首个动漫真人偶像团体，主要从事 cosplay 和青春小说的图片模特。不过 STOKIS 的图片基本上和文字作品的内容没有直接联系，只起到烘托文字意境、渲染阅读情绪的作用。比如，一个以夏天为背景的短篇小说，却有可能被配上一组黄昏冬雪图来强化寂寥、压抑的氛围。④ 相比之下，郭敬明的照片与文字的关系就紧密得多，照片与文字一样承担了叙事功能。

2008 年 6 月号的《最小说》封面就是一个很好的例子。这个封面使用了郭敬明的一张黑白照片。他的上半身又一次裸露，身上还缠着一些类似裂痕的乱线。他的左手将一个假面舞会的眼罩从脸上挪开，露出震惊和悲伤的眼神。照片上是两行中英文字"停止浮华与狂欢，以宁静的内心，悼念逝去的灵魂/Mourning for 5.12 Wenchuan quake victims"。在这张悼念汶川大地震的照片里，文字让这张照片有了罗兰·巴特所说的穿透人心的"刺点"，照片也为文字提供了真实的保证，因为身体和面部的裸露是灵魂之坦承的最直观"体现"。当然，黑白照本身也比彩色照"更有艺术氛围，更加深沉忧虑"，"更能贴近和表达人类多愁善感的实质和核心"⑤。

---

① ［英］乔纳森·鲍德温、卢西恩·罗伯茨：《视觉传播：从理论到实践》，陈晶、刘小林译，辽宁科学技术出版社 2010 年版，第 38 页。

② ［美］苏珊·桑塔格：《论摄影》，黄灿然译，上海译文出版社 2007 年版，第 110 页。

③ ［英］约翰·伯格、［瑞士］让·摩尔：《另一种讲述的方式》，沈语冰译，广西师范大学出版社 2007 年版，第 79 页。

④ "STOKIS"，百度百科，http://baike.baidu.com/view/514350.htm? fr=ala0_1_1。

⑤ 乔纳森·弗里德：《美学与摄影》，第 145～146 页。

《最小说》2008 年 6 月号封面

在 2008 年第 10 期的专栏文章题图中，因为文字的解释性作用，身披名牌围巾的郭敬明不仅不令人反感，反而成为读者同情的对象。在这篇文章里，郭敬明向读者诉说他在上海被人轻慢的遭遇和熬夜写作的辛苦，表明他是在现实的逼迫下才变得务实、拜金。伴随着文字的叙述，郭敬明在四张照片中的表情从愠恼转为难过，最后变为释然的微笑。他的头也从半掩在围巾里转为完全抬起。这组图片和专栏散文共同完成揭示郭敬明内心转变过程的任务。《最小说》2010 年第 8 期的"主编手记"也配上一张郭敬明的照片，用来获取读者的同情。由于 7 月刊推迟上市，引发读者强烈不满，时光论坛上怨声载道。郭敬明不得不亲自出马平息"民愤"。在"主编手记"里，他对《最小说》的广告、栏目设置、文章版面等问题都一一进行解释，承诺将继续做出读者喜爱的杂志。文章的语调严肃而真诚，没有太多煽情的辞藻，因为煽情的功能由照片承担了。在这张占据三分之一页面的照片里，郭敬明全身趴在一个沙堆上，沙丘米色的细腻质感与郭敬明身上的灰色毛衣形成对比。郭敬明的脸大半暴露在阳光下，眼睛闭着，仿佛在小憩，又似乎在倾听。这种明显"示弱"的卧姿和暗示疲惫的闭眼状态，都在恳请读者的谅解，激发粉丝的怜爱之心。

《岛》系列和《最小说》从不用美女作为刊物的视觉卖点，它的卖点一直是美少年。这与男性观看、女性被观看的传统无疑大相径庭。约翰·伯格曾说："男性行动，女性展示(appear)。男人看女人，女人则看自己被别人看。这不仅决定了绝大多数男女关系，而且决定了女性与自己的关系。"[①]郭敬明的自

---

① John Berger, *Ways of Seeing* (London: British Broadcasting Corporation and Penguin Books, 1972), 47.

我展示行为，表面上看似乎是放弃男性的主体位置，采用女性的客体位置。他将自我女性化，呈现为供女性读者凝视的景观。但实际上，郭敬明并不是被动的凝视对象，他从一开始就积极地控制着女性读者的观看欲望和解读。他为照片所配的文字就是其控制手段之一。

三、绘本中的“图文并茂”

中国汉字属于象形文字。《殷契》古文，其体制间架，既是书法，又是图画。与西方拼音文字所产生的图文对立相比，象形文字催生了书画同源、图文并茂的文化传统。1970年代初在长沙马王堆出土的《天文气象杂占图》《卦象图》《导引图》《养生图》《五星占》等四时、四方观念的资料，都是图文结合。敦煌藏金洞遗书中也有不少图文互补的彩绘图画。宋、元时期“绣像小说”诞生，对后世连环画家产生深远的影响。明代中叶以后，随着多色套印技术的发展，更是出现“无书不插图，无图不精工”的繁荣景象。[①] 是故清末民初的文献家叶德辉在《书林清话》中说：“吾谓古人以图书并称，凡书必有图。”古人著书有左图右书，左图右史之制，“文不足，以图补之，图不足，以文叙之”[②]。

尽管图画书的形式对国人而言并不陌生，但本节讨论的“绘本”概念源自西方以儿童为读者，以图画为主并配有简单文字的“picture book”，中文的“绘本”一词借用日语汉字“绘本”(*ehon*)。当代绘本的出现可以追溯到1902年英国女作家泼特(Beatrix Potter)自编自画的《彼得兔的故事》一书。[③] 2002年，辽宁教育出版社与台湾大块文化公司首次在中国大陆推出《几米作品精选集》，绘本这一艺术形式迅速在青少年和成人读者中广为流行。[④] 大陆80后一代的绘本作者大多受到几米风格的影响。如《新蕾·STORY101》改版后的新主编寂地就是大陆颇有号召力的绘本作者，有“内地几米”之称。她的代表作《我的路》系列以“清新淳朴的画面、极富感染力的色彩以及温暖而充满灵性

---

① 曾艳：《中国当代流行绘本研究》，苏州大学2008年硕士论文，第5～9页。

② 陈铎：《“建安版画”无书不图的叙事——古代插图的文化特征与作用》，《文艺研究》2007年第11期。

③ 曾艳：《中国当代流行绘本研究》，苏州大学2008年硕士论文，第13页。单小曦也在《媒介与文学》一书中用一节的篇幅讨论所谓的“‘文字—图画’复合符号文本”，涉及图画书和绘本。但他似乎完全忽略成人绘本的存在。参见单小曦：《媒介与文学：媒介文艺学引论》，商务印书馆2015年版，第113～120页。

④ 吴烨：《析成人绘本在中国图书市场的崛起》，《中国图书评论》2005年第4期。

的文字”获得2004年第1届金龙奖绘本漫画金奖，该作品的版权还输入到法国、新加坡、马来西亚等多个国家。[①]

青春文学的“教母”安妮宝贝曾在2010年翻译出版两本国外绘本。她在博客中谈到绘本在塑造人性方面的重要作用：“绘本不仅仅属于孩子，也属于成人。对孩子来说，美好的图片与美好的文字，构建起他心中超越现实的王国……即使慢慢长大，童年幻想的光芒褪却，这基调却依旧沉实，在胸口发出热量。”已为人母的安妮宝贝还特别提到：成人也能“在简单而深刻、纯洁而温柔的，写给孩子的文字里，创作给孩子的画面里”得到久违的道理，如同在抚育孩子的过程中“重新认识感情、成长、自由、责任等种种人生命题”[②]。也就是说，读者能在这种适应现代人快节奏生活的“轻松、轻快、轻灵”的“轻阅读”[③]中寻找到心灵的慰籍，“发现内心深处那个久违而真实的自己”[④]。而且，绘本还具有树立和巩固普遍价值理念的功效。

曾艳认为，与传统的绣像小说、插图和连环画相比，绘本中的图文关系出现新的变化。首先，图画在绘本中占有重要地位。大部分绘本的图画比重大于文字，有些著名的绘本作品甚至只有图画，没有文字。其次，绘本包含多幅图画，不同于单幅的插图。在绘本中，图画和文字可以共同叙述一个故事，图画不再是文字的附庸。最后，绘本的图与图、文字与文字的关系有较大的自由度和跳跃性，这是绘本与连环画的主要差别。[⑤] 台湾研究者也认为，绘本里的文字和图像形成更加平等的关系，而非传统绣像小说中的文为主、图为辅。在绘本中，图文的功能变得可以“互相调换”，“文字不一定具有原先描述的功能，可能仅仅只是展示作用”，图像则“反而具有发言的符号冲动”。不但文字部分能讲故事，图像部分也能讲故事。两种叙事或结合，或并列，或分离，激荡出多种不同的视觉/阅读效果。[⑥] 不过，上述研究都未涉及绘本与日本漫画之间的

---

① 《寂地应邀出任〈新蕾〉杂志主编》，2009-10-10，http://www.comicyu.com/html/ZX/GN/2009/10/30868.shtml。

② 安妮宝贝：《绘本》，2010-06-11，http://blog.sina.com.cn/s/blog_45456f800100ioy8.html。

③ 吴烨：《析成人绘本在中国图书市场的崛起》，《中国图书评论》2005年第4期。

④ 曾艳：《中国当代流行绘本研究》，苏州大学2008年硕士论文，第24页。

⑤ 曾艳：《中国当代流行绘本研究》，苏州大学2008年硕士论文，第2页。

⑥ 张瑜璇、陈薇苹、蔡诗华：《几米绘本艺术商品化之探讨》，台湾艺术大学2006年学位论文，第12、25～27页。

异同。实际上,国内绘本与漫画有逐渐融合的趋势。部分绘本作品大量借鉴日漫的分镜技巧和类似气泡的对话框,画风也和日漫极其类似,基本上是上了色的漫画。在阅读功能上,漫画和绘本也有重叠之处。日本漫画具有"表达大众的希望和恐惧的力量",是焦虑紧张、充满挫败感的现代都市人自我安抚的呓语,是他们的集体无意识和梦想世界的再现。①

《最小说》从2006年10月上市之日起,就设立了名为"浮世绘"的栏目,专门发表绘本作品。通过这个栏目,《最小说》培养了一批知名的绘本作者和深受读者喜爱的绘本形象。如小皇(陈皇)塑造的耳后有双翼的小精灵AMO,舞小仙创作的包子脸、豆子眼的纯真少女,echo绘制的长耳朵兔子。这些插画师通常都与固定的最世作者合作。有的甚至给人"天作之合"的完美感觉,如安东尼和echo的文图搭配。安东尼曾在《最小说》上开设"小兔崽子"专栏,记录他的留学经历和生活感悟。这些碎片式的文字,如同博客日记一般简单、真实,少则数十字,多则两三百字,而且全部没有标点符号。安东尼之所以自称"小兔崽子",是因为他有一只名为"不二"的玩具兔子,他经常把这只兔子当作倾诉的对象。而echo也有一只兔子,叫安东尼,她的博客名字就是"陪安东尼度过漫长岁月"。安东尼在网上冲浪时搜索到echo的博客以及博客上的多张兔子漫画,两人就此认识并开始合作。巧合的是,两人都在墨尔本留学,年龄只差一岁。"陪安东尼度过漫长岁月"后来成为安东尼处女作的书名。② 如一位喜欢安东尼的读者所说的,echo的插画虽然没有其他最世插画师的优点,但却是"最适合安东尼的","就像细胞核和细胞质的关系"。简而言之,最世的绘本作品中的图文关系和谐而默契,绝不会出现林白、李津合作的图文版《一个人的战争》中,文字与图画"打架"的场面。由于画家李津试图以"邪媚、妖冶的女性绘画形象"解构林白的文字所传达的"反叛男性的女性独立意识"③,导致该书的图文关系极其紧张,几乎可以称为"两个人的战争"——女性作家和男性画家之间的战争。

最世的绘本中最常见的是几米式的抒情绘本,注重传达内心的感受和营造温馨唯美的意境。包兆会称:"中国抒情式图像以经典化的语言叙述确立了抒情的意义,即把抒情指向'道'和'静、闲、乐'等类型化的主体品格。'道'是

---

① Mark W. MacWilliams ed., *Japanese Visual Culture: Explorations in the World of Manga and Anime* (New York: M. E. Sharpe, 2008), 5-6.

② 痕痕:《痕迹》,长江文艺出版社2010年版,第209～210页。

③ 吴昊:《图文本阅读:读图抑或读文》,《湖北社会科学》2007年第6期。

有情有意的，'道像'赋形，体道与体物都会充溢着主体至乐的审美感受和闲逸平和的自然状态。"[①]其实，抒情性绘本主要表现的也是"道""静""闲""乐"的古典审美趣味，但又融入符合现代人心态的技法和内容。比如，安东尼和echo合作的绘本短篇《四季》，就用西洋童话中常见的动物、草木和房子等绘画元素，构筑了一个闲静美好的生活世界。[②] 绘本的主人公，那只简单勾勒的、看上去木讷笨拙的兔子，颇有与世无争、随遇而安的道家风骨，与安东尼漫不经心、云淡风轻的文字正好相得益彰。不过，《四季》没有传统文人画的清高、孤寂，它向往的是"执子之手、与子偕老"的脉脉温情。《四季》的开篇就引用了这样一句话："我做过的最美好的事/是观察四季轮回/和遇见你。"

安东尼的文字讲述"我"在四个不同的季节，四个不同的地点想念"你"的情景。这四个地点分别是日本京都、希腊爱琴海、法国巴黎和加拿大魁北克，它们都属于当下中国都市小资白领向往的浪漫之地。而且《四季》里除了中文文本，还有英文文本。每一幅图里都有一句简单的英文句子。如"春"这副画里的中文文字是："春天 下午 平安禅宫有面目淡定的妇人 从旧楼里起窗张望……忽而风过 樱花淹没小院 花瓣打到脸上 钻入头发 我的脑袋里 空空的什么也没有/只是 此刻 如果你在这 我会牵起你的手。"英文文字则是"If you were here, sure I will hold your hand"，也就是对最后一句中文的翻译。如果单单看字面意义，英文句子不过是在重复汉语句子的意思。但从整个绘本文本的角度考察，这种双语"字幕"正好和文本中暗含的世界公民的自我期许不谋而合。也正是因为这个原因，《四季》里的图像文本拥有和文字文本同等重要的作用。因为正是echo笔下的樱花、爱琴海、巴黎街道——尽管这些图画重意不重形，远不及许多摄影图片逼真——以及最关键的兔子(安东尼的另一个自我)，将中英文本衔接起来，使得中英文本中渴望而不可及的全球(西方)旅行经验变得触手可及。

---

① 赵宪章、包兆会：《文学变体与形式》，南京大学出版社2010年版，第164页。

② 安东尼、echo：《四季》，《最小说》2008年第12期。

第三节　影视化叙事与跨媒介改编

一、小说与电影

美国学者茂莱指出，随着电影在20世纪的流行，“在19世纪的许多小说里即已十分明显的偏重视觉效果的倾向，在当代小说里猛然增长”。小说家们开始在纸上模仿蒙太奇、平行剪辑、快速剪辑、特写、叠印等电影叙事技巧。乔伊斯的名字就经常和电影联系在一起。1902—1909年，乔伊斯对刚刚诞生的电影颇为着迷，甚至亲自筹备在都柏林开设院线。在整个20年代，乔伊斯都是影院的常客。每天工作结束之后，他就到影院用看电影的方式消除疲惫。他在创作《尤利西斯》时，“先设计好全书的总提纲，然后时而写作品的这一部分，时而写另一部分，最后以粗略的初稿形式实现全部计划”，这正是电影导演在拍摄影片时所使用的方式。而《尤利西斯》本身也是一部非常电影化的小说，几乎所有的电影技巧都可以在小说中找到对等物。① 在中国现当代作家中，电影迷也大有人在。张爱玲从学生时代就开始写影评。写小说成名后，“一面从事小说创作，一面写电影剧本”，而且电影剧本创作曾是她在美国生活困顿时期的重要经济来源。当代“触电”最成功的作家之一池莉，也是兴趣广泛的影迷，喜欢欧洲的文艺片、好莱坞的类型片，还有拉美和苏联的片子。对于电影的喜好，潜移默化地增加了池莉小说中的故事性、情节性和画面感。②

莫言在为张悦然的小说《樱桃之远》写的序言中称：“她（张悦然）轻灵精巧地捕捉这个时代赋予的每一个有价值的信息符号，而后完美细致地将之整合在自己的小说中。在故事的框架上，我们可以看到西方艺术电影、港台言情小说、世界经典童话等的影响。在小说形象和场景上，我们可以看到日本动漫的清俊脱俗，简约纯粹；可以看到西方油画浓烈的色彩与雅静的光晕……这代青

---

① ［美］爱德华·茂莱：《电影化的想像——作家和电影》，邵牧君译，中国电影出版社1989年版，第3～4，129～133页。

② 李红秀：《新时期的影像阐释与小说传播》，四川大学出版社2007年版，第327，274～275页。

少年所接触的所有有关的文化形式，基本被她照单全收，成为她的庞杂的资源。”[①]莫言的这番评论，实际上适用于绝大部分 80 年代以后出生的年轻作者。曾就读于上海大学影视技术专业的郭敬明，自然更不在话下。从第一部长篇小说《幻城》开始，郭敬明就一直有意将影视叙事技巧移植到小说创作。为了给读者带来更丰富的阅读享受，他在自己的文学文本中尝试了不同的影视化实验。

二、《幻城》的动漫色彩[②]

青春文学与日本动漫有着深厚的联系。相当一部分 80 后青春文学作者都是在日本动漫的陪伴下长大的，从小就深受日本动漫的影响。当代青春文学在世界观、创作主题、心理情感、人物设定、细节场景等方面都不同程度地受日本动漫的启迪。郭敬明的成名作《幻城》就是一个颇有争议的例子。

2003 年，郭敬明的《幻城》甫一问世，就有许多读者觉察到该小说与日本动漫之间的关联。一位化名“逍遥铃鹿”的高三学生在给春风文艺出版社的信中写道：“当第一次翻看《幻城》时，我就觉得它是一部很接近漫画的小说。清洁明亮的分镜，大篇幅的视觉渲染，浓烈的色彩，以及离奇的背景设定，无一不显示出它与漫画千丝万缕的联系。”[③]另一位高三学生则称：“喜欢《幻城》，其实是因为我喜欢漫画，而《幻城》好像就是一部文字版的漫画。以前看漫画的时候，我也曾想过要把漫画改写成文，但是那并不容易。不过，郭敬明做到了。”这位学生还坚信郭敬明也是一位漫迷，否则写不出《幻城》这样的作品。[④]尽管有些漫迷因为《幻城》“抄袭”日本著名漫画组合 CLAMP 创作的《圣传》而愤怒，但也有部分漫迷为此而感到欣喜。一位漫迷说，刚读到《幻城》的第一部分就“一眼就发现了 CLAMP 的影子，比如唯美的营造手法和言语的设计及其感觉。只能说我当时的感觉是很开心，因为我很喜欢《圣传》”[⑤]。

---

① 莫言：《她的姿态、她的方式》，张悦然：《樱桃之远》，春风文艺出版社 2004 年版，第 4 页。

② 相关论述还可参见黄忠顺：《中国时尚文学与杜拉斯、村上春树、日本动漫》，《河北学刊》2005 年第 3 期；王宁：《浅析〈幻城〉与日本动漫的同质性倾向》，《安徽文学》2011 年第 3 期。

③ 布老虎青春文学工作室编：《幻城之恋》，春风文艺出版社 2003 年版，第 54～55 页。

④ 布老虎青春文学工作室编：《幻城之恋》，春风文艺出版社 2003 年版，第 59 页。

⑤ 布老虎青春文学工作室编：《幻城之恋》，春风文艺出版社 2003 年版，第 115 页。

《幻城》讲述的是幻雪帝国的皇子卡索和弟弟樱空释之间的情感纠葛。卡索虽然是王位继承人,但却向往不受羁绊的自由生活。樱空释为了帮助哥哥实现心愿,不惜制造篡位夺权的假象,谋害卡索未来的王妃。卡索一怒之下亲手杀死心爱的弟弟。后来卡索从樱空释留下的梦境中了解到后者的真正动机,为了让弟弟复活,卡索带着精心挑选的助手进入幻雪神山,寻找能让人复活的隐莲。当卡索等人历经千辛万苦找到隐莲,他们却不幸落入一场命运安排的残酷游戏。最终兄弟二人在冰族与火族的战斗中同归于尽。小说中世事无常的"物哀"情怀和强烈的视觉冲击力都直接得益于日本动漫。

在影视动画作品中,色彩具有"形象识别""刻画描写""烘托气氛"和"象征表意"四大功能。色彩"是刺激人类视觉感官的第一要素,也是造型语言的最重要的表现手段"①。日本动漫大师普遍具备高超的色彩驾驭能力,"总是不遗余力地在色彩处理上追求个性迥异的各种配色的调和美"。比如,宫崎骏的动画片通常采用明亮而鲜艳的色彩,每一种色彩都包含着作者的主观情感,承载着丰富的人文内涵。在《龙猫》和《岁月的童话》这两部反映乡村生活的影片中,宫崎骏用各种绿色刻画出清新纯真的世界。在《风之谷》这部探索人与自然和谐相处的作品中,宫崎骏则大量运用红与蓝这两种对比色。红色是危险、灾害、暴力的象征,让人感到痛苦、愤怒和紧张。蓝色则给人安宁之感,象征美好的事物。②

《幻城》虽然是一部文字作品,但郭敬明也像宫崎骏一样用精细的色彩语言营造出强烈的画面感。小说主要使用红、白、绿三种颜色,每一种颜色都对应着一系列象征物和特定情感。绿色代表生机勃勃的雪雾森林,一个由参天古木、无边草地、离离野花和美丽溪涧构成的童话世界,"永远有夕阳般的暖色光芒在整个森林中缓缓穿过"③。这是卡索和樱空释童年生活过的地方,是他们生命的起点和精神家园。红色和白色则构成文本的核心象征系统。白色符号系统包括幻雪帝国十年不断的大雪、冰族人的银发和白色的瞳仁、白色的幻术袍和雪白的樱花。红色符号系统则包括火族人的红发和红色的瞳仁、作为火族图腾的红莲以及冰火两族圣战的火焰。白色昭示纯正的血统、高贵的身份和超常的灵力,但也象征孤寂、冷酷和被束缚的自由。以红莲为代表的红色

① 冉小稳:《色彩在影视动画当中的作用及表现功能》,《艺术评论》2007 年第 6 期。
② 舒萌:《例谈色彩在动漫作品中的运用》,《成功》2009 年第 5 期。
③ 郭敬明:《幻城》,长江文艺出版社 2008 年版,第 21 页。

“象征着绝望、破裂、不惜一切的爱”[①]。红色具有极强的侵凌性，让人联想到暴力和血腥的杀戮。但它也带来温情与呵护，“红莲过处，温暖如春”，“永远都不会寒冷”[②]。小说通过挖掘红、白两色丰富的象征内涵，展示炽热的梦想和冰冷的现实之间的两极对立，探究社会规范和自由意志之间的永恒冲突。正如在造型艺术中，色彩具有强大的情绪召唤力，小说文本通过对色彩的反复描摹和颜色符号系统的建构，同样拥有直指人心的艺术感染力。莫言、林白等当代作家的作品也很注意色彩的运用[③]，但却没有一个人像郭敬明这样将色彩直接当作语言符码使用，用得还恰到好处。

三、《悲伤逆流成河》的电影隐喻和技巧

在2007年出版的长篇小说《悲伤逆流成河》中，郭敬明有意识地融合多种电影叙事技巧，从不同角度探索了电影和小说的结合点。《悲伤逆流成河》以一条破旧的上海小弄堂为背景，叙述了易遥和齐铭这两个高中生相互交织的短暂人生。两人从小就是邻居，但家境和身世却大相径庭。齐铭是备受父母呵护的优等生，齐父也因开餐馆成为暴发户。易遥12岁时父母离异，父亲再娶，易遥和母亲相依为命。贫困的母亲虽然竭尽全力维持易遥的生活，但也经常拿她出气。在小说中，易遥经历了怀孕、堕胎、母亲不幸身亡、同学排挤报复等各种打击。齐铭的“超越爱情的存在”和默默的帮助，一直是易遥顽强生存下去的主要精神支柱。齐铭致命的误解最终导致易遥的自杀。在这个有关信任和背叛、成长和疏离、光明和黑暗的故事中，电影既是一种喻象、指涉物和道具，也是一种叙事策略。

小说多次用电影镜头、布景做比喻，如“在齐铭的记忆里，易遥和自己对视的表情，像是一整个世纪般长短的慢镜头”[④]，“沿路的繁华和市井气息缠绕在一起，像是电影布景般朝身后卷去”[⑤]。在描绘易遥失去父爱后的生活时，小说用了一个看电影的比喻：“像是在电影院里不小心睡着，醒了后发现情节少掉一段，身边的人都看得津津有味，自己却再也找不回来。于是依然朦朦胧胧

---

① 郭敬明：《幻城》，长江文艺出版社2008年版，第27页。

② 郭敬明：《幻城》，长江文艺出版社2008年版，第228页。

③ 徐巍：《视觉时代的小说空间：视觉文化与中国当代小说演变研究》，学林出版社2008年版，第157～158页。

④ 郭敬明：《悲伤逆流成河》，长江文艺出版社2007年版，第12页。

⑤ 郭敬明：《悲伤逆流成河》，长江文艺出版社2007年版，第33页。

地追着看下去，慢慢发现少掉的一段，也几乎不会影响未来的情节。”①为了堕胎，易遥选择药物流产。在服药之后，易遥感觉杀死腹中的胎儿就像拆除身体里的定时炸弹。她联想到电影里拆除炸弹的结局：“一种是时间停止、炸弹被卸下身体；另一种是在剪掉的当下，轰然一声巨响，然后粉身碎骨。/易遥躺在床上，听着身体里滴滴答答的声音，安静地流着眼泪。”②种种这些和电影相关的比喻以日常的方式将主人公的情绪细致入微地传达给读者。

小说还反复指涉名为“海底火山”的外国科教片，易遥正是在影院看这部片子时，瞥见齐铭和女友顾森湘一起走进影院。小说未正面描写易遥看到两人时的心情，只是复述当时电影上的场景：“荧幕上突然爆炸出一片巨大的红光，海底火山剧烈喷发，蒸汽形成巨大水泡汹涌着朝水面翻腾上去。整个大海像煮开了一般。”③电影的一个重要元素就是道具，道具“提供了一种表达人物内心世界的戏剧化方法”。比如，在经典电影《巴顿·芬克》中，床、窗户、打字机、铅笔都是反复出现并具有象征意味的道具。④ 在这里，电影画面成为小说文本的道具，委婉地道出易遥心中的波澜。

小说不仅借助《海底火山》的场景暗示易遥的内心世界，还用这部电影象征易遥艰辛的人生。小说对影片的内容有过一段意味深长的描述：

> 四周是完全而彻底的黑暗。
>
> 没有日。没有月。没有光。没有灯。没有火。没有萤。没有烛。
>
> 没有任何可以产生光线的东西。
>
> 当潜水艇的探照灯把强光投向这深深的海沟最底层的时候，那些一直被掩埋着的真相，才清晰地浮现出来。
>
> ……
>
> 在上面蠕动着的白色的细管，是无数的管虫。
>
> 还有在岩石上迅速移动着的白色海虾。它们的壳被滚烫的海水煮得通红。甚至有很多的脚，也被烫得残缺不全。
>
> ……

---

① 郭敬明：《悲伤逆流成河》，长江文艺出版社2007年版，第52页。

② 郭敬明：《悲伤逆流成河》，长江文艺出版社2007年版，第217页。

③ 郭敬明：《悲伤逆流成河》，长江文艺出版社2007年版，第203页。

④ ［美］詹妮弗·范茜秋：《电影化叙事》，王旭锋译，广西师范大学出版社2009年版，第297页。

这样恶劣的环境里。

却有这样蓬勃的生机。①

那些在海底火山附近顽强求生的管虫和海虾，正好影射在社会底层挣扎的易遥。电影中“彻底的黑暗”和探照灯的强光之间的反差，也呼应小说中最核心的一对象征——“光线”和“黑暗”。齐铭家窗口透出的黄色光亮、清晨弄堂口的光线、冬季天空“白寥寥的光”、“将黑暗戳出口子”从而“照亮一个很小的范围”的路灯，尽管都不是特别明亮，却是易遥抵抗黑暗的动力。随着这些光线的消失，“生活在黑色的世界里”的易遥也彻底被黑暗所吞噬。电影文本和小说文本对“光线”和“黑暗”的互文性表征组成镜像结构，强化了这一对象征符号的情感意涵。

小说的“楔子”部分展现了郭敬明娴熟的电影知识。这一部分几乎就是一个精致的小剧本。

你曾经有梦见这样无边无际的月光下的水域么？

无声起伏的黑色的巨浪，在地平线上爆发出沉默的力量。

就这样，从仅仅打湿脚底，到盖住脚背，漫过小腿，一步一步地，走向寒冷寂静的深渊。

你有听到过这样的声音么？
在很遥远，又很贴近的地方响起来。
像是有细小的虫子飞进了耳孔。在耳腔里嗡嗡地振翅。
突突地跳动在太阳穴上的声音。

视界里拉动出长线的模糊的白色光点。
又是什么。

漫长的时光像是一条黑暗潮湿的闷热洞穴。
青春如同悬在头顶上面的点滴瓶。一滴一滴地流逝干净。

而窗外依然是阳光灿烂的晴朗世界。

---

① 郭敬明：《悲伤逆流成河》，长江文艺出版社2007年版，第209～210页。

就是这样了吧。①

这里的每个段落都预示书中的一个场景。第一个段落描绘的是齐铭生前做过的死亡之梦。第二个段落描述齐铭亲眼看着易遥跳楼时的感受。第三个段落讲述易遥曾有过的悲伤的梦境。第四个段落再现易遥怀孕后晕倒,被齐铭送进医院打点滴的情形。第五个段落暗示易遥的男友顾森西在姐姐顾森湘、易遥、齐铭三人先后自杀之后的寂寥心情。这五个段落如同五组镜头被剪辑在一起,构成"电影"《悲伤逆流成河》的片花。

开始的两个镜头使用视觉和听觉的跳切手法,从寂静的海边全景切换到太阳穴嗡嗡作响的特写。第三个镜头是个长焦镜头,模糊的画面给观众留下一丝悬念。第四个镜头则像是一个"经常用来表现时间的流逝"的叠化②,黑乎乎的时光"洞穴"逐渐化为明亮的医院病床。第五个镜头则是影片结尾经常使用的定格。尽管青春的黑暗悲剧一再上演,但观众最终看到的仍然是"阳光灿烂的晴朗世界"。当然,这个"光明的尾巴"多少有些反讽的意味。阅读这种极具画面感的文字时,读者只有放空头脑,慢慢咀嚼,让每一个句子、段落映入脑海,形成一个个悠长的慢镜头,才能享受到文字的全部快感。也正是在这样的阅读过程中,读者很容易就被文字唤起的悲伤情绪所俘获。

早在新世纪初,就有学者悲观地认为,"文学的消遣娱乐功能正在被图像所取代",文学"无法与包括视觉艺术在内的其他娱乐相竞争",图像"拟像"比文字"拟像""更能产生真实的幻觉"。③ 另外一些学者则担心小说的影像化趋势将使得小说"日渐失去自我,走向末路"。④ 赵勇指出,在写作的影像化时代,当代小说创作出现"写作逆向化""技法剧本化""故事通俗化"和"思想肤浅化"的趋势。⑤ 不过,对于《悲逆》这个文本而言,电影技巧似乎更能增加,而非降低小说的艺术水准。这部作品的畅销不仅是因为主题和内容贴近青少年读者的生活,更是因为它们拥有恰当的叙事形式,能最大限度地激发读者的情感

---

① 郭敬明:《悲伤逆流成河》,长江文艺出版社 2007 年版,第 7 页。

② [美]詹妮弗·范茜秋:《电影化叙事》,王旭锋译,广西师范大学出版社 2009 年版,第 98 页。

③ 金惠敏:《图像的增殖与文学的当前危机——"第二媒介时代"的文学和文学研究》,王岳川主编:《媒介哲学》,河南大学出版社 2004 年版,第 228 页。

④ 徐巍:《视觉时代的小说空间:视觉文化与中国当代小说演变研究》,学林出版社 2008 年版,第 178 页。

⑤ 赵勇:《视觉文化时代文学理论何为》,《文艺研究》2010 年第 9 期。

共鸣。如一位评论者所说的:“在这部作品中,作者与作品之间几乎是看不到距离的,或者说,作者是站在作品深处说故事的人,他不仅让自己深入情境之中,还毫不留情地把读者也拉了进来,深切地体会人物的心跳和心碎。”①

四、《小时代》的肥皂剧实验

2008 年,郭敬明开始了长篇小说《小时代》的创作和连载。第三季《刺金时代》于 2011 年 12 月出版。郭敬明原计划五年内出版五季,一年一季。可能是因为时间和精力的原因,最终止步于《刺金时代》。郭敬明用肥皂剧的播放单位“季”来指称《小时代》,表明他是在自觉地以肥皂剧为模型来创作多卷本长篇小说。不少现当代作家都从事过多卷本长篇小说的创作。长期以来,“史诗性”一直被视为长篇小说的最高美学标准,而史诗性又意味着“大部头”,因此“追求多卷本结构”成了一种“比较普遍的现象”②。郭敬明却大胆地将长篇小说从“史诗”降格为肥皂剧,再次呼应了《小时代》标题中的那个“小”字。

肥皂剧是一种广播/电视连续剧形式,最早出现于 20 世纪 30 年代的美国。③ 大部分肥皂剧都是以一组人物或一个大家庭在某个特定地点的生活和工作为中心,叙述人物的日常生活和情感世界。比如,近年来收视率极高的美国肥皂剧《欲望都市》,就讲述了四位成熟的单身女性在纽约这座大都市的情感生活。剧中不乏独立自主、姐妹情谊、追求时尚等后女权主义思想。肥皂剧是一种特别“长寿”的剧种。在西方国家,许多著名肥皂剧都会连续播放五年、十年,甚至二十年以上。如英国广播公司(BBC)第四频道播放的广播肥皂剧《阿切尔一家》(*The Archers*)就是世界上播放时间最长的肥皂剧。这部以英国乡村生活为背景的肥皂剧 1951 年开播,一直到现在还在每周更新。肥皂剧也是一种“最卓越的女性剧种”,其受众大部分是女性。④ 肥皂剧能和观众建立起持久而亲密的联系,观众会将剧中人物当作自己的朋友和家人,向他们学习处理人际关系和私人情感的技巧。郭敬明的读者群一向以女性为主,选择肥皂剧作为创作模式显然顺理成章。

美国学者布朗(Mary Ellen Brown)总结了肥皂剧的八个特点:(1)连续剧

---

① 王军朋:《谈〈悲伤逆流成河〉的情感体系》,《作家杂志》2008 年第 10 期。

② 李运抟:《长篇小说“多卷本”现象》,《文学自由谈》2000 年第 6 期。

③ 苗棣:《日间肥皂剧——一个美国式的奇迹(上)》,《现代传播》1996 年第 3 期。

④ Lyn Thomas, *Fans, Feminisms and "Quality" Media* (London: Routledge, 2002), 7.

形式，故事没有终结；(2)多角色、多情节；(3)运用与实时并行的时间；(4)各部分之间的突然切换；(5)强调对话、问题的解决和亲密的谈话；(6)男性角色通常都很敏感；(7)女性角色通常都是职业妇女；(8)剧中场景一般设在家里，或相当于家的地方。布朗认为，"传统的现实主义叙事一般都有开头、中间和结尾，但现实主义的肥皂剧却只有一个无限延伸的中间部分"。这意味着肥皂剧总是处于冲突之中，总是存在有待解决的问题，永远"达不到平衡状态"。观众关注的是，当剧中人物面临情感和道德的困境时，这些人物将如何反应和行动，这些行动又会带来怎样的后果。①

《小时代》的人物关系与《欲望都市》颇有类似之处。《小时代》的主角也是四位女性(林萧、顾里、南湘、唐宛如)，故事的地点也是一座大都市(上海)。当然，考虑到读者群的年龄层次，《小时代》主要反映的是年轻女性从校园到社会的成长转变过程。四位女主角在第一季中还是大学生，到了第二季才正式走向职场。如肥皂剧一样，小说的结构开放、情节松散、时空的切换也很简单，只是在每一季结尾留下大的悬念，吸引读者继续"观看"下去。为了协调演员的档期，肥皂剧经常"随意"操纵剧中人物的生死。《小时代》也效仿这一特色。第一季中患癌症去世的偶像派作家崇光，在第二季又奇迹般地复活并获得一个新的身份。崇光的复活，让爱恋他但又已经有男友的林萧再次陷入感情危机，林萧这条主线的故事也就得以"没完没了"地继续下去。

小说还试图体现出"实时"写作的特点，通过大量提示季节景物的句子以及时事评论，强化时间的真实感。比如第二季《虚铜时代》于 2008 年 12 月在《最小说》上开始连载。开篇的第一句话就是"2008 年的最后一个月，整个世界的报纸杂志似乎都只有两个封面"，一个封面是新当选的美国总统奥巴马，另一个封面是华尔街的"金融风暴"②。也就是说，小说中的故事时间与读者的阅读时间是完全同步的。读者在阅读时，感觉书中的人物仿佛就在他们身边，是他们的亲朋好友，和他们生活在同一个时空，经历着同样的社会事件。在小说连载的过程中，郭敬明还像肥皂剧编剧一样，随时根据受众的趣味删减剧中人物的"戏份"。小说中的女一号本来是平凡的"邻家女孩"林萧，但自信而刻薄的"女王"顾里却在连载过程中赢得众多读者的青睐，于是郭敬明就更

① [美]约翰·菲斯克：《电视文化》，祁阿红、张鲲译，商务印书馆 2005 年版，第 260～265 页。

② 郭敬明：《小时代(一)》，《最小说》2008 年第 12 期。

多地以顾里为中心来展开故事情节。

《小时代》多角色、多线索的肥皂剧结构不仅为作者和读者提供了更多互动的空间,也为跨文本改编提供了便利。《小时代 1.0》2008 年 10 月出版之后,郭敬明立即紧锣密鼓地在《最小说》上开始连载《小时代 1.5 青木时代》,一部根据《小时代 1.0》改编的长篇漫画。《小时代 1.5》一方面利用图像的方式,直观地展现小说主要人物的音容笑貌,另一方面又利用小说中的支线和伏笔,演绎出新的剧情。2010 年 3—12 月,《小时代 1.5》以单行本的方式上市,前后出版了四本。每本定价 14.8,四本加起来就是 60 元。这就意味着,最世公司除了小说版《小时代》的码洋,还可以再赚一道漫画版的码洋。《小时代 2.0》出版之后,郭敬明又如法炮制,在独立成刊的《最漫画》杂志上连载起《小时代 2.5 银锋时代》。这个漫画连载遂成为《最漫画》的一个主要卖点。

2009 年年底,郭敬明将《小时代》一书的电影版权卖给北京紫禁城影业公司,实现文学文本的再一次增值。该公司特意在开拍前,在《最小说》官方论坛和相关的百度贴吧,征求"四迷"对男主角扮演者的意见。尽管影业公司开出的候选人名单中不乏来自韩国、台湾的当红偶像,但部分四迷仍然对影片的拍摄结果不抱任何期望。在他们看来,没有人能演好《小时代》中那些独具魅力的"帅哥美女"。实际上,青春文学作品的影视改编远不如王朔作品的影视改编成功。因为青春文学作品中的人物一般都被塑造得过于理想化,很难在现有条件下通过影视的方式得到再现。

小说文本的影视化如同一把双刃剑,成功的影视改编可以提高作家和作品的知名度、带动销量,但不成功的改编也可能让原著的形象贬值。比如,有"内地小琼瑶"之称的明晓溪曾有两部作品被改编成电视剧,但由于演员的形象和气质欠佳而让读者大失所望。明晓溪本人不得不在接受媒体采访时,呼吁读者"把小说和电视剧当成两个不同的作品来看待"①。2010 年,明晓溪的代表作《泡沫之夏》被改编成电视剧,由台湾当红小生何润东担任制片并出演男 1 号。曾在风靡一时的偶像剧《流星花园》中有过出色表演的台湾女艺人"大S"(徐熙媛)出演女主角。另一位大陆著名影星黄晓明扮演男 2 号。靠着三位大牌明星的支撑,该剧总算在台湾民视和湖南卫视取得"可观的收视率"。②

---

① 《独家专访:明晓溪访谈录》,2008-09-11,http://et.21cn.com/tv/pinglun/mxx/2008/09/11/5184657.shtml。

② 《〈泡沫之夏〉湖南卫视热播 黄晓明引爆收视狂潮》,2010-09-08,http://ent.sina.com.cn/v/h/2010-09-08/10533080067.shtml。

2010 年年底，郭敬明携手落落、笛安等多位作者，为北京华影盛视文化传播有限公司 2011 年的贺岁片《我们约会吧》创作剧本并出版影视同期书。华影盛视“是由盛大网络与湖南广播影视集团双方共同出资 6 亿元成立的全新影视互动娱乐公司”①。可惜，《我们约会吧》这部电影在情人节档期遭遇票房滑铁卢，仅有 100 万元入账，同一档期的电影《将爱》狂收 4000 万。② 幸而最世方面采取了规避风险的措施，才没有让电影票房的惨败影响到同期书的销售。③ 图书版的《我们约会吧》是一本一书两册的“轻小说”，160 页的小说，加 120 页的小说结局漫画。该书的封面上没有标明是“电影剧本”，虽然该书在《最小说》2010 年第 12 期的图书广告，曾把电影和演员阵容当作主要卖点，但 3 月份的广告就完全切割了与电影的关系。

① 《华影盛视文化传播有限公司简介》，2010-03-15，http://yule. xunlei. com/contents/c6/516730.shtml。

② 《情人节全国单日电影票房近亿〈将爱〉收 4000 万_网易娱乐》，2011-02-16，http://ent.ifeng.com/zz/detail_2011_02/16/4709227_0.shtml。

③ 北京开卷信息技术有限公司：《开卷 2011 年 2 月虚构类畅销书排行榜分析》，2011-03-15，http://www.openbook.com.cn/Information/0/1138_0.html。

致 谢

写完一本书后的姿态，恐怕只能是“躺平任嘲”。

我的第一本专著已经在豆瓣读书上被网友指出从研究方法到术语翻译的各种问题。本书的写作跨度长达 7 年，其中的错漏定然只多不少。更何况其研究主题之一还是郭敬明，“脑残粉”的帽子我估计是脱不掉了。

不过，在被吐槽之前，我还是要先感谢一些人。

本书的部分内容来自我的博士后出站报告。在北师大的两年，我的合作导师赵勇教授对我悉心照拂，一直令我感激不尽。我的出站报告写得太过匆忙，希望这本书能给赵老师一个更好的交代。感谢陶东风、张柠、方维规、陈剑澜四位老师对出站报告的指导和建议。感谢王茹和魏英两位同门对报告的校阅。

2016 年 8 月—2017 年 8 月，我在美国密歇根大学安娜堡分校英文系做了一年的访问学者。本书的主干部分都是访学期间完成的。感谢 David Porter 教授邀请我到密大访学。我是一个写作速度很慢的人。不上课的日子，我坐在家里，写一整天，也只能码出 1500 字。用英语写作时，速度就更慢了。倘若没有这一年的学术假，本书多半会是另外一番模样。访学期间，我有幸旁听了 David Halperin 和 S.E. Kile 两位教授的课程。前者让我对酷儿理论有了更深入的了解，后者则让我重新认识了中国古典小说《金瓶梅》。本书的理论思考直接受惠于 Halperin 教授。他让我看到了一个理论家工作的过程，让我意识到理论并不神秘、高蹈，而是和现实问题有着密切的联系。感谢韦恩州立大学的刘海咏博士和我的同事李湘博士，让我在安娜堡的生活丰富而愉快。

感谢艳蕊，但愿我们还能在学术道路上并肩走下去。感谢Maud和Jamie，让我接触到不一样的学术世界。感谢国庆、艾弓和清华，让我喜欢厦大的工作和生活。

感谢风弄、陆俊文、黄可以及所有接受我访谈的创作者和读者。他们的慷慨支持让我的研究不再是闭门造车。

感谢邵燕君、陈立群、周志雄、周冰等学术同行的赠书、约稿和交流。

感谢我在厦大的学生，让我从教学中获益良多。

感谢厦大出版社的王鹭鹏编辑，在我被“坑”的危急关头伸出援手，让本书得以顺利出版。

感谢我的家人一直以来的理解和支持，让我能全身心投入学术。

最后成书的阶段，我经常回忆起这些年因为研究郭敬明、耽美而遇到的一些人和事。多年前，我曾在北师大举办的一个国际学术会议上遇见日本早稻田大学的千野拓政教授。在会议间隙，我想问千野教授是否采访过郭敬明，因为我知道他曾采访过最世团队中的落落。我刚开口，就被旁边一位年轻的女学者粗暴地打断“你提他做什么”，这是我第一次切身体会到学界对郭敬明的敌意。不过，研究自己喜欢的东西，终究是一件愉快的事情。文学研究也终归不是简单的立场之争。

杨玲

2017年12月27日于厦大敬贤

后 记

本书是一个文学研究的实验。它旨在探索两个核心问题:新世纪文学研究,研究什么? 如何研究?

关于前一个问题,我给出的答案是:研究流行的、创新的、有争议的文本、文类、作者、读/作者社群、生产/消费方式。任何文学现象只要符合这三个条件中的一个,就有探究的价值。在我看来,流行不是媚俗、平庸、拙劣的代名词。恰恰相反,在文化产品激增、审美疲劳加速的新媒介时代,能保持一定流行度的作家、作品和文类都必然有其独特之处,要么填补了市场空白,要么满足了读者真实的内在需要。无数读者的集体智慧和眼光远比单个批评家的判断力更为靠谱。本书的研究对象均具有较强的开创性——《无限恐怖》开创了新的网文流派,《临高启明》开创了新的小说创作方式,郭敬明开创了新的出版品牌,耽美开创了新的女性向文化。不过,《无限恐怖》虽流行却未引发大的争议,《临高启明》有少量争议,但其传播范围相对有限。唯有郭敬明和耽美,创新、流行和争议一样不少,它们不仅是新的,还是挑战性的。

关于第二个问题,本书展示/暗示了四种能够带来新的洞见与发现的研究方法。

首先,用"体贴"的描述取代疏离的批判。当下针对新世纪流行文学的研究多为肤浅的印象式点评和大而空的文化批判。越资深的评论者,反而越对新世代的"知识体系和价值观"①感到隔膜,这种

① 张岩雨:《轻阅读时代的郭敬明现象》,《南方文坛》2011年第1期。

隔膜又往往导致不屑和反感。① 本书摈弃人云亦云的意识形态批判，遵循“描述而非规训”②的原则，通过沉浸式阅读、读/作者访谈、市场调研等方法，努力呈现研究对象自身的丰富性和复杂性。在写作过程中，我尽量遵循英语学界的学术写作规范，注重观点的原创性、论述的逻辑性和证据的充分性，我相信好的学术是由好的规范生产出来的。

其次，用比较、关联的视角③取代分裂、孤立的视角，建构新世纪文学研究的“历史纵深感和未来穿透力”④。早在2006年的《郭敬明论》一文中，乔焕江就敏锐地指出，学界无法“平心静气地”看待郭敬明本人及其写作，因为尚未找到“足以应对这个新的写作现象的理论体系”⑤。为此，乔焕江将郭敬明的写作与“民国初期的性情写作和现代文学初期的性灵写作”联系起来。本书则以李海燕梳理的近现代中国的情爱谱系为参照，分析《小时代》三部曲所蕴含的新世纪情感结构。在探讨耽美文类的情欲书写时，我们把耽美作品与中国历史上的情色书写、当代主流文坛的暴力书写和1990年代的“身体写作”进行了广泛比较。本书还打破精英和大众的二元对立，将《无限恐怖》和《如果在冬夜，一个旅人》关联在一起，探讨文学体验经济的两种不同模式；舍弃青春文学（纸质文学）和网络文学的二分法，将郭敬明和耽美并举，彰显从女性文学到女性向文学/文化的时代变迁。

再次，从作品（work）走向工作网（worknet），不仅分析静态的文

① 这方面的例子可参见郜元宝：《灵魂的玩法——从郭敬明〈爵迹〉谈起》，《收获》杂志官方博客，2010-05-27，http://blog.sina.com.cn/s/blog_4a8995430100irws.html。

② Bruno Latour, *Reassembling the Social: An Introduction to Actor-Network-Theoy* (Oxford: Oxford University Press, 2005), 55.

③ 金理在《“八〇后”写作的三重研究视野》（《东吴学术》2014年第2期）一文中提出类似的观点。不过，他的视野还是局限于文学研究，未拓展到媒介与文化研究。

④ 王毅：《以历史纵深感和未来穿透力，共同设计今后50年中美关系》，2017-03-20，http://www.xinhuanet.com/2017-03/20/c_1120661719.htm。

⑤ 乔焕江：《郭敬明论》，《文艺争鸣》2006年第3期。

学作品,也研究动态的、关乎作品存亡的文学社群/公司/读者群。拉图尔在解释行动者网络(Actor-Network Theory)理论的“网络”概念时称,我们应将网络理解为“worknet”或“action net”(行动网),这样我们才会注意到建立网络所需的劳作和代价。网络不是电话网、高速公路或下水道网络之类的某种东西,而是参与者的一系列行动。每个参与者都是能动者、中介者,都会和其他行动者发生关联,都会导致意想不到的变化。① 本书追踪发生在特定文学社群/公司/读者群中的文学行动者,描述他们发起、参与文学活动的路径和结果。比如,在研究耽美时,重点探讨社群生态,包括社群的非正式经济体系、社群自治的方式及其与国家治理之间的矛盾纠葛;在研究郭敬明时,分析文学版权纠纷、最世图书的营销手段、最世读者在网络论坛上的交流和分享。本书认为,作品/文本只是文学网络中的一个节点,并非文学研究的中心,其作用在于引导我们追寻网络中的其他行动者。

最后,从文本间性走向媒介间性②,不仅研究文学文本之间的关联,也研究文学与摄影、动画、影视、游戏等媒介的关联。单小曦在《媒介与文学》一书中提出建构包括文学媒介(即文学信息的传播媒介)在内的五要素文学活动范式。③ 本书认为,我们有必要把文学本身视为媒介④,探讨文学与其他媒介的关系。根据奥地利格拉茨大学教授沃尔夫的归纳,文学与其他媒介存在四种关系:跨媒介性(transmediality),指广泛见于各种媒介的母题或艺术手段,如叙事本身;媒介间的移置(intermedial transposition),指不同媒介之间的内容转换,如小说的电影改编;多媒介性(plurimediality),指不同媒介

---

① Latour, *Reassembling the Social*, 128-33.

② 国内学界通常将文本间性(intertextuality)译作“互文性”。媒介间性(intermediality)也被台湾学者译作“互媒性”。

③ 单小曦:《媒介与文学:媒介文艺学引论》,商务印书馆2015年版,第2章。

④ Werner Wolf, “(Inter)mediality and the Study of Literature,” *CLCWeb: Comparative Literature and Culture* 13.3 (2011), https://doi.org/10.7771/1481-4374.1789.

组合在一起,形成新的艺术品;媒介间的指涉(intermedial reference),指以其他媒介为主题(如小说讲述画家的故事)、引用其他媒介(绘画中插入文本)、描述其他媒介(用文字来再现绘画)或形式上模仿其他媒介(小说的结构模仿赋格)。①

本书在研究郭敬明时,探讨了郭敬明小说对动漫、电影和肥皂剧的模仿和引用,《小时代》的电影改编,最世期刊、绘本的多媒介性,最世公司对图书物质性的开发和利用。仅从媒介(间)性的角度看,郭敬明已然是值得学界关注的创作者。本书对网文故事性的讨论,也暗含了对媒介之间关系的考察。与其他媒介相比,文学媒介最突出的优势就是故事讲述。正是由于网络文学将这一优势发挥得淋漓尽致,且积极融入其他媒介的叙事结构(如游戏的升级模式)和内容(如《无限恐怖》对好莱坞电影的借用),它才能与诸多媒介竞争,吸引大批消费者。那些指责网文叙事手法单一、落后的批评家,只是在暴露自己的无知和偏见。

总而言之,本书试图阐明新世纪文学研究的一个"辩证法":边缘的,就是前沿的;有争议的,就是先锋的;被蔑视的,终将被尊重。

---

① Marie-Laure Ryan, "Narration in Various Media," in *The Living Handbook of Narratology*, ed. Peter Hühn et al., Hamburg: Hamburg University, January 13, 2012, http://www.lhn.uni-hamburg.de/article/narration-various-media.